BASTEI
LÜBBE
TASCHENBUCH

Über den Autor:

Ruben Laurin ist das Pseudonym eines preisgekrönten Autors, der vor allem phantastische und historische Romane verfasst. Seine Faszination für die Geschichte der Stadt Magdeburg und die mittelalterliche Kirchenarchitektur brachten ihn auf die Idee, einen Roman über den Bau des Magdeburger Doms zu schreiben: *Die Kathedrale des Lichts*. Ruben Laurin lebt in Wismar.

RUBEN LAURIN

DIE KATHEDRALE DES LICHTS

Historischer Roman

BASTEI LÜBBE TASCHENBUCH

BASTEI LÜBBE TASCHENBUCH
Band 17 636

Dieser Titel ist auch als E-Book erschienen

Originalausgabe

Die Veröffentlichung dieses Werkes erfolgt auf Vermittlung der literarischen Agentur Peter Molden, Köln.

Lektorat: Judith Mandt
Titelillustration: © Johannes Wiebel | punchdesign, München, unter Verwendung von Motiven von shutterstock/pavila; shutterstock/scottchan und dreamstime/Zwawol
Umschlaggestaltung: Johannes Wiebel | punchdesign, München
Satz: Urban SatzKonzept, Düsseldorf
Gesetzt aus der Garamond
Druck und Verarbeitung: C. H. Beck, Nördlingen
Printed in Germany
ISBN 978-3-404-17636-6

5 4 3 2 1

Sie finden uns im Internet unter www.luebbe.de
Bitte beachten Sie auch: www.lesejury.de

Nimm das Licht fort, und alle Dinge werden unerkannt in der Finsternis bleiben.

Johannes von Damaskus (um 700)

Und Gott sprach:
Es werde Licht! Und es ward Licht.
Und Gott sah, dass das Licht gut war.

Aus Genesis 1

Dramatis personae

Historische Figuren sind mit einem Stern (*) gekennzeichnet

Moritz – wendischer Waisenjunge, Burgsklave, Steinmetz und Bildhauer
Meister Bohnsack* – Baumeister
Helena – seine Tochter
Gotthart von Saint Leonard – Bildhauer
Hubertus – sein Steinmetz und Diener
Wastl – sein Steinmetz und Pferdeknecht
Conrad – sein Sekretär
Ansgar von Lund – Ritter
Lothar von Magdeburg – sein Knappe
Mechthild von Magdeburg* – für manche eine von Gott Begeisterte, für andere eine Geisteskranke; Autorin des Buches »Das fließende Licht der Gottheit«
Monica – Schwiegertochter eines Burgschmieds, Moritz' Freundin
Benno – ihr Mann, Schmied und Moritz' Freund
Jacques von Straßburg – »Jakob«, Bildhauer
Slawomir von Rügen – wendischer Ritter
Rochus – Mönch und Priester
Gabriel – Mönch und Priester
Botho von Schwerin – Ritter
Dietrich von Dobin* – Domherr zu Magdeburg
Graf Albrecht von Käfernburg* – Erzbischof von Magdeburg
Graf Wilbrand von Käfernburg* – Albrechts Halbbruder, Dompropst von Magdeburg, später Erzbischof von Magdeburg

Burchard* – Burggraf von Magdeburg
Magdalena – die »Weise«; Hebamme
Hugo von Meißen – Ritter und Burgherr
Bodo – sein Knappe
Mauritius* – römischer Offizier
Candidus* – römischer Offizier
Innocentius * – römischer Standartenträger
Exuperius* – römischer Ausbildungsoffizier
Maximian* – römischer Kaiser

Zeittafel

Karfreitag 1207	Magdeburg brennt; der Dom Kaiser Ottos I. wird stark beschädigt; Erzbischof Albrecht II. lässt die Brandruine abreißen
um 1207	Mechthild von Magdeburg wird geboren
1208	Grundsteinlegung für den neuen Dom
28. Sept. 1220	Erzbischof Albrecht bringt die Schädelplatte des Heiligen Mauritius nach Magdeburg
22. Nov. 1220	Friedrich II. wird in Rom von Papst Honorius III. zum Kaiser gekrönt
1230 o. früher	Erzbischof Albrecht beschließt, antike Säulen aus dem alten Dom in den Chor des Domneubaus einzubauen
1222 bis Dez. 1224	Franziskaner u. Dominikaner fassen in Magdeburg Fuß
1225 bis 1235	Wilbrand, Graf von Käfernburg und Halbbruder Albrechts, ist Dompropst in Magdeburg
22. Juli 1227	In der Schlacht von Bornhöved besiegt eine Koalition norddeutscher Fürsten unter Herzog Albrecht von Sachsen, einiger Wendenfürsten und dem Grafen Heinrich von Schwerin den Dänenkönig Waldemar II. und beendet so die Vorherrschaft der Dänen im Ostseeraum

1228 u. 1231/32	Erzbischof Albrecht in Italien auf Hoftagen Kaiser Friedrichs II.
1228/29	Kreuzzug Friedrich II.
um 1228	Dietrich, Edler von Dobin (Theodericus) tritt als Domherr ins Domkapitel ein
um 1230	Der Maulbronner Baumeister Bohnsack wird in Urkunden als *magister operis Bonsac* bezeichnet; eine wahrscheinlich ihn darstellende Konsolfigur an einem Vierungspfeiler des Doms gilt als Hinweis auf die Anerkennung seiner großen Leistung
1230	Franziskaner siedeln in die Altstadt um und erklären Magdeburg zu einem ihrer beiden Hauptsitze in Deutschland; die Stadt ist zu dieser Zeit ein blühendes kulturelles Zentrum und ein angesehener Bildungsort
1231	Aus Paris wird der Franziskaner Bartholomaeus Anglicus nach Magdeburg geschickt, um dort eine Enzyklopädie zu schreiben
15.10.1232	Erzbischof Albrecht stirbt auf der Rückreise von Italien
1232 bis 1235	Burkhard v. Waldenburg ist Erzbischof von Magdeburg
1234	In der Dombaustelle wird die erste Messe gelesen
ab ca. 1235	Mechthild verfasst in Magdeburg ihre Schrift »Das fließende Licht«; deutet darin Konflikte mit dem Klerus und die Nähe zum Domdekan Dietrich von Dobin an
8. Febr.	Erzbischof Burchard stirbt während eines Kreuzzuges in Konstantinopel

31. Mai	Sein Nachfolger Wilbrand von Käfernburg reist nach Italien, um die Bischofsweihe durch Papst Gregor IV. zu empfangen
1235	Wilbrand und Begleiter sehen in Mailand ein Reiterdenkmal, das dem Magdeburger Reiter ähnelt
Sommer 1235	Kaiser Friedrich hält Hoftag in Mainz; in seinem Gefolge: Afrikaner und Sarazenen
um 1237	An der Handelsstraße zwischen Magdeburg und Lebus entsteht die Siedlung Berlin
um 1240	Heute unbekannte Bildhauer, aus derselben Werkstatt, erschaffen die Statue des Hl. Mauritius (den »Schwarzen Ritter«) und der Hl. Katharina, die Figurengruppe der »Zehn Jungfrauen« und das Reiterdenkmal Kaiser Ottos
1245	Am 12. Mai wird Mechthilds Vertrauter Dietrich Domkantor, im Jahr 1262 Domdekan
1248	Ein gewisser Meister Gerhard beginnt den Kölner Dom zu bauen
1250	Der große Stauferkaiser Friedrich II. stirbt
1253	Im Herbst stirbt Erzbischof Wilbrand
um 1282	Mechthild stirbt im Kloster Helfta bei Eisleben
1520	Nach über dreihundert Jahren Bauzeit wird der Dombau von Magdeburg vollendet

Ein Glossar findet sich im Anhang

Prolog

Gallische Alpen, Sommer 285 n. Chr.

Der Kamm blieb hinter ihnen zurück. Und mit ihm die letzte Steigung. Endlich. Ab jetzt ging es nur noch bergab. Die Pferde fielen in einen leichten Trab. Erste Bäume standen am Wegesrand. Tief atmete der Centurio die deutlich wärmere Luft ein. Er glaubte, schon die Nähe des Flusstales und des Sees zu riechen. Noch war er guter Dinge, noch erfüllte ihn Zuversicht, noch brannte er darauf, seinem Kaiser und Feldherrn gegenüberzutreten.

Der Weg führte in ein Wäldchen. Die Schneefelder in den Hängen rechts und links waren höher gerückt, ihre weißen Zungen im Geröll schmaler geworden. Das Gras wuchs dichter hier. Der Centurio entdeckte Schafskot am Wegesrand. Daneben hatte sich eine Silberdistel der Morgensonne geöffnet.

Der Standartenträger hielt sein Pferd an. »Schaut euch das an, Brüder!« Mit der Standarte zeigte er auf zwei Silberdisteln.

Alle brachten ihre Pferde zum Stehen, alle betrachteten die silbrig-weißen Distelblüten. »Wie schön«, sagte der Centurio, der unter dem Namen Mauritius bekannt war. »Wie wunderschön!« Er drehte sich im Sattel um und blickte zurück. »Warten wir auf die Männer.«

Gut die Hälfte der Marschkolonne hatte den Kamm bereits überquert. Im Laufschritt kamen die Legionäre näher, der rhythmische Lärm ihrer Schritte schwoll an. Immer neue

Reihen von Lanzenspitzen und behelmten Köpfen schoben sich über die Bergkuppe.

Der Anblick seiner Kohorte erwärmte das Herz des Centurios. Mauritius liebte seine Soldaten. Schon schlossen die ersten Marschreihen zu ihm und den Reitern auf. Der Centurio sah in schweißnasse, aber strahlende Gesichter. Die Nähe des Ziels beflügelte die Männer.

Noch glaubten sie, das kaiserliche Feldlager bei Octodurus sei ihr Ziel; noch rechneten sie damit, Rom bald im Kampf gegen gallische Rebellen dienen zu können. Auch Mauritius glaubte das zu dieser Stunde noch.

Nicht mehr lange, und alles würde sich ändern. Zwei Botschaften nämlich warteten auf Mauritius von Theben. Die erste gleich am Pass, von dem aus die alte Straße aus dem Hochgebirge ins Flusstal hinunterführte, die zweite kaum eine Wegstunde später jenseits des Passes. Die eine Botschaft sollten erst nachfolgende Generationen verstehen; die andere würde den Centurio wie aus heiterem Himmel treffen.

Tatsächlich wölbte sich zu jener Stunde ein strahlend heiterer Himmel über der Marschkolonne zwischen den Silberdisteln und dem Gebirgskamm. Die Schneegipfel leuchteten im Licht der aufgehenden Sonne. Sah es nicht aus, als würden sie in Flammen stehen? Mauritius konnte sich kaum sattsehen an diesem Lichtspektakel.

Im Norden erhoben sich keine Gipfel mehr, im Westen und Osten jedoch ragten die letzten Bergriesen der gallischen Alpen in den blauen Spätsommerhimmel.

»Schau dir diese Bergriesen an, Centurio!« Mauritius' Standartenträger Innocentius geriet schier außer sich vor Entzücken. »Sehen sie nicht aus wie glühende Hörner himmlischer Drachen?« Innocentius schwenkte den Legionsadler in alle Himmelsrichtungen. »Schaut euch das an, Brüder!«

So viel erhabene Schönheit machte ihn fassungslos. Innocentius gehörte auch sonst zu den leicht entflammbaren Naturen.

»Es gibt keine Drachen im Himmel!«, raunzte Candidus, der Zweite Centurio, in der ihm eigenen Barschheit. »Dort unten aber, hinter dem Wäldchen, gibt es einen Pass. Unseren Pass, schätze ich. Eine halbe Wegstunde noch. Höchstens.«

Mauritius legte die Hand über die Augen und spähte über die Baumwipfel hinweg nach Norden, wo nach einer sanften Bodensenke ein Gebäude zu erkennen war. Candidus hatte recht: Das war ihr Pass.

Exuperius, der Ausbildungsoffizier, lenkte sein Pferd herum und ritt die ersten Marschreihen der Kohorte ab. »Bald erreichen wir den Pass!«, rief er. »Danach geht's hinunter zum Strom und in mildere Gefilde!« Wie ein Lauffeuer verbreitete sich die Nachricht unter den knapp siebenhundert Legionären und Pferdesklaven.

»Rhône« nennt man den Strom heute; damals hieß er »Rhodanus«. An seinem Lauf, ungefähr auf halbem Weg zum See, lag die Siedlung Octodurus, heute Martigny. Dort hatte der Kaiser und Feldherr Maximian mit seiner Legion Quartier bezogen.

Mauritius trieb sein Pferd an. Die Marschkolonne hinter ihm setzte sich wieder in Bewegung. Sie durchquerten das Wäldchen. Der Pass ruckte näher, vor dem steinernen Gebäude am Weg konnte Mauritius schon Lasttiere, Kleinvieh und Menschen erkennen. Die Aussicht, das nächste Nachtlager im wärmeren Flusstal aufschlagen zu können, hob seine Stimmung beträchtlich.

»Ein Adler!« Der Waffenwart deutete in den Himmel über dem Pass, wo ein gewaltiger Greifvogel seine Kreise zog. »Und was für ein Biest! Hat einer von euch jemals so einen großen Adler gesehen?«

»Ein gutes Omen, Exuperius!«, rief der Dritte Centurio aus der vorderen Marschreihe, einer der wenigen unter Mauritius' Legionären, die nicht getauft waren. »Der römische Adler kreist schon über dem ruchlosen Rebellen und seinem verfluchten Pack! Bald wird er auf sie herabstoßen!« Er stieß die Faust in den Himmel.

Der Dritte Centurio sprach von jenem Verräter, der sich selbst zum Kaiser der Provinz Gallien hatte ausrufen lassen. Sogar Münzen wagte er zu prägen. Um ihn zu vernichten, hatte Kaiser Maximian Mauritius und seine Thebäische Kohorte über die Alpen und an den Rhodanus rufen lassen.

Später, als geschehen war, was zu dieser Stunde noch keiner erwarten konnte, als das Ungeheuerliche schon den Weg in die Erzählungen erschütterter Zeugen und in die Schriften staunender Chronisten gefunden hatte, später pflegten die Leute von der »Thebäischen Legion« zu sprechen und zu schreiben. Doch nicht sechstausend Soldaten führte Mauritius an den Rhodanus, keine Legion also, sondern eine Kohorte: sechshundert Legionäre, dazu etwa zweihundertfünfzig Frauen und Pferdesklaven. Die meisten stammten wie Mauritius selbst aus der Wüstenregion rund um das ägyptische Theben. Und die meisten waren wie ihr Centurio getauft. Das war durchaus ungewöhnlich, denn damals verehrte man im römischen Reich noch die alten Götter.

Am Pass angekommen, winkte Mauritius dem Hornbläser. Der setzte seinen Lituus an die Lippen und stieß hinein. Das Blechhorn erklang, sein Echo brach sich an den Berghängen, die Marschkolonne stand still. Mauritius befahl dem Waffenwart und dem Dritten Centurio, die Legionäre im taunassen Gras am Wegrand zur Rast lagern zu lassen. Befehle wurden laut, und bald darauf erfüllten Gelächter und Stimmengewirr die Luft.

Vom Sattel aus blickte Mauritius sich um. Das langgezogene Gebäude am Weg war aus kaum behauenen Schieferplatten gebaut. Man musste fürchten, dass es jeden Moment zusammenbrach, so krumm stand es zwischen ein paar vom Wind gebeugten Kiefern.

Auf dem Hang dahinter weideten etwa dreißig Schafe. Eine weißhaarige Frau stützte sich auf einen Hirtenstab und sah zu Mauritius herunter. Ein großer schwarzer Hund hockte zu ihren Füßen.

Aus den Eselskarren vor dem Langhaus waren Männer und Frauen in zerschlissenen, sackartigen Kleidern geklettert. Sie luden Körbe, Krüge und prall gefüllte Schläuche ab, trugen sie zu den Legionären. Seltsam zögernd bewegten sie sich, und in ihren Mienen las der Centurio Misstrauen und Scheu. Der Anblick schwarzer Menschen schien sie zu verstören.

»Sieht aus, als wollten sie unseren Männern Quellwasser, Brot, Ziegenkäse und Wein verkaufen.« Candidus war den Leuten ein Stück entgegengeritten und hatte einen Blick auf ihre Waren geworfen.

»Lass uns den Legionären das Essen und den Wein bezahlen!« Mauritius trabte zu seinem Zweiten Centurio. »Sie haben es verdient, Candidus, der Marsch durch die Berge war hart.«

Candidus nickte, nahm den Münzbeutel entgegen, den Mauritius ihm reichte, und lenkte sein Pferd dann zu den Bergbauern. »Wartet!«, rief er auf Lateinisch und winkte. »Ich und der Centurio übernehmen die Rechnung!« Die Legionäre jubelten, und die Frau des Dritten Centurios übersetzte seine Worte den Eingeborenen.

Menschen liefen am Wegesrand zusammen, tuschelten, deuteten zu den Legionären und beäugten Mauritius und sein Gefolge. Römer mit dunkler Haut und krausem Schwarzhaar kannten sie nicht. Ihre Haut war sehr weiß, und etliche hatten blondes Haar.

Elende Gestalten wie sie hatte Mauritius immer wieder gesehen auf dem Weg vom Aostatal durch die Alpen. Und oft hatte er sich gefragt, wie man in solch eisigen Höhen sein Leben fristen konnte. Er lenkte sein Pferd zu den Eingeborenen, wollte sich nach ihrem Ergehen und nach Neuigkeiten erkundigen. Innocentius, Exuperius und zwei Pferdesklaven zu Fuß schlossen sich ihm an.

Oben bei den Schafen bellte der Hund. Die Hirtin konnte Mauritius nirgendwo mehr entdecken. Die Eingeborenen am Wegesrand, zwei Dutzend mochten es inzwischen sein, bildeten eine Gasse. Eine Frau schritt hindurch – die weißhaarige Hirtin.

Kurz blieb sie stehen und lauerte zu Mauritius herüber. »Was ist los mit der Alten?«, murmelte Innocentius.

»Wahrscheinlich ist es das erste Mal, dass sie Afrikaner zu sehen bekommt«, sagte Mauritius.

Die Hirtin packte ihren Stab und lief los. Nicht gebeugt und hinkend wie eine Greisin, sondern leichtfüßig und federnd wie eine junge Frau. Vor seinem Pferd warf sie sich auf die Knie, ließ den Hirtenstab fallen, streckte beide Arme über den Kopf und begann laut zu rufen. Mauritius verstand kein Wort; nur seinen Namen hörte er aus ihrem Wortschwall heraus.

Candidus hatte seinen Handel mit den Bergbauern inzwischen abgeschlossen und ritt zurück zu den Gefährten. Misstrauisch betrachtete er die greise Hirtin. »Jag sie weg, Mauritius. Sie ist irre.«

»Aber woher kennt sie den Namen des Centurios?« Innocentius, der Standartenträger, staunte auf die Alte hinunter.

»Vielleicht haben Maximians Legionäre ihr ein paar Schafe abgekauft und bei der Gelegenheit unsere Kohorte angekündigt.« Candidus zuckte mit den Schultern. »Wir sind ja nicht ganz unbekannt.« Und an Mauritius gewandt: »Schau sie dir an, Bruder! Sehen nicht Hexen so aus? Jag sie weg.«

Die Hirtin erhob sich aus Gras und Geröll, kam dicht an Mauritius' Pferd heran und streckte die Rechte zu ihm hoch. Dabei redete sie immer weiter ihr unverständliches Zeug. Mit der Linken zerrte sie eine silberne Kette aus ihrem zerschlissenen Gewand, an der ein kleines, aus Holz geschnitztes Kreuz befestigt war. Sie ergriff die Hand des Centurios und streckte ihm das Kreuz entgegen. Eine Mischung aus Freude und Schmerz spielte nun um ihre welken Lippen, und in ihren grünen Augen lag ein Leuchten, das Mauritius' Herz rührte.

»Seltsam, wie aufgeregt sie ist.« Der Centurio drückte ihre Hand. »Jemand muss dolmetschen. Ich will wissen, was sie mir zu sagen hat.«

Innocentius rief nach Regula, der Frau des Dritten Centurios. Regula stammte aus dem Rhodanustal. Als sie noch ein Mädchen war, hatte ein Legionär sie als Sklavin nach Rom verschleppt. Der Dritte Centurio hatte sie freigekauft und zur Frau genommen. Anders als er war Regula getauft.

Die Eingeborenen hatten sich inzwischen um Mauritius und die Hirtin geschart, auch etliche Händler und Legionäre waren neugierig geworden und herbeigekommen. Mauritius stieg vom Pferd und bat Regula, die Alte zu fragen, was sie von ihm wolle.

Regula sprach eine Zeitlang mit der Greisin und übersetzte dann. »Sie sagt, sie sei eine Prophetin und habe eine Botschaft für den römischen Centurio Mauritius aus der Thebäischen Wüste.«

»Was?!« Mauritius' ungläubiger Blick flog zwischen Regula und der Hirtin hin und her. »Woher weiß sie von mir? Was für eine Botschaft?«

»Eine Botschaft Gottes«, erklärte Regula. »Sie sagt, Gott habe sie dein künftiges Leben schauen lassen, Centurio.«

Einige Legionäre feixten. Der Zweite Centurio jedoch schnaubte verächtlich. »Verdammte Wahrsagerin!« Wie einen Fluch stieß Candidus diese Worte aus. »Weg mit ihr!« Seine Miene wurde noch härter als sonst. »Wir sind Christen und haben nichts zu schaffen mit Zauberern und Wahrsagern!«

»Ist sie nicht auch eine Christin?« Innocentius deutete auf das kleine Holzkreuz in der Linken der Greisin. »Sieh doch hin, Candidus.« Der Zweite Centurio zuckte mit den Schultern und wusste nichts zu entgegnen.

»Es soll tatsächlich eine Christengemeinde geben im Rhodanustal«, sagte Exuperius, der Ausbildungsoffizier. »Brüder in Rom haben mir das erzählt.«

»Und mit eigenen Augen seht ihr, dass es auch hier oben in den Bergen Christen gibt.« Wieder deutete Innocentius auf das Holzkreuz der alten Hirtin.

»Frag sie, wer sie getauft hat«, verlangte Mauritius.

Regula sprach wieder mit der Alten und übersetzte dann deren Antwort: »Ein Priester namens Faustin, sagt sie. Der Bischof von Lugdulum habe ihn vor vielen Jahren den Rhodanum heraufgeschickt, damit er den Heiden in den Bergtälern das Evangelium predigt und eine Kirche baut.« Lugdulum am Rhodanus nannten spätere Generationen »Lyon«. Die greise Hirtin redete immer weiter, und Regula dolmetschte. »Hunderte habe dieser Faustin getauft, sagt sie.«

»In Lugdulum soll es schon einen Bischof gegeben haben, als der weise Mark Aurel noch Kaiser war«, sagte Innocentius, und Candidus rieb sich nachdenklich den breiten Nacken.

Mauritius sah der alten Hirtin prüfend ins freundliche Gesicht. Lächelnd nickte sie ihm zu. Mauritius' Mund war plötzlich trocken. Er schluckte den schwellenden Kloß im Hals herunter, räusperte sich und fragte heiser: »Wie lautet die Botschaft Gottes, die du glaubst, mir ausrichten zu müssen?«

Regula übersetzte die Frage des Ersten Centurios in die Sprache der Eingeborenen. Ein beinahe feierlicher Ernst trat auf die greisen Züge der Hirtin, ihre Stimme klang nun zurückhaltender.

»So spricht Gott, der Herr«, übersetzte Regula. »Dein Glaube ist groß, Mauritius von Theben. So groß, dass du alle Versuchungen überwinden wirst, die deiner harren. Niemals jedoch wirst du deinen Fuß setzen in das wilde Land der Heiden jenseits dieses Gebirges, und dennoch wird man dir dort ein Haus bauen. An einem großen Strom hoch im Norden Germaniens wird man dir einen prachtvollen Palast errichten. In ihm wird man dich als Zeugen des lebendigen Gottes verehren, und in ihm sollst du wohnen für alle Zeit.«

Regula verstummte. Auch die Alte schwieg jetzt. Eine Zeitlang sprach keiner mehr ein Wort. Mauritius versuchte zu fassen, was er da gerade gehört hatte. Im Stillen wiederholte er Satz für Satz. Jeder brachte tief in ihm eine verborgene Saite zum Schwingen, und keinen einzigen konnte er begreifen.

»Wie soll das gehen?« Exuperius brach schließlich das Schweigen. »In einem Haus wohnen, das man nie betritt? Wie soll man denn darin wohnen, wenn man nicht einmal das Land betritt, auf dem es steht?« Der Waffenwart schüttelte den Kopf. »Schwachsinn!«

»Doch was, wenn sie wirklich eine Prophetin ist?«, gab Innocentius zu bedenken.

»Eine verdammte Wahrsagerin ist sie!«, zischte Candidus. »Hab ich's nicht gleich gesagt? Jagt sie weg, die Hündin!«

Einige Legionäre machten Anstalten, die Alte zu packen. Doch Mauritius stellte sich schützend vor sie. »Gott allein sieht ihr ins Herz. Soll der Herr sein Urteil über sie sprechen, wenn er will.« Mit einer Kopfbewegung deutete er auf die Hirtin. »Lass ihr Wein und Brot geben, Exuperius. Und Tuch für einen Mantel. Der Winter kommt bald.«

Der Waffenwart schickte Legionäre zu den Lasttieren und den Bergbauern, damit sie den Befehl des Centurios ausführten. Mauritius wandte sich ab und mischte sich unter die Männer im Gras. Man gab ihm zu trinken und zu essen, doch er brachte keinen Bissen herunter. Die alte Hirtin kehrte zu ihren Tieren zurück. Mauritius beobachtete sie; ihre Worte glühten ihm in der Brust wie Klingen in der Esse.

Am späteren Vormittag trabte er tief in Gedanken versunken zwischen Candidus und Innocentius an der Spitze der Kohorte ins Rhodanustal hinunter. Da tauchte ein Reiter zwischen den Bäumen auf und trabte den Waldweg herauf, ein Legionär. Innocentius und Candidus galoppierten ihm entgegen.

»Ein Bote aus Octodurus!«, rief Innocentius, als sie den Reiter zu Mauritius eskortierten.

»Schon wieder eine Botschaft?« Mauritius runzelte die Brauen.

»Keine Sorge, Bruder.« Innocentius grinste müde. »Diesmal nur eine Botschaft des Kaisers Maximian.«

Mauritius sah dem Boten ins Gesicht. »Und wie lautet sie?«

Der Mann trieb sein Pferd an Mauritius' Tier heran und reichte ihm eine versiegelte Briefkapsel. »Lies selbst, Centurio.«

Mauritius brach das Siegel, zog den Papyrusbogen heraus und entrollte ihn. Seine Lippen bewegten sich stumm, während er die kaiserliche Botschaft las. Als er den Blick wieder hob, sahen seine Augen aus wie Schlitze, und seine Miene war wie aus Basalt gemeißelt. »Ein neuer Befehl des Kaisers.«

Mauritius' Stimme klang heiser. »Wir sollen nicht nach Octodurus marschieren, sollen auch keine Rebellen bekämpfen ...« Er stockte.

»Sondern?« Innocentius schaute ihn an, Miene und Stimme seines Centurios schienen ihn zu erschrecken. Candidus beugte sich aus dem Sattel zu Mauritius herüber und zog ihm den kaiserlichen Befehl aus der wie leblos herabhängenden Hand.

»Ab sofort sollen wir Christen jagen.« Mauritius sprach nur noch leise und schleppend. »Wo immer wir Männer oder Frauen finden, die sich zu Jesus von Nazareth bekennen, sollen wir sie töten.«

Erstes Buch

Wege nach Magdeburg

I

Vollmond

Küstenwald an der Ostsee, Spätsommer 1215

Hähne krähten, Hunde schlugen an, aus allen Hütten tönten Kampflärm und Geschrei. Die Sachsen tobten durchs nächtliche Dorf. Keiner hatte vor ihnen gewarnt – kein Wächter, kein Zeichen, kein Traum. Nicht einmal der Dorfnarr.

Moritz kauerte stocksteif in der Fensteröffnung. Der Vollmond warf seinen Schatten auf das Nachtlager im Inneren der Hütte – auf Decken, Felle und Strohsäcke, auf die bleichen Gesichter der anderen. Seine Lippen bebten, er betete. Die Sachsen brachen trotzdem in die elterliche Hütte ein.

Vorweg ein hagerer Ritter in Kettenhemd und mit Fackel und Schwert. Hinter ihm ein stämmiger Graubart mit breitem Gesicht. Der hielt sein Schlachtbeil dicht hinter der Klinge. An der glänzte Blut – Moritz sah es genau –, und Blut glänzte auch auf der Faust des Mannes, und an seiner blutigen Faust fehlte der kleine Finger. Noch vier oder fünf andere drängten nach ihm in die Hütte.

Die Mutter warf sich über die kleinsten Geschwister, der Vater riss das steinerne Kreuz von der Wand und streckte es den Kriegsmännern entgegen. »Wir sind getauft!«, schrie er. »Alle! Auch wir sind Christen! Alle, alle!« Der mit der Axt schlug zu.

Die anderen packten die Mutter, trieben Kuh, Ziege und Schwein durch die Hütte und in die Mondnacht hinaus, fingen die Hühner ein, jagten den Brüdern und Schwestern hinterher. Den kleinen Jungen in der Fensteröffnung entdeckten sie nicht.

Moritz kniff die Augen zu. Bloß nicht mehr hinschauen müssen! Er hielt sich die Ohren zu. Bloß nichts mehr hören müssen von alldem Gejammer! Er biss sich die Unterlippe blutig, wollte lieber Schmerzen spüren, statt die Angst, die ihm durch Brust und Glieder tobte. Entsetzen verschloss ihm Kehle und Lippen.

Sechs Jahre alt war Moritz, als in jener Nacht seine Kindheit endete. Und dies ist seine Geschichte.

Sechs Jahre alt war in jenen Tagen auch Helena, deren Geschichte ohne Moritz eine andere geworden wäre. Weit südlich der Küstenwälder saß Helena jeden Abend bei ihrer Mutter auf der Steinbank im Klosterhof von Maulbronn. Von der Mutter lernte sie Lesen und Schreiben, und sie lernte Schönes von Hässlichem zu unterscheiden. Ihre Kindheit sollte noch sechs Jahre dauern.

Ohne Helenas Geschichte wäre auch die Geschichte des Grafensohns Ansgar eine andere geworden. Ihm spross bereits der Bartflaum zu jener Zeit. Hatte er je eine Kindheit gehabt? Schon als sehr kleiner Junge musste er Mutter und Heimat verlassen.

Oder die Geschichte des künftigen Bildhauers Gotthart. Kaum einer kannte seinen Vater, und wer ihn kannte, flüsterte den Namen des mächtigen Mannes nur hinter vorgehaltener Hand. Zu jener Stunde, als Moritz im Fenster kauerte und Ansgar vor Heimweh in sein Kissen weinte, lernte Gotthart bei Kerzenlicht das Vaterunser auf Lateinisch auswendig. Morgen, in der Klosterschule, würde er es dem Abt vorbeten müssen. Der Abt hatte kalte Augen, und immer lag eine frisch geschnittene Rute auf seinem Pult.

Und schließlich das fromme Mädchen Mechthild: Es lebte

zu jener Stunde in einer Burg an der Elbe. Mehr weiß man nicht von Mechthilds Kindheit. Nur noch dies: Nicht lange nach jenem Tag sah sie zum ersten Mal das Licht, das sie für ein göttliches hielt, und hörte zum ersten Mal die Stimmen.

Zwölf Jahre noch, und die Wege aller würden sich in Magdeburg kreuzen.

Aus dem Inneren der Hütte stieß jemand Moritz gegen die Schulter. Er verlor das Gleichgewicht und nahm die Fäuste von den Ohren, um sich festzuhalten. Er kippte nach draußen, stürzte in den Haselnussstrauch zwischen Kräutergarten und Holzfassade und schlug auf Feldsteinen auf. Moritz spürte keinen Schmerz, er spürte nur würgende Angst und rasenden Schrecken.

Schritte schlurften näher. Er riss die Augen auf, starrte durch den Mondlichtschleier im Geäst des Haselnussstrauches: Auf dem Wall, der das Dorf umgab, bewegten sich Fackeln. Zwischen den Hütten wankten, liefen oder stolperten Umrisse von Menschen; manche hoch aufgerichtet wie Sieger, andere gebeugt oder halb am Boden durch Gras und Pfützen geschleift wie erlegtes Wild. Und überall Geschrei, Gejammer und Gebrüll. Schritte stapften weg von ihm.

Irgendwo krähten Hähne, jaulten Hunde, quiekten Schweine, plärrten Kinder, und ein Mann lachte wiehernd. Ein Sachse. Und dann ein Ruf: »Moritz!«

Die Mutter!

»Lauf, Moritz!« Auf diese Weise rief nur die geliebte Stimme der Mutter seinen Namen. War sie es gewesen, die ihn zum Fenster hinausgestoßen hatte? »Renn weg, Moritz!« Irgendwo am Walltor rief sie. »Lauf, mein Kleiner! Lauf, lauf! Gott sei mit dir!«

Er stemmte sich hoch, wollte aus dem Haselnussbuschwerk springen und zu ihr rennen. Eine Männerstimme brüllte ihr Rufen nieder. Moritz ließ sich wieder fallen. Die Mutter schrie gellend, schrie, wie die große Schwester geschrien hatte, als der Priester ihr an Sankt Johannis den vereiterten Zahn zog. Moritz presste wieder die Fäuste gegen die Ohren, kniff wieder die Augen zu.

Da lag er also, und nur das Getrommel seines kleinen Herzens lärmte noch in seinen Ohren. In seinem Kopf aber rief die Mutter immer weiter seinen Namen, in seinem Kopf schlug der mit der blutigen Axt immer weiter auf den Vater ein, und der im Kettenhemd wollte nicht aufhören, mit seinem Schwert auf die Mutter zu deuten. Ameisen krabbelten Moritz unter dem Hosenbein die Waden und die Schenkel hinauf. Ein Feldstein drückte ihm in die Rippen. Er rührte sich nicht, flehte stumm zu Gott, damit der ihn in einen Feldstein verwandelte.

Wie lange verharrte er so zwischen Hüttenwand und Haselnussstrauch? In seiner Erinnerung später erschien diese Zeit ihm kurz wie ein Atemzug, doch als er in jenen Stunden die Augen wieder aufriss, weil jemand ihn berührte, stand kein Vollmond mehr am Himmel, und über Hütten und Burgwall graute ein neuer Morgen.

Ein Schatten beugte sich über ihn. Jemand flüsterte: »Bürschlein?« Moritz atmete nicht. Vielleicht hatte Gott in seiner Gnade ihn ja doch in einen Feldstein verwandelt. Er machte sich steif und hart. »Lebst du noch, Bürschlein?« Das Gesicht des Schattens schwebte dicht über ihm. »Komm schon.«

Ein Traum? Eine Erscheinung? Moritz starrte in das knochige Gesicht; es hatte einen beinahe zahnlosen Mund. Moritz hörte einen Hahn krähen; er hörte auch noch Stimmen vom Walltor her. Weinte da jemand? Vielleicht die Mutter.

Schnarchte da jemand? Waren die Sachsen noch im Dorf? Jetzt krähten schon zwei Hähne.

Knochige Hände streckten sich nach ihm aus, packten ihn an Ärmel und Hosenbund, zerrten ihn erst ins Kräuterbeet und dann auf die Beine. »Komm mit mir.« Es war der alte Priester, er stank aus dem Mund. »Schnell, schnell.« Der Alte winkte ihn hinter sich her.

Moritz stolperte über einen Stein, schlug lang hin, blinzelte hinter sich: Etwas Weißgraues lag da ins dunkle Gras getreten. Das steinerne Kreuz aus der elterlichen Hütte! Er selbst hatte es aus dem Kalkstein gehauen, vor dem letzten Osterfest, unter den prüfenden Augen des Vaters. Moritz langte danach, drückte es an seine Brust.

Der Priester bückte sich nach ihm, riss ihn erneut hoch. Der Alte ließ seine Hand nun nicht mehr los, und Moritz torkelte hinter ihm her: zwischen die Hütten, am Teich vorbei, über die Pferdekoppel, immer auf den Burgwall zu.

In den Hütten schnarchten Männer, jammerten Kinder, weinten Frauen. Im Wald jenseits des Burgwalls stimmten die ersten Vögel ihr Morgenlied an. Dunstschwaden krochen über den Wall und ins Dorf hinein.

Der Priester duckte sich zwischen die Pferde, legte den krummen Zeigefinger auf die Lippen. »Die sie nicht erschlagen haben, müssen nun in der Kirche ihres Schicksals harren«, flüsterte er. Die Kirche war die größte Hütte im Burgwall. »All unser Bier haben die Sachsen gesoffen, jetzt sind die meisten berauscht. Und haben berauschte Wachen aufgestellt.«

Der alte Priester war selbst ein Sachse. Als junger Mann war er eines Tages unter den Wenden in den Küstenwäldern aufgetaucht, hatte von einem neuen Gott erzählt, von einem Gott, der an einem Kreuz gestorben sei, damit die, die an ihn glauben, von aller Schuld befreit und gerettet sein sollen. Der alte

Priester hatte die Kirche am Walltor gebaut und im See die Obersten der Wenden getauft. Moritz wusste das von seinem Vater. Der war damals noch ein kleiner Junge gewesen.

Der Alte duckte sich tiefer, zog Moritz mit sich ins Gras und deutete zum Burgwall hinauf. Zwei Männer wankten entlang der Wallkrone. Sachsen. Der Priester beobachtete sie, bis kurz vor dem Walltor Dunstschwaden ihre Gestalten halb verhüllten. Er richtete sich auf, zog Moritz hinter sich her über die Koppel und dann die Erdstufen zur Wallkrone hinauf. Von dort stieß er ihn die steile Außenseite hinunter. Er selbst schlidderte auf dem Hintern die dreißig Ellen ins Unterholz und zu den Brombeerhecken hinab.

Dabei stöhnte er auf wie unter Schmerzen, und weil ihm das Gewand bis zum Geschlecht gerutscht war, konnte Moritz das Blut an seiner Hüfte sehen. »Zum See.« Der Priester deutete nach Süden. »Schaffen wir es zum See, schaffen wir es auch nach Schwerin und zur Burg des Herrn Grafen.« Er hinkte in die ersten Lichtbalken, die sich inzwischen aus den Baumkronen ins Unterholz bohrten.

Moritz stand wie festgewachsen. Zum See? Weg von Mutter und Vater? Er starrte auf den Wall, er spahte in die Richtung, in der er das Tor wusste, er lauschte der mütterlichen Stimme in seinem Kopf: *Lauf, mein Kleiner! Lauf, lauf!*

Der Alte machte kehrt, hinkte zu ihm und schlug ihm ins Gesicht. »Komm zu dir!« Er zerrte den Jungen zwischen die Bäume. »Willst du verrecken? Willst du ein Sklave im Sachsenland werden? Oder bei den Polacken?« Moritz stolperte hinter ihm her.

Hinein ging es in Gestrüpp und Buschwerk, in dichtes Gehölz, durch Sumpf und Schilf. Dreimal durchquerten sie den Graben, der sich nordwärts durch den Wald zum Meer hin schlängelte, sie wateten kniehoch durch ausgedehnte Tümpel, sie folgten dem Wildpfad, der entlang des Grabens zum See führte.

Je höher die Sonne stieg, desto langsamer hinkte der alte Priester. Manchmal lehnte er gegen eine Eiche und atmete schwer. Im Licht der Mittagssonne sah seine Haut grau aus. Einmal sank er ins Farn, schnappte nach Luft und konnte lange nicht weiter. Er hob den Kopf und schaute Moritz ins Gesicht. Sein Blick brannte.

»Das Gericht Gottes, Bürschlein.« Der Alte sprach leise und schleppend. »Die Strafe Gottes dafür, dass einige im Burgwall noch den alten wendischen Göttern gehuldigt haben. Ich weiß doch, wo sie die steinernen Götzenbilder der Podaga und des Swarogs in ihren Hütten und Erdlöchern versteckt haben! Ich hab doch gesehen, wie sie vor ihnen auf die Knie gefallen sind!«

Moritz starrte ihn an. »Gericht Gottes …?« Die Stimme brach ihm. Vor seinem inneren Auge schlugen Flammen aus einem riesigen rauchenden Erdspalt, sprangen rote, gehörnte Wesen ihn an. Kaum eine Messe, in welcher der Priester die Hölle und den Teufel nicht in grellsten Farben geschildert hatte.

Die zerfurchte Miene des Alten wurde bitter. »Das Gericht Gottes, Bürschlein, ja, ja. Jetzt hast du's am eigenen Leib erlebt. Und solltest du diesmal noch mit heiler Haut davonkommen, sieh zu, dass du künftig Gott und seinem Sohn Jesus Christus dienst, mit Haut und Haaren und aus ganzem Herzen. Vater, Sohn und Heiligem Geist musst du dienen, hörst du? Und der heiligen römischen Kirche, damit das nächste Mal nicht auch dich der Zorn Gottes dahinrafft.«

Die lange Rede erschöpfte den Alten endgültig, und er schlief ein. Moritz dachte an seine Großmutter. Während der letzten Schafschur war sie gestorben. Noch am Tag vor ihrem

Tod hatte sie sich in ihrer Kammer vor dem Bildnis der Göttin Podaga verneigt. Und ja, auch der oberste Jäger pflegte vor jeder Saujagd die Podaga und den Swarog anzubeten. Doch er selbst? Niemals! Oder Vater und Mutter? Nie!

Warum aber hatte der Zorn Gottes dann ihn und seine Familie getroffen?

Stunden vergingen. Hinter jedem Rascheln im Wald vermutete Moritz sächsische Verfolger, hinter jedem Häherschrei das nahende Gericht Gottes. Er weckte den Priester, half ihm auf die Beine und zog ihn aus dem Farn.

»Weiter«, murmelte der Alte. Wie benommen wirkte er. »Immer weiter.«

»Aber wohin denn?«, wollte Moritz wissen.

»Nach Magdeburg, immer weiter nach Magdeburg.«

Im Abendlicht später glänzten große Schweißperlen auf der Stirn des alten Priesters, und unter seinen tränenden Augen lagen schwarze Schatten. Da konnte er sich nur noch auf einen Ast gestützt voranschleppen.

In der ersten Abenddämmerung dann breitete sich endlich der Obersee von Schwerin vor ihnen aus. Der Priester wusste, wo im Schilf die Fischer die Kähne versteckten. Als die Sonne sank, fanden sie einen Kahn. Der Priester stolperte hinein und griff nach dem Ruder. Moritz musste das Boot aus dem seichten Uferwasser in den See schieben und aus eigener Kraft hineinklettern. Der Alte war zu schwach, um ihm helfen zu können.

Sie ruderten den Kahn auf den See hinaus. Moritz war nass bis auf die Haut. Im Licht der untergehenden Sonne sah er einen großen Flecken im Gewand des Priesters glänzen. Feucht und schwer von Blut klebte es an seiner Hüfte. Der Sachse mit der blutigen Axt stand Moritz wieder vor Augen. Oder ein Schwerthieb? Oder ein Pfeil? Er wagte nicht zu fragen.

Dunst legte sich über den See. Bald war es so dunkel, dass Moritz in keiner Himmelsrichtung mehr Land erkennen konnte. Jedes Mal, wenn der alte Priester das Ruder ins Wasser stieß, stöhnte er auf. Irgendwann sank er vor seiner Ruderbank in den Bug des Kahns und zog die Beine an. Sein Atem ging rasselnd und schnell.

Moritz kniete zwischen den Ruderbänken nieder und beugte sich über den Priester. »Rudere du«, flüsterte der Alte, »nicht aufhören zu rudern, hörst du?«

Moritz schüttelte ihn sanft. »Bleibt bei mir. Ihr dürft mich nicht allein lassen!« Tränen schossen ihm aus den Augen.

»Wenn du Feuer in Schwerin siehst, sind die Sachsen auch dort schon«, flüsterte der Alte. »Dann nichts wie weg und hinüber ans Ostufer mit dir.«

»Verlasst mich nicht!« Moritz klammerte sich an ihm fest.

»Erreichst du das Waldufer, lauf weiter nach Süden, weiter der Elbe zu. Lauf einfach weiter, lauf in die Stadt ...« Immer öfter unterbrach der Alte sich, immer schwächer klang seine Stimme. »Laufe nach Magdeburg, dorthin musst du ...« Sein ganzer Körper bäumte sich auf, wenn er nach Luft schnappte. »... frag die Leute nach dem Erzbischof von Magdeburg. Der hat mich einst als Missionar zu euch geschickt. Sag ihm ...«

Die Stimme des Alten erstarb. Er hörte auf, nach Luft zu schnappen. Moritz presste ihm die Wange ins kaltschweißige Gesicht. »Lasst mich doch nicht allein!« Er weinte laut. Er weinte um seine Mutter, um seinen Vater, um seine Geschwister, um sein Zuhause. Er weinte die halbe Nacht lang. Niemand hörte ihn dort draußen auf dem oberen Schweriner See. Er weinte sich in den Schlaf.

Im Traum sah er wieder die Sachsen in der elterlichen Hütte wüten. Am schlimmsten trieb es der stämmige Axtmann mit dem runden Gesicht und dem fehlenden kleinen Finger an der Rechten.

Wie ein Riese im Kettenhemd ragte der Hagere mit dem entstellten Mund vor Moritz auf. Der Bullenkopf prangte schwarz und grässlich auf seinem Schild und seinem Mantel. Die anderen sprangen, wohin er zeigte, und die Mutter spuckte dem Rothaarigen mit der schiefen Nase ins Gesicht.

Ihre Stimme hallte durch seinen Traum wie ein Echo, das niemals mehr aufhört: *Lauf, Moritz! Lauf, lauf! Gott sei mit dir!*

Schreiend fuhr er aus dem Schlaf hoch. Der Kahn schaukelte, Nebelschwaden wogten ringsum. Moritz zitterte, kalt und nass klebten ihm die Kleider auf der Haut. Schluchzend blinzelte er nach allen Seiten, versuchte vergeblich, irgendwo die Umrisse von Schwerins Mauern und Türmen zu erkennen.

Wo war er? Wohin trieb der Kahn?

Heulend beugte er sich schließlich über den Priester. Aschfahl war dessen Gesicht. Mund und Augen standen ihm offen. Er atmete nicht mehr.

Moritz schüttelte den Alten. Der Alte war tot.

Moritz' Tränen versiegten, die Schultern sanken ihm, alle Kraft wich aus seinen Gliedern. Ganz krumm hockte er im Kahn und stierte in den Nebel. Die Umrisse eines Schwanenpaares schälten sich aus dem feuchten Grau; die stolzen weißen Vögel schwammen vorüber, beachteten ihn nicht, tauchten wieder in den grauen Schleier ein.

Er hörte Wasser plätschern – ein springender Fisch. Über ihm gellte der Ruf der Kraniche; unsichtbar für ihn zogen sie nach Süden. Die frühherbstliche Kälte drang ihm in die Knochen, er zitterte stärker. Irgendwo jenseits der Nebelwand begannen Vögel zu singen. Einc große Leere ergriff Moritz. Unendlich allein fühlte er sich.

Irgendwann bohrte der Hunger in seinem Bauch. Er griff zum Ruder, senkte es kraftlos ins Wasser. Doch in welcher Himmelsrichtung lag Schwerin? Wohin sollte er den Kahn denn lenken? Gleichgültig! Er ruderte einfach darauflos.

Bald durchdrang die Morgensonne den Nebel, die grauweißen Schwaden lichteten sich erst, lösten sich dann nach und nach auf. Keine drei Steinwürfe entfernt erkannte Moritz das Seeufer, sah Schilf, Wald und Gras. Keine Stadt, keine Burg. Hatte der Wind seinen Kahn denn ans Ostufer getrieben? Dort war er nie zuvor gewesen.

Er fand Blaubeeren und Brombeeren, stopfte in sich hinein, so viel er konnte. In Ufernähe wanderte er nach Süden; im abendlichen Nebel verlor er die Orientierung. Zwischen entwurzelten Kiefern fand er einen verlassenen Dachsbau und kroch hinein. Traumlos schlief er, bis Kranichrufe und das kehlige Fauchen eines Dachses ihn weckten.

Moritz kroch aus dem Bau. Morgennebel hing in Buschwerk und Gehölz. Im Unterholz fletschte ein dreieckiger, schwarzweiß gestreifter Schädel die Zähne. Moritz sprang auf, rannte davon. Er rannte, bis der Nebel sich lichtete.

Auf einer Lichtung fand er Brombeerhecken und stillte seinen Hunger. Danach folgte er bis zum Abend einem Bachlauf. Die Sonne trocknete seine Kleider, zum Schlafen wühlte er sich ins Vorjahreslaub. Am nächsten Morgen wieder Beeren. Im Bach fand er Muscheln und schlang sie herunter.

Der Bach mündete nicht in den Schweriner See, wie Moritz gehofft hatte, sondern in einen Teich. Weil er Wolfsspuren entdeckte, schlief er in der Krone einer Weide. Am nächsten Morgen suchte er vergeblich nach dem Seeufer, geriet immer tiefer in unwegsames Gehölz hinein.

Tagelang irrte er durch den Wald, trank aus Bächen, aß wilde Pflaumen, Pilze, Beeren und dreimal rohen Fisch. Einen fand er tot am Ufer eines Teiches, einen zweiten nahm er einem jungen Otter weg, den dritten ließ ein Kormoran aus einer Weidenkrone in einen Tümpel fallen.

Irgendwann gelangte er in ein Dorf. Er bettelte, fragte nach Magdeburg und dem Erzbischof. Man lachte ihn aus. Eine alte Frau gab ihm Brot und eine Speckschwarte und zeigte ihm einen Reitweg nach Süden.

Halb verhungert gelangte er Tage später in eine Stadt, bettelte auf dem Marktplatz, sprach einen Bauern auf Wendisch an und wollte wissen, ob er in Magdeburg sei und ob der Bauer den Erzbischof kenne. Leute versammelten sich um den Bauernwagen. Auch sie lachten ihn aus.

Warum, begriff Moritz nicht. Vielleicht, weil er zwischen seiner wendischen Muttersprache und dem Sächsischen, das er vom Priester gelernt hatte, hin und her wechselte. Sie rümpften die Nase, weil er stank; vielleicht auch, weil er ein Wende war. Am dritten Tag jagten sie ihn vom Marktplatz und aus der Stadt.

Monate später erst erfuhr er deren Namen: Havelberg.

Er schlief in der Flussböschung vor der Stadtmauer und bettelte tagsüber am Stadttor. Nach wenigen Tagen lag er mit Fieber im Staub. Er konnte sich kaum noch rühren.

Die Menschen erschienen ihm wie Schatten ohne Gesichter, Hufschlag und Geratter von Wagenrädern, wie Pauken und Trommeln aus den Gassen des Neuen Jerusalems. Moritz lauschte der Stimme seiner schönen Mutter. Er sprach mit ihr, war zufrieden, hoffte nichts weiter mehr, als bald in ihre Arme sinken zu können.

Ein aus dem Stadttor rollender Ochsenkarren hielt an, Schritte näherten sich ihm, zwei Schatten fielen auf ihn. »Er stinkt«, sagte der eine, »er lebt noch«, der andere.

»Mutter?« Moritz glaubte, bereits im Himmel zu sein. »Mutter?« Er schlug die Augen auf, blinzelte ins Tageslicht – und erschrak: Ein schwarzes Gesicht schwebte über ihm. Der Teufel? Oder einer seiner höllischen Knechte? Er konnte kein Gehörn entdecken, keinen Ziegenbart, er sah aber wulstige Lippen, eine dicke, klobige Nase, große, schwarzbraune Augen und eine dunkle Stirn, über deren Falten schwarzes, krauses Haar hing. Moritz klapperte mit den Zähnen.

Dem anderen Schatten gefiel seine Angst. »Das Stinkerchen hat Angst vor unserem Mohren!«, rief er denen im Wagen zu und lachte vergnügt.

Das schwarze Gesicht über Moritz entblößte große, weiße Zähne. Konnte ein Teufel lächeln? Hatte ein Teufel derart freundliche Augen? Der Mann mit dem schwarzen Gesicht schob seine schwarzen Arme unter Moritz' zitternden, ausgemergelten Körper. Der Mann, der kein Teufel gewesen sein konnte, trug ihn zum Wagen, bettete ihn in Decken, gab ihm zu trinken.

Der Ochsenkarren rollte an und fuhr weiter.

Wohin?

2

Mutter

Maulbronn, zwölf Jahre später

Am Vormittag war Helena noch nach Singen zumute. Mit einem Lied auf den Lippen rauschte sie von einem Ende der großen Klosterküche zum anderen, wieder und wieder. An den Herdfeuern drehten zwei Küchenknechte die Spieße mit den Fasanen, Enten, Hühnern und Hasen. In einem großen Topf schmorten Stücke eines Kalbs, in einer Pfanne Scheiben vom Schweinerücken. Wie die Fasanenhaut brutzelte! Wie das Entenfett spritzte und über der Glut zischend in Flammen aufging! Und wie der Saft aus dem zarten Kalbfleisch sickerte! Herrlich! Tief sog Helena den Bratenduft ein.

Das Festmahl für den Abend entstand. Vom Backofen her strömte der Duft frischen Brotes durch die Klosterküche. Auf dem zweiten Herd garte in drei Töpfen die Weizengrütze. Ein jungenhafter Mönch schnitt Kräuter hinein, ein viel älterer Bauchfleisch. An der Zinkwanne neben der Tür zur Vorratskammer wuschen zwei Knaben Äpfel, Pflaumen und Birnen. Auf dem langen Tisch vor den Fenstern nahm eine Magd die Forellen aus. Katzen strichen um ihre Beine.

Leise singend lief Helena zwischen den Braten, dem Zuber, dem backenden Brot und der Hafergrütze hin und her und schaute nach dem Rechten. Sie liebte diese Stunden in der Klosterküche, wenn alles so geschah, wie sie es geplant hatte, wenn das Gesinde und sogar die Mönche auf ihre Anweisungen warteten und die Speisen gelangen. Sie gerieten eigentlich immer aufs Beste, wenn Helena die Aufsicht führte.

So, wie sie früher gelangen, als die Mutter noch die Aufsicht führte.

Der jüngere der Küchenknechte, ein Bursche von kaum achtzehn Jahren, streckte die Rechte nach einer Ente aus, um einen Fetzen Haut abzureißen, der sich in der Brathitze abkrümmte. Helena unterbrach ihr Lied und klopfte ihm mit dem Kochlöffel auf die Hand. »Untersteh dich!« Sie drohte ihm mit dem Zeigefinger, und er, der Gleichaltrige, zog den Kopf ein und gab sich reumütig.

Die älteste Magd brachte ein Tablett mit Speisen herein und stellte es Helena zur Begutachtung hin: Käse, Brot, Zwetschgen und Wein – das Frühstück für den Vater. »Füll ihm noch ein Schüsselchen Weizengrütze ab«, befahl Helena. »Und dann gehe den Wirsing schneiden, ich will Meister Bohnsack selbst das Frühstück bringen.« Die Magd nahm eine Schüssel aus dem Wandregal und humpelte zum Herd.

Ein hochgewachsener Mönch von kräftiger Statur zog einen Leiterwagen vor die offene Küchentür, nahm einen Stapel Körbe heraus und stellte sie wortlos auf den Tisch neben der Tür ab. Dort hatte Helena Brote, Fleisch, Wein und Früchte auslegen lassen und was sonst übrig war an Essensresten vom vergangenen Tag.

Der Mönch drehte sich nach Helena um – etwas leuchtete auf in seinen dunklen Augen, und ein wohlwollendes, väterliches Lächeln machte seine ernsten Züge für einen Moment weich. Er nickte ihr zu und füllte dann seine Körbe mit den Gaben für die Armen.

Pater Rochus war der Almosenmeister des Klosters. Er hatte die Bettler zu versorgen, die am Klosterportal um Hilfe baten. Er stand unter einem Schweigegelübde, und es war Jahre her, dass Helena mit ihm gesprochen hatte. Dennoch schwang da etwas hin und her zwischen ihnen, etwas Warmes, Freundliches. Ein unsichtbares Band. Während Pater Rochus den letzten vollen Korb hinaustrug, nickte er Helena noch einmal zu und lächelte scheu. Man sah ihn nur sehr selten lächeln.

»Einen gesegneten Tag, Pater Rochus!«, rief Helena ihm hinterher. Durch das Fenster beobachtete sie, wie er seinen Leiterwagen über den Klosterhof zog. Seine Haltung war aufrecht und sein Schritt kraftvoll wie der eines jungen Mannes, dabei hatte er die Vierziger schon hinter sich.

Bis vor wenigen Jahren war er noch der Prior von Maulbronn gewesen, der Stellvertreter des Abtes; damals hatte er noch gesprochen. Niemand wusste, warum er das hohe Amt des Priors gegen das so viel geringere des Almosenmeisters hatte tauschen müssen.

Einer der Falkner lief mit seinen Hunden über den Klosterhof. Helena stürzte aus der Küche. »He, Falkner!« Er blieb stehen. »Wann willst du mit mir abrechnen?« Weil seine Falken keine Fasane gefangen hatten, musste er welche auf dem Markt kaufen. »Ich habe dir einen Groschen gegeben, ein Fasan kostet in diesem Herbst einen Heller, und du hast sechs gekauft. Das macht drei Pfennige, also schuldest du mir noch neun Pfennige. Her mit dem Geld des Meisters!«

Der Falkner kam herbei und kramte in den Taschen seines Wamses. »Gerade wollte ich zu Euch in die Küche kommen, Jungfer Helena.« Sein Gesicht rötete sich. »Gerade gehe ich über den Hof und denke, du musst noch mit der Baumeisterin abrechnen.« Er war zehn Jahre älter als Helena.

»Das wollte ich dir auch geraten haben.« Sie nahm die Silberpfennige entgegen, zählte sie sorgfältig und nickte zufrieden. Einer der Falknerhunde kläffte Helena an. Sie zischte zurück, und der Falkner trollte sich. Die alte Magd stellte ein Schüsselchen mit dampfender Weizengrütze zum Frühstück für den Vater hin.

Helena lief noch einmal zum Backofen. Wie köstlich das Brot roch, wie schön es bräunte! An der Hintertür sah sie den Knecht des Gärtners stehen; er hielt Blumen in den Händen und schaute erwartungsvoll zu Helena herüber. »Dass ihr mir auf das Brot achtet!«, rief sie in die Küche, während sie zu ihm eilte. »Es braucht nicht mehr lang. Seht mir ja zu, dass es nicht zu dunkel wird!«

»Das Grabgebinde«, sagte der Gartenknecht und hielt ihr die Blumen hin: violette Herbstastern, blauer Wolfswurz, rote Fetthennen, weiße Buschrosen, Herbstlaubzweige, ein paar schöne Gräser.

»Wo sind die gelben Rosen?«

»Keine gefunden.«

»Wo hast du gesucht?«

»Na, im vorderen Klostergarten, da wo die Mönche uns gestatten zu pflücken.«

»Im vorderen Klostergarten, so, so.« Helena stemmte die Fäuste in die Hüften. »Fauler Strick! War's dir zu weit vom Blumengarten zu den Pferdeställen? Hinter denen und hinter der Schmiede habe ich gestern gelbe Rosen gesehen. Sie blühen gerade zum zweiten Mal.« Sie nahm dem Gartenknecht das Gebinde ab. »Lauf! Und kehre ja nicht ohne mindestens fünf gelbe Rosen zurück!«

Der Knecht machte kehrt und hastete im Laufschritt aus der Küche und über den Hinterhof. Helena legte den Schurz ab und strich ihr Kleid glatt. Wie sie ihren Vater kannte, arbeitete der bereits seit Sonnenaufgang und hatte noch nichts gegessen und getrunken.

Helena warf einen letzten Blick in die Grütztöpfe, in den Backofen und auf die Braten. »Das Brot kann raus!«, rief sie, und dem Burschen an den Spießen drohte sie vorsichtshalber noch einmal mit dem Finger. Dann nahm sie das Tablett mit dem Frühstück und lief leise vor sich hin summend über den Klosterhof zum neuen Herrenrefektorium.

Helena lächelte – durch die Küche würde jetzt ein Aufatmen gehen. So wie früher ein Aufatmen durch die Küche ging, wenn die Mutter endlich einmal die Küche verließ. Wie vor der Mutter – der »Baumeisterin« –, hatten sie inzwischen auch vor Helena Respekt, alle, dabei waren die meisten älter als sie. Manche fürchteten ihr Gefuchtel mit dem Holzlöffel, viele ihre spitze Zunge.

Am großen Zierbrunnen setzte sie das Tablett ab und beugte sich über den Wasserspiegel. Ein schmales Gesicht mit feinen Zügen und großem Mund schaute sie aus großen, dunkelblauen Augen an. Kastanienrotes Haar umrahmte ihr schönes Gesicht; meist trug Helena es wie heute zu einem dicken Zopf geflochten.

Ihre Arme waren dunkel, feine rötliche Härchen bedeckten sie. Genauso hatten die Arme der Mutter ausgesehen. Auch ihre drahtige und hoch gewachsene Gestalt hatte Helena geerbt. Dazu die Gewohnheit, nichts Hässliches an sich zu dulden – keinen Flecken auf den Kleidern, keinen Riss, keinen Mottenfraß, und sei er noch so klein; nichts, was schäbig oder gewöhnlich aussah. Helenas Mutter war die Tochter eines französischen Ritters gewesen.

Sie beugte sich tiefer über das Wasser, langte hinein und wusch sich das Gesicht. Ihr Spiegelbild verschwamm. Mit nassen Händen griff sie wieder nach dem Tablett und ging auf den Eingang des Klausurgebäudes zu. Kurz davor hielt sie noch einmal inne und bestaunte die prächtige Fassade, ihre Fenster, Säulen, Simse und das schöne Portal.

Wer hatte all das gebaut? Sicher – die Zimmerleute, Steinmetze, Bildhauer und Maurer. Doch wer hatte es erdacht? Wer hatte den Zimmerleuten, Steinmetzen, Bildhauern und

Maurern in Zeichnungen, Modellen und vielen Worten vor Augen gestellt, was sein Geist geplant und gestaltet hatte? Niemand anderes als ihr Vater, der Baumeister Bohnsack! Stolz erfüllte Helena.

Zwischen so viel steinerner Schönheit hatte sie die beinahe achtzehn Jahre ihres bisherigen Lebens verbracht. Hier, zwischen Baustelle und Bauhütte, war Helena geboren worden; damals errichteten ihr Vater und seine Bauleute gerade die »Paradies« genannte Vorhalle der Klosterkirche. Hier, in der Klosteranlage und zwischen den Weinbergen Maulbronns war Helenas Zuhause. Ausgeschlossen, sich ein anderes auch nur vorzustellen!

Mit dem Ellenbogen drückte sie die schwere Klinke des Portals hinunter, schob es auf und betrat die Klausur. Ja, auch das hatte sie von ihrer Mutter geerbt – die Erlaubnis, diese an sich nur den Mönchen vorbehaltenen Gebäude zu betreten, um den Baumeister zu versorgen. Am nächsten Sonntag würde es damit vorbei sein, denn nach der Messe wollte der Abt die neuen Gebäude weihen.

Helena fand den Vater im neuen Speisesaal der Mönche, im Herrenrefektorium. Mehr Glas als Stein bildete die Wände des herrlichen Raums, und das Licht der Vormittagssonne flutete durch die vielen hohen Bogenfenster. Erst in der vergangenen Woche hatten die Bauleute ihres Vaters das Herrenrefektorium vollendet.

Mit dem Tablett in Händen stand Helena still, betrachtete die gewaltigen Säulen und staunte zu den prachtvollen Gewölben hinauf. Klein und bedeutungslos kam sie sich vor, und es schauderte ihr vor so viel Erhabenheit und Pracht.

Ihr Blick suchte den Vater. Vor der Mittelsäule hatte er den Fuß auf einen Säulensockel gesetzt. Das Skizzenbuch auf seinem Oberschenkel war aufgeschlagen. Den Kopf in den

Nacken gelegt, schaute er in die Gewölbe hinauf. Sein wachsamer Blick wanderte über die steinernen Bögen, die sechs- oder siebenfach von jeder Säule nach oben strebten und die Gewölbe trugen und formten.

Helena stellte das Tablett auf dem großen runden Tisch vor einem der hohen Fenster ab. Stifte, Skizzenblätter und Modelle von Säulen und Kapitellen aus Ton und Wachs lagen auf ihm. »Guten Morgen, Herr Vater!« Sie ging zu ihm und küsste ihn auf die Wange.

Der Baumeister lächelte. »Einen gesegneten Tag wünsche ich dir, meine Tochter«. Dann senkte er den Blick und zeichnete einen Bogen in das Gewölbe ein, dessen Zeichnung bereits in seinem Skizzenbuch prangte. *Kreuzrippengewölbe* hatte er mit dicken Buchstaben darüber geschrieben.

Helena konnte, was selbst die Söhne des kaiserlichen Vogtes nicht konnten: lesen und schreiben. Sogar auf Französisch; die Mutter hatte es ihr beigebracht. Oft schon hatte sie im Skizzenbuch ihres Vaters geblättert und die zahllosen Abbildungen von Säulen, Gewölben, Rippenbögen, Arkaden, Kapitellen und pflanzenartigen Ornamenten betrachtet.

»Kommt zum Tisch, Herr Vater. Ihr müsst essen und trinken.«

»Sofort«, murmelte er geistesabwesend und blieb in seine Zeichnung versunken.

»Der kaiserliche Vogt und seine Familie haben Botschaft zum Abt geschickt.« Helena ging zurück zum Tisch. »Sie wollen heute Abend die Vollendung Eurer Arbeit mit uns feiern, Herr Vater.«

»Habe ich erwartet.«

»Vielleicht wird der Karl um meine Hand anhalten.«

»Vielleicht.«

»Vielleicht auch der Johannes.« Beide waren Söhne des Vogts.

»Schon möglich.« Der Vater legte wieder den Kopf in den Nacken, betrachtete das Gewölbe und das Kapitell der Mittelsäule so aufmerksam, als sähe er beides zum ersten Mal. Dann zeichnete er in sein Skizzenbuch, was er gesehen hatte.

Warum nur? Helena wunderte sich. Das Kloster war doch nun vollendet. »›Vielleicht‹?« Sie runzelte unwillig die Stirn. »Sonst sagt Ihr nichts dazu?«

Meister Bohnsack zuckte mit den Schultern, steckte seinen Kohlestift ein und klappte sein Buch zu. »Lass uns nach dem Fest über diese Dinge reden.« Er ging zum Tisch und rückte sich einen Stuhl vor das Frühstückstablett. »Ich danke dir, mein Kind.«

»Vielleicht will ich ja keinen von beiden.« Helena setzte sich auf den Tisch. »Wahrscheinlich sogar.« Sie griff nach dem Weinkrug und schenkte ihrem Vater ein.

»Ja, wahrscheinlich.«

»Im Grunde gefallen sie mir beide nicht wirklich ganz und gar. Doch irgendjemanden muss ich ja heiraten.« Schon als sie noch Kinder waren, hatten die Söhne und Töchter des Vogtes und Helena miteinander gespielt. »Sie werden einmal die Pferde und Rinder ihres Vaters besitzen, sie werden einmal Wald, Wiesen, Weinberge und Häuser rund um Maulbronn erben.«

»Und mit ihren Geschwistern teilen müssen«, gab der Vater kauend zurück.

»Welchen würdet Ihr Euch als meinen Mann wünschen?«

»Schwer zu sagen, mein Kind.« Irgendetwas schien den Vater zu beschweren, Helena sah es an den Falten auf seiner Stirn und um seine Mundwinkel. »Mir scheint, du bist noch ein wenig zu jung für die Ehe.«

Helena blies die Backen auf. »Bin ich etwa zu jung, Euren Haushalt zu führen? Bin ich zu jung, Euer Gesinde zu beaufsichtigen und Euer Geld zu verwalten?« Eine Zornesfalte stand plötzlich zwischen ihren dunklen Brauen. »Ich werde im Januar achtzehn, Herr Vater! Habt Ihr das vergessen?«

»Lass gut sein, mein Kind.« Meister Bohnsack griff nach dem Weinkelch. »Du weißt, wie sehr ich dich liebe.«

Er sah zu ihr hoch. Seine grauen Augen guckten hellwach, viele Furchen durchzogen sein graubärtiges, knochiges Gesicht, sein graues Haar hing ihm bis auf die breiten Schultern herab. Seine sehnigen Hände waren schwielig und groß. Er trug eine dunkle Wolltunika mit Säumen aus Fell. Seit achtzehn Jahren arbeitete er nun in der Klosteranlage von Maulbronn, ein Drittel seines Lebens.

»Jeden Morgen und jeden Abend danke ich Gott für dich, mein Kind. Lass uns morgen über diese Dinge sprechen, ja?« Er wandte sich ab und schlürfte seinen Wein.

»Ich geh jetzt zur Mutter«, sagte Helena ein wenig trotzig. »Die hört mir wenigstens zu und spricht mit mir.«

»Tu das, mein Kind.« Geistesabwesend langte Meister Bohnsack nach der Schüssel mit der Weizengrütze; er schien mit den Gedanken schon wieder ganz woanders zu sein. »Und bitte sorge dafür, dass ich ungestört bleibe, bis der Abt und die Familie des Vogtes zum Festmahl erscheinen.«

Auf dem Klosterfriedhof ging Helena vor dem Grab ihrer Mutter auf die Knie. Sie setzte das Blumengebinde dicht am Grabstein ab. Danach ließ sie sich auf ihre Fersen nieder und betrachtete den bunten Herbststrauß. Gelbe Rosen waren die Lieblingsblumen ihrer Mutter gewesen. Sie selbst mochte die weißen am liebsten.

»Die Speisen sind beinahe fertig, Frau Mutter«, sagte sie, »der Kalbsbraten ist wieder ein Gedicht geworden, und erst die Fasanen!« Helena spitzte die Lippen und schmatzte behaglich. »Nur der Herr Vater gefällt mir heute nicht. Speisesaal und Kapitellhalle sind seit Tagen fertig, und er läuft noch immer mit seinem Skizzenbuch zwischen Säulen und Gewölben umher. Und grübeln tut er auch. Was ihm wohl Kummer macht?«

Sie seufzte und betrachtete den Grabstein. Der Name ihrer Mutter war in den roten Sandstein gemeißelt. *Marie-Magdalene*. Der Blitz hatte sie erschlagen. Kein Mensch wusste, was sie im Gewittersturm in den Weinbergen zu suchen hatte.

»Der Herr Vater kann wohl nicht ohne Arbeit sein. Doch keine Sorge, geliebte Mutter, in der Vogtei gibt es genug Arbeit für einen Baumeister. Ich bete, dass der Bischof eine Kathedrale bauen lässt. Am besten in Pforzheim, Knittlingen oder Mühlacker.«

Helenas Blick wanderte über den Grabstein zur Friedhofsmauer und dann hinauf zu den Weinbergen. Dort oben hatte der Vater die Mutter gefunden. Im Frühling war es fünf Jahre her gewesen. Der Abt hatte ein Kreuz und eine Engelsstatue an der Stelle errichten lassen. Den schönsten Engel, den Helena je gesehen hatte.

»Davon träumt er doch schon, so lange er denken kann – als Baumeister eine Kathedrale zu errichten.« Sie schaute wieder auf den Grabstein. »Hat er davon nicht schon geträumt, als Ihr Euch kennengelernt habt? Damals in Chartres, als er noch ein junger Mann war und von seinem französischen Meister lernte, wie man ein Gotteshaus baut? So habt Ihr's mir erzählt, Frau Mutter. Ihr erinnert Euch doch, oder?«

Die Glocken der Klosterkirche läuteten. Helenas Blick flog zum Turm. Das Läuten rief die Mönche zum Angelus, zum Mittagsgebet. Auch im Wald, auf dem Feld und in den Weinbergen verharrten sie jetzt, entblößten die Köpfe und bekreuzigten sich.

»Eine Kathedrale in Mühlacker würde mir gefallen, dann könnte ich den Herrn Vater jeden Sonntag besuchen. Und Euch auch.« Sie lächelte versonnen. »Ich würde Eure Enkel mitbringen. Und natürlich Vaters Lieblingswein und Lieblingsspeisen. Es sind ja nur wenige Wegstunden von den Gütern des Vogtes nach Mühlacker.«

Ein zweifelnder Zug legte sich auf ihr schönes Gesicht. »Obwohl – weiß ich denn wirklich sicher, dass ich einmal dort wohnen werde? Ich glaube, beide wollen mich, der Johannes und der Karl. Heute kommen sie zum Fest. Wie schade, dass Ihr nicht dabei sein könnt! Die ganze Familie des Vogtes kommt. Was meint Ihr, Frau Mutter – ob ich den Karl heiraten soll oder lieber den Johannes? Dem Vater ist's gleich, scheint mir. Schade.«

Helena betrachtete das Grab und den kunstvoll bearbeiteten Grabstein. Er hatte die Form eines hoch aufragenden Bogens und war aus Buntsandstein. Das Grab war ein Familiengrab. In wenigen Jahren würde der Vater hier neben der Mutter liegen. Und irgendwann auch sie selbst. Vielleicht. Sie blickte sich um. Vielleicht aber auch im Familiengrab des Maulbronner Mannes, den sie einmal heiraten würde. Es sollte bald geschehen, denn etwas in ihr sehnte sich. Nach Nähe, nach Zärtlichkeit, nach Berührung.

Helena entdeckte ein spätes Gänseblümchen im Gras auf der anderen Grabseite. Sie richtete sich auf den Knien auf, beugte sich über das Grab und pflückte das Blümchen. Wieder auf den Fersen sitzend, lauschte sie in sich hinein.

»Wen ich lieber mag, wollt Ihr wissen, Frau Mutter?« Sie kicherte, zuckte mit den Schultern und begann die Blütenblätter des Gänseblümchens abzuzupfen. »Der Karl ist schöner und stärker. Doch der Johannes hat mehr Verstand, kann schreiben und fließend lesen. Sogar lateinische Schriften.«

Ein Schwarm Wildgänse zog am Himmel vorüber. Helena ließ die Blüte sinken und blickte ihnen hinterher. Wohin sie wohl zogen? Es musste schmerzlich sein, Herbst für Herbst seine Heimat zu verlassen. Hatten sie überhaupt eine Heimat, die Wildgänse?

»Ich bin froh, kein Zugvogel zu sein.« Sie zupfte weiter an der Blüte des Gänseblümchens herum. »Die Hände vom Karl sind grob und schmutzig, die vom Johannes fein und schlank. Er schreibt ja auch nur. Seine fraulichen Hände kann ich mir nicht recht vorstellen auf meiner Wange. Ich versuche es oft, wirklich – seine Hände auf meinem Gesicht, auf meiner Brust, auf meinen Hüften. Mir wird nicht recht warm dabei, Frau Mutter, wisst Ihr?«

Sie rief sich die Gestalt des ältesten Vogtsohns vor Augen und malte sich aus, wie er sie berührte. Ganz heiß wurde ihr, und etwas klopfte in ihrem Schoß.

»Wenn die Hände vom Karl bloß nicht immer so schmutzig wären!« Seufzend schüttelte Helena den Kopf. »Dann könnte ich mir sogar vorstellen, dass er mich küsst und mir Kinder macht. Wäre er doch bloß ein bisschen sauberer und ein bisschen klüger!« Sie warf das zerrupfte Gänseblümchen hinter sich. »Wisst Ihr was? Mir ist's eigentlich auch gleich, wen von beiden ich heirate.«

Erschrocken, als würde sie eben erst bemerken, wie laut sie sprach, blickte Helena sich um. Niemand zu sehen. Sie lachte. »Was erzähle ich Euch hier alles! Ich wollte, Ihr wärt da, geliebte Frau Mutter.«

Sie beugte den Oberkörper über die Knie und stützte die gefalteten Hände gegen die Stirn. So verharrte sie eine Zeitlang und weinte ein bisschen. Danach ordnete sie die Herbstblumen, stand auf und küsste den Grabstein. »Ich mag gar nicht an den Vater denken, Frau Mutter, an sein bekümmertes Gesicht. Ich habe Angst vor dem, was ihn beschwert. Ja, richtig Angst.«

Auf dem Klosterhof begann schon am späten Nachmittag das festliche Treiben. Helena beobachtete es vom Küchenfenster aus. Die Bänke rund um den Zierbrunnen füllten sich mit Menschen. Vor allem die Männer der Bauhütte saßen schon beim Wein – die Steinmetze, Zimmerleute, Schmiede, Bildhauer und Maurer. Einige Mönche hatten sich bereits unter sie gemischt. Vom Abt und der Familie des Vogtes war noch niemand zu sehen.

Es würde eine lange Nacht werden, da war Helena sicher, denn für die meisten Männer der Bauhütte brach heute der letzte Abend in Maulbronn an. Jetzt, wo das Kloster endlich fertig war, hieß es Abschied nehmen.

Helena wurde das Herz schwer – die meisten der Handwerker kannte sie von Kindesbeinen an. Doch nun würde Meister Bohnsacks Bauhütte sich auflösen und die Männer würden dorthin ziehen, wo Kathedralen nach Art des Maulbronner Zisterzienserklosters im modernen französischen Stil gebaut und ihre Erfahrung und ihr Geschick gebraucht und gut bezahlt wurden. Also würden einige nach Straßburg, andere nach Naumburg oder Köln ziehen.

Helena sah viele junge Männer draußen stehen oder sitzen, einige auch aus Maulbronn und den umliegenden Weilern. Jeden einzelnen betrachtete sie genau. Nur ein Maulbronner kam für sie in Frage, daran gab es keinen Zweifel, allenfalls noch einer aus Mühlacker oder Knittlingen. Mehr als drei oder vier Wegstunden sollten Helena niemals trennen vom Grab der Mutter und von diesen schönen, traurigen Weinbergen.

Obwohl – der junge Bildhauer dort am Brunnen bei dem Küchenmönch und dem Bruder Gärtner sah wirklich hübsch aus. Sehr blond, sehr groß und mit sehr männlichen Zügen. Er war noch unverheiratet, und Helena hatte sich bereits ein paar Mal in ihn verliebt.

Das erste Mal gleich, als er vor drei Sommern aus Bamberg gekommen war. Dort hatte er Säulenkapitelle, Rosetten und Figuren für den neuen Dom gehauen. Davor war er in Straßburg gewesen, wo er seit früher Jugend am neuen Münster mitgebaut hatte. Er hieß Jacques, doch alle nannten ihn Jakob.

Einer wie er würde sicher in Maulbronn bleiben, wenn er einen guten Grund dafür fand? Und war eine schöne Jungfrau etwa kein guter Grund? Und der Vater würde ihn sicher behalten, wenn er seine Kathedrale in Mühlacker oder Knittlingen baute, denn der Franzose schlug schöne Bilder und Ornamente. Allerdings besaß er weder Land noch Geld.

Helena trat trotzdem aus der Küche und ging zum Brunnen. Die beiden Mönche rückten zur Seite, sodass sie neben dem hübschen Bildhauer Platz nehmen konnte. Auf der anderen Seite der Tafel saßen einige Steinmetze und Zimmerleute. Die begrüßten sie mit lautem Hallo und strahlenden Gesichtern. Helena war gern gesehen unter den Männern. Das wusste sie. Und sie genoss es.

Jemand schenkte ihr Wein ein, jemand schob ihr den Teller mit Käse und frischem Brot herüber. Sie aß und trank und plauderte nach allen Seiten. Am Ende der Tafel bedienten Mönche in weißen Tuniken und schwarzen Überwürfen Bettler, wandernde Handwerksburschen, Spielleute aus Italien und die Armen von Maulbronn. Unter ihnen war Pater Rochus. Helena winkte ihm zu.

Plötzlich fiel ihr unter den Steinmetzen und Zimmerleuten ein Mann auf, den sie noch nie gesehen hatte. Er trug einen Waffenmantel aus gutem Tuch und darunter einen Schwertgurt quer über einem Kettenhemd. Als Helena einen verstohlenen Blick unter den Tisch warf, fielen ihr die silbernen Sporen des Fremden auf.

Er sah müde aus und war außerdem viel zu alt für sie, also wandte sie sich irgendwann Jacques zu, dem blonden Bildhauer, und sprach ihn auf Französisch an. »Wie schön, dass unser Kloster nun fertig ist, nicht wahr?« Jacques strahlte sie an. »Und wie prachtvoll alles geraten ist: der große Speisesaal mit der hohen Fensterwand, der Versammlungsraum und das Paradies – erhaben und wunderschön!«

»Wunderschön!« Jacques hob den Weinbecher, den er mit seinem Sitznachbarn teilte, und stieß mit ihr an. »Die Zisterzienser sind sehr zufrieden mit uns, und Gott und die Heiligen auch, schätze ich!« Sie tranken.

Auch auf der anderen Seite des Tisches hoben sie die hölzernen Daubenbecher, riefen einander Trinksprüche zu und tranken abwechselnd. Helena wunderte sich, denn niemand hier schien wirklich in Abschiedsstimmung, geschweige denn wehmütig oder gar traurig zu sein.

»Schade nur, dass wir uns jetzt alle trennen müssen.« Helena setzte ihren Weinbecher ab. »Wo wir uns doch schon so lange kennen.« Sie seufzte und sah Jacques in die schönen blauen Augen. »Wie eine große Familie ist ja die Bauhütte geworden in all den Jahren. Und nun heißt es Abschied nehmen.« Sie seufzte tiefer, gab sich wehmütig und sah den Bildhauer erwartungsvoll an.

»Nix Abschiednehmen!«, rief er auf Deutsch. »Nur wenige

ziehen ins Königreich Frankreich. Wir werden zusammenbleiben, die meisten von uns jedenfalls.« Er legte seine Hand auf ihre.

Helena spürte seine Berührung kaum, so verblüfft war sie. »Wie das?«

»Weil die meisten von uns mit Meister Bohnsack weiterziehen werden«, sagte einer der Steinmetze auf der anderen Tischseite. »Nur der Schmied und seine Söhne bleiben hier.«

»Weiterziehen?« Helena verstand überhaupt nichts mehr.

»Siehst du diesen edlen Herrn hier?« Ein Zimmermann deutete auf den Fremden. »Er ist ein Bote des Domkapitels von Magdeburg und des Erzbischofs. Man ruft Meister Bohnsack und uns nach Norden. Wir sollen den neuen Dom von Magdeburg weiterbauen.«

»Wir müssen nicht Abschied nehmen.« Jacques drückte ihre Hand. »Die meisten von uns ziehen mit dir und dem Meister an die Elbe hinauf!«

Helena saß wie vom Donner gerührt. Tränen stiegen ihr in die Augen, Tränen der Wut und des Schmerzes. Stumm stand sie auf, ließ die Feiernden hinter sich und wankte zum Portal der Klausurgebäude. Sie öffnete es, trat ein, wankte wie durch einen schlimmen Traum.

Schließlich trat sie in den neuen Kapitelsaal und stürzte an das Stehpult ihres Vaters, der dort über dem Plan eines schrägen Kreuzrippengewölbes grübelte.

»Sagt, dass die Steinmetze und Zimmermänner lügen!« Sie warf sich auf die Knie und ergriff den Mantelsaum ihres Vaters. »Sagt, dass es nicht wahr ist, Herr Vater! Sagt, dass wir für immer, immer hier bleiben werden! Für immer, immer in Maulbronn!«

»Sie lügen mitnichten, Helena.« Der Vater legte den Rötelstift beiseite. »Nichts bleibt für immer.« Er zog die Weinende hoch und schloss sie in die Arme. »Wir werden nach Sachsen gehen, hinauf an den Oberlauf der Elbe. Albrecht von Käfernburg, der Erzbischof von Magdeburg, baut den Dom des großen Kaisers Otto wieder auf. Er hat mich zu seinem neuen Baumeister berufen.«

Er küsste ihr die Tränen weg. »Freu dich doch mit mir – der berühmte Erzbischof Albrecht glaubt an meine Kunst!«

3
Vollmond

Rudelsburg, Markgrafschaft Meißen, Herbst 1227

Die Sonne sank, die Schatten wuchsen, es wurde kalt im Steinbruch. Die Männer luden die Blöcke auf, die sie heute aus dem Fels gebrochen hatten. Der Ochsenwagen bog sich bereits unter ihrer Last.

Ein letzter Felsblock lag noch in Steinsplittern und Staub, groß wie ein Bullenschädel. Moritz bückte sich nach ihm, hob ihn so leichthändig hoch, als wär's nur eine Kiste Reisig, und stemmte ihn zu den anderen auf die Ladefläche. Die anderen Steinbrecher wechselten verstohlene Blicke.

»Genug für heute!«, rief der Erste Steinmetz. »In die Burg, auf geht's! Mein Magen knurrt.« Die Männer legten ihre Keile und Hämmer zu den Steinblöcken auf die Ladefläche, zwei stellten sich vor die Ochsen und zerrten an den Stricken, ein dritter drosch mit der Peitsche auf das Gespann ein. Er musste kräftig zuhauen, bis die Räder sich bewegten und die sechs Ochsen die schwere Ladung endlich anziehen konnten.

Zwei Männer setzten sich auf den Bock, was der Burgmarschall streng verboten hatte. Doch der war weit weg – in Holstein kämpfte er an der Seite des Burgherrn und des Markgrafen gegen die Dänen.

Die anderen liefen wie üblich neben dem Karren her, plauderten, lachten, fluchten. Um Moritz kümmerte sich keiner. Alle wussten: Der war noch nie fortgelaufen, würde es auch heute nicht tun. Der junge Bursche schulterte seinen langstieligen Hammer mit dem wuchtigen Holzkopf und trottete hinter dem Ochsenkarren her.

Weglaufen – daran hatte Moritz oft gedacht in letzter Zeit.

Zwölf Erntedankfeste waren vergangen, seit die Gaukler ihn in die Rudelsburg gebracht hatten. Bis zum Wintereinbruch hatten sie den halb verhungerten Waisenknaben damals mitgenommen – über Stendal, Braunschweig, Goslar und Naumburg bis hierher an die Saale. Weil sie selber Hunger litten und den Winter fürchteten, hatten sie ihn an den Burgherrn verkauft, einen Ritter namens Hugo von Meißen. Der herrschte von der Rudelsburg aus über sechshundert Bauern, dreißig Handwerker, zwei Bergwerke, sieben Dörfer und drei Mühlen.

Der schwarze Gaukler hatte geheult beim Abschied. Moritz auch.

Zwölf Erntedankfeste später also, und Moritz war zu einem kräftig gebauten Burschen herangewachsen. Er war nicht der Größte unter den Männern des mächtigen Ritters Hugo, doch kaum einer in der Burg konnte es an Muskelkraft mit ihm aufnehmen. Das hatte die Arbeit in Steinbruch, Bergwerk und Wald gemacht, an die man ihn von Anfang an gewöhnt hatte; gleich nach dem ersten Winter in der Burg. Im September war er achtzehn geworden.

Der Wagen ächzte, die Räder quietschten, das Fuhrwerk rollte aus dem Steinbruch in den Wald und zur Saale hinunter. Die Männer scherzten, stellten Mutmaßungen über die Mahlzeit an, die sie in der Burg erwartete, erzählten von Frauenblicken und Küssen, die sie sich an diesem Abend erhofften. Moritz trottete stumm hinter ihnen und dem Gespann her. Gelbes Laub segelte aus den Birken, rotes aus den Buchen; es fallen zu sehen, machte ihm das Herz schwer. Er wusste selbst nicht, warum.

Der Waldweg mündete in den Uferweg, ein Entenschwarm erhob sich quäkend aus dem Wasser und flatterte flussabwärts. Moritz warf den Hammer an den Wegrand und lief in die Böschung und zum Ufer hinunter. Dort trat er sich die löchrigen Schuhe von den Füßen, wischte den Hut vom schwarzen Lockenkopf und streifte das verschwitzte Gewand ab. Seine Arme und Beine waren schwarz behaart. Von der anderen Flussseite aus äugte ein Graureiherpaar zu ihm herüber.

»Wirst du wohl von dem verfluchten Fluss wegbleiben, Wendenbalg?« Der Erste Steinmetz drohte mit der Faust. »Das Wasser ist viel zu kalt! Wer soll deine Arbeit machen, wenn du dir den Tod holst? He!«

Moritz stand schon nackt im Uferwasser. Die Reiher breiteten ihre Flügel aus und schwangen sich in die Luft. Dicht über der Uferböschung flogen sie flussaufwärts. Moritz sah ihnen nach, bis sie aus seinem Blickfeld verschwanden. Ein Reiher zu sein, überhaupt ein Vogel, das wäre schön.

Der Erste Steinmetz hörte nicht auf zu schimpfen. Moritz stieg tiefer in den Fluss. Seine Waden waren dick wie Keulen, seine Schenkel glichen wuchtigen Säulen. Ein Geflecht aus sehnigen Muskelsträngen zog sich von seinem Gesäß aus über seinen Rücken und Nacken und wölbte sich auf seinen Schultern und Armen. Zwischen seinen Schulterblättern prangte ein großes, rötliches Muttermal. Er tat, als hörte er das Gezeter des Vorarbeiters nicht und warf sich in die Saale.

Im vergangenen Herbst hätte es noch Prügel gesetzt für einen solchen Ungehorsam. Doch seit Moritz im Spätsommer auf der Dombaustelle in Naumburg zwei Maurer verdroschen und einen jungen Zimmermann im Jähzorn halbtot geschlagen hatte, wagte nicht einmal der Burgmarschall mehr, ihn anzurühren. Und der alte Steinmetz dreimal nicht.

Dessen Flüche begleiteten Moritz, während er mit kraftvollen Zügen über den Fluss schwamm. Er genoss sie beinahe so sehr wie das kalte Wasser. In seinen Ohren klangen sie gut, diese hilflosen Flüche: Sie stärkten die noch zaghafte Gewissheit der eigenen Kraft, die er nach der Prügelei in Naumburg zum ersten Mal gespürt hatte. Und die seitdem jedes Mal ein Stück gewachsen war, wenn er einen der Burgmänner bei einem bewundernden, neidischen oder ängstlichen Blick auf seinen Körper ertappt hatte.

Nein, er musste nicht alles tun, was man ihm befahl. Ja, er konnte Grenzen ungestraft übertreten, und irgendwann würde auch der Herr Hugo nicht mehr wagen, ihn zu schlagen.

Mit dem Bewusstsein der eigenen Kraft war noch etwas anderes in ihm erstarkt: die tiefe Sehnsucht, die ihn begleitete, seit der Burgmarschall ihn vor zwölf Jahren aus den Armen des weinenden Mohren gerissen hatte – ein unbestimmtes Heimweh, ein Durst nach Liebe und Leben. Gleich beim Aufstehen heute in der Frühe hatte er es wieder gespürt.

Zurück am Westufer bückte er sich nach seinen Kleidern und dem Hammer und schritt nackt hinter dem Fuhrwerk her, bis der Wind seine Haut getrocknet hatte.

Der Weg stieg zur Burg an. Der Ochsentreiber drosch auf das Gespann ein. Die Männer auf dem Kutschbock sprangen vom Fuhrwerk und drängten sich hinter ihm in die Menge der anderen, die sich dort schon gegen Rader und Verschlag stemmten. Gemeinsam schoben sie den schweren Wagen das letzte steile Stück bis zum Burggraben hinauf. An rasselnden Ketten senkte sich dort bereits die Zugbrücke. Das Pyramidendach des Bergfrieds glänzte in der Abendsonne.

Moritz schlüpfte wieder in sein Gewand, eine verschlissene Kutte aus grauem Sackleinen; der strenge Burgkanzler hatte selbst den niedrigsten Knechten verboten, sich außerhalb des

Badehauses nackt zu zeigen. Als Moritz aufblickte, um die Torwächter auf den Zinnen zu grüßen, durchzuckte ihn jäher Schrecken: Im noch blauen Himmel neben dem Bergfried stand der bleiche Vollmond; alte Erinnerungen stiegen in ihm hoch, und Angst packte ihn.

»Bitte nicht, lieber Gott«, murmelte er. »Bitte keine Raserei.«

Er erschreckte nicht jedes Mal, wenn er den Vollmond sah, so tief. Nur an Tagen, wenn das alte Weh in ihm wühlte, die bohrende Sehnsucht. Dann ging es ihm wie jetzt, dann glaubte er, die Stimme der Mutter zu hören, und schlimme Bilder bedrängten ihn.

Moritz fürchtete sich vor der Nacht. Wenn er wieder außer sich geriet, würden sie sich nicht scheuen, ihn zu prügeln und einzusperren. Er ballte die Fäuste und stampfte laut auf den Bohlen auf, als er die Zugbrücke überquerte. Weg mit der Angst! Weg mit den Gesichtern! Weg mit den Stimmen und Gerüchen!

Die Ochsen zogen den Karren durch die Vorburg. Man sah hier nur Frauen und Kinder, denn die Burgmannen – ihre Männer und Väter – waren mit Burgherr und Marschall in den Krieg gegen die Dänen gezogen.

Moritz stapfte hinter dem Fuhrwerk und den Steinmetzen her durch den Zwinger und das Innentor und dann in den Burghof bis zur Baustelle. Zwei Stapel Steinblöcke türmten sich dort bereits. Hier, zwischen Bergfried und Palas, entstand eine weitläufige Herrenstube mit angebautem Zeughaus; manche nannten sie Rittersaal. Drei Mauern standen schon. Eine hatte Moritz fast allein gemauert.

Mit einem Buch unter dem Arm kam der Burgkanzler aus dem Palas, ein hagerer Mann in Mönchskutte und mit dem Gesicht eines Habichts. Er begutachtete die Ladung, schätzte die Anzahl der Blöcke und schrieb in sein Buch, was er gesehen und geschätzt hatte.

Moritz sah ihm zu und beneidete ihn – zu gern würde er mehr erfahren über die Kunst des Schreibens und Lesens. Er konnte nur wenige Buchstaben malen und benennen. Ein Bildhauer auf der Baustelle des Domes zu Naumburg hatte sie ihn gelehrt. Für jede Steinfuhre dorthin meldete er sich freiwillig, und einmal im Monat nahmen sie ihn mit nach Naumburg zur Sonntagsmesse. Und manchmal auch unter der Woche zum Markttag.

Der Küchenmeister läutete eine Glocke und rief zur abendlichen Tafel. Von allen Seiten strömten die Burgbewohner herbei. Einige ließen sich auf der breiten Treppe nieder, andere stiegen die Stufen zum Palas hinauf und verschwanden in dessen Untergeschoss, der Kemenate; so nannte man den großen Raum wegen seines Kamins, mit dem man im Winter den ganzen Palas beheizen konnte.

Von der Treppe aus sah Moritz die Burgherrin und ihre halbwüchsigen Kinder aus ihrem Gemach herabschreiten. Die Frau des Ritters von Meißen führte das Regiment während seiner Abwesenheit. Während seiner Anwesenheit sowieso, wie manche munkelten. Sie nahm ihren Platz an der Stirnseite der Tafel ein. Der Burgkanzler, ein Mönch, sprach das Tischgebet. Dann klapperten Löffel, Schüsseln und Becher, und Stimmengewirr und Geschmatze erhoben sich.

Drinnen, an der Tafel, aßen die Frauen der Burgmannen, der Jägermeister und seine Gehilfen, der Küchenmeister und seine Mägde, der Hofmeister, der Falkner, die Familie des Schmieds, der Erste Steinmetz und ein Dutzend Ritter samt ihrer Knappen, die der Herr von Meißen seiner Frau zum Schutz der Burg zurückgelassen hatte.

Neben der Burgherrin speiste der Kanzler und neben diesem ein Knappe des Burgherrn, ein Mann in Kettenhemd und mit wilden Augen. Bodo hieß er und war gut fünf Jahre älter als Moritz. Moritz hatte ihn lange nicht gesehen und nahm an, dass er im Lauf des Tages aus Holstein gekommen war. War der Krieg gegen den Dänenkönig vorbei? Stand etwa auch des Herrn Hugos Rückkehr bevor?

Draußen, auf der Treppe, scharte sich das niedere Gesinde um drei große Schüsseln: der Ochsentreiber, zwei Stallknechte, die Leute des Schweinehirten, die Steinmetze, ein paar Mägde. Und Moritz. Es gab Kohlsuppe mit Hafergrütze und Schmalz, dazu Weißbrot für die an der Tafel und Schwarzbrot für die draußen auf der Treppe.

In der Schüssel der Steinmetze schwammen kleine Stücke Speck. Mit ihren Holzlöffeln fischten sie danach. Und anders als noch vor der Prügelei auf der Dombaustelle zu Naumburg, achteten die Männer darauf, dass Moritz genau so viel Speck erwischte wie sie selbst. Keiner lästerte mehr seitdem, niemand außer dem Ersten Steinmetz nannte ihn noch »Wendenbalg« oder gar »stinkender Wendenarsch«.

Jene drei Naumburger auf der Dombaustelle waren die Letzten gewesen, die das gewagt hatten.

»Ihr seht hier Bodo, des Herrn Hugos Knappen!«, tönte drinnen bald die hohe Stimme des Burgkanzlers. »Er bringt gute Nachrichten aus der Grafschaft Holstein: Der Dänenkönig ist besiegt, sein Verbündeter, der Herzog von Braunschweig, gefangen und mit ihm viele Ritter und Knappen und sogar zwei dänische Bischöfe!«

Der Kanzler stand auf, bekreuzigte sich und fing an, auf Lateinisch zu beten. Ein Dankgebet vermutlich. Viele stimmten ins »Amen« mit ein, viele jubelten, viele riefen der Burgherrin Segenswünsche zu.

Moritz hatte mit erhobenem Löffel gelauscht. Holstein?

Dänemark? Braunschweig? Wie mochte es dort aussehen? Wie konnte man zu diesen unbekannten und fernen Orten gelangen? Jene Sehnsucht packte ihn wieder, die ihn so oft ergriff in letzter Zeit.

Eine junge Frau trat aus der Kemenate, klein und füllig und nur wenig älter als Moritz. Bei ihr war ein Hund – groß, graupelzig und wolfsgesichtig. Sie ging neben Moritz in die Hocke, hielt ihm ein Messer mit einem Stück in Kohl gekochtem Schweinebauch vor die Augen. »Für dich.« Ihre grünen Augen lächelten.

Monica, die Schwiegertochter des Schmiedes und Frau des einzigen Mannes in der Burg, den Moritz manchmal seinen Freund nannte: Benno. Monica hatte rosige Backen, kurze, kräftige Glieder und einen üppigen Busen. Ihr Haar war von ähnlicher Farbe wie Weißbrotrinde.

»Danke.« Moritz zog seinen Dolch aus dem Gewand und spießte Monica das Bauchstück vom Messer. Die Steinmetze beäugten ihn neidisch. »Nikolaus und Benno kommen vielleicht bald wieder«, sagte Moritz.

»O ja.« Nikolaus hieß der Schmied, und Benno war sein Sohn, Monicas Mann. »Ich freu mich.« Sie stand auf. Ihr dicker Bauch wölbte sich unter ihrem Schurz; sie war mit dem ersten Kind schwanger. »Ich freu mich so sehr.« Sie winkte und ging. »Komm, Lupo!« Der Wolfshund folgte ihr.

Später stand Moritz im Burghof und starrte in den Himmel. Der Abend dämmerte über Gemäuern, Türmen und Dächern. Der Vollmond leuchtete düster und grüßte aus bösen Tagen, die längst vergangen waren und doch niemals vergehen würden. Moritz glaubte die Stimme der Mutter zu hören: *Lauf, mein Kleiner! Lauf.*

Er schluckte, riss sich los vom Anblick des trüben Himmelsauges, ging rasch zur Stallung, wo er in einer hölzernen Baracke zwischen dem steinernen Schweinestall und dem Verschlag für die Ochsen hauste.

Er dachte an Monica und den Sohn des Burgschmieds. Ja, auch er war froh, dass Benno aus dem Krieg zurückkehrte. Monica und Benno – sonst gab es kaum Gründe, nicht wegzulaufen. Außer, dass man ihn totschlagen würde, falls man ihn wieder einfing.

Neben seinem Strohsack spielte eine Katze mit einer schreckensstarren Maus. Moritz schob die Katze beiseite und schloss die hohlen Hände um die Maus. So trug er sie zu den Ochsen hinüber, wo sie raschelnd im Stroh verschwand.

Hinter seinem Strohsack bückte er sich durch eine Tür ins Halbdunkel seiner Werkstatt. Alle drei Talglampen zündete er an und an den Wänden sämtliche Kienholzspäne, die er noch hatte. Licht fiel auf die von schmutzigem Leinen verhüllte Säule mitten im kleinen Raum.

Auf dem langen Tisch – vier Brettern auf zwei Böcken – stand eine Frauenfigur aus Lehm. Vor ihr lagen vielfach gebrauchte Pergamente voller Kohlezeichnungen. Daneben zwei Zirkel, ein Spachtel, drei Klopfhölzer und ein Lederbündel. Moritz schnürte es auf und schlug das Leder zurück. Ein Satz Meißel kam zum Vorschein. Benno hatte sie ihm geschmiedet.

Behutsam zog er das Tuch von der steinernen Säule, nahm die Talglampe vom Werktisch und beleuchtete sie. Keine Säule, eine Statue aus Sandstein. Bennos Vater, der Burgschmied Nikolaus, hatte den Steinblock dem Herrn Hugo gegen eine Baumaxtklinge abgetrotzt. Für ihn, den »Wendenbalg«. Niemals würde Moritz das dem Schmied vergessen.

Er ließ den Lichtschein der Lampe erst über das Lehmmodell und dann über die Statue wandern. Sie war nur einen halben Kopf kleiner als er selbst. Die Schultern konnte man bereits erkennen, auch den rechten Arm und zwei Finger der nach vorn gerichteten rechten Hand. Er betrachtete das unvollendete Frauengesicht, musterte die ersten Linien der feinen Nase, den noch groben Zug des großen, lächelnden Mundes, die hochstehenden Wölbungen der Wangenknochen und die mandelförmigen Augenhöhlen. Eine Ahnung von Schönheit lag schon über allem.

Der Vater hatte im Steinbruch des Schweriner Grafen gearbeitet. Und war der Steinmetz des heimatlichen Burgwalls gewesen. Unter seiner Anleitung hatte Moritz erste Tierfiguren aus dem Stein gehauen. Danach eine Puppe, danach jenes Kreuz.

Vor sieben Jahren, als er zum ersten Mal Steinblöcke für den neuen Dom nach Naumburg brachte, hatte er den Bildhauern dort bei der Arbeit zugesehen. Und seitdem jede Gelegenheit genutzt, sie zu beobachten und mit ihnen zu sprechen.

Einer, ein Engländer, hatte ihn gelehrt, zu zeichnen und Modelle aus Lehm oder Wachs zu machen. Ein anderer, der zuvor am Dom zu Bamberg mitgebaut hatte, hatte ihm beigebracht, Gesichter zu hauen. Ein Dritter lehrte ihn, Finger und Füße zu modellieren, ein Vierter Kleiderfalten und Haar. Und sie lehrten es ihn bis heute – an beinahe jedem Markttag und an den Sonntagen, wenn er mit zur Messe durfte.

Seinen wichtigsten Lehrer jedoch traf Moritz auf keinem Markt, in keinem Dom, den trug er immer bei sich: die Liebe zu seiner Mutter und das Heimweh tief drinnen in der breiten Brust.

Moritz strich über das steinerne Gesicht, das noch lange nicht vollendet war. »Es ist Vollmond, Mutter«, flüsterte er. »Ich habe Angst vor der Nacht.« Er stellte die Lampe neben der Lehmfigur ab. »Ich habe Angst vor mir.« Er lehnte seine Stirn gegen die Steinstirn und verharrte mit geschlossenen Augen.

Ein paar Atemzüge später öffnete er die Augen wieder, hob den Kopf und betrachtete das Lehmmodell. Vorsichtig legte er die Statue schließlich zwischen zwei längs im Boden befestigte Balken. Dann griff er zum flachsten Meißel und dem leichtesten Klöpfel und hockte sich auf die Statue. Er setzte das Eisen unter ihren Augenhöhlen an und begann zu arbeiten.

Weglaufen von der Burg und Benno und Monica zurücklassen? Vielleicht. Weglaufen und das unvollendete Bildnis seiner Mutter zurücklassen? Niemals!

Moritz schlug den Stein, bis vor den kleinen Fenstern das letzte Tageslicht erlosch. Er schlug gegen seine Angst an, er arbeitete gegen die Raserei.

Irgendwann krachte etwas gegen die Barackenwand, dann auf das Pflaster des Burghofs. Moritz zuckte zusammen und lauschte. Eine Lanze? Eine Axt? Die Sachsen?

Draußen schlurften Schritte heran. Jemand pochte gegen die Tür. »Gib endlich Ruhe, Wendenbalg!« Einer der Torwächter. Wahrscheinlich hatte er einen Stein gegen die Hüttenwand geschleudert.

Moritz ließ Klöpfel und Meißel fallen. Er legte sich auf die Statue und presste seine heiße Stirn gegen die steinerne Stirn der Statue. »Vollmond, Mutter. Bete für mich.«

Er deckte die Statue mit dem Leintuch zu. Auf weichen Knien wankte er zu seinem Strohsack. Das Herz schlug ihm in der Kehle. Mit jeder Faser seines Leibes wusste er, dass es wieder geschehen würde.

4
Schmutzige Hände

Maulbronn, Herbst 1227

Der Schriftzug auf dem Grabstein verschwamm hinter dem Schleier ihrer Tränen: *Marie-Magdalene Bohnsack*. Es war kühl, der Himmel bewölkt. Der Wind wehte Gelächter und Rufe aus dem Weinberg in den Friedhof herab. Noch war die Weinlese in Maulbronn nicht zu Ende.

»Ich habe mich nicht getäuscht, Frau Mutter.« Helena wischte sich die Augen aus. »Der Herr Vater wird eine Kathedrale bauen.« Sie kniete sich vor dem Grab ins feuchte Gras. »Und ich habe mich doch getäuscht: Nicht in Mühlacker oder Knittlingen will er die Kathedrale bauen, sondern in einer fernen Stadt an einem großen Strom hoch im Norden.« Sie sah das bleiche Gesicht ihrer Mutter vor sich, sah sie fragend die Brauen hochziehen. »Magdeburg. Den Namen des Stroms habe ich vergessen.«

Helena hatte den Vater bekniet, hatte geheult, hatte geschimpft, hatte gedroht. »Ich werde eine Nonne!«, hatte sie ihm angekündigt. »Ich werde weglaufen in den Schwarzwald, bis ins Albtal zum Kloster Frauenalb. Dort werde ich das Gelübde ablegen und die fromme Kutte anziehen, und du wirst niemals Enkel haben!«

»Ich bin ein Baumeister«, hatte der Vater geantwortet. »Der allmächtige Gott hat mich dazu gemacht. Für ihn und seine Kirche muss ich bauen, solange ich lebe. Ich habe zu folgen, wenn ein Mann Gottes wie der Erzbischof von Magdeburg mich ruft.« Und Helena hatte geantwortet, dass sie eher sterben werde, als Maulbronn zu verlassen.

Regentropfen klatschten auf den Grabstein. Helena blickte in den Himmel – der Wind trieb schwarze Wolken über Maulbronn hinweg. Im Weinberg rief ein Mann und trieb zur Eile an. Räder quietschten, ein Ochse zog einen Karren voller Trauben zum Kloster hinunter.

Als hätte sie gespürt, dass jemand sie beobachtete, schaute Helena hinter sich. Ein hochgewachsener Mönch stand zwischen den Gräbern. Pater Rochus. Ihm begegnete sie öfter hier. Reglos wie eine Säule verharrte er fünfzig Schritte hinter ihr. Er hatte sich ganz und gar in sein schwarzes Skapulier gewickelt.

Seufzend wandte Helena sich wieder dem Grab der Mutter zu. Der Regen fiel kräftiger inzwischen. »Der Meister Bohnsack muss ohne mich nach Magdeburg gehen, Frau Mutter«, sagte sie trotzig. »Mein Entschluss steht fest. Ins Kloster will ich natürlich nicht. Sterben will ich erst recht nicht, also werde ich heiraten. Einen Maulbronner. Und meine Kinder bringe ich zu Euch ans Grab. Mein Entschluss steht fest: Ihr werdet Eure Enkel sehen, der Vater nicht.«

Helena schnäuzte sich und lächelte in sich hinein. »Der Sohn des Vogts war beim Vater, der Karl. Er will mich zur Frau. Der Herr Vater hat gesagt, er überlässt mir die Entscheidung. Und ich werde ihn nehmen, den Karl, schmutzige Hände oder nicht.«

Am nächsten Morgen trug Helena das Frühstück für den Vater aus der Küche. Sie sang nicht, sie summte nicht einmal. Die ganze Nacht über hatten böse Träume sie aus dem Schlaf gerissen. Träume, in denen ein Gewittersturm die Weinberge rund um Maulbronn verwüstete und Hagelschauer auf das Kloster niedergingen. Träume, in denen ein blinder Mann mit großen, schmutzigen Händen sie am Hals packte und würgte.

Das Schicksal, dachte sie, *der blinde Mann ist das Schicksal.*

Pater Rochus' weiß-schwarze Gestalt tauchte unter dem Bogen des Klosterhofportals auf. Er zog seinen Leiterwagen bis zum Brunnen, dort machte er Halt und schaute ihr entgegen. Wartete er auf sie? Helena ging zu ihm und wünschte ihm einen gesegneten Tag.

Er bedankte sich mit einem freundlichen Nicken. Etwas Sorgenvolles lag in seinem Lächeln heute Morgen. Er strich über sein Gesicht, zog eine kummervolle Miene und deutete auf Helena. *Du siehst blass und traurig aus*, sollte das heißen. Hatte er sie etwa weinen sehen am Grab der Mutter?

»Ich bin traurig, ja.« Seufzend stellte sie das Frühstückstablett auf den Brunnenrand. Das Brunnenwasser war schwarz. »Ich hatte einen bösen Traum. Das Schicksal wollte mich töten. Und das Schicksal war ein blinder Mann mit schmutzigen Händen.«

Ein paar Atemzüge lang ruhte der ernste Blick des Paters forschend auf ihr. Schließlich deutete er ringsum auf die Fassaden des Klosters, der Küche und Stallungen und auf die Weinberge und dann nach Nordosten in die Ferne.

»Das stimmt. Weil der Vater Maulbronn verlassen wird, bin ich traurig. Doch ich werde nicht mit ihm nach Magdeburg gehen.« Pater Rochus neigte den Kopf auf die Schulter, runzelte die Stirn und schaute sehr ungläubig. Dabei schüttelte er unmerklich den Kopf.

»Es fällt mir schwer, den Herrn Vater allein nach Norden ziehen zu lassen, sehr schwer.« Helena atmete gegen den Druck auf ihrem Herzen an. »Doch wie soll ich mich denn von Maulbronn und dem Grab meiner Mutter trennen?«

Sie breitete die Arme aus, drehte sich um sich selbst und zeigte auf die Linde am Hofportal, auf den Brunnen, auf den Kuhstall, auf die Fassaden der Klosterklausur. »Die Bäume, die Tiere, die Häuser, die Bank dort, all die Säulen, Arkadenbögen und die schönen Kapitelle! Zwischen alldem bin ich groß geworden! Das trage ich in meiner Seele! Und jetzt soll ich es verlassen?« Sie schüttelte den Kopf. »Nein.«

Pater Rochus schaute sie lange an. Trauer lag im Blick seiner grauen Augen, seine Kaumuskeln bebten. Seine schmalen Lippen bewegten sich, als würde er im Stillen beten. Obwohl seine Augen tief in den Höhlen lagen, er hohle Wangen hatte und viele feine Linien sein Gesicht zerfurchten, wirkte seine Haut noch straff und er seltsam alterslos.

Er griff unter sein schwarzes Skapulier, tastete seinen Gürtel und die Tasche seiner schmutzigen weißen Tunika ab. Weil er nicht fand, was er suchte, schaute er sich um und ging schließlich zurück zur Linde. Mit energischen Gesten bedeutete er Helena, ihm zu folgen.

Unter der Linde breitete sich ein Flecken Erde aus, in dem die Hühner zu scharren pflegten. Weil sie noch eingesperrt waren und es bis in die Nacht hinein geregnet hatte, war der Boden heute Morgen hier glatt und feucht. Pater Rochus brach sich ein Stück Rinde aus dem alten Baum, raffte Skapulier und Tunika hoch und ging in die Hocke. Dann begann er in die Erde zu schreiben.

Deine Mutter wollte … Helena stand hinter ihm und las die rasch entstehenden Worte. *… Maulbronn verlassen.*

»Was?« Sie schüttelte den Kopf. »Woher weißt du das?«

Er sah zu ihr hoch. Mit knappen Gesten bedeutete Pater Rochus ihr, dass ihre Mutter selbst es ihm anvertraut hatte.

»Mir hat sie nie etwas darüber gesagt. Wann war das? Wann wollte sie Maulbronn verlassen?«

Der Almosenmeister wandte sich ab und schrieb: *Du warst zehn Jahre alt.*

»Aber wohin denn?«

Nach Frankreich, schrieb der Mönch in die Erde.

»Mit dem Vater und mir nach Frankreich?«

Pater Rochus erhob sich, schaute ihr in die Augen und schüttelte sehr langsam den Kopf. Dabei deutete er auf Helena.

»Nur mit mir?«

Der Mönch ging wieder in die Hocke und ritzte fünf Worte in die feuchte Erde.

»Und mit einem …« Helena las murmelnd mit. »… anderen Mann.« Tiefer Schrecken ergriff sie. Sie wich zurück, starrte den Mönch an. Ihr war, als würde der Boden des Klosterhofes schwanken. »Das glaube ich nicht!«

Pater Rochus schaute zu ihr herauf und legte den Zeigefinger auf die Lippen. Dann erhob er sich, warf das Rindenstück weg und trat mit kleinen Schritten auf das Geschriebene; so lange, bis man es nicht mehr lesen konnte.

Ihre Knie waren weich, als sie dem Vater das Frühstück ins neue Herrenrefektorium brachte. Das Geschirr klapperte, weil ihre Hände zitterten. Kein Wort erzählte sie ihm von dem, was der Almosenmeister ihr offenbart hatte. Sie brachte es nicht über sich, war noch viel zu aufgewühlt.

Außerdem war der Vater nicht allein – mit dem Zimmermeister, dem Cellerar und dem Baumeister der Maulbronner Mönche und dem Bildhauer Jacques schritt er Säulen, Kreuzrippengewölbe, Fenster und Arkadenbögen ab. Der Cellerar, der den Haushalt des Klosters verwaltete, trug alles, was sie abschritten, in ein Buch ein. Helena vermutete, dass er mit dem Vater abrechnen wollte. Jacques zwinkerte ihr zu. Sie tat, als merke sie es nicht, stellte schweigend das Tablett ab und zog sich zurück.

Die halbe Nacht lag sie wach und grübelte. Konnte es denn wahr sein, dass die Mutter den Vater hatte verlassen wollen? Mit einem anderen Mann sogar? Alles in Helena wehrte sich gegen diese Vorstellung. Das konnte, das durfte nicht wahr sein!

Hätte sie es denn nicht gemerkt, wenn die Mutter unglücklich gewesen wäre? Helena versuchte sich zu erinnern. Hatte sie die Mutter denn jemals bekümmert gesehen?

Doch, je länger sie grübelte, desto mehr Bilder einer traurigen Frau Mutter blitzten in ihrer Erinnerung auf.

Einmal schaute die Mutter in der Küche aus dem Hoffenster hinaus, als warte sie auf jemanden, und im Backofen verbrannte das Brot. Ein andermal, als der Vater mit dem Abt und dem Baumeister der Mönche bis in die Nacht hinein im neuen Kapitelsaal über den Plänen des Herrenrefektoriums brütete, hatte sie die Mutter in der Schlafkammer weinen hören. Manchmal, wenn sie gemeinsam auf der Bank im Klosterhof saßen und sangen, brach ihr die Stimme, und sie wischte sich die Augen aus.

Helena warf sich hin und her und fand keinen Schlaf. Zehn Jahre alt sei sie gewesen, als die Mutter fortgehen wollte. Mit ihr und dem anderen Mann. Aber warum nur? Wusste der Vater davon? Und hatte vielleicht ihr früher Tod damit zu tun?

Aber nein. Das konnte ja nicht sein – ein Blitz wusste ja nicht, wen er traf. Gott allerdings wusste, wen er von einem Blitz erschlagen ließ. Hatte die Strafe Gottes womöglich ihre Mutter getroffen?

Der Morgen graute schon, als Helena endlich einschlief.

Als sie ihrem Vater am folgenden Tag das Frühstück brachte, konnte sie sich noch nicht überwinden, ihm all die Fragen zu stellen, die sie quälten. Nach dem Mittagsgebet war er es dann, der mit ihr reden wollte. Als sie die Klosterkirche verließen, nahm er sie am Arm und führte sie in den Obstgarten und zum Tor nach Süden. Seite an Seite spazierten sie durch die Felder. Helena legte sich Worte zurecht, und der Vater blickte stumm vor sich hin.

»Hast du dich entschieden?«, brach er schließlich das Schweigen. »Soll ich einen Boten zum Vogt schicken, damit der Karl kommt und dein Jawort hört?«

Helena schluckte und konnte nicht antworten. Zu viele Gedanken bedrängten sie, zu viele Worte stauten sich hinter ihren Lippen.

»Ich merke, dass du zögerst, mein Kind.« Er blieb stehen und griff nach ihren Händen. »Die Stimme deines Herzens lässt dich zögern. Du spürst, dass der Karl nicht der Richtige für dich ist. Und ich spüre es auch.« Er nahm ihren Kopf zwischen seine Hände und sah ihr in die Augen. »Bitte, mein Kind. Gib dein Jawort nicht irgendeinem, nur damit du hier in der vertrauten Heimat bleiben kannst. Bitte, Helena, komm mit mir nach Magdeburg.«

Lange schauten sie einander an. Nichts Listiges glitzerte in Meister Bohnsacks Blick und schon gar nichts Lustiges. Sehr ernst guckte er, beinahe flehend. Und sehr weich waren seine sonst so scharf geschnittenen Züge in diesem Augenblick.

»Ist es wahr, dass die Mutter weggehen wollte, Herr Vater?« Jetzt war es endlich heraus.

Er ließ ihr Gesicht los, seine Arme fielen wie erschlafft an ihm hinunter. Auch seine Züge schienen zu erschlaffen. Er wurde bleich und senkte den Blick. »Wer hat das gesagt?« Helena dachte an Pater Rochus und schwieg. »Wer?« Er hob den Kopf. Bitterkeit und Härte machten seine Miene jetzt starr.

Helena atmete tief. »Ich hörte die beiden alten Mönche in der Töpferei darüber tuscheln.«

Meister Bohnsack wandte sich ab und ging weiter. Helena holte ihn ein. »Dann stimmte es also.« Sie nahm seine Hand. »Bitte, Herr Vater, erzählt mir doch.«

»Was Ehegatten miteinander zu verhandeln haben, soll das Herz des Kindes nicht beschweren.« Die Stimme des Vaters klang ungewöhnlich heiser.

»Ich bin aber kein Kind mehr, Herr Vater, und ihr beide habt nichts mehr miteinander zu verhandeln, denn die Mutter liegt auf dem Friedhof.« Der Vater schwieg. »Warum wollte sie gehen? Bitte, Herr Vater.«

»Ich bin Baumeister gewesen. Und dann wieder Baumeister und dann noch einmal Baumeister. Und dann erst Gatte. Ich habe besser Pläne gezeichnet als meine Frau geliebt. Ich habe besser Schablonen gebaut als deine Mutter zum Lachen gebracht.« Er schob das Kinn vor, ballte die Faust, sprach sehr laut. »Ich habe die Säulen, Kapitelle, Spitzbögen und Arkaden mehr geliebt als sie! So, jetzt hast du die Antwort.«

»Und ein anderer hat sie mehr geliebt als du?«

Abrupt blieb der Vater stehen und sah sie an. »Das weißt du auch?« Er atmete schwer, schüttelte den Grauschopf und ging weiter. »Ich hab's erst ganz zum Schluss erfahren. Kurz vor ihrem Tod.«

»Wer war es?«

»Das weiß ich nicht. Sie hat seinen Namen nie genannt. Niemandem gegenüber. Vielleicht im Beichtstuhl. Doch wer immer ihr Beichtvater war, er darf es nicht sagen.«

»Wer war der Beichtvater der Frau Mutter?«

»Der alte Abt, und der ist seit drei Jahren tot.«

Schweigend gingen sie nebeneinander her. Helena wusste nichts mehr zu sagen. Irgendwann tastete sie nach der Hand des Vaters und hielt sie fest.

»Heirate niemals einen Baumeister, mein Kind«, sagte Meister Bohnsack leise. »Keinen jedenfalls, der wie ich nicht anders kann, als Gotteshäuser zu bauen.«

Drei Tage später begann der November. Die Bauhütte des Baumeisters Bohnsack verließ das Kloster Maulbronn. Pferdegespanne zogen die sieben Wagen voller Frauen, Kinder, Hausrat, Werkzeug und Schablonen durch das Klosterportal. Die Bauleute, die keinen Platz auf den Wagen fanden, liefen neben ihnen her.

Der Abt und alle Mönche des Klosters standen auf der Klostermauer oder am Wegesrand, riefen Segensgrüße und winkten.

Nur Pater Rochus nicht. Dieser zog nämlich mit Meister Bohnsacks Bauhütte. Angeblich hatte der Abt ihn beauftragt, den Zisterzienserinnen von Magdeburg Briefe und kopierte Bücher zu überbringen. Und ein großes Geldgeschenk, damit sie ihr neues Kloster umbauen konnten.

Helena war nicht unter den Bauleuten und ihren Familien. Sie ging auf den Friedhof.

Der Name ihrer Mutter schien ihr heute ein anderer zu sein: *Marie-Magdalene Bohnsack.* Dieselben Lettern, dieselben Silben, dieselben drei Namen. Und dennoch ein anderer Name. Helena las ihn laut und las ihn zweimal. Er klang auch anders als sonst. Geheimnisvoller. Und fremder.

Helena legte den frischen Herbststrauß auf das Grab und betrachtete ihn eine Zeitlang schweigend. »Ich werde den Karl doch nicht heiraten, Frau Mutter«, sagte sie schließlich. »Seine schmutzigen Hände – ich kann mich einfach nicht an sie gewöhnen.«

Sie hatte die gelben Rosen selbst geschnitten. Die letzten zwölf Blüten, die sie hatte finden können. »Ich werde mit dem

Herrn Vater nach Magdeburg gehen.« Rosen seien ein Symbol des Schweigens, hatte der Vater ihr einmal erklärt. Deswegen schnitze man sie gern in die Außenwand eines Beichtstuhls.

»Die Fuhrwerke rollen schon aus dem Kloster. Ich bringe es nicht übers Herz, mich von ihm zu trennen. Doch ich bringe es auch kaum übers Herz, mich von Euch zu trennen, Frau Mutter.« Helena brach die Stimme.

»Vergesst mich nicht«, flüsterte sie, ehe sie die Hände vors Gesicht schlug und laut weinte.

5
Sturz

Rudelsburg, Markgrafschaft Meißen, Herbst 1227

Moritz starrte in die Dunkelheit seiner Baracke, er fand keine Ruhe. Vergeblich gearbeitet – alles in ihm war in Aufruhr. Vergeblich in den Stein gehauen – seine wunde Seele bebte unter dem Ansturm der schlimmen Bilder und Gefühle. Er wehrte sich dagegen, versuchte, wach zu bleiben. Draußen im Burghof rief ein Käuzchen. Moritz lauschte ihm. Und schlief ein.

Er fand sich im wendischen Burgwall seiner Kindheit wieder. In der elterlichen Hütte kauerte er in der Fensteröffnung. Und die Sachsen tobten wieder durchs nächtliche Dorf. Moritz schrie.

Ein Albtraum, wisperte eine Stimme in einem fernen Winkel seines noch schlafenden Verstandes. *Nur ein Albtraum, nur eine böse Erscheinung*.

Moritz konnte der wispernden Stimme nicht zuhören – zu überwältigend die Angst, zu wild die Verzweiflung. Sein Herz klopfte wie verrückt. Er schrie und tastete zwischen Strohsack und Lehmboden. Er schrie und riss das steinerne Kreuz und den Hammer heraus.

Dass er schrie, wunderte ihn, denn er hatte damals nicht geschrien. Er war aus der Fensteröffnung gestoßen worden, nach draußen, in den Haselnussstrauch. Hätte er geschrien damals, würde er gewiss nicht mehr leben. Dann hätten ihn die fahrenden Leute gewiss nicht finden, in die Burg bringen und dem Ritter von Meißen verkaufen können.

Doch jetzt schrie er, und jetzt geschah, was immer geschah, wenn in manchen Vollmondnächten die Raserei ihn packte: Schreiend sprang Moritz auf, stürzte zur Stalltür, riss am Riegel. Irgendwo links von ihm grunzten Schweine, irgendwo rechts von ihm blökten Ochsen, unter ihm fauchte eine Katze, draußen kläfften Hunde. Endlich sprang die Stalltür auf.

Früher, als Moritz ein kleiner Junge und noch neu in der Burg war, früher ging das bald jede Vollmondnacht so: Sachsen, Geschrei, Herzangst, Raserei. Seit ihm Bartflaum spross, geschah es nur noch alle drei oder vier Monate. Doch es hörte nicht auf. Sie kamen ja immer wieder, die Sachsen und die Toten, brachen immer wieder ein in seine Albträume.

Da stand er nun also unter dem Türsturz. Wusste er, wo er war? In der Rechten den schweren Hammer, in der Linken sein drittes Werkstück aus Kinderzeiten, das Steinkreuz. Und noch immer schrie er. Nein, er wusste nicht, wo er war.

Das Licht des Vollmonds lag schimmernd auf einem Burghof wie ein blassgoldener Schleier. Burgmauern? Keine Hütten? Nicht eine einzige? Das verwirrte ihn. Jemand rief aus einem Fenster, jemand fluchte von einer Burgmauer herab, jemand kam auf ihn zu, jemand sprach ihn an.

Das war doch der mit der Axt! Moritz blinzelte in die Dunkelheit, hob den Hammer.

Der mit der Axt, der gedrungene Mann mit dem grauen Bart und dem runden Gesicht, der war der Schlimmste gewesen. Nach dem Vater noch den großen Bruder erschlagen. Und die große Schwester am Haar gerissen und in die Mondnacht hinaus.

Moritz sah ihn genau und hob den Hammer.

Und da hinter ihm! Der Hagere im Kettenhemd und mit dem Bullenkopf auf Schild und Mantel! Der mit dem entstellten Mund. Die anderen sind gesprungen, wohin er mit seinen Eisenfingern deutete; und nur drei wendische Worte hatte er gesagt, während der ganzen Zeit: *Die gehört mir.* Als er auf die Mutter deutete. Seine Stimme klang wie durch die Nase gepresst, wie die Stimme eines Ziegenbocks, wenn er sprechen könnte.

Und dort hinten, das konnten doch nur die sächsischen Krieger sein, die gleich die Mutter von den kleinsten Geschwistern wegreißen würden! Junge Kerle, Flaumbärte, wie er selbst. Die Mutter, die geliebte Mutter! Einem hatte sie ins Gesicht gespuckt, einem mit rotem Haar und gebrochener Nase. Und Bullengehörn auf Helm und Waffenrock.

»Lauf, Moritz!« Von irgendwoher rief die Stimme der geliebten Mutter. »Lauf, mein Kleiner!«

Mit dem Steinkreuz in der Faust und zum Schlag erhobenen Hammer stand er da und glaubte sie deutlich rufen zu hören. Und er war sicher, die Sachsen ganz genau vor sich zu sehen, diese drei, die er sein Leben lang nicht mehr vergessen würde: den Gedrungenen mit der Axt, den Deuter mit der Ziegenbockstimme, den roten Flaumbart mit der schiefen Nase, den die Mutter angespuckt hatte.

Und die anderen? Nur noch Schattenbilder in seiner Erinnerung. Schreiend schwang Moritz den schweren Hammer und stürzte sich auf den größten der Schatten.

Der hob einen Schild und wich zurück. Der Hammer krachte auf Blech. Andere wichen ebenfalls zurück, einer strauchelte unter Moritz' mörderischen Hammerhieben. Und da! Lag da nicht einer hingestreckt neben dem Brunnen? Moritz warf sich auf ihn, schlug mit Hammer und Kreuz auf ihn ein. Und schrie. Funken sprühten, Steinsplitter spritzten ihm ins

Gesicht. Eisen hämmerte auf Stein, Stein hämmerte gegen Stein.

Jemand hebelte ihm einen geharnischten Arm unter Kinn und Kehle, riss ihn erst nach hinten und dann zur Seite weg. Andere entwanden ihm Hammer und Steinkreuz. »Der Wendenbalg zertrümmert uns noch die Viehtränke!«

»Ich bin doch getauft!« Vergeblich versuchte Moritz, sich aus den klammernden und würgenden Griffen zu befreien. »Ich bin doch ein Christ!«

»Ein Hundsfott bist du!« Einer keuchte ihm ins Ohr. »Ein von tausend Deibeln besessener wendischer Hundsfott!«

Frauen und Männer keiften und brüllten aus Burgfenstern. Man solle ihn endlich totschlagen, den wahnsinnigen Bastard. Die bösen Stimmen rissen Moritz aus der Raserei. *Ein Albtraum.* Der erste klare Gedanke gelang ihm. *Wieder nur ein Albtraum, wieder nur böse Erscheinungen.* Jetzt erst konnte er der Mahnung seines erwachenden Verstandes zuhören. Zu spät.

»Rast er denn schon wieder?« Bodo, der Knappe des Herrn Hugo, tauchte aus dem Halbdunkel auf. »Er wird niemals aufhören zu rasen, das könnt ihr mir glauben!«

»In den Brunnen mit ihm!«, rief einer. »Werft ihn in den Brunnen, sag ich!« Moritz starrte ins wütende Gesicht des Ersten Steinmetzen. *Bitte nicht*, wollte er sagen, doch nur ein Krächzen entrang sich seiner Kehle.

Der Ochsentreiber und zwei Steinmetze schlugen ihm mit dem Handrücken ins Gesicht und mit Fäusten auf den Kopf. Zwei Torwächter klemmten sich seine Beine unter die Arme, der Schweinehirt packte seinen rechten Arm, der Knecht des Burgschmieds seinen linken. So hoben sie Moritz hoch, so schleppten sie ihn zum Brunnen, so hievten sie ihn über den Brunnenrand.

»Nein!« Endlich gelangen ihm auch wieder Worte. »Bitte nicht! Ich hab's doch nicht gewollt! Nein!« Doch da hatten sie ihn schon losgelassen.

Und Moritz stürzte.

6

Gefährliche Minne

Prag, Herbst 1227

Ein blonder Mann schwamm ans Ufer der Moldau und stieg aus dem Fluss. Er war groß und hatte kräftige Glieder und breite Schultern. Mit einer tänzerischen Bewegung bückte er sich nach dem Leintuch, das im Ufergras lag, und hüllte sich darin ein. Quer durch das Turnierlager lief er zurück zu seinem Zelt. Er grüßte nach allen Seiten. Nicht jeder erwiderte seinen Gruß und manche nur mit verschlossener Miene.

Der siebte und vorletzte Tag des Turniers neigte sich – da hatte ein siegreicher Ritter wie Ansgar von Lund aus dem Königreich Dänemark nicht mehr nur Freunde.

Bevor er hinter den Koppelzaun seines Lagerplatzes trat, blickte er hinüber zum großen Festzelt des Königs. Über der Zeltkuppel wehte das rote Tuch mit dem weißen Löwen im Abendwind – die böhmische Fahne. Der Platz davor füllte sich mit Menschen; schon übertönte das Gelächter der Gäste und das Klappern der Weinkelche den Lärm, den sein Knappe Heinrich mit Hammer und Helmen veranstaltete.

»Die wichtigste Stunde des Tages bricht an.« Ansgar warf seinem jüngsten Knappen Lothar das nasse Leintuch zu. »Die Stunde der Fresser und Säufer.« Er schlüpfte in die helle Tunika, die der Jungknappe ihm reichte.

»Zu dieser seid Ihr bisher immer pünktlich erschienen, Herr Ansgar.« Rudolphus, Ansgars ältester Knappe, führte das verwundete Schlachtross zu seinem Ritter. »Immer mit den ersten Gästen des Königs, möchte ich meinen.« Er reichte Ansgar ein Salbentöpfchen. »Und unter den letzten wart Ihr auch an jedem Abend.«

»Die Ersten werden die Letzten sein!«, rief Ansgars jüngster Knappe. »Das steht in der Bibel. Der Priester in Wien hat's gesagt!« Er hatte inzwischen das Kettenhemd seines Herrn auf einem Fass ausgebreitet und putzte es mit einer groben Bürste.

»Wirst du wohl das Maul halten, Grindskopf, vorlauter? Und nimm gefälligst Kleie für Kettenhemd und Harnisch!« Ansgar betrachtete die Wunde an der Hinterflanke seines wertvollen Schlachtrosses. »Das Eisen muss glänzen morgen. Geblendet von meinem Glanz sollen die Damen erschauern.«

»Doch wohl nur eine Dame«, gab der Jungknappe Lothar zurück.

»Warte nur, Lauskrodd!« Der große Rappen schnaubte und zuckte, weil Ansgar mit dem Salbenspatel die Wunde berührte. »Wenn ich mit dem Ross fertig bin, gibt's was hinter die Ohren!«

Behutsam trug er die Salbe auf. Eine Lanzenspitze hatte die Kettendecke des Tieres durchdrungen. Keine schlimme Wunde, doch die Salbe hatte Ansgar zwei Silberpfennige gekostet. Davon konnte man ein Schlachtross wochenlang füttern.

»Die von der alten Burg kommen auch schon.« Heinrich unterbrach sein Hämmern und schirmte die Augen vor der schon tief stehenden Sonne ab. Ansgar drehte sich um und sah zur Moldau hin. Mit Fahnen und bunten Wimpeln geschmückte Kähne legten am Ufer an, festlich gekleidete Männer und Frauen entstiegen ihnen: Ritter, Knappen und Edeldamen aus der Burg, die auf dem Berg am anderen Ufer aufragte. Sein Herz schlug höher, denn in der alten Burg herbergte jene Edeldame aus Polen, für die er entflammt war. Würde sie etwa sein Lager besuchen?

Er blickte nach Osten: Auch den Weg von der neuen Burg herab trabten Gruppen von Reitern und lenkten ihre Pferde in die Stadt und zum Königszelt. Frauen machten vor den Lagern derjenigen Ritter Halt, die morgen den letzten Kampf des Turniers bestreiten würden. Die Edeldamen und die Herolde hatten bisher sechs Ritter zu Siegern erklärt. Ansgar war einer davon.

»Betet, dass die, gegen die ich morgen antreten werde, heute saufen und fressen, bis sie kotzen müssen«, sagte Ansgar und widmete sich wieder seinem verwundeten Schlachtross.

Heinrich fuhr fort, die Beulen aus den Helmen zu klopfen, und der junge Lothar erklärte: »Man soll seinen Gegnern nichts Böses wünschen, hat meine Mutter mir beigebracht. Und auch, dass man ›essen‹ und ›trinken‹ sagt.«

»Vergiss, was deine Mutter gesagt hat, Grindskopf! Was ich sage, hast du dir zu merken und zu befolgen, wenn jemals ein Ritter aus dir werden soll.« Ansgar verschloss das Salbentöpfchen, tätschelte dem Schlachtross den Hals und spähte wieder zur Moldau hin. Wahrhaftig – einige Männer und Frauen näherten sich seinem Lagerplatz. Und was da so golden in der Abendsonne glänzte, konnte doch nur das Haar seiner Angebeteten sein!

»Gib dem Schwarzen reichlich zu fressen«, wies er Rudolphus an. »Und striegle den weißen Renner, auf dem will ich morgen reiten.« Er ließ sich seine Aufregung nicht anmerken, tat geschäftig und ging zu einem Haufen zersplitterter Lanzen. »So viel teures und nutzloses Holz!« Als wäre er fassungslos, schüttelte er den Kopf. »Über zwanzig Lanzen zerbrochen, dazu ein Helm und zwei Brustpanzer. Elend teuer, so ein Turnier.«

»Jede zerbrochene Lanze bezeugt doch, wie gut Ihr stechen könnt, Herr Ansgar«, sagte Heinrich. Sein zweiter Knappe bearbeitete schon wieder einen zerbeulten Helm.

»Schon wahr.« Ansgar fuhr sich durch die blonde Mähne. »Bis jetzt haben wir uns gut geschlagen, möchte ich meinen.«

»Gut geschlagen?«, entfuhr es Heinrich. »Fünf Pferde erbeutet! Zwei Rüstungen und ein halbes Dutzend Schwerter! Dazu ein halbes Pfund Silber Lösegeld!« Die Begeisterung rötete Heinrichs Gesicht. »Gekämpft wie ein Löwe habt Ihr, Herr Ansgar! Von hundertzwanzig Rittern sind nur noch sechs im Turnier, und einer davon seid Ihr.«

»Stimmt.« Zufrieden lächelnd ließ Ansgar seinen Blick über die mit bunten Wimpeln und Fahnen geschmückten Zelte des Turnierlagers wandern. »Vollkommen richtig: Einer davon bin ich. Und so wahr mir Gott helfe: Morgen sollen sie mich feiern vor des Königs Zelt.«

»Wir kriegen Besuch, Herr Ansgar.« Heinrich ließ den Hammer sinken und blickte der kleinen Schar aus der alten Burg entgegen. »Besuch, der Euch freuen wird, schätze ich.«

Der siebzehnjährige Heinrich war erst im letzten Sommer in Mailand zu ihm gestoßen, Rudolphus schon vor sieben Jahren in Paris; da hatte der Herzog von Burgund Ansgar gerade zum Ritter geschlagen. Und der vorlaute Lothar stammte aus Magdeburg und hatte sich ihm vor drei Jahren in London angeschlossen.

Die drei waren fleißige, tapfere Knappen und würden einmal gute Ritter werden. Vor allem Rudolphus. Der hatte ihm in Venedig das Leben gerettet, als ein eifersüchtiger Graf drei Mörder auf ihn angesetzt hatte. Dort konnte er sich nicht mehr blicken lassen.

Auch in Florenz und Mailand nicht. Nicht einmal in London. Der Grund war überall ein und derselbe: Frauengeschichten. Schade, denn in Oberitalien kämpfte eigentlich immer irgendeine Stadt gegen eine andere. Doch diesseits der Alpen gab es in diesem Jahr keinen Sommerfeldzug, keine Belagerung, nicht einmal eine kleine Fehde – ein magerer Sommer für einen Ritter, der dringend Geld brauchte.

Im fernen Norden führte zwar Waldemar, sein König, Krieg gegen norddeutsche Heere, doch dessen Ruf hatte ihn noch jenseits der Alpen und viel zu spät erreicht. Schade, denn neue Pferde mussten her, neue Lanzen, neue Schwerter, neue Kettenhemden. Ansgar führte zwei Schlachtrösser mit sich, dazu sechs Lastpferde und vier Reitpferde. Die wollten alle etwas fressen. Und seine drei Knappen sowieso.

Also war Ansgar nach Prag gezogen, denn dorthin hatte der König Wenzel von Böhmen zu einem Turnier eingeladen. Beinahe einhundertdreißig Ritter aus allen Bistümern, Grafschaften und Fürstentümern zwischen dem Rhein und den Karpaten, zwischen der Ostsee und den Alpen waren der königlichen Einladung gefolgt.

Ansgar schlenderte von Heinrich zu Lothar und tat, als würde er ihnen bei der Arbeit zuschauen. In Wahrheit hatte er nur Augen für *sie*. Mit welch anmutigen Schritten sie sich seinem Lager näherte! Wie der Abendwind mit ihren goldenen Locken spielte! Gleich würde er ihr in die grünen Augen schauen.

Sie hieß Adelheid. Nur bei Turnieren begegnete man wunderschönen Edeldamen wie ihr. Sie begutachteten die Waffen und Pferde, sie verfolgten jeden Kampf ihrer Lieblingsritter, und gemeinsam mit den Herolden kürten sie schließlich die Sieger. Diese empfingen die Preise aus ihren zarten Händen.

Bereits am ersten Tag des Turniers hatte Ansgar viele Blicke und sogar ein paar Worte mit der edlen Adelheid getauscht. Seitdem stand er in Flammen. Er lauschte den sich nähernden

Stimmen ihres Gefolges. Und tat, als würde er die Pferde in der Koppel betrachten und Rudolphus bei ihrer Pflege zuschauen.

Heinrich unterbrach erneut sein Gehämmer. Hinter sich hörte Ansgar ihn und Lothar die Edeldame und ihr Gefolge begrüßen. Er drehte sich um, ging zu ihr und beugte die Knie vor ihr. »Welche Ehre, dass Ihr einen unbedeutenden Ritter wie mich durch die Gnade Eures Besuches beglückt, edle Adelheid.«

»Unbedeutend, Ansgar von Lund?« Die Edeldame reichte ihm die Hand. »Wie könnt Ihr so etwas sagen! Ich bitte Euch, steht auf.« Ansgar erhob sich. Ihre Finger in seiner Hand zu spüren, ging ihm durch und durch; in ihre Smaragdaugen zu blicken, ließ sein Herz schneller schlagen. »Bitte zeigt mir Waffen und Rüstung, worin Ihr morgen auf dem Kampfplatz erscheinen werdet. Und wie gern würde ich den edlen Schimmel sehen, auf dem Ihr morgen reiten werdet. An allen Tafeln spricht man von ihm.«

Ein grauhaariger Ritter begleitete sie und die drei Jungfrauen ihres Gefolges. Ansgar führte sie zu dem Gestell zwischen Knappen- und Ritterzelt, auf dem seine Rüstung und sein Wappenmantel hingen. Er zeigte ihnen seine Lanzen, Schilde und Schwerter und bat Adelheid schließlich zur Pferdekoppel neben den beiden Zelten.

Der polnische Ritter blieb bei dem jungen Lothar stehen und sah ihm bei der Arbeit zu. Die Jungfrauen scharten sich um den blonden Heinrich, machten ihm schöne Augen und kicherten.

Rudolphus, zwischen den Pferden, begrüßte die Edelfrau artig von fern. Er hatte ihr heimlich die erste Strophe des Liedes zur Burg hinaufgebracht, das Ansgar für sie gedichtet hatte. Die dritte würde er ihr morgen Abend vortragen. Falls er siegte und falls sie ihn empfing. Die zweite sollte sie noch heute zu hören bekommen.

Sie gingen in die Koppel, Adelheid streichelte das verletzte Schlachtross. »Ich habe von der Tribüne aus sehen können, wie es verwundet wurde. Der mit dem Turmwappen wollte es zu Fall bringen.«

»Jérome von Tours. Wäre es ihm gelungen, hätte er mich niedergeritten.«

»Das wird er auch morgen versuchen.« Der Ritter von Tours gehörte zu den sechs, die am letzten Turniertag gegeneinander antreten würden. »Ihr müsst auf der Hut sein, Herr Ansgar. Er ist gefährlich.« Sie legte ihre Hand auf seinen Arm.

»Ich weiß. Gefährlicher aber ist der Sachse. Auch der gehört zu den letzten sechs, wie Ihr wisst.«

»Der mit dem Bullenkopf im Wappen? Das ist kein Sachse, der stammt aus der Grafschaft Schwerin. Weil sein Graf ein Lehnsmann des Herzogs von Sachsen ist, dient auch Botho von Schwerin dem Sachsenherzog.«

»Ihr wisst gut Bescheid. Habt Ihr mit dem Ritter gesprochen?« Von allen fünf Gegnern, gegen die Ansgar morgen anzutreten hatte, war es tatsächlich der mit dem Bullenschädel im Schild, den er für den unberechenbarsten hielt.

»Ich habe ihn an der Tafel Reden schwingen hören«, sagte Adelheid. »Da habe ich seine Dame nach ihm gefragt. Seinetwegen sorge ich mich am meisten um Euch, mein Ritter.« Die letzten beiden Worte hauchte Adelheid mit gesenkter Stimme und wie einen Kuss. »Der Bullenkopf hat Dutzende Ritter schwer verletzt während des Turniers. Drei sind sogar gestorben, so gnadenlos schlägt er zu.«

»Ich habe es gesehen.« In den ersten sieben Tagen des Turniers war man in zwei Parteien aufeinander losgegangen, hatte eine Feldschlacht nachgestellt und zuletzt die Eroberung einer Burg. »Ich selbst habe ihm noch nicht gegenübergestanden. Er gehörte zu meiner Partei.«

»Der Ruf der Gnadenlosigkeit ist ihm schon vorausgeeilt, bevor er hier eintraf. Nur der erfahrene Ulrich von Liechtenstein könnte ihm gewachsen sein, wenn Ihr mich fragt.« Sie drückte seinen Arm. »Und Ihr, mein Ritter Ansgar. Ich glaube an Euch, und ich werde für Euch beten.« Sie blickte sich in der Koppel um. »Zeigt mir Euren berühmten Schimmel.«

Ansgar wusste nichts zu antworten, wie betäubt fühlte er sich von ihren Worten. Stumm zeigte er auf seinen weißen Renner und schritt schweigend neben ihr her.

»Was für ein schönes Tier!« Adelheid streichelte der schneeweißen Stute Nüstern und Kehle. »Wie herrlich!«

»Fee stammt aus Ungarn und hat mich ein halbes Vermögen gekostet. Beinahe so viel wie ein Schlachtross. Das schönste Pferd, das ich je besessen habe.« Ansgar schritt um die Weiße herum, und als Fee zwischen ihm und dem vorderen Koppelzaun stand, fiel er plötzlich auf die Knie.

»Doch kein Geschöpf Gottes ist schöner als Ihr.«

Er schlug einen feierlichen Ton an und begann in Versen zu sprechen. Die Edelfrau errötete und lächelte.

»Und nichts auf der Welt begehre ich mehr,
Als einzig das Lächeln Eurer Lippen zu schau'n,
den Glanz Eurer Augen und das Gold Eures Haars.
Und nichts soll heiliger sein mir als dies:
Die Gewissheit Eurer Liebe und Eurer gnädigen Huld.«

Ansgar erhob sich, ergriff ihre dargebotene Hand und hauchte einen Kuss auf ihre Finger. »Ich danke Euch, mein Ritter.« Ein feuchter Schleier zog durch Adelheids lächelnden Blick. »Euer Lied bewegt mich sehr, mein Ritter.«

Selbst wenn die Jungfrauen und der alte Ritter sie beobachtet haben sollten, mussten Ansgar und Adelheid sich nicht sorgen: Es war nichts Ungewöhnliches für einen Ritter, vor einer Edeldame niederzuknien. Viele edle Frauen und Jungfrauen hatten einen Ritter, der sie verehrte, ihnen Lieder schrieb und für sie in Kriege und Turniere zog. Gefährlich würde es erst werden, wenn er morgen Abend in ihrer Schlafkammer auftauchte – falls sie ihn empfing.

»Die dritte Strophe würde ich Euch gern zur Laute vortragen, verehrte Dame.« Ansgar sprach jetzt sehr leise. »Morgen Abend, nach dem Turnier. Falls Ihr mir die Gnade erweisen wollt.«

»Siegt und seht mich, Ritter von Lund.« Die schöne Adelheid zog ihn näher zu sich. »Siegt für mich und singt für mich.« Sie nahm seine Hand und drückte sie auf ihren Busen. »Hier drinnen schlägt ein Herz für Euch, heiß und voller Sehnsucht. Ihr werdet Botschaft erhalten, damit Ihr wisst, wo Ihr mich finden könnt, wenn es so weit ist.«

Ansgar wusste kaum, wie ihm geschah. Ein letztes Lächeln, dann drehte sie sich um und verließ die Koppel. Sie raffte ihr Kleid so hoch, dass er ihren weißen Knöchel sehen konnte. Der alte Ritter schritt ihr voran aus Ansgars Lagerplatz, die Jungfrauen wandten sich noch einmal um, kicherten und winkten Heinrich zu.

Ansgar sah seiner Angebeteten nach, bis sie mit ihrem Gefolge ins Getümmel vor dem königlichen Festzelt eintauchte. Er ging nicht aus der Koppel, er schwebte aus ihr. »Muss denn das wirklich sein, Herr Ansgar?«, zischte Rudolphus, doch der Ritter hörte es kaum. Er war selig, einfach nur selig.

Erst die freche Stimme seines Jungknappen riss ihn aus seinem Rausch. »›Wer sich sehenden Aug's in Gefahr begibt, kommt drin um‹, hört ich meine Mutter sagen, Herr Ansgar.« Lothar erdreistete sich sogar, mahnend die Zeigefinger zu schwingen. »Und hat Eure gefährliche Art, die Minne zu betreiben, uns alle nicht schon in Venedig und Mailand in Gefahr gebracht?«

»Halt's Maul!« Blitzschnell schlug Ansgar zu. »Hier die versprochene Ohrfeige, Lauskrodd! Aus dir wird nie ein Ritter werden, wenn du nicht lernst, die Frauen zu verehren! Ein Ritter muss ihnen von ganzem Herzen dienen! Selbst Todesgefahr muss er für sie auf sich nehmen.«

7
Kain

Elbufer, Sommer 1227

Ein schicksalhafter Tag. Es war heiß, die Luft über den Äckern flimmerte. Die kleine Burg und das Dorf vor ihren Mauern lagen auf einer Anhöhe über der Elbe. Nach Westen hin stieg das waldige Hügelland zum Harz hin an, im Osten mäanderte die Elbe in zahllosen Flussarmen durch das Sumpfland. Über den Uferweg, der von Norden her unterhalb der Burg vorbeiführte, galoppierten Reiter heran.

»Die Magdeburger kommen«, sagte der Burgherr, »endlich!« Er, ein Ritter aus unbedeutendem Adelsgeschlecht, stand mit dem Schultheiß, zwei freien Bauern und einem Priester auf der Tormauer der Burg. Von hier aus glich der Elbstrom unten im Sumpfland den vielfach verzweigten Adern auf seinem Handrücken.

Die Männer warteten, bis die sieben Reiter zwischen den Hütten und Feldern vor der Burg auftauchten und sie die Standarte erkennen konnten, die der Reiter an der Spitze mit sich führte. »Wahrhaftig«, sagte der Priester. »Das Wappen der Magdeburger.« Die anderen nickten nur. Schweigend stieg einer nach dem anderen die Stiege in den Burghof hinab.

»Holt die Frau aus dem Turm«, befahl der Burgherr zwei Bewaffneten. »Die Mägde sollen dafür sorgen, dass sie sauber und ordentlich angezogen ist. Und sie hat nichts zu reden, schärft ihr das noch mal ein.« Die Bewaffneten liefen zum Bergfried und verschwanden darin. »Öffnet das Tor!«, rief der Burgherr den Torwächtern zu.

Wenig später trabten die Reiter aus Magdeburg in den Burghof, sechs Waffenknechte des Magdeburger Domkapitels und ein Geistlicher. Der war ein Verwandter des Burgherrn. Man begrüßte einander und setzte sich an einen steinernen Tisch zwischen Stallung und Palas. Dort hatte der Burgherr bereits Speisen und Wein auftragen lassen.

Man aß und trank und sprach über dieses und jenes – über den Tod des Papstes Honorius, über den Krieg gegen die Dänen, über Kaiser Friedrichs geplanten Kreuzzug, über die Heiligsprechung des Franz von Assisi, über den stockenden Dombau in Magdeburg, über die Ernte, über das Wetter.

Und über die Frau, die seit ein paar Wochen im Bergfried gefangen gehalten wurde. Ihretwegen hatte der Burgherr nach seinem Verwandten in Magdeburg geschickt.

»Sie ist verrückt«, sagte der Burgherr. »Sie verwirrt mir die Bauern ringsum. Wir wissen nicht mehr, was wir mit ihr tun sollen.« Die anderen nickten, und jeder gab zum Besten, wie er die Sache sah und lösen würde. Ein Wort gab das andere, und keines ließ Gutes hoffen für die Frau im Bergfried.

Als die schwere Turmtür sich endlich öffnete, verstummten die Männer. Alle richteten ihren Blick auf den Eingang zum Bergfried. Zwei Bewaffnete führten ein Burgfräulein in einem hellen Leinenkleid hinaus auf den Burghof. Eine Magd und ein Mönch mit schwarzem Mantel über dem weißen Habit, ein Dominikaner, folgten ihnen.

»Ist sie das?«, fragte der geistliche Herr aus Magdeburg, ein kleiner, grauhaariger Mann von etwa vierzig Jahren. Der Burgherr, sein Oheim, nickte. »Ich erkenne sie nicht wieder.« Der Magdeburger schüttelte den Kopf. »Gehen wir zu ihr.« Er, der Burgherr, der Priester und der Schultheiß standen auf.

»Ich fürchte wirklich, sie ist wahnsinnig geworden«, sagte

der Burgherr mit leiser Stimme, während sie zum Turm gingen.

»Möglicherweise ist Hexerei im Spiel«, erklärte der Schultheiß bereits zum zweiten Mal.

»Ich will nicht direkt sagen, dass sie mit dem Gottseibeiuns im Bunde steht.« Der Priester flüsterte, denn nur wenige Schritte trennten sie noch von dem Burgfräulein. »Doch ich zweifle nicht daran, dass ein Dämon in ihr haust.«

»Seit wann hat sie diese …« Der Geistliche aus Magdeburg zögerte, schien nach Worten zu suchen. »… diese Anfälle.«

»Sie war zwölf, als sie das erste Mal glaubte, das Licht zu sehen und die Stimmen zu hören«, raunte der Schultheiß.

»Wir sollten sie wegen Häresie anklagen und verbrennen«, flüsterte der Priester. »So hat es der Kaiser im letzten Jahr mit ketzerischen Weibern in Rimini machen lassen. Der Erzbischof war dabei. Er hat's Euch sicher erzählt.«

Der geistliche Herr aus Magdeburg nickte stumm. Die junge Frau im hellen Leinenkleid blickte ihnen ruhig entgegen. Die Bewaffneten und die Magd zogen sich zurück, als die Männer vor ihr stehen blieben; der Dominikaner trat neben sie.

»Du warst noch ein kleines Mädchen, als wir uns zuletzt begegnet sind, Mechthild«, sagte der geistliche Herr. »Ich bin Dietrich von Dobin, Domherr zu Magdeburg. Unsere Mütter waren Basen. Wahrscheinlich wirst du dich nicht an mich erinnern. Auch ich erkenne dich kaum wieder.«

Ein scheues Lächeln huschte über das schmale Gesicht der Frau. Das war bleich, und zahllose Sommersprossen bedeckten es. Und blaue Flecken. Die Schürfwunde an der Schläfe schien noch nicht alt zu sein. »Doch, Hochwürdiger Herr, ich erinnere mich an Euch.«

»Tatsächlich?« Der Magdeburger betrachtete sie aufmerksam. Auch die Haut ihrer Arme war sehr weiß. Ihr langes Haar hatte die Farbe frisch geschnittenen Strohs. In ihren Augen leuchtete es, wie der Domherr es bei noch keinem Menschen gesehen hatte, auch waren sie von einem ungewöhnlich hellen Grün. Ihre vollen Lippen waren geschwollen. Die Frau wirkte stark und zerbrechlich zugleich.

»Ja, Hochwürdiger Herr Dietrich. Ihr wart gut zu mir.« Sie schaute ihm ins Gesicht, als würde sie darin lesen können. »Und Ihr habt Euch diese Herzensgüte bewahrt, wie ich sehe.« Die Männer traten unruhig von einem Fuß auf den anderen.

»Und ich sehe, dass du verletzt bist.« Der Magdeburger Domherr runzelte besorgt die Stirn. »Was ist dir widerfahren?«

»Sie ist bei ihrem letzten Anfall die Turmtreppe hinuntergestürzt«, beeilte sich der Burgherr zu sagen. Sein strenger Blick bohrte sich ins Gesicht der jungen Frau. Die wurde noch bleicher und senkte den Kopf.

»Ich möchte mit ihr allein sprechen«, erklärte der Domherr. Die Männer machten betretene Gesichter, wandten sich aber ab und schritten etwas abseits.

Die junge Frau namens Mechthild hielt den Dominikaner am Mantelärmel fest. »Ich will, dass mein Beichtvater bei mir bleibt, Herr Dietrich.« Der Domherr nickte und wies auf eine steinerne Bank zwischen Bergfried und Burgschmiede. Dort nahmen sie Platz.

Der Ritter, der Priester und der Schultheiß beobachteten die drei von Weitem. »Was machen wir, wenn sie ihm erzählt, dass wir versucht haben, ihren Dämon auszutreiben?« Der Priester schnitt eine ängstliche Miene.

»Gott bewahre!«, entfuhr es dem Schultheißen. »Wenn der Domherr erfährt, dass wir seine Verwandte geprügelt haben, wird er uns vor dem Schöffenstuhl verklagen.«

»Redet doch nicht so grausig dumm daher!«, zischte der Burgherr. »Dietrich hat längst gemerkt, dass sie wahnsinnig ist. Und Wahnsinnige erzählen viel, wenn der Tag lang genug ist.«

Eine halbe Stunde lang etwa sprachen der Domherr, der Mönch und die Frau miteinander. Schließlich stand der Herr Dietrich auf und kam zu den drei wartenden Männern. Seine Miene war härter als zuvor.

»Spannt einen Wagen an«, sagte er kühl. »Lasst Mechthilds Habseligkeiten aufladen. Und für sie selbst sattelt ein Pferd. Sie wird mit mir nach Magdeburg reiten. Ich werde mich künftig um sie kümmern.«

Paris, Spätsommer 1227

Schritte näherten sich auf der Gasse, Gotthart fuhr im Bett hoch und lauschte. Kamen sie doch schon? Die Angst fuhr ihm in die Glieder, und seine Nackenhaare stellten sich auf.

Auf dem Tisch neben dem Fenster brannte mit sehr kleiner Flamme eine Talglampe. Vor dem Fenster glitt der Schein eines größeren, helleren Lichtes über die nächtlichen Fassaden. Fackeln! Die Schergen des Grafen? Oder schon die Büttel des Hofes? Vielleicht aber auch Boten des Kardinals. Hoffnung regte sich in Gottharts aufgewühlter Brust.

Er hatte noch kein Auge zugemacht in dieser Nacht. Sein Hemd war durchgeschwitzt, das Haar klebte ihm an der hohen Stirn, und jetzt klopfte ihm auch noch das Herz in der Kehle. Durchs Halbdunkel blinzelte er zum Fenster. Unerbittlich näherten sich die Schritte. Jetzt klopfte es unten an der Haustür, Gotthart hielt den Atem an. Entweder war die Rettung nahe oder das Ende.

Dann Schritte vor der Kammertür, die Klinke bewegte sich,

die Türangeln quietschten. »Soll ich nachschauen, wer klopft?« Sein Diener Hubertus schaute zur Kammer herein.

Gotthart schwang sich aus dem Bett und tastete nach seinem Schwertgurt. »Mach schon«, krächzte er; seine Stimme gehorchte ihm kaum noch. Der Diener zog die Kammertür zu. Kurz darauf hörte Gotthart die Treppe unter seinen Schritten knarren. Hubertus war groß und schwer.

Gotthart warf den Waffenmantel über das weit geöffnete Hemd. Er bückte sich nach seinem Gurt, zog Schwert und Dolch heraus, stand auf und presste sich neben der Kammertür an die Wand. Sein Atem flog, sein Mund war trocken, er zitterte. Wenn es denn geschehen musste, sollte es hier in der Kammer geschehen. Gottharts Entschluss stand felsenfest: Niemals würde er seinen Kopf auf den Hackklotz des Henkers legen.

Unten quietschte die Haustür. Er lauschte. Stimmen. Zwei – die seines Dieners und eine fremde. Die fremde klang gedämpft und keineswegs so erregt und feindselig, wie Gotthart es erwartet hatte. Die Tür quietschte erneut, und Schritte stapften die Treppe herauf.

Er schloss die Augen und atmete tief durch. Seine Anspannung ließ ein wenig nach. Die königlichen Henkersknechte oder die Schergen des Grafen hätten Hubertus gar nicht erst zu Wort kommen lassen – sie wären einfach die Treppe heraufgestürmt.

Es klopfte. »Botschaft vom Kardinal, Herr Gotthart.« Die Stimme seines Dieners. Gotthart warf das Schwert aufs Bett, den Dolch behielt er in der Linken. Selbst ihm, dem Kardinal, traute er in diesen Stunden Verrat zu.

Er streckte Klinge und Faust in den Lichtschein der Talglampe. Zwei Atemzüge lang fesselten sie seinen Blick. Er drehte Faust und Klinge nach allen Seiten. Nein, nirgendwo mehr Blut.

Endlich wagte er es, drückte die Klinke herunter und öffnete langsam die Tür. Zwei Männer standen davor: sein hünenhafter Diener Hubertus mit einem brennenden Kienspan und ein Ritter in Harnisch und Waffenrock. Auf dem Brustteil des Waffenrocks prangte das Wappen des Kardinals.

Der Ritter nickte ihm zu. »Es ist gelungen. Ihr habt Zeit bis zum Morgengrauen. Findet man Euch im Licht des neuen Tages noch in Paris, seid Ihr verloren.«

Gotthart war, als würde ein Stein von seinem Herzen rutschen. »Und er verdammt mich nicht?« Der Ritter des Kardinals schüttelte den Kopf. Vor Erleichterung kamen Gotthart die Tränen. Verdammte der Kardinal ihn nicht, würde vielleicht auch Gott ihn nicht verdammen.

»Geh, weck die anderen«, wandte er sich an Hubertus. »Packt unsere Sachen, sattelt die Pferde. Vergesst mein Werkzeug nicht.« Der Diener nickte, drehte sich um und verschwand auf der Treppe nach oben.

Gotthart winkte den Ritter des Kardinals in die Schlafkammer und wies auf Tisch und Hocker. Im Halbdunkel nahmen sie Platz. »Bis zum Morgengrauen werden die Schergen des Grafen und die königlichen Büttel nur die Gassen und Häuser rund um die Baustelle durchkämmen. Und natürlich die Gegend, wo das Weib wohnte. Euer Viertel meiden sie solange.«

Der Ritter des Kardinals sprach sehr leise und wählte jedes Wort mit Bedacht. Gotthart kaute auf seiner Unterlippe herum. »Ihr überquert in dieser Zeit die Seine auf der Großen Brücke und nehmt dann den Hauptweg nach Westen. Die Torwächter haben Anweisung, Euch und Eure drei Gefährten passieren zu lassen.«

»Was für eine gnädige Wendung!« Gottharts Gesicht war aschfahl, seine Augen feucht. »Wie hat er das geschafft?«

»Ihre Hochwürdigste Eminenz hat persönlich beim König vorgesprochen. Der schuldete seinem Oheim noch einen Gefallen.«

»Und er verdammt mich wirklich nicht?« Gotthart konnte es kaum glauben.

»Würde er sich dann für Eure Rettung einsetzen?«

»Gott sei Lob und Dank.« Gotthart schluckte und wischte sich die Augen mit dem Hemdsärmel aus. »Und wenn der Graf mich verfolgen lässt?«

»Auf Wunsch Ihrer Hochwürdigsten Eminenz hat der König den Grafen von Lamotte samt seiner Ritter und Knappen ins Heerlager in die Bretagne geschickt«, erklärte der Ritter des Kardinals. »Militärische Pflichten werden ihn für Monate dort binden.« Der Ritter des Kardinals senkte die Stimme. »Und vergesst eines nicht: Dieses Weib war nur eine Mätresse von niederer Herkunft. Lasst ein paar Jahre ins Land gehen, dann wird niemand mehr nach ihr fragen. Am allerwenigsten der Graf von Lamotte.«

Grübelnd starrte Gotthart auf seine Faust und den Dolch. Schließlich nickte er und hob den Blick. »Und was wird aus meiner Grafschaft?«

»Die Ländereien, die Ihre Hochwürdigste Eminenz Euch zugeeignet hat, bleiben unwiderruflich in Eurem Besitz.« Der Ritter des Kardinals räusperte sich. »Dafür bürgt der König. Ihre Hochwürdigste Eminenz wird einen Ministerialen bestellen, der sie verwaltet.«

»Aber meine Erhebung in den Grafenstand!« Gotthart richtete sich auf der Hockerkante auf.

»Die muss noch warten«, erklärte der Ritter des Kardinals. Gotthart sprang auf, stürzte zur Tür und schlug mit Faust und Dolchgriff dagegen. Ein Zischen entrang sich seiner Kehle, es klang wie ein Fluch.

»Aufgeschoben ist nicht aufgehoben«, beschwichtigte der Ritter des Kardinals. »Vorerst müsst Ihr Euch mit der königlichen Bürgschaft für die Ländereien um Saint Leonard begnügen. Und mit Eurem geretteten Leben. Das jedoch ist nur bis zum Morgengrauen sicher, und das auch nur, wenn Ihr Euch peinlichst an die Anweisungen Ihrer Hochwürdigsten Eminenz haltet.«

Gotthart fuhr herum. »Und die Briefe?«

Der Ritter griff unter seinen Waffenmantel und zog ein Futteral aus dunkelrotem Leder heraus. »Ihre Hochwürdigste Eminenz hat für alles gesorgt.« Er streckte Gotthart das Futteral entgegen.

Dieser kam zurück zum Tisch, legte den Dolch weg und drehte den Docht der Talglampe hoch. Er nahm dem anderen das Futteral ab und ließ sich auf den Hocker fallen. Hastig öffnete er den Lederumschlag und zog die Lampe noch näher heran.

»Sechs Briefe«, murmelte er. Vier trugen das Siegel des Kardinals, einer das des Baumeisters. »Einer vom Alten? Gott sei Lob und Dank! Hat mir der Meister also wahrhaftig einen Empfehlungsbrief geschrieben?«

»Schreiben lassen. Der Meister bedauert es natürlich sehr, einen seiner besten Bildhauer zu verlieren.« Der Ritter zog die Brauen hoch. »Doch dem dringenden Wunsch Ihrer Eminenz mochte er sich nicht verschließen, wenn Ihr versteht.«

»Ich verstehe.« Gotthart sah die versiegelten Briefe noch einmal durch. »Sogar ein Schreiben des Königs an den Herzog von Sachsen?« Ungläubig las er die Schriftzüge mit den Namen der Empfänger. »Und ein Brief an den Grafen Albrecht von Käfernburg?« Er staunte den Ritter an. »Warum das?«

»Der Graf ist Erzbischof von Magdeburg«, erklärte der Ritter des Kardinals. »Ihre Hochwürdigste Eminenz hat ihn auf dem kaiserlichen Hoftag in Italien kennengelernt.«

»Soll ich etwa nach Magdeburg gehen?« Gotthart schluckte. Er hatte Freunde in Paris. Und Freundinnen.

»So ist es«, erklärte der Ritter des Kardinals. »Und keiner, der Euch kennt, muss davon erfahren.«

»Magdeburg ist weit weg von Paris. Sehr weit weg sogar.«

»Ihre Hochwürdigste Eminenz will, dass Ihr Euch dorthin begebt. Dort seid Ihr nicht nur sicher, dort könnt Ihr auch Eure Kunst treiben.«

»Wie das?« Gotthart runzelte die Stirn.

»Erzbischof Albrecht lässt seit bald zwanzig Jahren den niedergebrannten Dom von Magdeburg wieder aufbauen. Er sucht Männer wie Euch.«

»Ist das wirklich wahr? Gott sei Lob und Dank!« Gotthart atmete tief durch. »Richtet dem Kardinal meinen Dank aus, ich weiß gar nicht, wie ich ihm …«

»Auch Ihre Hochwürdigste Eminenz lässt euch eine Grußbotschaft ausrichten«, unterbrach ihn der Ritter des Kardinals. »Er wird für Euch beten, soll ich Euch sagen, so wie er es seit Eurer Geburt getan hat. Und sein Segen wird euch begleiten, wohin Ihr geht. Und er lässt Euch ausrichten, Ihr möget allezeit an die Worte der Genesis denken, die da lauten: ›Und Gott machte ein Zeichen an Kain, dass ihn niemand erschlüge‹.«

8

Tjost

Prag, Herbst 1227

Die Sonntagsmesse war gelesen, alle versammelten sich auf dem Turnierplatz: auf den Tribünen der König, seine Edlen und die Frauen und auf dem Kampffeld die Herolde und die sechs Recken neben ihren Pferden. An den Schranken rund um das Kampffeld drängten sich Knappen, Diener, Mägde und eine Menge Volk der Stadt Prag. Stimmengewirr und Gelächter erfüllten die Luft.

Der Sieger des Gesamtturniers würde durch eine Tjost ermittelt werden. Ein Ritter forderte einen Gegner heraus. Der Besiegte schied aus. Und so fort, bis nur noch zwei übrigblieben. Einer davon erstritt am Ende Ruhm, Ehre, Siegespreis und mit ein bisschen Glück die Hand einer Jungfrau.

Auf Letzteres legte Ansgar keinen Wert: Er blickte hinauf zu Adelheid. Die Schöne saß in der mittleren Tribüne, gleich in der ersten Reihe. Während der Messe hatte Ansgar neben ihr auch ihren polnischen Grafen erblickt, einen Mann mit teigiger Haut, grauem Haar, feisten Backen und vom Saufen trüben Augen. Es hatte ihm das Herz zusammengeschnürt, die schöne Edelfrau neben diesem alten Fettsack stehen zu sehen.

Erst vor kurzem hatte er seine bereits zweite Gattin wegen Kinderlosigkeit verstoßen und Adelheid, die junge Witwe eines deutschen Markgrafen, geheiratet. Unter den Rittern munkelte man, dass er selbst es sei, der zeugungsunfähig war; und er sei sogar unfähig, es überhaupt zu versuchen. Ansgar schloss sein Visier.

Er trug eine schwarze Turnierrüstung und als Helmschmuck die Schwingen eines weißen Schwans. Auf seinem Schild, seinem schwarzen Wappenmantel und seiner schwarzen Pferdedecke prangte der weiße Schwan in seiner ganzen Größe und Schönheit. Schnabel und Beine des Vogels waren blutrot.

Durch die Augenschlitze seines Visiers musterte er seine Gegner. Auch sie hatten ihre schönsten Turnierrüstungen angelegt, um die Edeldamen zu beeindrucken. Er spähte nach Einzelheiten, die ihm etwas über ihre zu erwartende Kampfweise verraten mochten.

Botho von Schwerin trug einen klobigen schwarzen Helm mit silbernem Bullengehörn. Seine ganze Rüstung war schwarz. Von Wappenmantel, Schild und Pferdedecke stierte ein schwarzer Bullenschädel mit silbernen Hörnern. Aufmerksam nahm Ansgar wahr, dass er ein hohes, kräftiges Schlachtross reiten und eine schwere Lanze benutzen würde. Ganz wie es seine Art war, setzte der »Sachse« also auf Wucht und Gewalt.

Jérome von Tours' Wappenzeichen, der graue Turm mit der roten Fahne, ragte von seinem Helm auf, und dessen Bildnis prangte auf gelbem Schild und gelbem Wappenrock. Auch der französische Ritter schien seiner Kraft und der Wucht seines Stoßes zu vertrauen, denn er hatte sich ebenfalls für ein Schlachtross und die schwere, dicke Lanze entschieden, die nur ein erfahrener Turnierreiter zu führen vermochte. Ansgar glaubte, seinen lauernden Blick zu spüren.

Die anderen drei waren wie Ansgar mit leichten Rennern und leichten Lanzen auf dem Turnierplatz erschienen. Herzog Berthold von Zähringen wollte auf einem kräftigen Rotfuchs kämpfen, Dankwart von Straßburg auf einem Grauschimmel. Der Zähringer, mit seinem roten Wappenadler, dem roten Federbusch und dem goldfarbenen Harnisch, war am prachtvollsten geschmückt.

Und Ulrich von Liechtenstein am seltsamsten: Ganz in Grün kam der Ritter daher; das Pferd, der Schild, die Pferdedecke – alles grün und mit roten und blauen Rautenwappen bedeckt. Eine Reihe goldener Glöckchen reichte von den grün bedeckten Pferdeohren abwärts über Mähne und Rücken bis zum Schweif. Am auffälligsten aber war das lange, grüne Frauenkleid, das der Ritter trug und die gekrönte Frauengestalt auf seinem Helm. Die hielt einen goldenen Bogen und eine Fackel mit roter Flamme.

Die Göttin der Liebe sollte sie darstellen, die Venus, so erzählte man sich im Turnierlager. Jeder wusste, dass Ulrich zu Ehren seiner Angebeteten eine Turnierreise unternahm, die er »Venusfahrt« nannte. Ansgar machte nicht den Fehler, ihn wegen seines Kostüms zu unterschätzen oder gar zu verachten, denn er hatte den Ritter Ulrich kämpfen sehen während der letzten Tage. Wer irgend konnte, war ihm ausgewichen auf dem Schlachtfeld.

Der König winkte von der Tribüne herab. Die Herolde setzten ihre Trompeten an die Lippen, Fanfarenklänge gellten über das Kampffeld. »Der letzte Kampf des Turniers ist eröffnet!«, rief ein Herold.

Jubel erhob sich, und sofort stieg der mit dem Bullenschädel im Wappen auf sein Schlachtross. Er trieb es zur mittleren Tribüne, wo die Wappen der sechs noch im Turnier verbliebenen Ritter unter dem Geländer angenagelt waren, und klopfte auf den roten Adler des Zähringers. Dann trabte er zum anderen Ende des Feldes.

Der Herausgeforderte, der junge Berthold von Zähringen, stieg in den Sattel und lenkte seinen Rotfuchs auf den Kampfplatz. Der Herold verkündete die Namen der beiden Ritter. Er hatte den Namen des Zähringers noch nicht ganz ausgesprochen, da trieb der mit dem Bullenkopf schon sein Schlachtross an. Auch der junge Herzog gab seinem Renner die Sporen und preschte mit angelegter Lanze los.

Ansgar begriff: Ein Schlachtross brauchte länger, bis es in gestreckten Galopp fallen konnte. Diesen Nachteil wollte der Ritter von Schwerin durch schnelleres Losreiten wettmachen und dann die größere Stoßkraft seiner schweren Lanze zur Geltung bringen. Und wie gewaltig er anritt, der Gehörnte! Der Boden zitterte, der Hufschlag seines Rosses klang wie Donnergrollen, und weil er einen Bogen ritt, verschaffte er sich einen noch längeren Weg zum Anreiten. Schnell erreichte sein schweres Ross ein atemberaubendes Tempo.

In einer Staubwolke prallten sie zusammen. Der Gehörnte traf den Schild des Zähringers von der Seite und so wuchtig, dass die schwere Lanze splitterte. Der Zähringer, der nach dem schwarzen Helm mit dem Silbergehörn gezielt hatte, verfehlte. Durch den schweren Treffer verlor er Lanze und Schild, kippte zur Seite und konnte sich nur mit Mühe an Sattel und Zügel festhalten. Am anderen Ende des Kampffeldes brachten seine Knappen ihm Lanze und Schild, doch er winkte ab und gab mit Gesten zu verstehen, dass er verletzt war und zu große Schmerzen litt für einen weiteren Durchgang.

Der Herold verkündete Botho von Schwerin als Sieger des ersten Kampfes. Der Bullenhelm trabte ohne jede Eile zurück zu den anderen vier Rittern, stieß sein Visier nach oben und grüßte zur Tribüne hinauf. Wider seinen Willen bewunderte Ansgar den schlauen Kämpfer – mit dem Zähringer hatte er den auch in Ansgars Augen schwächsten Ritter als Ersten herausgefordert, um an ihm seine rohe Kraft und seine hohe Reitkunst zu demonstrieren und so seine verbleibenden Gegner zu beeindrucken.

Jérome von Tours setzte seinen Eisenschuh in den Steigbügel, um als nächster Herausforderer zur Tribüne zu reiten.

Ansgar griff sofort nach dem Zügel seiner weißen Fee, so sicher war er, gleich zum Kampf anreiten zu müssen. Doch mit einer Leichtigkeit, die er dem Liechtensteiner niemals zugetraut hätte, schwang der Ritter in den Frauenkleidern sich in den Sattel, ritt zur Tribüne und klopfte auf das Wappen mit den Türmen.

Einen Wimpernschlag lang zögerte Jérome von Tours, und ein verächtliches Grinsen huschte über seine Miene. Dann stieg er aufs Pferd, klappte sein Visier herunter und trat gegen Ulrich von Liechtenstein an.

Dreimal ritten sie gegeneinander, und jedes Mal klingelten die Glöckchen an der Pferdedecke des Liechtensteiners, und jedes Mal gelang es ihm, die größere Schnelligkeit seines Renners gegen das schwerfälligere Schlachtross des Ritters von Tours in die Waagschale zu werfen. Zweimal splitterte Ulrichs Lanze, beim dritten Mal senkte der mit den Türmen im Wappen seine schwere Waffe so tief, dass er Ulrichs Pferd traf. Der Liechtensteiner aber rammte ihm die Lanze kraftvoll gegen den Brustharnisch und gab dem Wankenden im Vorüberreiten einen Stoß mit dem Schild. Jérome von Tours stürzte vom Pferd. In das Raunen der Menge hinein, erklärte der Herold den Ritter im Frauengewand zum Sieger. Dessen Pferd hinkte an der Tribüne vorbei.

Weil ihn das Warten unruhig machte, sprang Ansgar aufs Pferd, ritt zur Tribüne und forderte Dankwart von Straßburg heraus. Als er zum anderen Ende des Kampfplatzes trabte, sah er, dass Ulrich von Liechtenstein seinen verwundeten Renner gegen ein anderes Pferd austauschen ließ. Schon beim ersten Anritt gelang es Ansgar, seinen Gegner aus dem Sattel zu stoßen. Auf Rüstung und Pferd des Unterlegenen verzichtete er, erklärte ihn nicht einmal als gefangen. Während die Zuschauer ihm dafür Hochrufe ausbrachten und die Damen und der

König applaudierten, überschlug Ansgar im Kopf, wie viel Lösegeld er sich gerade durch die Lappen hatte gehen lassen.

Nur noch zwei blieben ihm als Gegner, doch er hütete sich, jetzt schon zu triumphieren: Der schwarze Bullenhelm und der Venusritter waren ohne Zweifel die beiden stärksten. Vor der Tribüne klappte Ansgar sein Visier hoch und winkte zu den Frauen hinauf. Viele winkten zurück und riefen ihm Schmeichelhaftes zu, doch nur eine Einzige meinte und sah er. Adelheid versuchte zu lächeln und senkte den sorgenvollen Blick.

Nicht der schwarze Bullenschädel aus dem Norden ritt zu den Wappen an der Tribüne, wie Ansgar es erwartet hatte, sondern der Liechtensteiner. Das behagte ihm nicht: Selbst wenn er siegte, würde er zum dritten Mal hintereinander kämpfen müssen, sollte es am Ende gegen den Gehörnten aus der Grafschaft Schwerin gehen. Und jeder Anritt kostete Kraft.

Aber es nützte alles nichts: Ulrich von Liechtenstein wollte sich mit ihm messen, also musste er sich ihm stellen. Er lenkte die weiße Fee herum und ließ den Herausforderer zum anderen Ende des Kampfplatzes reiten. Man hatte seinem neuen Pferd die Glockendecke des ausgewechselten übergestreift.

Der Herold rief ihre Namen aus, beide klemmten ihre Lanzen unter die Arme und preschten aufeinander zu. Dem Liechtensteiner gelang es nicht, sein neues Pferd ähnlich schnell in den gestreckten Galopp zu treiben wie das vorige. Wahrscheinlich machte das Geklingel der Glöckchen es unruhig, und kurz vor der Begegnung scheute es auch noch, sodass dem Ritter Ulrich seine Lanze verrutschte.

Es wäre Ansgar ein Leichtes gewesen, ihn aus dem Sattel zu stechen – doch stattdessen hob er seine Lanze und galoppierte an seinem Gegner vorbei. Nicht glückliche Umstände, sondern seine Kampfkunst sollten ihm den Sieg bringen.

Auf den Tribünen und beim Volk hinter den Schranken wurde erneut Beifall laut. Ansgar lenkte sein Pferd herum, klemmte das Ende seiner Eichenlanze erneut zwischen Oberarm und Rippen und wartete darauf, dass sein Herausforderer ebenfalls seinen Platz einnahm. Doch Ulrich von Liechtenstein warf seine Lanze weg, stieß sich den Helm vom Kopf und erklärte Ansgar auf diese Weise zum Sieger. Getuschel und erstaunte Rufe wurden laut. Ulrich aber verbeugte sich in Ansgars Richtung. Dass dieser die Schwäche seines Pferdes nicht ausgenutzt hatte, war dem Venusritter Grund genug, Ansgar als den Stärkeren zu respektieren.

Der Herold erklärte ihn zum Sieger. Erneut schallten die Trompeten, und der Herold rief: »Zum letzten Kampf des Turniers treten an Botho von Schwerin und Ansgar von Lund!«

Ansgar lenkte seine Weiße zum Rand des Turnierfeldes. Seine Schultern und Handgelenke schmerzten. Der schwarze Bullenschädel trieb sein Schlachtross neben ihn – einen Hengst, und der war gut zwei Handbreiten höher als die Fee, sodass er auf Ansgar herabblicken konnte. Und das tat er auch – zwei Atemzüge lang, drei Atemzüge lang, vier. Ganz still wurde es plötzlich auf dem Turnierplatz. Hinter den Schlitzen des schwarzen Helms sah Ansgar die Augen seines Gegners.

»Was ist los mit Euch, Ritter von Schwerin?« Ansgar gab sich gleichmütig, dabei hörte er sein Herz in den Schläfen pochen. »Sagt bloß nicht, dass Ihr schon vor dem Kampf aufgeben wollt vor lauter Angst!« Tapfer hielt er dem lauernden Blick seines Gegners stand.

Der wandte sich ab, trieb sein Schlachtross an und trabte zum anderen Ende des Turnierfeldes. Ansgar sah ihm nicht hinterher. Er schob das Visier seines Schwanenhelms hoch und warf einen letzten Blick hinauf zu ihr. Da saß sie, leichenblass, doch schön wie die Nacht. Adelheid.

Die Fanfarenbläser setzten wieder die Instrumente an die Lippen, Ansgar klappte sein Visier herunter, sein Gegner stand schon bereit, hatte schon die Lanze gesenkt. Der Herold rief noch einmal ihre Namen aus, Ansgar klemmte die Lanze unter den Arm. Und wieder preschte der schwarze Bullenschädel los, bevor sein Name ganz ausgesprochen war. Doch darauf war Ansgar gefasst – zur gleichen Zeit wie der andere ritt auch er los.

Tief beugte er sich über den Hals seiner Weißen, ließ die Lanze ein wenig sinken, drückte Knie und Absätze in die Kettendecke, lenkte so seine Fee. In kürzester Zeit fiel sie in rasenden Galopp, weniger als dreißig Pferdelängen trennten ihn noch vom silbern gehörnten Schweriner.

Er dachte nicht mehr an seine Schmerzen, an seine Angst – mit höchster Aufmerksamkeit hing sein Blick auch noch an der kleinsten Bewegung seines Gegners. Auch der fiel jetzt in gestreckten Galopp. Zwanzig Pferdelängen. Und wieder lenkte der schwarze Bullenschädel sein Schlachtross in einen Bogen, in einen weiteren diesmal. Um jeden Preis wollte er größeren Anlauf gewinnen, wollte Ansgar um jeden Preis das größere Gewicht seiner Lanze und die größere Kraft seines Rosses spüren lassen.

Doch der dänische Ritter war auf der Hut, lenkte die Weiße scharf nach innen und preschte dem Gegner in seinen Bogen hinein. Zehn Pferdelängen trennten sie noch, da versuchte Botho von Schwerin sein schweres Ross herumzureißen, um Ansgar nicht die Flanke bieten zu müssen. Doch mit Schenkeln und Hacken lenkte nun Ansgar sein Pferd in einen immer engeren Bogen, sodass er den Bullenschädel schließlich beinahe von der Seite anreiten konnte.

Der Zusammenprall war gewaltig. Mit dem Schild ließ Ansgar die gegnerische Lanze zur Seite abgleiten und traf mit seiner Eichenlanze den Helm des Schweriners. Der wankte zur Seite, konnte sich aber im Sattel halten, verlor nur seinen Schild. Wie das Fauchen eines Dachses keuchten seine Atemzüge unter dem Bullenhelm. Ein Raunen ging durch die Menge der Zuschauer.

Ansgar trabte zur Tribüne. Falls es am Ende nach Punkten gehen würde, sah die Sache gut aus für ihn: Ein Helmtreffer zählte wie zwei gewöhnliche. Er blickte zurück – ein Knappe des Gehörnten rannte auf das Turnierfeld. Ansgar lenkte die Weiße herum, trieb sie aber nicht zum nächsten Anritt, sondern wartete, bis der Knappe sich nach dem Schild gebückt und ihn dem gegnerischen Ritter hinauf gereicht hatte. Nicht ganz dreißig Pferdelängen trennten sie. Als der Knappe den Kampfplatz verlassen und der schwarze Bullenschädel den Schild gepackt und die Lanze gesenkt hatte, preschte Ansgar sofort los.

Noch bevor der Ritter aus der Grafschaft Schwerin sein Pferd aus dem Trab in den Galopp treiben konnte, jagte Ansgar ihm schon im gestreckten Galopp entgegen. »Adelheid!« Er brüllte ihren Namen. Niemand hörte ihn, nur seine Fee, nur er selbst, nur Gott. »Adelheid!« Der Klang ihres Namens ging im Hämmern des Hufschlags unter.

Der Bullenschädel galoppierte mit Macht heran, doch längst nicht so schnell wie beim ersten Mal. Dreißig Pferdelängen trennten sie nur noch, rasend schnell ging jetzt alles. Zwanzig Pferdelängen. Der Kettenschutz rasselte am weißen Körper der Fee, der Schild des anderen schlug gegen den Panzer seines Pferdes, Staub stieg hinter ihm auf, wie die Kriegstrommeln in der Schlacht donnerte der Hufschlag. Botho senkte die schwere Lanze, zielte auf Ansgars Bauchharnisch. Zehn Pferdelängen noch höchstens.

Ansgar fasste den schwarzen Brustharnisch ins Auge. Er zwang sich, seine Lanze auf der Panzerhaube seines Schimmels liegen zu lassen. Erst im letzten Augenblick wollte er dem Gehörnten verraten, wo sein Stoß ihn treffen sollte. Fünf Pferdelängen noch.

Botho von Schwerin hob seine schwere Lanze um eine Handbreite. Ansgar schob den Schild nach vorn, riss seine Lanze hoch und beugte sich ein Stück zur Seite. »Für dich, Adelheid!« Höher die verdammte Lanze, nach vorn den verfluchten Schild, und dann der Zusammenstoß – der Eintritt in die Hölle, das Ende, der Anfang! Ansgar sah nur noch schwarzen Harnisch, schwarzen Helm. Der Atem blieb ihm weg, er schwankte im Sattel hin und her.

Ein Schrei aus tausend Kehlen erhob sich über dem Turnierplatz, etwas schlug blechern am Boden auf. Ansgar riss am Zügel, spähte hinter sich – Bothos Knappen fingen das reiterlose Pferd des Schweriners ein, der Gehörnte selbst lag ihm Staub wie ein kahler Baum aus schwarzem Erz, streckte Beine und Arme von sich und rührte sich nicht. Um ihn herum senkte sich der Staub.

Vorbei, gesiegt! Aus dem Jubel glaubte Ansgar ihre Stimme herauszuhören – die Stimme der begehrten Adelheid.

Er lenkte seine Weiße herum und preschte zu seinem Gegner. Neben dem Bullenschädel lag dessen Helm mit den silbernen Hörnern. Ansgar schlug sein Visier nach oben und ließ seine Lanzenspitze auf den Brustharnisch des Besiegten fallen. »Ihr seid mein Gefangener, Botho von Schwerin!«

Aus schmalen, feuchten Augen stierte der besiegte Ritter zu Ansgar herauf. Sein Gesicht war knochig und schmal, seine Nase so schief, als wäre sie ein paar Mal gebrochen gewesen, seine langen Locken und sein Bart dicht und rot. Er zischte ein paar Worte, die sich gehässig anhörten, die Ansgar jedoch nicht verstand.

»Die Höhe des Lösegeldes lege ich später fest!«, rief Ansgar mit fester Stimme. Sinnlos, den schwarzen Bullenschädel durch Gnade zu einem Verbündeten machen zu wollen. Botho von Schwerin war schon vor dem Kampf sein Feind gewesen, und sein Feind würde der Rotbart für immer bleiben. »Dein Schlachtross gehört von nun an mir!« Ansgar winkte Rudolphus und Lothar auf den Kampfplatz. »Nehmt ihm auch Rüstung und Waffen ab!«

Ansgar lenkte sein Pferd herum und trabte zur Tribüne, aus dem wieder aufbrandenden Jubel glaubte er ihre Stimme herauszuhören. Er hielt sein Pferd an und schob sein Helmvisier hoch. Die Herolde bliesen in die Trompeten, einer rief dreimal den Namen des Siegers aus. Auf der Tribüne neigte König Wenzel den Kopf und lächelte ihm zu. Die Damen und Jungfrauen beugten sich über die Tribünenbrüstung und winkten. Ansgar blickte zu ihr: Adelheids schönes Antlitz war rot vor Freude, sie lächelte scheu.

Nach der Siegerehrung ritten sie zum Turnierlager. Ansgar konnte sich kaum im Sattel halten. Jede Bewegung der Weißen fuhr ihm mit hundert Schmerzen in sämtliche Knochen. Rudolphus und Lothar mussten ihm vom Pferd helfen.

»Ihr seht nicht aus, als würdet ihr heute Abend allzu viele Runden tanzen können, Herr Ansgar.« Sorgenfalten lagen auf Rudolphus' Stirn.

»Hoffentlich kann er wenigstens den Weinbecher heben, wenn der König auf seinen Sieg anstoßen will«, murmelte Lothar.

»Geschwätz, nutzloses!« Ansgar hinkte zu seinem Zelt.

»Macht mir lieber ein heißes Bad. Und kümmert euch um meine Siegespreise.«

Ein junges Wildschwein und einen großen Hecht, beides erlegt von des Königs eigener Hand, hatte die Königin ihm überreicht. Später, als Ansgar schon im mit warmem Wasser gefüllten Zuber lag und die Schmerzen allmählich nachließen, bereitete Lothar den Hecht zum Räuchern vor.

»Seht, was ich im Maul des Hechtes gefunden habe!«, rief er und kam zum Zuber. »Eine Lederkapsel mit einem Brief.« Er reichte sie Ansgar.

Der las den Brief, schloss lächelnd die Augen und tauchte unter. Eine Botschaft Adelheids. Sie erwartete ihn. Noch in dieser Nacht. Er tauchte auf, streckte sich im Zuber aus und stimmte ein Liedchen an. Seine Schmerzen waren wie weggeblasen.

9
Stürze

Und Moritz stürzte.

Andere stürzten auch. Manche sogar zur selben Zeit.

So vieles geschieht ja in einem einzigen Augenblick an unterschiedlichen Orten – Gutes und Böses, Hässliches und Schönes. Und denen es geschieht, die wissen nichts voneinander.

Noch nicht.

Jener dänische Ritter etwa, Ansgar von Lund: Mehr als zwanzig Tagesritte entfernt stürzte er in ein Bett und in die Arme einer Frau. Acht Turniertage lagen hinter ihm, sieben Tage Feldschlacht und Belagerung, ein Tag Lanzenstechen.

Die Knochen taten ihm weh. Die Rippen, das Handgelenk, die Schultern, der Schädel. Er hatte gefochten und gesiegt. Die offenen Frauenarme, das war sein Lohn.

Er stürzte hinein und spürte keinen Schmerz mehr.

Oder die blutjunge Helena im fernen Herzogtum Schwaben: Weinend stürzte sie auf das Grab ihrer Mutter. Sie schlang die Arme um den Grabstein, vergrub ihr Gesicht in den Blüten von zwölf gelben Rosen und weinte bitterlich. Unterhalb des Friedhofs, vor dem Kloster, rollte der Wagen ihres Vaters an der Spitze der Bauhütte nach Norden. Der Gedanke, den Meister Bohnsack allein nach Magdeburg ziehen zu lassen, schnürte Helena das Herz zusammen; der Gedanke, den Ort ihrer Kindheit und das Grab ihrer Mutter für immer zu verlassen, schnürte es ihr in gleicher Weise zusammen. Was sollte sie tun?

Irgendwann stand sie auf, küsste den Grabstein und lief hinunter zum Kloster. Denn ihre Mutter war tot, doch ihr Vater lebte. Mit wehendem Haar und flatternden Mantelschößen rannte sie den Fuhrwerken der Bauhütte hinterher.

Eine andere stürzte ebenfalls und fast zur selben Zeit, eine fromme Frau namens Mechthild. Die geheimnisvolle Stimme, der sie seit frühster Jugend folgte, hatte sie geweckt und zwischen Steinblöcke, Trümmerhalden, Bauhütten, Zugräder und unvollendete Fassaden, Säulen und Portale geschickt.

Hier, wo Magdeburgs neue Kathedrale entstand, hier umgab sie von einem Augenblick auf den anderen gleißendes Licht; Licht, das ihr göttlich erschien.

Gestalten schritten auf einmal durch die jäh erleuchtete Baustelle; Gestalten, die ihr wie die Domheiligen erschienen. Eine, die sie für den Heiligen Mauritius hielt, glaubte sie sogar reden zu hören.

Da stürzte Mechthild zu Boden, warf sich auf Bauch und Gesicht und dankte Gott, der sie würdig erachtete, solche göttlichen Erscheinungen zu schauen.

Ein anderer, kaum sechzig Waldruten entfernt, sah nur wenig später das erste Tageslicht auf den Dachfirsten und Turmspitzen Magdeburgs leuchten. Große Erleichterung ergriff ihn, und sein Herz schwoll vor Freude und Stolz. Denn er, der junge Bildhauer und Edelmann aus Paris, besaß Empfehlungsschreiben eines Kardinals und eines bekannten Baumeisters. Die würden den Erzbischof von Magdeburg überzeugen. Die würden ihm, Gotthart von Saint Leonard, das Tor in die berühmte Kaiserstadt öffnen, und mit diesem auch das Tor in eine sichere und leuchtende Zukunft.

Hier an der Elbe würde er ein neues Leben anfangen. Hier würde er Gott und dem Erzbischof Figuren für die neue Kathedrale meißeln: Engel, Apostel und Heilige.

Wie berauscht war der Bildhauer aus Paris beim Anblick der morgendlichen Dächer und Türme von Magdeburg, ganz ergriffen. So ergriffen, dass er keinen Blick hatte für das Schwanenpaar, das an der Elbbrücke dicht vor ihm über den Reitweg hinweg flog.

Sein Pferd schon – es scheute und warf ihn ab.

Und so stürzte auch er.

Anders als Ansgar, Helena und Mechthild stürzte Gotthard unfreiwillig.

Genau wie Moritz.

10

Lauf!

Rudelsburg, Markgrafschaft Meißen, Herbst 1227

Der Brunnenschacht war tief, und der Aufschlag fühlte sich wie ein Sturz auf einen ausgespannten Kettenrock an. Die Wucht des Sturzes trieb Moritz bis auf den Brunnengrund hinab. Sein Gesicht brannte, sein Brustkorb stach, seine Trommelfelle und Augäpfel fühlten sich an, als wollten sie platzen. Er ruderte, strampelte, tauchte prustend und keuchend wieder auf.

»Säuft er ab?«, tönte es von oben. Die Kälte des Brunnenwassers trieb Moritz Tränen in die Augen und Klarheit ins Hirn. »Sauf schon ab, Hundsfott, wahnsinniger!«

Moritz spuckte Wasser aus, keuchte, hielt sich schwimmend über der Wasseroberfläche, spähte hinauf. Wie ein großer Mond sah die Brunnenöffnung aus, und wie dunkle Wolken die Umrisse vieler Schultern und Köpfe an ihrem Rand.

»Zieht mich hoch! Bitte!«

»Der Wendenarsch kann schwimmen!«, kam es von oben.

Moritz erkannte die Stimme eines Torwächters. »Bitte, bitte …!«

»Nicht er kann schwimmen, die Dämonen in ihm können schwimmen!«

»Wozu hast du eine Wurflanze, Bodo?«

»Bist du des Deibels? Was glaubst du, was der Herr Hugo mit mir macht, wenn der Grindskopf da unten uns das Brunnenwasser mit seinem Blut versaut!«

»Der Herr Hugo ist nicht da.« Die Stimme des Ochsentreibers.

»Deine Lanze! Gib schon her, Bodo!« Die Stimme des Ersten Steinmetzen. »Es wird niemals besser mit ihm. Hast du es nicht selbst gesagt?«

»Bloß nicht!« Moritz hörte, wie sie oben um die Lanze rangen. »Vollscheißen wird er uns den Brunnen, wenn er verreckt!«, rief Bodo. »Ich hab doch in Holstein gesehen, wie sie scheißen und pissen, wenn sie verrecken! In der Schlacht hab ich's gesehen, glaubt's mir!«

»Es wird niemals besser mit dem Wendenbalg! Du selbst hast's gesagt, Bodo! Heute erst hat er wieder meinem Befehl getrotzt! Her mit der Lanze, sag ich!«

»Bitte, bitte!« Moritz' Stimme überschlug sich. »Zieht mich hoch, bitte!«

»Ich blute!«, heulte jetzt ein anderer da oben. »Er hat mir Stirn und Ohr zerschlagen mit seinem verdammten Hammer!«

»Wirklich wahr, der Joseph blutet wie ein Schwein!«

»Hätte tot sein können, der arme Joseph!«

»Schon das zweite Mal seit der Kornernte, dass er so rumtobt, der wendische Hundsfott, der wahnsinnige.«

»Besessen ist er, der verfluchte Wende!«, schrie der Ochsentreiber in die Tiefe herab. »Sag ich's euch nicht? Besessen von tausend Dämonen.«

Atemlos lauschte Moritz dem Palaver über ihm. Das kalte Wasser frostete ihm die Knochen. Sein eigenes Zähneklappern hallte wie das Hämmern kleiner Meißel von der Brunnenwand wider, seine Augen füllten sich mit Tränen. »Oh liebe Mutter«, keuchte er, »liebe, liebe Mutter, Mutter …«

»Hört nur«, tönte es von oben, »der Wendenbastard winselt schon nach seiner Mutter.«

»Schicken wir ihn einfach zu ihr.« Die gehässige Stimme des Ersten Steinmetzen schon wieder. »Machen wir ihn einfach tot. Eine solch günstige Gelegenheit kommt so schnell nicht wieder.«

»Wir dürfen es nicht«, eine neue Stimme mischte sich oben ins Palaver ein. Der Kanzler war aus der Burg gekommen. »Der Herr Hugo hat für ihn bezahlt.«

»Wir sagen einfach, wir hätten ihn nicht mehr bändigen können.« Ein Burgwächter sagte das.

»Nicht doch! Der ehrwürdige Bruder Peter hat recht.« Die weinerliche Stimme des blutenden Joseph. »Der Wendenarsch ist der beste Arbeiter des Herrn Hugo – im Wald, im Steinbruch, in der Schmiede, überall! Der Bruder Peter hat recht.«

»Dieser Sklave ist ein verdammter Wende.« Auch die Stimme des Falkners mischte sich nun ins Palaver. »Dazu von Dämonen besessen. Bist du der Einzige, der zu blöd ist, das zu sehen, Mönchlein …?«

»So redest du nicht mit mir! So nicht!«

»… und dem Ritter Hugo fangen wir einfach einen neuen besten Arbeiter.«

Moritz gab keinen Ton mehr von sich. Keuchend und zitternd lauschte er ihrem Palaver. Lauschte, wie sie über seinen Tod beratschlagten. Niemand, der ihm half, niemand, der für ihn sprach. Der Brunnenschacht hallte vom Klappern seiner Zähne wider.

Oben flüsterten sie jetzt nur noch. Sprach nun doch jemand für ihn? Half ihm nun doch einer? Er zitterte, sein Körper bebte, eine eisige Klaue legte sich um sein Herz. Jetzt schon sterben? Nur das nicht! Er schnappte nach Luft und bekam kaum noch welche.

Wenn doch der Ritter von Meißen in der Burg wäre! Wenn

doch Benno und sein Vater da wären. Doch alle Männer, die für ihn gesprochen, die ihm geholfen hätten, waren auf Kriegszug. Alle anderen hatten schon lange genug von ihm und seiner Raserei.

Und Wenden konnte sowieso keiner leiden.

Ein Schatten stürzte ihm entgegen, Moritz zuckte zusammen, presste sich an die Schachtmauer. Etwas klatschte neben ihm im Wasser auf. Ein Seil. Wollten sie ihn hochziehen?

»Greif schon zu, Wendenbastard!«, tönte es von oben.

Moritz packte das Seil – sofort straffte es sich. Und wirklich: Sie zogen ihn hoch. Doch warum sprachen sie nichts mehr dort oben? Warum blieb alles so still auf einmal?

Moritz wickelte das Seil um sein Handgelenk, seine eiskalten Hände spürte er kaum noch. Er stemmte die eiskalten Sohlen gegen die Brunnenwand, versuchte Schritt zu halten mit dem kraftvollen Zug nach oben. Fuß um Fuß ging es aufwärts, Elle um Elle. Schon konnte er über sich Münder von Augen unterscheiden, Bärte von Haarschöpfen, und bald auch einzelne Gesichter. Das des Ochsentreibers feixte heimtückisch.

»Bringen wir es schnell hinter uns«, hörte er den Ersten Steinmetz flüstern. »Und seht zu, dass der elende Bastard nicht zum Schreien kommt.«

Schon im nächsten Augenblick packten viele Hände Moritz und rissen ihn über den Brunnenrand. Er stürzte auf das Pflaster des Burghofs. Schon knieten sie zu fünft auf ihm. Von hinten griff ihm einer ins Haar und riss ihm den Kopf in den Nacken. Die gehässige Fratze des Ersten Steinmetzen tauchte über ihm auf. Mondlicht brach sich in einer Dolchklinge. Vergeblich versuchte Moritz zu strampeln und um sich zu schlagen. Sie hockten auf seinen Armen, seinen Beinen, seiner Brust.

Auf einmal schrie eine Frau. Ein Hund knurrte böse, ein riesiger Schatten flog über Moritz hinweg. Das glitzernde Mondlicht in der Dolchklinge erlosch, und der Steinmetz kippte brüllend nach hinten. Der wölfische Hund des Schmieds schnappte nach seiner Kehle, die Männer ringsum sprangen von Moritz' Gliedern und Brust. Alle fluchten, alle wichen zurück.

»Still, Lupo!« Monica bückte sich nach Moritz. »Bist du verletzt? Du bist ja ganz nass!« Sie packte seine Hand, half ihm auf die Beine. »Was ist hier geschehen?« Moritz brachte kein Wort heraus. Er zitterte, taumelte ein paar Schritte zur Seite, hob erst seinen Hammer vom Burghofpflaster auf, langte dann nach dem alten Steinkreuz.

»Was habt ihr mit ihm gemacht!« Monica schrie die Männer an.

»Getobt hat er wieder!« Der Ochsentreiber deutete auf den blutenden Torwächter. »Schau dir doch den armen Joseph an.«

»Ruf dein Biest zu dir, Schmiedin!« Der Erste Steinmetz jammerte und keuchte. »Heilige Jungfrau, es wird mich noch totbeißen.« Der Wolfshund stemmte die Vorderläufe auf seine Brust, knurrte und fletschte dicht über seinem Hals die Zähne. »Bei allen Heiligen, ich flehe dich an, Monica! Nimm ihn weg von mir, nimm ihn weg …«

Monica pfiff durch die Zähne. »Her zu mir, Lupo!« Rückwärts schob sich der Wolfshund vom Brustkorb des Steinmetzen, rückwärts und knurrend bis an Monicas Seite. Die legte ihre Hand auf seine Schnauze; das Tier setzte sich auf die Hinterläufe und gab Ruhe.

»Stimmt es also – ihr wolltet ihn töten.« Monica blickte lauernd in die Runde.

»Was mischst du dich in Männerdinge ein, Weib?« Der

Burgkanzler erhob seine hohe Stimme. »Und selbst wenn sie ihn totgeschlagen hätten – sie hätten gottwohlgefällige Gründe gehabt.«

»Wir hätten es schon zu verhindern gewusst«, beteuerte Bodo, »ich und der Ehrwürdige Bruder Peter.«

Moritz sah das alles, hörte das alles und wusste nicht, ob er ein Trugbild sah und Traumstimmen hörte oder ob das alles die Wirklichkeit war.

Schritt für Schritt wich er zurück. Wie ein ungezähmtes Pferd tobte ihm das Herz im Brustkorb herum. Und in seinem Kopf rief die Stimme der Mutter: *Lauf, mein Kleiner! Lauf, lauf! Gott sei mit dir!* Alles an ihm bebte, sein Kiefer, seine Knie, seine Glieder. Er schaute auf Monicas Rücken, er schaute zu den Männern, die ihn töten wollten, er schaute hinauf zur wuchtigen Silhouette des Bergfrieds. Wohin nur? Wohin?

Moritz fuhr herum, wollte zum Burgtor rennen – die Burgherrin stand vor ihm. »Was geht hier vor?«, rief sie.

»Sie wollten den Moritz totschlagen«, sagte Monica.

»Weil er mit Hammer und Stein auf uns losgegangen ist!«

»Weil der Gottseibeiuns ihn wieder toben ließ!«

Alle Männer redeten jetzt durcheinander.

»Weil er niemals aufhören wird zu rasen!«

»Weil er den Joseph erschlagen wollte!«

»Ruhe!«, verlangte die Burgherrin. Misstrauisch und voller Abscheu musterte sie Moritz. »Legt den Wenden in Ketten! Sobald mein Gatte wieder in der Burg ist, wird er über sein Schicksal entscheiden.«

Prag, Herbst 1227

Der Minnesänger zupfte die Laute und sang. Sang von der Erhabenheit leuchtender Alpengipfel bei Sonnenaufgang, von weißen Wildpferden im südlichen Feuchtland des Königreichs Frankreich, von den herrlichen Kranichen, die sich alljährlich im Herbst an den Seen und in den Wiesen des Küstenlandes der Ostsee versammelten, vom betörenden Duft der Lindenblüte in Germaniens Tiefebene, von der Anmut römischer Frauen. Und er sang davon, wie all das verblasste gegen die Schönheit seiner Edeldame.

»Doch kein Geschöpf Gottes ist schöner als Ihr.
Und nichts auf der Welt begehre ich mehr,
Als einzig das Lächeln Eurer Lippen zu schau'n,
den Glanz Eurer Augen und das Gold Eures Haars.«

Adelheids vertraute Kammerzofe hatte Ansgar durch die nächtliche Burg zur Schlafkammer seiner Angebeteten geführt. Seine Knappen warteten unten im Burghof zwischen den Stallungen und bewachten die Pferde. Der junge Lothar würde den Ruf der Schleiereule nachmachen und ihn warnen, sollte Gefahr drohen. Im schwarzen Gewand eines Priesters saß Ansgar nun auf einem Hocker und sang zum Klang seiner Laute und einer alten Melodie alle drei Strophen des Liedes, das er für die edle Adelheid gedichtet hatte.

»Und nichts soll heiliger sein mir als dies:
Die Gewissheit Eurer Liebe und Eurer gnädigen Huld.«

In einer dunkelroten Tunika stand sie vor ihm an der Wand: Adelheid! Über und neben ihr steckten brennende Kienhölzer zwischen den Mauerblöcken. Deren flackernder Lichtschein lag auf Adelheids Blondhaar, auf der weißen Haut ihrer Arme und ihrer Schultern und auf ihrem edlen Gesicht. Das Entzücken über Ansgars Lied sprach aus ihrem Blick, ihrer Haltung, ihren Zügen und machte sie noch schöner als sonst.

Ansgar erhob sich, trat näher zu ihr und sang die dritte Strophe, die er nach dem siegreichen Turnier im Zuber gedichtet hatte:

»Begehrt nicht der Mensch, einst zu schlemmen und zu ruh'n
Im himmlischen Garten, ›Eden‹ genannt?
Gewiss! Doch zu kosten den Tau von Eurem Mund,
zu schlemmen an Euren Lippen, in Eurem himmlischen Schoß
und an Eurem paradiesischen Busen zu ruhn'n,
Begehr' ich, Edle Dame, schon jetzt.«

Sie biss sich auf die Unterlippe, legte die Hände auf die Brust und schloss die Augen. Ansgar strich ein letztes Mal über die Laute. Der Saitenklang verebbte. Im Schein des Kienholzlichtes sah er die Röte auf ihrem Gesicht glühen. Er legte die Laute auf den Hocker und warf das tarnende Priestergewand ab. Darunter trug er Waffenrock, feines Leinen und lederne Beinkleider. Er nahm ihre Hände und küsste ihre Finger.

»Es ist nicht recht, so etwas zu singen, mein edler Ritter«, flüsterte Adelheid hastig und schlug die Augen auf. »Das himmlische Jerusalem sollt Ihr begehren und den Platz in Abrahams Schoß.« Ihr Gesicht war herrlich rot, und Ansgar lächelte zufrieden. »Nicht aber an meinem Busen und Schoß zu ruhen.«

Sie stieß sich von der Wand ab, entzog ihm die Hände und wollte an ihm vorbei ins Halbdunkel ihrer Kammer huschen. Ansgar griff nach ihrer Taille, hielt sie fest. »Es ist beinahe schon sündig, so etwas auszusprechen, nicht wahr?«

»Wahrhaftig, mein Ritter.« Sie nickte energisch und ließ es dennoch zu, dass er sie an sich zog.

»Da seht Ihr, wie verfallen ich Euch bin, edle Adelheid.« Er nahm ihr Gesicht zwischen seine Hände. »Ich bin ein Diener meines Begehrens und meiner Liebe. Ich bin Euer Diener.« Er spürte, wie ihr Körper bebte. Ohne Zweifel – sie war verloren, sie gehörte längst ihm.

»Ich selbst würde niemals wagen, mein Begehren so deutlich auszusprechen.« Sie schluckte.

»So habe ich es also auch für Euch in Worte gefasst.« Sein Mund berührte ihre Lippen. »Ich spüre doch, wie die Glut der Liebe in Eurem Leibe brennt.«

»Oh, mein geliebter Ritter!« Sie schlang die Arme um ihn und empfing seinen Kuss.

Sie küssten einander, bis ihre Lippen fast taub waren. Die heißen Finger seiner Dame wühlten sich in Ansgars Blondhaar, ihre Zunge tanzte voller Verlangen mit seiner. Unter der roten Seide ihres Kleides spürte er ihre Schulterblätter auf und ab tanzen.

Und nicht nur ihre Zunge und ihre Schulterblätter tanzten – Adelheids ganzer Körper tanzte: Ihre Finger glitten über seinen Rücken, ihr Oberkörper wand sich in seinen Händen, ihre Hüften drängten sich an ihn, zuckten weg von ihm und rieben sich erneut an seinen Lenden.

Adelheid drückte sich gegen Ansgar und seufzte wie eine Ertrinkende. Ihr Bein schlang sich um seinen Schenkel, gab ihn wieder frei, drängte erneut an ihn.

Die Wildheit ihres Verlangens überraschte Ansgar nicht. Seit er zum ersten Mal in ihre Augen geblickt und erst recht, seit er sie neben ihrem halbtoten Fettsack gesehen hatte, wusste er: In diesem Frauenleib wühlte wie ein gewaltiger Schmerz der ungestillte Hunger nach Liebe.

Einem verspielten Fohlen gleich wand sie sich unter seinen Küssen, seinen zärtlichen Händen. Manchmal kicherte sie, manchmal seufzte sie, manchmal gurrte sie. Ansgar überließ sich ihrem sehnsüchtigen Tanz, zog sie an sich, fing sie wieder ein, wenn sie ihm entglitt, hielt sie fest, biss zärtlich in die weiche Haut ihres Halses, küsste sie wieder und wieder.

»Euer Herz brennt nach mir, edle Dame«, flüsterte er ihr ins Ohr. »Ich fühle es. Ich werde es jetzt in meine Hände nehmen und es löschen, bevor es Euch ganz und gar versengt.«

»Tut das, mein Ritter, ich will Euer sein.« Als wäre sie der Ohnmacht nahe, sank sie an seine Brust. Ansgar hob sie hoch, trug sie zu ihrem Bett und legte die süße Last in die Leintücher. Er spürte die Feuchtigkeit der Seide, als er ihr das Kleid über den Kopf zog.

Und dann versank er in ihren Armen, in ihren Küssen, in den Seufzern ihres Verlangens. Die Zeit stand still, die Nacht hielt den Atem an, Atem verschmolz mit Atem, Haut glühte an Haut. Ansgar vergaß das Turnier, vergaß die Schmerzen, vergaß sich selbst. »Adelheid«, flüsterte er. »Adelheid!«, rief er und verströmte sich ganz und gar im Paradies ihres Leibes.

Die Nachtkühle strömte aus den Kammerwänden. Adelheid und Ansgar hüllten sich in die Leintücher. Sie umarmten und küssten einander, flüsterten sich Unerhörtes ins Ohr und hielten einander umschlungen. Unter den süßen Worten und zärtlichen Küssen seiner Angebeteten schlief Ansgar irgendwann ein.

Als er die Augen wieder öffnete, lag er allein in den Tüchern. Er fuhr hoch. Irgendwo in der Schlafkammer hantierte Adelheid mit Nachtgeschirr und Glas. »Was tut Ihr?«

»Fragt nicht, mein Ritter.« Ansgar blinzelte ins Halbdunkle. Ihre Silhouette bewegte sich hinter einer spanischen Wand. Ansgar begriff – sie spülte sich aus.

Er blinzelte in den Lichtschein an den Wänden. Die Kienholzspäne waren beinahe heruntergebrannt, und vor den Fenstern graute bereits der Morgen. Er schwang die Beine aus dem Bett.

Ein Nachtfink sang im Burghof, ein Hund heulte schaurig und heiser. Ein Hund? Ansgar lauschte. Kerzengerade hockte er plötzlich auf der Bettkante. Das war kein Hund gewesen – eine Eule rief unter dem Fenster, eine Schleiereule!

Er bückte sich nach Beinkleid und Stiefeln, lief zum Kammerfenster, während er in sein Leinenhemd schlüpfte, und spähte in den Burghof hinunter. Seine Knappen! Heinrich und Rudolphus saßen schon zu Pferd, Lothar stand zwischen der Weißen und seinem eigenen Tier. Er hielt die Pferde fest, blickte zum Kammerfenster herauf und versuchte den Ruf der Schleiereule nachzuahmen.

Die Töne, die Lothar in die Nacht blökte, klangen mehr nach dem Jaulen eines Welpen als nach einem Eulenruf; sie klangen verzweifelt. Heinrich und Rudolphus winkten, als sie seine Silhouette am Fenster erkannten, winkten, als wollten sie um Hilfe rufen.

»Was ist denn, mein Ritter?« Adelheid tauchte neben ihm auf, klammerte sich an ihn.

»Gefahr droht!« Ansgar suchte seinen Waffenmantel und schlüpfte hinein. Er hängte seine Laute um, tastete nach seinem Schwert neben dem Liebeslager und warf sich die priesterliche Soutane um. »Ich muss gehen!«

Adelheid stand am Fenster, sah hinunter und schlug erschrocken die Hände gegen die Wangen. »Lauft!« Sie fuhr herum, packte seinen Arm und machte Anstalten, ihn zur Kammertür zu schieben. »Flieht, mein Ritter!«

Plötzlich polterten Schritte irgendwo im Gang jenseits der Kammertür, und unten im Burghof hörte Ansgar auf einmal

Schreie und das Klirren von aufeinanderprallenden Schwertklingen.

Adelheid unterdrückte einen Schrei. Jemand klopfte an der verriegelten Kammertür, rüttelte an der Klinke. »Aufmachen!« Die Stimme des polnischen Grafen. »Sofort lasst Ihr mich hinein!«

Der Schrecken weitete Adelheids Augen, Ansgar konnte den Schein der Kienspäne im Weiß ihrer Augäpfel schimmern sehen. Sie packte ihren Ritter am anderen Arm und schob ihn hinter die spanische Wand. Flink wie eine Katze huschte sie zum Bett und hüllte sich in die Leintücher.

»Aufmachen!« Wieder das wilde Pochen an der Kammertür, das stürmische Rütteln an der Klinke. »Sofort öffnet Ihr uns!«

»Was ist denn geschehen, Herr Graf?« Adelheid tat, als müsste sie gähnen, mimte die Schlaftrunkene. Ansgar hörte, wie sie aus dem Bett stieg und zur Tür ging. »Es wird doch kein Feuer ausgebrochen sein, Herr Graf?« Sie war eine schlechte Schauspielerin.

Ansgar hörte, wie sie die Tür entriegelte und öffnete. »Aus dem Weg, Weib!« Es polterte, schwere Schritte stürmten heran, die spanische Wand wurde zur Seite gerissen, prustend und mit dem Schwert in der Rechten stand der gräfliche Fettsack vor Ansgar.

11
Licht

Magdeburg, Herbst 1227

Unruhig wanderte Gotthart in der Eingangshalle des Palastes zwischen den Fensterfronten hin und her. Die hohen Herren ließen ihn warten. Vor den Fenstern neigte sich bereits der Tag, und Abendröte färbte den Himmel über Magdeburgs Dächern und Türmen.

Manchmal blieb Gotthart vor einem der Nordfenster stehen und zählte die Zinnen der Mauer, die Dombereich und Magdeburg trennten; manchmal stand er vor der Treppe ins Obergeschoss still, blickte hinauf und wippte auf den Fußballen auf und ab; und manchmal verharrte er neben Hubertus vor einem Südfenster und schaute hinaus auf die Dombaustelle. Auch jetzt wieder.

Ein Fuhrwerk voller unbehauener Steinblöcke rollte in den Rohbau, zwei Männer im Inneren eines Tretrades drehten das hohe und wuchtige Rad, um Steinblöcke zum entstehenden Nordostturm hinaufzubefördern; die großen einzeln und an einer Steinzange, die kleineren auf einer Palette gestapelt. Und an allen Ecken tönten Hammerschläge, Sägelärm und Geschrei.

Heimweh nach Paris regte sich in Gottharts Brust. »Ich sehne mich nach der Baustelle von Notre-Dame, Hubertus.« Der hünenhafte Bursche aus den Wäldern des Herzogtums Bayern war ihm in Paris als Steinmetz zur Hand gegangen. »Und wie geht es dir?«

»Dieses Magdeburg ist kaum halb so groß wie Paris.«

Hubertus hatte eine tiefe, brummende Stimme. »Und die Weiber hier an der Elbe sind nicht halb so schön wie die an der Seine.«

»Ersteres stimmt leider, Letzteres wäre noch zu ergründen.« Er fuhr fort, von einer Hallenseite zur anderen zu wandern.

Die Eingangshalle des Palastes erinnerte Gotthart an die Vorhallen alter Kirchen, Festungen und Paläste, die er sieben Jahre zuvor während seiner Italienreise in Rom, Palermo, Bologna oder Ravenna gesehen hatte: niedrige Decke, kleine Rundbogenfenster, dicke Wände wie in einer Burg und schmucklose, blockartige Kapitelle zwischen den aufragenden Säulen und den Arkaden, welche die Decke trugen.

Er kam sich vor wie in einer römischen Grenzburg – viel Schatten, wenig Licht, viel Kraftstrotzendes, wenig Schönes.

Kein Geringerer als der Erzbischof von Magdeburg wohnte hier in diesem Palast. Wenn er nicht gerade eine Italienreise unternahm. Gotthart hatte Glück gehabt: In wenigen Wochen plante Erzbischof Albrecht, wieder nach Süden aufzubrechen, heute aber war er anwesend.

Vor vier Tagen bereits hatte Gotthart seine Empfehlungsschreiben dem Dompropst gesandt. Dazu einige Skizzen seiner Pariser Arbeiten. Heute Abend endlich wollten die hohen Herren ihn anhören.

Wieder blieb er vor einem Südfenster stehen. Er öffnete es und schaute hinaus. Das Kreischen der Sägen und das Hämmern der Bildhauer und Steinmetze drangen nun lauter an seine Ohren. »Klingt das nicht auch für dich wie schönste Musik, Hubertus?«

Sein Diener schaute nun ebenfalls hinaus. Die Schatten der wenigen Gemäuer des Rohbaus waren länger geworden, das große Tretrad drehte sich schon wieder. Magdeburger Bürger schauten den beiden Männern zu, die sich darin plagten.

»Steht da nicht das hübsche Weib mit dem komischen Blick?« Hubertus deutete auf die Leute vor dem Trommelkran. »Das Ihr für verrückt gehalten und nach dem Ihr mich geschickt habt. Erinnert Ihr Euch?«

Gotthart sah genauer hin – und erkannte schließlich die zierliche Gestalt jener strohblonden Frau unter den Schaulustigen, die ihm bei seinem zweiten Besuch auf der Baustelle wegen ihrer Scheu und ihrem stechenden Blick aufgefallen war. »Ja. Und du hast nicht rausfinden können, wo es haust.« Wegen ihrer Augen und weil sie ständig vor sich hingemurmelt hatte, hielt Gotthart die Frau für geisteskrank.

»Glaubt mir, Herr Gotthart, sie ist eine Kotze. Deswegen tut sie scheu wie ein Reh. Und deswegen redet sie immerzu – um die Freier anzusprechen.«

»Eine Hure?« Gotthart betrachtete die anmutige Gestalt der Frau am Rande der Zuschauer. Etwas durchzuckte ihn heiß. Womöglich hatte Hubertus recht. Die Bauleute würden gleich die Arbeit ruhen lassen, und nicht jeder von ihnen hatte ein Weib. Auch er selbst nicht, und die Reise von Paris herauf in den Norden war lang gewesen.

Sein Atem ging schneller. »Eine Hure würde kaum wagen, auf der Baustelle eines Gotteshauses nach Freiern Ausschau zu halten.«

»Warum nicht?« Hubertus zuckte mit den Schultern. »Da drüben ist noch nichts geweiht, wie ich gehört habe. In Paris hatten wir auch manchmal Kotzen vor der Kathedrale. Erinnert Ihr Euch nicht?«

Gotthart nickte. »Dann gehe und sprich sie an.« Seine Lust hatte sich längst am Feuer seiner Fantasie entzündet. »Ist sie eine Hure, bring sie in unser Quartier.«

»Und wenn sie keine ist?«

»Dann suche woanders nach einer. Mach schon!« Hubertus schaukelte durch die große Halle zum Eingangsportal und verließ den Palast.

Gotthart beobachtete die Frau am Trommelkran. Als die Männer aufhörten zu treten und aus dem Heberad stiegen, zerstreuten die Leute davor sich in alle Richtungen. Die Strohblonde verschwand hinter dem Rohbau des Turms.

Der Bildhauer aus Paris hatte die Baustelle täglich besucht, seit seiner Ankunft in Magdeburg, und sich von Anfang an gewundert, wie wenig noch zu erkennen war von der vertrauten Gestalt einer Kathedrale. Zwei halbfertige Mauern des Querschiffes standen erst. Außerdem die Wände des Chors, der Chorumgang und zwei Osttürme; einer bis zur Höhe des ersten Gesimskranzes und der Nordostturm ein wenig höher.

Gotthart fragte sich, ob dem Erzbischof und dem Magdeburger Domkapitel womöglich das Geld ausgegangen war. Dergleichen hörte man auch von französischen Baustellen immer wieder. Dann würden sie womöglich auch ihn nicht bezahlen können?

Er wurde immer unruhiger, ging zu einem anderen Fenster. Von hier aus sah man Arbeiter, die damit beschäftigt waren, die Gruben für die Fundamente der Langhauspfeiler auszuheben. Überall ragten Stapel unbehauener Steinblöcke zwischen Erdhaufen auf. Auf einem Brachfeld bei einer kleinen Kirche an der Südwestseite der Dombaustelle häuften sich rußgeschwärzte Steine, Säulen und verkohltes Gebälk. Trümmer des ausgebrannten Vorgängerbaus, vermutete Gotthart.

In Paris hatten an einem Tag wie heute – im späten Oktober, wenn nach der Ernte auch die Weinlese vorüber war – um die dreihundert Männer auf der Baustelle gearbeitet. An manchen Tagen auch vierhundert und mehr. Hier, auf der Magdeburger

Dombaustelle, ging es nicht annähernd so emsig zu. Höchstens sechzig Bauleute hatten bei Gottharts erstem Besuch dort drüben in den neuen Gemäuern gearbeitet. Heute schienen es ihm noch weniger zu sein.

Im Obergeschoss öffnete sich eine Tür, Schritte waren zu hören. Gotthart schloss das Fenster und ging zur Treppe. Oben erschien eine stämmige Männergestalt in einem schwarzen Mantel über einer weißen Tunika, die von einem silberfarbenen Zingulum zusammengehalten wurde. Ein Kanoniker ganz offensichtlich.

»Gotthart von Saint Leonard?«, rief der Mann von oben herab.

»Der bin ich, Hochwürden.«

»Wir sind bereit, Euch zu empfangen.«

Das gewaltige Tretrad knarrte, quietschte und ächzte. Drei Männer mochten darin übereinanderstehen können, so hoch war es. Die beiden Windeknechte hinter den Holzspeichen traten auf die Querholme zu ihren Füßen und hangelten zugleich nach den Querholmen über ihren Köpfen. Obgleich sie noch nicht alt waren, schwitzten sie und atmeten schwer. An einem dicken Tau schwebte eine Holzbohle mit ein paar Steinblöcken langsam zum noch lange nicht vollendeten Turm hinauf. Seit den Nachmittagsstunden beobachtete Mechthild diese immer gleiche Prozedur.

»Ist es nicht ein Abbild unseres kurzen Lebens?«, murmelte sie flüsternd. »Das Lebensrad weiterziehen und -treten, Runde um Runde, immer dieselbe mühselige Plage. Was hast du uns da aufgebürdet?« Ein Mann drehte sich nach ihr um und runzelte die Stirn; verstohlene Blicke beäugten sie von der Seite.

Das Tretrad hielt an, oben zogen sie die Bohle auf die Mauerkrone und wuchteten die Blöcke in den neuen Turm hinein. Die Männer im Rad wechselten auf die andere Seite hinüber, traten und hangelten aufs Neue, nur nicht so mühselig. Die leere Bohle sank nach unten, und alles begann von vorn.

Auf der anderen Seite des Tretrades ragte seine Achse hinaus und in eine Seilwinde hinein, drehte sie und bewegte so das Seil des hohen Holzkranes.

»Und die nächste Runde.« Mechthild kicherte in sich hinein. »Und immer weiter und weiter.« Die Leute um sie herum rückten ein Stück von ihr ab. Einige beobachteten sie aus den Augenwinkeln und tuschelten miteinander. Mechthild kümmerte es nicht. Sie blickte in den Abendhimmel.

Eine Stunde noch höchstens, dann würden dort oben die ersten Sterne funkeln. Und im neuen Chor würde ihr dann vielleicht – wer wusste es denn? – noch einmal das schöne Gotteslicht leuchten. Und vielleicht würde sie sogar die Heiligen miteinander sprechen hören.

Zweimal hatte sie es erlebt, seit sie in Magdeburg lebte. Und sie wollte es wieder erleben. Es war so schön gewesen.

Oben wuchteten Maurer die nächsten Steinblöcke von der neuen Turmwand. Das Tretrad quietschte, die leere Palette sank und schlug auf dem Boden auf. Die beiden jungen Männer in der Radtrommel öffneten das Gatter und stiegen heraus. An Mechthild und den anderen vorbei stapften sie Richtung Breiter Weg davon.

»Vorüber«, murmelte Mechthild. »Irgendwann ist die Plage vorüber, und das Lebensrad wird sich nicht mehr weiterdrehen. Und wir werden nach Hause gehen, zu dir ...«

»Ist dir nicht gut, Weib?« Ein Mann im Gewand eines Ratsherrn drehte sich nach ihr um.

»... oder zur Hölle«, sagte Mechthild etwas lauter. Der

Ratsherr riss die Augen auf und zuckte zusammen. »Amen«, sagte Mechthild und bekreuzigte sich.

»Lass sie nur.« Eine alte Frau trat zwischen sie und den Ratsherrn. »Sie gehört zu den frommen Ordensfrauen, die man Beginen nennt. Sie betet nur.«

Am neuen Turm vorbei ging Mechthild in die Baustelle hinein. Die Abenddämmerung schritt schnell voran. Zwei Mörtelmischer zerrten einen Mörtelkübel in den beinahe vollendeten Chor. Zimmerleute schoben einen Wagen voller Schalbretter zur Südmauer hinüber. Dort ließen sie ihn stehen, suchten ihr Werkzeug zusammen und gingen nach Hause oder zu den Baracken der Bauhütte. Auch die Maurer stiegen nach und nach von Gerüsten und Mauern und verließen die Dombaustelle. Aus den Gruben für die Langhausfundamente stiegen die Arbeiter, schulterten Schaufeln, Hacken und Piken und schlurften dem Breiten Weg zu.

Aus dem neuen Chor hörte Mechthild noch Stimmen. Auch beim Turm stand einer, der noch nicht nach Hause gehen wollte. Ein großer Mann mit breiten Schultern. Er trug Brustgurt mit Dolch und Schwert und rotes Wams über langem Überrock. Mechthild beachtete ihn nicht weiter.

Unter einem hohen Arkadenbogen hindurch trat sie in den Chorumgang ein. Ein Kranz aus fünf Kapellen säumte seine Außenseite. Sie huschte an den ersten beiden Kranzkapellen vorbei und kauerte sich schließlich in der mittleren, der Scheitelkapelle, hinter dem Sarkophag der Königin Edgitha zusammen. Hier schlang sie die Arme um die Knie. Irgendwann würden auch die letzten Bauleute in die Baracken gehen, oder in die Schänken, oder zu ihren Familien in der Stadt. Mechthild war eine Frau, die warten konnte.

Bald herrschte nur dämmriges Licht in ihrer kleinen steinernen Klause. Schritte und Stimmen entfernten sich; die letzten

Maurer verließen den neuen Chor und die Baustelle. Mechthild stand auf. »Wirst du's mir wieder gewähren?« Sie wollte das Licht sehen, sie wollte die Heiligen hören. »Oder muss ich noch warten?« Sie trat aus der Scheitelkapelle in den Chorumgang.

Ein Mann ragte vor ihr auf – der Große mit den breiten Schultern und dem Schwertgurt. Eine Kappe mit roten Federn saß auf seinem dunklen Lockenkopf. Er hatte einen breiten Mund, eine hässliche Narbe am Hals und einen lockigen Bart.

»Wer bist du?«, sprach Mechthild ihn an.

»Ein Bote meines Herrn.« Was für eine tiefe Stimme der Mann hatte!

»Ein Bote Gottes?« Mechthild staunte ihn an.

Der Mann grinste. »Wer weiß?« Er grinste auf eine Weise, die Mechthild nicht gefiel. »Bist du krank im Kopf?«

»Was?«

»Weil du immer redest und redest, und dabei hört doch keiner zu.«

»Oh doch! Er hört mir zu, und wir haben uns viel zu sagen.«

Wieder dieses ungute Feixen. »Nenn mir deinen Preis, Weib.«

»Was?«

»Komm mit mir, mein Herr verlangt nach deinem Dienst.« Der große Mann drehte sich um und winkte sie hinter sich her. »Komm schon und nenn mir deinen Preis.«

Sie folgte ihm aus dem Chorumgang, erwog seine Worte. Ein Bote des Herrn? Sein Herr verlange ihre Dienste? Einen Boten Gottes durfte man nicht abweisen. Doch dieses verschlagene Grinsen, dieses Feixen – passte das zu einem Engel?

Am Turm blieb sie stehen. »Nach welchem Dienst verlangt

dein Herr?« Nun klang ihre Stimme ganz anders: laut, fest, klar. »Sprich!« Sie hallte von den abendlichen Mauern wieder.

Der Große fuhr herum. »Stell dich nicht blöd.« Er langte nach ihrer Brust und drückte sie. »Was kostet es? Sag endlich!« Er streckte den Arm nach ihrer Scham aus.

Mechthild wich zurück und hob die Handflächen, als wollte sie sich gegen seinen Schatten stemmen. »Du!«, rief sie und sah ihm ins Gesicht. »Tote Augen! Blindes Herz! Wirst du wohl weichen?!«

»Wir haben Eure Empfehlungsschreiben mit großem Interesse gelesen«, erklärte der Mann auf der Treppe mit einem gleichmütigen Lächeln. Der Dompropst Wilbrand von Käfernburg hatte ein breites, grobknochiges Gesicht, eine Knollennase über einem kleinen Mund und mochte in den frühen Vierzigern sein.

Gotthart folgte ihm durch den offenen Flügel eines Portals in einen großen Raum. Auch hier: wuchtiges Gemäuer, Zwielicht und Rundbogenfenster. Die niedrige Sandsteindecke war getäfelt.

Neben einem schweren Tisch stand ein hagerer Mann mit schmalem, kantigem Gesicht, das von einer Hakennase und hellwachen Augen beherrscht wurde. Auch der trug den schwarzen, kragenlosen Mantel des Kanonikers und eine weiße Tunika, die Albe; seine Tunika allerdings wurde von einem goldfarbenen Zingulum zusammengehalten. Eine Scheitelkappe bedeckte sein weißgraues Haar, ein Pileolus.

»Ihre Hochwürdigste Exzellenz Erzbischof Albrecht«, sagte der Dompropst. »Tretet näher.« Gotthart schritt zum Erzbischof und küsste seinen Ring.

Albrechts äußere Erscheinung war die eines Edelmannes, seine Gesten beherrscht, sein Kinn leicht nach vorn gereckt, seine Haltung aufrecht. Zu Gottharts Erstaunen unterschied sich sein Aussehen auch sonst sehr von dem des Dompropstes; dabei waren die Männer doch Halbbrüder.

»Und das ist Hochwürden Dietrich von Dobin.« Wilbrand wies auf einen Kanoniker, der zwischen zwei Fenstern gegen den Wandsims lehnte. Ein kleiner, grauhaariger Mann von höchstens vierzig Jahren und so unscheinbarem Äußeren, dass er Gotthart jetzt erst auffiel. »Hochwürden Dietrich gehört dem Domkapitel an. Er beaufsichtigt künftig den Fortgang des Dombaus.«

»Und bringt den Bauleuten nahe, wie Wir Uns Unsere neue Kathedrale im Einzelnen vorstellen«, ergänzte Albrecht. Er wies auf einige Pergamente vor sich auf dem Tisch. »Erstaunlich, Eure Empfehlungsschreiben, wahrhaftig.« Der Erzbischof kam sofort zur Sache. »Hochangesehene und mächtige Männer verwenden sich für Euch, Gotthart von Saint Leonard. Der Kardinal scheint Euch äußerst wohlgesonnen zu sein.«

»Ich danke Gott dafür.« Gotthart deutete eine Verneigung an. »Nur seiner Gnade verdanke ich's ja.«

»Seid Ihr mit dem Kardinal verwandt?« Der Erzbischof musterte den Franzosen mit forschendem Blick.

Gotthart spürte, wie ihm die Hitze ins Gesicht schoss. Er senkte den Kopf und hoffte, Albrecht würde nicht tiefer bohren. »Auch das verdanke ich der Gnade Gottes. Er hat Ihre Hochwürdigste Eminenz mit einer großen Familie gesegnet.«

»Und mit einer edlen, möchte ich meinen. Der französische König ist sein Neffe.« Mit nicht nachlassender Aufmerksamkeit betrachtete der Erzbischof Gottharts Gesicht. Der hoffte, dass man ihm seine Unruhe nicht anmerkte. »Und Ihr steht kurz davor, in den Grafenstand erhoben zu werden, lese ich hier.« Er hob den Brief des Kardinals ein wenig. »Wann ist es so weit?«

»In den nächsten Monaten, Euer Hochwürdigste Exzellenz.«

»Ein Bildhauer aus dem Adelsstand?« Kopfschüttelnd schritt Erzbischof Albrecht zu einem Lehnsessel hinter dem Tisch und nahm darin Platz. »Das habe ich noch selten gehört. Eher scheint es mir üblich, dass Euresgleichen die Laufbahn eines Kronritters einschlägt. Oder das klösterliche Habit nimmt und das Mönchsgelübde ablegt.«

»Tatsächlich hatte ich ursprünglich die Ritterlaufbahn eingeschlagen.« Die gründliche Befragung überraschte Gotthart; sie behagte ihm gar nicht. Er wählte seine Worte sorgfältig. »Als junger Knappe ritt ich drei Jahre lang unter dem Wappen des Grafen von Lamotte …«

»Ihr versteht Euch also auch auf Krieg und Waffen?«, unterbrach ihn der Dompropst Wilbrand. Er, der dem Gespräch bisher eher gelangweilt gefolgt war, schien auf einmal hoch interessiert. »Das ist gut zu wissen!«

»Sprecht weiter, Gotthart«, befahl ihm der Erzbischof mit unwilligem Seitenblick auf den Dompropst. »Ihr habt also als Knappe eines französischen Grafen militärische Erfahrung gesammelt. Und was geschah, dass Ihr den eingeschlagenen Weg verlassen habt?«

»Vor sieben Jahren reiste ich über Genua, Florenz und Pisa …«

»Oh, Ihr wart in Italien!« Jetzt war es der Erzbischof selbst, der ihm ins Wort fiel. Zum ersten Mal sah Gotthart ihn lächeln. »Sehr gut! Ich reise oft über die Alpen. Zu oft, wenn ich meinem Leibarzt glauben wollte.«

»Ein wunderbares Stück Erde, Eure Exzellenz! Ich reiste damals im Gefolge Ihrer Hochwürdigsten Eminenz. Der Kardinal hatte in Rom zu tun. Ich versuche mich seit früher Jugend in der Bildhauerei, doch im Dienst meines Grafen und im Heerlager blieb wenig Zeit dafür. Und dann, auf der Romreise, all die Kirchen und ihr herrlicher Schmuck! Ich war überwältigt, wahrhaftig. So etwas hatte ich bis dahin nördlich der Alpen noch kaum entdeckt.«

Gotthart erzählte von den Kathedralen und Basiliken, die er in den Städten Italiens gesehen und deren Statuen und Figurengruppen ihn begeistert hatten. Die Augen des Erzbischofs leuchteten. Mit Italien ein Thema gefunden zu haben, dass diesem mächtigen Mann offenbar ähnlich am Herzen lag wie sein neuer Dom, gab Gotthart das Gefühl, sich endlich auf sicherem Boden zu bewegen. Also schwärmte er von Italien und schilderte die Bauwerke und Statuen, die er in Genua, Florenz und Rom gesehen hatte. Niemand unterbrach ihn mehr.

»Diese Meisterwerke haben mein Herz berührt, Hochwürdigste Exzellenz«, schloss er, »und in Rom traf ich schließlich einen Mann, der es als Bildhauer zu Ruhm und einigem Reichtum gebracht hatte. Dem wollte ich nacheifern, und so entschloss ich mich, in der Werkstatt dieses Meisters zu bleiben.«

»Und der Kardinal hat es Euch gestattet?«

»Gott sei Lob und Dank! Vier Jahre durfte ich dort studieren.«

»Ihr scheint viel gelernt zu haben in der Werkstatt Eures römischen Meisters.« Der Erzbischof griff nach einem der Briefbögen vor ihm auf dem Tisch. »Der Baumeister der neuen Pariser Kathedrale jedenfalls stellt Euch hier ein gutes Zeugnis aus, ein geradezu vortreffliches Zeugnis, möchte ich sagen.« Er nahm einen weiteren Papierbogen vom Tisch. »Und die

Zeichnungen Eurer Figuren unterstreichen sein Zeugnis. Sie gefallen Uns gut, Herr Gotthart.«

Drei Atemzüge lang wanderte sein anerkennender Blick über die Zeilen des Empfehlungsbriefes und Gottharts Skizzen. Schließlich ließ er beides sinken, beugte sich ein wenig über den Tisch und musterte Gotthart. Den kostete es alle Selbstbeherrschung, Albrechts forschendem Blick standzuhalten.

»Das wirft natürlich die Frage auf, warum Ihr aus dem Dienst dieses Meisters geschieden seid.« Der Erzbischof zog die Brauen hoch und neigte den Kopf; wenigstens fragte er nicht nach Gottharts Vater. »Warum habt Ihr die Baustelle verlassen, wenn Euch dort doch Figuren gelangen, die Euer Baumeister in höchsten Tönen lobt?«

»Nun, Eure Hochwürdigste Exzellenz, es ist in Paris für einen Bildhauer wie mich nicht immer einfach, meine Skulpturen frei nach den Regeln meiner Kunst und nach der Eingebung durch den Heiligen Geist zu gestalten.« Gotthart hatte diese Frage natürlich erwartet und sich sorgfältig auf sie vorbereitet. »Der König von Frankreich liebte es gar zu oft, seine Ideen einzubringen und durchzusetzen.«

»So schlecht scheinen die Ideen des Königs doch gar nicht gewesen zu sein, will mir scheinen.« Der Dompropst, der inzwischen neben seinem Halbbruder am Tisch stand, nahm das Blatt mit den Skizzen und betrachtete sie. »Diese gehörnten Dämonen hier als Wasserspeier würden mir für unseren neuen Dom auch gut gefallen. Sehr hübsch auch der Engel, der Adam und Eva hier aus dem Paradies jagt, sieh nur, Albrecht. Oder schau dir diesen Ritter hier an, wie sein Schwert so kraftvoll und lebensecht niedersaust auf den Hals des Märtyrers ...«

»Ich bitte dich, Bruder Wilbrand!« Empört unterbrach der Erzbischof den Dompropst. »Selbst wenn – die weltliche Obrigkeit hat sich in die Gestaltung eines Gotteshauses nicht einzumischen. Nicht einmal dann, wenn die Gebeine eines Kaisers darin ruhen. Eine Kathedrale ist wie eine Predigt! Sie hat den dreieinigen Gott, seine Allmacht und die baldige Wiederkunft seines Sohnes Jesus Christus zu bezeugen. Und nur die geistlichen Hirten der römischen Kirche sind zu solchem Zeugnis bevollmächtigt.«

»Ihr sprecht mir aus dem Herzen, Eure Hochwürdigste Exzellenz.« Gotthart deutete eine Verbeugung an. »Leider sieht nicht jeder Fürst das so.«

»Das ist Uns bekannt.« Der Erzbischof bedachte seinen Halbbruder mit einem tadelnden Blick. Dann legte er die Briefe auf den Tisch, nahm das Skizzenblatt, stand auf und schritt zu dem Fenster, neben dem der kleine, grauhaarige Domherr stand. Dem reichte er wortlos Gottharts Zeichnungen. Eine Zeitlang schaute er danach auf die Baustelle hinunter. Vor den Fenstern wurde es bereits dunkel.

»Es gibt so manche Stadt im Reich, in der in diesen Jahren Kathedralen entstehen«, sagte der Erzbischof irgendwann. »Von den Baustellen im Königreich Frankreich gar nicht erst zu reden.« Er drehte sich um und sah Gotthart ins Gesicht. »Warum bietet Ihr ausgerechnet Uns hier in Magdeburg Eure Dienste an?«

»Der Kardinal rühmte Euch, Eure Hochwürdigste Exzellenz. Euch und Euren kühnen Vorsatz, den niedergebrannten Kaiserdom wieder aufzubauen. In dankbarer Erinnerung an die Begegnung mit Euch in Rom, bat mich Ihre Hochwürdigste Eminenz, den Wiederaufbau mit meiner Kunst zu unterstützen. Und sein Wunsch war mir Befehl.«

»Das ehrt mich, Herr Gotthart, wahrhaftig.« Der Erzbischof lächelte gönnerhaft. »Doch eines müsst Ihr wissen!« Sofort wurde seine Miene wieder ernst. »Ich will den Dom des Kaisers Otto keineswegs wieder aufbauen. Ich habe die

Brandruine sogar vollständig abreißen lassen. Ich will dem Heiligen Mauritius und dem großen Kaiser Otto einen ganz und gar neuen Dom bauen. Einen in jenem bezaubernden Stil, den ich in Paris gesehen habe. Eine Kathedrale des Lichts will ich bauen.«

»Eine Kathedrale des Lichts«, wiederholte Gotthart leise.

»Eine Kathedrale des Lichts, ganz genau. Und dazu wollen wir Eure Dienste gern in Anspruch nehmen, Herr Gotthart.« Der Erzbischof kam zurück an den Tisch und blieb vor Gotthart stehen. »Unser Baumeister ist erkrankt, der neue wird frühestens vor dem Christfest erwartet.« Er wies auf den unauffälligen Mann am Fenster. »Unserem Bruder Dietrich von Dobin hat der Geist Gottes eine Skulpturengruppe gezeigt, die Unseren neuen Dom aufs Prächtigste schmücken soll. Kennt ihr Christi Gleichnis von den zehn Jungfrauen?«

»Ein wenig.« Gotthart hatte nie von einem solchen Gleichnis gehört.

»Hochwürden Dietrich wird Euch alles Nötige erklären.«

Mechthild sah dem großen Kerl mit dem stumpfen Blick fest in die Augen – so lange, bis der den Kopf senkte und sich trollte. Kein Widerwort gab er, keinen bösen Spruch zischte er – er drehte sich einfach um und ging am Turm vorbei zum Palast des Erzbischofs.

Zum Palast des Erzbischofs?

Das erregte Mechthilds Neugier. Gehörte er denn zur erzbischöflichen Garde? Sie lief zum Turm, kletterte eine Leiter hinauf und beobachtete den Großen durch ein halbfertiges Turmfenster. Tatsächlich stieg der schamlose Kerl die Treppe zum Eingangsportal hinauf und verschwand dahinter.

Die hässliche Begegnung mit dem Fremden hatte Mechthild aufgewühlt. »Meine Seele ist unruhig«, murmelte sie und blickte in den Himmel. Erste Sterne funkelten. »Viel zu unruhig, um heute dein Licht ertragen zu können.«

Sie wartete im Turm, bis der Große den Palast des Erzbischofs wieder verließ. Ein zweiter Mann war bei ihm, jünger und in edleren Kleidern. Beide strebten dem Tor zu, das durch die Mauer um den Dombereich in die Stadt hinein führte. Mechthild kletterte aus dem Turm und schlich ihnen hinterher.

Über den Breiten Weg gingen die Männer zum Nordtor. Kurz davor bogen sie in eine Gasse ein. Mechthild folgte ihnen, bis sie vor einem großen Holzhaus an der Stadtmauer stehen blieben, über dessen Tür in einer Laterne ein Kienholz brannte. Sie klopften. Mechthild huschte in einen Torbogen und spähte zu ihnen hinüber.

»Der Jüngere ist einen halben Kopf kleiner als der andere«, flüsterte sie. Sandfarbenes strähniges Haar hing dem Mann aus seiner roten Mütze. »Dafür hat er breite Schultern und sieht ein wenig stämmig aus.« Der Mann hatte eine hohe Stirn, ein breites Gesicht und wulstige Lippen. »Sieh nur, wie unruhig er zu allen Seiten späht. Der Große auch. Fürchten sie Verfolger? Oder fürchten sie dich, mein Gott und Herr?« Mechthild zog den Kopf hinter den Torbogen.

Jemand öffnete den Männern, Mechthild hörte die Tür knarren. Aus dem Torbogen lugte sie in die dunkle Gasse hinein. Eine Frau stand auf der Türschwelle; im Licht ihrer Talglampe konnte Mechthild den Glanz ihres goldblonden Haares sehen. Und ihr einladendes Lächeln. Und das Gelb ihres Kleides. An ihr vorbei traten die Männer ins Haus. Der Große musste sich bücken.

Mechthild wartete eine Weile, dann wagte sie es und verließ die Deckung des Torbogens. Auf der anderen Straßenseite schlich sie zu dem Haus mit der Kienspanlaterne. Ein gusseiserner Hahn saß auf der Laterne. An seinem Kamm war mit einem Ring die Stange befestigt, welche die Laterne über der Tür hielt.

Ein gelbes Kleid und ein Hahn – ein Hurenhaus also. Heiß stieg es Mechthild in den Kopf.

»Der große Rüpel hat mich tatsächlich für eine Hure gehalten.« Wut und Scham zugleich brannten in ihrer Brust. »Gehen wir schnell weg hier.« Sie wandte sich ab, wollte in die nächtliche Stadt schleichen. Doch plötzlich hörte sie Schreie.

Sie stand wie festgewachsen und lauschte. Was war das? Wer schrie da?

Eine Frau schrie. Irgendwo im Hurenhaus! Gellendes Kreischen stieß sie aus, als würde jemand ihr große Schmerzen zufügen. Angst schnürte Mechthild die Kehle zu.

Eine Tür im Hof des Hurenhauses ging auf, Mechthild sah hin: Eine nackte Frau rannte schreiend über den Hof und stürzte in einen Stall. Hühner gackerten. Die Frau riss die Tür zu und verriegelte sie von innen. Ihr Geschrei ging in jämmerliches Klagen über.

»Steh ihr bei, mein Gott!«, flüsterte Mechthild erschrocken. »Was haben sie ihr nur angetan?«

12

Schön wie die Sonne

Jena, November 1227

Das Dorf hieß Jena; eigentlich war es beinahe schon eine Stadt. Ansgar hatte nie zuvor von ihm gehört. Mit einem Becher Wein in der Hand lehnte er in der Tür einer Schänke und schaute gleichgültig in das Menschengewimmel auf dem Marktplatz. Er trug seinen Schwertgurt und den schwarzen Waffenrock mit dem weißen Schwanenwappen über einem ungefärbten Wollhemd. Weiße Schwanenfedern schmückten seine schwarze Mütze. Er war müde und bekümmert. Und der Hintern tat ihm weh vom langen Reiten.

Drinnen hockte jemand und trank Wein, der noch müder und bekümmerter als er war: Lothar. Nichts Vorlautes wollte dem mehr über die Lippen gehen, schon seit Tagen nicht mehr. Selbst damit, noch am Leben zu sein, konnte Lothar sich nicht trösten.

Ansgar schon. Heinrich und Rudolphus waren unter den Schwerthieben der Ritter und Knappen des polnischen Grafen gestorben. Der gräfliche Fettsack hatte Ansgar sämtliche Waffen, Rüstungen und Pferde geraubt, die er im Turnier erworben hatte; und die meisten seiner eigenen noch dazu. Zelte und Wagen hatten sie ihm ebenfalls gestohlen. Und das meiste Geld. Keine einzige Lanze war ihm geblieben, nicht einmal das Kettenhemd.

Nur das Leben hatten sie ihm nicht rauben können. Mit Schwert, Fäusten und Tritten hatte Ansgar es verteidigt. Und das seines Jungknappen noch dazu.

Alles hatte er verloren, das Leben aber war ihm geblieben. Und die Weiße. Und ungefähr neunzig Silberpfennige. Und Lothar und dessen Pferd. Hals über Kopf waren sie geflohen. Noch in der gleichen Nacht, in der er geglaubt hatte, im Paradies zu schwelgen. Zwölf Tage war das nun her.

Eine Stunde im Paradies, zwölf Tage Reue. Ansgar nippte an seinem Weinbecher.

Verloren war wahrscheinlich auch Adelheid. Wie mochte es ihr ergangen sein unter der Knute ihres rasenden Fettsacks? Hatte der Graf sie auf den Scheiterhaufen geschickt? Hatte sie ihren schönen Kopf gnädigerweise nur auf den Hackklotz des Henkers legen müssen? Oder hatte der Polacke sie in ein Kloster gesteckt?

Ansgar mochte nicht daran denken. Er schüttelte sich, doch ihr Bild klebte in seinem Kopf wie das Kettenhemd an einer schweißnassen Ritterbrust. »Adelheid«, murmelte er und hob mit müder Geste den Weinbecher. »Auf Euer Seelenheil, edle Dame.« Er trank.

Dabei fiel sein Blick auf Jenas Hausberg. »Hausberg« – so hatte drinnen der Schänkenwirt die Hügelkette im Osten des Dorfes genannt. Von ihren höchsten Erhebungen ragten vier Burgen auf. Ansgar setzte den leeren Becher ab und betrachtete sie gleichgültig. Schon möglich, dass einer der Burgherren gerade einen schönen Krieg führte und einen tüchtigen Ritter brauchte. Schon möglich, dass er gut daran täte, hinaufzureiten und dem Burgherrn seine Dienste anzubieten. Doch dazu war er viel zu müde und viel zu bekümmert. Und eine Rüstung besaß er auch nicht mehr. Nicht einmal ein Kettenhemd.

Ursprünglich hatte er geplant, nach Italien zu reiten, an den Hof des Kaisers Friedrich in Ravenna. Mit dem Kaiser wollte Ansgar nach Jerusalem ziehen. Doch ohne genügend Pferde,

Waffen, Knappen und Geld auf Kreuzfahrt gehen? Ausgeschlossen! Also musste er erst einmal hinauf nach Lund ins Königreich Dänemark reisen und seinen Vater dazu bringen, die gräfliche Schatulle zu öffnen.

Ansgar wandte sich ab und ging zurück in die Schänke. Der Platz, auf dem er Lothar zuletzt gesehen hatte, war leer, sein Weinbecher umgekippt. Ansgars suchender Blick schweifte durch den Schankraum. Bauern, Handwerksburschen und Kaufleute hockten an den Tischen. Von Lothar keine Spur.

Zwei Männer am Fenster neben der Tür erregten wegen ihrer zerschlissenen Kleider Ansgars Aufmerksamkeit. Beide trugen lange staubige Hemden, beiden lugten schmutzige Zehen aus löchrigen Schuhspitzen. Einem steckte ein hölzerner Klöpfel im Gurt, dem anderen ein Meißel. *Steinmetze*, dachte Ansgar. Sie sprachen in einem drolligen Dialekt miteinander. Ansgar musste ganz genau hinhören, um ihre Worte verstehen zu können.

»Vom Heimweh merkt man ihr nicht mehr viel an«, sagte der mit dem Klöpfel.

»Die ersten Tage lag sie nur im Wagen und hat geheult«, sagte der mit dem Meißel.

»Sie wird sich schon gewöhnen an die neue Stadt, wenn wir erst einmal dort sind.«

»Der Meister meint, sie könne sich nicht vom Grab ihrer Mutter trennen.«

Der mit dem Klopfholz feixte. »Und ich dachte schon, sie trauert den Söhnen des Vogtes hinterher.«

»Sieht so eine aus, die einem Kerl nachweint?« Der mit dem Meißel deutete zum Markt. »Schau doch – sie macht dem Franzosen schöne Augen.«

»Glaubst du wirklich?«

»Schau doch, wie der Jacques zurückhimmelt! Ich habe

gehört, der Meister hätte nichts gegen ihn als Schwiegersohn.«

»Falsch.« Der mit dem Klöpfel schüttelte den Kopf. »Meister Bohnsack sucht einen von edlem Rang und mit Ländereien. Der Jacques hat nichts, und der Jacques ist niemand.«

»Doch – ein guter Bildhauer ist er, sonst würde der Meister ihn nicht mit nach Magdeburg nehmen.« Der mit dem Meißel guckte durchs Fenster und seufzte tief. »Schau sie dir an, die Helena – ist sie nicht schön wie die Sonne?«

»Sicher doch.« Der andere strich ihm über den Kahlkopf und feixte schon wieder. »Und gefährlich wie die Sonne, wenn du deine Glatze zu lange in ihr braten lässt. Dann wirst du nämlich verrückt.«

Ansgar trat wieder auf die Türschwelle, um zu sehen, über wen die Steinmetze sich das Maul zerrissen. Er entdeckte die Jungfrau, die sie meinten, gleich auf den ersten Blick. Von drei Männern umgeben, stand sie am Ochsenwagen eines Bauern. Einer war ein Mönch.

Der Bauer hatte Käfige und vergitterte Körbe mit Geflügel geladen. Nicht die Männer um sie herum, sondern die Jungfrau führte das Wort. Die laute Stimme des Bauern und die heftigen Gesten der Frau ließen nur einen Schluss zu: Sie stritten.

Ansgar ging zurück in die Schänke und stellte seinen Becher auf den Schanktisch. Der Wirt deutete mit einer Kopfbewegung auf Lothars leeren Weinbecher. Erst auf den zweiten Blick entdeckte der Ritter seinen Knappen: Lothar lag unter dem Tisch und schlief.

»Bring ihn in eine Kammer.« Ansgar legte zwei Heller auf den Schanktisch. »Wir bleiben eine Nacht.« Der Wirt prüfte die Münzen und zog ein blödes Maul; wohl, weil sie ihm zu leicht erschienen. Der Ritter legte noch einen Heller dazu. Der Wirt war zufrieden und rief nach einem Knecht.

Ansgar lief aus der Schänke und zum Marktplatz. Am Geflügelwagen stritten sie immer noch. Inzwischen beschimpften der Bauer und die Jungfrau einander. Andere Bauern waren hinzugekommen und palaverten mit ihren Handwerksleuten.

»Können wir hilfreich sein?« Ansgar baute sich vor dem Bauern auf. Schlagartig verstummte das zornige Palaver. Die Blicke der Bauern und Handwerksleute hingen an seinem Wappenmantel und seinem Schwert.

»Diese freche Dirne hier will nicht zahlen, was meine Hühner wert sind!« Der Bauer verschränkte die Arme vor der Brust.

Ansgar sah der Jungfrau ins schmale Gesicht, und im selben Moment leuchteten ihm die Worte des Steinmetzen ein: *schön wie die Sonne*. Sie hatte feine Züge, einen großen Mund und dunkelblaue Augen. Ein weißes Tuch hielt die langen, kastanienroten Zöpfe im Nacken fest. Sie war wirklich noch sehr jung, höchstens ein oder zwei Jahre älter als Lothar.

»Neun Hühner habe ich ihm abgekauft.« Die Jungfrau deutete auf drei Säcke in den Händen ihrer Begleiter; Gezappel und Gegacker herrschte darin. »Die kosten anderthalb Pfennige, und zwei habe ich ihm gegeben. Also muss er mir einen Heller zurückgeben, der Bauernlümmel!«

»Ich werd dir gleich, du freche Dirne, du!« Der Bauer brauste auf. »Neun Hühner kosten zwei Pfennige!«

»Der Frau des Schankwirtes hat er zuvor drei Hühner für einen halben Pfennig verkauft«, sagte ein blonder Mann in Ansgars Alter, der auffällig dicht neben der schönen Jungfrau stand. »Für einen Heller also.«

»Und von mir will er plötzlich mehr!« Das Mädchen schien keine Scheu zu kennen.

»Sie sind eben teurer geworden!«

»Sofort gibst du mir meinen Heller heraus, du stinkender Bauernarsch!« Die Jungfrau ballte die Fäuste, und Ansgar musste ein Grinsen unterdrücken.

»Frecher Balg!« Der Bauer lief rot an, stürzte sich auf sie und holte aus. Der Mönch schob sich zwischen ihn und die junge Frau.

»Gemach!« Ansgar packte den Bauern am Kragen und hielt ihn fest. »So redest du nicht mit dieser Jungfrau!« Er deutete auf einen vergitterten Korb, in dem zwei Enten kauerten. »Was willst du für so eine Ente?« Er ließ den Bauern los, schob sich aber zwischen ihn und die furchtlose Jungfrau mit ihrem klösterlichen Beschützer.

Der Bauer strich sein graues Leinenhemd glatt, fasste erst die Ente ins Auge und dann den Ritter. »Einen Heller.«

»Und die fette Gans in dem Käfig dort?«

»Einen Pfennig, aber einen guten.«

»Her damit!«

Aus schmalen Augen musterte der Bauer Ansgar und mit noch größerem Misstrauen die drei Männer neben der Frau. Einer hatte seinen Zimmermannshammer aus dem Gurt gezogen, der Blonde ballte die Fäuste, der Mönch musterte den Bauern mit strengem Blick. Schließlich beugte der sich über die Ladefläche seines Wagens und zog den Käfig mit der Gans heran.

»Habt ihr noch einen Sack?«, fragte Ansgar den blonden Begleiter der Jungfrau, den französischen Bildhauer, wie er vermutete. Der nahm einen leeren Sack von der Schulter und öffnete ihn. Ansgar kramte einen Heller aus dem Mantel und knallte ihn auf den Wagen. Dann öffnete er blitzschnell den Käfig, packte die Gans am Hals und steckte den zeternden Vogel in den Sack.

»Die schenkt Euch der Ritter Ansgar von Lund.« Er reichte

den Sack der Jungfrau und lächelte ihr ins liebliche Gesicht. »Eine Keule jedoch soll weiterhin mir gehören.«

Sie neigte den Kopf auf die Schulter und sah ihn zweifelnd an. »Danke«, sagte sie schließlich, wandte sich ab und ging. Der Zimmermann, der Mönch und der Bildhauer folgten ihr.

»So geht das nicht, Herr!« Der Bauer fing schon wieder an zu schimpfen. »Einen guten Silberpfennig haben wir ausgemacht, und Ihr habt mir nur einen Heller gegeben!«

»Ist 'ne Menge Silber drin.«

»So geht das nicht!« Der Bauer wurde lauter.

»Mehr als drei Hühner war diese Gans nicht wert.«

»Ihr schuldet mir einen Heller!« Er deutete auf die anderen Bauern, die sich inzwischen bei seinem Wagen versammelt hatten. »Die da können es bezeugen!«

»Du schuldest der Jungfrau Genugtuung, denn du hast verächtlich von ihr gesprochen. Ich aber schulde dir gar nichts.« Ansgar trat einen Schritt zurück, schlug seinen Wappenmantel über den Schwertknauf und breitete die Arme aus. »Wenn du anderer Meinung bist, dann komm zu mir und hole dir deinen Heller.«

Der Bauer schluckte. Sein ängstlicher Blick flog zwischen Ansgars entschlossener Miene und seinem Schwertknauf hin und her. Schließlich wandte er sich zu seinem Wagen um. Ansgar kehrte zurück in die Schänke.

Am nächsten Morgen klopfte es an seiner und Lothars Kammertür. Er öffnete – einer der beiden Steinmetze, die am Tag zuvor über die Jungfrau getratscht hatten, stand davor.

»Der Meister Bohnsack schickt mich«, sagte der Mann. »Er und seine Tochter bereiten heute einen Gänsebraten. Und Ihr seid eingeladen, Herr Ritter.«

Rudelsburg, November 1227

Die letzten Herbststürme wehten schon den frühen Hauch des Winters übers Land. Die Nächte wurden immer länger. Das Fenster der Kerkerzelle lag nach Norden hin und zudem noch im Schatten der Burgmauer. Richtig hell wurde es hier drinnen nicht. Moritz sehnte sich nach Licht.

Der Morgen seines zwölften Tages in Ketten graute über den Zinnen. Man hatte ihn im Untergeschoss des Bergfrieds in Ketten gelegt. Dort war es kalt, in den Nächten sogar unerträglich kalt. Kurz vor Sonnenaufgang hörte Moritz die ersehnten Schritte auf dem Burghof. Er schleppte sich und seine Ketten ans Fenster. Vor Hunger tat ihm der Bauch weh.

»Der erste Schnee kommt bald.« Flüsternd tauchte Monica am Kerkerfenster auf. »Nimm das hier.« Sie steckte ihm ein Schaffell durch die Gitterstäbe. »Und diesen Speck und das Brot hier.«

»Danke.« Moritz zog das Tuch mit dem bereits in kleine Stücke geschnittenen Speck durch die Stäbe; seine Ketten rasselten. »Ohne dich wäre ich schon verhungert.« Damit übertrieb er keineswegs – sein kräftiger, achtzehnjähriger Leib verlangte nach weit mehr Nahrung, als die Turmwächter ihm in den Kerker zu werfen pflegten.

Monica legte einen Lederschlauch mit Wein auf den Fenstersims. »Morgen früh komme ich wieder.« Ihrer Fürsprache hatte Moritz es zu verdanken, nicht im dunklen Kellerverlies des Bergfrieds darben zu müssen. »Ich bete für dich.« Sie griff nach seiner angeketteten Hand, drückte sie und eilte davon. Ihr Wolfshund lief voraus.

»Nachrichten von Benno?«, rief er ihr hinterher.

»Morgen oder übermorgen kommt er nach Hause!«

Monicas Gaben vor die Brust gepresst, schlurfte Moritz zurück zu dem Strohhaufen, den sie ihm zwölf Tage zuvor aufgeschüttet hatten. Auch die größere Länge der Ketten verdankte er Monicas Fürsprache bei der Burgherrin. Der Schmied Nikolaus und seine Familie waren hoch angesehen beim Ritter Hugo und seiner Frau.

Gierig machte Moritz sich über Speck und Brot her. Jeder Bissen und jeder Schluck Wein linderte seine Bauchschmerzen ein Stück mehr.

Er dachte an Nikolaus und Benno. Morgen oder übermorgen also kamen die Burgschmiede zurück. Und mit ihnen der Ritter Hugo. Und der würde Gericht halten über ihn, den rasenden Wendenbalg. Moritz schwante Böses.

Nach dem Essen wanderte er hin und her im kleinen Kerker. Das Rasseln der Ketten gab ihm die Gewissheit, noch am Leben zu sein, die Bewegung hielt ihn warm. Im Burghof lärmte der Alltag. Sie bauten am Herrensaal, besserten den Pferdestall aus, schafften Wasser aus der Saale herauf, fegten, kochten, wuschen Wäsche in der steinernen Viehtränke.

Wieder und wieder blieb Moritz am Fenster stehen und sah zu seiner Baracke zwischen dem Schweinestall und dem Ochsenverschlag hinüber. Er fürchtete um sein Werkzeug und sein altes Steinkreuz. Und am meisten sorgte er sich um die Skulptur der Mutter.

Am späten Vormittag stellten ihm die Turmwächter Wasser und einen Blechnapf mit hartem Brot und ein wenig Kohlsuppe in den Kerker. Die stank faulig; Moritz wagte nicht einmal, den Brotkanten darin einzuweichen.

Um die Mittagszeit, als der Kanzler mit einer Handglocke zum Angelusgebet in die Burgkapelle gerufen hatte, kam Monica wieder ans Turmfenster. Von der Tormauer äugten die Wächter misstrauisch herüber. Ihnen wäre es am liebsten, er wäre längst tot. Das sagten sie ihm beinahe jeden Tag. Vor Monicas Ohren allerdings würden sie das niemals wagen.

»Ein Bote des Herrn Hugo ist gekommen.« Monica schob zwei Lederschläuche durch die Gitterstäbe. »Benno und der Schwiegervater sind nicht mehr weit. Der Herr Hugo hat Fremde im Gefolge. Einen wendischen Kriegsherrn und seine Knechte.«

Moritz' Herz schlug schneller, als er das hörte. Ein Wende würde in die Rudelsburg kommen? Er schöpfte Hoffnung – vielleicht konnte er dem wendischen Kriegsherrn eine Nachricht zukommen lassen, vielleicht würde der Mann beim Burgherrn ein gutes Wort für ihn einlegen. Oder ihm gar zur Flucht verhelfen?

Während er die Weizengrütze herunterschlang, die er in Monicas Lederschlauch gefunden hatte, malte er sich aus, wie er nach Braunschweig floh. Oder nach Holstein. Oder in eine der Städte an der Ostseeküste oder an der Elbe. Moritz hatte sich ein paar Namen eingeprägt, die er in Naumburg oder im Palas gehört hatte: Lübeck, Hamburg, Wolgast, Wittenberg. Und natürlich Magdeburg.

Später lehnte er am Kerkerfenster und murmelte sie vor sich hin: »Braunschweig, Lübeck, Hamburg, Wolgast, Wittenberg, Magdeburg.« Der Klang dieser Namen hielt seine Angst im Zaum und fachte die Glut seiner Hoffnung an.

In der ersten Abenddämmerung wurde es laut auf der Burgmauer und im Burghof. Mehr Menschen als sonst drängten sich hinter den Zinnen. Moritz entdeckte sogar die Burgherrin darunter. Die Torwächter öffneten das Tor. Von der Flussseite her hörte Moritz Hufschlag und Männerstimmen. Kein Zweifel: Der Burgherr und seine Ritter, Knappen und Waffenknechte ritten schon über die Zugbrücke in den Zwinger. Gleich würden sie in den Burghof traben.

Moritz sah die Frauen auf der Wehrmauer hüpfen und winken, er hörte sie rufen und weinen. Viele weinten vor Erleichterung und Freude, weil sie ihren Gatten, Bruder oder Vater im Gefolge des Burgherrn erkannten, manche vor Schrecken und Trauer, weil ihre Blicke den Gatten, Bruder oder Vater vergeblich unter den Heimkehrern suchten.

An der Spitze seiner Mannen trabte der Ritter von Meißen schließlich durch das innere Tor in den Burghof. Der füllte sich zunehmend mit Reitern und bewaffnetem Fußvolk. Freudenschreie und Gejammer hallten von den Mauern und Fassaden wider. Vom Kerkerfenster aus wurde Moritz Zeuge von den Umarmungen und Küssen jener, die sich endlich wiederhatten, und vom Klagen und Niedersinken der anderen, die nun gewiss sein mussten, dass sie als Witwen oder Waisen weiterzuleben hatten.

Auch die Gestalten der Fremden, ihre Fahne und ihre Pferde konnte Moritz von fern ausmachen. Doch es war schon zu dunkel, um die Wappen auf ihren Schilden und Mänteln noch erkennen zu können.

Später flammten Feuer im Burghof auf, und im großen Saal des Palas rauchte der Kamin. Bald drehten sich Bratenstücke über der Glut, und Bratenduft zog in Moritz' Kerkerzelle. Man feierte die Heimkehr und das Wiedersehen. Und wohl zum zehnten Mal den Sieg über die Dänen.

Moritz hörte sie singen, hörte ihre Weinbecher klappern, wenn sie anstießen, hörte ihr Gelächter. Er rollte sich in seine Lumpen und das Schaffell und versuchte zu schlafen. Wie ein großer Schmerz wühlte die Einsamkeit hinter seinem Brustbein.

Im ersten Morgengrauen standen Monica und Benno vor dem Bergfried und am Kerkerfenster. Benno streckte seine Arme durch die Gitter, hielt Moritz' angeketteten Hände fest und weinte. Der etwas mehr als zwanzigjährige Schmied war ein stämmiger Mann mit rundem Gesicht, dünnem rotem Bart und schütterem, rötlichem Haar. Es war nicht die Wiedersehensfreude, die ihm die Tränen aus den Augen trieb.

»Es tut mir so leid«, schluchzte er, »wir werden alles versuchen, um dich zu retten.«

Moritz' Mund wurde trocken, und ein Kloß schwoll ihm im Hals. »Steht es denn so schlimm um mich?«

»Der Erste Steinmetz, der oberste Torwächter und der Ochsentreiber haben dem Herrn Hugo erzählt, wie du getobt hast«, sagte Monica.

»Meine allerbesten Freunde also.« Moritz versuchte vergeblich, den Kloß im Hals herunterzuschlucken.

»Der Ritter Hugo ist sehr wütend gewesen«, erzählte Benno. Und dann leiser: »Der Pater Burgkanzler hat ihn daran erinnert, dass er freie Gerichtsbarkeit in der Burg und dem Land drumherum ausüben kann, ihm gesagt, es sei wohl das Beste für alle, dich dem Henker zu übergeben.«

Moritz ließ die Stirn auf den kalten Fenstersims fallen. »Aber ja«, murmelte er, »der Wendenbalg muss aus der Welt.« Alle Glieder zitterten ihm plötzlich. »Braunschweig, Lübeck, Hamburg, Wolgast, Wittenberg, Magdeburg«, flüsterte er. Und dachte an die Mutterstatue in seiner kleinen Werkstatt.

»Die Burgherrin hat noch nichts gesagt dazu.« Moritz spürte Monicas Hand in seinem Haar. »Nikolaus will gleich nach Sonnenaufgang versuchen, mit ihr und dem Herrn Hugo zu sprechen.« Sie streichelte seine Wange.

»Wir werden alles tun, um dich zu retten, armer Moritz«, schluchzte Benno. Dann gingen sie. Von dem Käse und dem Brot, die sie ihm durchs Gitter geschoben hatten, brachte Moritz keinen Bissen herunter. Nur den Wein, den trank er.

Nach dem Angelusgebet strömten Männer, Frauen und Kinder in den Burghof. Durch das Fenstergitter starrte Moritz hinaus. Eisiger Wind blies in seinen Kerker. Beinahe hundert

Menschen versammelten sich zwischen Burgtor und Palas. Bretter wurden auf Steinblöcke gelegt, ein Podest entstand. Knechte stellten vier Lehnstühle darauf. Der Herr Hugo, seine Frau, der Burgkanzler und der Burgmarschall nahmen darauf Platz.

Zwei Turmwächter und Bodo, der Knappe des Burgherrn, holten Moritz aus dem Kerker. Eisiger Wind riss an seinen Lumpen und an seinem Haar, als er ins Freie trat. An den Handketten zerrten ihn die Turmwächter zum Burgherrn, die Fußketten schleiften rasselnd über das Pflaster des Burghofs.

Kurz bevor sie den Podest erreichten, hielt Bodo seine Fußketten fest. Die strafften sich, und Moritz schlug lang hin. Aus der Menge der Zuschauer erhob sich Gelächter, die Turmwächter grienten, und Bodo grunzte vor Freude.

Sie rissen ihn wieder auf die Beine, zerrten ihn voran und zwangen ihn schließlich, vor dem Podest stillzustehen. Seine Zähne klapperten, er zitterte vor Angst und Kälte. Die kräftige Gestalt des Burgherrn verschwamm vor seinen Augen; den Kanzler, den Marschall und die Burgherrin nahm Moritz kaum wahr.

»Man hat mir deine bösen Taten berichtet«, erklärte der Ritter Hugo. »Mit Hammer und Steinkreuz bist du auf die braven Leute losgegangen, wolltest sie alle niederhauen.«

Von Wahnsinn, Raserei, gar von Dämonen oder seiner wendischen Abstammung kein Wort.

»Den armen Joseph hättest du beinahe totgeschlagen.« Der Ritter Hugo musterte ihn aus steinerner Miene. »Du wirst nicht länger in meiner Burg bleiben.«

Moritz glaubte, nicht recht zu hören. Nicht länger in der Burg? Er hob den Kopf, blickte dem Ritter ins ausdruckslose Gesicht. Freiheit für seine Raserei? Das konnte doch nicht wahr sein!

»Zwanzig Stockschläge!«, rief der Burgherr. »Und sobald unser werter Gast, der hochedle Slawomir von Rügen, die Heimreise antritt, wirst du ihm in Ketten als sein Sklave folgen.« Mit einer wegwerfenden Handbewegung winkte er zum Brunnen hin. Sie zerrten Moritz fort vom Podest und hin zum Brunnen.

In Ketten? Als Sklave eines wendischen Edelmannes? Verkauft hatte der Hugo, dieser Hundsfott, ihn also! Slawomir war doch ein wendischer Name, und auf Rügen hatte doch ein wendischer Stamm sich gegen die Dänen gewehrt! Nach Rügen statt nach Braunschweig oder Hamburg? Moritz versuchte zu verstehen. Zwanzig Stockschläge?

Sie rissen ihn vorbei an der Menge der gaffenden Burgleute. Sein Blick blieb an einem großen hageren Ritter hängen, den er noch nie gesehen hatte. Graues Langhaar hing ihm aus dem gehörnten Helm, ein grauer Bart verdeckte halb den schiefen Mund.

Die Turmwächter banden ihn an einen der Rundpfähle, die das Brunnendach trugen. Eine Schneeflocke schwebte in den Brunnen. Bodo trat mit einem Stock hinter ihn. Moritz drehte sich nach dem fremden Ritter um. Die Bullenhörner am Helm des fremden Ritters glänzten silbern, auf seinem Waffenrock prangte ein schwarzer Bullenkopf mit silbernen Hörnern.

Natürlich hatte Moritz ihn schon gesehen, o ja! Er starrte ihn an und mochte es nicht glauben.

Die Turmwächter rissen ihm die Lumpen vom Rücken. Einer beugte sich an sein Ohr und flüsterte: »Viel Spaß, Wendenarsch.« Moritz hörte es kaum, er starrte immer noch den fremden Ritter mit dem Hörnerhelm an.

Die Turmwächter traten zur Seite, und Bodo holte aus. »Der Deuter«, murmelte Moritz. Den ersten Stockhieb spürte er kaum. »Der Deuter mit der Ziegenbockstimme.« Bodo holte aus und schlug mit aller Kraft zu. Der zweite Hieb traf Moritz zwischen den Schulterblättern, und der Schmerz fuhr ihm in alle Knochen. Er schrie auf und wandte den Blick ab vom wendischen Ritter. Beim dritten Hieb platzte seine Rückenhaut auf. Beim zehnten verlor er das Bewusstsein.

13
Gänsebraten

Jena, November 1227

Im Haus war es kühl und düster, nur in der großen Stube herrschte ein wenig Gemütlichkeit: Im Kamin loderten die Flammen, an den Wänden brannten Kienhölzer, und mitten auf dem Tisch dampfte in einer Schüssel die zerlegte Gans. Helena hatte gutes weißes Leinen über Bretter und Böcke gelegt; faltig hing es zu allen Seiten der Tafel herab.

Sie war Truchsess, Mundschenk und Brotmeister zugleich: Mit ihrem Messer stach sie in eine Keule und legte sie ihrem Vater auf die dicke Brotscheibe, gab ihm mit ihrem großen Holzlöffel von der Apfelfüllung und der Leber. Dem Gast packte sie mit Füllung und Leber auch das Gänseherz auf seine dicke Brotscheibe. Und die zweite Keule. »Euer Teil der Gans, Herr Ansgar. Lasst es Euch schmecken.«

»Ich bin jetzt schon satt von Eurer Gastfreundschaft und Liebenswürdigkeit.« Der ritterliche Gast strahlte sie an und zog sein Messer aus der Gurtscheide.

»Jetzt übertreibt nicht gleich, Herr Ritter!« Meister Bohnsack biss in seine Gänsekeule und sprach mit vollem Mund weiter. »Greift nur ordentlich zu.« Er saß an der Stirnseite des Tisches mit dem Rücken zum warmen Kamin, übers Eck neben ihm saßen der ritterliche Gast und sein Knappe. »Und dass mir ja die Weinkanne bald leer wird.« Mit dem Handrücken wischte Meister Bohnsack sich das Fett aus dem grauen Bart.

Helena bedachte ihren Vater mit einem strengen Blick. Wie

früher ihre Mutter schätzte sie feine Tischmanieren. Mit vollem Mund zu schwatzen gehörte nicht dazu. Ihren Vater kümmerte das nicht.

»Sie haben wirklich famosen Wein hier in der Mark Meißen.« Meister Bohnsack griff nach dem Weinbecher und stieß mit dem Ritter an. Der teilte seinen Becher mit seinem Knappen Lothar, einem hochgeschossenen, schweigsamen Jüngling mit braunem Haar und traurigen Augen.

Statt der üblichen Daubenbecher hatte Helena die guten Becher auf den Tisch gestellt, die aus gemasertem Wurzelholz. Die Zisterziensermönche von Maulbronn hatten sie der Mutter geschenkt.

Sie legte auch Pater Rochus, Jacques, dem Steinmetzmeister, dem Zimmermeister und dem Maurermeister vom Gänsebraten auf die Brotteller; die vier teilten sich jeweils einen. Dann schenkte sie Wein nach, schnitt den Männern Brot ab und stellte die Schüsseln mit den Rüben und dem Obst auf den Tisch.

Der blonde Ritter wollte seine Blicke gar nicht mehr von ihr abwenden, das konnte Helena nicht übersehen. Schon seit der Begrüßung und dem Händewaschen ging das so. Helena hatte nichts dagegen; es fiel ihr leicht, sein Lächeln zu erwidern. Seine Nähe versetzte sie in eine Aufregung, die sie nicht einmal in der Nähe der Vogtsöhne empfunden hatte. Auch nicht in Jacques' Nähe. Dessen Blick huschte verstohlen und ein wenig säuerlich zwischen ihr und dem ritterlichen Gast hin und her.

Ein hübscher Mann war das, dieser dänische Ritter, und was für gute Manieren er hatte! Er rülpste nicht und schmatzte nicht, und er rieb sich am Brot das Fett von den Händen, bevor er die Falten des Tischtuches benutzte. Mit Blicken brachte er seinen Knappen dazu, es ihm gleichzutun. Wenn doch bloß der Vater sich ein Beispiel daran nehmen würde!

Zum Schluss nahm Helena sich von der Gänsebrust und den Rüben und setzte sich an die Tafelecke neben ihren Vater und dem Ritter gegenüber. Sie stieß mit den Männern an, mit dem Ritter zuletzt. Er sah ihr dabei tief in die Augen. Ein warmer Schauer perlte ihr durch Bauch und Brust.

»Sie haben mir natürlich erzählt, wie Ihr den Bauernlümmel ins Lot gestellt habt, Herr Ansgar.« Meister Bohnsack warf einen Knochen hinter sich und lachte laut; seine grauen Augen leuchteten. Obwohl er schon über das fünfzigste Jahr hinaus war, wirkte er kräftig und voller Tatendrang. »Hat mir gefallen, habt Ihr gut gemacht. Tausend Dank!« Helena schaute ihn bekümmert an und deutete auf die leere Blechschüssel, die sie für die Knochen auf den Tisch gestellt hatte.

»Ich schmecke den Dank bereits und sehe ihn hier auf dem Tisch.« Der Blonde richtete seinen Blick auf Helena. »Und am Tisch.«

»Helena lässt sich's nicht nehmen, selbst mit dem Bauernpack zu feilschen.« Meister Bohnsack schmatzte und mampfte, hundert Lachfalten maserten sein knochiges Gesicht.

Zu Helenas Freude trug er heute den guten Überrock aus blauem Samt über seinem braunen Lederwams. Der Abt von Maulbronn hatte ihm das schöne Stück mitsamt einem Pfauenfederhut zum Abschied geschenkt.

»Kann ihr keiner ausreden, auch ihr Herr Vater nicht. Versteht Ihr, was ich sagen will?« Vergnügt zwinkerte er dem Gast zu.

»Lasst gut sein, Herr Vater.« Helena runzelte unwillig die Stirn.

»Bin ja schon froh, wenn sie gestattet, dass ein paar Bauleute sie zum Markt begleiten. Oder in die Pilze oder zum Beerensammeln. Wie schmeckt Euch der Wein?«

»Himmlisch!« Der Ritter Ansgar nahm den Becher seinem

Knappen aus der Hand, der ihn gerade an die Lippen setzen wollte, und stieß mit dem Vater an. »Strömt durch die Kehle wie Honigseim.« Helena zielte und warf einen Knochen im hohen Bogen in die Blechschüssel, sodass jeder es klappern hören konnte.

Alle schauten sie an, nur Pater Rochus nicht. Der musterte den dänischen Ritter. Misstrauisch, wie es Helena scheinen wollte. Mochte er ihn nicht?

Meister Bohnsack zog die buschigen Brauen hoch, lächelte ihr zu und pulte ein winziges Knorpelstück aus seiner Gänsekeule. Mit ausladender Geste streckte er den Arm aus, hielt die große, schwielige Hand hoch über die Blechschüssel und ließ das Knorpelstück erst los, als er sich vergewissert hatte, dass wirklich aller Augen auf ihn gerichtet waren. »So macht man das in Jungfer Helenas Haushalt, damit ihr's alle begreift.« Und dann lachte er schallend.

Die Bauleute stimmten mit ein, sogar über das blasse Gesicht des traurigen Knappen huschte ein Grinsen. Nur Pater Rochus verzog keine Miene. Der ritterliche Gast schmunzelte höflich und nickte Helena anerkennend zu.

»So«, sagte Meister Bohnsack, während er in die Schüssel mit den Rüben griff. »Und jetzt erzählt uns, Herr Ansgar: Woher kommt Ihr und wohin geht Ihr?«

»Aus der großen Stadt Prag«, antwortete Ansgar von Lund. »Ich habe dort an einem Turnier teilgenommen, das der junge König Wenzel von Böhmen ausrichten ließ.« Helena tat, als würde die Gänsebrust ihre ganze Aufmerksamkeit fesseln, in Wahrheit lauschte sie gespannt. »Ein schönes Spektakel, das versichere ich Euch.«

»So?« Meister Bohnsack runzelte die Stirn. »Wenn ich die Schlechtwettermiene Eures Knappen betrachte, möchte ich meinen, dass Ihr keinen einzigen Sieg errungen habt.«

Helena sah dem Ritter an, dass er sich eine geschickte Antwort zurechtlegte, doch sein Knappe kam ihm zuvor. »Herr Ansgar hat alles gewonnen«, beteuerte Lothar mit lauter und fester Stimme, die Helena ihm nicht zugetraut hatte. »Wirklich alles.«

Die Männer nickten voller Bewunderung, und der blonde Ritter nickte auch und schien zufrieden. Da tat sein Knappe erneut den Mund auf und fügte seltsam heiser hinzu: »Und der Herr Ansgar hat alles verloren.« Die Tränen kamen ihm, und der Kopf sank ihm auf die Brust.

Ein paar Wimpernschläge lang herrschte betretenes Schweigen. Helena vergaß ihre Gänsebrust und musterte den Ritter. Der spitzte die Lippen, betrachtete seine fettigen Finger und zog die Brauen hoch. Er vermied es, den schluchzenden Burschen an seiner Seite anzuschauen. Stattdessen atmete er tief durch und sagte: »So ist es. Bald zweihundert Ritter traten zum Turnier an, am letzten Tag waren wir nur noch zu sechst, doch auch unter denen blieb nur einer der Sieger des Turniers: ich.«

»Na, ich gratuliere!«, brach es aus dem Vater heraus. »Wen Gott liebt, den segnet er mit genau solchen Triumphen, möchte ich behaupten.« Er nahm Helena den Becher ab und prostete dem ritterlichen Gast zu. »Auf Euren Sieg und Euer Wohl, Herr Ansgar!« Der Ritter lächelte ein wenig wehmütig und stieß mit ihm an.

»Und dann habt Ihr alles verloren?« Helena platzte beinahe vor Neugier. »Was meint Euer Knappe damit?«

»Ganz einfach, schöne Helena.« Dem Ritter Ansgar gelang wieder ein Lächeln, und Helena spürte die Röte über ihr Gesicht flammen. »Was er meint, ist Folgendes: Ich habe alles verloren.« Mit größter Liebenswürdigkeit blickte er in die Runde. »Alles.« Er zuckte mit den Schultern. »Ohne gewonnene Pferde, Lösegeld, Waffen, Wagen, Zelt und weiß nicht was mussten wir am Ende in die Nacht hinaus.« Er wischte sich die Finger der Linken erst am Brot, dann am Tischtuch ab und legte den Arm um seinen schluchzenden Knappen. »Auch ohne meine beiden älteren Knappen. Der arme Lothar kann ihren Tod nicht verschmerzen.«

»Man hat sie erschlagen?«, platzte es aus Helena hinaus.

»Leider.«

»Ihr musstet fliehen?«

»Ganz ehrlich: Hals über Kopf.«

»Aber warum denn nur?«

»Ein Krieg brach plötzlich aus.« Ansgar blies die Backen auf, hob beide Arme und ließ sie wie ratlos wieder sinken. »Ein kleiner Krieg brach aus, jawohl. Fragt mich nicht, warum, Jungfer Helena. Unsereiner hat ständig irgendeinen Krieg auszufechten.«

»Eure verdammte Minne brach aus!« Trotzig und mit finsterer Miene stieß Lothar die Worte aus. »Und über Euch und uns herein.« Er nahm seinem Ritter den Weinbecher aus der Hand, leerte ihn in einem Zug und schob ihn neben die Weinkanne. Helena stockte der Atem vor so viel Frechheit. Sie spürte, dass Pater Rochus sie beobachtete.

»Und nun?« Meister Bohnsack lächelte das peinliche Schweigen weg und füllte den Becher des Ritters und seines Knappen bis an den Rand. »Ihr habt mir meine zweite Frage noch nicht beantwortet: Wohin seid Ihr nun unterwegs?«

»Nach Jerusalem natürlich.« Ansgar grinste, als hätte er einen Scherz gemacht. Helenas Vater brach in sein dröhnendes Lachen aus, und die Bauleute stimmten mit ein. Pater Rochus zog die grauen Brauen hoch.

»Jerusalem«, sagte Jacques, »von der Stadt habe ich schon gehört. Ich wusste nur nicht, dass sie an der Saale liegt.« Und wieder Gelächter.

Helena lachte nicht. Sie ahnte auf einmal, wer ihr da am Tisch gegenübersaß – ein mit allen Wassern gewaschenes Schlitzohr verbarg sich hinter Ansgar von Lunds hübschem Lächeln und feinen Manieren, ein liebenswürdiger Schelm und ein waghalsiger Abenteurer. Sie widmete sich wieder ihrer Gänsebrust.

»Wir müssen einen Umweg nehmen, Meister Bohnsack.« Weil sein Knappe schon wieder im Begriff war, den Weinbecher zu leeren, zog der Ritter ihn an sich und nahm ihm den Wein weg. »Wir müssen über die dänische Grafschaft Lund nach Jerusalem reiten. Dort wird mein Vater seinen Kämmerer die Schatulle aufschließen lassen, um mich wieder mit all dem auszustatten, was ein ritterlicher Kreuzfahrer braucht, damit er seinem Kaiser, dem obersten Kreuzfahrer, unter die Augen treten kann.«

»Verstehe, verstehe.« Meister Bohnsack streichelte nachdenklich seinen Bart. Helena hatte genau gesehen, wie es in seinen wachen Augen aufleuchtete, als die Worte *Grafschaft*, *Kämmerer* und *Schatulle* fielen. »Auch wir ziehen zur Elbe hin und wollen auf ihr dann weiter nach Norden. Allerdings nur bis nach Magdeburg.«

»Magdeburg?« Ansgar schüttelte seinen Knappen. »In deine Heimat, Lothar!« Und wieder an Meister Bohnsack gewandt. »Was habt Ihr in Magdeburg verloren?«

»Gar nichts.« Der Meister wurde auf einmal ernst. »Aber viel zu gewinnen. Ich werde dem Erzbischof seine Kathedrale weiterbauen.«

»Auch wir wollten über die Elbe nach Hamburg reisen.« Endlich ließ Ansgar seinen Knappen los und klopfte ihm auf die Schulter. Sein lächelnder Blick streifte Helena. »An mir soll es nicht liegen, ich reise gern in Gesellschaft.«

»Dann schließt Euch uns an.« Meister Bohnsack hob seinen Weinbecher. »Ich bitte Euch, Herr Ansgar.«

Helena sah dem Knappen ins traurige Gesicht und erschrak ein wenig: Dieser Lothar musterte sie finster, ja beinahe mit Abscheu.

Sein Ritter jedoch stieß mit ihrem Vater an und sagte: »Sehr gern, Meister Bohnsack. Es ist mir eine Ehre.«

Früh am nächsten Morgen brachen sie auf. Eisiger Nordwind blies, und auf den Dächern und Wiesen blitzte der Frost. Ansgar stülpte der weißen Fee einen Ohrenschutz über und breitete eine wollene Pferdedecke über ihr aus, bevor er sie sattelte. Lothar gebot er, das Gleiche mit seinem Pferd zu tun und sich selbst in einen Umhang zu hüllen. Ansgar zog einen langen weißen Pelzmantel über den Wappenmantel.

Dieser Mantel war uralt und hatte zur Zeit Waldemars des Großen noch einem Eisbären gehört. Hätte Ansgar der Familientradition derer von Lund glauben wollen – und seinem Großvater, von dem er den Mantel geerbt hatte –, dann hatte sein Ururgroßvater jenen Eisbären mit einem Dolch angegriffen und getötet. Diese Version der Geschichte gefiel Ansgar sehr, und er erzählte sie gern.

Insgeheim jedoch neigte er der Version zu, der auch seine Großmutter anhing: Bei der Überfahrt von Island, woher das Geschlecht derer von Lund stammte, stieß das Boot seines Ururgroßvaters mit einer Eisscholle zusammen, auf der ein verendeter Eisbär lag. Sein Ururgroßvater hatte dann seinen berühmten Dolch benutzt, um dem gefrorenen Tier das Fell abzuziehen.

An der Saale trafen Ansgar und Lothar wie verabredet auf Meister Bohnsack und die Leute seiner Bauhütte. Und auf seine Tochter. Die Wagen- und Marschkolonne nahm den Uferweg entlang der Saale. Sieben Wagen trugen Werkzeug,

Modelle von Säulen, Bögen und Fenstern und den Hausrat des Meisters und seiner Bauleute. Auf sieben weiteren Wagen fuhren die Familien der Bauleute mit. Der Frost hielt sich auch in den Mittagsstunden noch auf dem herbstlichen Gras und dem bräunlichen Schilf der Uferböschung.

Ansgar ritt neben dem Wagen des Baumeisters her. Der hockte neben seiner Tochter auf dem Kutschbock. Beide waren in Decken gewickelt. »Wir werden es doch nach Magdeburg schaffen vor dem ersten Schnee?« Meister Bohnsack äugte misstrauisch in den eisgrauen Novemberhimmel. »Der Winter soll in diesem Jahr recht früh einbrechen, hat die Mutter des Tuchschneiders gesagt.« Im Haus jener Tuchschneidermutter hatten Bohnsack und seine Tochter in Jena gewohnt.

»Ich habe nachgedacht, Meister Bohnsack«, sagte Ansgar. »Euer ganzes Leben lang baut ihr schon Kathedralen und andere fromme Häuser. Und jetzt zieht ihr nach Magdeburg, um am nächsten Dom zu bauen. Schwere Arbeit, oder? Zehn Tage Turnier oder auch ein Sommerfeldzug mit ein paar ordentlichen Schlachten wollen mir nicht halb so schwer erscheinen. Wird Euch das nicht zu viel mit der Zeit?«

»Die mühseligste Arbeit machen inzwischen die anderen.« Mit einer Kopfbewegung deutete Meister Bohnsack erst hinter sich und dann auf die vorderen Wagen und Wanderer. »Die Steinmetze, Maurer, Zimmerleute, Mörtelmischer und Schmiede. Ich zeichne nur die Pläne, verhandle mit dem Bauherrn und gehe mit Winkeleisen und Bodenzirkel durch die Baustelle, um nachzumessen, ob der Bau auch wirklich nach meinen Maßen in den Himmel wächst. Manchmal lege ich auch das Lot an.«

»Mein Herr Vater macht die schwerste und wichtigste Arbeit«, ereiferte sich Helena. »Er denkt sich all die steinerne Pracht aus, und seine Zeichnungen und Modelle sorgen dafür, dass die Gemäuer, Fenster und Säulen am Schluss so himmlisch schön anzuschauen sind. Meister Bohnsack ist ein wunderbarer Baumeister!«

Der Meister lachte und winkte ab. »Apropos ›anschauen‹ – wir werden in Naumburg noch ein paar Tage Halt machen. Auch dort bauen sie einen neuen Dom. Den wollen meine Bildhauer, Steinmetze und ich uns anschauen.«

»Ein Leben lang Kirchen bauen?« Ansgar schüttelte den Kopf. »Was für ein Beruf! Und meist am selben Ort? Selbst ein langes Leben reicht doch kaum für eine halbe Kathedrale.«

»Selten.« Meister Bohnsack nickte. »Sehr selten.«

»Der Herr Vater sagt, einen Dom zu bauen ist Gottesdienst.« Wieder ergriff Helena das Wort. »So wie der Bauer Gott durch Saat und Ernte dient und ehrt und Ihr durch Kampf und Kreuzfahrt, so ehrt und dient ein Baumeister Gott, wenn er Kirchen baut.«

Obwohl Helenas Worte ihm ein wenig altklug in den Ohren klangen, rührten sie Ansgar. »Ein erstaunlicher Gedanke«, sagte er leise. Einer, der ihm nie gekommen war. Um die Herzen edler Frauen zu betören, kämpfte er. Um Beute zu machen und die schönen Frauen des Morgenlandes zu sehen, wollte er mit Kaiser Friedrich nach Jerusalem ziehen. Allenfalls noch, um seiner Seele ein paar tausend Jahre Fegefeuer zu ersparen. Doch um Gott zu dienen? »So habe ich mein Rittertum noch nie gesehen.«

»Nun, Kirchen bauen ist noch mehr als ein Gottesdienst«, sagte Meister Bohnsack nachdenklich. »Eine Kathedrale ist ein Gebet, das ich zum Himmel steigen lasse, Jahr um Jahr ein Stück höher. Und je höher es steigt, desto mehr Licht durchstrahlt es. Mein Gebet aus Steinen, Säulen und Fenstern holt das Licht Gottes auf die Erde herab, versteht Ihr?« Er klopfte sich mit den Fäusten gegen die Schläfen. »Ich baue und baue, und mein Schädel verwandelt sich in ein Gebet aus Kreuzrippengewölben, Türmen, Säulen, Fenstern, Arkaden.« Er hob seine schwieligen Hände. »Ich baue und baue immer weiter, und mein Leib, meine Kraft und mein Leben verwandeln sich in ein Gebet aus Stein und Glas. Ein Gebet, das bleiben wird. Immer.« Meister Bohnsack ließ die Hände sinken. »Bis zum Jüngsten Gericht.« Aus schmalen Augen blickte er an seiner Tochter vorbei zu Ansgar. »Versteht Ihr, was ich Euch sagen will, Ritter von Lund?«

Ansgar sah ihm in die ernsten, hellwachen Augen und wusste nicht, was er antworten sollte. Er fühlte sich seltsam jung und klein unter dem forschenden Blick dieser Augen, und zwei Atemzüge lang erschien ihm sein Ritterleben plötzlich wie ein lächerliches Spiel – leichtsinnig und bedeutungslos.

»Ich weiß nicht recht«, murmelte er ein wenig beschämt. Zwei Schneeflocken landeten kurz nacheinander auf der Schulter des Meisters. »Ich will über Eure Worte nachdenken, Meister Bohnsack.« Adelheid stand ihm auf einmal vor Augen. Und die schönen Edelfrauen, deretwegen er Mailand, Venedig, Florenz und London zu meiden hatte. Er wusste selbst nicht, warum.

»Tut das, mein Lieber.« Meister Bohnsack drehte sich um und schlug die Plane zur Seite. »Und ich werde noch ein wenig schlafen.« Er kletterte vom Kutschbock auf die Ladefläche. Bald darauf hörte Ansgar ihn schnarchen.

Eine Zeitlang ritt er schweigend neben Helena und dem Fuhrwerk her. Einzelne Schneeflocken tanzten auf Pferde und Wagen herab. Tief sog Ansgar die kalte Luft durch die Nase ein. Es roch nach Winter. Er hatte gehofft, noch vor dem ersten Schnee im väterlichen Schloss anzukommen.

Neben der Weißen tauchte plötzlich jener Mönch auf, den er an Meister Bohnsacks Tafel kennengelernt hatte, Pater

Rochus. Der blickte zu ihm hoch und sprach kein Wort. Warum nur guckte er so streng? Ansgar fühlte sich plötzlich unwohl in seinem Eisbärenmantel und seiner Haut. Der Mönch schritt langsamer und blieb zurück.

Lothar hielt sich ein paar Pferdelängen hinter Ansgar, die ganze Zeit schon. Er spürte seine Blicke im Nacken und drehte sich nach ihm um. Der junge Knappe wich seinem Blick aus und ließ sich noch ein Stück weiter zurückfallen.

»Ihr führt Eurem Vater den Haushalt, wie ich gehört habe«, sprach er Helena an.

»Den Haushalt, das Gesinde, die Kasse und bald schon die ganze Bauhütte. Meine Mutter hat es mich gelehrt.«

»Dann ist sie noch gar nicht lange tot?«

»Das sechste Jahr. Ich spreche jeden Tag mit ihr.«

»Jeden Tag?« Ansgar staunte sie an. »Und dann seht Ihr sie im Geiste vor Euch?«

»Wie sie leibte und lebte.« Helena lächelte wehmütig in sich hinein. »Sie war schön. Sie war die Tochter eines französischen Edelmannes.«

»Ach!« Ansgars Stimme wurde leise. »Ich war vier Jahre alt, als ich meine Mutter zuletzt sah.«

Helenas Kopf fuhr herum, und Ansgar blickte in ihre aufgerissenen Augen. Die waren dunkelblau.

»Ich habe nie mit ihr geredet.« Etwas Weiches, Dunkles umschlich Ansgars Herz. Wie immer, wenn er von seiner Mutter reden musste. »Ich weiß nicht einmal mehr, wie sie ausgesehen hat.«

Helena legte die Hand auf den Mund. So viel Betroffenheit hatte Ansgar lange nicht gesehen. Er musste lächeln.

»Aber wie kann das denn sein?«, fragte Helena.

»Mein Vater ist ein mächtiger Graf, müsst Ihr wissen. Und ein Vasall des dänischen Königs. Für ihn und an seiner Seite hat er Kriege geführt und viele Schlachten geschlagen. Und einige verloren. Nach einem Krieg pflegt der Verlierer mit dem Sieger einen Frieden auszuhandeln.« Ansgar zuckte mit den Schultern und lächelte ihr ins entsetzte Gesicht. »Naturgemäß muss der Verlierer dabei mehr versprechen und zusagen als der Sieger. Und als Zeichen, dass er seine Versprechen und Zusagen ganz gewiss einhalten wird, gibt er dem Sieger ein Pfand. So bin ich, der jüngste Sohn meines Vaters, an den Hof des Herzogs von Sachsen gekommen. Als Pfand, als Geisel. Und später im Gefolge von dessen Tochter nach London, wo sie einen englischen Prinzen geheiratet hat.«

»Gütiger Himmel!« Helena schüttelte fassungslos den Kopf. »Wer hat Euch erzogen? Wer hat Euch auf den Schoß genommen und geherzt?«

»Erzogen haben mich Mönche, Ammen und die Zofen der sächsischen Prinzessin. Habe ich jemals auf einem Schoß gesessen?« Ansgar zuckte wieder mit den Schultern. »Ich erinnere mich nicht mehr.«

Danach schwiegen sie lange. Der Hufschlag der Pferde, das Rattern der Wagenräder und das Quietschen der Achsen füllten Ansgars Geist aus. Sonst nichts, und er fühlte sich eigenartig leer. Der Schnee fiel jetzt dichter und dämpfte den Lärm der Fuhrwerke und Pferde. Bald sah man kaum noch den Wagen, der vor einem rollte und schaukelte.

Schließlich hielt die Kolonne an. Der Steinmetzmeister und der Zimmermannsmeister liefen herbei und weckten Meister Bohnsack. »Wir werden bald stecken bleiben«, sagte der Zimmermannsmeister, »wir müssen irgendwo Quartier nehmen.«

»Wie weit noch bis Naumburg?«, wollte Meister Bohnsack wissen.

»Mindestens vier Stunden, eher mehr«, sagte der Steinmetz.

»Doch eine Stunde von hier liegt eine Burg nicht hoch über der Saale. Bis dahin könnten wir es noch schaffen.«

»Dann nichts wie hin«, befahl der Baumeister.

Moritz lag auf dem Bauch, das frische Stroh stach ihn ins Ohr. Schüttelfrost riss an seinen Gliedern. Monica hatte ihm den wunden Rücken mit einem Öl aus Zwiebeln und Johanniskraut beträufelt. Niemand durfte Moritz' Rücken berühren, denn dieser war eine einzige Wunde. Mit Eiswasser kühlte sie ihm die fiebrige Stirn und die heißen Waden.

Vier Tage waren vergangen, seit der Burgherr ihn prügeln ließ. Seitdem dämmerte Moritz zwischen Fieber, Wachträumen und unruhigem Schlaf hin und her. Draußen läutete die Handglocke des Kanzlers zum Mittagsgebet.

»Es hört nicht mehr auf zu schneien.« Monica stand auf und ging ans Kerkerfenster. »Die Zinnen tragen schon weiße Kronen, ein weißes Tuch liegt über dem Burghof.« Moritz hob den Kopf ein wenig und sah zu ihr. Mit verzücktem Lächeln schaute sie hinaus und strich über ihren dicken Bauch.

Benno und sie wechselten sich ab neben Moritz' Strohlager. Manchmal schickten sie auch eine junge Magd, die Bennos Vater aus Holstein mitgebracht hatte. Sie diente dem alten verwitweten Burgschmied, dem griesgrämigen Nikolaus.

Die Burgherrin hatte dafür gesorgt, dass Moritz einigermaßen gut versorgt wurde. Sogar eine alte Esse hatte sie in den Kerker schleppen lassen. Die Glut darin wärmte ein wenig.

Im Burghof hörte Moritz Schnee unter Stiefelsohlen knirschen. Wieder hob er den Kopf. »Wer kommt?« Die Angst, die Waffenknechte des wendischen Edelmanns könnten ihn abholen, schnürte ihm das Herz zusammen.

»Benno und die neue Magd«, sagte Monica.

Die Turmwächter schlossen auf, die Türangeln quietschten, und es wurde heller im Kerker. Benno ging neben ihm in die Hocke. »Ich habe Fleischbrühe mitgebracht.« Moritz wälzte sich auf die Seite, und Benno flößte ihm die Brühe ein.

Die Kerkertür wurde wieder geschlossen, doch es blieb heller als zuvor. Die neue Magd des Schmiedes hatte brennende Kienholzspäne mitgebracht. Einen nach dem anderen steckte sie in die Fugen zwischen den Mauerblöcken. »Das erlaubt der Ritter Hundsfott?«, krächzte Moritz. Eine ungeheure Wut auf den Burgherrn und seinen Knappen tobte ihn ihm. Und der Hass auf den Wenden mit dem schiefen Maul und den silbernen Helmhörnern.

»Die Burgherrin wollte es«, sagte Benno. »Was soll er da machen? Außerdem kann er es sich nicht leisten, dass du stirbst. Der wendische Kriegsherr zahlt nur für einen lebendigen Sklaven.« Er goss neue Brühe in einen Becher.

»Was zahlt er denn?« Moritz schlürfte die Brühe.

»Zehn Pfennige«, sagte Monica.

Moritz setzte den Becher ab und grinste bitter. »Da seht ihr mal, was ich wert bin. Mehr als fünfzig Hühner.« Niemand lachte.

Später schlief Moritz ein. Als er die Augen wieder aufschlug, saß nur die neue Magd des Schmiedes neben seinem Strohlager. »Schneit es noch?«

»Es fängt gerade wieder an«, sagte sie.

»Ist es schon Abend?«

»Bald.«

Moritz hörte ein Krachen wie von Axtschlägen. Er hob den Kopf und lauschte. »Was geht im Burghof vor?«

»Die Steinmetze reißen die alte Baracke zwischen dem Schweinestall und dem Ochsenverschlag ab.«

»Was?!« Moritz fuhr hoch. Brennender Schmerz schoss ihm vom wunden Rücken aus in die Glieder.

»Das alte Holz soll im Kamin des Palas verfeuert werden.«

Moritz starrte die Magd an. Als er endlich begriffen hatte, klammerte er sich an ihre Schultern. »Hilf mir ans Fenster.« Er stöhnte auf vor Schmerzen, als er sich an ihr hochzog. Seine Statue stand ihm vor Augen, sein Mutterbildnis, und sonst gar nichts.

Am Kerkerfenster umklammerte er die Gitterstäbe und schaute in den winterlichen Burghof hinaus. Und sah, dass die Magd recht hatte. Die Steinmetze rissen die Baracke ein und schleiften die Teile durch den Schnee in die große Werkstatt der Burg. Dort, neben der Schmiede, kreischte schon die Säge.

Ein großer, hagerer Mann stand auf einmal vor dem Kerkerfenster und musterte ihn. Ein schwarzer Bullenkopf mit silbernen Hörnern drohte von seinem Wappenrock. Er hatte ein schiefes Maul und kalte Augen. Der wendische Kriegsmann aus Rügen. Moritz hatte gehört, dass er dem Grafen von Schwerin diente. Der plötzliche Wintereinbruch verzögerte seine Abreise. Moritz hoffte, es würde noch heftiger schneien. Und nie mehr aufhören.

Viele Wimpernschläge lang belauerten sie einander. Moritz hasste den Mann mit der ganzen Kraft seines jungen Herzens. Ob auch er ihn wiedererkannte? Bestimmt nicht, er war ja noch so klein gewesen. Warum aber lauerte er dann am Kerkerfenster? Moritz zog den Rotz hoch und spuckte den Mann durch das Gitter hindurch an. Und traf seine Wange.

Der wendische Ritter zuckte erst zurück, holte dann aus und stieß die Faust durch die Gitterstäbe. Moritz taumelte nach hinten weg und in die Arme der Magd. Der andere brach in Geschrei aus – und da war sie wieder, die meckernde

Ziegenbockstimme, nach so vielen Jahren! Sie verfluchte ihn, wünschte ihn zur Hölle, versprach ihm große Schmerzen, sobald die Burg hinter ihnen liegen würde.

Moritz staunte, wie viele wendische Worte er noch verstand. »Drecksack verfluchter!«, zischte er auf Wendisch. »Elender Satansbraten!«

Der wendische Ritter verstummte jäh. Der Hass, der ihm entgegenschlug, schien ihn zu verblüffen. Aus schmalen Augen spähte er durch das Gitterfenster hindurch. Schließlich wischte er sich den Rotz von der Wange, drehte sich um und stapfte in den Burghof. Er trug sein langes Schwert auf dem Rücken.

Wieder schleppten sie Balken und Bretter von der schon halb abgebrochenen Baracke zur Werkstatt. Der Ochsentreiber und der Erste Steinmetz zogen eine Karre heraus auf den Burghof. Eine schwere, in schmutziges Leinen gehüllte Last lag auf ihr. Moritz stürzte ans Fenster. Seine Mutterstatue! »Was tut ihr da?«, brüllte er.

Der Erste Steinmetz und der Ochsentreiber schoben den Karren bis in die Mitte des Burghofes. Vor dem wendischen Ritter hielten sie an, kippten die Statue in den Schnee und wickelten sie aus dem Tuch. »Der Herr Hugo hat's befohlen!«, rief der Steinmetz und feixte. Schneetreiben hüllte ihn einen Augenblick lang ein.

»Ein Götzenbild ist's, sagt der hochwürdige Bruder Peter!«, rief der Ochsentreiber. »Und wir sollen es dem Herrn Hugo aus den Augen schaffen!«

»Bitte nicht!« Moritz schossen die Tränen aus den Augen.

»Das gibt mindestens sechs Steinblöcke für den neuen Herrensaal.« Der Erste Steinmetz lachte. »Gleich wird das Schneetreiben sie zudecken. Ich muss nur noch Hammer, Meißel und Keil aus der Werkstatt holen!«

»Das dürft ihr nicht tun!« Moritz brüllte. »Nein, nein, nein!« Der wendische Ritter guckte auf die Statue zu seinen Füßen. »Bitte nicht!«, brüllte Moritz. Fenster und Türen gingen auf, Männer und Frauen blickten zum Kerker herüber. Der wendische Ritter trat auf die Statue und blieb darauf stehen.

Moritz brüllte wie von Sinnen. Die junge Magd wich erschrocken gegen die Kerkertür zurück. Im Burghof trat der Erste Steinmetz aus der Werkstatt. Triumphierend hob er Hammer und Keil. Moritz brüllte und verfluchte ihn. Die Magd hämmerte gegen die Kerkertür und rief um Hilfe. Der Erste Steinmetz hinkte feixend durch den Schnee, während Moritz brüllte und seine Ketten gegen die Fensterwand schlug.

14
Roter Schnee

Der Neuschnee lag schon mehr als knöchelhoch, die Fuhrwerke drohten stecken zu bleiben. Die Bauleute sprangen den Zugtieren zur Seite und schoben mit vereinten Kräften einen Wagen nach dem anderen das letzte steile Stück bis zum Burggraben hinauf. Dichtes Schneetreiben herrschte; so dicht, dass Helena die Umrisse des Bergfrieds erst erkennen konnte, als ihr Wagen vor Graben und Burgtor Halt machte.

Die Torwächter wollten sie zunächst nicht hineinlassen. Sie wollten Namen hören, wollten wissen, woher man komme, wohin man wolle, wie viel Proviant man habe und ob man zahlen könne. Der Vater und Ansgar von Lund verhandelten mit ihnen.

Irgendwann senkte sich endlich die Zugbrücke über den Graben. Ansgar ritt zuerst durch das Tor in die Vorburg hinein. Helena lenkte das Gespann hinter ihm her, der Vater kletterte wieder neben sie auf den Kutschbock. Waffenknechte geleiteten die sieben Wagen der Bauhütte durch die Vorburg in den Zwinger.

»In der Vorburg wohnen meist das Gesinde und die Burgbesatzung mit ihren Sippen«, erklärte Meister Bohnsack seiner Tochter, die noch nie eine Burg von innen gesehen hatte. Schreie gellten durch den schneegesättigten Wind. Helena lauschte.

An einer mannshohen, noch unvollendeten Mauer vorbei rollten sie dem Innentor zu. Von Schnee bedeckte Stapel großer Steinblöcke häuften sich links und rechts. »Hier bauen sie einen Zwinger«, erklärte der Vater. »Muss man die Vorburg aufgeben und hat ein Feind dann die Mauer zum Zwinger überwunden, kann man ihm von der Wehrmauer aus mit Steinen und Pfeilen das Leben schwermachen.« Meister Bohnsack deutete zu den Zinnen hinauf. »Durch die Zwingermauer kann der Feind dann nicht mehr einfach zurückweichen. So ist schon mancher Sturm gescheitert.«

Helena hörte kaum zu – die Schreie zogen sie in den Bann. In der Innenburg schrie jemand, als würde man ihn bei lebendigem Leib verbrennen. Es hörte sich entsetzlich an, und frostige Schauer rieselten ihr über Rücken und Arme.

Ein Flügel des Innentors öffnete sich, ein hagerer Mann in Mönchskutte trat heraus. Zwei Bewaffnete begleiteten ihn. Vom Pferderücken aus sprach Ansgar mit dem Mönch. Helena und ihr Vater kletterten vom Kutschbock und gingen zu ihnen. »Gütiger Gott!«, entfuhr es Meister Bohnsack. »Wer schreit denn da so erbärmlich bei Euch, ehrwürdiger Pater?«

»Ein Wahnsinniger.« Der Mönch winkte ab. »Ein Wahnsinniger, den ein Dämon plagt. Kümmert Euch nicht um ihn. Wer seid Ihr?« Noch einmal nannten Ansgar und der Vater Namen, Herkunft und Ziel und baten um Quartier. Das Geschrei schnürte Helena das Herz zusammen. Rasselnder Lärm mischte sich hinein, gerade so, als würde jemand Ketten gegen Steine schlagen.

Der Mönch – er stellte sich als Burgkanzler und Priester vor – bedeutete ihnen, ihm und den Bewaffneten in den Burghof zu folgen. Schneehäuflein hatten sich auf seiner Kapuze und seinen Schultern gesammelt; sein hohlwangiges, fahles Gesicht erinnerte Helena an einen kranken Falken. Der Schnee knirschte unter ihren Fußsohlen. Pater Rochus schritt schweigend an ihrer Seite.

Trotz des heftigen Schneefalls hielten sich viele Menschen

im Burghof auf. Zwei schneebedeckte Stapel Steinblöcke erhoben sich neben einer Baustelle. Unweit des Brunnenhauses lag etwas im Schnee, das Helena auf den ersten Blick nicht erkennen konnte. Männer und Frauen gestikulierten dort, und einer mit einem Schwert auf dem Rücken stand auf dem Ding, das sich da aus dem Schnee wölbte. Am allgegenwärtigen Geschrei schien sich keiner zu stören.

Helena blickte sich um. Schreie und Kettenlärm drangen aus dem Bergfried. Hinter einem vergitterten Fenster des Untergeschosses erkannte Helena ein Gesicht. Es schwankte hin und her, und Waffenknechte vor dem Bergfried lachten oder brüllten es an.

Der Burgherr begrüßte sie, ein grauhaariger Ritter von stämmiger Gestalt. Selbstverständlich könne der Edelherr von Lund, der Baumeister und seine Tochter bei ihm in der Innenburg übernachten, erklärte er. Und der Hochwürdige Herr Pater selbstverständlich auch. Die Bauleute und ihre Familien jedoch mögen ihr Quartier in der Vorburg nehmen, und wie viele Tiere und Personen denn zur Bauhütte gehörten. Der Vater sagte es ihm, und der Burgherr nannte einen Preis. Auf einmal trieb Ansgar seinen Schimmel an und lenkte ihn zum Bergfried. Pater Rochus folgte ihm zu Fuß.

»Kümmert Euch bloß nicht um diesen Bastard!«, rief ihnen der Burgherr hinterher. »Seine Tage sind gezählt, wenn er nicht gleich aufhört zu schreien!« Dann fuhr er fort, mit dem Vater einen Preis auszuhandeln. Der guckte hilfesuchend zu seiner Tochter.

Doch Helena hörte nicht mehr zu; sie richtete ihre Aufmerksamkeit auf die Männer und Frauen rund um das Ding, das da mitten auf dem Burghof im Schnee lag. Die Leute palaverten aufgebracht und stritten erbittert.

»Dieses Bildnis gehört dem Moritz«, sagte eine junge Frau

mit hellem Haar und rosigem Gesicht. »Niemand wird es zerhauen.« Ein dicker Bauch wölbte sich unter ihrem Mantel.

»Diese Statue ist ein wendisches Götzenbild!« Der in der Mönchskutte stelzte zu den Streithähnen. »Ein grauenvolles Ding wie dieses duldet Gott nicht in dieser Burg! Und der Herr Hugo auch nicht! An die Arbeit!« Er deutete auf die Statue. »Zerschlagt es!«

Zwei Männer gingen vor dem Bildnis in die Hocke. Steinmetze, vermutete Helena, denn sie hatten Klöpfel, Meißel und Eisenkeile. »Dann müsst ihr auch mich zerschlagen!« Die schwangere Frau stieß erst den Ritter mit dem Langschwert von der Statue und dann den älteren der Steinmetze in den Schnee. »Na? Traut ihr Euch?« Sie setzte sich auf die Statue. »Los, schlagt doch zu, ihr Tellerlecker!«

Helena bewunderte den Mut der Frau – und fürchtete zugleich das Schlimmste für sie und ihr Ungeborenes, denn die meisten Männer hier im Hof kamen ihr grobschlächtig und gefühllos vor. Sie sah sich nach Ansgar um; wenn einer der Schwangeren helfen konnte, dann er. Doch der dänische Ritter war vor dem Bergfried von seinem Schimmel gestiegen und sprach mit den Wächtern und dem Gefangenen. Pater Rochus stand bei ihm. Der Kettenlärm und das Geschrei hinter dem Gitter verebbten.

Tatsächlich schlug nun der jüngere Steinmetz der Schwangeren ins Gesicht. Sie spuckte nach ihm, doch der Mann packte sie und wollte sie fortzerren. Ein großer, grauer Wolfshund knurrte plötzlich, und die Kette, an der ein hünenhafter Graubart das Tier festhielt, klirrte und straffte sich. Helena erschrak und wich zurück.

Ein junger, kräftiger Mann mit Lederschurz und einem schweren Schmiedehammer in den Fäusten sprang den Steinmetz an. »Hände weg von meinem Weib, du Hundsfott!« Er rammte ihm den Hammerkopf vor die Brust, sodass der Mann rücklings in den Schnee stürzte. Andere Burgmannen packten den jungen Schmied von hinten und hielten ihn fest. Der Ritter mit dem langen Schwert holte aus und schlug ihm die Faust ins Gesicht. Der schwere Hammer prallte auf die Statue, der Schmied ging ächzend in die Knie.

»Wollt ihr wohl aufhören zu streiten?« Der Burgherr selbst griff jetzt ein. Seine donnernde Stimme hallte über den Burghof. »Schämt euch!« Er richtete seinen grimmigen Blick auf die Schwangere. »Und du stehst sofort von diesem Götzenbild auf!«

Auf Knien kroch die Frau zu ihrem Mann. Der stützte sich im Schnee auf und blutete aus Mund und Nase. Der Schnee vor ihm färbte sich rot.

Helena ging zu ihm, bückte sich nach einer Hand voll Schnee und presste sie ihm ins blutende Gesicht. »Steh auf und leg den Kopf in den Nacken«, gebot sie ihm. Der große Kerl gehorchte. Das Schneetreiben ließ nach.

»An die Arbeit, Steinmetze!«, befahl der Burgherr. »Bevor der Schnee dieses Götzenbild zudeckt, will ich an seiner Stelle sechs Steine für meinen Rittersaal hier liegen sehen!«

»Es ist kein Götzenbild, Herr Ritter.« Helenas Vater kniete vor der Statue und fegte mit seinen großen schwieligen Händen den Schnee von ihrem Kopf. »Seht doch diese gütigen Gesichtszüge und dieses kluge, nur angedeutete Lächeln.«

Der Burgherr trat neben Meister Bohnsack; stirnrunzelnd blickte er auf das Gesicht der Statue; ein Frauengesicht, wie jetzt auch Helena erkannte. »Der Kopf ist noch lange nicht fertig, seht nur den Block auf dem Scheitel. Wollte der Bildhauer ihr einen Heiligenschein aufsetzen? Oder eine Krone? Und seht auch die noch unvollendeten Hände!« Der Vater wischte den Schnee von den Armen der Figur. »Nichts Herrisches oder gar Grausames sieht man an ihrer Gestik.«

Meister Bohnsack stand auf, sein Blick wanderte von Gesicht zu Gesicht und richtete sich schließlich auf den Burgherrn. »Nein, Herr Hugo, das ist niemals ein Götzenbild. Eher möchte ich es für ein Bildnis unserer Heiligen Jungfrau Maria halten. Und wie schön es gearbeitet ist! Schade, dass es unvollendet blieb. Wer hat das Bild gehauen?«

Viele kamen näher und beugten sich über die Statue, um sie genauer zu betrachten. Der Burgherr trat von einem Fuß auf den anderen. Schließlich räusperte er sich. »Gleichgültig, wer's gemacht hat, ich will es los sein. Gleichgültig, ob es hübsch oder hässlich ist, es muss weg.«

»Wer hat es denn gemacht, Herr Hugo?« Meister Bohnsack blieb hartnäckig.

Zwei Atemzüge lang sprach niemand ein Wort. Schließlich drehte die Schwangere sich um und deutete zum Bergfried hinüber. »Der Moritz hat's gemacht.«

Aller Blicke flogen nun zum Kerkerfenster im Untergeschoss. Es schneite nur noch wenig, und Helena konnte das Gesicht hinter dem Gitter nun deutlicher erkennen. Es war das Gesicht eines jungen Burschen. Der Ritter Ansgar lenkte inzwischen sein Pferd wieder zur Mitte des Burghofes. Pater Rochus verharrte noch neben dem Kerkerfenster.

»Ich nehme es mit, dann seid Ihr's los«, sagte Meister Bohnsack. »Ich zahle Euch einen Silberpfennig dafür.«

»Vier«, verlangte der Burgherr. Sie einigten sich schließlich auf zwei Pfennige und einen Heller.

»Glaube nicht, dass der armselige Schreihals, den Ihr da in Ketten gelegt habt, seine Statue verkaufen will.« Ansgar stieg vom Pferd. »Er hat sich ja die Seele aus dem Leib gebrüllt vor Angst um sein Steinbild.«

»Der hat nichts zu sagen«, beschied ihm der Burgherr.

»Würde ihn gern freikaufen«, sagte Ansgar. »Ich suche nämlich noch einen Knappen. Und der da im Turm scheint mir ein eifriger Kämpfer zu sein.« Er grinste. »Ich biete Euch fünf Pfennige aus gutem Silber.«

»Nix da!« Helena zuckte zusammen unter der bellenden und näselnden Stimme des Ritters mit dem langen Schwert. »Den hab ich schon gekauft.«

Am nächsten Morgen fiel wieder Schnee. In sein Schaffell und viele Decken gehüllt, stand Moritz am Kerkerfenster und schaute in die weiße Pracht. Er hatte Durst, und sein Rücken brannte. Wenigstens war sein Fieber gesunken.

Seine Mutterstatue hatten Fremde noch am Abend zuvor aus dem Burghof geschafft. Von Monica und Benno wusste er, dass der fremde Baumeister sie gekauft und so vor der Zerstörung bewahrt hatte. Und dass der fremde Ritter vergeblich versucht hatte, ihn freizukaufen.

Die Torwächter hatten dem fremden Ritter und dem schweigenden Mönch von seiner Raserei erzählt und wie viele Menschen er beinahe totgeschlagen hatte. Sie übertrieben mächtig, wollten ihn schlechtmachen vor dem Fremden. Und hatten das Gegenteil erreicht: Der Ritter hatte ihn mit bewundernden Blicken gemustert und freundliche Worte mit ihm gewechselt.

Noch am nächsten und übernächsten Tag und die ganze folgende Woche schneite es. Eines Nachmittags ließen die Turmwächter den fremden Baumeister zu Moritz ins Verließ. »Ich hörte, du stammst von einem Wendenstamm ab«, sagte der Mann, während Benno Moritz den wunden Rücken einölte. »Wo bist du geboren?«

»Irgendwo in den Küstenwäldern an der Ostsee«, antwortete Benno, weil Moritz stumm blieb. »Er weiß es doch selbst nicht, war noch zu klein, als die Spielleute ihn dem Ritter Hugo verkauften.«

Benno erzählte dem Baumeister, was er über Moritz wusste: von seiner Schufterei im Steinbruch, im Wald und auf dem Bau, von dem Werkzeug, das er, Benno, ihm geschmiedet hatte und von der Raserei, die ihn fortriss, wenn manchmal bei Vollmond schlimme Erinnerungen ihn überwältigten.

Der Fremde hörte schweigend zu, und Moritz kam es vor, als würde Benno über einen Fremden sprechen.

»Was sind das für Erinnerungen?«, wollte der Baumeister wissen.

Moritz schwieg, und Benno sagte: »Darüber spricht Moritz nicht. Nie.«

»Von wem hast du die Bildhauerei gelernt, Moritz?«, fragte der Baumeister.

»Von seinem Vater.« Benno legte frische Lappen auf Moritz' Rücken. »Und von Männern, die in Naumburg am neuen Dom arbeiten. Dorthin nahmen sie ihn oft mit zur Messe oder zum Viehmarkt.« Er half Moritz in Hemd und Mantel.

»Sobald der Winter sich fürs Erste ausgetobt hat, werde ich mit meiner Bauhütte nach Magdeburg hinauf ziehen.« Moritz hob den Blick und sah dem Baumeister ins Gesicht. Der hatte listige Augen. »Dort baue ich dem Erzbischof Albrecht seine Kathedrale weiter, und ich brauche Steinmetze und Bildhauer. Willst du mit mir gehen, Moritz?«

Moritz sperrte den Mund auf und brachte kein Wort heraus. Er versuchte zu verstehen, was er da gerade gehört hatte. Es gelang ihm nicht.

»Ich und Monica werden auch mit dem Meister Bohnsack nach Magdeburg gehen.« Ungläubig starrte Moritz den jungen

Schmied an. »Ich habe genug von dem Pack hier in der Burg, und der Meister Bohnsack braucht einen tüchtigen Schmied. Geh einfach mit uns, sag ›ja‹.«

»Was redet ihr?« Moritz hob seine Ketten. »Der Hugo hat mich dem Drecksack mit dem schwarzen Bullenschädel verkauft.«

»Ich weiß.« Der Baumeister nickte und seufzte tief. »Wir kümmern uns darum.« Er drehte sich um und ging zur Kerkertür.

»Und meine Statue verkaufe ich nicht!«, rief Moritz ihm hinterher.

Anfang Dezember fiel eisige Kälte auf das Land. Eiszapfen hingen vom Sturz des Kerkerfensters herab, und eine Eisschicht bedeckte die Wand. Moritz fror entsetzlich. Da halfen keine Kienspanflammen in den Mauerfugen und keine Glut in der alten Esse. Er wickelte sich in sämtliche Decken, Felle und Mäntel, die Benno und Monica ihm gebracht hatten. Oft sprang er zwischen den Kerkerwänden hin und her, um nicht zu erfrieren.

Eines Tages kam auch jemand von den Leuten der Bauhütte und steckte ihm eine Decke und einen dunklen Wollmantel durch die Gitterstäbe. Eine Frau, fast noch ein Mädchen. Sie heiße Helena, sagte sie. Es war dieselbe Frau, die Bennos Blutung mit Schnee gestillt hatte. Sie fragte ihn nach seiner Mutter, und Moritz wusste nicht, was er antworten sollte.

In der Nacht darauf träumte er von den Augen des Mädchens. Und manchmal, wenn er von Kerkerwand zu Kerkerwand rannte und dabei die Namen der Städte ausrief, die er schon gehört hatte, rief er auch ihren Namen: *Helena*.

Obwohl Moritz ihr nicht geantwortet hatte, kam sie danach öfter ans Kerkerfenster und brachte ihm Brot, Fleisch oder Brei aus dicken Bohnen. Einmal sogar einen Kuchen. Ihr Vater, so sagte sie, könne sich nicht erinnern, jemals einen so frühen und so heftigen Wintereinbruch erlebt zu haben. Auch erzählte sie von ihrer Mutter und von einem Ort, den sie »Maulbronn« nannte. Moritz schaute sie die meiste Zeit nur schweigend an und konnte nicht fassen, dass ein irdisches Wesen solch schöne Augen wie Helena haben konnte. Und solch schöne Gesichtszüge, und solch eine schöne Gestalt.

Nur einmal brachte er vier Worte über die Lippen. Als sie ihm sagte, wie gut ihr sein Bildnis gefiel und dass es in Meister Bohnsacks Wagen in Sicherheit läge. »Es ist meine Mutter«, sagte er da.

Als es Tage später wieder schneite, liefen einige Burgleute auf den Burghof und bewarfen einander mit Schneebällen. Auch Helena und der blonde Ritter waren unter den jungen Männern und Frauen. Moritz stand am Kerkerfenster und schaute ihnen sehnsüchtig zu. Die Schneeballschlacht artete bald zu einer wilden Balgerei aus, bei der sich alle gegen den Ritter aus Dänemark verschworen – alle außer Helena.

Sie und der Ritter halfen einander aus dem Schnee, wenn sie gestürzt waren, sie verteidigten einander gegen die anderen, sie standen Rücken an Rücken und schleuderten Schneebälle oder traten Schneebretter nach ihren Gegnern.

Bis ein großer Brocken Schnee Helena im Gesicht traf und sie aufschrie. Schlagartig hörte die Balgerei auf. Der Ritter zog ein Tuch aus seinem weißen Pelzmantel und wischte Helena den Schnee aus dem Gesicht. Dabei legte er den Arm um ihre Schulter und hielt sie fest.

Moritz beobachtete die beiden, und ein Stich ging ihm durch Brust und Bauch. Er staunte über sich selbst, denn nie zuvor hatte er gefühlt, was er in diesem Augenblick fühlte. Er hatte keinen Namen dafür.

Genau wie den wendischen Satansbraten hielt der strenge Winter auch den Baumeister und seine Bauhütte viele Wochen lang in der Rudelsburg fest. Erst kurz vor dem Christfest wehte ein wärmerer Wind, und der Schnee begann zu tauen.

»Die Bauhütte rüstet zum Aufbruch«, erzählte Benno, als er eines Abends heißen Wein und Käse brachte. »Bevor im Januar die nächsten Frosttage kommen, will Meister Bohnsack in Magdeburg sein.« Moritz schaute ihn an und dachte erst an den wendischen Ritter und dann an die Worte des Baumeisters. Benno nickte ihm zu. »Wir tun, was wir können.«

Schon am nächsten Morgen ließ der Burgherr Moritz aus dem Kerker holen. In der Schmiede nahm Nikolaus ihm die Ketten ab, danach fesselte ihn einer der Knappen des wendischen Ritters mit Zaumzeug und band ihn an sein Pferd.

Monica weinte, als sie ihm Lebewohl sagte. »Ich bete für dich«, flüsterte sie ihm zu. »Gott wird dich segnen, und du wirst der Sklaverei entkommen, ich fühle es. Glaube mir.«

Moritz glaubte gar nichts mehr. Er sah Benno ins Gesicht und fühlte eine große Bitterkeit in sich aufsteigen. Benno sagte kein einziges Wort; er starrte ihn nur an, als hätte er Zahnweh oder als müsste er ein schreckliches Geheimnis vor ihm verbergen.

Der wendische Ritter stieg auf sein Pferd und ritt als Erster zum Tor, seine sechs Waffenknechte und Knappen folgten ihm. Moritz war ans letzte Pferd gefesselt.

Der Ritter Hugo und seine Frau waren nicht in den Burghof gekommen, um ihn zu verabschieden. Auch der Burgmarschall, der Kanzler und der Erste Steinmetz nicht. Die anderen aber standen auf der Mauer oder auf der Treppe zum Palas und glotzten: der Bodo, der Joseph, der Ochsentreiber, der

Schweinehirt, die Steinmetze, der Falkner, die Wächter und Waffenknechte. Keiner winkte, keiner sagte ihm ein gutes Wort. Moritz schaute ihnen trotzig in die Gesichter, als er an ihnen vorbeiging. Und zeigte ihnen keine einzige Träne.

Am Innentor standen der Ritter Ansgar und Helena. Und bei ihnen der fremde Mönch. Obwohl Moritz wusste, dass er ihnen nie wieder begegnen würde, gefiel es ihm nicht, sie so dicht beieinanderstehen zu sehen. Die Miene des Ritters war hart. Die Tochter des Baumeisters hob die Rechte und winkte ihm zu. Der Mönch bewegte stumm die Lippen. Moritz schaute sich nicht um, als er hörte, wie das Innentor hinter ihm zufiel.

Moritz stapfte neben dem Pferd des wendischen Knappen durch den Schneematsch in der Vorburg und dann über die Zugbrücke. Auf dem Weg hinab zur Saale fielen die Reiter in einen leichten Trab, Moritz musste rennen.

In der Flussböschung und an den Wegrändern lag noch Schnee. Moritz fühlte nichts mehr, gar nichts. Der Gedanke, sich noch einmal nach der Burg umzuschauen, lag ihm fern.

Die wendischen Reiter nahmen den Weg nach Naumburg. Von dort, so wusste Moritz von Monica, wollten sie über Leipzig und Wittenberg nach Norden zur Ostsee hinauf. Moritz hoffte, dass in Naumburg ihn niemand, der ihn kannte, so sehen würde: gefesselt und der Willkür des verhassten Bullenschädelritters ausgeliefert. Auch fragte er sich, ob er den Laufschritt überhaupt bis Naumburg durchhalten würde. Seine löchrigen Stiefel waren schon vom Schneematsch durchnässt.

Auf halbem Weg blickte der Satansbraten mit dem Silbergehörn sich um. Hörte er Moritz keuchen? Gefiel ihm sein rotes Gesicht? Oder überkam ihn wie aus dem Nichts die Lust, ihn zu quälen? Jedenfalls lenkte er sein Pferd zu Moritz und trat ihm in den Rücken. »Schneller!«, krähte er und trat noch einmal zu. »Schneller, du stinkender Hurenbalg!« Moritz schrie vor Schmerzen.

Niemand in Naumburg erkannte ihn. Sie übernachteten in einem Weiler im Norden der Stadt. In einem Kuhstall sank Moritz ins stinkende Stroh – frierend, mit schmerzenden Füßen und Beinen und völlig erschöpft.

Am Mittag des nächsten Tages kamen sie durch einen Buchenwald. Moritz spürte seine Beine kaum noch. Kurz bevor der Weg nach Leipzig aus dem Wald herausführte, hielt der wendische Ritter plötzlich sein Pferd an. Auch die anderen Reiter standen still. Moritz lugte zwischen den Tieren hindurch und erkannte die Umrisse eines Pferdes am Waldausgang. Wer immer es war, der darauf saß, er konnte nichts Gutes im Schilde führen, denn sein Pferd stand mitten im Weg und eine Lanze ragte über dem Reiter auf.

Der Ritter mit dem Bullengehörn deutete auf zwei seiner Knappen. »Reitet zu ihm und fragt ihn, was er will.« Die Angesprochenen hieben ihren Tieren die Sporen in die Flanken und galoppierten zum Waldausgang.

Der fremde Reiter wartete. Als die Knappen noch etwa hundert Schritte von ihm entfernt waren, senkte er auf einmal die Lanze, trieb sein Pferd an und beugte sich tief über dessen weiße Mähne. Die beiden Knappen rissen an ihren Zügeln und hielten an.

Niemals zuvor hatte Moritz gesehen, wie ein Pferd in so kurzer Zeit in einen derart rasenden Galopp fiel. Der Boden dröhnte unter donnernden Hufschlägen, Schneematsch und nasses Laub wirbelten auf, und es dauerte kaum drei Atemzüge, bis der fremde Reiter seitlich an den beiden Knappen vorbeiflog. Die brachten kaum ihr Schwert aus den Scheiden.

Einen stach der Angreifer im Vorüberpreschen aus dem Sattel, und ohne sich auch nur umzusehen, galoppierte er weiter. Rasend schnell kam er näher. Moritz bekam es mit der Angst zu tun.

»Greift ihn euch!« Mit herrischer Geste winkte der wendische Ritter seine anderen vier Waffenknechte an sich vorbei, doch ehe die ihre Pferde antreiben konnten, stürzte einer von ihnen röchelnd zu Boden. Ein Pfeil steckte in seinem Hals. Der schwarze Bullenkopf riss sein Langschwert aus der Rückenscheide und fluchte.

Wie eine Orkanböe fuhr der Angreifer unter die Wenden. Der Bullenschädel versuchte noch, ihm auszuweichen und die Lanze mit dem Schwert abzuwehren, doch sie traf ihn mit voller Wucht an der ungepanzerten Hüfte und schleuderte ihn vom Pferd.

Etwas abseits brach ein zweiter Reiter mit blank gezogener Klinge aus dem Wald und griff den Knappen an, der dem Angreifer entgegengeritten war. Ein Dritter preschte plötzlich von hinten heran, schwang einen Schmiedehammer und schlug ihn jenem Wenden in den Nacken, an dessen Pferd Moritz gefesselt war.

Wie eine schwarze Binde fiel es Moritz von den Augen: Benno! Und der auf dem weißen Pferd war der dänische Ritter Ansgar! Und sein Knappe Lothar schlug vorn am Waldausgang auf den einzelnen Wenden ein.

Männer stöhnten, Klingen klirrten, Körper schlugen auf dem matschigen Weg auf, und dann stand auf einmal Benno neben Moritz und zerschnitt den Lederzügel, mit dem er gefesselt war. Ohne nachzudenken, ohne auch nur einen Wimpernschlag lang zu zögern, stürzte Moritz sich auf den wendischen Ritter, auf den Deuter, auf die Ziegenbockstimme.

Der wälzte sich stöhnend in einem Schneehaufen. Schon färbte der Schnee sich rot von seinem Blut. Moritz schlug dem

Verwundeten ins Gesicht. »Wohin hast du meine Mutter verschleppt!« Wieder und wieder schlug er zu. »Was hast du mit ihr gemacht, du verdammter Drecksack!?« Seine drei Retter standen tatenlos dabei und sahen zu.

Der Ritter blutete schon aus Mund und Nase, da drosch Moritz immer noch auf ihn ein. »Vor zwölf Jahren! Im Burgwall! Am großen See bei Schwerin!« Er schlang ihm das Zügelstück um den Hals, das noch an seiner Hand hing, und zog zu. »Wo ist sie?!« Er würgte den Mann, bis der ganz blau im Gesicht wurde. Er würgte ihn mit all seiner Kraft. Er würgte ihn, bis er erschlaffte und starb.

Danach wälzte Moritz sich von dem Toten in den Matsch. Sein Atem ging keuchend, er bebte am ganzen Körper. Die anderen drei versammelten sich um ihn und blickten auf ihn herunter. Die Schwertklingen von Ansgar und seinem Knappen waren blutverschmiert. »Du hast ihn gekannt?«, fragte Benno. Moritz schloss die Augen.

»Es ist vorbei«, hörte er den Ritter Ansgar irgendwann sagen. »Steh auf, wir gehen.«

Moritz schlug die Augen auf und sah Bennos ausgestreckte Hand. Er griff zu und ließ sich auf die zitternden Beine helfen. »Wohin?«, fragte er.

»Nach Magdeburg«, antwortete Benno.

15
Magdeburg

Magdeburg, Februar 1228

Allzu vertrauter Lärm riss Moritz aus dem Schlaf: Wagenrattern, Peitschenhiebe, fluchende Männerstimmen und das blökende Gebrüll eines Ochsen. Erschrocken fuhr er hoch. Brachen sie etwa schon zum Steinbruch auf? Hatte er denn verschlafen? Er hob seine Handgelenke, starrte sie an – keine Ketten? Er blinzelte ins Halbdunkel: glatte Steinwände, ein Strohsack neben dem anderen, Vierkantstützen unter einem flachen Holzdach, Glut in einem steinernen Herd.

Er schüttelte sich, blickte sich ein zweites Mal um, und endlich begriff er, wo er war: nicht in seiner Baracke zwischen Schweinestall und Ochsenverschlag, nicht in Herrn Hugos Kerker, sondern in einer Bauhütte in Magdeburg.

Er schloss die Augen, atmete tief ein und blies die Backen auf. Erleichterung erfüllte seine Brust. Und das Gefühl von Zuversicht und Glück. Wie lange hatte er vergessen, wie sich das anfühlte?

So ging es ihm oft, wenn er aufwachte: Er schreckte hoch und glaubte sich im Kerker des Bergfrieds der Rudelsburg oder in seiner Baracke auf dem Burghof. Und jedes Mal Erleichterung und Glücksgefühle, wenn seine Sinne die neue Umgebung schließlich erfassten und Angst und Schrecken zerstoben wie Dunstschwaden im ersten Morgenlicht.

Moritz stand auf und tastete sich zum einzigen Fenster der großen Schlafkammer; die Strohsäcke der anderen Bauleute waren leer. Er zog das alte Fell beiseite, das als Vorhang diente.

Dahinter verschlossen Bretter die Fensteröffnung. Durch einen Spalt lugte er hinaus. Das Tor in der Stadtmauer stand offen, der Blick auf den Strom war frei. Bis auf eine etwa drei Ruten breite Rinne war die Elbe zwischen dem Ufer und dem Kleinen Werder zugefroren. Am Wasserrad des Mühlenschiffes und am Geländer des Steges, der zu ihm auf den Strom hinausführte, hingen Eiszapfen.

Moritz band seine schwarze Lockenpracht mit einer Lederkordel zusammen und wandte sich dem Herd zu. Vor einem der Zuber dort kniete er nieder, durchstieß die dünne Eisschicht mit der Stirn und wusch sich Gesicht und Hände. Draußen blökten noch immer die Ochsen, knallte noch immer eine Peitsche.

Und Hammerschläge aus der nahen Schmiede hörte Moritz. Benno war schon bei der Arbeit. Immer, wenn sein Hammer einen Atemzug lang Ruhe gab, konnte Moritz das Kind schreien hören. Er schlüpfte in sein neues Wollgewand, stülpte sich die große Mütze über, stieg in seine Stiefel und verließ die Schlafkammer.

Ein Gesicht stand ihm plötzlich vor Augen, ein geliebtes Frauengesicht. Auch das geschah jeden Morgen, wenn ihm die ersten klaren Gedanken gelangen: Er dachte an sie, an Helena. Ein schöner Gedanke. Und zugleich ein schmerzlicher, denn die Tochter des Baumeisters würde niemals an ihn denken.

Er lief vorbei an Werktischen voller Meißel, Klöpfel und unvollendeten Steinblöcken durch die langgezogene Werkstatt zur großen Eingangstür. Alle drei Schritte musste er Holzschablonen von Kapitellen, Säulenzierrat oder Maßwerk ausweichen, die auf dem Boden ausgebreitet waren. Er zog einen Türflügel auf – eisige Kälte schlug ihm entgegen.

Auf dem Klosterweg steckte der Ochsenkarren mit der

nächsten Steinladung in vereistem Schnee fest. Vom Kutschbock aus peitschte ein Steinmetz fluchend auf das Vierergespann ein, die anderen Männer schoben oder zogen. Mönche eilten herbei und halfen. Moritz lief aus der Bauhütte und packte mit an.

Bauhütte – so nannte man sowohl die Mannschaft eines Baumeisters als auch die Baracken, in denen sie arbeitete, wenn es auf der Baustelle zu kalt oder zu nass war. Zu Zeiten des Meisters Bohnsack lagen die Bauhütten der Steinmetze unweit des kleinen Elbhafens am Ostrand der Dombaustelle und zwischen dieser und dem Kloster Unserer Lieben Frauen. Damals gehörte das Kloster den Mönchen des Prämonstratenserordens.

Moritz lief auf dem hartgefrorenen Schnee zum Wagen, drängte sich hinten zwischen die Schiebenden und stemmte sich gegen die Kante der Ladefläche. Das Fuhrwerk machte einen Satz, holperte durch vereiste Schneefurchen und rollte endlich weiter.

Von rechts und links trafen Moritz staunende und bewundernde Blicke. »Wenn wir unseren wilden Samson nicht hätten«, sagte Jacques. Der Bildhauer aus dem Königreich Frankreich grinste und klopfte dem acht Jahre jüngeren Moritz auf die Schulter.

Samson nannten sie ihn, seit er am zweiten Tag des Christfestes einen durchgegangenen Ochsen bei den Hörnern gepackt und in den Schnee gerissen hatte. *Wilder Samson*, seit er am Drei-Königs-Fest zwei betrunkene Knappen des Burgvogtes verprügelt hatte. Die hatten Moritz einen *dreckigen Wendenarsch* genannt.

Samson hatte ein überaus starker Mann geheißen, von dem die Bibel erzählte. Das wusste Moritz von Helena. Allerdings war es das lange Haar gewesen, das dem biblischen Samson rätselhafte Kräfte verlieh. Seine Geliebte schnitt es ihm ab, während er schlief, und Samson verlor mit dem Haar auch seine Kraft.

Sie luden die steinernen Blöcke und Balken vom Wagen und trugen sie in die Bauhütte. Im Winter wurden darin die Schmucksteine behauen, die man im Frühjahr verbauen wollte.

Auf jeder Schulter trug Moritz einen Steinbalken zu einer langen Werkbank, wo er mit einem erfahrenen Steinmetz an einem Maßwerk für ein Spitzbogenfenster arbeitete. Er war stolz darauf, dass Meister Bohnsack ihm diese Arbeit zugeteilt hatte.

Behutsam setzte er die Steine neben der Schablone für das Fenster des Nordostturmes ab. In seinen Eingeweiden wühlte der Hunger. Durch den langen, harten Winter waren die Vorräte knapp geworden in Magdeburg. Man musste froh sein, wenn man wenigstens eine Mahlzeit am Tag bekam.

Moritz richtete sich vor seiner verhüllten Mutterstatue auf. Zwischen erst grob behauenen Kämpfern und unvollendeten Kapitellen ragte sie vor der Wand auf. Meister Bohnsack hatte ihm das Bildnis gegen das Versprechen zurückgegeben, es im neuen Dom aufstellen zu dürfen. Das Lehmmodell hatte der Erste Steinmetz des Ritters Hugo zerstört. Die Erinnerung an ihn fühlte sich bitter an.

Moritz hob das schmutzige Leinen und betrachtete die Hände der Statue. Seit dem Christfest hatte er an ihnen gearbeitet. Wunderschöne Hände hatte er seiner Mutter aus dem Stein gehauen. In die Linke wollte er ihr sein Kinderwerkstück geben, das steinerne Familienkreuz. Was er ihr in die nach oben geöffnete Rechte legen würde, wusste er noch nicht. Er ließ das Tuch sinken, wandte sich ab und lief nach draußen zum noch halb vollen Fuhrwerk.

Schnell räumten sie die Ladefläche leer. Während die anderen danach an die Arbeit gingen, stapfte Moritz hinüber zur Schmiede. Der Hunger trieb ihn – Benno und Lothar waren am Vorabend auf der Jagd gewesen. Drüben, am Ostufer der Elbe. Das war verboten, doch die Waffenknechte des Burggrafen und des Erzbischofs schauten nicht so genau hin in Zeiten großen Mangels.

In der Schmiede war es warm. Eine Zeitlang sah Moritz seinem Freund Benno bei der Arbeit zu. Der hämmerte auf seinem Amboss ein glühendes Sägeblatt zurecht. Benno, der Schmied, und einige Steinmetze und Zimmerleute Meister Bohnsacks arbeiteten über den Winter auch für die Mönche und ihre Kirche. Seit die Brandruine des alten Doms abgerissen worden war, diente die Liebfrauenkirche als Ersatz für eine Bischofskirche. Die Umbauarbeiten darin näherten sich ihrem Ende, doch immer noch brauchten die Bauleute ständig neues Werkzeug. Benno schmiedete es ihnen.

Neben dem Wassertrog lehnten zwei eiserne Scheiben. Jede durchmaß eine Elle und hatte in der Mitte eine daumenbreite, viereckige Öffnung. »Wozu sind die gut?«, wollte Moritz wissen.

»In der Dombaustelle brauchen sie einen neuen Hebearm für den Trommelkran. Das Tretrad tut's noch, doch dem alten Kran trauen die Maurer nicht mehr recht. Ist aus schlechtem Holz und schon zwanzig Jahre in Betrieb.« Benno deutete auf die Scheiben. »Verstreiche eine dicke Schicht Fett auf ihr, lege sie übereinander und setze den Mastbalken mit einem starken Stift durch ihre Öffnung in das Podest, dann sind die Scheiben gegeneinander drehbar und du kannst den Hebearm mit dem Flaschenzug schwenken.«

Moritz versuchte sich vorzustellen, was sein Freund ihm da beschrieb. Das gelang ihm kaum, denn aus der Tür, die ins

Innere des kleinen Hauses führte, duftete es nach gebratenem Fleisch, und das Wasser lief ihm im Mund zusammen. Benno nahm das fertige Sägeblatt vom Amboss und tauchte es in einen Daubenbottich; es zischte und dampfte mächtig.

Der Schmied grinste, denn er sah Moritz schnüffeln. »Zwei Hasen und drei Tauben haben wir erwischt.«

Er legte den Lederschurz ab und winkte Moritz hinter sich her. Sie gingen in die große Küche der Schmiede. Auch dort war es leidlich warm. Neben der Kinderwiege erhob Lupo sich aus einem Wust von Lumpen, trottete zu Moritz, schnüffelte an ihm und kehrte dann zu seinem Platz zurück.

Moritz begrüßte Monica und warf einen Blick in die Wiege. Das Neugeborene schlief. Sein Gesichtchen sah feist und rosig aus. Benno und Monica hatten ihren ersten Sohn auf den Namen seines Großvaters Nikolaus taufen lassen.

Auf dem Tisch stand eine kleine Schüssel mit ein wenig Gerstenbrei und ein Korb mit ein paar Stücken Brot. Monica stellte eine große Schüssel voller Hasenfleisch dazu. Sie setzten sich, zogen ihre Messer aus den Gurten und stachen zu. Alle aßen mit Heißhunger. Monica überließen sie die fettesten Fleischstücke, schließlich stillte sie. Die Knochen warfen sie dem Wolfshund vor die Wiege.

Es klopfte – Ansgar und Lothar bückten sich durch die Tür. Der Ritter rief einen Segensgruß, sein Knappe nickte stumm. Der Wolfshund sprang auf, knurrte und fletschte die Zähne.

»Lass gut sein, Lupo«, sagte Monica. »Das sind Freunde. Kümmere dich um deine Hasenknochen und gib auf das Kind acht.« Der Hund beschnüffelte die Neuankömmlinge und gehorchte dann.

Die Männer brachten einen Schwall Kälte mit in die Küche. Ansgar legte seinen weißen Pelzmantel ab, Lothar seinen wollenen Umhang. Sie setzten sich und machten sich über Brei und Fleisch her. Benno schenkte Wein aus.

»Ich habe gestern mit dem Burggrafen gesprochen«, erklärte Ansgar. Er und sein Knappe wohnten im Norden Magdeburgs in der Burg des Burggrafen; so nannte man hier den Vogt. »Er will meine Dienste. Und somit werde ich ab dem Sommer ihm und dem Herzog von Sachsen dienen, denn dem und nicht dem Erzbischof ist der Burggraf Burchard untertan.«

»Was du nicht sagst.« Benno leerte seinen Weinbecher. Er war mit Lothar und Ansgar befreundet, seit sie gemeinsam Moritz aus der Gewalt des wendischen Kriegsherrn befreit hatten. »Und warum erst im Sommer?«

»Wie soll ich denn Ritterdienste leisten ohne Rüstung und eine ordentliche Anzahl an Pferden, Waffen und Knappen?« Ansgar tat empört. »Was glaubst du, was das alles kostet? Ich muss zu meinem alten Herrn nach Lund ziehen. Der soll mir die gräfliche Schatulle öffnen und einen Teil meines Erbes auszahlen.«

Moritz horchte auf. Ins Königreich Dänemark wollte Ansgar ziehen? Obwohl er den Ritter liebte, gefiel ihm die Aussicht. Wann immer er nämlich Helena begegnete, wurde sie von dem blonden Ritter begleitet. Wie man sich unter den Bauleuten erzählte, dichtete Ansgar in letzter Zeit sogar Lieder für Helena und trug sie ihr dann zur Laute vor. Schon, wenn er daran dachte, schnürte es Moritz das Herz zusammen. Je weiter weg Ansgar ritt, desto besser.

»Du hast doch einen Knappen, und Waffen schmiede ich dir.« Benno zielte mit einem Knochen und traf Lupo an der Schnauze. Monica schimpfte und boxte ihn gegen die Schulter.

»Und wovon bezahle ich sie?« Ansgar wischte sich die Finger am Brot ab und nahm Lothar den Weinbecher aus der

Hand. »Ich habe sogar zwei Knappen, brauche aber mindestens drei, wenn ich dem Burchard würdige Kriegsdienste leisten will.«

»Er kann nie genug kriegen«, murmelte Lothar, »gleichgültig, wovon.« Ansgar hob die Hand wie zum Schlag, und Lothar zog den Kopf ein.

»Zwei?« Monica nahm ihren Holzlöffel aus der Breischüssel und runzelte die Stirn. »Ich sehe nur einen.« Mit dem Löffel deutete sie auf den grinsenden Lothar. »Du hast noch einen zweiten gefunden? Wer ist es?«

»Er sitzt neben dir.« Ansgar streckte den Becher in Moritz' Richtung aus. »Stoß mit mir an, wilder Samson!« Moritz hob den Becher und gehorchte, obwohl er nicht recht wusste, worum es ging. Seine Aufmerksamkeit hing ganz und gar am Hasenbraten.

»Du wirst mir ein guter Knappe sein, nicht wahr?« Moritz antwortete nicht. Es machte ihn stolz, dass Ansgar ihm zutraute, es bis in den Ritterstand zu bringen. Doch sein Herz wollte woandershin.

»Wie gern hätte ich dich schon mit auf die Reise nach Lund genommen.« Das Schmunzeln auf Ansgars Zügen wich einem Ausdruck des Bedauerns. »Doch der Meister Bohnsack ist dagegen. Er will dich um jeden Preis an der Werkbank und auf der Baustelle sehen. Und da ich um sein hübsches Töchterchen werbe, muss ich mich wohl fügen.« Er lächelte halb spöttisch, halb wehmütig und trank.

In diesem Augenblick mochte Moritz ihn nicht. »Wann brichst du auf?« Nur das wollte er jetzt von ihm wissen.

»Sobald die Schneeschmelze einsetzt.«

»Das kann noch dauern heuer«, sagte Benno, und Moritz, der sich schon auf einen baldigen Abschied eingestellt hatte, dachte: *Schade.*

Danach arbeitete er stundenlang wie im Rausch, sogar Hunger und Durst vergaß er. Unter seinem Meißel entstand ein Ornamentbogen für das Maßwerk des Turmfensters. Glücksgefühle perlten durch seinen Körper, als er das gerundete Steinstück von der Werkbank hob und in den Händen hielt. Und Stolz schwellte seine Brust, als der alte Steinmetz, der ihn anleitete, ihn für seine Arbeit lobte.

Lob? So etwas kannte Moritz noch nicht.

Am späten Nachmittag forderte Meister Bohnsack ihn auf, ihn zur Dombaustelle zu begleiten. »Der Erzbischof und der Dompropst erwarten mich.«

Auch Jacques, Pater Rochus, Benno und drei Handwerksmeister machten sich mit ihm auf den Weg. Und Helena. Stumm vor Glück stapfte Moritz neben ihr her durch den Schnee. Kein blonder Ritter machte ihm den Platz an ihrer Seite streitig. Ein schöner Lohn für das Tagewerk in der Bauhütte.

Bis auf Pater Rochus und Meister Bohnsack trugen alle lange dunkle Wollmäntel mit Kapuzen. Der Baumeister hatte sich in einen braunen Pelzmantel gehüllt. Helenas Mantel war mit schwarzem Pelz gesäumt und dunkelrot. *Wie schön sie darin aussieht*, dachte Moritz.

Sie nahmen einen Umweg über das Liebfrauenkloster und den Marktplatz. In der Klosterkirche begutachtete Meister Bohnsack den Stand der Umbauarbeiten, in den Handwerks- und Kontorstuben rund um den Marktplatz fragte er nach einem Händler, der ihm Stifte und ein neues Skizzenbuch besorgen konnte.

Auf dem Marktplatz selbst hielten nur noch drei Händler der Kälte stand. Einer verkaufte im Auftrag des Burggrafen Wildbret an die hungernden Magdeburger, ein Zweiter verkaufte Fische, und auf den vier Wagen des Dritten häufte sich Brennholz. Vor allen Wagen standen die Magdeburger Schlange.

»Diese Stadt macht mich noch schwindlig mit ihren vielen Gassen, Wegen, Häusern und Menschen«, sagte Helena. »Sie ist bald zwanzig Mal so groß wie Vaihingen oder Knittlingen.« Schweigend sah Moritz ihr ins schöne Gesicht. Er fand sie bleicher und hohlwangiger als noch an ihrem Geburtstag im Monat zuvor. Hoffentlich war sie nicht krank. Allein der Gedanke machte ihm Angst.

»Fünfzehntausend Menschen sollen hier wohnen!«, rief Helena. »Kannst du das glauben?«

Moritz überwand seine Scheu vor der schönen Jungfrau und rang sich ein paar Worte ab. »So viele Menschen kann ich mir nicht einmal vorstellen«, sagte er. »Das sind ja zwanzig Mal mehr, als in der Rudelsburg und in ihrer Umgebung leben. Und gut zweihundert Mal mehr als in dem Dorf, in dem ich groß geworden bin.«

»Wie viele Menschen wohnten dort?« Ungläubig runzelte Helena die Stirn.

»Ungefähr siebzig.« Kurz bevor die Sachsen gekommen waren, hatte der Priester sie gezählt und die Zahl dem Vater genannt. Moritz erinnerte sich an so vieles, was kurz davor geschehen war.

Helena musterte ihn von der Seite. »Du kannst ja rechnen«, sagte sie. Heiß stieg es Moritz ins Gesicht; Helenas erstaunten Tonfall nahm er gar nicht wahr.

Im Kontor eines Lagerhauses suchten sie Zuflucht vor der Kälte. Dort sprach Meister Bohnsack mit zwei Kaufleuten. Einer handelte mit sündhaft teuren Tüchern, Ölen und Gewürzen aus Persien und Ägypten, der andere mit Wachs, Talg, Tinte und Wollwaren. »Ich stehe in bester Verbindung mit einem Hamburger Kaufmann«, erklärte der Mann. »Sobald der Schnee schmilzt, sollst du dein Buch und deine Stifte bekommen, Baumeister.«

Meister Bohnsack kaufte ihm zwei Gläser Tinte ab und dem anderen etliche Bogen Papyrus aus Ägypten. Mit den Fingern strich Moritz sanft über den obersten Papyrusbogen und wiederholte im Stillen die fremdartigen Namen: *Persien, Ägypten*. Nie zuvor hatte er von diesen Ländern gehört.

»Wisst ihr schon von dem armen Weib?«, fragte der Kaufmann, der mit Persien und Ägypten Handel trieb, während er Meister Bohnsacks Silberpfennige einstrich. Der zog fragend die Brauen hoch. »Man hat es nackt auf dem Elbeis gefunden, zwei Wegstunden stromabwärts.« Er fuhr sich mit der Handkante über die Kehle.

»Armes Weib?« Der Kaufmann, der mit Hamburg Handel trieb, runzelte unwillig die Stirn. »Eine schmutzige Hure! Die Strafe Gottes hat sie getroffen.« Er bekreuzigte sich.

Meister Bohnsack schickte seine Tochter mit Pater Rochus zum Fischhändler auf den Marktplatz. Der Mönch trug einen leeren Korb mit sich. Moritz mochte sich nicht von Helena trennen und stellte sich mit ihr in die Schlange der Wartenden. Die Leute um sie herum, meist Frauen, zerrissen sich im Flüsterton die Mäuler über die stadtbekannte Magdeburger Hure, der ein Mörder die Kehle durchgeschnitten hatte. In allen Gesichtern las Moritz Angst, und Helena zog die Schultern hoch und wickelte ihren dunkelroten Wollmantel fester um sich.

Gemeinsam mit dem stets schweigenden Pater Rochus trug Moritz später einen Korb voller gefrorener Aale, Hechte und Barsche den Breiten Weg hinunter und durch das Westtor in das alte Viertel hinein, in dem die Kirchenleute wohnten. Das hieß Domfreiheit – manche nannten es auch Domimmunität – und war durch eine Mauer vom Rest der Stadt getrennt.

Zum Palast des Erzbischofs hatte man einen Weg vom Schnee freigeräumt, auf dem gingen sie zur Dombaustelle. Überall ragten dort von Schnee und Eis bedeckte Steinhaufen, Bretterstapel und Erdhaufen auf. Eiszapfen hingen von Mauervorsprüngen. Der aufkommende Westwind riss ihnen die weißen Atemfahnen von den Lippen. In Helenas kastanienrotem Haar glitzerten Eiskristalle. Moritz betrachtete sie verstohlen. In seinen Augen sahen sie aus wie Edelsteine in einer mit tiefrotem Samt ausgeschlagenen Schatulle.

Am Eingang zur riesigen Baustelle drängten sich viele Männer, Frauen und Kinder. Weit über hundert Magdeburger waren gekommen, um den neuen Baumeister und den Erzbischof zu sehen. Ersterer war noch nicht lange in der Stadt und Letzterer selten.

»Lasst uns durch!«, verlangte Helena mit lauter Stimme. Eine Gasse bildete sich, sie schritten durch die Menge. Die vielen neugierigen Blicke behagten Moritz nicht. Helena kümmerten sie nicht; sie schien nicht einmal zu merken, dass man sie angaffte und über sie tuschelte.

Mit einigen bewaffneten Fackelträgern und drei Männern in »frommen Kostümen« – so nannte Ansgar die Gewänder der Kleriker und Mönche gern – standen Meister Bohnsack und die Bauleute vor dem nördlichen der beiden Osttürme. Sie blickten zum ersten Gesims hinauf. Viel höher als bis dorthin reichten die beiden Türme noch nicht.

Von den geistlichen Herren kannte Moritz bisher nur den Domherrn Dietrich, einen unscheinbaren, freundlichen Grauschopf. Die Namen der anderen beiden flüsterte Helena ihm zu. Sein Herz schlug höher, als sie ihren warmen Atem an sein Ohr hauchte.

»Wir arbeiten bereits am Rahmen des ersten Turmfensters und am Maßwerk seines Spitzbogens.« Meister Bohnsack blickte in das Skizzenbuch, in das er die Fenster und Maßwerke gezeichnet hatte. »Ich denke, wir werden beides einsetzen können, sobald die Maurer das zweite Turmgeschoss hochgezogen haben.« Pater Rochus und Moritz stellten den Korb mit den Fischen ab.

Der Erzbischof wandte sich um und deutete nach Osten auf den bereits vollendeten Chorumgang. »Wir wünschen uns von dir, dass du Uns bald den Hochchor und den oberen Umgang erbaust, Meister, den Bischofsgang.«

Zwei wuchtige, etwa zwanzig Fuß hohe Pfeiler rahmten den Zugang zum Untergeschoss des Chores und überragten ihn um gut drei Fuß. Der Chor war mit Schalungsbrettern abgedeckt, und zwischen den beiden Säulen verdeckte eine Holzwand den Blick hinein.

»Sobald der gesamte Hochchor steht, soll er nämlich geweiht und vor seinem Hochaltar die erste Messe gelesen werden«, sagte der Erzbischof. »Danach sollst du Uns das zweite Chorgeschoss errichten, Meister Bohnsack, den Hochchor mit den Obergadenfenstern.«

»Dann brauchen wir bald einen zweiten Trommelkran«, sagte der Maurermeister.

Benno und der Zimmermeister gingen zum alten Trommelkran, begutachteten das Heberad, den hohen Mastbalken, den Schwenkarm und den eisernen Flaschenzug daran. Benno zog an einer Außensprosse des Rades. Knarrend setzte es sich in Bewegung. »Bis der Frühling kommt, haben meine Leute das neue Rad gebaut«, sagte der Zimmermeister in einem Tonfall, der keinen Zweifel übrigließ. Benno nickte entschlossen.

»Schauen wir uns den Chor an, Meister Bohnsack.« Der

Dompropst Wilbrand stapfte durch den Schnee zu der Holzwand vor dem Chor. Alle folgten, auch Pater Rochus und Moritz mit dem Fischkorb.

Ein Mann von recht bulliger Gestalt tauchte plötzlich neben Helena auf. Die Säume seiner grauen Pelzkappe reichten ihm bis in den Nacken, sein Mantel sah teuer aus und war aus schwarzem Leder und grauem Pelz.

»Ich sehe, dass du frierst«, sagte er, streifte seinen Mantel ab und breitete ihn so vor Helena aus, dass sie nur noch hineinschlüpfen musste. Doch statt es zu tun, stand sie vor ihm und staunte ihm ins breite Gesicht. »Gotthart von Saint Leonard.« Seine wulstigen Lippen verzogen sich zu einem Lächeln. Seine wasserblauen Augen lächelten nicht.

Der Mann tauchte hin und wieder in der Bauhütte auf. Gotthart von Saint Leonard hieß er also. Moritz wusste, dass er ein Bildhauer war und in Paris am Bau der neuen Kathedrale mitgearbeitet hatte; bisher hatte er noch kein Wort mit ihm gewechselt.

»Sehr freundlich von Euch, Herr Gotthart.« Helena lächelte kühl. »Doch mir ist nicht kalt.« Sprach's und ging an ihm vorbei. Moritz, an ihrer Seite, freute sich diebisch.

»Hier soll ein Lettner entstehen«, der Erzbischof deutete zu beiden Seiten der Holzwand. »Er soll dem Chor vorgebaut werden.« Der Dompropst öffnete eine Tür in der Holzwand. Die Fackelträger gingen voran, die anderen folgten. Durch die Fenster in den Kranzkapellen des Chorumganges fiel zwar ein wenig Tageslicht, dennoch herrschte düsteres Zwielicht darin. Die Bewaffneten hoben die Fackeln, und deren Schein riss Säulen, einen Altar, einen Sarkophag und zwei unvollendete Figuren aus dem Halbdunkel.

Der Erzbischof blieb vor dem Sarkophag stehen. »Hier ruht der große Kaiser Otto.« Der uralte Sarkophag war aus Buntsandstein gehauen und in ein kunstvoll geschmiedetes Gitter eingerahmt. »Wie so vieles haben Wir ihn aus der Brandruine des alten Domes geborgen«, sagte der Erzbischof. »Zum ewigen Andenken des Kaisers Otto und nicht zuletzt auch zu seiner Ehre sollst du Uns die schönste Kathedrale bauen, die das Heilige Römische Reich je gesehen hat, Meister Bohnsack.«

Erzbischof Albrecht wies nach Osten. »Wie du siehst, Baumeister, liegt das Kaisergrab auf einer Linie mit dem Hochaltar und dem Sarkophag der Kaisergattin in der Scheitelkapelle. Der alte Hochaltar ist durch die Flammen beschädigt worden, Wir werden ihn irgendwann ersetzen müssen.«

Moritz trat ein Stück zur Seite, um hinter dem maroden Hochaltar im Chorumgang die Scheitelkapelle mit dem Grab der Königin Edgitha sehen zu können.

»Im Hochaltar verwahren Wir die Reliquien des Heiligen Mauritius, wie ihr alle wisst«, fuhr der Erzbischof fort. »Doch meine neue Kathedrale soll nicht mehr nur allein dem Heiligen Mauritius geweiht sein, sondern auch der Heiligen Katharina. Von beiden wünsche ich mir Statuen.« Er trat neben die beiden steinernen Figuren. »Doch diese hier sind keine Heiligen«, erklärte der Erzbischof Albrecht, »es sind vielmehr die ersten beiden Bildnisse der ›Zehn Jungfrauen‹.« Er blickte in die Runde. »Ihr kennt das Gleichnis?« Weil außer Helena und ihrem Vater nur wenige andere nickten, wandte der Erzbischof sich an den schmächtigen Domherrn. »Bitte erzähle es uns, Bruder Dietrich.«

»Unser Herr Jesus Christus wird bald auf Erden zurückkehren, und bei seiner Wiederkunft wird es sein wie bei einer Hochzeit«, begann der Angesprochene. Und während er von einem Bräutigam erzählte, der sich verspätete und von seinen zehn Bräuten, die mit brennenden Öllampen bis in die Nacht hinein auf ihn warteten, beobachtete Moritz den französischen Bildhauer.

Der warf heimliche Blicke auf Helena, musterte ihre Gestalt und ihr Gesicht; Blicke, die Moritz nicht gefielen. Durch ein Lächeln versuchte er sogar, Helenas Blick auf sich zu lenken. Doch die schien ganz an den Lippen des kleinen Domherrn zu hängen. Erst als Gotthart von Saint Leonard merkte, dass Moritz ihn beobachtete, richtete auch er seine Aufmerksamkeit auf Dietrich von Dobin.

»Die Lampen von fünf Jungfrauen erloschen«, erzählte der, »denn sie waren so töricht gewesen, nicht genügend Ölvorrat mit zur Hochzeit zu nehmen. Die Klugen Jungfrauen aber, deren Lampen noch brannten, weil sie genug Öl dabeihatten, gingen mit dem Bräutigam ins Hochzeitsgemach, als er endlich kam. Die anderen fünf mussten draußen bleiben.«

Moritz trat näher zu den beiden Statuen. Sie waren etwa so groß wie halbwüchsige Mädchen. Neugierig studierte er jede Einzelheit. Ihre Arme und die Falten ihrer Kleider waren bereits fertig, und bei einer Figur erkannte man schon die Öllampe. Auch das lange und kunstvoll gewellte Haar und die Stirnreifen waren bereits zu erkennen. Nur darunter, wo die Gesichter sein sollten, wölbte sich noch unbehauener, grober Stein.

»Der Bräutigam ist Christus«, schloss der Domherr, »die Jungfrauen die Kirche, und das Öl ist der Glaube. Wem er erlischt, bis zur Wiederkunft des Herrn, dem wird die Tür zum Himmel verschlossen bleiben.«

Benno schob sich an Moritz' Seite. »Ich verstehe nicht, dass einer zehn Frauen auf einmal heiraten will«, flüsterte er und feixte.

Plötzlich glaubte Moritz, von irgendwoher eine Frauenstimme murmeln zu hören. Er lauschte nach allen Seiten. Die

Stimme schien aus dem Chorumgang zu kommen. Auch Helena und einige Bauleute wurden nun aufmerksam.

»Der edle Herr Gotthart von Saint Leonard erschafft uns die zehn Skulpturen«, fuhr der Erzbischof fort. »Er arbeitet noch an der Zeichnung für die Gesichter.« Der Kirchenfürst deutete zur Holzwand. »Folgen wir Hochwürden Dietrichs Plan, dann sollen die fünf Törichten Jungfrauen einst die linke Seite des Lettners schmücken.« Ein Lettner, das hatte Moritz von Meister Bohnsack gelernt, trennte das einfache Volk vom Chor und den geistlichen Herren darin. »Und die fünf Klugen Jungfrauen seine rechte Seite. Wir allerdings sähen sie lieber über dem Prachtportal im Westen, durch das man diese Kathedrale einst betreten wird. Bis zur Wiederkunft unseres Herrn Jesus Christus sollen sie dort jeden Eintretenden ermahnen, einen brennenden Glauben in seinem Herzen zu bewahren.«

Alle hörten nun die Stimme. Köpfe fuhren herum. Zwischen den Arkaden des Chorumgangs sah Moritz eine Frau vorübergehen. Sie sprach mit jemandem, doch mit wem? Moritz sah nur sie.

»Du schon wieder?«, rief der Dompropst Wilbrand, als die Frau unter dem nächsten Arkadenbogen auftauchte. »Wer hat dir gestattet, durch den Chor zu spazieren?« Die Frau blieb stehen und sah herüber. Sie trug einen schwarzen Mantel über einem hellen Leinengewand. Eine Kapuze bedeckte ihr strohblondes Haar.

»Ich, Bruder Wilbrand«, sagte der kleine Domherr Dietrich.

»Du?« Wilbrand war sichtlich überrascht und suchte nach Worten.

»Mechthild ist eine Verwandte von mir, ich versorge sie und schicke sie zur Domschule.«

»Ich bitte dich, Bruder Dietrich!« Der Dompropst wurde

ganz rot im Gesicht. »Sie gehört in ein Siechenhaus! Hörst du nicht, wie sie mit sich selbst spricht? Sie ist geisteskrank!«

»Mechthild spricht mit Gott, Bruder Dompropst«, entgegnete Dietrich von Dobin. »Und sie ist mitnichten geisteskrank – sie ist von Gott begeistert.«

»Was sagst du da?« Der Dompropst schnitt eine Miene, als hätte man ihn aufgefordert, einer Kröte den Kopf abzubeißen.

»Lass sie doch gewähren, Bruder.« Der Erzbischof schlug einen beschwichtigenden Ton an. »Sie ist fromm und tut niemandem etwas zuleide.« Er wandte sich den Arkaden zu und winkte. »Lasst uns Meister Bohnsack unseren herrlichen Chorumgang zeigen.«

Erst folgten ihm alle, dann blieben plötzlich alle wieder stehen – am Hochaltar kam ihnen die Frau namens Mechthild entgegen. Ihre blasse Miene wirkte erschrocken, ihre Augen groß. Weil sie immer weiterlief, machten die Männer in der ersten Reihe ihr Platz. Erst vor dem Bildhauer Gotthart blieb sie stehen.

Der merkte es zunächst gar nicht, weil er schon wieder Helena anstarrte, doch als er es merkte, runzelte er zornig die Stirn und trat einen Schritt zurück.

Die Frau namens Mechthild schritt an Gotthart vorbei und blieb vor Helena stehen. Murmelnd bewegte sie die Lippen. Dann trat sie vor Pater Rochus, dann vor Moritz. Ihre schmale Gestalt schien auf seltsame Weise stark und zerbrechlich zugleich zu sein. Moritz sah, dass unzählige Sommersprossen ihr bleiches Gesicht bedeckten. Der Blick ihrer hellgrünen Augen brannte. Schließlich machte sie noch einen Schritt und blieb endlich vor Benno stehen.

Der grinste, doch nicht die Spur eines Lächelns trat in die Züge der Frau, im Gegenteil: Voller Sorge und Mitleid schaute sie Benno an. »Deine Kinder«, flüsterte sie, »deine armen Kinder.« Der Schmied wusste nicht, wie ihm geschah. Ein wenig verlegen blickte er nach allen Seiten.

Die Frau bekreuzigte sich und wandte sich zu den geistlichen Herren um. »Betet für unseren armen Bruder.« Sie drehte sich um und huschte zurück in den Chorumgang.

Dort hörte man sie noch lange murmeln, während der Erzbischof dem Meister Bohnsack voller Stolz die farbigen Kreuzrippengewölbe und die prachtvoll ausgestatteten Kranzkapellen präsentierte.

Später ging Moritz neben einem stummen Benno nach Hause. Die Begegnung mit der Geisteskranken hatte den Schmied verstört. Manchmal, wenn Moritz einen Blick zur Seite tat, sah er seinen Freund auf der Unterlippe herumkauen. Zum Abschied umarmten sie einander wortlos.

Moritz schlief schlecht in dieser Nacht. Der geile Blick des französischen Bildhauers wollte ihm nicht aus dem Sinn. Und das schöne Gesicht Helenas sowieso nicht.

Früh am nächsten Morgen stand er auf, entzündete zwei Talglampen auf seiner Werkbank und begann das geliebte Gesicht zu zeichnen.

16

Sieh hin

Magdeburg, März 1228

In der ersten Abenddämmerung passte sie die Männer ab, als die aus der großen Schänke in der Ledergasse traten. Sie waren zu viert. Vor dem Eingang stellte sie sich ihnen in den Weg. »Ich habe dir etwas zu sagen, Gotthart.« Mechthild sprach nicht besonders laut, aber mit fester Stimme. Nur den Bildhauer ging ihre Botschaft etwas an. Und seinen Kammerdiener. »Und Dir auch, Hubertus.«

Der große Kerl runzelte die Stirn und guckte mürrisch auf sie herunter. Dann packte er sie an der Schulter, um sie zur Seite zu schieben. Mechthild schlug ihm die Hand weg. »Du hast mich nicht anzufassen!« Der Hüne holte zum Schlag aus.

Mechthild hatte lange auf diesen Augenblick gewartet. Den Winter über war sie den beiden Männern aus dem Weg gegangen. Das war nicht besonders schwer gewesen – tausende von Menschen lebten in Magdeburg. Und wenn der Bildhauer und sein Hüne trotz der Kälte auf der Baustelle waren, hatte sie kehrtgemacht.

Während dieser Monate hatte sie Erkundigungen über die Männer gesammelt. Sie wohnten am Breiten Weg im Haus einer Witwe. Außer seinem grobschlächtigen Diener hatte der Edelmann aus Paris noch einen Pferdeknecht, den er Wastl nannte, und einen Sekretär namens Conrad. Dass der Edelmann ein Bildhauer war und Skulpturen für den neuen Dom schlug, wusste sie vom Herrn Dietrich. Dem hatte sie nichts von dem Vorfall im letzten Herbst erzählt. Mit niemandem hatte sie darüber gesprochen. Nur mit Gott.

»Nicht!« Der Edelmann hielt das Handgelenk seines Dieners fest. »Sie ist krank.« Er schob sich zwischen ihn und Mechthild und musterte sie mit einer Mischung aus Unwillen und Neugier. »Wer bist du, Weib, dass du mir etwas zu sagen haben könntest?«

»Ich wollte es dir schon vor zwei Wochen sagen, als ich dich im Domchor traf. Doch wegen des Erzbischofs ließ ich's bleiben.«

»Wie redest du mit mir?« Aus schmalen Augen musterte der Edelmann sie. »Bist du so krank im Kopf, dass du nicht weißt, was sich gehört?«

»Ich bin von gleichem Stand wie du, Gotthart. Mein Großvater war ein Graf, mein Vater ein Ritter und ein Lehensmann des Herzogs.«

Gotthart von Saint Leonard war nur einen halben Kopf größer als sie selbst. Er hatte hellbraunes, sandfarbenes Haar, das ihm strähnig und lang in Stirn und Nacken hing. An den Schläfen lichtete es sich bereits. Er hatte wulstige Lippen, ein breites Gesicht und die Züge eines Mannes, der leicht zu entflammen war und sich selbst für bedeutend hielt. Seine Nase war sehr groß und seine Augen wässrig blau. Mechthild wusste, dass er siebenundzwanzig Jahre alt war.

»Wer zum Henker schickt dich, Weib?«

»Mein Herr schickt mich«, sagte sie.

»Dein Herr?« Gottharts Lächeln schwankte zwischen Spott und Verachtung.

»Hört seine Botschaft: ›In grellem Licht steht vor mir, was ihr im Dunkeln getan habt, Gotthart und Hubertus. Die Schreie der gequälten Frau sind an mein Ohr gedrungen. Entschädigt sie für die Schmerzen, die sie von euch erleiden musste, das befehle ich euch. Danach geht zu einem Priester und sucht das Sakrament der Beichte und der Buße. Unterlasst ihr auch nur eines davon, so wird euch mein Zorn treffen.‹«

Gotthart erbleichte. Seine Augen wurden schmal, seine Lippen ein Strich. Hubertus hinter ihm feixte – halb verlegen, halb verächtlich. Gottharts Sekretär, der noch auf der Schwelle der Schänke stand, rümpfte die Nase und rief: »Was plappert denn das Weib da? Ist es denn wahnsinnig?«, und sein Pferdeknecht zischte: »Soll ich sie dreschen?«

Da holte Gotthart schon aus, um zuzuschlagen.

Wie aus dem Nichts sprang ein Mann zwischen Mechthild und Gotthart. Der fing dessen Schlag mit dem Arm ab und hielt sein Handgelenk fest. »Ich will nicht, dass du sie schlägst.«

Gotthart stierte den Jüngeren an wie eine Erscheinung. Kräftig und entschlossen wirkte der. Schwarzer Bartflaum, breites Kinn, lange schwarze Locken – er kannte ihn. Von der Baustelle und aus der Bauhütte. Für einige Augenblicke verharrte er wie festgefroren. Schließlich entwand er dem anderen sein Handgelenk. »Was fällt dir ein, Wende?«

Halb zog Mechthild ihren Helfer weg von Gotthart und den Männern hinter ihm, halb schob der sie in die Gasse hinein. Seite an Seite liefen sie dem Breiten Weg zu. Als sie zurückschauten, standen Gotthart und seine Diener noch immer vor der Schänke. Die vier Männer blickten hinter ihnen her.

»Danke.« Mechthild musterte den Mann von der Seite; er war sehr jung, eigentlich noch ein Bursche. Er trug einen dunklen Wollmantel über wollenem Beinkleid. Schwarzer Flaum wucherte ihm um das Kinn und auf den Backen. Er war von großer und ungewöhnlich kräftiger Gestalt. »Dafür wird Gott dich segnen.«

Der Bursche schwieg, schaute wieder hinter sich und streifte sie dann mit einem scheuen Blick. »Du bist kein Magdeburger, nicht wahr?« Seine Augen gefielen Mechthild. »Auch dich habe ich neulich im neuen Chor des Doms gesehen.«

»Ich bin mit der Bauhütte des neuen Baumeisters in die Stadt gekommen«, sagte er. »Ich habe dich gleich wiedererkannt. Vorhin habe ich dich auf dem Markt gesehen. Ich bin dir gefolgt, weil ich dich etwas fragen will.«

»Du gehörst zu den Bauleuten von Meister Bohnsack? Der, der endlich die Kathedrale des Kaisers Otto weiterbauen wird?« Der schwarzhaarige Bursche nickte. »Wie heißt du?«

»Moritz.«

Abrupt blieb sie stehen. Im letzten Tageslicht betrachtete sie seine Züge, seine Augen, seine Haltung. »Du hast einen langen Weg hinter dir.« Er reagierte nicht, senkte scheu den Kopf. »Wie vor langer Zeit den Moses, so hat man auch dich dem Tod entrissen.«

Er hob den Blick und schaute ihr ins Gesicht. Beinahe kam es ihr vor, als belauerte er sie. »Wer bist du?« Seine Stimme klang jetzt heiserer als zuvor.

»Ich bin Mechthild, die Freundin Gottes. Und du hast einen Namensvetter hier in der Stadt.« Mechthild berührte seine Hand. »Komm mit, ich zeig ihn dir.« Tatsächlich ging er mit ihr. »Was willst du mich fragen?«

»Warum hast du den Benno so mitleidig angesehen?«

»Den Schmied? Habe ich das?«

»Warum hast du die geistlichen Herren aufgefordert, für ihn zu beten?«

»Gott weiß es, das genügt.«

Er fragte nicht weiter nach. Seite an Seite liefen sie den Breiten Weg hinunter. Der Schnee schmolz, sie wichen Matschkuhlen und breiten Pfützen aus. Das Westtor zur Domfreiheit stand noch offen. Die Wächter kannten Mechthild und grüßten sie freundlich. Sie überquerten den Domplatz. Vor dem Palast des Erzbischofs bogen sie in die Dombaustelle ab. Plaudernde Zimmerleute auf dem Nachhauseweg kamen ihnen entgegen; ein Steinmetz schob eine Schubkarre voller Werkzeug aus der Baustelle; in den Fundamentgräben arbeiteten sie noch.

»Der Gotthart hat dich ›Wende‹ genannt.«

»Ich bin einer.«

»Bist du getauft?«

Über das Gesicht des jungen Mannes huschte ein Schatten. Schließlich nickte er. Dann blieb er stehen und blickte sich um. Noch war es hell genug, um in den Mauern die Fugen zwischen den Steinblöcken erkennen zu können. Die letzten Maurer kletterten aus dem Neubau des Südturms; in einer Pfütze davor wuschen sie ihre Kellen.

»Mein Namensvetter wohnt zwischen Steinstapeln, Erdhaufen und unverputzten Mauern?« Moritz musterte sie von der Seite und runzelte die Stirn. »Das glaube ich nicht.«

»Warte nur ab.« Sie zog ihn in den Chorumgang und dann in die mittlere Kranzkapelle, die Scheitelkapelle. Dort ließ Mechthild sich neben einem Sarkophag auf dem Boden nieder. »Das ist der Sarg der Königin Edgitha«, sagte sie. »Der Kaiser Otto hat ihr Magdeburg als Morgengabe geschenkt, so lieb hat er sie gehabt.«

»Jemand verschenkt eine Stadt?« Moritz runzelte ungläubig die Stirn.

»Alles, was in der Stadt und ihrer Umgebung an Korn, Tieren und Silber eingenommen werden konnte – das ist gemeint. Als Edgitha starb, hat er sehr getrauert. Sie war ja noch so jung.

Er hat sie erst im Mauritius-Kloster und später in seinem Dom beerdigen lassen.« Mechthild deutete zum Kaisersarkophag im Chor. »Und jetzt wartet er ganz in ihrer Nähe auf die Auferstehung der Toten.«

»Was du alles weißt.« Unschlüssig stand Moritz vor ihr. Ein Eiszapfen löste sich irgendwo in den Gewölben des Chorumgangs und zersplitterte auf den Fliesen. Wurde es wärmer? Mechthild begann, vor sich hin zu murmeln.

»Du sprichst ständig mit Gott, sagen manche.« Moritz flüsterte.

»Sie haben recht.«

»Worüber sprichst du mit ihm?« Er trat von einem Fuß auf den anderen.

»Über dich, über Meister Bohnsack, über seine Tochter, über den armen Franzosen.«

»Arm?« Der junge Mann wurde laut. »Er ist hochnäsig! Er wollte dich schlagen!«

»Und über das Bauwerk hier.« Mechthild ging nicht auf seinen Widerspruch ein. »Ich gehöre nämlich auch zu Meister Bohnsacks Bauhütte, wenn auch heimlich. Ich baue mit an der Kathedrale des Lichts. Durch meine Gebete.«

»Wo bleibt er denn, der andere Moritz?« Der Wende wurde ungeduldig.

»Er wird mit der lateinischen Form seines Namens gerufen.« Sie bedeutete Moritz, sich neben sie zu setzen. Er gehorchte. »*Mauritius*. Er ist ein Heiliger. Hast du schon von ihm gehört?«

»Ich weiß, dass die neue Kathedrale dem Heiligen Mauritius und der Heiligen Katharina geweiht werden soll.« Es war schon zu dunkel, um seinen Gesichtsausdruck erkennen zu können, doch Mechthild wusste auch so, dass er sie zweifelnd ansah. »Und wie willst du mir einen zeigen, der längst tot ist?«

»Ein Teil seines Kopfes liegt im Hochaltar. Viele Reliquien haben der Erzbischof und sein Bruder auch drüben in der Domklausur verwahrt.« Mechthild deutete nach Süden, wo die Klausur mit dem alten Kreuzgang und der Domschule an die Baustelle grenzte. »In der alten Sakristei. Aber der Heilige Mauritius erscheint mir oft hier im Chor.«

»Was?« Aus schmalen Augen und mit zweifelnd gerunzelter Stirn musterte Moritz die strohblonde Frau. Die Selbstverständlichkeit, mit der sie in einem knappen Satz Unfassbares aussprach, verwirrte ihn. »Er erscheint dir?«

»Ja. In einem strahlenden Licht. Er, der Heilige Innocentius, die Heilige Katharina und andere Heilige, deren Reliquien der Erzbischof und das Domkapitel hier verwahren.«

»Mir erscheinen auch manchmal Leute. Allerdings nur bei Vollmond. Dann rase und tobe ich.« Er sog scharf die Luft durch die Nase ein. »Gott sei mir gnädig.«

»Da.« Mechthild flüsterte. »Schau doch, da im Chor.« Sie stand auf, zog ihn mit hoch und deutete zwischen die Pfeiler einer Arkade hindurch in den Chor hinein. »Siehst du, wie es schimmert? Sie kommen.« Mechthild sah das schöne Licht, hörte die Stimmen der Heiligen.

»Ergreift dich also auch manchmal Raserei?«

Mechthild legte den Zeigefinger auf die Lippen. »Siehst du das Licht? Siehst du die Heiligen?«

»Ich sehe nur Umrisse von Pfeilern und Arkadenbögen.«

»Hörst du ihre Stimmen?«

»Ich höre gar nichts.«

»Sie unterhalten sich.«

»Ist es möglich, dass du gleich in Raserei verfällst?«

»Hör doch, Moritz«, flüsterte Mechthild und nahm seine Hand. »Sie erzählen einander ihr Schicksal. Sie erzählen von den Tagen, in denen sie Märtyrer wurden.« Moritz blinzelte in die Dunkelheit und schüttelte ratlos den Kopf. »Mauritius erzählt, wie er vor den Kaiser treten musste.« Mechthild drückte seine Hand. »Sieh doch hin, hör doch zu!«

Intermezzo I

Gallische Alpen, Sommer 285 n. Chr.

Das Rauschen des zu Tale drängenden Stromes erfüllte die Luft. Zwischen den Steilwänden wandte der Centurio sich ein letztes Mal im Sattel um – die Zelte seiner Kohorte bedeckten das kleine Hochplateau hinter ihm. Es gab nicht einen einzigen Legionär, der im Lager geblieben war – alle standen am Ufer des reißenden Stromes oder am Rand des Hanges und sahen Mauritius und seinen Gefährten hinterher. Sogar die Pferdesklaven. Viele winkten.

Mauritius und seine Offiziere winkten kurz zurück, dann trieben sie ihre Pferde an und galoppierten ins Tal hinunter. Innocentius mit der Standarte voran.

Es war sieben Tage her, dass der abscheuliche Befehl des Feldherrn und Kaisers sie erreicht hatte. Mauritius hatte seine Kohorte daraufhin nicht nach Octodurus geführt, sondern den Rhodanus hinauf bis zur Talenge, durch die der Strom sich aus dem Gebirge ins Tal ergoss. Das Dorf hieß Acaunum. Spätere Generationen nannten es Saint Maurice. Damals standen dort ein paar Hütten und Ziegenställe. Die blieben nun hinter dem Centurio und seinen Gefährten zurück.

Sie ritten am Strom entlang. Die Morgensonne löste sich bereits von den Gipfeln im Osten. Das Tal nahm rasch an Breite zu. Keiner von ihnen sprach ein Wort, jeder hing seinen Gedanken nach. Düsteren Gedanken. Würden sie ihre Legionäre jemals wiedersehen?

Tags zuvor, gleich nach Sonnenaufgang, hatte Mauritius die

Kohorte antreten lassen und den kaiserlichen Befehl verlesen. Und jedem, der Kaiser Maximian Gehorsam leisten wollte, freigestellt, ins kaiserliche Heerlager nach Octodurus aufzubrechen. Er selbst jedoch, so hatte Mauritius erklärt, würde niemals Glaubensbrüder jagen und töten.

Keiner seiner Legionäre war nach dieser Erklärung aufgestanden, keiner hatte die Kohorte verlassen.

Am Abend, nach stundenlangem Nachdenken, war Mauritius erneut vor seine Kohorte getreten und hatte ihr eröffnet, dass er allein nach Octodurus reiten wollte, um dem Kaiser und Feldherrn ihre Entscheidung zur Befehlsverweigerung darzulegen. Kehrte er nicht zurück, sollten die Legionäre nach Germanien fliehen. Oder zurück nach Hause, wenn sie konnten.

Mauritius erntete heftigste Proteste. Die halbe Kohorte bestand darauf, ihn nach Octodurus zu begleiten.

Nach langem Palaver erklärte Mauritius sich bereit, drei Offiziere ins kaiserliche Heerlager mitzunehmen: den zweiten Centurio, denn als Militärsenator genoss Candidus auch in Rom hohes Ansehen; den Standartenträger, denn Innocentius war ein liebenswürdiger Mann und niemals um ein friedensstiftendes Wort verlegen; und den Ausbildungsoffizier Exuperius, denn der war ein erfahrener Veteran und hatte gute Beziehungen im römischen Senat.

Zu viert folgten sie nun also dem Lauf des Rhodanus nach Süden. Der Fluss strömte bald ruhiger dahin, nahm Nebenflüsse aus Ost und West in sich auf und wurde breiter. Jeder Bergrücken, dem sie entgegenritten, rückte allmählich zur Seite, und der nächste Schneegipfel schob sich in Mauritius' Blickfeld. Octodurus lag nur knapp vierzehn römische Meilen von Acaunum entfernt; drei, höchstens vier Stunden zu Pferde.

Mauritius dachte mit großer Sorge daran, bald vor Maximian stehen zu müssen. Er erinnerte sich an all das, was er über den Kaiser und Feldherrn gehört hatte. Nichts wollte ihm einfallen, das er sich selbst und seinen schweigsamen Gefährten zur Beruhigung hätte sagen können.

Wegen innenpolitischer Unruhen im römischen Weltreich regierte damals ein Herrscherkollegium aus vier Kaisern. Einer davon war Maximian. Der erste und eigentliche Kaiser Diokletian, der sogenannte »Augustus«, hatte ihn, den Waffenbruder, gleich zu Beginn seiner Herrschaft an seine Seite berufen und ihm den Titel eines »Caesaren« verliehen.

Maximian war ein Sohn armer Bauern und galt als grausam und stur. In christlichen Kreisen sagten ihm manche nach, er ähnele in seinem barbarischen, ja tierischen Wesen dem Diokletian selbst, sei wie er ein fanatischer Anhänger der heidnischen Götter des alten Roms und in seiner gewalttätigen Rohheit dem römischen Blute fremd. Für die Festigung der Kaiserherrschaft und das Wohl Roms jedenfalls – und das hatte Mauritius von vielen gehört, die den Kaiser kannten – ging Maximian über Leichen.

Je länger er über den Mann nachdachte, dem er bald gegenüberstehen würde, desto mutloser wurde der Centurio. Im Stillen begann er zu beten.

Nach drei Wegstunden öffnete sich ihm und seinen Gefährten eine in freundliches Mittagslicht getauchte Talsohle, eben und voller Ackerkulturen und bewässerter Wiesen rechts und links des Rhodanus. Ruhig und träge wälzten dessen Wassermassen sich hier dahin.

Die Mauern einer Siedlung rückten rasch näher, und daneben erkannte Mauritius kurze Zeit später die Zelte des kaiserlichen Heerlagers. Maximian war erst vor wenigen Wochen mit einer ganzen Legion über die Alpen hierher gezogen.

»Was für eine liebliche Landschaft«, sagte Innocentius.

»Dennoch möchte ich hier nicht begraben werden«, entgegnete Candidus. Seine Miene war finster.

»Niemand von uns wird hier begraben werden«, stieß Exuperius zwischen zusammengebissenen Zähnen hervor.

»Niemand – so Gott will«, sagte Mauritius.

Im Heerlager fragten sie nach dem Kaiser. Eine Abteilung Legionäre eskortierte sie in die Siedlung hinein, wo Maximian im größten Haus Quartier bezogen hatte. Mit seinen drei Stockwerken und dem von Säulen getragenen Balkon über der breiten Außentreppe glich das Bauwerk mehr einem Palast als einem Haus.

Die Stufen zur Residenz des Kaisers vor sich und den Rhodanus hinter sich, musste Mauritius unwillkürlich an die Weissagung jener greisen Hirtin denken: *An einem großen Strom hoch im Norden Germaniens wird man dir einen prachtvollen Palast errichten.* Sein Nackenhaar richtete sich auf.

Angeblich nahm der Kaiser gerade ein Bad, und sie mussten drei Stunden warten, bis Maximian sie endlich empfing.

Im großen Atrium des Hauses saß er auf einem erhöhten Lehnstuhl. Zwölf Soldaten seiner Leibgarde flankierten ihn, alle in Harnisch und Waffen. Mauritius' Mund wurde trocken, als er und seine Offiziere vor ihn traten, und das Herz schlug ihm in der Kehle. Sie reckten ihre Arme aus und entboten ihm das *Salve*.

Maximian nickte flüchtig. Er hatte einen auffällig großen und runden Schädel, ein sehr breites Gesicht und war von bulliger Gestalt. »Nun, Centurio? Wie viele Christen hast du schon aufgestöbert und aus ihren Löchern gezerrt?« Der Kaiser sprach schleppend und mit rauer Stimme. Ohne jede Haltung lehnte er gegen die Rücklehne seines Stuhles; in der

Rechten hielt er einen Weinkelch, seine Linke umklammerte die Armlehne. »Ich hoffe doch, du sorgst auch dafür, dass jeder Einzelne recht langsam stirbt.«

Erneut streckte Mauritius den rechten Arm aus. »Heil dir, Caesar, und Heil unserem ruhmreichen Rom. Und Unheil und Tod all deinen Feinden und den Feinden Roms. Doch wisse eines, Caesar – die Christen gehören nicht dazu. Wir vier hier sind Christen und dienen mit unseren Waffen und Leibern in Treue dem ruhmreichen Rom und seinen Kaisern.«

Die Miene des Feldherrn verdüsterte sich. »Was soll das heißen, Centurio? Ich habe dich etwas gefragt! Antworte, statt hier Selbstverständlichkeiten abzusondern!«

Mauritius nahm den Arm herunter. »Wir sind Christen, mein Caesar.« Er schluckte und atmete tief durch. »Bis auf wenige Ausnahmen sind sämtliche Männer meiner Kohorte getauft. Sie alle sind bereit, für dich, mein Caesar, und für Rom den Tod in der Schlacht zu sterben. Doch keiner von uns wird jemals sein Schwert gegen einen anderen Christen erheben.«

»Was?!« Maximians Oberkörper schnellte nach vorn, Wein schwappte aus seinem Kelch. »Du hast noch keinen einzigen Christen getötet, Centurio? Verstehe ich dich richtig?«

»Jeder Legionär der Thebäischen Kohorte ist bereit, für dich und Rom zu sterben, mein Caesar.« Mauritius glaubte, seine Brust wäre mit Blei ausgefüllt, nur mit Mühe brachte er die Worte über seine Lippen. Jeden Moment, so fürchtete er, würde ihm die Stimme brechen. »Doch keiner wird sein Schwert gegen einen Glaubensbruder erheben. Um dir diesen Entschluss meiner Kohorte auszurichten, stehen wir hier.«

Maximian sprang auf und schleuderte seinen Weinkelch nach Mauritius. Der knallte vor seinen Sandalenspitzen auf die Sandsteinfliesen und rollte am Centurio vorbei. Wein spritzte ihm gegen die nackten Beine. »Du und dein afrikanisches

Lumpenpack verweigert den Befehl des Kaisers?«, schrie Maximian. »Beim Jupiter! Sag sofort, dass dies nicht wahr ist!« Er stieg von dem Podest hinunter, auf dem sein Lehnstuhl stand, stapfte zu Mauritius und streckte sein wutverzerrtes, breites Gesicht so nahe an das des Centurios, dass der seinen Weinatem roch. »Sag es! Los!«

Mauritius sah ihm in die geröteten Augen, schluckte und suchte nach Worten.

»Es ist schmerzlich, seinem Kaiser etwas abschlagen zu müssen«, ergriff plötzlich Innocentius das Wort. »Doch wir können nicht anders, mein Caesar. Wir bitten dich: Entbinde uns von diesem Befehl. Wir haben unserem Gott mehr zu gehorchen als den Menschen, und so ist es uns ganz und gar unmöglich, unser Schwert gegen Christen zu erheben.«

»Dann muss ich also damit rechnen, dass ihr es demnächst gegen Römer erhebt? Ja!?« Wutschnaubend marschierte der Kaiser vor den Offizieren der Thebäischen Kohorte auf und ab. »So wie jener elende Rebell, der heute seinen Kopf auf Münzen prägen lässt und ihn morgen verlieren wird? Ja!?«

»Wir haben Rom und dem Kaiser Treue geschworen, mein Caesar«, sagte nun Exuperius. »Keiner von uns wird jemals gegen einen Römer das Schwert erheben.«

»Beweist es!« Der Kaiser deutete zur Tür. »Geht und gehorcht meinem Befehl!«

Einige Atemzüge lang war Mauritius unschlüssig. Der Kaiser sah ihn lauernd an und zeigte die ganze Zeit zum Ausgang. Mauritius hielt seinem Blick stand und suchte erneut nach Worten. Da erhob Candidus seine Stimme.

»Feinde Roms wie jener Rebell sind unsere Feinde und müssen sterben«, sagte er. »Die Christen jedoch sind mitnichten Feinde Roms. Im Gegenteil: Sie beten jeden Tag für das Wohl des Reiches.«

Maximian riss sein Schwert aus der Scheide, sprang zu ihm und setzte es ihm an die Kehle. »Wirst du wohl schweigen, Senator?« Hand und Schwert zitterten ihm, und aus dem Augenwinkel sah Mauritius den Zweiten Centurio aschfahl werden.

Der Kaiser fuhr herum, stieß einen Fluch aus und schleuderte sein Schwert auf den Boden. Fluchend marschierte er zurück zu seinem Lehnstuhl. Er ließ sich hineinfallen, stützte den schweren Schädel in die Faust, starrte brütend vor sich hin.

»Dann will ich sie beten sehen, die Christen der Thebäischen Kohorte«, sagte er schließlich und richtete seinen vor Wut brennenden Blick wieder auf Mauritius. »Bring mir mein Schwert, Centurio!«

Mauritius bückte sich nach der kaiserlichen Klinge, fasste sie an der Spitze und brachte sie dem Kaiser. Knauf und Parierstange voran reichte er sie ihm.

Maximian zögerte einen Augenblick, dann riss er sie dem Centurio aus der Hand. »In drei Tagen hast du mit deiner Kohorte hier im Heerlager von Octodurus anzutreten, Centurio.« Er sprach wieder schleppend und leise. »Ihr werdet Rom und mir eure Treue beweisen, indem ihr Roms Göttern und mir opfert. Und danach auf die Jagd nach Christen gehen.« Er stand auf und erhob seine Stimme. »Andernfalls verhänge ich die Dezimierung über die Thebäische Kohorte.«

Noch am gleichen Nachmittag ritten Mauritius und seine Gefährten zurück nach Acaunum. Lange sprach niemand ein Wort. Alle hingen ihren Gedanken nach. Die waren noch düsterer als auf dem Hinweg.

Bald warf die Abendsonne die langen Schatten der Berggipfel auf die vier Gefährten. Als der Weg steiler anstieg und der Rhodanus enger wurde und schneller dahinfloss, brach der jüngste unter ihnen das Schweigen, Innocentius, der Standartenträger.

»Dezimierung?« Er drehte sich im Sattel nach Mauritius um. »Bei allen Engeln im Himmel – was ist das, Centurio?«

»Erkläre du es ihm, Exuperius«, sagte Mauritius, »du bist der älteste von uns, dienst am längsten im Heer und hast eine Dezimierung wahrscheinlich schon erlebt.«

»Habe ich nicht«, entgegnete Exuperius schroff, »und gebe Gott, dass ich ein derartiges Unglück niemals erleben muss.«

»Was für ein Unglück denn, beim Heiligen Petrus?!« Innocentius hielt sein Pferd an und wartete, bis der Ausbildungsoffizier ihn eingeholt hatte. »Was willst du nie erleben, Exuperius? Sag es mir, los!«

Exuperius wandte sich an Candidus. Dessen edle und scharf geschnittene Miene sah aus wie aus Basalt gemeißelt. »Sag du es ihm, Senator. Keiner von uns kennt das römische Recht besser als du.«

»Es gibt ein uraltes Gesetz, das eine harte Strafe bei Meuterei und Rebellion im römischen Heer vorsieht.« Candidus sah keinem ins Gesicht, während er sprach. »Die Dezimierung.« Er ritt an Innocentius vorbei. »Aus den letzten hundert Jahren ist mir kein Fall bekannt, in dem sie angewandt wurde.«

»Aber was bedeutet sie?« Innocentius trieb sein Pferd an und hielt sich an der Seite des Zweiten Centurios. »Ich will wissen, wie die Strafe vollzogen wird!«

»Bei der Dezimierung wird das ganze Manipel oder auch die gesamte Kohorte für die Rebellion bestraft«, erklärte Candidus. »Für uns, die Thebäische Kohorte, heißt das, dass jeder Zehnte von uns seinen Kopf verliert, wenn wir in drei Tagen nicht dem Kaiser und den alten Göttern opfern und wenn wir danach nicht unsere Glaubensbrüder im Rhodanustal ausrotten.«

»Das glaube ich nicht!« Innocentius wurde laut. »Das ist nicht wahr!« Er fuhr herum und richtete die Standarte auf Mauritius. »Sag, dass das nicht wahr ist, Centurio!«

»Es ist wahr«, sagte Mauritius. »Verweigern wir die Befehle des Kaisers und Feldherrn, wird er jedem Zehnten von uns den Kopf abschlagen lassen.«

»Entsetzlich.« Innocentius konnte nur noch flüstern.

»Es ist noch entsetzlicher«, sagte Candidus. »Gehorchen wir danach nämlich noch immer nicht, verliert auch von den Übrigen jeder Zehnte seinen Kopf.«

Zweites Buch

Die Bildhauer

1

Gesichter

Magdeburg, Frühsommer 1228

Der Domherr trat ans Fenster und hielt das Kalbspergament ins Licht der Morgensonne. Lange betrachtete er die Kohlezeichnung – den Entwurf eines Frauengesichts, dem Schrecken und Schmerz die Züge verzerrten. Er nickte nachdenklich. Zu nachdenklich für Gottharts Geschmack.

Gotthart ballte die Fäuste, während er die Miene des schmächtigen Mannes beobachtete. Die von den Kohlestiften schwarzen Fingernägel bohrten sich in seine Handballen. Er machte sich nichts vor: Die Zeichnung war gut, das Frauengesicht ausdrucksstark – doch viel zu derb und bäuerlich, um als eine Törichte Jungfrau des Gleichnisses durchgehen zu können. Erzbischof Albrecht wollte in seiner Kathedrale nichts Grobes und Hässliches sehen.

Albrecht war in Italien, schon seit Anfang April. Bevor er abgereist war, hatte er Gotthart beauftragt, auch den Heiligen Mauritius und die Heilige Katharina aus dem Stein zu hauen. Gotthart, der insgeheim darauf gehofft hatte, den Mauritius machen zu dürfen, ging tagelang wie auf Wolken. Noch jetzt, wenn er daran dachte, schwellte Stolz ihm die Brust. Sollten jedoch die ersten beiden Skulpturen der Zehn Jungfrauen den Erzbischof nicht überzeugen, würde er seinen Auftrag womöglich zurückziehen.

In der Südhälfte der langen Bauhütte saß ein blonder Bildhauer auf einer Marmorsäule, die aus der abgerissenen Brandruine des alten Doms stammte. Mit einem Zahneisen und behutsamen Klöpfelschlägen arbeitete er den Faltenwurf eines Gewandes aus dem Stein.

Im nördlichen Hüttenteil schleppten Hubertus und Wastl einen länglichen Steinblock nach dem anderen durch die offene Tür. Im Steinbruch hatten sie die Blöcke, die Gotthart für die Zehn Jungfrauen brauchte, bereits grob behauen. Conrad, seinen Sekretär, hatte er zum Schmied geschickt, um neues Werkzeug zu bestellen.

Dietrich von Dobin legte die Zeichnung zurück auf den Tisch, nahm die nächste und ging mit ihr zum Fenster. Gotthart teilte sich eine Bauhütte mit dem Bildhauer Jacques von Straßburg. Die langgezogene Baracke hatte zwei Zugänge und lag am Ostrand der Dombaustelle zwischen dem neuen Chor und der Stadtmauer über dem Elbufer. Die Morgensonne schien durch zwei Fensteröffnungen herein.

Wieder machte der Domherr eine nachdenkliche Miene, wieder nickte er halb bedächtig, halb zweifelnd. Gotthart starrte seine schmutzigen Hände an. Seine Kaumuskeln arbeiteten.

Wie gern hätte er das Gesicht der begehrten Baumeistertochter gezeichnet und auf das Modell übertragen. Doch es wollte und wollte ihm nicht gelingen, Helenas schöne Züge aufs Pergament zu bannen. Zu selten sah er sie und wenn, dann immer zu kurz.

Manchmal sah er sie so deutlich vor sich, dass er glaubte, ihr Gesicht im Geist festhalten zu können. Doch sobald er dann mit dem Zeichnen begann, verflüchtigte es sich sofort wieder. Und die beiden Gesichter der Toten drängten sich ihm auf. Nur die und sonst keine. Als gäbe es nur diese beiden Weiber auf der Welt. Warum bloß?

Er wusste genau, warum; das Gewissen schlug ihm.

Der Domherr kam zurück zur Werkbank, legte die Zeichnung zu den anderen, beugte sich über die Modelle der ersten beiden Törichten Jungfrauen. Auch die studierte er sorgfältig. Gotthart hatte zwei Tage lang an der Übertragung der Zeichnung auf die Wachsfiguren gearbeitet.

»Was für ein schrecklicher Augenblick«, murmelte Dietrich von Dobin. »Das letzte Öl verbrannt, die Lampe erloschen, der Bräutigam mit den fünf Klugen Jungfrauen im Hochzeitsgemach verschwunden und die Tür verschlossen.«

Dietrichs Worte erschreckten Gotthart. Sein Gewissen schlug wieder, und ein Kloß schwoll ihm im Hals. Lag es nicht genau daran, dass er mit der Arbeit an den Törichten Jungfrauen nicht vorankam? An seinem schlechten Gewissen und seiner Angst vor der Strafe Gottes? An seiner Angst, einst vor der verschlossenen Himmelstür stehen zu müssen? Er versuchte, den Kloß im Hals herunterzuschlucken. Es gelang ihm nicht.

Der Domherr richtete sich auf, deutete auf die Wachsfiguren. »Und sie müssen für immer draußen bleiben. Natürlich packen Angst, Schrecken und Verzweiflung sie.« Er nickte anerkennend. »Gut dargestellt, Herr Gotthart, wirklich gut.« Er seufzte, und Gotthart merkte genau, wie er um Worte rang. »Und dennoch und dennoch, Herr Gotthart.«

»Ja, Hochwürden?« Gotthart versuchte, seine Stimme fest klingen zu lassen.

Dietrich atmete tief durch. »Auch die Gescheiterten sollen die auf den Herrn wartende Kirche veranschaulichen«, sagte er schließlich. »Auch die Gescheiterten dürfen nicht gänzlich ohne Schönheit erscheinen, wenn das Licht einst in die vollendete Kathedrale und auf ihre Gesichter fallen wird.«

Er deutete auf das Wachsmodell mit dem Gesicht der Mätresse des Grafen von Lamotte. »Sie ist schön, ohne Zweifel, doch etwas Lüsternes verzerrt ihre traurigen Züge, etwas

Unreines. Und das gilt noch viel mehr für die zweite Törichte Jungfrau.« Er deutete auf das Modell mit dem Gesicht der Blonden aus dem Hurenhaus. »Auch sie ist nicht unschön, doch das Grobe und Vulgäre in ihrer Leidensmiene scheint mir nicht recht zum Gleichnis und zu einer Kathedrale im französischen Stil zu passen.«

Gotthart stand auf, rieb sich das bärtige Kinn und betrachtete seine Modelle und die Kohlezeichnungen. Enttäuschung und Zorn zugleich wühlten in seiner Brust. Er wandte sich ab, blinzelte in die Morgensonne und versuchte, sich nichts anmerken zu lassen. Ob er besser mit dem Entwurf einer Klugen Jungfrau beginnen sollte? Mit steifen Knien stelzte er zum Fenster; er hatte sich Glas aus Hamburg kommen lassen, um die Fensteröffnungen verschließen zu können. Ob er doch noch einmal versuchen sollte, das Gesicht der Baumeistertochter zu zeichnen? Für eine Kluge Jungfrau eigneten sich Helenas feine Züge vielleicht mehr als für eine der Törichten Jungfrauen.

»Ihr dürft es mir nicht übelnehmen, Herr Gotthart.« Dietrich von Dobin kam zu ihm. »Doch bedenkt: Wir arbeiten gemeinsam an einem göttlichen Werk, wir schaffen ein Abbild des Neuen Jerusalems. Da muss jede Einzelheit das Licht der Schönheit Gottes widerspiegeln.« In einer väterlichen Geste legte der Domherr ihm die Hand auf die Schulter. »Versteht Ihr, was ich meine?«

»Aber ja doch, Hochwürden. Ich verstehe genau, was Ihr meint.« Gotthart sah Dietrich ins Gesicht und zwang sich zu einem Lächeln. »Im Grunde bin ich auch nicht recht zufrieden mit den beiden Skizzen. Im Geist arbeite ich längst an neuen Entwürfen.«

»Es freut mich sehr, das zu hören.« Der Domherr blickte zur offenen Tür, ein Lächeln entspannte seine Züge. »Da bist du ja, Mechthild! Du suchst mich, nicht wahr?«

Gotthart stockte der Atem – die Wahnsinnige! Sie wagte es tatsächlich, in seine Bauhütte zu kommen?

»Unseren Bildhauer Gotthart von Saint Leonard hast du gewiss schon auf der Baustelle oder während der Messe gesehen.« Dietrich wies auf Gotthart. »Er wird uns die Zehn Jungfrauen und den Heiligen Mauritius erschaffen.«

Die strohblonde Frau nickte Gotthart zu und kam näher. Ihr Gesicht blieb ernst. Sie gab sich nicht einmal Mühe, freundlich zu schauen oder gar zu lächeln. Ein helles Leinengewand verhüllte ihre magere Gestalt und eine Art Haube aus Weißzeug ihr Haar. Schon stand sie an der Werkbank. Gütiger Himmel! Diese hellen, grünen Augen, dieser stechende Blick! Gotthart wich ihm aus.

»Sieh nur, Mechthild.« Wieder nahm der Domherr die Zeichnungen zur Hand. »Das sind erste Entwürfe von den Törichten Jungfrauen. Und das ihre Wachsmodelle.«

Gotthart hielt erneut den Atem an. Ein paar Wimpernschläge lang lähmte ihn der Schrecken, dann eilte er zur Werkbank und nahm dem Domherrn die Skizzen aus der Hand. »Verzeiht, Hochwürden, ich will meine Entwürfe noch einmal bei Sonnenlicht prüfen.«

Bevor er zurück zum Fenster ging, griff er nach dem Modell, das die Züge der toten blonden Hure trug, und nahm es mit zum Fenster. Dort wandte er dem Domherrn und dem unverschämten Weib den Rücken zu und mimte den nachdenklichen Künstler.

»Die Törichten Jungfrauen, hast du das gehört?« Hinter ihm plapperte die Irrsinnige schon wieder im raunenden Tonfall einer Halb-Betäubten. »Wer ihm dafür wohl Modell gesessen hat? Du allein weißt es.« Sprach sie mit dem Domherrn oder mit sich selbst? Die Frau wurde Gotthart immer unheimlicher.

»Woher soll ich es wissen, Mechthild?« Selbst Dietrich von Dobin schien verwirrt von ihrem Geschwätz. »Gut, dass du gekommen bist.« Offenbar waren er und die Wahnsinnige bei der Bauhütte verabredet gewesen. Wie vertraut sie miteinander sprachen! Dass ein vernünftiger und gebildeter Mann wie Dietrich von Dobin sich mit so einem verrückten Weib abgab – Gotthart war außer sich vor Empörung. Und ganz fahrig vor Schrecken.

»Am Sonntag nach der Messe schaue ich wieder bei Euch vorbei, Herr Gotthart«, rief der Domherr. »Bis dahin wünsche ich Euch Gottes Segen und die Inspiration des Heiligen Geistes für Euer Werk!« Endlich verabschiedete er sich. An der Seite der Wahnsinnigen verließ er die Bauhütte.

Gotthart stand wie vom Donner gerührt und starrte zur offenen Hüttentür hinüber. Jetzt erst erinnerte er sich an die Begegnung mit der Wahnsinnigen im neuen Chor. Und wie Dietrich sie gegen den Dompropst verteidigt hatte. Sie war mit ihm verwandt, lebte auf seine Kosten und besuchte auf seine Kosten die Domschule. Fassungslos schüttelte Gotthart den Kopf. Ein Weib auf einer Domschule? Konnte das denn wahr sein?

Der kleine, aber breit gebaute Wastl schob sich in sein Blickfeld und schaukelte hinaus zum Fuhrwerk. Hubertus aber sah zu seinem Herrn herüber. Er wusste genau, wessen Gesichter Gottharts Figuren trugen.

Jacques ließ Eisen und Schlägel sinken und sah sich nach Gotthart um. »Hat's dem Schwarzmantel nicht recht gefallen?« Marmorstaub bedeckte sein Haar, Gesicht und Gewand. »Mach dir nichts draus, Bruder.« Er deutete zu seiner Werkbank hinauf, wo das Wachsmodell einer Madonna mit Kind stand. »Für meine Gottesmutter hier musste ich sieben Zeichnungen machen, bis er zufrieden war.« Gotthart nickte, und Jacques setzte das Eisen an und schwang wieder den Klöpfel.

Hubertus kam zu Gotthart. »Die Verrückte hat die Zeichnung gesehen?«, fragte er leise. Gotthart nickte. »Und das Gesicht der Hure erkannt?« Gotthart zuckte mit den Schultern. »Vielleicht schöpft sie schon lange Verdacht«, flüsterte Hubertus. »Vielleicht ist sie nur gekommen, um zu spionieren.«

Gotthart rieb sich den sorgfältig gestutzten Bart und drehte sich um. Er schaute zum Fenster hinaus, grübelte, versuchte den Domherrn und das wahnsinnige Weib auf dem Uferweg zu erkennen. Doch dort rollten nur drei Ochsenwagen von der anderen Steinmetzhütte heran. Sie waren mit den Balken für den neuen Trommelkran beladen. Das Heberad hatten die Zimmerleute auf der Baustelle zusammengebaut.

Er dachte an die blonde Hure. Und an ihren Tod. Und wieder loderte heiß die Gewissensangst in seiner Brust auf. Es war ein Unglück gewesen. Er schluckte und rieb sich die Augen. Genau wie bei der Mätresse des Grafen von Lamotte. Ein Unglück, das er nicht gewollt hatte.

Sicher, ihre Art zu lieben, war nicht ungefährlich gewesen. Und dann hatten sie sich einfach vergessen, die junge Mätresse und er. Bei der Blonden jedoch hatte nur er sich vergessen. Gotthart hatte sie für ihre Dienste bezahlt, sehr gut bezahlt. Und dann war es eben geschehen.

Jetzt tauchten der Domherr und die Wahnsinnige doch auf dem Uferweg auf. Wie kam es nur, dass sie ihm so stark vorkam, obwohl sie einen solch dünnen, zerbrechlichen Leib hatte? Plötzlich stand ihm wieder ihr brennender Blick vor Augen. Als würde sie einem hinter die Stirn und hinter das Brustbein gucken, direkt ins Herz.

»Sie muss weg«, murmelte Gotthart. Ob er ihr Gesicht als

Modell für eine Törichte Jungfrau wählen sollte? Wenn sie tot war, würde er sie zeichnen können. Genau, wie er die Mätresse des Grafen von Lamotte gezeichnet hatte. Und die Blonde. Als sie tot waren.

Er blickte zum Straßburger hinüber – der hämmerte unentwegt und war ganz in seine Arbeit vertieft. Gotthart drehte sich nach Hubertus um. »Sie muss weg«, zischte er. »Doch lass es Wastl machen. Wenn du dich ihr näherst, schöpft sie gleich Verdacht. Und Wastl muss sehr vorsichtig sein, denn sie ist eine Verwandte des Domherrn Dietrich.«

Pater Rochus zog einen mit Sacktuch bedeckten Leiterwagen aus dem Kirchhof. Helena lief neben ihm her. Die Glocken von Sankt Sebastian läuteten zu einer Totenmesse. Die Sonne schien, warmer Südwind wehte. Gesang der Dominikaner drang aus den Fenstern des Hauses, das die Mönche hier am Breiten Weg bewohnten, und eine Schar Nonnen zog vorbei nach Norden in Richtung Krökentor.

All das nahm Helena nur beiläufig wahr. Ihre Gedanken kreisten um den Brief, den ihr ein berittener Bote am späten Vormittag gebracht hatte.

Sie hatte bereits einen Fuß auf den Breiten Weg gesetzt, als sie gegen Pater Rochus' ausgestreckten Arm stieß und hochschreckte. Hufschlag donnerte heran, fünf Reiter galoppierten vorüber. Einer trug eine rote Fahne, auf der ein schwarzer Bullenschädel prangte. Hinter diesem ritt ein behelmter Mann in schwarzem Harnisch. Silbernes Bullengehörn bog sich von seinem schwarzen Helm.

Helena erschrak. Sie beobachtete, wie die Nonnen schimpfend zur Seite sprangen. Ohne die frommen Frauen eines Blickes zu würdigen, preschten die Reiter an ihnen vorbei.

Pater Rochus senkte den Arm, sie überquerten den Breiten Weg. Von der anderen Straßenseite aus sah man schon den Palast des Erzbischofs, die Dombaustelle und neben der kleinen Kirche an ihrer Westseite die Bauhütte der Zimmerleute. Kinder, die eine Schar Gänse vor sich her trieben, kamen ihnen entgegen und liefen nach Süden dem Sudenburger Tor zu. Zwei mit Baumstämmen beladene Ochsenkarren bogen vor dem Mönch und der Tochter des Baumeisters in den Domplatz ein.

Der Brief hatte einen langen Weg hinter sich; er sah fleckig und abgegriffen aus. Doch am Relief des Schwans auf dem Siegel hatte Helena sofort erkannt, wer ihr geschrieben hatte: der Ritter Ansgar von Lund.

Dass es ihm gut gehe, dass der Sommer sogar in Dänemark schön sei, dass sein gräflicher Vater ihn mit reichlich Geld und ritterlicher Ausrüstung versorgt habe, dass er spätestens im August nach Magdeburg zurückkehren werde und ob sie, Helena, schon eine Entscheidung getroffen habe. Er nämlich, so Ansgar am Schluss seines langen Briefes, brenne auf eine Antwort.

Helena verstand nicht, von welcher Entscheidung er schrieb und welche Antwort sie ihm schuldig sein sollte. Eine leise Ahnung allerdings regte sich in ihrer Brust, denn auch ein Lied hatte Ansgar von Lund ihr aufgeschrieben. Ein Liebeslied. Helenas Herz klopfte schneller, und das Blut stieg ihr ins Gesicht, wenn sie an seine Verse dachte.

Es war nicht weit vom Hof der Kirche Sankt Sebastian bis zur Dombaustelle, höchstens fünfzig Ruten. Das kleine Haus im Kirchhof, das sie bewohnten, gehörte dem Domkapitel. Wie der Bischofspalast, die Dombaustelle, einige Klöster und der südliche Teil des Breiten Weges lag es innerhalb der Mauern der Domfreiheit. Der Herr Vater bewohnte das Erdgeschoss, Helena das Obergeschoss.

Pater Rochus hatte sich im kleinen Gesindehaus daneben einquartiert. Drei Mönchsorden in der Stadt hatten ihm eine Zelle angeboten, doch er hatte darauf bestanden, in Helenas Nähe zu bleiben. Gemeinsam mit ihr kümmerte er sich um den Kater, die Ziege, die beiden Schweine und das Dutzend Hühner, die zum Kirchhof gehörten. Und um den Garten.

Aus der Baustelle lärmten Hammerschläge, das Knarren des alten Heberades und das Kreischen einer Steinsäge; das ging Helena durch und durch. Auch Männergeschrei und Gelächter tönte von den neuen Gemäuern und den Fundamentgräben her, und das Scharren von Steinblöcken, die über Mauerkronen gezogen und geschoben wurden.

Pater Rochus zog den Leiterwagen zur Bauhütte. Eine von drei Baracken für die Zimmerleute hatte Meister Bohnsack nicht in der Nähe der Ostmauer und des Elbufers bei den anderen Bauhütten errichten lassen, sondern hier, neben einer kleinen Kirche in der Nähe des Breiten Weges. So hatten es die Fuhrwerke nicht weit, die das Bauholz für die Verschalungen aus den Wäldern im Süden und Westen der Stadt herankarrten. Das hochwertigere Holz für die Lehrgerüste der Kreuzrippengewölbe wurde über die Elbe herbeigeschafft und drüben, auf der Ostseite der Baustelle, verarbeitet.

Zahlreiche Bauholzstapel, Tische, Werkzeugkisten, Sägeböcke und Hackklötze der Zimmerleute standen zwischen der Bauhütte und jener kleinen Kirche. Die hieß Sankt Nicolai und stammte aus den Zeiten, als östlich der Elbe noch die Wenden herrschten und den Magdeburgern das Leben schwermachten. Der kleine Rundbau diente vor allem als Baptisterium und als Lagerraum für die wertvollen Säulen, die den Brand überstanden hatten. Manchmal wurden auch Seelenmessen in ihr gelesen.

Bis auf Meister Bohnsack arbeitete niemand zwischen der

Taufkirche und der Bauhütte. Er trug dieselbe Arbeitskleidung, die Helena schon aus Maulbronn an ihm kannte: einen zerknautschten Hut, einen langen Arbeitskittel und darüber einen braunen Lederschurz mit Bauchtasche. Einen Zirkel in der Rechten und einen Messstab in der Linken, stand er an einem der Tische und brütete über dem Plan des neuen Hochchores. Helena wusste das, weil er oft darüber sprach. Eigentlich sprach der Vater von nichts anderem mehr. Wenn er überhaupt sprach. Sie küsste ihn auf die Wange.

»Der Plan für den Bischofsgang ist fertig«, sagte Meister Bohnsack. »Hoffentlich kehrt der Erzbischof bald vom Hoftag in Barletta zurück. Sobald er meine Planung abgesegnet hat, können wir mit dem Bau der Chorempore beginnen.«

Pater Rochus zog das Sacktuch vom Leiterwagen und hievte ein Weinfass auf den Tisch. Meister Bohnsack blickte auf und hob die Brauen. »Ein Geschenk des Dompropstes, Herr Vater«, sagte Helena. Pater Rochus stellte zwei Dutzend Daubenbecher neben das Fass. »Zum Richtfest für das neue Heberad.« Sie hob sein Frühstück aus dem Wagen und richtete es vor ihm auf dem Tisch an: Weizengrütze mit Speck, gekochte Eier, frühe Kirschen, ein wenig Brot.

»Was wird er uns denn erst schenken, wenn wir in vier oder fünf Jahren das Richtfest für den Hochchor feiern?« Meister Bohnsack zog die Schüssel mit den Kirschen zu sich. »Danke, mein Kind.«

Helena mochte es nicht, wenn er sie so nannte. Immerhin war sie vor sechs Monaten achtzehn Jahre alt geworden. Doch sie sagte nichts, zapfte lieber Wein in einen Becher und stellte ihn dem Herrn Vater hin.

Während er die Grütze löffelte und Kirschen dazu aß, setzte sie sich auf die Bank neben Pater Rochus. Der nippte an seinem Weinbecher und beobachtete das Treiben auf der Baustelle. Nicht ganz hundert Männer und Frauen arbeiteten an diesem milden Junivormittag hier. Manche hatten ihre halbwüchsigen Kinder zum Arbeiten mit auf die Baustelle gebracht. Die meisten Arbeiter huben die Gruben für die Fundamente der Langhausmauern und -pfeiler aus. Viele arbeiteten auf den Gerüsten der Querschiffmauern und dem Südostturm.

Mörtelmischer schufteten zwischen Erdhaufen, Kalksäcken, Wassereimern und Mörtelkübeln. Unentwegt drehte sich das alte Heberad neben dem Nordostturm und beförderte Paletten voller Steine oder Mörteleimer hinauf zu den Maurern. Die Zimmerleute hinter dem Chor konnte Helena nicht sehen. Doch sie hörte ihre Rufe. Zwischen der Bauhütte des Franzosen und der Fassade des Chorumgangs bauten sie den neuen Trommelkran zusammen.

Helena zog Ansgars Brief aus dem Kleiderärmel und las ihn. Zum vierten Mal.

Welche Entscheidung sollte sie denn treffen? Und was war das für eine Antwort, auf die er brannte? Hatte er etwa schon einmal einen Brief an sie geschrieben? Einen, der verloren gegangen war? Sie las die vier Strophen des Liedes, das er ihr gedichtet hatte, und bewegte stumm die Lippen dabei.

Goldener Tag, der dich mir schenkte,
an dem ich dich zum ersten Mal sah –
Schatztruhe voll goldener Zukunft.

Doch nun, fern von dir und ohne deinen Liebesblick,
ohne Antwort auch auf meine Liebesfrage,
wird die Trennung mir zum alles zerwühlenden Sturm.

Wäre meine Liebe nur ein Flämmchen gewesen,
hör mir zu: längst hätte der Sturm es gelöscht.
Doch eine lodernde Flamme ist meine Liebe gewesen,

von Anfang an, und der Sturm der Trennung hat sie
Zu einem alles verzehrenden Brand entfacht.
Wärst du da.

Helenas Herz schlug höher. Ihre Hand zitterte ein wenig, als sie den Brief sinken ließ. Welch wundervolle Verse! Vor ihrem inneren Auge beschwor sie die schöne Gestalt des blonden Mannes herauf.

Keine Frage: Der Ritter liebte sie. Konnte man die Verse denn anders deuten? Ein »alles verzehrender Brand« – meinte Ansgar das wirklich ernst? Sie lächelte in sich hinein. Oder übertrieb er mal wieder? Sie kannte ihn ja.

Einen alles verzehrenden Brand fühlte Helena zwar nicht in ihrer Brust. Trotzdem gefielen ihr diese Worte. Und berührten sie. Und erhitzten sie.

»Du hast einen Brief erhalten?«, fragte Meister Bohnsack. Helena hob den Kopf. Hatte der Herr Vater sie schon die ganze Zeit beobachtet? Sie nickte. »Vom Herrn Ritter Ansgar?« Wieder nickte sie. Woher wusste ihr Vater das? »Was schreibt er denn?«

»Es geht ihm gut. Er kehrt bald aus dem Königreich Dänemark zurück nach Magdeburg. Dann will er eine Antwort von mir, und ich weiß nicht, auf welche Frage.«

Meister Bohnsack senkte stumm den Blick, bröckelte Ei und Brot in seine Grütze und aß weiter. Helena musterte ihn und fand seine Miene seltsam verschlossen. Wusste er mehr als sie?

Zwischen den Erdhaufen und Fundamentgruben lief Monica über die Baustelle. Die Frau des Schmieds trug ihr Söhnchen auf dem Arm und winkte. Im Januar kurz vor Helenas Wiegenfest geboren, war der Zwerg inzwischen ein halbes Jahr alt. Etwas in Helena schmolz, wann immer sie in sein pausbäckiges Gesichtchen blickte.

Außer Atem blieb Monica vor dem Tisch des Vaters stehen. »Die Männer wollen wissen, wo genau Ihr den Trommelkran stehen haben wollt, Meister Bohnsack«, sagte sie.

Sie hatte abgenommen seit Nikolaus' Geburt. Ihr Bauch wölbte sich unter ihrem Schurz. Ganz leicht nur, doch Helena erkannte es trotzdem. Monica war wieder schwanger.

Helena betrachtete die rundliche Gestalt der Frau, ihre gesunde Gesichtsfarbe, die prallen Wölbungen ihrer Brüste unter dem Schurz und ihren Bauch. Eine ungekannte Zärtlichkeit regte sich in ihrem eigenen Bauch und eine Sehnsucht, die sie schon in Maulbronn oft empfunden hatte.

Sie stand auf, ging zu Monica und nahm Nikolaus auf ihren Arm. *Ist er nicht süß?* Im Stillen sprach sie mit ihrer Mutter. *Wann werde ich wohl mein erstes Kind gebären?*

»Ich komme.« Meister Bohnsack kratzte die Schüssel aus, steckte ein Senklot in die Tasche seines Lederschurzes und nahm einen Bodenzirkel und einen langen Messstab zur Hand. An seiner Seite lief Helena hinter Monica her in die Baustelle hinein.

»Auf was für eine Antwort wartet der Ritter Ansgar. Wisst Ihr mehr als ich, Herr Vater?«

»Er hat bei mir um deine Hand angehalten.«

»Was sagt Ihr da?« Diesmal war es die Hitze der Wut, die Helena in den Kopf stieg. »Und Ihr erzählt mir nichts davon?« Das Kind fing an zu schreien. Helena reichte es der Mutter. Sie kämpfte um ihre Fassung. »Wie konntet Ihr nur!«

Meister Bohnsack blieb an einer Fundamentgrube stehen und spähte hinein. Ein vergnügter Mann sah anders aus. Helena stellte sich neben ihn und stemmte die Fäuste in die Hüften. »Warum habt Ihr mir nichts davon erzählt, Herr Vater?«

Die Arbeiter blinzelten zu ihnen herauf, Meister Bohnsack zog Helena von der Grube fort. »Aus Liebe zu dir, mein Kind.«

»Nennt mich nicht ›Kind‹!« Sie liefen dem Chor entgegen. »Ich bin eine erwachsene Frau! Und wenn einer um meine Hand anhält, habe ich ein Recht, das zu erfahren!«

»Ich wollte dich schützen, Helena.«

»Wovor denn nur?«

»Vor deinen Gefühlen.« Meister Bohnsack blieb wieder stehen, sein Blick flog zwischen den Sockeln der beiden neuen Vierungspfeiler und dem Nordturm hin und her. »Und vor seinen Gefühlen.«

»Wie meint Ihr das, Herr Vater?«

Meister Bohnsack stapfte zum ersten Sockel. Die Maurer und Steinmetze dort traten zur Seite, der Baumeister prüfte den Sockel und die erste Steinschicht mit Lot und Messstab.

»Wie Ihr das meint, will ich wissen!« Helena ließ nicht locker und folgte ihrem Vater zum südlichen der beiden neuen Vierungspfeiler; die anderen beiden, die östlichen, waren bereits halb fertig und rahmten die Vorderseite des Chores ein.

Schweigend prüfte Meister Bohnsack Sockel und Steine. Zwei halbrunde Basissteine der Dienstsäule saßen nicht so im Lot, wie der Baumeister das wollte. Er herrschte die Maurer an, verlangte, die Steine abzubrechen und die Dienstsäule noch einmal neu anzusetzen.

»Hör mir zu, Helena.« Meister Bohnsack nahm seine Tochter zur Seite. »Im Überschwang der Empfindung, die alle Welt ›Liebe‹ nennt, stellt man allerhand Unsinn an und trifft leicht falsche Entscheidungen. Ich habe doch gemerkt, wie dein Blut in seiner Gegenwart in Wallung gerät. Und seines sowieso – die Nähe jeder schönen Frau erhitzt dem Ritter Ansgar Blut und Schädel.«

»Das ist nicht wahr!«

»Hör mir doch zu!« Der Vater schaute nach allen Seiten, einige Bauleute beobachteten sie und tuschelten. »Schöne Gefühle, die in einem Augenblick aufwallen und im nächsten schon erkalten, sind das eine. Eine Entscheidung, die man für das ganze Leben trifft, das andere. Ansgar ist ein Ritter. Ob er nun dem Burggrafen dienen wird, dem Erzbischof oder dem Herzog – er wird in jedem Fall in Kriege ziehen, Städte belagern, zu Turnieren reisen. Kurz: Er wird selten bei dir sein. Und er wird andere Frauen treffen, für die er dichten, singen und kämpfen wird. Und ich will nicht, dass ein Mann meine geliebte Tochter unglücklich macht.«

Er ließ sie los und wandte sich dem Nordturm zu. »So siehst du ihn? So ist er nicht!« Helena lief wieder an seine Seite, fasste seinen Arm. »Ich glaube niemals, dass er so ist!«

Neben dem Tretrad des alten Trommelkrans blieb Meister Bohnsack stehen. »Siehst du, Helena? Dafür hast du mich, deinen Vater – damit ich es für dich glaube und damit ich, unberührt von der flüchtigen Aufwallung, die alle Welt ›Liebe‹ nennt, für dich die richtige Lebensentscheidung treffe.«

Er wollte sich losmachen, doch Helena hielt ihn fest und beugte sich an sein Ohr. »Und wenn ich ihn nun aber wirklich liebe?«, flüsterte sie.

»Liebst du ihn denn wirklich? Oder berauschen dich seine schöne Gestalt, seine hübschen Augen, seine charmanten Worte und seine Liebeslieder?« Er sah ihr ins Gesicht, und sein Blick war voller Güte und zugleich voller spöttischem Mitleid. Helena wusste ihm nichts zu antworten. »Denk in

Ruhe über alles nach, meine Tochter, über alles, was ich dir gesagt habe. Danach reden wir noch einmal.« Der Baumeister bückte sich in die Türöffnung des Turms und stieg die Treppe hinauf.

Helena rührte sich nicht. Wie ein Echo hallten ihr die Worte des Herrn Vaters zwischen den Schläfen. *Liebst du ihn denn wirklich?* Neben ihr knarrte und quietschte das Tretrad, über ihr schwebte eine Bohle voller Steine zum Turm hinauf. *Oder berauschen dich seine schöne Gestalt, seine hübschen Augen, seine charmanten Worte und seine Liebeslieder?* Jedes Wort ein Stich in der Brust.

Männer riefen ihren Namen. Einer berührte sie am Arm und deutete zu der über ihr schwebenden Steinladung hinauf. »Besser, Ihr tretet aus dem Bereich des Schwenkarms.« Helena trat in den Turm und stieg die enge Treppe hinauf.

Ihre Beine waren auf einmal schwer. Es roch nach Kalk, Mörtel und Holz. Sie tastete nach Ansgars Brief in ihrem Kleiderärmel. *Die flüchtige Aufwallung, die alle Welt ›Liebe‹ nennt.* Was verstand er schon von Liebe, der alte Herr Vater. Die Mutter hatte gewiss nicht ohne Grund geplant, ihn zu verlassen.

Die Stufen machten eine Biegung. Helena blickte zur Decke des engen Treppenhauses. Schalbretter verdeckten sie. Plötzlich endete die Treppe. Ein Zimmermann kniete vor der Holzverschalung weiterer Stufen und studierte einen Plan. Helena stand neben ihm und vor einem zwei Fuß hohen Mauerabsatz. Wie war der Vater da hinaufgekommen?

»Die letzten Stufen zur Chorempore sind noch nicht fertig«, sagte ein Mann. Eine Hand streckte sich ihr entgegen. »Komm, ich helfe dir herauf.«

Sie hob den Blick – und sah in ein freundlich lächelndes Gesicht und in hellblaue Augen. Der Bildhauer aus Paris. Wie hatte er gleich geheißen? Gotthart von Saint Leonard, richtig.

Ohne nachzudenken, griff sie zu und ließ sich auf den Boden der künftigen Chorempore helfen. Die Hände des Bildhauers fühlten sich warm und kräftig an. Er selbst war über und über mit Steinstaub bedeckt. »Danke«, sagte Helena knapp und blickte sich um. Hier oben, auf der Empore, sollte rund um den geplanten Hochchor ein prachtvoller Bischofsgang entstehen. Helena träumte schon von all den Gewölben, Säulen und Arkaden, so oft sprach ihr Vater davon.

Nicht weit vor ihr ragte jetzt einer der beiden halb fertigen vorderen Vierungspfeiler auf. Blickte sie nach rechts, schaute sie auf die hinteren Vierungspfeilersockel, das riesige alte Tretrad und die Fundamentgräben hinab. Der Herr Vater stand ganz links am anderen Rand des Bretterdaches, mit dem man den neuen Chor und den Chorumgang vor Schnee und Regen geschützt hatte.

Offenbar hatte er schon Anweisungen gegeben, wo der neue Trommelkran vorerst zu stehen hatte, denn unter ihm, zwischen einer Bauhütte und der Fassade des Kapellenkranzes, richteten die Zimmerleute bereits das neue Heberad auf. Den Kranmasten mit dem Schwenkarm und dem Flaschenzug hatten sie bereits im Podest verankert.

Links, auf der Südseite, zogen ein Ochsengespann und acht Männer an Tauen, die über ein etwa zwanzig Fuß hohes Gerüst liefen und rechts, auf der Nordseite des Chores, im neuen Heberad befestigt waren. Ein Mann rief rhythmische Kommandos, und Stück für Stück richtete das breite Rad sich auf. Die Waffenknechte auf der nahen Stadtmauer schauten neugierig herüber.

An Gottharts Seite schritt Helena über die Bretter hinweg zum Vater. Der Franzose war ihr nicht geheuer mit seinem weichen, melodiösen Akzent, seinen wulstigen Lippen, seinen hellen, rätselhaft glitzernden Augen und seiner bulligen Statur.

Andererseits hatte sie gehört, dass er schöne Bildnisse aus dem Stein hauen konnte. Und natürlich entging es ihr nicht, dass er sie jedes Mal wohlwollend, ja bewundernd anschaute, wenn sie ihm begegnete. Seit er ihr im Winter einmal seinen Mantel angeboten hatte, suchte er ihre Nähe. Manchmal wollten seine Blicke sie gar nicht mehr loslassen. Irgendwann, da war sich Helena sicher, würde er beim Vater vorsprechen und um ihre Hand anhalten.

Plötzlich hielt der Bildhauer sie am Arm fest und stand still. Auch Helena blieb stehen. Fragend sah sie ihn an. Er lächelte, und sein Blick hatte etwas Forschendes. »Was schaut Ihr mich denn so an, Herr Gotthart?«

»Deine Gesichtszüge, deine Gestalt, deine Augen, dein kastanienrotes Haar – nichts davon erkenne ich in der äußeren Erscheinung deines Vaters. All die Schönheit muss von deiner Mutter auf dich gekommen sein.«

Helena spürte, wie sie errötete. »Das mag sein, Herr Gotthart. Doch Ihr macht mich verlegen.« Sie entzog ihm den Arm und ging weiter. Seine Worte schmeichelten ihr. Und verunsicherten sie zugleich.

»Sag du zu mir und nenn mich einfach Gotthart, ja?« Der Bildhauer hielt sich dicht an ihrer Seite. Helena antwortete nicht. *Jetzt geht es los*, dachte sie, *jetzt fängt er an, um mich zu werben.*

Vom äußeren Rand des Chordaches aus sah Helena den Zimmermeister um das hochsteigende Heberad herumlaufen. Von Zeit zu Zeit versetzte er den Keilbalken, mit dem man das schwere Rad am Abrutschen hinderte. Und unter den Männern, die es gemeinsam mit den Ochsen hochzogen, entdeckte sie Monicas Mann, den Schmied Benno. Und neben ihm den jungen Wenden Moritz, den sie Samson nannten, weil er so stark war.

Auch er war einer von denen, die heimlich nach ihr guckten. Dieser Moritz tat es jedoch noch am heimlichsten von allen, denn er war scheu. Und ein wenig linkisch. Manchmal machte Helena sich über ihn lustig. Ihr Vater jedoch hielt große Stücke auf ihn.

»Darf ich dich etwas fragen?« Der edle Herr Gotthart beugte sich an ihr Ohr.

Sie wich ein Stück von ihm weg. »Was denn?« Wieder sah sie ihm verwundert ins schmutzige Gesicht.

»Würdest du mir Modell für eine Figur sitzen?«

2
Kuss

Magdeburg, Sommer 1228

Die Wachsfigur hatte etwa die Länge von Moritz' Unterarm und stand erhöht auf drei Steinblöcken. Garnfäden verbanden die markanten Punkte ihrer Mundpartie mit den gleichen markanten Punkten in der geplanten Mundpartie der Steinskulptur. Moritz hatte die Steine auf der Werkbank gestapelt, damit das Modell aus Wachs und Drahtgeflecht ungefähr zwischen Taille und Kopf der Skulptur aufragte. Nacheinander markierte er im Stein der geplanten Mundpartie die wichtigen Punkte mit einem Kohlestift und entfernte dann die Fäden.

Die Sandsteinfigur, nicht einmal halb vollendet, reichte Moritz bis zur Nasenwurzel, hatte also etwa die Originalgröße der Frau, die sie einmal darstellen sollte. Er wusch sich Tinte und Klebefett von den Fingern und kippte die Skulptur zwischen zwei im Hüttenboden festgeschraubte Kanthölzer.

An zwei Kerzenleuchtern, die er rechts und links des steinernen Kopfs aufstellte, entzündete er sämtliche sechs Kerzen; eine Stunde noch höchstens, dann würde die Abenddämmerung einbrechen. Schließlich griff er zum kleinsten Eisen und leichtesten Klöpfel, setzte sich rittlings auf die steinerne Brust und begann, das steinerne Gesicht zu bearbeiten.

Draußen tauchte noch die Abendsonne Elbe, Werder und Stadt in ihr letztes flirrendes Licht, das schönste des Tages. Moritz hatte die Bauhütte allein für sich, alle anderen waren fischen oder zu ihren Familien in die Stadt gegangen. Wer Frau und Kinder hatte, lebte meist in einem Haus in Magdeburg oder der Neustadt; so nannten sie hier die Siedlung vor der nördlichen Stadtmauer.

Alle Meister unter den Bauleuten, das wusste Moritz, hielten sich noch auf der Dombaustelle auf. Meister Bohnsack erklärte ihnen dort die einzelnen Arbeitsschritte für den Bau des hohen Chors und des Bischofsgangs. Dabei hatte der Erzbischof den Plan noch gar nicht genehmigt. Ein Großteil des Gerüstes stand dennoch bereits. Meister Bohnsack brannte darauf, endlich mit den eigentlichen Bauarbeiten anfangen zu können.

Die Bauhüttentür öffnete sich, ein stämmiger Mann kam herein, rief Moritz' Namen und einen Gruß. Benno.

Der Schmied kam rasch näher. Moritz ließ das Werkzeug fallen und langte nach dem Tuch, mit dem er die Statue tagsüber verhüllte. Mit flinken Bewegungen bedeckte er das unvollendete Gesicht. Niemand musste sehen, wessen Bildnis er hier aus dem Stein schlug.

»Du arbeitest noch?« Benno spähte zur verdeckten Skulptur herunter, lehnte gegen die Werkbank und verschränkte die Arme vor der breiten Brust.

Moritz sprang auf. »Nur, solange es noch hell ist.« Er pflückte das Wachsmodell von den Steinen und legte es mit dem Gesicht voran auf die Werkbank.

»Wenn man sich die sechs Kerzen hier anschaut, könnte man meinen, du wolltest die Nacht durcharbeiten.« Benno griff nach der Wachsfigur und machte Anstalten, sie umzudrehen, doch Moritz hielt seinen Arm fest. Benno staunte ihn an. »Geheimnisse?« Er grinste, ließ die Figur aber wieder los. »Na, gut. Warum nicht? Ich habe auch meine Geheimnisse. Sogar vor Monica.«

Moritz wusste nicht recht, was er sagen sollte. Er wünschte, Benno würde bald wieder gehen, damit er weiterarbeiten konnte. Die einsamen Stunden waren selten genug.

»Zum Beispiel weiß Monica nicht, dass ich ein paar Heller gespart habe, weil ich ihr zu ihrem Wiegenfest im September einen steinernen Trog schenken werde.«

»Einen Trog?« Moritz tat neugierig. »Für den Hund?«

»Unsinn! Einen tiefen Steintrog, in dem sie ihre Füße baden kann. Heiß baden, meine ich. Sie hat so oft kalte Füße, weißt du? Und du, mein Freund, sollst mir den Trog hauen und dir meine ersparten Heller verdienen.«

»Warum nimmst du nicht einfach einen Blecheimer oder ein Gefäß aus Ton?«

»Weil die leicht umfallen.« Benno blickte sich auf der Werkbank um. »Außerdem soll mein Trog Monicas ganzes Leben lang halten. Verstehst du?« Der Schmied langte nach einem Stück Kohle, das er auf einem Pergament entdeckt hatte. »Ich zeichne dir auf, wie ich mir Monicas Fußtrog vorstelle.« Er zog ein Brett von einem Steinstapel, wischte den Steinstaub mit dem Kittelärmel ab, legte es auf das oberste Pergament und setzte den Kohlestift an.

Plötzlich stutzte er. »Nanu?« Er zog das Pergament heran. »Du hast die Tochter des Baumeisters gezeichnet?« Moritz spürte, wie ihm das Blut ins Gesicht stieg – an die Zeichnung hatte er nicht mehr gedacht. Benno aber betrachtete sie jetzt ganz genau. »Tatsächlich: Das ist Helena. Wer sonst?«

Blitzschnell griff er nach dem Wachsmodell und nahm es hoch. »Helena.« Moritz gab es auf, sein Freund hatte ihn durchschaut. Benno bückte sich nach der Steinfigur und zog ihr das Tuch vom Kopf. »Helena! Ich glaube es nicht – überall Helena!«

Ungläubig schüttelte er den Kopf. »Dass dieses stolze Fräulein sich von dir hat zeichnen lassen?« Benno richtete sich wieder auf und staunte Moritz an. »Der Franzose wollte sie auch zeichnen, doch dem hat sie's glattweg abgeschlagen.«

»Sie hat sich nicht von mir zeichnen lassen, ich habe sie nicht einmal gefragt. Sie darf es auf keinen Fall wissen.«

»Du hast sie aus dem Kopf gezeichnet?« Bennos skeptischer Blick wanderte zwischen dem Wachsmodell und der Zeichnung hin und her. »Das glaube ich nicht.«

»Warum nicht?« Moritz schloss die Augen. »Ich muss nur die Augen zumachen und an Helena denken, dann sehe ich sie ganz deutlich vor mir.«

Halb spöttisch und halb bedauernd sah der Schmied Moritz ins Gesicht. »Und jetzt willst du sie also in Stein hauen.« Moritz senkte den Blick und nickte. »Du liebst sie, nicht wahr?« Benno fasste ihn bei den Schultern und zog ihn an seine Brust. »Komm her, mein armer Freund. Liebe kann ja so schmerzlich sein. Besonders, wenn man so viele Rivalen hat wie du.«

Moritz machte sich von ihm los. »Du darfst es niemandem verraten, hörst du?«

»Dass du in die Tochter des Baumeisters verliebt bist?« Benno lachte laut. »Das wissen doch längst alle!« Er schlug ihm auf die Schulter. »Das kannst du gar nicht verbergen. Sie muss nur in Sichtweite auftauchen, und schon merkt auch der Stumpfsinnigste, dass du es auf sie abgesehen hast.«

»Ich habe es nicht auf sie abgesehen«, entgegnete Moritz trotzig.

»Natürlich hast du es auf sie abgesehen! Du bist sogar verrückt nach ihr.« Benno stieß ihm die Faust gegen die Brust. »Du denkst an nichts anderes mehr als an sie, gib es zu!«

»Das stimmt nicht!« Moritz wurde laut. »Ich denke an meine Arbeit!«

»Ist ja gut, mein Freund, ist ja gut.« Benno lächelte spöttisch. »Manchmal denkst du natürlich auch an deine Arbeit, sicher. Meistens aber denkst du an Helena. Habe ich recht?«

Schweigend deckte Moritz die Skulptur wieder zu. »Dann solltest du aber auch deine Schüchternheit überwinden, wenn sie in der Nähe ist. Und ihr den Hof machen.«

»Wozu? Helena liebt doch den dänischen Ritter.«

»Ansgar?« Benno guckte ganz erstaunt. »Der ist doch gar nicht da. Allerdings macht der französische Bildhauer ihr schöne Augen. Doch dass sie sich mit dem einlässt, glaube ich im Leben nicht. Solange jedoch Ansgar noch nicht aus Dänemark zurück ist, solltest du die Gelegenheit nutzen.«

»Das bringe ich nicht über mich«, sagte Moritz leise.

»Das bringst du nicht über dich?« Halb tadelnd, halb ungläubig sah Benno ihm ins Gesicht. »Du, der stärkste Mann auf der Baustelle?« Er boxte ihn gegen den Brustkorb. »Sie nennen dich ›Samson‹, Mann! Also überwinde dich, sei ein Samson und mach ihr den Hof!«

»Wie denn?« Moritz breitete ratlos die Arme aus. Im Grunde war er froh, endlich mit jemandem über seine Gefühle für Helena sprechen zu können. »Was soll ich denn tun?«

»Sag ihr nette Sachen. Sag ihr, dass sie schön ist, dass keine andere solch zauberhafte Augen hat wie sie, solch glänzendes Haar. Sag ihr, dass du gern in ihrer Nähe bist, solche Sachen halt.«

Wie gebannt hing Moritz an Bennos Lippen, jedes Wort seines Freundes erzeugte einen ganzen Bilderreigen in seinem Kopf. »Das habe ich mir schon ein paar Mal vorgenommen, doch wenn ich vor ihr stehe, fehlen mir plötzlich die Worte.«

Benno deutete wieder auf die Skulptur am Boden. »Dann übe es doch an ihrem steinernen Bildnis.«

»Das ist doch noch gar nicht fertig«, sagte Moritz und merkte im selben Augenblick, wie unsinnig die Antwort war.

Benno lachte nur. »Oder schenke ihr etwas.« Er deutete auf das Werkzeug und die Steine auf der Werkbank. »Mach ihr eine schöne, bunte Figur oder einen Trog. Pflücke ihr ein paar Blumen, stehle ihr Kirschen oder einen Apfel, was weiß ich. Mir fiel immer etwas ein, das ich Monica schenken konnte.«

Helena ein Geschenk machen? Auf den Gedanken wäre Moritz niemals gekommen, das hätte er sich gar nicht getraut. Er strich sich durch den inzwischen dichten Bart. »Meinst du wirklich?«, murmelte er.

»Und soll ich dir sagen, was Monica am meisten begeistert hat? Da kommst du nie drauf.« Benno feixte und winkte ab.

»Was?«

»Rate.«

»Sag es mir.«

»Das müsstest du vorher aber auf jeden Fall an ihrem Bild üben.« Benno lachte laut.

»Sag es mir doch.«

Der Schmied beugte sich nahe an Moritz' Gesicht und flüsterte: »Ich habe Monica einfach in den Arm genommen und geküsst. Das hat sie umgehauen.« Benno lachte, wie ein großer Junge, dem ein prächtiger Streich gelungen war. »Ich hab sie einfach geküsst«, rief er lachend, »und jetzt kriegt sie bald unser zweites Kind!«

Meistens war es der Hahn, der Helena weckte. An diesem Tag jedoch hockte sie bereits wach auf dem Strohsack, als er draußen im Kirchhof krähte. Ein Traum hatte sie lange vor Sonnenaufgang geweckt. Kein schöner Traum.

Ansgar von Lund war schwer verwundet aus einem Krieg nach Magdeburg zurückgekehrt. Fiebernd lag er im Traum in ihren Armen, in ihrem Schoß. Er flehte sie an, ihn nur ein einziges Mal zu küssen, dann würden seine Wunden ganz gewiss heilen und er weiterleben. Helena beugte sich zu ihm hinunter und küsste ihn auf den Mund. Das fühlte sich gut an.

»Meine Wunden heilen bereits«, sagte Ansgar im Traum, als Helenas Lippen sich von seinem Mund lösten. »Sobald ich ganz gesund bin, werde ich Harnisch und Schwert ablegen und nie wieder ein Ritter sein.« Vom ganzen Traum stand sein charmantes Lächeln ihr noch am deutlichsten vor Augen. »Das schwöre ich dir, Helena! Das schwöre ich dir bei dem, was alle Welt Liebe nennt.«

Kaum hatte er das gesagt, stand er auf und ging hinaus in die Dunkelheit. Und Helena erwachte.

Jetzt krähte der Hahn, und sie lehnte gegen die Wand ihrer Schlafkammer und las Ansgars Brief. Das Lied las sie laut. »Goldener Tag, der dich mir schenkte, an dem ich dich zum ersten Mal sah, Schatztruhe voll goldener Zukunft.«

Sie dachte an ihre erste Begegnung auf dem Marktplatz jenes Dorfes zurück, dessen Namen sie nie vergessen würde: Jena. Wie er auf einmal neben ihr auftauchte, wie er ihr gegen den betrügerischen Bauern beigestanden hatte. Sie dachte an das Gänsemahl, an die Tage auf der Rudelsburg und an die Reise hierher nach Magdeburg.

»Würde ich mich so gern an all das erinnern, wenn ich ihn nicht liebte, Frau Mutter? Ist das nicht Liebe, was ich dabei empfinde?«

Sie las weiter. »Doch eine lodernde Flamme ist meine Liebe gewesen. Der Sturm der Trennung hat sie zu einem alles verzehrenden Brand entfacht. Wärst du da.«

Helenas Herz schlug schneller. Sie ließ den Brief sinken und dachte an den Traumkuss. Hitze perlte ihr aus dem Schoß in die Brust und durch den ganzen Leib.

»Ist das etwa keine Liebe, sich zu sehnen und so stark nach den Lippen und Händen eines Mannes zu verlangen, Frau

Mutter?« Helena fühlte sich schon ganz erschöpft von all den Zweifeln und Fragen. »Wie ging es Euch nur mit jenem fremden Mann?« Sie seufzte. »Ich wüsste es so gern.«

Die Worte ihres Vaters gingen ihr nicht mehr aus dem Kopf: *Schöne Gefühle, die in einem Augenblick aufwallen und im nächsten schon erkalten, sind das eine. Eine Entscheidung, die man für das ganze Leben trifft, das andere.* Immer musste sie daran denken. Und sich ärgern.

In manchen Stunden hasste sie ihren Vater für diese Worte. Ob er mit der Mutter ähnlich gesprochen hatte? Helena drückte den Briefbogen ans Gesicht, schloss die Augen und sog den Duft des Pergaments ein. Und sah ihn vor sich, den blonden Ansgar, den schönen Ritter. Nein, das war keine kurze Aufwallung, was sie empfand, keine schnell vorübergehende Empfindung. Das war Liebe, das musste Liebe sein!

»Ich sehne mich wirklich nach ihm, Frau Mutter. Und es ist wirklich Liebe.« Sie öffnete die Augen, seufzte tiefer und ließ den Brief sinken. »So fühlte sich doch Liebe an, oder?«

Der Hahn draußen wollte gar nicht mehr aufhören zu krähen. Das erschien Helena ungewöhnlich. Auch die Hühner gackerten aufgeregt. Was geschah da draußen im Hof?

Helena stand auf und ging zum Fenster. Der Dompropst Wilbrand hatte Glas einsetzen lassen, kurz bevor die Bauhütte nach Magdeburg gekommen war. Helena sah hinaus. Der Himmel war klar. Sie blickte in den Hof hinunter. Die Hühner schlugen mit den Flügeln, der Hahn jagte drei Hennen hinterher und trieb sie zum Einschlupfloch des Stalles. Irgendetwas beunruhigte die Tiere.

Helena legte ihr Nachtgewand ab. Nackt stand sie vor dem Waschtisch und strich sich über den Bauch. Und dachte an Monica. Wie viel älter als sie war die Frau des Schmiedes? Ein

Jahr? Zwei Jahre? Wie viele Jahre würden noch vergehen, bis auch in ihrem Bauch ein Kind wuchs?

Sie hob ihre Brüste an. Ein wohliges Gefühl prickelte durch ihren Leib. Wie viel Zeit würde noch vergehen, bis ein Mann sie liebkoste? Jahre? Nein, das würde sie nicht aushalten! Und wieder dachte sie an Ansgar.

Während sie sich wusch und ankleidete, verdrängten die lästigen Vaterworte das Bild des begehrten Mannes. *Liebst du ihn denn wirklich?* »Sei still!«, zischte sie. *Oder berauschen dich seine schöne Gestalt, seine hübschen Augen, seine charmanten Worte und seine Liebeslieder?* »Gib endlich Ruhe!« Sie stampfte mit dem Fuß auf.

Auf ihren Vater schimpfend ging sie wieder zum Fenster. Unten im Hof drängten sich inzwischen viele Hühner flügelschlagend vor dem Eingang zum Stall. Eines wollte schneller hineinschlüpfen als das andere. Der Hahn jagte die restlichen Hennen durch den Hof und versuchte, sie ebenfalls in den Stall zu treiben. Warum nur? Normalerweise wartete das Federvieh um diese Zeit doch auf sein Futter.

Ein Fuchs? Helenas Blicke wanderten über den großen Hof. Der war von einer Backsteinmauer eingefriedet. Eine mannshohe Hofmauer umgab Haus, Stallungen, Werkstatt, Waschküche und Gesindehütte. Das alte Wohnhaus gehörte zu den besseren in Magdeburg. Fromme Männer hatten hier zu Zeiten des Erzbischofs Gero zusammengelebt und gewirtschaftet.

Oben im Turmfenster der Sankt Sebastianskirche, zwischen den Säulen des Rundbogenfensters, saß etwas. Etwas Schwarzes. Ein Habicht. Auf einmal verstand Helena die Aufregung im Hühnerhof.

Sie rannte aus der Schlafkammer und stürmte die enge Treppe hinunter. Helena musste ein paar Mal am Riegel der

Haustür zerren, bevor der sich endlich bewegte. Sie riss die Tür zum Hof auf. Da sah sie den schwarzgrauen Räuber auch schon dicht über dem Boden zur Mauer gleiten – in seinen Fängen zuckte ein Huhn. Hahn und Hühner krähten in heller Aufregung.

Helena riss ein Holzscheit aus dem Brennholzstapel neben der Haustür und schleuderte es nach dem Habicht. Doch der stieg schon mit schwerem Flügelschlag zur Mauerkrone auf, und das Holz krachte gegen den Sandstein. Der Habicht sackte über die Mauer, tauchte kurz darauf vor dem Kirchturm auf und trug seine Beute über die Dächer der Nachbarn hinweg nach Westen.

»Dieb, verfluchter!« Helena schimpfte ihm hinterher. Der Kater kroch hinter dem Holzstoß hervor, ein kräftiges, weißes Tier. »Faules Luder!«, fuhr Helena ihn an. »Wozu bist du gut, wenn du nicht einmal den Habicht von den Hühnern fernhalten kannst?«

Das Fenster im Untergeschoss öffnete sich. »So beruhige dich doch, Helena.« Der Vater beugte sich heraus, sein Nachthemd war genauso zerknautscht wie sein Gesicht. »Das Leben ist nun einmal so. Und der Kater ist nicht stark genug für einen derart großen Habicht.«

»Nicht stark genug?« Mit wütender Geste verscheuchte Helena den Kater vom Holzstoß. »Und warum schleppt er dann ständig erlegte Ratten herbei, eine größer als die andere?«

»Wir müssen künftig die Stalltür besser verriegeln«, sagte Meister Bohnsack und schloss wieder das Fenster. Helena aber stapfte schimpfend ins Haus zurück, holte schimpfend die Kornschüssel aus der Vorratskammer, fütterte schimpfend die Hühner.

Erst, als jemand das Hoftor öffnete, hörte sie auf zu schimpfen. Sie stemmte die leere Schüssel in die Hüfte, runzelte die

Stirn und spähte unwillig zum Tor. Wer, um alles in der Welt, erlaubte sich, zu derart früher Stunde den Baumeister zu stören? Oder kam da etwa der nächste Hühnerdieb?

Gleichgültig – Helena hatte noch genug Wut im Bauch für jeden, der ihr nicht willkommen war.

Die kräftige Gestalt des Wenden schob sich in den Hof. Die schwarzen Locken waren voller Steinstaub und standen ihm störrisch zu allen Seiten ab. Auch sein langes graues Gewand und seine Beine waren staubig.

Zu Helenas Überraschung lächelte Moritz, als hätte man ihm gerade doppelten Lohn ausgezahlt. Linkisch, wie er nun einmal war, drückte er das Tor mit dem Rücken hinter sich zu. »Einen gesegneten Morgen wünsche ich!«, rief er.

»Du, Moritz?« Helena staunte nicht schlecht. »So früh?«

»Ich wollte der Erste sein, mit dem du an diesem Tag sprichst.« Warum redete er nur so laut? »Hast du gut geschlafen?« Und auch sein Grinsen zeigte nicht die Spur jener Scheu, die Helena von ihm gewohnt war.

»Da kommst du zu spät, mein lieber Samson. Ich habe bereits mit meiner Mutter und meinem Vater gesprochen, mit dem Kater geschimpft und mit dem Habicht, dem verdammten Hühnerdieb.«

»Oh! Schade.« Moritz stieß sich vom Hoftor ab und kam auf sie zu. Warum nur verschränkte er die Hände hinter dem Rücken? In dieser Haltung hatte Helena den jungen Burschen noch nie gesehen. Und warum wankte er, als wäre er berauscht?

Unwillig runzelte sie die Stirn. »Was verbirgst du hinter deinem Rücken, Moritz?«

Er nahm die Arme hinter dem Rücken hervor. »Ich will dir etwas schenken.« Mit schmutzigen Händen streckte er ihr eine ovale Schale vors Gesicht; so nahe, dass sie einen halben Schritt zurückweichen musste, um sie betrachten zu können. Seinen von Wein gesättigten Atem roch sie dennoch. Moritz war tatsächlich berauscht. Und das zu so früher Stunde!

Doch das Geschenk fesselte Helenas Aufmerksamkeit mehr als sein Weinatem. »Für mich?« Sie traute ihren Augen nicht: Die dunkelrot bemalte Schale war aus Stein und nicht ganz eine Elle lang. Hellblaue Blütenornamente zierten sie innen und außen, und an den Rändern der Schmalseiten befanden sich je ein hellblauer steinerner Apfel und eine hellblaue steinerne Birne als Griff. Schwarze Kirschen lagen in der Schale. Die waren echt.

»Die ist ja wunderschön!« Helena nahm Moritz die Schale ab und betrachtete sie von allen Seiten. »Wunderschön, wirklich.«

»Selbst gemacht!«, rief der junge Steinmetz. »Du kannst sie als Obstschale benutzen oder deine Haarbürste hineinlegen!«

»Ich bin nicht schwerhörig, Moritz.« Aufmerksam und ein wenig misstrauisch musterte sie das von schwarzem Bartflaum bedeckte und von schwarzen Locken eingerahmte Gesicht des Wenden. Warum dieses Geschenk? Wollte er ihr etwa den Hof machen? So wie der Bildhauer Gotthart? Dem hatte sie es vor drei Tagen rundweg abgeschlagen, sich von ihm zeichnen zu lassen. Seitdem war er beleidigt und würdigte sie keines Blickes mehr. Und jetzt also auch Moritz, dieser ungehobelte Kraftprotz.

»Ich habe zwei Tage und eine Nacht an dieser Schale gearbeitet!« Schon wieder sprach Moritz so laut, dass jeder Nachbar mithören konnte. Und der Herr Vater sowieso. »Und die ganze Zeit habe ich dabei an dich gedacht.«

»Was?!« Helena kicherte halb verlegen, halb erschrocken.

»Und dann will ich dir noch etwas sagen, Helena.« Moritz nahm ihr die Schale wieder ab, stellte sie auf den Holzstoß und wandte sich ihr erneut zu. »Du …« Er räusperte sich ein paar Mal. »Du bist …« Er nahm den nächsten Anlauf, schwankte beträchtlich. »Du bist die schönste Frau von ganz Magdeburg!«

Kaum hatte Moritz das ausgesprochen, umarmte er Helena, riss sie an seine Brust und küsste sie auf den Mund. So schnell ging das, so vollkommen überraschend war das, dass Helena sich völlig überrumpelt fühlte. Wehrlos und wie betäubt hing sie zwei Atemzüge lang in seinen starken Armen, spürte seine rauen Lippen auf ihren und seine kräftigen Arme und Hände auf ihrem Leib. Hatte jemals ein Mensch sie derart kraftvoll und stürmisch umarmt?

Erst, als sie hörte, wie der Vater das Fenster seiner Schlafkammer aufriss, gelang ihr wieder ein klarer Gedanke. Sie stieß Moritz weg von sich und schaute ihm wütend ins erwartungsvoll, ja beinahe selig lächelnde Gesicht. Dann schlug sie ihm mit aller Kraft auf die linke Wange. »Schnappst du jetzt über?«

Die Tür zum Gesindehaus wurde aufgestoßen, Pater Rochus sprang in den Hof; seine Augen waren weit aufgerissen, seine Miene erschrocken. Mit einem Stecken in der Rechten kam er näher.

Helena aber schlug Moritz auch auf die rechte Wange. »Hat dich die Raserei wieder gepackt?« Sie deutete zum Hoftor. »Mach, dass du wegkommst, Wendenbalg!«

Helena sah, wie Moritz erbleichte. Er hetzte zum Hoftor, stolperte, schlug lang hin, stemmte sich wieder hoch, eilte aus dem Hof.

Pater Rochus kam zu ihr, bückte sich und vertrieb die Hühner mit scheuchender Geste. Mit dem Stecken schrieb er in Sand und Körner: *Vergiss den Ritter. Ein anderer ist der Mann, den Gott für dich bestimmt hat.*

»Was?« Ärger stieg in ihr hoch. Das war das Letzte, was Helena lesen wollte. »Wer denn?«

Pater Rochus beugte sich wieder über den Sand und schrieb: *Der.* Doch als sein Stecken den nächsten Buchstaben schon zu zeichnen begann, stieß der Herr Vater die Haustür auf und stürmte in den Hof. »Na warte«, schimpfte er, »diesem unverschämten Wendenlümmel werde ich schon noch die Leviten lesen!«

3
1150 Silberpfennige

Zuerst fühlte er nichts als Scham. Ihm war, als hätte man ihm die Kleider vom Leib gerissen und die Haut vom Oberkörper abgezogen; als würden tausende Augen seine Nacktheit anstarren, tausende zürnender Blicke sich wie Nadeln in seine wunde Brust, in sein Herz bohren. Die Augen lauerten von überall her – aus den Fassaden am Breiten Weg, aus den Baumkronen am Rande des Domplatzes, aus der Baustelle, aus den Fenstern des Bischofspalastes, aus dem Himmel darüber. Wie sollte er all den stechenden Blicken nur ausweichen?

Im Palast drüben an der Ostseite des Chors öffnete sich das Eingangsportal, und Moritz drückte sich in den Schatten einer Hofeinfahrt. Eine Schar Schwarzmäntel trat heraus und stieg die Treppe herunter. Moritz erkannte den Dompropst Wilbrand und den Domherrn Dietrich von Dobin.

Er wartete, bis die geistlichen Herren zwischen der Baustelle und der Südseite des Palastes verschwanden. Dann erst lief er weiter.

Und dann erst traf ihn der Schmerz.

Hatte sie ihn wirklich geschlagen? Hatte Helena ihn wirklich »Wendenbalg« genannt? Die Erinnerung fühlte sich an wie ein Schlag in die Magengrube. Der Schmerz verdrängte die Scham und trieb Moritz die Tränen in die Augen.

Er vermied es, an der Baustelle vorbeizulaufen, wo sich schon die Heberäder drehten und die ersten Bauleute gruben, hämmerten, sägten, Mörtel mischten und Steinblöcke verschoben. Dicht an der Nordfassade des Bischofspalastes entlang schlich er zum Klosterweg. Vom Liebfrauenkloster her läuteten die Glocken.

Moritz drückte sich gegen die Fassade, denn angeführt von Wilbrand und Dietrich, strebten auf dem Klosterweg gut drei Dutzend Menschen der Klosterkirche entgegen: Domherren, Mönche, Domschüler. Hinter ihnen lief eine Hand voll Frauen. Moritz entdeckte den strohblonden Haarschopf seiner neuen Freundin Mechthild unter ihnen.

Er lehnte gegen die Fassade und atmete durch. Ihm war übel. Erschöpft fühlte er sich, maßlos erschöpft und betrunken. Seine Hände zitterten, seine Knie waren weich, die Gebäude an der Mauer zwischen Stadt und Domfreiheit verschwammen ihm vor den Augen. Er schloss sie.

Im Geist stand er noch immer vor Helena, sah noch immer ihr zorniges Gesicht, spürte noch immer ihre Schläge. Seine Wangen brannten noch davon, und zwischen seinen Ohren gellte es hässlich: *Wendenbalg!*

Wer hatte ihm das eingebrockt? Benno mit seinen Ratschlägen! Moritz schlug mit der Faust gegen die Palastfassade. Nach und nach machte der Schmerz einer brennenden Wut Platz.

Er wartete, bis die frommen Leute an der Bauhütte und der Schmiede vorbeigezogen waren. Dann spähte er nach rechts zu den Bauhütten vor dem Domchor. Das Rad des neuen Trommelkrans drehte sich dort. Und Ochsentreiber lenkten drei Fuhrwerke voller Steinblöcke zur Baustelle. Moritz erinnerte sich: Am Abend zuvor hatte ein Frachtkahn aus Dresden mit neuen Steinen aus dem Elbsandsteingebirge angelegt.

Moritz wartete, bis auch die Gespanne der Ochsentreiber zwischen Bischofspalast und Domneubau verschwanden; niemand sollte ihn sehen. Dann stieß er sich von der Fassade ab und wankte den Klosterweg entlang.

Benno war schuld an diesem Unglück aus ungeschickten Worten, Kuss, Schlägen und Beschimpfung. Benno hatte ihm zu dem Kuss geraten. Und dazu, sich zuvor Mut anzutrinken.

Viel Mut war nötig gewesen, um Helena mit dem Geschenk unter die Augen zu treten. Viel Mut erst recht, um ihre Schönheit zu preisen, sie zu umarmen und zu küssen. Viel Wein hatte Moritz trinken müssen, bis er den Weg zum Kirchhof von Sankt Sebastian gewagt hatte.

Benno hatte ihn überredet. Benno war schuld! Moritz ballte die Fäuste.

Er stapfte an der Bauhütte vorbei. Er wollte direkt zur Schmiede gehen. Mit jedem Schritt wuchs seine Wut auf Benno. Er lauschte nach Hammerschlägen aus der Schmiede und hörte keine. War Benno noch nicht bei der Arbeit? Gleichgültig – notfalls würde er in Bennos und Monicas Schlafkammer stürmen, um seinem Herzen Luft zu machen.

Drei Pferde standen vor der Schmiede, auf einem hockte ein Mann in Harnisch und mit Schwert und Helm. Schwarze Bullenschädel mit silbernen Hörnern stierten vom Rundschild des Mannes und von den roten Pferdedecken.

Moritz stand still, als wäre er gegen eine unsichtbare Mauer geprallt.

Er wich drei Schritte zurück und presste sich gegen die Holzwand der Bauhütte. Der Reiter hatte ihn nicht bemerkt. Die anderen beiden waren wohl bei Benno in der Schmiede.

Ein schwarzer Bullenkopf mit silbernem Gehörn? Bestimmt spielte sein berauschter Schädel ihm einen Streich. Moritz lugte um die Barackenecke – keine Sinnestäuschung: ein schwarzer Bullenkopf mit silbernem Gehörn!

Scham, Schmerz und Wut waren wie weggeblasen. Waren es Ritter aus Rügen? Womöglich Gefolgsleute des wendischen

Kriegsmannes? Das Läuten der Klosterkirche verstummte, dort stimmten die geistlichen Herren und frommen Frauen jetzt das morgendliche Stundengebet an. Aus der Schmiede tönten Stimmen.

Moritz schlich um die Bauhütte herum und auf ihrer Elbseite an der Stadtmauer entlang bis zu dem großen angebauten Steinhaus, in dem Benno wohnte und arbeitete. Unter einer kleinen Fensteröffnung an der Nordseite der Schmiede lauschte er den Stimmen aus der Schmiede.

»Zwei Schwerter und einen Brustharnisch kann ich dir schon machen«, hörte er Benno sagen. »Doch das kann dauern. Wie war gleich dein Name?«

»Ich bin Botho, ein Ritter des Grafen von Schwerin«, antwortete eine raue, kehlige Stimme. »Wie lange muss ich denn warten auf mein Zeug?«

Moritz konnte hören, wie Benno die Backen aufblies. »Zehn Tage? Zwanzig? Ich arbeite für die Bauhütte des Meisters Bohnsack, musst du wissen. Tag für Tag fallen Nägel und Werkzeuge an. Die haben Vorrang.«

»Ich zahle gut, Schmied, verstanden?« Der Ritter sprach wie einer, der Widerspruch nicht gewohnt war.

»Das glaube ich gern, aber ...«

»Kein ›aber‹. In drei Tagen will ich mein Zeug! Verstanden, Schmied? Nenne deinen Preis.«

Moritz hörte Benno und den Ritter Preise und Zeiten aushandeln. Schließlich einigten sie sich auf dreihundert Pfennige und vier Tage Wartezeit für die beiden Schwerter und auf achthundertfünfzig Pfennige und sieben Tage Wartezeit für den Harnisch.

Elfhundertfünfzig Silberpfennige?! So viel verdiente Benno in zehn Jahren nicht! Elfhundertfünfzig Silberpfennige für vierzehn Tage Arbeit – konnte das denn wahr sein? Moritz glaubte, der viele Wein müsse seinen Ohren einen Streich spielen.

»Du hast im letzten Jahr noch dem Ritter Hugo von Meißen auf der Rudelsburg gedient, erzählt man sich in den Schänken.« Wieder die Stimme des Ritters; Moritz hielt den Atem an.

»Mein Vater dient immer noch dort«, hörte er seinen Freund Benno antworten. »Er ist der Burgschmied, und ich war es auch.«

»Dein Vater und du, ihr sollt besonders gute Schmiede sein, wie man hört.«

»Verlass dich drauf, Ritter Botho.«

»Du bist doch im letzten Winter mit diesem Baumeister und seiner Bauhütte hierher gezogen, nicht wahr? Mit diesem Bohnsack aus Maulbronn.«

»Das ist wohl wahr.« Bennos Stimme klang plötzlich ein wenig heiser.

»Ein dänischer Ritter hat den Baumeister begleitet, er heißt Ansgar von Lund. Kannst du mir sagen, wo ich den und seinen Knappen Lothar finde?« Moritz erschrak. Woher kannte der Schweriner die Namen? Kannte er am Ende auch seinen?

»Ja, das kann ich dir sagen.« Bennos Stimme klang jetzt heller und gepresster. Ging es dem Freund wie ihm selbst? Packte auch ihn die Angst? »Du findest sie im Königreich Dänemark, in Lund. Dorthin sind die beiden im Februar gezogen.«

»Wollte der Däne denn zurückkommen?« Wieder die forschende Stimme des Ritters. »Es heißt, er werbe um das schöne Töchterchen des Baumeisters.«

»Davon weiß ich nichts.«

»Und weißt du etwas über einen jungen Steinmetz, einen Wenden? Er heißt Moritz.« Moritz zerkaute seine Unterlippe, während er zuhörte, wie der Ritter namens Botho von Schwerin ihn beschrieb. »Der Ritter von der Rudelsburg hat diesen Burschen nämlich einem Freund von mir verkauft.«

»Ich weiß von keinem Wenden«, hörte Moritz Benno sagen. »Ich weiß von gar keinem, der so aussieht und so heißt. Warum fragst du nicht deinen Freund nach ihm?«

»Weil der tot ist.« Bedrohlich leise sprach der Ritter auf einmal. »Und ich will den verdammten Wendenarsch fragen, ob er weiß, wer ihn totgeschlagen hat.«

Ein paar Atemzüge lang sagte keiner mehr ein Wort in der Schmiede. Bis wieder der fremde Ritter das Wort ergriff. »Wenn du etwas hörst von diesem wendischen Galgenschwengel oder ihn gar siehst, dann sag mir Bescheid, Schmied. Ich zahle dir fünf Silberpfennige extra.«

»Das lässt sich hören.« Benno gab sich interessiert. »Und wo finde ich dich? Könnte ja sein, ich höre etwas, bevor du kommst und deine Schwerter holst?«

»In der Burg des Stadtgrafen.«

Moritz spürte den wilden Schlag seines Herzens in der Kehle und in den Schläfen. Man suchte ihn. Und man suchte Ansgar und Lothar. Dass Benno dabei war, als sie ihn befreiten, wusste der Schweriner zum Glück wohl nicht.

In der Schmiede rief Benno einen Abschiedsgruß, und Moritz hörte die Türangeln quietschen. Auf den Knien rutschte er an die Ecke des steinernen Baus, wo ein Fliederbusch stand. Moritz duckte sich hinter ihn.

Mit einem jungen Knappen ging der Schweriner Ritter von der Schmiede weg zu den Pferden. Er trug eine schwarze Rüstung. Lange, rote Locken quollen unter der Kante seiner Kettenhelmhaube heraus. Und als er sich in den Sattel seines Pferdes schwang, konnte Moritz auch sein Gesicht sehen. Es war knochig und schmal, und die Nase darin so krumm, als hätte man sie ihm mehr als nur einmal gebrochen.

In diesem Augenblick glaubte Moritz, den Vollmond am Morgenhimmel aufgehen zu sehen. In diesem Augenblick hörte er Schreie, die er lange nicht gehört hatte und die nur in seinem Kopf tönten. Und er sah Bilder, die er lange nicht gesehen hatte und die es nur in seinem Kopf gab: die Mutter, wie sie sich auf die kleinen Geschwister wirft; ein Mann in Kettenhemd und mit Bullenschädel auf Schild und Mantel, der auf die Mutter zeigt; und ein Mann mit silbernem Bullengehörn am schwarzen Helm, dem die Mutter ins Gesicht spuckt.

Einem Mann mit roten Locken und schiefer Nase.

Die drei Reiter vor der Schmiede lenkten ihre Pferde auf den Klosterweg und ritten Richtung Liebfrauenkloster davon. Moritz kauerte noch immer hinter dem Flieder. Er vermochte nicht, sich zu rühren, sosehr zitterte er. Brechreiz würgte ihn.

Benno, der vor die Tür kam, um den Schwerinern hinterherzugucken, entdeckte ihn schließlich. »Der Rächer des wendischen Kriegsmannes ist in der Stadt«, sagte er.

Moritz starrte seinen Freund an. »Der Mörder meiner Familie ist in der Stadt«, flüsterte er.

4
Bullenhörner

Magdeburg, Anfang September 1228

Ein großer Sandsteinblock lag dort, wo das entstehende Querschiff und das geplante Längsschiff sich kreuzen sollten. Mechthild raffte ihr weißes Gewand zusammen und setzte sich auf ihn. Hier, genau in der Mitte des Quadrates, das die Kreuzung von Querschiff und Längsschiff einmal bilden würde, hier hielt sie sich mindestens einmal am Tag auf. Meist auf dem Heimweg von der Domschule ins Haus der frommen Frauen, der Beginen, bei denen sie seit Sommeranfang lebte. Hier, auf der künftigen Kreuzung von Querschiff und Längsschiff, hier betete sie am liebsten für den Baumeister und seine Bauleute.

»Es ist schön hier«, sagte sie leise. »Danke für diesen Ort. So viel Leben, so viele Menschen, so viele Herzen, die für deine Kathedrale schlagen.«

Vier sehr hohe Säulen würden einmal an den Ecken des Kreuzungsquadrates aufragen, um das Gewölbe über ihm zu tragen; der Baumeister nannte sie Vierungspfeiler. Zwei säumten vor Mechthild den Chor; die waren schon über zwanzig Fuß hoch. Zwei wuchsen gerade hinter ihr in die Höhe und dem künftigen Gewölbe der Kathedrale entgegen. Mechthild blickte nach allen Seiten.

Gleich zwei Heberäder quietschten und ächzten mittlerweile auf der Baustelle, unzählige Sägen und Hämmer lärmten, bald zweihundert Bauleute arbeiteten trotz bereits sinkender Sonne noch in den Fundamentgräben, auf den Gerüsten der

Querhausmauern, auf den täglich wachsenden Türmen und draußen vor den Bauhütten.

»Ganz langsam steigt sie in den Himmel.« Mechthild stand auf, stieg auf den Block, drehte sich um sich selbst und blickte hinauf in den Abendhimmel. »Ich kann sie mir schon vorstellen, ich kann sie mir ganz genau vorstellen.«

Die Natur hatte Mechthild mit einer überbordenden Fantasie ausgestattet: Sobald sie die Augen schloss, stand ihr die fertige Kathedrale vor Augen – mit ihren Kreuzrippengewölben, ihren Seitenschiffarkaden, den mächtigen Säulen des Längsschiffes und den vier Türmen.

Die Baupläne beflügelten ihre Fantasie. Mechthild kannte sie alle: die neuen des Baumeisters Bohnsack, die alten seines Vorgängers und die ursprünglichen aus den Jahren der Grundsteinlegung. Der Domherr Dietrich hatte sie ihr gezeigt und erklärt.

Meister Bohnsack bestand darauf, dass die Kathedrale größer werden musste, als seine Vorgänger es geplant hatten. Entscheiden würde das jedoch der Erzbischof zusammen mit dem Dompropst. Und Erzbischof Albrecht würde erst heute Abend oder morgen im Lauf des Tages vom kaiserlichen Hoftag in Italien zurückkehren.

»Recht hat er, der Meister Bohnsack«, murmelte Mechthild, während sie sich drehte und drehte. »Prachtvoll muss sie werden, deine Kathedrale des Lichts.« Wie ein weißes Rad kreiste ihr der Saum ihres langen Gewandes um Knöchel und Knie. »Groß muss es werden, dein Himmelshaus.«

Die spöttischen oder vergnügten Blicke, die sie trafen, störten sie nicht. Und die Männer und Frauen auf der Baustelle störten sich nicht an ihr. Sie hatten sich längst an die fromme Mechthild und ihre seltsam versponnene Art gewöhnt.

Mechthild stand still. Sie blickte zum Holzdach des Chores

hin. Steinmetze und Zimmerleute stapelten Schalungsbretter dort und runde Steine für die geplanten Säulen, Fenster und Arkaden. Andere zogen Außengerüste hoch. Wieder andere brachen die Holzwand ab, die den Blick in den Chor und auf den Sarkophag des Kaisers Otto verdeckte. Und einige schoben zwei Karren herbei, aus denen Einzelteile des neuen Lettners ragten. Mechthild betete für die Bauleute auf dem Chordach.

Sie blickte hinter sich. Die neuen Vierungspfeiler waren schon mehr als mannshoch. Zimmerleute errichteten ein Gerüst, auf dem die Maurer morgen weiter an den Pfeilern arbeiten sollten. Steinmetze legten rund gehauene Steine für die Dienstsäulen der mächtigen Eckpfeiler zurecht. Mechthild betete für sie.

Einer beobachtete sie, ein kleiner Stämmiger mit groben Zügen. Er wich schnell ihrem Blick aus, als Mechthild zu ihm hinschaute. Sie erkannte den Mann: Er war der Pferdeknecht des französischen Bildhauers Gotthart. Und neben ihm, der Hüne, das war Gottharts Diener Hubertus. Der tat, als würde er sie gar nicht bemerken. Die Nähe der beiden ließ Mechthild frieren.

»Du wirst mich vor ihnen zu beschützen wissen«, murmelte sie. Und betete für die beiden.

Danach sprang sie vom Steinblock und lief zum Südturm – so schnell, dass ihr weites, weißes Leinengewand hinter ihr her wehte. Die Zimmerleute und Maurer brachten ein Gerüst rund um die Turmfassade an. Sie verkeilten Rundstützen schräg in Mauerlöcher und verbanden sie mit Rundhölzern, die über ihnen horizontal aus Mauerlöchern ragten. Darüber legten sie Bretter. Und schon war wieder ein Stück Gerüst fertig.

Windeknechte standen auf einem Podest und kurbelten an

einer Holzspindel. Auf ihrer linken Seite stieg eine Palette voller Bretter und Rundhölzer zum nächsten Gerüst hinauf, auf ihrer rechten senkte sich eine Palette ohne Last dem Boden entgegen; dort warteten bereits Zimmerleute, um sie mit neuen Bretterstapeln zu beladen.

»So ist das Leben«, sagte Mechthild. »Die einen steigen auf ins Glück, die anderen versinken im Unglück. Die einen steigen auf zu dir, die anderen sinken in Hölle und Fegefeuer.« Sie lächelte. »Auf und ab, auf und ab.«

Die Männer an der Drehwinde und auf den Gerüsten hörten sie, denn sie sprach laut. Manche lächelten, einige winkten ihr zu; andere bekreuzigten sich, denn sie wussten, dass Mechthild in diesem Augenblick für sie betete.

»Hast du schon von dem Streit zwischen dem Baumeister und dem wendischen Steinmetz gehört?«, fragte einer der Windeknechte. Mechthild schüttelte den Kopf. »Der Lümmel hat seine Tochter geküsst, stell dir vor!« Die Männer rund um Mechthild feixten. »Der Baumeister hat ihm mächtig scharf das Lot angelegt und ihm mit dem Messstab eins übergebraten.« Die Männer lachten. Mechthild betete für Moritz.

Ein Mörtelmischer ließ seinen Schubkarren samt Mörtelkübel stehen und kam zu ihr. »Mein Weib liegt mit Fieber im Kindbett«, sagte er leise, »und mein Neugeborenes nimmt nichts mehr zu sich.« Angst flackerte in seinem Blick. »Bitte bete für sie, fromme Frau.«

»Das werde ich tun, Bruder. Wo wohnst du?« Der Mörtelmischer nannte ihr eine Gasse in der Neustadt, und Mechthild versprach, seine Frau und das Neugeborene zu besuchen.

Auf der anderen Seite, zwischen Nordturm und Querschiffswand, entdeckte sie Meister Bohnsack. Unter dem Heberad des alten Trommelkrans lief er hin und her, legte hier den Messstab oder das Winkeleisen an, hielt da das Senklot hin. Mit tiefer, befehlsgewohnter Stimme rief er Anweisungen zu Turm und Mauer hinauf oder winkte einen Maurermeister oder einen Zimmermeister herbei. Mechthild betete für ihn, während sie zu ihm ging.

Der Baumeister sah müde aus heute Abend. Sein zerfurchtes Gesicht kam Mechthild hohlwangiger vor als sonst, sein langes Grauhaar strähniger und seine breiten Schultern weniger straff. Etwas bedrückte ihn. Wahrscheinlich der Streit mit Moritz.

Der Dompropst und Dietrich betraten die Baustelle. In ihrem Gefolge fiel Mechthild ein rothaariger Ritter in Kettenhemd auf. Ein schwarzer Bullenschädel mit silbernen Hörnern prangte auf seinem Waffenrock. Der Ritter hieß Botho von Schwerin und war seit vier Tagen in der Stadt. Wie so viele wartete auch er auf die Rückkehr des Erzbischofs.

Das alles wusste Mechthild von ihrem Verwandten und Vertrauten Dietrich von Dobin. Und noch etwas wusste sie von ihm: Der Schweriner Ritter kam als Gesandter seines Grafen und hatte dem Erzbischof böse Nachrichten zu überbringen: Die Brandenburger Markgrafen rüsteten sich schon wieder zum Krieg gegen das Erzstift Magdeburg.

»Der Erzbischof kehrt noch heute Abend zurück, Meister Bohnsack«, sprach der Dompropst Wilbrand den Baumeister an. »Die Mönche vom Kloster Berge haben bereits sein Schiff gesichtet.« Das alte Benediktiner-Kloster Berge lag auf der Anhohe eines Dorfes, das südlich an Magdeburg grenzte. Es gehörte zum Herrschaftsbereich des Erzbischofs. »Der Abt hat mir einen Boten geschickt.«

In Windeseile sprach sich die Nachricht erst auf der Baustelle und dann in der Stadt herum. Die Leute liefen zusammen. Keine halbe Stunde später, in der ersten Dämmerung, waren es schon hunderte, mit denen Mechthild den Uferweg entlang stromaufwärts nach Süden wanderte. Alle wollten sie den Erzbischof Albrecht begrüßen und seine glückliche Heimkehr feiern: Domherren, gräfliche Waffenknechte, Bauleute, Domschüler, Mönche und Männer, Frauen und Kinder der großen Stadt Magdeburg.

Nicht weit hinter sich entdeckte Mechthild den Pferdeknecht des französischen Bildhauers. Es mochte Zufall sein, dass er so nahe hinter ihr lief, doch sie merkte genau, wie der Mann sie beobachtete. Das beunruhigte Mechthild.

Was wollte er von ihr? Hatte etwa der Bildhauer Gotthart ihn geschickt? Um ihr etwas anzutun? Gewiss – sie hatte die Züge der armen Hure auf seiner Zeichnung erkannt, des Weibes, das man im letzten Winter tot auf dem Elbeis gefunden hatte. Doch noch weigerte Mechthild sich, den französischen Edelmann für einen Mörder zu halten. Aber vielleicht war ja sein Pferdeknecht einer? Wie ein rechter Grobian sah er schon aus. Ihr wurde angst und bange.

»In deiner Hand mein Leib und mein Leben, Herr«, murmelte sie. »Nichts kann mich treffen, was du nicht beschlossen hast in deiner Güte.«

Die Angst legte sich, Mechthild spürte wieder Kraft und Zuversicht. Sie atmete tief durch – und drehte sich nach dem französischen Pferdeknecht um. Sie wollte ihn anherrschen, wollte ihn wegjagen – doch sie konnte ihn nirgendwo mehr entdecken. Er war wie vom Erdboden verschluckt. Gut so. Mechthild ging weiter.

Die Nacht brach an, es wurde dunkler, Fackeln flammten auf. Die Menge blieb stehen, weil unten auf der Elbe das Schiff des Erzbischofs vorübersegelte. Auf seinen Bischofsstab gestützt, stand Albrecht auf dem Heckkastell und winkte seinen Magdeburgern zu. Die Menge jubelte, viele riefen Segensgrüße.

Plötzlich machten alle kehrt und liefen mit dem Schiff zurück stromabwärts zur Stadt. Die kleine, einmastige Galeere würde am Hafen unterhalb der Dombaustelle anlegen, und die Menschen hofften, ihren von Bord gehenden Erzhirten dort berühren oder gar seinen Bischofsring küssen zu können. Mechthild fand sich plötzlich am Ende der jubelnden Menge. Und dunkel war es auch.

Sie blickte zur Stadtmauer hinauf – kein Wächter war zu sehen. Sie blickte hinter sich – nein, keine Spur mehr von dem Pferdeknecht des Bildhauers. »Ich vertraue auf dich, o Herr«, sagte sie laut, »ich fürchte mich nicht.«

Im gleichen Moment sprang einer aus dem Buschwerk der Uferböschung, packte sie und zerrte sie zur Elbe hinunter.

Ein verlorener Tag, bereits der dritte in Folge. Gotthart zerriss die Kohlezeichnung. Schon wieder ein missglücktes Gesicht, schon wieder ein unbrauchbares Wachsmodell. Und wer war schuld? Die Tochter des Baumeisters, sie und sonst niemand! Bitterkeit nagte an seinem Gemüt, Ärger und Melancholie. Er stieß eine Verwünschung aus, griff nach den Tüchern auf der Werkbank und warf sie über die Skulpturen, die einmal zur Bildgruppe der Zehn Jungfrauen gehören sollten.

Nein – viel hatte er wirklich nicht zustande gebracht heute. Die Schablone für das Knospenkapitel einer Säule war noch nicht einmal zur Hälfte fertig. Meister Bohnsack brauchte sie für den geplanten Bischofsgang. Nach einer Zeichnung des Baumeisters schnitzte Gotthart sie in Holz, seit zwei Tagen schon.

Wenigstens hatte diese Arbeit ihn die Gesichter der Toten und sein schlechtes Gewissen vergessen lassen – vorübergehend –, und das Gesicht der stolzen Baumeistertochter auch. Doch ob ihr Vater die Arbeit akzeptieren würde, stand in den Sternen.

Gotthart hob das Werkzeug vom Boden auf und warf es achtlos auf die Werkbank. Aus dem hinteren Teil der Hütte klang das Gehämmer des Straßburgers. Vollkommen in seine Arbeit vertieft, hockte Jacques auf seiner Marmormadonna. Und jeden Tag nahm sie ein Stück mehr die heilig-menschlichen Züge der Gottesmutter an. Gotthart beneidete den Straßburger. Manchmal hasste er ihn auch.

Jacques, mit Anfang dreißig nur wenig älter als Gotthart, war ein meisterhafter Bildhauer, das hatte Gotthart längst gemerkt. Seine Baumeister in Straßburg und Bamberg mussten begnadete Lehrer gewesen sein.

Er legte Mütze, Schuhe und Arbeitskittel ab, verließ die Bauhütte und lief barfuß durch das große Hafentor hinunter zur Elbe. Schon dämmerte der Abend herauf, doch die Luft war noch mild. Gotthart schälte sich aus Beinkleid und Wams und stieg in den Strom.

Er tauchte unter, um den Steinstaub auch aus Bart und Haar zu spülen. Auf dem Rücken schwamm er zum Werder hinüber. In der Wolkenformation am Abendhimmel glaubte er die Züge der Baumeistertochter zu erkennen.

Stolzes Weib! Freches Weib!

Wollte sich um keinen Preis von ihm zeichnen lassen! Hatte ihm seine Bitte rundweg abgelehnt. Keine Erklärung, kein Bedauern, keine Entschuldigung, nichts! Hatte ihm frech ins Gesicht geschaut und einfach *nein!* gesagt.

Der Stachel saß tief.

Wie konnte sie das wagen? Wusste sie denn nicht, dass er von adeligem Stand war? Wusste sie denn nicht, dass er, Gotthart von Saint Leonard, für den französischen König gearbeitet hatte? Dass er Bildnisse für die Kathedrale von Paris gehauen hatte? Und sie war doch nur die Tochter eines kleinen Baumeisters. Warum fühlte so eine sich nicht geschmeichelt, wenn ein Künstler wie er sie bat, für ihn Modell zu sitzen?

Der Stachel saß sehr tief.

Drüben, am Werderufer, lag Gotthart eine Zeitlang im Gras, starrte in den Abendhimmel und dachte an sie. Und ärgerte sich. Nein, er wollte sich nicht abfinden mit ihrem stolzen *Nein*. Keine Frau durfte einem Gotthart von Saint Leonard ungestraft eine höflich vorgetragene Bitte abschlagen. Schon gar nicht das freche Töchterchen eines armseligen Baumeisters.

Am anderen Ufer sprang einer in die Elbe. Gotthart richtete sich auf. Hubertus schwamm zu ihm herüber. Sein Pferdeknecht und sein Sekretär waren nirgendwo zu sehen. Südlich der Bauhütten strömten ungewöhnlich viele Menschen aus den Toren der Stadtmauer. Auf dem Uferweg wanderten sie stromaufwärts Richtung Sudenburg. Was geschah da? Eine Prozession?

Hubertus stieg aus dem Wasser und setzte sich neben ihn. »Sie laufen dem Schiff des Erzbischofs entgegen.« Der Hüne deutete auf die Menschenmenge am anderen Ufer.

»Kommt er also doch schon heute Abend zurück.« Gotthart dachte an seine beiden unvollendeten Statuen. »Schade.« Die Zehn Jungfrauen gehörten zu Albrechts Lieblingsfiguren für seine neue Kathedrale. Der Erzbischof würde danach fragen. Solange Gotthart ihm keine vollendete Törichte oder Kluge Jungfrau präsentieren konnte, durfte er sich des Auftrages für den Heiligen Mauritius und die Heilige Katharina nicht sicher sein. Und er wollte die Statuen um jeden Preis erschaffen, die beiden Heiligen und die Jungfrauen. Vielleicht würde Gott ihm dann verzeihen, vielleicht würde

Christus dann selbst einem wie ihm einst das Tor ins Paradies öffnen.

»Die Wahnsinnige ist unter den Leuten da oben«, sagte Hubertus. »Und Wastl auch.«

Gotthart horchte auf. »Wird er es heute Nacht endlich tun?«

»Wenn die Sonne aufgeht, ist sie vom Erdboden verschwunden. Und diesmal wird niemand eine Leiche finden.«

»Wie das?«

»Wenn er sie totgemacht hat, will Wastl sie in den Wald zum Köhler schaffen. Und in den Kohlemeiler stecken. Und den Köhler gleich mit, damit er nichts mehr erzählen kann.«

Gotthart atmete auf. »Sehr gut.« Wenigstens eine Sorge weniger. »Lass uns hinüberschwimmen. Ich will nicht mehr hier sein, wenn der Erzbischof an Land geht.«

Sie stiegen in die Elbe, schwammen hinüber zur Stadt und zogen sich an. Das Haus der Witwe, in dem sie wohnten, lag in der Altstadt am Breiten Weg, ganz in der Nähe des Marktes. In ihrem Quartier wechselten sie die Kleider und nahmen gemeinsam mit der Witwe eine Mahlzeit ein.

Gotthart musste nicht viel sprechen, denn zum Glück war die Witwe sehr redselig. Ihre Worte hin und wieder durch ein Nicken zu bestätigen oder sich durch ein *Ach!* oder *Oh!* erstaunt oder entrüstet zu zeigen, genügte ihren Ansprüchen an ein Tischgespräch. Meist übernahm Hubertus diesen Part, denn Gotthart dachte selbst während des Essens an die Tochter des Baumeisters.

Ständig sah er sie vor sich – ihre stolze Körperhaltung, ihre respektlose Art zu sprechen, ihren unverschämten Blick. Nie zuvor war Gotthart einer Frau begegnet, die über ihr Stehenden so wenig Achtung entgegengebracht hatte. Er grübelte über Möglichkeiten nach, ihren Stolz zu brechen und sie zu demütigen.

Ob es ihm gelingen konnte, sie zu verführen? Wie aus heiterem Himmel kam ihm der Gedanke. Und fesselte ihn. Gotthart wälzte ihn hin und her – bis der Wunsch, die stolze Tochter des Baumeisters zu besitzen, so brennend wurde, dass er den Ärger über sie verdrängte.

Als er später neben seinem Diener wieder auf den Breiten Weg hinaustrat, war es schon dunkel. Gotthart trug ein enges, zweiteiliges Beinkleid – links blau und rechts rot. Über seinen langen gelb und rot gemusterten Rock hatte er sich einen dunkelblauen Umhang geworfen, auf dessen Rücken das Wappen von Saint Leonard prangte: zwei silberne Hufeisen, die von drei gelben Lilien gesäumt waren. Ein eleganter roter Samthut saß auf seinem hellbraunen, strähnigen Haar.

Zwei Stunden verbrachten sie in einer Schänke am Marktplatz. Die Männer hier sprachen über die Heimkehr des Erzbischofs, über den Kreuzzug, zu dem Kaiser Friedrich gleich nach dem Hoftag aufgebrochen war, und über einen jungen Wenden, der angeblich die Tochter des Baumeisters geküsst hatte. Gotthart horchte auf und fragte nach.

Die Frau habe den Lümmel geohrfeigt, so erfuhr er, und ihr Vater habe ihm mächtig die Leviten gelesen und ihn wohl mit einem Stock gezüchtigt, bis er geblutet habe. Vor den Schöffenstuhl wolle er ihn allerdings nicht bringen, wie es hieß.

»Ein junger Wende, der die Tochter von Meister Bohnsack küsst?« Hubertus wunderte sich laut, als sie die Schänke Richtung Nordmauer verließen. »Das kann doch nur dieser Steinmetz sein, dieser schwarzhaarige Hundsarsch, der sich uns neulich in den Weg stellte. Als ich die Wahnsinnige züchtigen wollte. Erinnert Ihr Euch?«

»Sie nennen ihn Samson.« Gotthart nickte. »Moritz heißt er

in Wirklichkeit.« Seine Miene verdüsterte sich. »Sonst kenne ich keinen Wenden in Bohnsacks Bauhütte.«

Einerseits hörte Gotthart es gern, dass die Tochter des Baumeisters den Wenden geohrfeigt hatte, andererseits beneidete er den Burschen um seine Unverschämtheit. Doch so plump konnte ein Edelmann wie er natürlich nicht vorgehen, wenn er eine Frau verführen wollte.

»Ich wusste nicht, dass auch er zu denen gehört, die ihr den Hof machen.« Gotthart schlug den Weg zum Krökentor ein. Er wollte in die Neustadt und zum Hurenhaus. Nach so einem Tag verlangte ihn nach Entspannung und Trost.

»Ihr denkt an diesen Jakob aus Straßburg?«

»Auch an Jacques, ja. Vor allem aber denke ich an diesen Ritter aus dem Königreich Dänemark.« Nach allem, was Gotthart wusste, wollte Ansgar von Lund nach Magdeburg zurückkehren und dem Burggrafen dienen. Er wünschte, ihm würde ein Krieg oder Schlimmeres dazwischenkommen.

»Der junge Wende sei ein brauchbarer Bildhauer, wie man hört«, sagte Hubertus. Sie grüßten die Wächter am Krökentor. Die öffneten ihnen und ließen sie in die Neustadt hinein.

»Moritz? Wie der Jacques von Straßburg, arbeitet auch er angeblich im Stil der Bamberger Bauhütte. Nur der Gottseibeiuns weiß, wo er das gelernt hat.«

»Wahrscheinlich kann der Meister Bohnsack auf so einen wie ihn nicht verzichten«, vermutete Hubertus, »sonst hätte er ihn sicher vor den Schöffen verklagt.«

Die Umrisse der halbfertigen Sankt Katharinenkirche ragten vor ihnen in den Nachthimmel. Kurz vor der Kirchenbaustelle bogen sie vom Breiten Weg ab und in die Fischergasse hinein. »Wegen eines Kusses?« Gotthart zweifelte.

»Wegen eines Kusses gegen den Willen des Mädchens«,

korrigierte Hubertus. »Ich habe Wenden gekannt, die hat man wegen Geringerem an den Galgen geknüpft.«

Im Hof des Hurenhauses standen zwei Pferde. Es war zu dunkel, um die Wappen ihrer Decken erkennen zu können. Unter der Kienspanlaterne mit dem gusseisernen Hahn blieben sie stehen. Hubertus klopfte an die Tür. Vom Turm der neuen Katharinenkirche her rief eine Schleiereule.

Eine Frau in gelbem Gewand und mit weißblondem Haar öffnete. Ihr Lächeln wurde um eine Spur bemühter, als sie erkannte, wer vor der Tür stand. Es war noch nicht lange her, dass sie aus Hamburg nach Magdeburg gekommen war. Nordische Piraten hatten sie an ein Hamburger Hurenhaus verkauft. Ursprünglich stammte sie angeblich aus Island.

Sie winkte die Männer ins Haus und verriegelte die Tür hinter ihnen. »Mavra!«, rief sie mit barscher Stimme. Eine Kammertür öffnete sich einen Spalt, ein Paar schwarzbrauner Augen spähte aus einer halbdunklen Kammer. Die Isländerin hakte sich bei Hubertus unter und verschwand mit dem Hünen hinter einem Vorhang.

»Komm schon«, sagte Gotthart. Irgendwo im Haus hörte er raues Männergelächter und das Klappern von zusammenstoßenden Daubenbechern. »Wie lange soll ich noch warten?«

Die Kammertür öffnete sich weiter, eine schwarzhaarige Frau in weißen Kleidern trat schließlich einen Schritt weit heraus. Ihr langes Kleid saß eng, sodass Gotthart jede Wölbung ihrer Gestalt erkennen konnte. An Armen und Schultern und über dem Busen ließ der weiße Stoff viel von ihrer Haut frei; die hatte die Farbe hellen Lehms.

Gottharts Blick glitt über die Konturen der Frauengestalt, ruhte schließlich auf ihrem kantigen Gesicht. »Nett, dich mal wieder zu sehen.« Er lächelte.

Die Hure trat beiseite und wies zuerst auf einen niedrigen Schrank und dann in den halbdunklen Raum. »Legt die Klinge ab, Herr. Danach könnt ihr zu mir hereinkommen.«

Mavra war eine maurische Witwe. Ihr Mann, ein englischer Ritter, hatte sie aus spanischer Sklaverei freigekauft. Nur ein Jahr danach starb er bei einem Turnier in Köln. Sie war die Einzige im Hurenhaus, die noch bereit war, mit Gotthart zu schlafen. Und das nur für viel Geld. Sie liebte es genau so, wie auch Gotthart es liebte. Aus der Sklaverei und aus ihrer kurzen Ehe war sie Prügel gewohnt.

Gotthart warf seinen Dolch auf den Schrank. Seit das mit der Blonden passiert war, bestanden die Huren darauf. Im Vorbeigehen packte er Mavras Arm. Sie kam kaum dazu, die Tür zu schließen. Er schlug ihr ins Gesicht und stieß sie aufs Bett. Dann knallte er den Hurenlohn auf den Tisch, warf sich auf sie und riss ihr die Kleider vom Leib.

Während er sie nahm, dachte er an die Tochter des Baumeisters. Er sah ihr stolzes Gesicht vor sich, und im nackten Leib der maurischen Hure versuchte er, ihren Leib zu sehen. Er hasste sie. Und er begehrte sie.

Später verabschiedete Mavra sich mit einem Kuss von ihm. Ihre rechte Wange glühte, ihre Oberlippe war geschwollen.

Anders als sonst wartete Hubertus noch nicht vor ihrer Kammertür. Ein Mann in Schwarz huschte vorüber. Er zog sich die Kapuze seines Mantels tief ins Gesicht und verließ fluchtartig das Haus.

Gotthart erkannte ihn trotzdem. Manchmal, wenn er an den Morgengebeten in der Klosterkirche teilnahm, sah er ihn im Chorgestühl. Und bei der Sonntagsmesse diente dieser Mann von Zeit zu Zeit am Altar.

Gotthart verstand ihn gut – auch er hätte sich jetzt gern eine schwarze Kapuze über das Gesicht gezogen, auch ihm schnürten Scham und Reue Kehle und Brust zusammen, wenn er daran dachte, was er gerade getan hatte.

»Herr?«, flüsterte einer hinter ihm. Gotthart drehte sich um. Hubertus. Der Hüne legte den Finger auf die Lippen, winkte ihn zu sich und deutete hinter sich in den Hof. Durch die Hintertür folgte Gotthart seinem Diener in die Nacht hinaus.

Die beiden Pferde waren neben der Tür an einer Tränke festgebunden. Weil Lichtschein aus dem Stallfenster fiel, konnte Gotthart jetzt das Wappen auf den roten Pferdedecken erkennen: ein schwarzer Bullenkopf mit silbernem Gehörn.

Gefolgsleute des Grafen von Schwerin also.

Hubertus kauerte schon unter dem erleuchteten Stallfenster. Gotthart schlich zu ihm. Von drinnen hörte man Flüsterstimmen. Irgendjemand stöhnte, und Eisen klimperte gegen Blech. Sein Diener bedeutete ihm, einen Blick durch das Fenster zu tun. An der hölzernen Stallwand entlang schob Gotthart sich nach oben.

Das Erste, was ihm ins Auge fiel, waren die beiden Männer im Stroh des Stallbodens. Laternen mit Kerzen hingen an Holzpfosten und warfen ihren Lichtschein auf sie. Der jüngere stöhnte und bewegte den Kopf hin und her. Der ältere lag vollkommen reglos; er hatte rotes Haar. Bis auf ihre kurzen Hemden, Schamtücher und Fußlappen waren die Männer nackt.

Drei nur spärlich bekleidete Frauen knieten neben ihnen im Stroh. Eine klaubte Münzen aus einem Ledersäckchen und zählte sie in eine kleine Blechschatulle. Die anderen legten Männerkleider, Kettenhemden, Stiefel, Harnische und Ähnliches in eine Korbtruhe, aus der zwei Schwertknäufe ragten.

Gotthart begriff: Die Huren hatten die beiden Ritter betrunken gemacht oder betäubt oder beides. Und jetzt raubten sie ihnen alles, was sie besaßen. Und danach? Wollten sie die Männer töten? Gotthart kannte die Frauen – er traute ihnen alles zu.

Die Hintertür öffnete sich knarrend, die Weißblonde trat aus dem Haus und neben die Pferde. Gotthart sprang zu ihr, packte sie am Arm und riss sie mit sich zum Stall. Hubertus war schon hineingestürmt.

Gotthart zerrte die Isländerin hinter sich her und stieß sie neben den betäubten Männern ins Stroh. Hubertus hatte die Geldzählerin niedergeschlagen und bedrohte die anderen beiden mit seinem Schwert.

»Ihr betäubt eure ritterlichen Freier und raubt sie aus?!«, zischte Gotthart. Mit weit aufgerissenen Augen starrten die Frauen ihn an, eine war fahler als die andere. »Dann seid ihr des Todes und der Hölle Fraß!«

»Nicht doch, Herr Gotthart!« Die Weißblonde rutschte auf Knien zu ihm. »Erbarmen, Herr Gotthart! Bitte.« Flehend streckte sie die gefalteten Hände zu ihm herauf. »Verratet uns niemandem, wir wollen doch noch nicht sterben!«

»Aber die beiden hier sollten sterben, ja?« Gotthart deutete auf die ohnmächtigen Ritter. Keine der Huren antwortete ihm.

»Der Richter wird euch allesamt aufs Rad flechten lassen.« Hubertus feixte hämisch. »Mit ein bisschen Glück wird er euch vorher dem Henker überantworten, damit der euch eure hübschen Köpfe abschlägt.«

Eine stieß einen Schrei aus, eine andere verbarg ihr Gesicht in den Händen, und die Weißblonde warf sich vor Gotthart ins Stroh und drückte ihren Mund auf seine Stiefelspitze. »Bitte nicht, Herr Gotthart«, jammerte sie. »Ich flehe Euch an.« Sie umarmte seine Beine und blickte zu ihm herauf.

Von draußen näherten sich Schritte; Mavra trat in den Stall.

Erschrocken sah sie sich um. Erschreckte der Anblick der betäubten Männer sie? Oder erschrak sie, weil man ihre Hurengenossinnen auf frischer Tat ertappt hatte?

Gotthart packte ihren Arm und riss sie zu sich. Nacheinander musterte er dann die Frauen. Angst und Entsetzen hatten ihre Züge starr gemacht. Er genoss ihren Anblick; er genoss die Macht, die er in diesen Augenblicken über sie hatte.

»Bitte, Herr!«, flehte auch die Hure, die bei der Truhe mit den Schwertern, Helmen und Waffengurten der Schweriner Ritter hockte. »Was immer Ihr wollt, nur verratet uns nicht!«

»Erbarmen, Herr Gotthart.« Die Weißblonde küsste schon wieder seine Stiefel. »Ihr sollt für immer freien Zugang zu uns haben, nur liefert uns nicht dem Richter und dem Schöffenstuhl aus.«

Gotthart betrachtete die betäubten Männer und dachte nach. Der Ritter atmete tief und gleichmäßig. Er hatte einen ordentlichen Rausch. Sein Knappe wälzte sich von einer Seite auf die andere und lallte wie im Fieber. Beide würden es überleben.

Endlich schaute er wieder in die bleichen Gesichter der um ihr Leben bangenden Huren. »Gut«, sagte er leise. »Wir haben nichts gesehen.« Er drehte sich nach seinem Diener um. »Nicht wahr, Hubertus?« Der Hüne machte ein verständnisloses Gesicht, nickte aber.

»Und haben wir etwas gehört, Hubertus? Ich wüsste nicht.«

»Ich jedenfalls habe nichts gesehen und nichts gehört, Herr.«

Gotthart wandte sich wieder an die Frauen. »Und ihr –« Er unterbrach sich, streckte Arm und Zeigefinger aus und deutete auf eine nach der anderen, zuletzt auf die Maurin an seiner Seite. »– ihr habt auch nichts gesehen und nichts gehört. Niemals. Verstanden?«

Erleichterung glättete die Frauengesichter. Nacheinander nickten sie.

»Schaff ein Ochsengespann herbei, Hubertus«, befahl Gotthart seinem Hünen. »Wir bringen die Ritter und ihr Eigentum in unser Quartier. Sollen sie dort ihren Rausch ausschlafen.« Er lächelte kalt und senkte die Stimme. »Und uns für immer dankbar sein.«

5
Tod am Elbufer

Eine harte, schwielige Hand verschloss ihr den Mund. Sie wollte schreien, doch mehr als ein röchelndes Gurren gelang ihr nicht. Panik wollte ihr das Herz zersprengen.

Die Hand auf ihrem Mund stank nach Pferd, Schweiß und Harn. Der, zu dem sie gehörte, zerrte Mechthild die Uferböschung hinunter. Mechthild hörte ihn keuchen, hörte das Rauschen des Stromes, hörte Enten quaken und aufflattern. Und sehr weit entfernt hörte sie Jubelrufe.

Sie gab es auf, schreien zu wollen, akzeptierte, dass sie niemand hören würde. Niemand, außer Gott. Und der brauchte kein Geschrei, um zu erfahren, dass man verloren war ohne seine Hilfe.

Mechthild gab allen Widerstand auf, überließ sich ganz und gar der vernichtenden Kraft ihres Mörders – seiner zerrenden Hand in ihrem Haar, seinen gnadenlosen Kniestößen in ihre Rippen, dem Druck seiner stinkenden Finger auf ihrem Mund.

Sie dachte an das fließende Licht im Chor der künftigen Kathedrale, während ihr Mörder sie durch feuchtes Gras und Disteln zum Fluss stieß und dort zu Boden drückte. Sie dachte an den Heiligen Mauritius, der dem gnadenlosen Kaiser und dem unausweichlichen Tod gegenübergetreten war, und ihr Mörder tauchte ihren Kopf ins Uferwasser der Elbe.

Mit ausgestreckten Armen griff sie in Schlamm und zwischen Steine. Mechthild stemmte sich gegen den Untergang. Ihr Mörder aber drückte ihr Gesicht in den modrigen Grund.

Sie spürte, wie er seine Finger von ihrem Mund nehmen wollte, um sie mit beiden Händen und kräftiger unter Wasser pressen zu können.

Mit allen Fasern ihres zerbrechlichen und zugleich so lebenshungrigen Leibes spürte sie den nachlassenden Druck und das Zucken seiner weichenden Finger.

Und biss zu.

Sie biss mit aller Kraft zu, die sie noch hatte, und wusste selbst kaum, warum sie das tat. Sie biss einfach zu, bis etwas zerbrach zwischen ihren Zähnen. Wasser strömte ihr in die Nase, in den Mund. In ihren Ohren rauschte es.

Sie schmeckte Blut. Jemand schrie auf, irgendwo in einer unfassbaren Ferne. Mechthild biss noch fester zu, ließ nicht los. Blut, Schlamm und Wasser füllten ihren Mund. Sie spürte die Härte von Steinen im Schlamm unter ihren Händen.

Weil der Mörder an ihr zerrte, um seinen zerbissenen Finger aus ihrem Mund zu ziehen, gelang es Mechthild, sich ein wenig zu drehen. Dabei hielt sie unter Wasser mit jeder Hand einen Stein fest. Der Mörder bohrte ihr das Knie in den Nacken und drückte ihr Gesicht tiefer in den Schlamm.

Endlich öffnete sie den Mund, gab den gebrochenen Finger frei, packte zwei Steine mit Fäusten. Den Kopf noch immer unter Wasser und im Schlamm, schlug sie mit einem der Steine hinter sich; von fern hörte sie einen dumpfen Schlag.

Der reißende Griff des Mörders gab endlich ihr Haar frei. Noch einmal schlug sie hinter sich, diesmal abwechselnd mit beiden Händen und zwei Steinen.

Der mörderische Druck in ihrem Nacken lockerte sich. Es gelang ihr, den Kopf aus dem Wasser zu reißen. Sie spuckte Blut und Schlamm aus, sog tief die Luft ein, hustete und keuchte. Irgendwo neben ihr schrie einer.

Mechthild wälzte sich aus dem Wasser, warf sich ins Gras,

robbte in die Böschung. Der sie töten wollte, fluchte und brüllte wie unter großen Schmerzen. Sie schleuderte einen der Steine nach ihm.

Ob sie ihn traf, wusste sie nicht, wollte es auch gar nicht wissen – weg wollte sie, nur noch weg. Sie stemmte sich auf die Knie, rutschte in die Böschung hinein, richtete sich auf den Beinen auf, wankte hinauf, der Stadtmauer entgegen.

Der sie töten wollte, folgte ihr. Mechthild blickte hinter sich. An seiner gedrungenen Gestalt erkannte sie den Pferdeknecht des Bildhauers.

Im selben Augenblick wie Mechthild erreichte auch er den Uferweg, nur ein paar Schritte weiter südlich. Weil er ihr den Weg zurück zur Altstadt abschnitt, floh Mechthild nach Norden Richtung Neustadt. Hinter sich hörte sie seinen keuchenden Atem und seine raschelnden Schritte. Sie rannte und rannte, spürte kaum noch ihre Beine.

Schrittlärm und Keuchen hinter ihr schienen leiser zu werden. Mechthild wagte es nicht, sich noch einmal umzublicken. Sie rannte weiter und immer weiter.

Die Umrisse der Grafenburg rückten näher. Wachten auf deren Mauer nicht gräfliche Waffenknechte? Alle konnten doch nicht in die Altstadt gegangen sein, um den Erzbischof zu begrüßen?

Mechthild wollte um Hilfe rufen, doch sie stolperte über einen Stein und schlug lang hin.

Keuchen und Schrittlärm hinter ihr rückten wieder näher. Mechthild wollte sich hochstemmen, doch alle Kraft verließ sie mit einem Mal. Und dann prallte das Gewicht eines Männerleibes auf ihren Rücken und stieß sie zurück in den Staub des Uferweges.

Der Pferdeknecht packte sie und warf sie auf den Rücken. Seine schwieligen Hände schlossen sich um ihren Hals und drückten zu. Mechthild schloss die Augen und ergab sich dem Willen Gottes. Es war vorbei. Aus irgendeinem Grund wollte Gott, dass geschah, was gerade geschah. Im Stillen betete sie ihr letztes Gebet.

Plötzlich ein dumpfer Schlag, als würde ein Fleischerbeil den Nacken eines Hammels treffen. Die Mörderhände ließen ihren Hals los.

Mechthild riss die Augen auf und sog keuchend die Luft ein. Kerzengerade saß der Pferdeknecht auf ihr, mit beiden Armen griff er hinter sich. Sein Mund stand weit offen, doch kein Ton kam über seine Lippen. Mechthild streckte die Arme und die gespreizten Finger nach ihm aus.

Langsam, ganz langsam kippte er schließlich zur Seite weg und schlug im Gras am Rand des Uferweges auf. Er zuckte noch ein paar Mal, röchelte gurgelnd und erschlaffte endlich.

Mechthild konnte es nicht glauben. Sie hob den Kopf, sah ganz genau hin: Etwas Langes, Dünnes ragte aus dem Rücken des Pferdeknechtes.

»Ich danke dir.« Sie hustete und würgte. »Du willst mich noch nicht zu dir holen.« Sie krächzte und keuchte. »Du willst mich noch hier und am Leben haben. Dein Wille geschehe.«

Vom Elbtor der Grafenburg her rannte einer auf dem Uferweg heran. Ein Zweiter folgte ihm mit einer Fackel. Mechthild blinzelte in die Nacht; sie sah nur Schemen.

»Lebst du, Weib?« Ein blonder Mann in Kettenhemd ging neben ihr in die Hocke. »Keine Angst, alles vorbei.« Er beugte sich über sie. »Hat er dich verletzt, dieser elende Mordbube?« Er fasste ihre Schultern und setzte sie auf. »Du bist ja ganz nass!« Er schob seine Hände unter sie und hob sie hoch. »Ich bring dich in die Burg, du brauchst trockene Kleider.«

Flackernder Fackelschein fiel auf Mechthild. »Ein Engel«, flüsterte sie. Sie berührte das Gesicht des Mannes, der sie hochgehoben hatte, ein ebenmäßiges Gesicht. »Du hast mir einen Engel geschickt.« Jetzt gelang ihr wieder ein Lächeln.

»Sie ist ganz und gar von Sinnen vor lauter Todesangst«, sagte der zweite, jüngere Mann. Er stand breitbeinig über dem toten Pferdeknecht.

»Reiß ihm meine Wurflanze aus dem Leib, Lothar«, befahl der Blonde. »Wir holen die Leiche später ab. Zuerst müssen wir uns um das arme Weib kümmern.«

6
Pläne

Magdeburg, September 1228

Ein kräftiger Ostwind wehte über die Elbe. Die Sonne ging auf. Vögel sangen, Fische sprangen, Kormorane tauchten, Libellen schwirrten über Wasser und Böschung, und Moritz schlug den Stein. Die dritte Nacht, die er nicht schlief. Groß und bleich stand noch der Vollmond am Morgenhimmel.

Um Angst und Verzweiflung zu bändigen, hatte Moritz wieder durchgearbeitet. Von Sonnenuntergang bis jetzt. Weil er die anderen nicht stören wollte mit seinem Gehämmer, hatte er die Mutterstatue auf einen Leiterwagen gepackt und hinunter zum Elbufer gekarrt. Hier, unterhalb des Hafentores und neben einer Anlegestelle, kniete er im Gras und arbeitete am Gewand des Bildnisses.

Boote legten an. Fischer trugen ihren nächtlichen Fang in Körben zum Tor hinauf. Auf der anderen Seite der Elbe löste sich die Morgensonne vom Horizont. Frauen und Mädchen stiegen mit Körben voller Schmutzwäsche zum Elbufer herunter, Windböen bauschten ihre Kleider auf. Zwischen dahinfliegenden Wolken erlosch endgültig der Vollmond, und die vielen Talglampen und Kienhölzer rund um die Mutterstatue waren heruntergebrannt.

Moritz merkte es nicht. Er merkte kaum, dass ein neuer Tag anbrach.

»Der Faltenwurf ist dir elend gut gelungen«, sagte eine Männerstimme. Moritz fuhr hoch – Benno stand vor ihm. Sein dunkelbrauner Lederschurz glänzte wie frisch gefettet. Aus dem weit aufgeknöpften, ärmellosen Hemd quoll dunkles Brusthaar.

»Du hast mich erschreckt.« Moritz ließ Klöpfel und Eisen sinken. »Kannst du nicht grüßen?« Er betrachtete das steinerne Gewand, das er seiner Mutter umgelegt hatte. Tatsächlich – der Faltenwurf sah wunderschön aus.

Benno betrachtete ihn. Sorgenfalten türmten sich auf seiner breiten Stirn. »Gestern hat Lupo eine Ratte ausgekotzt.«

Moritz schob die Eisen in die Lederhülle, griff nach den Klöpfeln und stand auf. »Ja und?«

»Die sah ähnlich aus wie du. Als er sie ausgekotzt hatte, meine ich.« Kopfschüttelnd musterte Benno den Jüngeren. »Wann hast du zum letzten Mal geschlafen?«

Moritz legte Werkzeug und Wachsmodell in seinen Leiterwagen. »Hast du nichts Besseres zu tun, als blöde Fragen zu stellen?«

»Doch. Zur Dombaustelle gehen. Der Erzbischof besichtigt heute Morgen alles, was von seiner neuen Kathedrale schon zu sehen ist. Das und Meister Bohnsacks Bauplan.«

»Dann geh schon.« Moritz streifte sein Arbeitsgewand ab, schlug sich die Mütze vom Kopf und stieg nackt in die Elbe. Der Wind wühlte Wellen auf, und die Wellen verzerrten Moritz' Spiegelbild. Hätten sie es nicht getan, wäre es ihm dennoch fremd vorgekommen: Er hatte sich Kopf und Gesicht kahl geschoren. Noch am selben Tag, als er das Gespräch in der Schmiede belauscht hatte. Aus Angst vor dem Bullenschädel. Er warf sich ins Wasser.

Benno stand reglos wie ein Baum und beobachtete ihn. »Worauf wartest du noch?«, fragte Moritz und tauchte unter.

Als er wieder auftauchte, stand der Freund immer noch im Ufergras. »Auf dich.« Benno stemmte die Fäuste in die Hüften. »Meister Bohnsack will, dass du dabei bist.«

Moritz tauchte unter und auf und wusch sich den Steinstaub von der Haut. »Na gut, dann geh ich eben mit.« Er stieg aus dem Wasser und zog sich an.

Ein Lastkahn aus Dresden legte an. Die Steine, die er geladen hatte, waren nicht für den Dom bestimmt. Überall in Magdeburg wurde gebaut in jener Zeit: an zwei neuen Kirchen, an der nördlichen Stadtmauererweiterung, an der alten Klosterkirche und an den letzten Brandruinen, die noch übrig waren vom Stadtbrand zwanzig Jahre zuvor.

»Hast du gehört, dass Ansgar beim Meister Bohnsack um Helenas Hand angehalten hat?«, fragte Benno.

»Nein.« Ein Stich fuhr Moritz durchs Herz. »Es kümmert mich auch nicht.« Er deutete zu der Statue im Gras. »Hilf mir mal.« Sie packten die Mutterstatue in den Leiterwagen und zogen sie gemeinsam zum Klosterweg hinauf und in die Bauhütte. Dort stellte Moritz sie an ihren Platz und verhüllte sie.

»Hast du wenigstens davon gehört, dass der Frauenmörder tot ist?«, fragte Benno, während Moritz sich saubere Kleider anzog.

»Nein.« Moritz steckte einen Hammer mit Eisenkopf und einen Dolch in seinen Gurt.

»Kriegst du überhaupt noch etwas mit von dem, was um dich herum vorgeht?« Benno runzelte unwillig die Stirn. »Ansgar hat ihn getötet. Aber wahrscheinlich hast du nicht einmal mitgekriegt, dass der Däne wieder in der Stadt ist.«

»Doch, er war bei mir.« Trotz der Hitze warf Moritz sich einen grauen Umhang um.

»Und er hat nichts erzählt?«

»Ich hab ihm nicht zugehört. Ich glaube, er wollte wissen, wann ich zur ersten Schwertübung antrete.«

»Der Frauenmörder war ein Pferdeknecht aus dem Gefolge

Gottharts von Saint Leonard. Ansgar hat ihn erwischt, als er sich gerade über die Verrückte hermachen wollte.«

»Mechthild?« Erschrocken starrte Moritz seinem Freund ins Gesicht. »Die Arme!«

Seite an Seite verließen sie die Bauhütte. Moritz zog sich die Kapuze über den Kopf. Bevor er nicht so weit war, dem Bullenschädel gegenüberzutreten, wollte er um keinen Preis von ihm entdeckt werden. Seite an Seite gingen sie zur Dombaustelle. Zum letzten Mal.

»Sind der Schweriner und Ansgar sich schon über den Weg gelaufen?«, fragte er. Verstohlen spähte er nach allen Seiten, jederzeit gefasst darauf, einen Ritter in schwarzer Rüstung mit Bullenschädel auf dem Waffenrock zu sehen.

»Ansgar wohnt jetzt zwar auch in der Grafenburg, doch der Ritter und einer seiner Knappen sind seit ein paar Tagen spurlos verschwunden. Selbst in der Burg gelten sie als vermisst.«

»Wäre schade für dich, wenn es so bliebe. Derart viele Silberpfennige verdienst du so schnell nicht wieder.« Der Wind fuhr Moritz unter den Umhang, er zog die Kapuze enger ums Gesicht.

»Wäre schade für dich, wenn sie wieder auftauchten, denn der Schweriner wird nicht lange fackeln, bevor er dich einen Kopf kürzer macht.«

»Soll er's versuchen.« Moritz tastete nach Hammer und Dolch unter seinem Umhang. »Ich werde ihn töten.« Sie liefen an der Rückseite des Bischofspalastes vorbei, Baulärm rückte näher. Wieder schaute Moritz nach allen Seiten.

»Du hast Angst vor ihm, Samson, gib's doch zu.«

»Ich habe Angst vor ihm und hasse ihn. Ich werde ihn töten.« Der Wind rauschte durch die Kronen der Linden am Klosterweg. Moritz war so müde, dass er kaum mit Benno Schritt halten konnte. Er dachte an die bedauernswerte Mechthild.

»Wenn du ihn wirklich töten willst, dann tu dich mit Ansgar und Lothar zusammen«, raunte Benno. »Das rate ich dir.«

Moritz antwortete nicht. Ein mit Sandsteinblöcken beladenes Fuhrwerk rollte an ihnen vorüber und zum Breiten Weg hin. Aus den Bauhütten zwischen dem Elbhafen und dem Trommelkran traten Bauleute in den neuen Morgen hinaus. Entlang der Chorfassade liefen sie zur Baustelle. Moritz erkannte Jakob und den Franzosen mit seinem hünenhaften Diener unter ihnen.

»Wie weit bist du mit dem Harnisch für den Schweriner?«

»Ich habe noch gar nicht damit angefangen.« Benno seufzte und winkte ab. »Die Achsen und der Drehkranz für den Schwenkarm des alten Trommelkrans haben mich viel Zeit gekostet. Sobald der neue Schwenkarm im Kran steckt, mach ich mich an Schwerter und Harnisch für diesen verdammten Ritter. Spätestens morgen Abend, das jedenfalls ist mein Plan.«

»Dann warte ich, bis du fertig bist mit allem und bis der Bullenschädel dir das viele Geld bis auf den letzten Heller bezahlt hat. Du wirst's brauchen, wenn euer zweites Kind erst geboren ist.«

»Womit willst du warten?« Benno musterte den Jüngeren von der Seite.

»Hörst du nicht zu?«, fragte Moritz. »Ich werde ihn töten.«

Sie grüßten die Bauleute am Nordturm. Zwei Männer stiegen ins Heberad des alten Trommelkrans und begannen, es zu treten. Der Schwenkarm quietschte und knarrte; an seinem Zugseil schwebte eine Bohle voller Steine zum Turm hinauf. Der Wind schaukelte sie hin und her.

Benno beobachtete es sorgenvoll. »Der alte Mastbalken sitzt nicht mehr richtig fest. Wird höchste Zeit, dass er ausgewechselt wird.«

»Ich wusste gar nicht, dass du sogar einen Harnisch schmieden kannst.«

»Ich auch nicht.« Benno grinste. »Doch irgendwann macht man alles zum ersten Mal.«

Moritz dachte an den Kuss, den er Helena verpasst hatte. »Und irgendwann macht man alles zum letzten Mal.« Er rieb sich die Wangen, und Benno lachte. Konnte er Gedanken lesen?

Der Zimmermeister überholte sie und winkte sie hinter sich her. »Meister Bohnsack ist schon beim Erzbischof in der Taufkirche!«, rief er. Moritz und Benno mussten hetzen, um mit ihm Schritt halten zu können. Moritz fiel ein Stück zurück. Der Wind blies ihm die Kapuze vom kahlen Schädel. Mit einer flinken Bewegung raffte er sie sich wieder über Hinterkopf und Ohren.

An der Bauhütte der Zimmerleute vorbei liefen sie zur kleinen Kirche Sankt Nicolai. Müdigkeit hing Moritz in den Gliedern, als wären seine Knochen aus Blei. Seine Nerven aber waren überreizt, und in seinem Kopf drehte sich rasend schnell ein Mühlrad voller Bilder: die Mutterstatue, der Baumeister, seine Tochter, der Bullenschädel, und wieder die Mutterstatue.

»Ich bleibe an deiner Seite«, raunte Benno ihm zu, kurz bevor sie hinter dem Zimmermeister den kleinen, runden Kirchenbau betraten. »Du hast ihn ja nicht mehr gesehen, seit er dich gezüchtigt hat.«

»*Gezüchtigt* – wie das klingt.« Moritz schnitt eine trotzige Miene und blies die Backen auf. »Er hat mich angeschrien und mir dreimal mit dem Messstab auf den Kopf geklopft, das war's.«

Natürlich hatte der Baumeister mit ihm geschimpft und ihn sehr streng ermahnt. Die Nachbarn haben ihn und Helena beobachtet, hatte er gesagt, und der Pater Rochus sowieso. Auf der Baustelle und auf dem Markt habe man sich tagelang das Maul zerrissen über den schon morgens betrunkenen Wenden und über den Kuss, den er Helena abgenötigt hatte. Und eigentlich müsse er, Bohnsack, ihn vor den Schöffenstuhl bringen.

Moritz hatte sich entschuldigt. Er wollte Helena besuchen, um sich auch bei ihr persönlich zu entschuldigen, doch das hatte der Baumeister verboten. Er wolle seiner Tochter Moritz' Entschuldigung ausrichten, hatte er erklärt.

Helena – auch sie hatte Moritz nicht mehr gesehen seit dem Kuss und den Ohrfeigen. *Helena* – allein, den Namen im Stillen zu denken, machte ihn traurig und zugleich froh.

Sie stand zwischen ihrem Vater und dem Franzosen, als Moritz sie unter den Domherren, Mönchen, Handwerksmeistern und Bildhauern entdeckte. Neben der Äbtissin der Zisterzienserinnen und der frommen Edelfrau, die in Magdeburg den Orden der sogenannten Beginen leitete, war Helena die einzige Frau unter vielen Männern. Den Franzosen neben ihr zu sehen, verdross Moritz. Und hinter ihr den Mönch zu entdecken, Pater Rochus, bedrückte ihn. Es hätte nicht viel gefehlt und der Pater wäre mit einem Stecken auf ihn losgegangen an jenem Unglückstag.

Alle hatten sich um das Taufbecken versammelt und lauschten den Worten des Erzbischofs. Benno, Moritz und der Zimmermeister stellten sich in die letzte Reihe der etwa vierzig Versammelten.

Jakob von Straßburg winkte und zwinkerte Moritz zu. Der nickte kurz und senkte dann den Kopf – er wollte vermeiden, dem Blick des Baumeisters zu begegnen. Oder gar Helenas Blick.

Erzbischof Albrecht erzählte gerade von seiner Reise; er

sprach wie ein Mann, dessen Stimmung nicht besser hätte sein können. Sein schmales, kantiges Gesicht war braun gebrannt von der Sonne Italiens, und er lächelte unentwegt. Ein roter Pileolus – eine Scheitelkappe – saß auf seinem grauen Haar, eine rote Schärpe hielt gurtgleich seine schwarze Soutane zusammen. Mit der Linken hielt er den Bischofsstab, mit der Rechten gestikulierte er munter.

Er erzählte von der Messe im Petersdom, in welcher der neue Papst Gregor einen Bettelmönch namens Franziskus heilig gesprochen hatte; er schilderte ein Bad in der Lagune von Venedig und die Belagerung einer rebellischen Stadt in der Lombardei. Besonders ausführlich beschrieb er den kaiserlichen Hoftag zu Barletta, wo er, Albrecht, den Kaiser Friedrich persönlich gesegnet hatte, bevor der zu seinem Kreuzzug ins Morgenland aufgebrochen war.

Moritz wusste nicht, was eine Lagune war. Bei dem Namen Venedig dachte er an ein goldenes Schloss in einem Eibenwald, und Barletta hörte sich in seinen Ohren wie der Name einer Hündin an, die auf Gauklerbühnen Kunststücke veranstaltete. Er prägte sich die Worte und Namen ein und nahm sich vor, Mechthild danach zu fragen. Oder Ansgar.

Anders als Moritz, konnten beide lesen und schreiben. So wie der französische Bildhauer, der sich gerade jetzt, in diesem Augenblick, lächelnd an Helenas Ohr beugte. Hatte er denn gar keinen Respekt vor dem Erzbischof? Aus irgendeinem Grund konnte Moritz ihn nicht leiden.

Der Erzbischof erzählte, und Moritz beobachtete Gotthart und Helena. Der Franzose schien ihr etwas zuzuflüstern. Und zwar nicht wenig, wie es schien, denn seine Lippen wollten gar nicht mehr aufhören, sich dicht an Helenas kastanienrotem Haar zu bewegen. Und sie ließ sich sein Geflüster gefallen.

Die beiden so vertraut beieinander stehen zu sehen, machte Moritz bitter. Vielleicht hätte Helena sich williger von ihm küssen lassen, wenn er auch lesen und schreiben könnte wie dieser Franzose.

»Im Markusdom zu Venedig haben Wir uralte Säulen und Figuren gesehen«, erzählte der Erzbischof. »Lauter Spolien aus einem Palast in Konstantinopel.« Mit dem Krummstab deutete er auf das dunkelrote Taufbecken. »Dieses schöne Stück hier ist tausend Jahre alt und diente einmal in einem römischen Palast als Säulensockel. Umgedreht und geweiht, hat man es dann zu Kaiser Ottos Zeiten im alten Dom als Taufbecken benutzt.«

»Was sind Spolien?«, flüsterte Moritz in Bennos Ohr.

»Noch brauchbare Trümmer alter Bauwerke«, flüsterte Benno.

Der Erzbischof wandte sich nach rechts und deutete mit seinem Krummstab auf einige Säulen aus Marmor und rotem Stein, die vor einer Seitenkapelle auf Holzbalken gestapelt waren. »Genau wie diese herrlichen Säulen hier. Kaiser Otto hat sie zusammen mit dem Becken vor mehr als zweihundert Jahren aus Ravenna herauf und über die Alpen bis hierher an die Elbe geschafft. In seinem Dom dienten die uralten heidnischen Bauelemente fortan der Ehre Gottes.« Er blickte in die Runde, breitete die Arme aus und lächelte beglückt. »Ist das nicht ein schöner Gedanke?«

Fast alle am Taufbecken Versammelten nickten eifrig. Der Dompropst nicht. Wilbrand, der Bruder des Erzbischofs, trat von einem Fuß auf den anderen, guckte hierhin, äugte dorthin und schien sich zu langweilen. Auch Meister Bohnsack nickte nicht; er kam Moritz irgendwie ungeduldig vor.

»Das Taufbecken hier und die roten Säulen sind aus Rosenporphyr«, erklärte der Erzbischof. »Ein edler und teurer Stein, der eines Kaisers würdig ist. Zu Zeiten des alten römischen Reiches wurde er in ägyptischen Steinbrüchen abgebaut.«

Seine Miene nahm einen feierlichen Ausdruck an, und in feierlichem Tonfall fuhr er fort: »Wir haben beschlossen, dass diese uralten und edlen Spolien bald auch unsere neue Kathedrale schmücken sollen.« Er wandte sich an den Baumeister. »Was hältst du von diesem Plan, Meister Bohnsack?«

»Ein prächtiger Gedanke, Eure Hochwürdigste Exzellenz!« Es platzte förmlich heraus aus dem Baumeister. Moritz kam es vor, als wäre er froh, endlich zum Zug zu kommen. »Alles, was dazu taugt, Gott, seine Heiligen und den großen Kaiser Otto zu ehren, sollten wir in die Architektur der neuen Kathedrale mit aufnehmen.« Der Erzbischof nickte zufrieden; sein Bruder, der Dompropst, guckte auf seine Schuhe hinunter und rieb sich die Nase.

Meister Bohnsack entrollte eine Pergamentrolle und breitete sie über dem Taufbecken aus. »Wir müssen nur sorgfältig planen, wo wir die Spolien aus der Brandruine letztlich einbauen. Ich habe schon darüber nachgedacht und ihren möglichen Platz skizziert.«

»Du hast tatsächlich einen Plan gezeichnet?« Erzbischof Albrecht staunte den Baumeister an. »Das ist ja großartig!«

Von Meister Bohnsack wusste Moritz, dass Baupläne erst in den letzten Jahren üblich geworden waren, jedenfalls östlich des Rheins. Meister Bohnsack selbst hatte das Zeichnen von Bauplänen bei seinem französischen Baumeister in Chartres gelernt.

»Aber selbstverständlich«, sagte Meister Bohnsack. »Darf ich Euch bitten, einen Blick in den neuen Bauplan zu werfen, Eure Hochwürdigste Exzellenz?«

»Deswegen sind wir hier.« Der Domherr Dietrich griff nach einem Ende des Plans, der von Meister Bohnsack herbeigewinkte Gotthart nach dem anderen. Der Baumeister und der Erzbischof beugten sich über das Pergament. Handwerksmeister, Äbte, Domherren, Äbtissinnen und der Dompropst drängten sich um das Taufbecken.

Moritz gefiel es, den Franzosen endlich nicht mehr neben Helena sehen zu müssen. Wie zufällig schaute er nun doch zu ihr hin – und begegnete ihrem Blick.

Endlich musste der unverschämte Franzose von ihrer Seite weichen, der Herr Vater hatte ihn zu sich ans Taufbecken befohlen, um den Bauplan zu halten. Als hätte er gespürt, wie unwohl sie sich neben ihm fühlte. Helena atmete auf.

Statt dem Reisebericht des Erzbischofs zu lauschen, hatte ihr der Bildhauer französische Worte ins Ohr geflüstert. Worte eines Dichters seiner Heimat, wie er ihr anschließend erklärte. Und dann übersetzte er die Verse auch noch: *Dein Blütenduft weist mir, dem Schmetterling, den Weg, du schöne Rose. Deiner Schönheit Duft berauscht mich. O dass du mir gestattetest, auf dir zu ruh'n und mich zu sättigen an deinem Nektar.*

So ungefähr. Helena sog scharf die Luft durch die Nase ein. Schöne Verse, gewiss. Sie blickte auf ihre Schuhspitzen und presste die Lippen zusammen. Aber wie unverschämt, sie ihr ins Ohr zu flüstern! Noch dazu in Gegenwart des Erzbischofs und so vieler geistlicher Herren. Helena spürte den Zorn in sich hochsteigen.

Wollte dieser Bildhauer ihr denn allen Ernstes den Hof machen? Wusste er denn nicht, dass der Ritter Ansgar erst gestern wieder beim Vater um ihre Hand angehalten hatte? Und dass ihm zumindest ihr Jawort so gut wie sicher war?

Helena hatte längst dafür gesorgt, dass man auf der Baustelle bald darüber sprechen würde. Und nicht lange danach auch auf dem Marktplatz. Was, bei allen Heiligen, wollte dieser Franzose von ihr? Sie nahm sich vor, ihn zur Rede zu stellen.

Zweimal tief durchgeatmet, und weg mit dem Zorn. Sie hob den Blick.

Und schaute dem Wenden ins Gesicht.

Der stand auf der anderen Seite des alten Taufbeckens in der letzten Reihe neben dem Schmied. Sie erkannte ihn kaum wieder, denn er trug keinen Bart mehr. Selbst die Kopfhaut schien er sich kahl geschoren zu haben. Helena wollte seinem Blick ausweichen, doch plötzlich fiel ihr ein, dass sie in der vergangenen Nacht von ihm geträumt hatte. Von seiner kraftvollen Umarmung, von seinem Kuss. So unerwartet überfiel sie die Erinnerung, dass sie vergaß wegzuschauen.

Wie er guckte. Scheu und schuldbewusst. Und irgendwie traurig. Einem wie ihm war das charmante Lächeln eines Ansgars fremd. Und das selbstgewisse Schmunzeln eines Gottharts sowieso. War er nicht im Grunde ein guter Kerl, dieser Wende? Und ehrlich dazu. Wenn sie ihrem Vater glauben wollte, sogar ein außergewöhnlich guter Bildhauer.

Helena nickte ihm zu, lächelte ein wenig dabei. Sollte er ruhig wissen, dass sie seine Entschuldigung angenommen hatte. Sie wandte den Blick von ihm ab und richtete ihre Aufmerksamkeit auf den Vater und den Erzbischof. Die sprachen über den Einbau der alten Schätze aus der Brandruine.

»Das Taufbecken muss einmal hier stehen.« Der Erzbischof deutete auf den Plan. »Man muss darauf zugehen, wenn man unsere Kathedrale einst durch das geplante Westportal betritt. Nur das Sakrament der Heiligen Taufe berechtigt dazu, die Kathedrale des Lichts zu betreten. Und mit ihr das neue Jerusalem. Daran muss das Taufbecken jeden Eintretenden mahnen.«

»Dann schlage ich vor, die alten Säulen am heiligsten Ort der

Kathedrale aufzustellen, Eure Hochwürdigste Exzellenz, dort, wo auch der große Kaiser Otto ruht.« Nun deutete der Herr Vater auf den Bauplan. »Hier. Im Chor, und zwar hinter dem Hochaltar und vor der Innenseite des Chorumganges und der künftigen Chorempore. Ich werde sie in den Hochchor einbauen, anstelle dieser Säulen hier.« Zweimal tippte er auf das Pergament.

»Ein herrlicher Plan!«, ergriff der Domherr Dietrich das Wort. Geradezu begeistert erschien Helena der sonst so unauffällige Mann. »Und auf die beiden Säulen aus Rosenporphyr könnten wir die beiden Figuren stellen, die der Herr Gotthart uns erschaffen wird. Den Heiligen Mauritius und die Heilige Katharina.«

Der Dompropst wiegte den schweren Kopf hin und her, als bereitete ihm die Vorstellung Qualen. Der Erzbischof aber schaute hinauf ins Kirchengewölbe, bekreuzigte sich zum Zeichen seiner Zustimmung und rief: »Gott segne euch!«

Helena sah den Wenden lächeln. Nicht den so ungewöhnlich begeisterten Erzbischof schaute er an, während er lächelte, sondern sie. Helena wandte schnell den Blick ab – ihm bloß keine falschen Hoffnungen machen.

Da Ansgar nicht in der Nähe war, richtete sie ihren Blick auf Gotthart. Der hielt den Bauplan fest und tat neugierig. Vielleicht war er es auch. Wie viel edler und eleganter seine äußere Erscheinung doch war als die des Wenden! Wenn er bloß nicht so unverschämt daherkommen würde. Und so selbstgewiss.

Moritz war ein ungehobelter Klotz gegen Gotthart, gewiss. Er war wild, ungebildet, jähzornig und wusste nicht, wie man sich zu benehmen hatte. Und wie alle Wenden, soff er wahrscheinlich auch dann viel zu viel Wein, wenn er gerade einmal nicht plante, jemandem einen Kuss aufzuzwingen. Doch konnte er etwas dafür?

Nein. Er hatte seine Kindheit im wilden Wald verbracht und war in Gefangenschaft herangewachsen. Armer Kerl! Und vermochte dennoch Bilder zu machen, die den Herrn Vater beeindruckten. Ein seltsamer Mensch.

»Kommt nicht in Frage!« Am Taufbecken wurde der Dompropst auf einmal laut. »Was glaubst du, was das kostet, Meister Bohnsack?« Er schüttelte den Kopf so trotzig, dass Backen und Doppelkinn wogten.

»Glaubt mir doch bitte, Eure Exzellenz, der ursprüngliche Plan legt die Kathedrale viel zu kleinlich an! Das Querhaus muss erweitert, das Mittelschiff verbreitert und die Anzahl der Arkaden darin und in den Seitenschiffen verdoppelt werden.«

Der Herr Vater war keiner, der so schnell von einem Plan abwich, den er einmal als richtig erkannt hatte. Nicht einmal, wenn geistliche Herren wie der Dompropst ihm widerstanden. Helena war stolz auf ihn.

»Meister Bohnsack hat nicht ganz unrecht«, mischte der Domherr Dietrich sich ein. Mit dem Finger tippte er aufs Pergament. »Nach seinem neuen Plan hätte die Kathedrale auch mehr Fenster, und viel mehr Licht könnte sie durchfluten.«

»Zu teuer.« Der Dompropst schüttelte beharrlich den Kopf.

»Mehr Arkaden und mehr Fenster?« Der Erzbischof beugte sich tiefer über den Bauplan des Herrn Vaters. Helena zweifelte nicht daran, dass er ihm zustimmen würde, doch nun wirkte er nachdenklich. »Dann rücken ja die geplanten Westtürme dorthin, wo jetzt die Ostmauer und die Pforte von St. Nicolai stehen!«

»Viel zu teuer, Bruder Albrecht! Sag ich doch.«

»Ich könnte natürlich den neuen Papst bitten, dass er neue Ablassbriefe für den Bau unserer Kathedrale ausschreibt.« Der Erzbischof richtete sich auf, fasste seinen Krummstab mit beiden Händen und blickte in die Runde. »Wie ihr wisst, sitzt jetzt der Graf von Segnia als Papst Gregor auf dem Stuhl Petri. Und die Älteren unter euch werden sich vielleicht erinnern, dass er vor zwanzig Jahren bei der Grundsteinlegung der neuen Kathedrale anwesend war.«

Rund um das Taufbecken sah Helena so manchen alten Domherrn und Mönch nicken. »Damals war er noch Kardinal«, rief einer.

»Sein Herz schlägt für Magdeburg«, sagte der Domherr Dietrich. »Er wird uns diese Bitte nicht abschlagen.«

»Und was machen wir dann mit Sankt Nicolai?« Der Dompropst Wilbrand guckte seinen Bruder ebenso ratlos wie vorwurfsvoll an.

»Reißen wir ab«, erklärte Meister Bohnsack, als sei der Abriss einer alten Kirche das Selbstverständlichste der Welt. Helena hielt den Atem an.

Zu ihrem Erstaunen bekam der Dompropst keinen Wutanfall, sondern neigte nachdenklich den Kopf zur Seite. »Keine schlechte Idee«, sagte er. »Der Breite Weg ist die wichtigste Handelsstraße im Norden des Reiches. Es stört mich schon lange, dass alle Durchreisenden diese kleine, doch etwas schäbige Kapelle sehen müssen. Was für ein Bild von Magdeburg nehmen die Leute denn da mit in alle Welt?«

»Und was für ein Bild von Magdeburg werden sie mitnehmen, wenn man einst das Prachtportal unserer Kathedrale vom Breiten Weg aus sehen wird.« Dietrich nickte bekräftigend.

Alle richteten nun ihre erwartungsvollen Blicke auf den Erzbischof. Albrecht schwieg eine Zeitlang. »Ich werde den Gedanken im Gebet vor Gott bewegen«, sagte er schließlich. »Und jetzt lasst uns hinaus auf die Baustelle gehen.«

Allen anderen voran schritten er und Meister Bohnsack

zum Ausgang. Geduldig schob sich die Menge nach draußen. Für kurze Zeit geriet der Wende in Helenas Nähe. Wieder trafen sich ihre Blicke. Und diesmal wich sie ihm nicht aus.

Doch sie lächelte auch nicht. Mit großem Ernst schaute sie ihm ins glatt rasierte Gesicht. Wie dunkel seine Augen waren, wie viel Leidenschaft und Trauer in ihnen lag. Was mochte in dem Herz vorgehen, das in diesem breiten Brustkorb schlug? Helena spürte, dass sie ihm nicht mehr böse sein konnte wegen des Kusses. Die Menge schob sie weg von Moritz und Benno.

Eine Zeitlang sah sie noch seinen kahl geschorenen Schädel ein paar Reihen vor sich. Sie erinnerte sich plötzlich an die Augenblicke, die sie auf dieser schrecklichen Burg vor seinem Kerkerfenster verbracht und wie sie ihm von ihrer Mutter erzählt hatte. Damals hatte er ihr gestanden, dass die Skulptur, die Meister Bohnsack vor der Zerstörung gerettet hatte, ein Bildnis seiner Mutter war.

Wie viel Schmerz und Sehnsucht mussten jemanden umtreiben, dass er sich die Bildhauerei nahezu selbst beibrachte, um das Bild der geliebten Mutter erschaffen zu können?

In der Menge der anderen trat Helena nach draußen. Ein Windstoß ließ ihr offenes Haar flattern. Gotthart tauchte wieder an ihrer Seite auf. An den Fundamentgräben entlang folgten alle dem Erzbischof zum Chor.

Die Bauleute winkten von den Gerüsten und aus den Fundamentgruben. Einige riefen Segensgrüße, andere kletterten von ihrem Gerüst oder aus einer Grube und liefen zum Erzbischof Albrecht, um seinen Ring zu küssen und sich segnen zu lassen.

Helena spürte, dass Gotthart sie beobachtete. »Hör mir gut zu.« Furchtlos schaute sie ihm ins Gesicht. »Ich verbiete dir, mir verdeckte Liebeserklärungen zu machen.«

»Habe ich das denn getan?« Er versuchte zu lächeln, doch Helena merkte genau, wie ihm seine Züge gefroren.

»O ja, das hast du. Und ich will es künftig nicht mehr dulden. Denn ich bin einem anderen versprochen. Der Ritter Ansgar von Lund hat um meine Hand angehalten, und sobald mein Vater die Erlaubnis dazu gibt, sende ich ihm mein Jawort. Behandle mich also in Zukunft höflich und mit der Sittsamkeit, die einer Frau gegenüber angemessen ist.«

Gotthart wurde blass, entgegnete aber nichts mehr. Er wich jedoch nicht von ihrer Seite.

An den Gerüsten um die neuen Vierungspfeiler vorbei folgten sie dem Erzbischof. Der segnete die Steinmetze, Zimmerleute, Windeknechte und Mörtelmischer, lobte die Dienstsäulen am Vierungspfeiler, freute sich über die wachsenden Gemäuer des Querhauses und über den Südturm, der Tag für Tag an Höhe zunahm.

Auch den prachtvollen neuen Lettner vor dem Chor bewunderte er. Das große, hölzerne Schnitzwerk ragte einige Schritte aus der Chorwand heraus und reichte fast bis zur Mitte des Quadrates, das die Vierungspfeiler bildeten.

Albrecht deutete zum Südeingang des Chorumgangs und drehte sich nach seinem Gefolge um. »Wie habe ich mich in Italien nach unserem schönen neuen Chorumgang gesehnt!«, rief er und winkte die Mönche, Domherren und Handwerksmeister hinter sich her in den Chorumgang. Dort pries er die herrlichen Kapitelle der Arkadensäulen, bestaunte die Kranzkapellen und die Fenster darin, als hätte er sie nie zuvor gesehen, und konnte sich nicht genug freuen über die Schönheit der blau und rot angemalten Kreuzrippengewölbe.

Helena wunderte sich über ihn, hatte ihr Vater den Erzbischof doch als nüchternen und kühlen Mann beschrieben; als einen, der politische Ämter im Reich bekleidete, sogar

Markgraf der Lombardei war und Kriege geführt hatte. Doch hier, inmitten der herrlichen Pracht seiner entstehenden Kathedrale, hier schien er sich in ein begeistertes Kind zu verwandeln, das nicht genug bekommen konnte von all der steinernen und farbenprächtigen Schönheit und Erhabenheit.

»Ist das nicht wunderbar?«, rief er alle drei Schritte, und: »Wie habe ich mich danach gesehnt!« Und alle schienen glücklich zu sein, ihren Erzhirten glücklich zu erleben.

Der Wind fegte scharf durch die Arkaden, Helena raffte sich ihr flatterndes Kleid enger um den Leib. Setzten denn schon die Herbststürme ein? Als sie an der Scheitelkapelle des Umgangs vorbeizogen, sah Helena eine Frauengestalt zwischen dem Seitenfenster und dem Sarkophag der Königin Edgitha kauern. Die war bleich, hohlwangig und hatte dunkle Ringe unter den Augen. Die Nase war blau und geschwollen.

Helena erkannte die fromme Frau, die so viele für wahnsinnig und andere für von Gottes Geist beseelt hielten. Ihr selbst war diese Mechthild nicht geheuer. Im Vorübergehen hörte sie, dass sie mit jemandem redete. Helena konnte nicht erkennen, mit wem.

Aus der Nordseite des Chorumgangs strömte die Menge wieder in den Neubau des Querschiffes. Beim Nordturm, der den Südturm inzwischen an Höhe übertraf, blieb der Erzbischof stehen und deutete zum Chor hinauf. »Und jetzt erkläre uns deinen Plan für den Hochchor und den Bischofsgang, Meister Bohnsack!«, rief er.

Nicht weit hinter ihm drehte sich das Heberad des Trommelkrans. Eine Steinladung schwebte nach oben. Sie schwankte im starken Wind. Der Wende und der Schmied standen vor dem Podest, aus dem der Mastbalken mit dem Schwenkarm ragte. Der Schmied deutete nach oben zum Flaschenzug. Irgendwas hatten sie zu bereden.

Helena wandte sich ab und richtete ihre Aufmerksamkeit auf den Herrn Vater. Vor dem Erzbischof und dem Dompropst entrollte er wieder seinen Bauplan. Er winkte Gotthart heran, damit er wieder eine Seite des Pergaments festhielt. Handwerksmeister und Kirchenleute drängten sich um Meister Bohnsack und die beiden höchsten geistlichen Herren der Stadt.

»Ich schlage vor, dass wir die Arkaden zum Chor hin kleiner machen als ursprünglich geplant.« Der Herr Vater zeigte zum Chor hinauf. »Dafür errichten wir da oben an der Innenseite des Bischofsganges über jeder großen Arkade des Untergeschosses zwei kleine Arkaden.« Ein starker Windstoß zerzauste ihm das Grauhaar und fegte dem Erzbischof seinen Pileolus vom Scheitel.

Plötzlich knarrte, ächzte und splitterte es wie von brechendem Holz. Lautes Geschrei erhob sich hinter Helena. Irgendjemand rief ihren Namen. Sie wirbelte herum, erstarrte vor Schrecken und mochte ihren Augen nicht trauen: Eine Palette neigte sich, Steinblöcke gerieten ins Rutschen, Kranmast, Schwenkarm und Heberad kippten auf Helena zu.

7
Engel

Sie schloss die Augen, um das Bild der Frau besser festhalten zu können. Eine schöne Frau: schmales Gesicht, edle Züge, großer Mund und große dunkelblaue Augen. Eben war sie an der Scheitelkapelle vorbeigeschritten, mit vielen anderen und dem schwärmenden Erzbischof hinterher. Mechthild betrachtete das Gesicht ganz genau. Es stand ihr so lebendig vor Augen, dass sie versucht war, die Hand auszustrecken und das kastanienrote Haar zu berühren, das es umrahmte.

Etwas Rätselhaftes las sie in diesen schönen Zügen, etwas, das sie beunruhigte – eine Sehnsucht, eine innere Zwietracht, einen Hunger nach Leben, der ihr gefährlich erschien.

Sie öffnete die Augen, und weg war das Bild. Dafür fiel ihr der Name der Frau wieder ein: Helena. Dietrich hatte ihn einmal genannt, als er von dem neuen Baumeister erzählte. Und richtig: Die Kastanienrote war dessen Tochter.

Der Lärm entfernte sich. Sie stand auf und trat aus der Scheitelkapelle. Den Kopf in den Nacken gelegt, ging sie zum Nordausgang des Chorumganges. Mechthild wusste, dass der Baumeister dem Erzbischof heute seine Pläne für Hochchor und Bischofsgang vorstellte. Und sie wollte dabei sein.

So schlenderte sie also von einer Chorkapelle zur nächsten und betrachtete die Kapitelle ihrer Säulen und die Gemälde darauf. Vor einer Säule blieb sie stehen, denn die Bilder auf dem Kapitell gingen ihr unter die Haut – Szenen aus dem Buch Daniel: die Jünglinge im Feuerofen, Daniel in der Löwengrube. Mechthild konnte sich nicht sattsehen.

Der König von Babylon hatte die jungen Männer in den Feuerofen gesteckt und in die Löwengrube geworfen. Engel Gottes waren mit im Feuerofen, sodass keine Flamme ihnen schaden konnte; Engel Gottes standen in der Löwengrube und redeten den Löwen gut zu, sodass sie lammfromm wurden und ihnen der Hunger auf Menschenfleisch verging.

Mechthild blieb stehen, senkte den Kopf und presste die gefalteten Hände gegen die Stirn. Sie dachte an den grässlichen Abend am Elbufer, und wieder war der Schrecken gegenwärtig. Heiß schoss er ihr durch die Glieder, durch die Brust.

Was für ein entsetzlicher Abend. Der Abend ihres Todes und ihrer Neugeburt. So entsetzlich und so unglaublich schön am Ende wie ein Gang durch einen Feuerofen oder eine Löwengrube.

Sie atmete tief durch, blickte wieder ins Kreuzrippengewölbe hinauf und betrachtete die Engel im Feuerofen und in der Löwengrube. »Der Ritter Ansgar ist mein Engel gewesen. Was für einen starken und schönen Engel du mir geschickt hast.« Eine kräftige Windböe fegte durch den Chorumgang und bauschte ihr weißes Gewand auf. Sie nahm die gefalteten Hände vom Gesicht und ging weiter.

Draußen in der Baustelle lärmte jemand ungewöhnlich laut. Die Fliesen des Chorumgangs bebten auf einmal unter dem Aufprall schwerer Gegenstände. Irgendwo vor dem Chorumgang stürzte etwas. Und dann schrie einer. Und dann noch einer. Und dann viele. Mechthild lief schneller.

»Was schreien sie denn plötzlich so herum draußen im Querschiff?« Mechthild rannte, lief an Säulen und Arkadenbögen vorbei, sprang unter dem letzten Gewölbe hindurch und hinaus in den Querschiffneubau. Dort stand sie still und wusste nicht, wo sie zuerst hinsehen sollte.

Das große alte Heberad neigte sich, der Trommelkran kippte.

Schreiende Menschen rannten nach allen Seiten davon, Steinblöcke stürzten von einer schräg am Schwenkarm hängenden Palette. Und sie stürzten auf Menschen herab. Und die Menschen stürzten auch. Stürzende Leiber, stürzende Steine, stürzende Kranbalken, stürzendes Tretrad.

Und darunter, wie gelähmt, die Frau – die Kastanienrote mit dem Lebenshunger und der Sehnsucht in den Zügen, die Tochter des Baumeisters. Warum floh sie denn nicht?

Andere neben ihr wichen zurück, stolperten, stürzten. Wieder andere merkten noch nicht einmal, dass gleich eine Wand aus schwerem Holz auf sie niederbrechen würde.

Auch die Tochter des Baumeisters nicht.

»Helena!« Mechthild schrie ihren Namen. »Weg da, Helena!«

Jetzt erst drehte die Kastanienrote sich nach dem kippenden Trommelkran um.

Mechthild sah einen, der rannte unter die stürzende Wand. Ein Engel? Es konnte doch nur ein Engel sein! Der Engel packte die Frau und einen anderen und zerrte sie mit sich. Der Engel stieß den Erzbischof und den Baumeister vor sich her, bis sie alle strauchelten und stürzten. Dann packte er einen Schubkarren voller Steine, riss ihn herum und schob ihn unter das kippende Rad.

Das Tretrad prallte auf, bedeckte alle, bedeckte auch den Engel; die Erde unter Mechthilds Füßen zitterte. Kranmasten und Hebearm schlugen splitternd am Boden auf. Am Boden und auf Menschenleiber. Eine Staubwolke erhob sich.

Stille trat ein. Totenstille. Viele Atemzüge lang. Dann jammerte jemand. Dann rief jemand um Hilfe. Dann schrie einer wie unter großen Schmerzen. Mechthild hörte Stöhnen und

Röcheln. Einer bellte Befehle, ein anderer rief einen Namen. Viele flüsterten, manche weinten.

Jetzt erst fiel die Lähmung von Mechthild ab. Sie wankte über die Unglücksstelle. Einer lag da neben dem Kranpodest, zu dem wollte sie. Andere lagen auch links und rechts und rührten sich nicht, doch zu diesem da zog es sie.

Sie ging an so vielen anderen vorbei. Sie schritt über Balken, stieg über Steinblöcke, wich Menschen aus, die sich am Boden krümmten, und konnte den Blick nicht abwenden von dem Einen.

Rings um sie standen Männer auf und blickten sich um. Viele stöhnten, viele hielten sich ihre schmerzenden Knochen. Einige sprachen miteinander. So leise, als fürchteten sie, die Bewusstlosen und Toten aufzuwecken.

»Gott sei uns gnädig«, flüsterte einer. »Der alte Trommelkran, ich habe es immer gewusst.«

»Nicht der Trommelkran, der Wind«, flüsterte ein anderer. »Eine Sturmböe hat an der Steinlast gerissen.«

»Ich hab's auch gesehen«, flüsterte der Nächste. »Die Bohle mit den Blöcken pendelte auf einmal wie eine Glocke hin und her. So viel Unwucht hat er nicht ausgehalten, der alte Mast. Die schwankende Last hat ihn umgerissen.«

Mechthild kniete vor einem kräftig gebauten Mann nieder. Er lag vollkommen reglos und entspannt. Man hätte meinen können, er schliefe. Wenn nicht Blut sein ärmelloses Hemd getränkt hätte. Und wenn nicht Blut auf seinem Lederschurz geglänzt hätte. Und wenn seine offenen Augen nicht in den Himmel gestarrt hätten.

Sanft drückte Mechthild ihm die Lider zu.

8

Todfeind

Magdeburg, September 1228

Ein warmer, böiger Wind wehte. Und Glocken läuteten. Ansgar hörte es zunächst gar nicht. Zwischen der Vorburg und den Stallungen der Grafenburg rollte er ein Fass hin und her. In dessen Inneren schepperte, rasselte und rieselte es bei jeder Umdrehung. Er rollte es zum Eingang der Vorburg, in der er und Lothar wohnten, machte kehrt und rollte es zurück zur Fassade des langgezogenen, flachen Steinbaus, in dem das Zeughaus und die Pferde untergebracht waren. Bei jeder Runde erzürnte es ihn mehr, diese Arbeit selbst erledigen zu müssen.

Waffen und Rüstungen reinigen? Das war eigentlich die Aufgabe eines Knappen. Doch Ansgar hatte noch immer nur einen, denn der junge Moritz wollte lieber Steine klopfen und Steinstaub schlucken, als Heldenruhm und Frauenherzen zu erringen. Unfassbar, dass jemand die Möglichkeit, ein Ritter zu werden trotz niederer Herkunft, einfach so fahren ließ! Statt mit dem Schwert wolle er Gott lieber mit Klöpfel und Meißel für seine Freiheit danken, hatte ihm der Wende erklärt. Was also blieb Ansgar übrig, als die Knappenarbeit selbst zu erledigen?

Zumal er Lothar mit einem Auftrag in den Palas des Burggrafen geschickt hatte, den er nicht selbst erledigen konnte, weil er zu gefährlich war. Und morgen musste alles an ihm, dem edlen Ritter Ansgar, glänzen und funkeln; die Leute sollten geblendet die Augen schließen müssen. Also rollte er das

Fass – vom Stall zur Burgfassade, von der Burgfassade zum Stall, wieder und wieder.

Im mit Haferkleie gefüllten Fass steckten sein Kettenhemd und die Einzelteile seiner teuren Rüstung. Je ausdauernder man diese Mischung aus Getreide und Eisen hin und her rollte, desto gründlicher polierten die Samenschalen Harnisch und Kettenhemd, und desto vollständiger fettete das Haferöl beides ein. Und schützte die Ritterkleidung auf diese Weise vor Rost.

Morgen wollte Ansgar bei zwei Herren vorsprechen, die ihm für seinen weiteren Lebensweg von großer Bedeutung zu sein schienen: beim Erzbischof Albrecht und beim Baumeister Bohnsack. Da musste einfach alles an ihm glänzen.

An der Fassade der Vorburg richtete er sich über seinem Fass auf und wischte sich den Schweiß von der Stirn. Der Spätsommer begann so heiß, wie der Hochsommer geendet hatte. Der warme Wind brachte keine Erfrischung. Ansgar lauschte zur Mauer hin. Warum läuteten eigentlich die Glocken? Und warum so viele?

Er bückte sich wieder über das Fass und rollte es zurück zum Stall. Im Wehrturm neben dem Zeughaus stieg er zur Wehrmauer hinauf. Er dachte an die glänzende Rüstung, die er morgen tragen wollte, wenn er dem Erzbischof seine Dienste anbieten und vom Baumeister eine Antwort fordern würde. Von dem einen begehrte Ansgar Einkünfte, vom anderen die Tochter.

Die süße Helena!

Gleich am ersten Tag nach seiner Rückkehr hatte er sie besucht. Und in Gegenwart dieses schweigenden Paters mit ihr gesprochen. Ob sie ihn wolle oder nicht, hatte Ansgar sie rundheraus gefragt. Ihre Antwort hatte gelautet, dass ihr Herr Vater es erlauben müsse. Wäre die fromme Kutte nicht dabei gewesen – vermutlich ihr Beichtvater –, Helena hätte ihm ihr *Ja!* auf den Mund geküsst, daran zweifelte Ansgar nicht einen Augenblick.

Eine Windböe zerwühlte sein blondes Haar. Er stützte sich zwischen zwei Zinnen auf und blickte in die Neustadt. An beiden Kirchen läuteten die Glocken, an Sankt Petri und Sankt Jacobi.

Er spähte zur anderen Seite der Stadtmauer, zur alten Stadt. Ein Läuten wie am Christfest oder zu Ostern dröhnte von dort herüber. Ansgar stutzte. Was, um alles in der Welt, ging vor in Magdeburg?

Nirgends konnte er Rauchwolken eines Brandes erkennen. Rückte etwa ein feindliches Heer heran? Oder gab es schon wieder einen neuen Papst?

Irgendetwas war geschehen.

Ansgar stieg von der Mauer. Persönlich hätte er nichts gegen einen Krieg einzuwenden gehabt. Dann würde er dem Erzbischof gleich einmal beweisen können, wie glücklich der sich schätzen konnte, einen Ritter wie ihn in seinen Reihen zu haben.

Dem Burggrafen Burchard wollte Ansgar von Lund nicht länger dienen. Er hatte gehört, dass Botho von Schwerin in der Stadt war und ihm seinen Waffendienst angeboten hatte. Ausgeschlossen, mit dem Schweriner im selben Heer zu reiten oder in denselben Burgmauern zu leben!

Seit seinem Turniersieg in Prag war Botho sein Todfeind, da machte Ansgar sich nichts vor. Es behagte ihm ganz und gar nicht, diesem Ritter hier in Magdeburg so unverhofft wieder zu begegnen.

Er fuhr fort, das Fass mit seiner Rüstung zwischen Stallung und Vorburg hin und her zu rollen. Die Glocken wollten gar nicht mehr aufhören zu läuten. Im Torflügel vor der Innenburg öffnete sich eine Tür. Ansgar blickte auf – Lothar kam zurück. Der Ritter setzte sich aufs Fass und sah seinem Knappen entgegen. »Weißt du, warum die Glocken läuten?«, rief er.

»Nein!«, rief Lothar von Weitem. »Doch ich bringe gute Nachrichten. Es wird bald Krieg geben. Die Markgrafen von Brandenburg wollen in den Erzstift einfallen.«

»Wann?«

Lothar blieb vor ihm stehen. »Vielleicht schon in diesem Herbst, vielleicht erst im nächsten Frühjahr – das wusste der Schweriner selber nicht.«

Im Palas des Burggrafen hatte Lothar sich in einer Kammer versteckt, die an den Herrensaal angrenzte. Botho von Schwerin war seit Tagen nicht mehr in der Stadt gesehen worden – bis zu diesem Morgen. Der Schweriner war wieder aufgetaucht, wie man hörte, und vom Burggrafen zu einer Unterredung in den Rittersaal geladen worden.

Ansgar hatte Lothar befohlen, das Treffen der beiden Herren zu belauschen. Er wollte wissen, was genau den gefährlichen Schweriner nach Magdeburg trieb.

»Wo hat der Bullenschädel gesteckt in den letzten Tagen?«

»In Quedlinburg angeblich. Will eine Botschaft seines Grafen in das Kloster dort überbracht haben.«

»Zweifelst du daran?«

»Aber ja doch!« Lothar nickte energisch. »Warum hat er seinen zweiten Knappen nicht mitgenommen? Warum wusste der nicht einmal, wo sein Ritter steckte? Überall hat er ihn gesucht.«

»Hat der Bullenschädel nach mir gefragt?«

»Hat er.« Lothar zog die Brauen hoch und die Stirn in Falten. »Wollte wissen, wie viele Knappen Ihr habt und in welchem Burgflügel Euer Quartier liegt.« Ein paar Atemzüge lang sahen sie einander schweigend in die Augen. »Der Schweriner sucht Rache«, fuhr Lothar schließlich fort. »Wenn Ihr mich fragt, Herr Ansgar, dann hat ihn der Rachedurst nach Magdeburg getrieben, und sonst gar nichts. Die Kriegsbotschaft des Grafen von Schwerin hätte auch ein anderer ausrichten können.«

Ansgars Miene verdüsterte sich. »Rache nur für eine verlorene Tjost?« Ungläubig schüttelte er den Kopf. »Das glaubst du doch selbst nicht, Bursche!«

»Tue ich nicht, Herr Ansgar. Ich glaube, dass er vor allem den wendischen Kriegsmann rächen will, diesen Slawomir von Rügen. In der Schmiede der Bauhütte hat er ihn nämlich seinen ›Freund‹ genannt und nach dessen Sklaven gefragt, nach Moritz.«

Ansgar betrachtete seine sehnigen Hände. Sorgenfalten zeigten sich auf seiner Stirn. Der blutige Kampf im Winterwald an der Saale stand ihm vor Augen. Und der rasende Wende, wie er auf den Ritter von Rügen eingedroschen hatte und ihn schließlich erdrosselte. *Er war einer der Mörder, die mir die Familie raubten*, hatte ihm Moritz auf dem Weg nach Magdeburg erklärt.

»Woher sollte der Bullenschädel wissen, dass wir seinen Waffenbruder und dessen Männer getötet haben?«, fragte er. Lothar zuckte nur mit den Schultern. »Und ist er immer noch entschlossen, künftig unter der burggräflichen Fahne zu reiten?«

»So hat er geklungen.«

»Schade.« Das Läuten der Glocken drang wieder in Ansgars Bewusstsein. »Wir müssen auf der Hut sein, Lothar. Halt die Augen offen und spitz die Ohren.«

»Wenigstens wird der Erzbischof bald in den Krieg ziehen.« Lothar rieb sich die Hände.

Ansgar stand von seinem Fass auf. »Kümmere dich um Rüstung und Kettenhemd. Ich reite in die Stadt. Ich will wissen, warum sie Sturm läuten lassen.«

Er ging in den Stall, sattelte eigenhändig seine Weiße und legte Schwert und Waffenrock an. Vorbei am fassrollenden Lothar ritt er zwischen Vorburg und Wehrmauer bis zur Zugbrücke. Dort winkte er zu den Wächtern auf den Tortürmen hinauf. »Wisst ihr, warum die Glocken läuten?«

»Irgendein Unglück in der Domfreiheit!« Die Waffenknechte des Burggrafen zogen das Tor hoch und senkten die Zugbrücke ab.

Das Klirren und Rasseln der schweren Zugketten übertönte das Dröhnen der Glocken. Plötzlich hörte Ansgar Hufschlag hinter sich. Drei Reiter hielten ihre Pferde neben ihm an. Die Fahne mit dem Bullenschädel wehte über ihnen.

Ansgar wandte den Kopf und begegnete einem feindseligen Blick. Der funkelte kalt aus einem schmalen, knochigen Gesicht, dessen Nase von mehreren Brüchen gezeichnet war. Obwohl Botho von Schwerin nur wenig älter war als er selbst, schimmerten doch schon silbrige Strähnen im dunklen Rot seiner langen Locken und seines struppigen Bartes.

Stumm sahen sie einander in die Augen. Keiner wollte dem Blick des anderen ausweichen. Mit dumpfem Krachen setzte die Zugbrücke am anderen Ufer des Burggrabens auf.

»Gut, dich wiederzusehen, Ansgar von Lund«, brach der Schweriner das Schweigen, »sehr gut sogar.« Es klang wie eine Drohung, und seine Stimme klirrte vor Kälte. Ansgar erwiderte gar nichts.

»Was meinst du, Ansgar?«, fuhr der Bullenschädel fort. »Kann ein gefesselter Sklave ohne Beistand sieben Bewaffnete töten?« Ansgar schwieg. »Sag es mir. Sieben Bewaffnete. Zwei Ritter und fünf Knappen. Ein einzelner Sklave, gefesselt und ohne Beistand. Kann er das, oder kann er das nicht? Ich würde gern die Meinung eines erfahrenen Ritters hören.«

»Ich weiß nicht, wovon du sprichst, Botho von Schwerin.«

»Du weißt sehr gut, wovon ich spreche.« Ein grimmiges Lächeln verzerrte Bothos Miene zu einer gehässigen Fratze. »Du weißt es ganz genau.« Er trieb sein Pferd an. Seine beiden Knappen folgten ihm auf die Zugbrücke. Dort drehte der Schweriner sich noch einmal um. »Wir treffen uns bald, schätze ich. Und dann reden wir in Ruhe, Ansgar. Von Ritter zu Ritter.«

Ansgar sah ihnen nach, bis ihre Bullenfahne zwischen den Ruinen und Neubauten der Südstadt verschwand. *Wir treffen uns*, das war eine offene Drohung. *Von Ritter zu Ritter*, das war schon fast eine Herausforderung zum Kampf.

Ansgar ritt unter dem Tor hindurch und über den Burggraben. Er gab sich keiner Illusion hin: Das nächste Duell mit Botho stand bevor; es war unausweichlich. Er hatte nichts dagegen. Wen er einmal besiegt hatte, den würde er auch ein zweites Mal vom Pferd stechen. Und je schneller es entschieden war, desto besser.

Er musste allerdings den Schmied warnen. Und Moritz. Beide Freunde waren stark – der Wende sogar so stark, dass man ihn unter den Bauleuten schon »Samson« nannte –, doch keiner von ihnen hatte Erfahrung im Schwertkampf. Ansgar beschloss, beide den Umgang mit Klinge und Schild zu lehren.

Am Krökentor gab es einen Menschenauflauf. Marktweiber, Handwerker, Bauern und Torwächter standen beieinander und palaverten aufgeregt. »Was ist los?«, fragte Ansgar. »Warum läuten die Glocken?«

»Ein Unglück!« Eine Frau schlug sich die Hände gegen die Wangen. »Auf der Dombaustelle!« Andere rauften sich die Haare.

»Der Trommelkran ist umgestürzt«, erklärte ein Steinmetz. »Hat viele erschlagen, wie es heißt.«

»Auch den Erzbischof hat das Heberad unter sich begraben.« Eine Waschfrau wollte gar nicht mehr aufhören, sich zu bekreuzigen. »Und den neuen Baumeister und seine Tochter!«

Nein!

Ansgar wich das Blut aus dem Gesicht. Er trieb seine Weiße an und galoppierte den Breiten Weg hinunter zur Domfreiheit.

Ihr Herz raste, Hustenreiz quälte sie. Sie wollte sich aufrichten und stieß mit dem Kopf gegen einen Holzbalken. Nach vorn versperrten Holztrümmer und Menschenleiber den Weg. Einige bewegten sich, andere lagen vollkommen reglos. Helena folgte einem, der sich voranbewegte. Durch Staub, Bauschutt und Holztrümmer kroch sie ihm hinterher. Sie musste husten, spuckte Staub und Steinsplitter aus.

Ich atme, dachte sie, *also lebe ich noch.*

Jemand griff nach ihrer Hand, zog sie unter dem Holzgestell heraus, half ihr auf die Beine. Pater Rochus. Er umarmte sie, hielt sie fest. Weinte er? Ihr Herz schlug wie verrückt, ihr Atem flog, hinter ihrer Stirn schien ein Bienenschwarm zu summen.

Über des Paters Schulter hinweg blickte sie auf Trümmer und Menschen – überall lagen sie, überall krümmten sie sich, von überall her riefen sie um Hilfe. Das zerbrochene Tretrad und Teile der Kranbalken hingen schräg über Steinstapeln. Leute krochen darunter hervor, und fast in der Mitte des umgestürzten Tretrades, zwischen Steinblöcken, entdeckte sie den blutenden Kahlkopf des wendischen Steinmetzen.

Helena zitterte. Bienenschwärme summten nun auch in ihren Gliedern, und in ihren Ohren rauschte ein Wasserfall. Aus dem Summen in ihrem Kopf formte sich ein leidlich klarer Gedanke: *Wo ist der Herr Vater?* Sie schob den Mönch von sich, ihre Blicke suchten im Chaos um sie herum nach ihrem Vater.

Pater Rochus deutete zum vorderen Vierungspfeiler – dort halfen ihr Vater und der Dompropst dem Erzbischof Albrecht auf die Beine. Dessen Haar und Gesicht waren rot von Blut.

Der Vater kam zu ihr gelaufen; er hinkte. »Du stehst auf eigenen Beinen? Dem Allmächtigen sei Dank!« Von sehr weit weg drang seine Stimme durch das Rauschen in ihren Ohren. Er tastete ihre Arme ab, strich ihr über Kopf und Rücken. »Du bist unverletzt?« Er schloss sie in die Arme und küsste sie. »Dem Allmächtigen sei Dank!«

»Geh zu den Beginen.« Der Herr Vater schob sie von sich. »Erzähle den frommen Frauen, was geschehen ist. Sie sollen kommen, wir brauchen hier viele helfende Hände!« Er griff nach der Kutte des Paters. »Komm mit mir, Rochus.« Sie liefen dorthin, wo Menschen bluteten, sich krümmten und um Hilfe riefen.

Helena drehte sich um und ging los. Am Turm vorbei, durch die Menge andrängender Menschen hindurch, entlang des Kapellenkranzes, vorbei an der Bauhütte und dem neuen Trommelkran und über den Klosterweg bis zum Brückentor. Wusste sie, wohin sie ging? Ihre Glieder summten bis in die Finger- und Zehenspitzen hinab.

Was war das für eine Brücke, über deren Planken sie sich mit schweren Beinen schleppte? Windböen zerwühlten ihr Haar. Wie nannten sie gleich den Fluss, der in zwei Armen unter ihr hindurchströmte? Oder waren es zwei Flüsse?

Das Rauschen in ihren Ohren erstickte jeden Gedanken.

Das Summen in ihren Gliedern breitete sich in ihrem ganzen Leib aus – ihr wurde übel. Sie blieb stehen, beugte sich über das Brückengeländer und übergab sich. Alles drehte sich – die Flussarme, der Werder, die Brücke, der Himmel, die Uferböschungen. In der Stadt läuteten hundert Glocken.

Später fand sie sich dicht am Fluss im hohen Gras wieder. Sie wusste nicht, dass sie am Westufer der Elbe saß. Die Sonne überquerte bereits den Zenit. Helena wusste nicht, wie sie hierher in die Flussböschung geraten war. Sie ließ sich auf den Rücken fallen, starrte in den Himmel. Das Vorüberfliegen der Wolken machte ihre verstörte Seele ein wenig ruhiger.

Irgendwann stand sie auf, wankte stromaufwärts am Elbufer entlang. Nach und nach drang ihr ins Bewusstsein, was geschehen war.

»Ich hätte tot sein können, Frau Mutter«, murmelte sie, »der Herr Vater hätte tot sein können. Doch wir leben.« Von irgendwoher rief einer ihren Namen. »Gott hat uns gerettet. Der Wende hat uns gerettet, der Moritz.«

»Helena!« Sie blieb stehen, drehte sich nach dem Rufenden um und erschrak, wie weit entfernt am anderen Ufer die Türme und Mauern der Stadt aufragten.

Ein Mann lief die Uferböschung herunter und winkte. »Da bist du ja, Helena! Endlich!« Langes Blondhaar flatterte hinter ihm her. »Ich habe dich überall gesucht!«

»Der Ritter Ansgar, Frau Mutter. Er hat mich überall gesucht.« Sie warf sich in seine Arme, wühlte ihr Gesicht in seine Brust, und jetzt erst löste sich der gewaltige Schrecken – Helena weinte laut.

Sie ließ sich von ihm umarmen, sie ließ sich ins Gras hinunterziehen, sie ließ sich festhalten, sie ließ sich streicheln, sie ließ sich die Tränen aus dem Gesicht und von den Lippen küssen. Ihr Herz schlug ruhiger, ihr Atem strömte gleichmäßiger, das

Summen in ihren Gliedern hörte auf, und bald rauschte auch nichts mehr in ihren Ohren. Helenas Tränen versiegten.

Ansgar flüsterte ihr liebe Worte ins Ohr. Alles würde gut werden, und er sei so dankbar, dass sie unverletzt und am Leben sei. Und Helena flüsterte: »Ich bin froh, dass du da bist.«

Es war schön, so beieinander im Gras zu liegen, so sicher in Ansgars starken Armen zu ruhen. Es tat so gut, seine Stimme zu hören. Helena war unendlich dankbar, nicht allein sein zu müssen nach all dem Schrecken. Sie fühlte sich behütet und geborgen in der Wärme seiner Umarmung.

Irgendwann setzte Ansgar sich auf. »Komm, wir baden. Das wird dir helfen, zu dir zu kommen.« In seinen blauen Augen leuchtete es warm. Er streifte seine Kleider ab.

Erst, als er durchs hohe Gras zum Fluss lief, wagte Helena es, hinzusehen. Seine Gestalt war sehnig und schlank, über seinen breiten Rücken und seine Oberschenkel zogen sich kräftige Muskelstränge, und bei jedem Schritt wölbten sich die Muskeln unter der weißen Haut seines Gesäßes. Der Anblick ging Helena durch und durch, sie senkte erschrocken den Blick.

Langsam ging sie zum Ufer. Erst, als sie bis zu den Knien im Wasser stand, zog sie Kleid, Unterkleid und Hemd über den Kopf und warf alles hinter sich ins Ufergras. Schnell tauchte sie unter.

Die Kühle des Wassers erfrischte sie. Doch das, was da auf einmal in ihrer Brust und ihrem Schoß glühte, hätte selbst das eisigste Wasser nicht auslöschen können. Sie staunte und lauschte in sich hinein. War es nicht jenes Weh, das sich schon so viele Jahre in ihr sehnte?

Ansgars Kopf tauchte plötzlich vor ihr aus dem Wasser auf, und Helena erschrak. Das nasse Haar klebte ihm im Gesicht und an den Schultern. Er lachte und schlang die Arme um sie. Seine Nacktheit an ihrer Nacktheit zu spüren, wühlte eine Sturzflut von Empfindungen aus den Tiefen ihrer Seele herauf.

Seine Lippen verschlossen ihren vor Schrecken geöffneten Mund. Und plötzlich kreiste seine Zunge um ihre. Niemand hatte Helena je verraten, wie sehr Münder sich nach Mündern und Zungen sich nach Zungen sehnen können. Ihre Mutter war viel zu früh gestorben. Die Strömung trug Ansgar und sie der Stadt und dem Werder entgegen; das Sehnen trug Helena tiefer in Ansgars Arme, in Ansgars Küsse.

Ihr Verlangen überwältigte sie – und plötzlich bekam sie es mit der Angst zu tun. Das forschende Gesicht des Herrn Vaters stand ihr vor Augen; und nun schlug auch ihr Gewissen.

Helena löste sich von Ansgars Lippen und wand sich aus seinen Armen. Sie schwamm zum Ufer, kletterte aus der Elbe. Durch das hohe Ufergras rannte sie zu ihren Kleidern. Hinter sich hörte sie Ansgars Schritte, Ansgars Lachen, Ansgars Atemzüge. Sie bückte sich nach ihrem langen Hemd.

Von hinten umarmte er ihre Taille, zog sie lachend ins hohe Gras hinunter. Seine Lippen fanden ihre Kehle, seine Finger tanzten auf ihren Brüsten. Helena wehrte sich nur halbherzig. Seine Lippen fanden ihre Brüste, seine Finger tanzten über ihren Bauch. Helena wehrte sich gar nicht. Die Angst verflog, das Gewissen verstummte. Seine Lippen küssten ihren Bauch, seine Finger tanzten über ihre Schenkel, über ihren Schoß und schließlich dort, wo sie selbst sich nur im Dunkeln und mit heißem Gesicht berührt hatte.

Helena hätte nicht sagen können, was sie mehr verwirrte – dass er sie tiefer erkundete, als sie es jemals gewagt hatte, oder dass sie es genau so wollte und genoss. Etwas glühte da in jener

Tiefe, wo seine zärtlichen Finger tanzten, etwas, wonach sie sich schon viel zu lange vergeblich gesehnt hatte. Und jetzt geschah es einfach.

Jetzt geschieht es endlich, Frau Mutter, dachte sie, und zugleich: *Seltsam, dass ich jetzt an Euch denken muss. Habt Ihr das denn auch erlebt? Etwa mit dem Mann, für den Ihr den Herrn Vater verlassen wolltet?*

Ansgar sang murmelnd, während er sich zwischen ihren Schenkeln aufrichtete. »Goldener Tag, der dich mir schenkte.« Er packte ihre Hüften und zog sie an sich. »Goldener Tag, an dem ich dich zum ersten Mal sah.« Er beugte sich über sie.

Und was dann geschah, überwältigte Helena so vollkommen, dass sie fürchtete, sterben zu müssen. Ein Strudel öffnete sich in ihr, rasend und wild, sog sie weg von sich selbst, sog sie mit unwiderstehlicher Gewalt in Gefilde, von denen sie nichts wusste. War es schön? War es schrecklich? Wollte sie fliehen, weit weg? Wollte sie bleiben, für immer? Wollte sie mehr von all der Lust oder nie wieder davon kosten?

Ein scharfer Schmerz zuckte jäh durch ihren Leib. Alles in ihr verkrampfte sich, alles Sehnen löste sich in Nichts auf. Helena wollte fliehen, wollte nur noch weg – doch es war zu spät: Ansgar hielt sie fest, hielt sie an Kopf und Hüfte, und die Kraft, mit der er ihren Leib ausfüllte, raubte ihr den Atem und beinahe die Sinne.

Als er sich schließlich schwer atmend auf ihr ausstreckte und sein Gewicht ihr die Luft aus dem Brustkorb drückte, weinte sie. Die Angst kehrte zurück. Und mit der Angst das schlechte Gewissen.

Der Bildhauer stürzte aus dem Haus und lief den Breiten Weg hinunter Richtung Neustadt. Hubertus hatte Mühe, mit ihm

Schritt zu halten; die alte Magd versuchte es erst gar nicht. Mavra hatte sie mit einer Botschaft zu ihrem Freier geschickt. Gotthart müsse ins Hurenhaus kommen, so schnell er könne.

»Der Schweriner«, sagte sein Diener. »Der vermaledeite Hund hält sich nicht an die Vereinbarungen, Ihr werdet sehen, Herr Gotthart.« Wahrscheinlich hatte Hubertus recht. Doch selbst schlimmere Nachrichten hätten Gotthart nicht beunruhigen können. Nicht an Tagen wie diesen!

Sie eilten zum Krökentor und von dort zum Rohbau der Katharinen-Kirche. Die Nacht zog bereits herauf. Gotthart fühlte sich leicht und beschwingt. Wann hatte zuletzt so viel Heiterkeit und Zuversicht seine Brust erfüllt? Er erinnerte sich nicht.

Beinahe zwei Tage hielt dieses Hochgefühl nun schon an – seit Gotthart gestern zwischen Steinblöcken, Toten und Verwundeten aufgestanden war, die Verwüstung um sich herum gesehen und das Gejammer und Geschrei von allen Seiten gehört hatte.

Seit er ungläubig an sich selbst heruntergeschaut und begriffen hatte, dass er noch atmete, noch stehen, noch Finger und Arme bewegen konnte.

Er hatte überlebt.

Ein paar Schrammen an Stirn und Knie hatte er sich zugezogen, weil ihn jemand zu Boden gestoßen hatte. Sonst nichts.

Ich habe überlebt!

Nicht einmal die Erinnerung an die Unverschämtheit, mit der die Tochter des Baumeisters ihn kurz vor dem Unfall bloßgestellt hatte, konnte Gottharts Hochgefühl dämpfen. Auch nicht der neueste Tratsch auf der Baustelle, nach welchem der Ritter Ansgar heute Morgen beim Baumeister offen um Helenas Hand angehalten hatte.

Gotthart lächelte. Na und? Wen Gott dem Tod aus dem Rachen gerissen hatte, den konnte kein noch so trotziges Weibsbild aufhalten, und kein noch so hübscher Däne von noch so edlem Blute!

»Der Schweriner tobt seine Wut sicher schon an den Huren aus«, sagte Hubertus. »Ihr werdet sehen, Herr Gotthart.«

»Schon möglich. Laufen wir ein wenig schneller.« Sie bogen in die Hahnengasse ein. Gotthart konnte nicht aufhören zu lächeln: Gott hatte ihn aus dem Rachen des Todes gerissen! Hieß das nicht auch, dass Christus ihm verziehen hatte? Dass er einst, wenn die Posaunen zum Jüngsten Gericht bliesen, dass Gotthart dann zu den Klugen Jungfrauen gehören würde?

An diesem Abend war er sich dessen beinahe gewiss.

Dafür, dass die Witwe und Hubertus ihn und seinen Knappen gesund gepflegt hatten, hatte Botho von Schwerin zugesagt, die Huren zu verschonen. Das war die Vereinbarung. Aus welchem Grund Gotthart diesen Preis von ihm verlangte, hatte er dem Ritter nicht verraten.

Sollte er es doch totschlagen, das ganze sündige Hurenpack! Im Grunde war es Gotthart herzlich gleichgültig. Höchstens um Mavra würde es ihm leid tun. Vielleicht. Nur eine einzige Sorge veranlasste ihn, Mavras Hilferuf zu folgen: Würde auch nur eine der Frauen den Racheakt des Schweriners überleben, würde sie ihn, Gotthart, womöglich doch noch verraten.

Das durfte nicht geschehen. Gerade jetzt nicht, wo die ganze Stadt seinen toten Pferdeknecht Wastl für den Frauenmörder hielt. Niemand durfte ihn, Gotthart, jemals wieder mit dem Tod der blonden Hure in Verbindung bringen.

Er hoffte, nein, er war sicher: Selbst der wahnsinnigen Gottesschwätzerin war nach dem Angriff auf ihr Leben der Verdacht vergangen, er könnte damit zu tun haben.

Drei Pferde standen im Hof des Hurenhauses; auf den

Satteldecken erkannte Gotthart den Bullenschädel. In der Laterne unter dem gusseisernen Hahn brannte kein Kienspan. Hubertus klopfte an die Tür.

Ich habe überlebt, dachte Gotthart. Niemand öffnete, aus dem Haus drang kein Geräusch. Sie liefen über den Hof zur Hintertür. *Ich bin unverletzt und habe überlebt*, jubelte es in Gotthart. *Gott hat noch Großes mit mir vor.*

Er drückte die Klinke herunter – die Hoftür war unverriegelt. Sie drangen ins Hurenhaus ein.

Auf der Treppe winkte Mavra. Sie folgten ihr ins Obergeschoss. Dort spendeten Flammen in Wandleuchtern mildes Licht. Hinter einer offenen Tür sah Gotthart die Weißblonde aus Island. Gefesselt und geknebelt hockte sie vor einem Bett und stierte ihn vorwurfsvoll an. »Mach sie los«, befahl Gotthart seinem Diener.

Mit einer Kopfbewegung deutete Mavra zum Ende des Ganges. Ihr Gesicht hatte die Farbe alten Mörtels. An ihr vorbei lief Gotthart zur letzten Tür. Er fragte sich, warum der Schweriner Mavra nicht gefesselt und geknebelt hatte. Vielleicht, weil er wusste, dass sie Gottharts persönliche Liebesdienerin war.

Hinter der Tür knallten Peitschenhiebe. »Ich bin es, Botho!« Gotthart stieß die Tür auf, lief in die Liebeskammer, stürzte zwischen den Schweriner und die Frau, die halb entblößt vor ihm am Boden lag. »Nicht doch, Botho!« Gotthart hielt seinen Arm mit der Peitsche fest. »Bedenke doch, was wir vereinbart haben.«

»Ich schlag sie tot!« Der Schweriner rollte mit den Augen, sein Gesicht war rot wie sein Haar, die Zornesadern an seiner Schläfe geschwollen. »Die da hab ich zuletzt gehabt.« Er versuchte, sich an Gotthart vorbeizudrängen. »Die da hat mir den Wein mit dem Gift gegeben!«

»Nicht doch, Botho.« Gotthart hielt ihn fest, zog ihn an sich. »Sie könnten mir schaden«, flüsterte er ihm ins Ohr. »Sie können mir großen Schaden zufügen, wenn du auch nur eine von ihnen tötest.«

»Dann schlagen wir sie eben alle tot.«

»Nicht doch.« Gotthart drängte den Schweriner zur offenen Tür. Dabei blickte er hinter sich – die halb Entblößte krümmte sich stöhnend am Boden; sie blutete aus Striemen und Platzwunden. Bothos Knappen hielten sie an den Armen fest. Die anderen beiden Huren kauerten gefesselt und geknebelt neben dem Bett.

»Hör mir zu.« An Mavra und Hubertus vorbei drängte Gotthart den Wüterich erst in den Gang und dann in eine der anderen Kammern. »Sie ist genug bestraft, lass es gut sein damit.«

»Sie soll verrecken!« Botho wollte sich losmachen, doch mit eisernem Griff hielt Gotthart ihn fest. »Lass mich!« Botho atmete schwer.

»Hör mir doch zu!« Gotthart drückte ihn gegen die Wand. Nur wenig Licht fiel durch die offene Tür herein. »Ich habe dich gerettet! Du stehst in meiner Schuld.« Endlich ließ der Widerstand des anderen nach. »Tötest du eine, werden die anderen dich vor den Schöffenstuhl bringen. Und mich auch.«

»Warum dich?«

»Sie haben Grund, sei gewiss.«

»Und wenn wir sie alle töten?«

»Eine entkommt immer, glaub mir.« Gotthart lockerte seinen Griff, denn er spürte, dass der andere nachgab. »Die dir den Betäubungstrank gab, leidet Schmerzen. Sie wird noch Tage lang Schmerzen leiden und muss dir dennoch zu Willen sein. Lass dir daran genügen.«

Er führte den Widerwilligen zum Bett, ließ sich darauf nieder und zog ihn mit sich auf den Strohsack herunter. »Ich verschaffe dir Rache.«

Wie ein Geistesblitz zuckte es Gotthart durchs Hirn. Der Geistesblitz eines Überlebenden. »Ich verschaffe dir eine süßere Rache als die an der Hure.« Gott hatte ihn gestern dem Tod aus dem Rachen gerissen! Was sollte ihm denn jetzt noch unmöglich sein?

Im Halbdunkeln konnte Gotthart den fragenden Blick des Schweriners erkennen. »An wem?« Das flackernde Licht aus dem Gang spiegelte sich im Weiß seiner Augäpfel.

»Am Ritter von Lund.«

Botho hatte ihm so vieles über Ansgar erzählt. Vom gewonnenen Turnier, vom Kampf mit dem polnischen Grafen, von der Geiselhaft in seiner Kindheit, von seinen Frauengeschichten in Italien. Der Schweriner hatte Monate lang geforscht – in Mailand, in Prag, auf der Rudelsburg. Was hatte er Gotthart nicht alles erzählen können über Ansgar von Lund! Das reichte zehnmal aus, um den Dänen unmöglich zu machen in Magdeburg.

»Ich locke ihn dir in eine Falle«, flüsterte Gotthart, »und du wirst ihn vernichten.«

9
Dankmesse

Magdeburg, September 1228

Die Mönche erhoben sich aus dem Chorgestühl, ein vielstimmiger Gesang erklang. Warme Schauer perlten Helena über Nacken und Schultern. Sie griff nach der Hand ihres Vaters, seine Finger schlossen sich um ihre. Die Menschen in der Liebfrauenkirche stimmten nach und nach in den Chorgesang mit ein.

Singend stiegen drei geistliche Herren in Messgewändern die Stufen zum Hochaltar hinauf: der Erzbischof, der Dompropst und der Domherr Dietrich. Helena lauschte dem Gesang und erkannte Verse eines Dankpsalms. Einige der lateinischen Worte, die ihr die Mutter beigebracht hatte, würde sie nie vergessen.

Erzbischof Albrecht hinkte und musste sich auf seinen Krummstab stützen. Sein Bruder Wilbrand hielt ihn am Ellbogen fest. Bei jeder Stufe, die der Erzbischof nahm, rutschte ihm der Ärmel seines Messgewandes über den Verband am Handgelenk. Unter seiner Mitra schaute ein Kopfverband heraus.

Er war schwer gestürzt. Aber er lebte. Und würde keinen bleibenden Schaden davontragen.

Andere schon. Auch Helena selbst. Oder war es etwa keine Folge des Unglücks gewesen, was vorgestern am Elbufer geschehen war? Auch sie hatte geblutet. Nicht durch das Unglück – durch das, was danach am Elbufer geschehen war. War die verlorene Jungfräulichkeit etwa kein bleibender Schaden?

Helenas Blicke wanderten zum dritten Mal über die Reihen der Menschen, die vor ihr standen. Da sah man viele, die Verbände an Kopf und Gliedern trugen. Einigen hing der Arm in einer Schlinge, andere stützten sich auf Krücken. Und manchen bebten die Schultern, so sehr weinten sie.

Für die Weinenden war die Dankmesse, die der Dompropst für das Überleben des Erzbischofs ausgerufen hatte, eine Totenmesse.

Zum dritten Mal musste Helena feststellen, dass der Mann, dem etliche hier die Teilnahme an dieser Dankmesse schuldeten – auch sie selbst und der Herr Vater –, dass Moritz nicht unter den Leuten im Kirchenschiff war. Hatte er sich denn so schwer verletzt bei seiner Rettungstat? Helena wollte sich unbedingt bei ihm bedanken. Und Meister Bohnsack auch.

Vielleicht war er einfach nur zu spät zur Messe gekommen. Sie drehte den Kopf und spähte in die Reihen hinter sich. Nein, auch dort konnte Helena den jungen Bildhauer nicht entdecken. Seit dem Unglück vor drei Tagen hatte sie ihn nicht mehr gesehen. Musste man sich Sorgen um ihn machen?

Ansgar stand in der ersten Reihe. Sie sah seine Gestalt und seinen Blondschopf, und kurz stockte ihr der Atem. Sie hatte kein Auge zugemacht in der Nacht danach.

Auch die Frau, die so viele für wahnsinnig hielten, entdeckte Helena in der ersten Reihe. Und zwischen dem Ritter und Mechthild beugte eine den Kopf, die vor lauter Weinen nicht in den Dankpsalm mit einstimmen konnte. Ansgar und Mechthild mussten sie stützen. Helena kniff die Augen zu, konnte nicht hinsehen.

Der Gesang der Dominikanermönche schwebte über allem und hüllte Helena in ein zartes Klanggewebe aus vielfarbigen Fäden ein. Das tat so gut! Sie schloss die Augen, ließ sich einhüllen, ließ sich davontragen.

Zu Ansgar. Noch in ihrer Erinnerung überwältigte sie das, was geschehen war. War es schön gewesen? Ja. War es schrecklich gewesen? Ja. Bis zur Elbbrücke waren sie noch Hand in Hand gelaufen. Schweigend. Dann waren sie auf getrennten Wegen in die Stadt zurückgekehrt. In der Abenddämmerung. Im Kirchhof von Sankt Sebastian hatte Pater Rochus gewartet.

Nun stand er an ihrer rechten Seite, hielt die Augen geschlossen und bewegte stumm die Lippen.

Gestern hatte Ansgar beim Herrn Vater zum zweiten Mal um ihre Hand angehalten. Er sei noch ganz aufgewühlt von dem schweren Unglück, hatte ihm Meister Bohnsack beschieden, sein Kopf schmerze noch vom Sturz gegen den Vierungspfeiler, und Ansgar möge in sieben Tagen wiederkommen und ihm solange Bedenkzeit gewähren.

Helena konnte dem Herrn Vater nicht wirklich böse sein wegen dieser ausweichenden Antwort. Im Grunde war sie ihm sogar dankbar dafür – auch ihre Gedanken kreisten ja seit dem Unglück um nichts anderes als um die Toten und Verletzten. Und um das, was am Elbufer geschehen war. Ihre Gefühle stürzten beinahe stündlich hin und her zwischen Erleichterung und Schrecken, zwischen Dankbarkeit und Trauer, zwischen Angst und Verlangen.

Ansgars Küsse brannten noch auf ihrem Körper, seine Berührungen spürte sie noch so deutlich, als würde es gerade jetzt wieder geschehen. Und sofort klopfte ihr das Herz in der Kehle. Nannten die Leute so etwas nicht Unzucht? Und hatte sie nicht erst neulich gehört, dass der Magdeburger Schöffenstuhl im vergangenen Sommer ein Paar für so etwas zum Tode verurteilt hatte?

Man hatte die beiden in einer Scheune in der Ledergasse erwischt. Im Heu. Sie waren nicht verheiratet gewesen. Unzucht. Der Henker hatte ihnen die Köpfe abgeschlagen.

Der Mönchsgesang verhallte in den Prachtgewölben der Klosterkirche, jemand schluchzte. Helena öffnete die Augen: Die fromme Mechthild umschlang die vor Schluchzen bebende Frau neben sich mit beiden Armen und hielt sie fest. Auch andere begannen nun zu weinen. Doch niemand so laut wie Monica – sie hing an Mechthilds Brust und heulte ihren Schmerz heraus.

Benno, der Schmied, war sofort tot gewesen. Herabstürzende Steinblöcke hatten ihn erschlagen. Auch ein Steinmetz und ein Maurer starben noch am Unglücksort. Ein Mönch, ein Zimmermann und ein Domherr während der beiden Tage danach. Drei Bauleute waren durch Steinblöcke so schwer verletzt worden, dass sie vorläufig nicht mehr arbeiten konnten. Der Erzbischof hatte zu Almosen für die Familien der Opfer aufgerufen und selbst viel Geld, Korn, Fleisch und Wein gespendet.

Vom Hochaltar aus sprach er jetzt ein Gebet. Helena blickte nach links. Aus den geschlossenen Lidern ihres Vaters quollen Tränen; stumm bewegte er die Lippen. Gotthart neben ihm nickte ihr freundlich zu und lächelte. Schnell wandte Helena den Blick ab.

Der Franzose hielt sich zurück mit schmeichelnden Worten und werbenden Gesten, seit sie ihn am Unglückstag so scharf ermahnt hatte. Sie anzulächeln, konnte er allerdings noch immer nicht unterlassen.

Seit dem Unglück sah man ihn eigentlich nur noch lächeln. Und war es ein Wunder? Auch Gotthart von Saint Leonard gehörte ja zu den Glücklichen, die ihr Leben und ihre Unversehrtheit der Geistesgegenwart des wendischen Bildhauers verdankten.

Dutzende Male hatte Helena sich den Hergang des Unglücks schildern lassen. Sie selbst hatte ja nur gesehen, wie

Heberad und Kranbalken langsam auf sie herabgekippt waren. Hätte die fromme Mechthild nicht ihren Namen gerufen, hätte sie sich gar nicht nach dem Trommelkran umgedreht.

Eine Windböe habe die Palette mit der Steinlast und den Trommelkran erfasst – das berichteten die meisten Zeugen. Die Last habe heftig geschwankt – hin und her, hin und her – und habe schließlich so sehr am Schwenkarm und über diesen auch am Mastbalken gezerrt, dass der aus seiner Verankerung im Kranpodest gebrochen und samt Tretrad gekippt sei.

Moritz aber – auch darin waren sich die meisten Zeugen einig – sei schon beim ersten Splittern des Podestholzes losgestürmt, habe sie, Helena, samt ihrem Vater gepackt und mit solcher Wucht gegen den Erzbischof Albrecht, den Domherrn Dietrich und den Bildhauer Gotthart gestoßen, dass sie alle fünf zu Boden stürzten.

Und dann hatte Moritz etwas getan, das selbst der Erzbischof erst glauben wollte, nachdem jeder Augenzeuge es ihm zwei oder dreimal bestätigt hatte: Moritz hatte blitzschnell die Holmen einer Schubkarre gepackt, die mit einem Stapel Steinblöcken beladen war, und hatte sie unter das stürzende Tretrad gestoßen. Er selbst hatte sich neben sie geworfen, kurz bevor es aufgeprallt war.

Die Karre und ihre steinerne Ladung milderten die Aufschlagswucht des schweren Tretrades ab, sodass dessen Gebälk zwar manch einen verletzte – etwa den Erzbischof oder Moritz selbst – aber niemanden töten konnte.

Jedes Mal, wenn Helena daran dachte oder jemanden davon sprechen hörte, erschauerte sie.

Vor dem Hochaltar betete der Erzbischof das Vaterunser, um Helena herum stimmten nach und nach diejenigen unter den Männern und Frauen in das Gebet mit ein, die es auf Lateinisch sprechen konnten. Auch Helena betete.

Nach dem Amen stimmte der Chor der Dominikaner das Halleluja an. Wie ein wallender Teppich aus kunstvoll ineinander verwobenen Klängen schwebte wieder der vielstimmige Gesang durch die Kirchenschiffe. Tief berührte er Helenas Herz, auch wenn sie kaum verstand, was die Mönche da sangen. Sie schloss die Augen, um die Tränen zurückzuhalten.

Eine Chorgruppe aus tiefen Stimmen und eine aus hohen Stimmen wechselten sich in getragenen, feierlichen Tonsequenzen ab. Bis der Gesang beider Chorteile zusammenstürzte und in einer erhabenen Klangfontäne zu den Gewölben des Mittelschiffs aufstieg. Helena schien es, als würde sich wie aus dem Nichts ein Dom aus Klängen in den Himmel erheben. Schließlich verdichteten sich die Stimmen zu einem jubelnden *Halleluja*. Helena hakte sich bei ihrem Vater unter und weinte leise in seine Schulter.

Wenig später erteilte der Erzbischof Albrecht den Segen. Viele drängten sich danach im Querschiff, um seinen Ring zu küssen und persönlich von ihm gesegnet zu werden, bevor er die Klosterkirche über den Kreuzgang verließ. Auch Helena und ihr Vater. Die Menge bildete eine Gasse, um diejenigen zuerst zum Erzbischof zu lassen, die durch den Unfall zu Witwen und Waisen geworden waren. Ansgar und Mechthild führten Monica zu Albrecht.

Später ließen der Baumeister und Helena sich Seite an Seite von der Menge zum Hauptportal und auf den Klosterweg schieben. Dort tauchte irgendwann Ansgar bei ihnen auf. Monica überließ der Ritter der frommen Mechthild, die sie nach Hause begleiten wollte. Bis zur Schmiede waren es nur ein paar Schritte.

Ansgar blieb bei Helena und ihrem Vater stehen. Sie schaute ihm ins verstohlen lächelnde Gesicht. Ihr selbst war nicht nach Lächeln. Hatte er nicht im Grunde ihre Schwäche ausgenutzt?

Ihre Schreckensstarre nach dem Unglück? Und was, wenn sie nun schwanger werden würde? Schmerzliches Heimweh stieg in ihr hoch. Heimweh nach ihrer Mutter.

Der Zimmermeister, der Maurermeister und Jacques gesellten sich zu ihnen. Und nach und nach auch andere Bauleute. Man sprach von den Verletzten und den Witwen, mutmaßte, wie lange man brauchen würde, bis man einen neuen Trommelkran oder eine Kurbelspindel gebaut hatte, und wer künftig die Schmiedearbeiten für die Bauhütte erledigen würde. Jemand wollte gehört haben, dass Monica einen Boten an die Saale geschickt hatte, um ihren Schwiegervater Nikolaus nach Magdeburg zu bitten.

Ansgar wollte gar nicht mehr von Helenas Seite weichen. Er beteuerte, wie dankbar er sei, dass sie und ihr Vater lebten und so gut wie unverletzt geblieben waren, was für ein großartiger Bursche der wendische Samson sei und dass man nun eben weiterleben müsse und Ähnliches. Helena hörte nur mit halbem Ohr zu.

Irgendwann kamen die geistlichen Herren aus dem Klosterhof. »Wo ist denn unser tapferer Bildhauer?«, rief der Erzbischof. Jemand in der Menge hatte gehört, dass er in der Schmiede den Säugling hüte. »Dann lasst uns zu ihm gehen!«, rief Erzbischof Albrecht. »Wir wollen ihm noch einmal unseren Dank aussprechen. In all der Aufregung nach dem Unglück ist das viel zu kurz gekommen!«

Die Menge machte ihm Platz, damit er mit seinem Gefolge zur Schmiede gehen konnte. Viele schlossen sich an. Auch Meister Bohnsack, Helena und Ansgar.

Auf einmal stand Gotthart von Saint Leonard vor ihnen und versperrte ihnen den Weg. Seine Miene war hart, sein Blick der eines empörten Mannes. »Habe ich recht gehört, Ansgar von Lund?« Alle standen still. »Du hast dich nicht geschämt, bei Meister Bohnsack um die Hand seiner Tochter anzuhalten?«

Er stemmte die Fäuste in die Hüften; Helena sah, dass er ein Schwert unter seinem Umhang trug. »Sogar eine reine Jungfrau wie sie ist dir nicht zu schade, um sie auf dem schändlichen Altar deiner unstillbaren Gier nach Weiberliebe zu opfern?«

Helena senkte den Blick und schluckte – *eine reine Jungfrau.* Sie war zunächst nicht sicher, ob der Franzose womöglich einen schlechten Scherz auf ihre Kosten machen wollte. Doch dann hob sie den Kopf und sah den lauernden Blick ihres Vaters und die todernste Miene des dänischen Ritters und wie Ansgars Hand zu seinem Schwertknauf fuhr.

»Was fällt dir ein?!«, zischte er.

»Ihr müsst mir verzeihen, verehrter Baumeister, und du auch, schöne Jungfrau.« Gotthart verbeugte sich vor Helena und dem Herrn Vater. »Doch es ist meine Christenpflicht, euch vor diesem da zu warnen.« Er deutete auf Ansgar. »Der Ritter von Lund mag so manches Turnier gewonnen und sich in so mancher Schlacht tapfer geschlagen haben, gewiss. Doch in Prag hat er sich auch mit einem polnischen Grafen schlagen müssen, der ihn mit seiner Gattin beim Ehebruch ertappt hat. Wie ein Strauchdieb musste er von der Moldau fliehen, um wenigstens seine Haut zu retten. In Mailand hat er die Verlobte eines lombardischen Edelmannes bestiegen, in Venedig gar das Ehebett eines Grafen befleckt und in London das Herz einer Prinzessin gebrochen ...«

»Willst du wohl schweigen?!« Ansgar riss sein Schwert aus der Scheide. »Verfluchter Tellerlecker, du!« Er machte Anstalten, sich auf Gotthart zu stürzen, doch der Maurermeister, Jacques und zwei Steinmetze hielten ihn fest. Helena stand, als hätte sie sich in einen Eiszapfen verwandelt.

»Es tut mir so leid, verehrte Jungfrau, verehrter Baumeister.« Wieder verbeugte Gotthart sich. »Es fällt mir nicht leicht, so offen von den Sünden dieses Ritters zu sprechen, doch ich tat es euch zur Warnung. Lieber ein Ende mit Schrecken, dachte ich mir, als ein Schrecken ohne Ende. Und nichts anderes wäre eine Ehe mit diesem Weiberhelden, glaubt mir das – ein Schrecken ohne Ende.«

Nach einer weiteren Verbeugung machte er kehrt und schloss sich den Leuten an, die dem Erzbischof folgten.

»Du hast meine Ehre beschmutzt!«, schrie Ansgar ihm hinterher. »Ich fordere Genugtuung!«, und an Helena gewandt: »Glaube ihm nicht, geliebte Helena, kein Wort ist wahr!« Sprach's, drehte sich um und lief zu seinem Schimmel. Sein Knappe kam kaum hinterher.

Er versenkte den Tuchzipfel erst im Honigtopf, dann im Weinbecher, dann im aufgerissenen Mäulchen des plärrenden Säuglings. Lippen und Kiefer des kaum sieben Monate alten Kindes schlossen sich um das süße, nasse Knäuel. Das Kind verstummte, machte große Augen und – saugte.

Moritz lehnte sich in seinem Stuhl zurück, stieß die Wiege an und lauschte dem Schmatzen und Schlotzen. Er schloss die Augen – endlich ein paar Atemzüge lang Ruhe.

Vor der Eingangstür lag Lupo und winselte. Wartete der Wolfshund auf Benno? Oder wartete er wie Nikolaus auf Monica? Benno würde nie wieder durch diese Tür kommen. Durch überhaupt keine Tür mehr. Er war ja im Himmel. Oder in der Hölle. Oder im Fegefeuer. Gab es Türen an diesen unvorstellbaren Orten?

Darauf, dass Monica kommen würde, wartete auch Moritz. Es war ganz nett gewesen allein mit dem Säugling, doch nun reichte es. Kinderhüten war anstrengender, als er geglaubt hatte. Er lauschte nach Stimmen und Schritten draußen auf dem Klosterweg.

Der Kleine spuckte den Tuchzipfel aus und begann wieder zu plärren. Moritz beugte sich über die Wiege, langte nach dem Tuch, und dann die ganze Prozedur noch einmal: Honigtopf, Weinbecher, Kindermund. Und wieder Schlotzen und Schmatzen und Ruhe.

Vor der Haustür erhob sich Lupo. Er hörte auf zu winseln, kläffte stattdessen – ein raues, tiefes und ehrliches Kläffen. Und endlich Stimmen und Schritte draußen auf dem Klosterweg. Moritz stand auf, ging zur Tür und öffnete sie. Der Wolfshund sprang ins Freie, lief schwanzwedelnd und munter kläffend Monica und Mechthild entgegen.

»Schläft er?«, fragte Monica, als sie an Moritz vorbei ins Haus trat; fahl, hohlwangig und verheult sah sie aus. Moritz lauschte zur Wiege hin – weder Schmatzen noch Saugen noch Schlotzen. Tatsächlich: Der Säugling schlief.

Monica umarmte und küsste Moritz, Moritz umarmte Mechthild. Danach schlüpfte er aus der Tür und lief in die Bauhütte.

Dort enthüllte er seine Mutterstatue, warf einen Blick auf Zeichnung und Modell, setzte das Eisen an die steinernen Lippen und begann, ihr Lächeln zu bearbeiten. Er wusste ganz genau, wie sie lächeln würde, wenn er fertig war. Zwanzig Tage noch bis dahin, höchstens fünfundzwanzig.

Der Nacken, Rücken und die rechte Kniekehle taten ihm weh. Holztrümmer hatten ihn dort getroffen, trotz der beiden Steinstapel. Die lange Platzwunde in der kahlen Schädelschwarte brannte noch ein wenig. Nicht weiter schlimm. Ein alter Mönch aus dem Kloster Berge hatte sie zusammengenäht.

Behutsam schlug er jenes Lächeln in das Gesicht der Mutter, das er im Geiste so oft vor sich sah. Es gelang immer besser. Bald versank er ganz und gar in seiner Arbeit.

Stimmengewirr und Schrittlärm zogen vor den Westfenstern auf dem Klosterweg vorüber. Leute kamen von der Dankmesse zurück. Moritz kümmerte sich nicht darum. Für ihn gab es nichts zu danken – Benno war tot.

Er blickte auf Modell und Zeichnung, setzte das Eisen im Kinngrübchen der Statue an, hämmerte so behutsam, als wollte er lediglich Fliegendreck vom Stein kratzen.

Jemand stieß die Tür zur Bauhütte auf, jemand rief: »Hier ist er! Er arbeitet!« Die Stimme des Straßburgers.

Moritz ließ Klöpfel und Eisen sinken, sah zur Tür. Was wollten all die Leute hier? Jacques lief an der Spitze und winkte einem Mann, der hinter ihm hinkte. Einem mit spitzem, hohem Hut und Krummstab. Dem Erzbischof Albrecht! Moritz traute seinen Augen nicht.

Was wollte er hier?

Und der Dompropst Wilbrand und der Domherr Dietrich, und Helena, Gotthart und Meister Bohnsack und all die Bauleute und Magdeburger Bürger – was hatten die alle hier in der Bauhütte zu suchen?

In der Linken den Meißel, in der Rechten das Klopfholz, stand Moritz wie festgewachsen vor seiner Mutterstatue. Der Erzbischof hinkte an Jacques vorbei und kam zu ihm. Er reichte Wilbrand den Bischofsstab, ergriff Moritz' Handgelenke und schaute ihm in die Augen.

Was geschah hier? Moritz verstand es nicht.

»Wir sind mit ein paar Schrammen und Stauchungen davongekommen«, sagte der Erzbischof, und es klang irgendwie ergriffen. »Wir sind behütet und gerettet worden. Und das Werkzeug, mit dem der Allmächtige uns behütet und gerettet hat, bist du gewesen, Steinmetz.« Der Erzbischof Albrecht streckte Moritz die Hand mit seinem Bischofsring hin. »Wie kühn du warst! Wie stark! Wir danken dir.«

Um ja keinen Fehler zu machen, küsste Moritz den Ring. Und Albrecht legte ihm dabei die Hand auf den Hinterkopf und murmelte ein paar lateinische Worte. Einen Segen?

Danach tauchten sie wie Bilder eines Traumes vor seinem staunenden Blick auf: Dietrich von Dobin drückte ihm die Hand und dankte ihm; Wilbrand von Käfernburg neigte sogar den schweren Kopf ein wenig, um ihm zu danken; Moritz wusste nicht, wofür; Helena ergriff seine Hand, drückte sie, bewegte stumm die Lippen und vergoss ohne ersichtlichen Grund ein paar Tränen; und Meister Bohnsack guckte seltsam grimmig aus seinem blauen Überrock, während er ihm die Hand schüttelte und einen Dank murmelte.

Sogar der sonst so reservierte Franzose Gotthart von Saint Leonard drückte kurz seine Hand und nuschelte ein französisches Wort, bevor er sich an die Werkbank neben den Erzbischof zurückzog.

Allmählich begriff Moritz, warum all diese Menschen zu ihm in die Bauhütte gekommen waren. Und weil er vor Verlegenheit nicht wusste, wohin er gucken sollte, schaute er in Helenas Augen. Wie schön sie war! Und wie dankbar sie lächelte! Kein Vorwurf mehr in ihrem Blick, nicht die Spur von Verachtung. Wohliges Glücksgefühl perlte Moritz durch die Glieder.

»Was ist das denn?«, hörte er den Erzbischof rufen. »Was sehe ich denn hier?!« Auf seinen Krummstab gestützt, stand Albrecht vor der Mutterstatue und staunte sie an. »So stelle ich mir die Heilige Katharina vor! Nur die Krone fehlt noch, und das Schwert und das Rad.«

Meine Mutter hat nicht Katharina geheißen, lag es Moritz

auf der Zunge, doch die Worte wollten ihm nicht über die Lippen. Er merkte, dass Helena ihn immer noch anschaute.

»Eine schöne Arbeit!«, rief der Erzbischof. »Schau nur, Bruder Dietrich – findest du nicht auch?«

Bald scharten sich die geistlichen Herren um die Mutterstatue, der Erzbischof, der Dompropst, der Domherr und einige Mönche der Dominikaner. Auch Gotthart von Saint Leonard betrachtete die Skulptur – mit gerunzelter Stirn und abfälligem Blick.

Die Heilige Katharina sei eine ägyptische Königstochter gewesen, flüsterte Meister Bohnsack Moritz ins Ohr. Deswegen stelle man sie meist mit Krone und Schwert dar. Und das Rad erinnere an die Art ihres Martyriums.

Moritz hörte es und verstand es nicht. Was wollten die geistlichen Herren von seiner Mutterstatue?

»Wer hat diese schöne Figur hier geschaffen?«, fragte Dietrich von Dobin.

Und der Erzbischof wandte sich an Meister Bohnsack und wollte es auch wissen: »Wer?«

»Moritz von Schwerin«, sagte der Baumeister, und Moritz wunderte sich über seinen neuen Namen. »Er arbeitet seit Jahren daran.« Meister Bohnsack trat neben ihn und legte ihm den Arm um die Schulter. Moritz wusste nicht, wie ihm geschah.

Auch der Erzbischof trat zu ihm. »Du?« Moritz nickte. »Du weißt, dass der Heilige Mauritius und die Heilige Katharina die Schutzpatrone unserer neuen Kathedrale sind?« Moritz nickte. »Du weißt auch, dass beide in Stein gehauen an herausgehobener Stelle der Kathedrale stehen werden?« Moritz nickte. Sein Blick begegnete dem des Pariser Bildhauers. Aus feindseliger Miene belauerte Gotthart von Saint Leonard ihn. Was geschah hier eigentlich?

Der Erzbischof nickte ebenfalls, nur langsamer. Dabei schaute er Moritz ins Gesicht, als würde er es ganz genau studieren. Schließlich wandte er sich ab und trat wieder vor die Mutterstatue.

Lange betrachtete er sie, sehr lange. »Was meinst du, Bruder Dietrich – ist das unsere Heilige Katharina, oder ist sie es nicht?«

»Das ist meine Mutter«, murmelte Moritz. »Die verkaufe ich nicht.«

»Sie ist es, wahrhaftig«, antwortete Dietrich von Dobin dem Erzbischof.

»Sie ist es«, sagte auch der Dompropst Wilbrand, den keiner gefragt hatte. »Sie braucht nur noch Schwert, Krone und Rad.«

Meister Bohnsacks Hand schloss sich fest um Moritz' Schulter. Er zog den so viel jüngeren Bildhauer an sich und drückte ihn. »Das lässt sich machen«, erklärte er.

»Das lässt sich ganz gewiss machen«, sagte auch Jacques von Straßburg. Aus dem Augenwinkel sah Moritz, wie Gotthart von Saint Leonard den Mund aufsperrte, als wollte er schreien. Aschfahl war der Franzose auf einmal, und sein Blick wurde merkwürdig starr.

»Gott in seiner Gnade hat es dir gegeben, uns die Heilige Katharina zu erschaffen.« Der Erzbischof drehte sich wieder nach Moritz um. »Er wird es dir auch geben, uns den Heiligen Mauritius aus dem Stein zu hauen.«

10

Herrenmesse

Magdeburg, 22. September 1228

Vor dem Kirchhof hielt Ansgar seine Weiße an. Er spähte über die Hofmauer. Hühner scharrten auf dem Mist. Vor dem Stall suhlten sich zwei Schweine in den schlammigen Überresten einer Pfütze. Unter einem Quittenbaum weidete eine Ziege. Auf dem Holzstoß neben der Eingangstür schlief eine Katze.

Vielleicht würde sich die Tür gleich öffnen, vielleicht würde Helena gleich aus dem Haus kommen.

Unsinnige Hoffnung. Ansgar trieb die Weiße an und wandte sich ab.

Helena lief in einer der drei Prozessionen mit, die an diesem Festtag kreuz und quer durch Magdeburg und die umliegenden Dörfer zogen. Ansgar lenkte Fee zur Kirche des Heiligen Sebastian. Tausende von Menschen liefen in diesen Stunden hinter irgendwelchen Reliquien her – hinter der Schädelplatte des Heiligen Mauritius, hinter dem Finger der Heiligen Katharina, hinter dem Arm des Heiligen Vitalis.

Deswegen war es auch so ruhig in der Stadt. Ansgar stieg aus dem Sattel und band die Weiße am Rundholz an der Südseite der Kirche fest. Deswegen hatte er auch diese Stunde für seine Beichte gewählt; er würde nicht vor dem Beichtstuhl warten müssen.

Die Turmuhr schlug, er lauschte den Glockenschlägen. Zwei Uhr. Noch fünf Stunden. Ansgar trug bereits Kettenhemd und Armschienen.

Er trat in die Kirche. Eine Greisin kniete im Mittelschiff, Ansgar hörte sie murmeln. Zwei junge Frauen standen zwischen den Säulen der Seitenschiffe. Eine, ganz in Weiß und mit blauschwarzem Haar, sah aus wie eine Maurin. Sie stand mit geschlossenen Augen und wie versteinert da. Die andere trug ein sehr kleines Kind auf dem Arm und betete laut. Sonst war keine Menschenseele in der Kirche, außer einem Priester, unsichtbar im Beichtstuhl. Hoffentlich. Und natürlich keine Warteschlangen vor den Beichtstühlen.

Nach dem Fest, in sieben Tagen, würde sich das schlagartig ändern. Boten sich doch während sieben Tagen Trunkenheit und Feierlaune zahllose Gelegenheiten, Sünde auf Sünde anzuhäufen.

Gleich im ersten Beichtstuhl erkannte Ansgar die Umrisse eines Mannes hinter dem Sprechgitter. Er kniete in der engen Bank nieder. Der Beichtvater empfing ihn mit den üblichen Worten, Ansgar antwortete mit den üblichen Worten. Und legte dann die Beichte ab.

Es war gute Sitte in der Ritterschaft des Reiches, die Heilige Kommunion zu empfangen und zu beichten, bevor man in eine Schlacht zog oder in ein Turnier. Oder in ein Duell.

Die Heilige Kommunion hatte Ansgar gestern bereits empfangen, während des feierlichen Gottesdienstes, mit der Erzbischof Albrecht das mehrtägige Fest des Heiligen Mauritius eröffnet hatte, die sogenannte Herrenmesse. Ansgar war dabei gewesen, hier, in Sankt Sebastian. Er hatte gehofft, Helena zu begegnen. Vergeblich.

Kein Wort hatte er mit ihr gesprochen seit jener Dankmesse vor zwei Wochen; seit Gotthart von Saint Leonard ihn vor ihr und ihrem Vater und viel zu vielen anderen Leuten beschämt hatte. Nicht eines. Und keinen einzigen seiner Briefe hatte sie beantwortet. Den letzten hatte Lothar vor zwei Tagen mit ungebrochenem Siegel zurückgebracht.

Dafür sollte er büßen, der Bildhauer aus Paris.

Ansgar beichtete seine Flüche gegen Gotthart, seine brennende Lust auf Helenas Leib – ihren Namen nannte er natürlich nicht –, seinen Neid auf Botho von Schwerin, der über zwei Knappen mehr verfügte als er selbst, und seine Verwünschungen gegen Meister Bohnsack, der ihn bis heute auf eine Antwort warten ließ. Danach betete er ein paar Ave Maria, ein paar Vaterunser und ließ sich die Absolution zusprechen.

Er fühlte sich um keine Spur erleichtert, als er Beichtstuhl und Kirche wieder verließ. Im Gegenteil: Er fühlte sich noch bedrückter. So kannte Ansgar sich nicht, so wenig zuversichtlich, so wenig vergnügt.

Die Frau in Weiß stand neben Fee, tätschelte ihre Nüstern, streichelte ihren Hals. »Was für eine wunderschöne Stute«, sagte sie, und ihr Akzent bestätigte Ansgars Vermutung – eine Maurin. »Mein Ehemann besaß so ein edles Tier. Er war ein Ritter der englischen Krone.«

Der Wind blies unter ihren weißen Umhang und bauschte ihn auf. Darunter trug sie ein enges weißes Kleid, und für einen Augenblick sah Ansgar die herrlichen Formen ihres Frauenleibes. Wie eine Flamme schoss ihm die Lust unter die Zunge. Die Maurin lächelte und ging. Ansgar sah ihr nach, bis sie in den Breiten Weg einbog.

Er stieg in den Sattel und ritt los. Am Breiten Weg sah er der Gestalt der Maurin hinterher. Sollte er ihr folgen? Drei Atemzüge lang zögerte er, dann lenkte er die Weiße doch hinüber zum Domplatz.

Dort stand Bude an Bude, Wagen an Wagen, Verkaufsstand an Verkaufsstand. Marktfrauen, Spielleute, Händler, Zahnbrecher, Bauern, Quacksalber, Bader und Gaukler warteten auf die Rückkehr der Prozessionen. Dann nämlich würde der Erzbischof den Jahrmarkt eröffnen.

Ansgar ritt zum Klosterweg und ließ Palast und Dombaustelle hinter sich. Auch aus der Bauhütte neben der Schmiede tönte kein Arbeitslärm. Das wunderte den Ritter, denn sonst nutzte Moritz jeden freien Moment, um die Arbeit an seinen Bildnissen voranzutreiben. Der Erzbischof hatte ihm die Erlaubnis gegeben, auch an Sonn- und Feiertagen Meißel und Klöpfel zu schwingen; schließlich sei es ja ein Gottesdienst, Statuen für die Kathedrale des Lichts zu erschaffen.

Seit zwei Wochen brachte Ansgar dem wendischen Bildhauer den Umgang mit Schwert und Schild bei. Und Tag für Tag musste er ihn strenger ermahnen, bis er endlich bereit war, seine Arbeit liegen zu lassen und mit ihm zu Schwertübungen hinunter in die Elbauen zu kommen.

Jenseits der Stadtmauer hörte Ansgar fromme Gesänge, und als er das Liebfrauenkloster hinter sich ließ, drängten sich schon die ersten Prozessionsteilnehmer aus dem Klostertor, das durch die Stadtmauer zum Elbufer führte.

Ansgar ritt durch ein Tor in jener Mauer, die Domfreiheit und Stadt damals noch trennte, und dann durch die nördliche Altstadt zum Rathaus. Auch der Marktplatz stand voller Buden und Verkaufsstände, und doch war er menschenleer. Nirgendwo aus den Häusern und Höfen ringsum lärmte ein Hammer, eine Säge oder eine Mühle. In Magdeburg ruhte jede Arbeit. Schon den zweiten Tag in Folge.

Vor einer Schänke band er die Weiße fest. An einem Tisch hockte ein einzelner Mann. Sein Gesicht war rot, und er blinzelte in seinen Weinbecher, als wäre er halb betäubt.

Der Wirt kam an Ansgars Tisch und nannte alles, was gerade in seiner Küche garte. Ansgar bestellte ein Huhn und ein Stück Brot. Unter keinen Umständen wollte er mit leerem Magen zum Steinbruch hinausreiten. Und er bestellte Dünnbier statt Wein. Er wollte Gotthart mit klarem Kopf gegenübertreten.

Die Turmuhr von Sankt Johannes schlug. Ansgar zählte mit. Vier Uhr. Noch drei Stunden. Er schwitzte unter seinem Kettenhemd.

Während er sein Huhn verspeiste, füllte sich der Marktplatz mit Menschen. Von überallher lärmten nun Stimmen, Schritte und Musik. Und bald auch Glockenläuten. Das wollte gar nicht mehr aufhören – der Erzbischof hatte die Herrenmesse offiziell eröffnet.

Später ritt Ansgar ein wenig durch die Stadt und betrachtete das bunte Treiben. Überall musizierten sie, tanzten sie, feilschten sie, tranken sie Wein und schlugen sie sich die Bäuche voll. In allen Gassen, auf allen Plätzen. Der Ritter hielt seine Weiße hier an, hielt sie dort an, versuchte, sich an all der Heiterkeit selbst zu erheitern. Es gelang ihm nicht.

Statt zum Krökentor und zum Steinbruch zog es ihn am frühen Abend zurück zur Dombaustelle; er wusste selbst nicht, warum. Auch auf dem Domplatz herrschte inzwischen festliches Treiben zwischen den Buden und Ständen.

Er band Fee am neuen Trommelkran fest. Nachdenklich betrachtete er die kunstvollen Fassaden des Kapellenkranzes und die schönen Fenster darin. Langsam ging er an den Kapellen entlang, berührte das Gemäuer, blieb schließlich vor dem Nordostturm stehen. Mittlerweile hatten die Bauleute den Turm schon über das zweite Gesims hinaus in die Höhe gebaut.

Ansgar schaute hinauf, und er musste daran denken, was Meister Bohnsack auf der winterlichen Reise zur Rudelsburg über seine Arbeit gesagt hatte: *Ich baue und baue immer weiter, und mein Leib, meine Kraft und mein Leben verwandeln sich in ein Gebet aus Stein und Glas. Ein Gebet, das bleiben wird.*

Er fragte sich, wie hoch diese Kathedrale in den Himmel über Magdeburg ragen würde, wenn Meister Bohnsack einst starb? Und wie viele Türme, Säulen, Arkaden und Hochfensterwände dann hier zu sehen sein würden?

Und gleich schoss ihm die nächste Frage durch den Kopf und fuhr ihm wie ein Stich in die Brust: In was würde sich sein Leben verwandelt haben, wenn er einst sterben musste? Was würde dann von seinem Leben übrig bleiben?

Mit zu Boden gesenktem Blick ging Ansgar weiter und auf der anderen Turmseite ins Innere der Baustelle.

Auch hier rührte sich kein Hammer, kein Pickel, keine Maurerkelle, kein Flaschenzug. Von draußen jedoch drangen das Stimmengewirr, die Musik und das Gelächter der Tausenden herein, die auf dem Domplatz die Herrenmesse feierten.

Die Glocke von Sankt Sebastian schlug sechs Uhr, als er vor dem Chorumgang stand. Noch eine Stunde.

An der Innenseite des Nordturms wanderte sein Blick über den noch unvollendeten Lettner und von ihm aus zur entstehenden Chorempore hinauf, zum geplanten Bischofsgang. Zur Chorseite hin standen schon die ersten Säulen und bogen sich die ersten Arkaden. Von der Turmseite aus zog sich schon ein Stück der äußeren Fensterwand nach Osten hin. Auch mit der Verschalung des ersten Kreuzrippengewölbes hatten die Zimmerleute bereits begonnen.

Wie alles hier wuchs, wie stetig hier der Plan des Baumeisters Bohnsack Gestalt annahm! Ansgar staunte. Und fragte sich, was in seinem Leben eigentlich wuchs und Gestalt annahm.

Unter dem Arkadenbogen zwischen Turm und Chor hindurch betrat er den Chorumgang und schritt langsam an den Kranzkapellen vorüber. Vor der Scheitelkapelle blieb er stehen. Durch die Scheitelarkade spähte er in den Chor hinein.

Er dachte an Helena. Sie war so weich gewesen, so anmutig, so hungrig und so neugierig. Doch als es so weit war, gebärdete sie sich doch ein wenig widerspenstig. Wahrscheinlich hatte das kalte Wasser sie ernüchtert, wahrscheinlich hatte die Angst sie gepackt.

»Woran denkst du, Ansgar von Lund?« Der Schreck zuckte ihm in die Knochen, er wirbelte auf dem Absatz herum. Eine junge Frau stand hinter dem Sarkophag der Königin Edgitha, strohblond und in helles Leinen gehüllt. »Denkst du an sie?« Ihre Fingerspitzen strichen über die Grabplatte der Königin, während sie auf ihn zukam. »Du denkst an sie, nicht wahr?«

Es war die Frau, die er aus den Händen des Mörders gerettet hatte. Mechthild. Sie trat aus der Scheitelkapelle. Ohne ihn anzusehen, ging sie an ihm vorbei und unter der Scheitelarkade hindurch in den Chor. »Seit es geschah, habe ich jeden Tag für sie gebetet. Und für dich auch.«

»Seit was geschah?« Ansgar folgte ihr.

»Seit du sie in den Elbauen gefunden hast.« Zwischen dem Hochaltar und dem Sarkophag des Kaisers Otto drehte Mechthild sich um. »Seit Gotthart von Saint Leonard dich vor ihr und ganz Magdeburg bloßgestellt hat.« Sie zuckte mit den Schultern und blickte ihm ins Gesicht. Im prüfenden Blick ihrer grünen Augen brannte etwas, das eine dunkle Saite in Ansgars Brust zum Schwingen brachte. Und plötzlich fühlte er sich noch bedrückter.

Er schluckte. »Du hast uns gesehen?« Warum war ihm auf einmal, als würde sie ihm hinter die Stirn gucken? In die Seele? Warum schlug ihm auf einmal das Gewissen?

»Nein.«

»Woher weißt du dann …?« Die Worte erstarben ihm auf der Zunge. Ihm, der doch nie um ein geschmeidiges Wort verlegen war.

»Seine Engel haben euch gesehen. Und die kenne ich gut, weißt du, Ansgar von Lund?«

»Was sagst du da?« Er staunte sie an. »Willst du mich zum Narren halten?« Ihm fiel ein, dass nicht wenige diese Frau für wahnsinnig hielten. Der Gedanke erleichterte ihn ein wenig.

»Hüte dich vor Gotthart, Ansgar. Unbezähmbare Wildheit haust in seiner Brust, eine niemals zu bändigende Wut. Doch was er vor aller Welt über dich hinausposaunte, das stimmt, nicht wahr?«

»Was soll er denn hinausposaunt haben?« Ansgars Knie fühlten sich plötzlich weich an.

»Eben das, wovon man seit zwei Wochen spricht auf Magdeburgs Plätzen und in Magdeburgs Gassen. Es ist die Wahrheit, habe ich recht?«

Das Bedürfnis, sich zu setzen, überkam ihn. »Die Wahrheit?« Er ging zu Mechthild und ließ sich zu ihren Füßen auf eine Stufe des Hochaltars sinken. »Weißt du das auch von den Engeln?« Ansgar wollte spöttisch schmunzeln, doch mehr als ein schiefes Lächeln gelang ihm nicht. Er starrte auf seine Stiefelspitzen.

Eine Zeitlang schwiegen sie. »Wohin gehst du?«, fragte Mechthild irgendwann.

»Was?« Er hob den Kopf. »Zu ihr«, sagte er leise. »Ich will ihr die Wahrheit sagen.«

»Die Wahrheit?«

Er seufzte und verbarg sein Gesicht in den Händen. »Es ist so ein starkes Verlangen, weißt du? Alles in mir verlangt nach den Frauen.«

»Wie es das Kind nach der Mutter verlangt?«

»Ich kann nicht widerstehen.«

»Du musstest früh die Liebe deiner Mutter entbehren, nicht wahr?«

Das Gesicht in den Händen verborgen, seufzte er tief. »Ich sehe eine Frau, sie erinnert mich an etwas, das ich nicht benennen kann, und dann fange ich an zu dichten. Dann singe ich, dann sehne ich mich, dann glaube ich zu lieben.«

»So war es auch in Mailand?« Mechthild sprach leise und in einem Tonfall, als wäre ihr nichts Menschliches fremd, als würde sie ihn ganz genau verstehen.

»In Mailand, in Venedig, in London, in Prag, überall.« Ansgar flüsterte nur noch. »Die Frau des polnischen Grafen, du glaubst nicht, wie schön sie mir erschien ...«

»So schön wie Helena?«

»... du glaubst nicht, wie sehr es mich nach ihr verlangte.«

»Ihr Mann hat sie vor den Richter gezerrt.« Mechthild ging vor ihm in die Hocke, griff in sein Haar, hob seinen Kopf und zwang ihn so, ihr in die Augen zu schauen. »Und die Richter haben sie auf den Scheiterhaufen geschickt.«

Leichenblass wurde er, sein Unterkiefer zitterte. »Woher weißt du das?«

»Eine Gesandtschaft des Erzbischofs kam im Frühling aus Krakau zurück. Die haben es berichtet.«

Ansgar schrie auf und schlug ihre Hand weg. Von einem Augenblick auf den anderen zerbrach ihm alle Leichtigkeit, alle Selbstgewissheit, alle Zuversicht. »Was habe ich getan?«, rief er, und Tränen rannen ihm übers Gesicht. »Wie habe ich mein Leben vergeudet?« Von einem Augenblick auf den anderen war er wieder die kindliche Geisel eines übermächtigen Fürsten.

Schluchzend hob er den Kopf. »Eine Spur von Tränen und Blut wird von meinem Leben bleiben, sonst gar nichts. Was soll ich nur tun?«

»Bete, Ansgar.« Mechthilds Stimme hallte plötzlich weit entfernt. »Bereue und bete und fange noch einmal neu an.«

Er richtete sich auf, schaute sich um – sie hockte nicht mehr neben ihm vor dem Hochaltar. Wo war sie denn? Er stemmte sich auf den Knien hoch, lauschte nach allen Seiten. Bis er ihre Schritte und ihre Stimme im Chorumgang hörte. Er stand auf und lief zu ihr.

»Ich will zu Helena gehen. Ich will ihr gestehen, dass jedes Wort Gottharts der Wahrheit entspricht. Ich will sie um Verzeihung bitten.« Mechthild murmelte vor sich hin, und Ansgar wankte hinter ihr her. »Was glaubst du – wird sie mir verzeihen?«

»Gewiss. Wenn du aufrichtig bist.«

»Doch wird sie mich dann noch lieben?«

»Die Liebe glaubt alles, die Liebe duldet alles, die Liebe hört niemals auf.« Mechthild blieb stehen, blickte zu den Gewölben des Chorumgangs hinauf. Grelles Abendlicht fiel durch die Fenster der Chorkapellen und ließ die farbenprächtigen Gemälde in ihren Kreuzrippengewölben aufleuchten.

»Dann will ich jetzt zu ihr gehen«, sagte Ansgar, und nun klang er wie einer, der aufgegeben hatte.

»Und nicht in den Steinbruch?«

»Du weißt davon?« Er packte Mechthild bei den Schultern. »Woher?«

»Die Engel wissen es. Du hast Gotthart zum Duell herausgefordert, du willst deine Ehre mit seinem Blut reinwaschen. Was für ein Irrsinn!«

»Er ist nicht nur ein Bildhauer, er ist auch ein Ritter! Sonst hätte ich ihn nicht gefordert. Er hat das Ritterhandwerk am französischen Hof gelernt.«

»Ich weiß.«

»Von den Engeln?«

»Spotte nicht, Ansgar von Lund! Ich weiß auch, dass er der Sohn eines Kardinals ist.« Sie drückte seine Hände weg, machte kehrt und schritt in die andere Richtung des Chorumgangs. »Und von so einem willst du Genugtuung? So einen willst du erschlagen? Du ahnst ja nicht, mit wem du es dann zu tun bekommst!« Das schöne Abendlicht warf ihren Schatten auf die Säulen der Arkaden und weit in den Chor hinein.

Einige Atemzüge lang war Ansgar vollkommen sprachlos. »Woher weißt du das alles?«

»Engel wissen alles.«

»Sie wissen auch, wenn ich furze, ja?« Ansgar lief neben ihr her. Sein irres Lachen klang nicht nur spöttisch, sondern auch bitter. »Die Engel wissen auch, dass ich dem Baumeister die Krätze in den Bart gewünscht habe, ja? Und Gotthart an den Sack!«

»Du weißt nicht mehr, was du redest, Ansgar von Lund.«

»Ich muss jetzt gehen.«

»Zu ihr?« Ansgar antwortete nicht. »Oder doch in den Steinbruch?«

»Ich werde Schwert und Rüstung verschenken. Ich werde den Ritterstand aufgeben.«

»Niemand kann seinen Stand aufgeben«, erklärte Mechthild mit fester Stimme.

»So?« Ansgar stellte sich breitbeinig vor ihr auf, versperrte ihr den Weg. »Und was ist mit dem Heiligen Augustinus? War er nicht ein Redner und Lehrer? War er nicht ein Philosoph und Liebhaber des Weines und der Frauen? Und wurde doch der berühmteste Kirchenvater!« Mechthild schritt einfach an ihm vorbei.

»Oder Franz von Assisi?« Ansgar lief neben ihr her und gestikulierte. »War er nicht Sohn eines Tuchhändlers? War er nicht ein Säufer und Ritter? Er wurde ein Mönch, er wurde ein Prediger, und heute nennen sie ihn den Heiligen Franziskus, und sein Orden der Minderen Brüder breitet sich im ganzen Reich aus!«

Mechthild wich ihm aus, bog in die Scheitelkapelle ab, ließ sich unter deren Fenster an der Wand herab auf die Fliesen gleiten. Schweigend sah sie zu ihm herauf.

»Oh doch«, flüsterte Ansgar, »man kann seinen Stand ändern. Man muss es nur wollen.« Er ging vor Mechthild auf die Knie. »Wenn ich das tue, wenn ich sie um Verzeihung bitte und den Ritterstand aufgebe, wird sie mich dann zum Gatten nehmen? Wenn ich den Minnesang aufgebe, wird sie mich dann nehmen? Was meinst du, fromme Frau? Sag es mir!«

»Ja.« Mechthild nickte.

»Das glaubst du also?« Ein Lächeln entspannte seine Züge. »Dann wird es auch so sein.« Er stand auf.

»Wohin gehst du?«

»Zu ihr.«

»Und nicht in den Steinbruch?«

Ansgar lief aus dem Chor, rannte aus der Baustelle und zu seinem Pferd. »Gott segne dich«, hörte er Mechthild hinter dem Fenster der Scheitelkapelle rufen. »Und hüte dich vor Gotthart von Saint Leonard!«

Der Ritter lenkte seine Weiße an Buden, Grillrosten, Verkaufsständen und Gauklerwagen vorbei durch die Menge der feiernden Menschen. Erleichtert fühlte er sich, und eine große Zuversicht erfüllte ihn.

Er blickte nach Westen – die Sonne berührte schon die Dachfirste. Nicht mehr lange, dann würde sie sinken. Bei Sonnenuntergang erwartete Gotthart ihn im Steinbruch.

Er wandte sich noch einmal nach der Dombaustelle um und versuchte, sich die fertige Kathedrale so vorzustellen, wie Meister Bohnsack sie ihm beschrieben hatte: mit vier Türmen, mit prachtvollem Westportal, mit dem Paradies und seinem

Portal vor dem Nordturm – und wahrhaftig: Für wenige Augenblicke gelang es ihm. Er hielt die Weiße an, schloss die Augen und versuchte das herrliche Bild der vollendeten Kathedrale noch zwei Atemzüge lang festzuhalten.

Danach trug Fee ihn zum Krökentor. Wie verabredet, wartete Lothar dort. Ansgars Schwert ragte über seine Schulter, Ansgars Schild hing neben ihm an seinem Pferd und auf der anderen Pferdeseite der Rest von Ansgars Rüstung.

»Was ist los mit Euch, Herr Ansgar?« Erschrocken musterte sein Knappe ihn. »Wollt Ihr doch nicht zum Steinbruch reiten?« Drüben in der Neustadt, am Turm von Sankt Petri, läutete die Glocke. Ansgar zählte mit. Sieben Uhr.

Sie nahm den gusseisernen Topf mit dem siedenden Wasser von der Herdstelle und goss ihn über die Kamillenblüten im Tonkrug. Mit einem eisernen Löffel rührte sie anschließend darin herum.

Den Topf hatte Benno geschmiedet, den Tonkrug hatte er auf dem Markt gekauft, den Löffel hatte er mit vielen anderen auf seinem Amboss zurechtgehauen.

Auch die Kamillenblüten hatte Benno nach Hause gebracht. Ein Gärtner des Erzbischofs hatte sie ihm geschenkt, und der Erzbischof hatte die Pflanze aus Italien mitgebracht. Jetzt wuchs sie überall zwischen Schmiede und Stadtmauer, und jedes Mal, wenn Moritz dort vorbeikam und sie sah, dachte er an Benno.

Monica erzählte vom nächtlichen Geschrei ihres Säuglings, erzählte, dass seine ersten Zähne durchbrachen und dass der Herr Hugo von Meißen einen Brief geschrieben hatte, den ihr Schwiegervater ihm diktiert und den Mechthild ihr vorgelesen hatte.

»Vielleicht kommt Bennos Vater noch vor dem Winter nach Magdeburg«, sagte sie. »Vielleicht hat Meister Bohnsack schon zum Christfest einen neuen Schmied.«

»Das wäre ein Geschenk Gottes«, sagte Moritz.

Monica legte ein Sieb auf einen Tonbecher, goss Kamillentee hinein und schob den Becher über den Tisch zu Moritz. Noch vor wenigen Wochen hatte Benno diesen Becher benutzt.

Benno. Überall war er gegenwärtig. In der Herdstelle, im gusseisernen Topf, im Eisenlöffel, im tönernen Becher. Moritz nahm ihn hoch, pustete hinein, schlürfte den Tee.

»Ich finde, du könntest ein wenig vergnügter aus dem Hemd gucken, Samson.« Monica nahm den quengelnden Säugling aus der Wiege. Wie eine große Kugel wölbte ihr Bauch sich unter ihren Kleidern; sie wirkte kurzatmiger als noch bei Bennos Bestattung und bewegte sich langsamer und breitbeiniger. Schwerfällig ließ sie sich Moritz gegenüber auf einen Stuhl sinken. »Immerhin haben wir heute Geburtstag.«

Und Benno ist nicht dabei, dachte Moritz, sprach es aber nicht aus; er vermied alles, was Monicas Schmerz aufleben lassen könnte. »Mir fehlt eine Zeichnung und ein Modell«, sagte er stattdessen. »Sie sind weg, einfach weg! Die ganze Zeit grüble ich, wo ich noch suchen könnte.«

Monica machte eine erschrockene Miene. »Doch nicht etwa Zeichnung und Modell für den Heiligen Mauritius?«

»Nein.« Moritz zögerte. »Für eine Madonnenfigur.« Das war gelogen, doch Monica sollte nicht wissen, dass er Helena gezeichnet und modelliert hatte.

Der Säugling quengelte, der Wolfshund winselte, in der Herdstelle knisterte das Feuer. Monica entblößte ihre Brust und legte den winzigen Nikolaus an. Moritz gab sich Mühe, nicht hinzusehen.

Auch in dem Kind war Benno präsent; der hatte es ja

gezeugt und ihm den Namen seines Großvaters gegeben. Im leeren Platz am Tisch war er gegenwärtig, in Monicas großer Brust, die er liebkost hatte, und in Monicas traurigen Zügen. Und in dem Trog, den Moritz jetzt aus einem Beutel zog, auf den Tisch stellte und zu Monica hinüberschob.

»Für dich. Kannst du deine kalten Füße drin baden, wenn bald der Winter kommt.«

»Ach, Moritz!« Sie lächelte gerührt. »Wie lieb du zu mir bist. Danke! Ich werde ihn gleich ausprobieren.«

Moritz ließ zwei Silberpfennige und zwei Heller in den Trog klimpern. »Das hat Benno dafür bezahlt. Er wollte ihn dir heute zu deinem Geburtstag schenken. Jetzt schenke ich ihn dir.«

Monica legte das Kinn auf die Brust und weinte leise. Aus großen, blanken Augen schaute der saugende Junge zu ihr hinauf.

Moritz biss sich auf die Unterlippe. Er hatte sich so viel Mühe gegeben, Benno nicht zu erwähnen, und nun hatte er die tapfere Frau doch zum Weinen gebracht.

Verlegen schaute er in seinen Tee, schlürfte ein wenig davon und stellte den Becher schließlich ab. Er langte nach der Wollmütze, die Monica ihm gestrickt hatte. »Danke«, sagte er und stülpte sie sich über die kurzen Haarstoppeln. »Sie passt genau.«

»Natürlich passt sie.« Monica schniefte und wischte sich die Tränen ab. Sie hatte ihm die Mütze geschenkt, denn Moritz und sie hatten beide am Tag des Heiligen Mauritius Geburtstag.

Moritz griff nach den Walnüssen, die Monica auf den Tisch gestellt hatte, und knackte einige. Eine Nusshälfte schob er jedes Mal über den Tisch zu Monica, die andere aß er selbst. »Wir teilen meinen Lohn in drei Teile.« Er richtete seinen

Blick auf ihren Bauch. »Und später in vier. Solange, bis Vater Nikolaus seinen ersten Lohn bekommt.«

Falls er es überhaupt bis nach Magdeburg schafft, fügte er in Gedanken hinzu. Die Gicht hatte den Burgschmied nämlich schon geplagt, bevor er mit dem Ritter von Meißen gegen die Dänen in den Krieg gezogen war.

»Gott lohne dir deine Güte, Moritz.« Unter Tränen lächelte Monica zu ihm herüber. Diesmal waren es Tränen der Rührung. Vielleicht sogar der Freude? »Ich verstehe mich aufs Stricken und Nähen. Damit kann ich auf dem Markt ein paar Heller dazuverdienen.«

»Ich habe mit dem Herrn Dietrich gesprochen«, erzählte Moritz. »Er wird den Erzbischof bitten, mir künftig mehr Lohn zu zahlen.« Lupo sprang auf und spitzte die Ohren. »Jetzt, wo ich doch ein so wichtiges Bildnis aus dem Stein hauen soll.« Lupo lief zur Haustür und kläffte. Schon riss jemand sie auf.

Mechthild stürzte in die Küche. »Schnell, Moritz. Du musst mit mir kommen!«

Moritz sprang vom Stuhl hoch. »Was ist denn passiert?«

»Ich glaube, der Ritter Ansgar reitet zum Steinbruch. Dort will er mit Gotthart von Saint Leonard kämpfen. Doch den habe ich in Begleitung des Schweriner Ritters durch das Krökentor reiten sehen. Eine schlimme Ahnung quält mich.«

Nur kurz sah sich Moritz in Bennos Werkstatt um, dann fand er, was er suchte. Er packte einen schweren Schmiedehammer und stürzte aus dem Haus.

Die Abenddämmerung fiel über Wald und Steinbruch. Noch war es hell genug, um die Gerüste an der Felswand, die Geröllhaufen darunter und die beiden Flaschenzüge dazwischen zu erkennen. Sogar, dass Gotthart mächtig Angst hatte, konnte Ansgar sehen. Dabei stand der andere gut zwanzig Schritte entfernt neben seinem hünenhaften Diener. Der diente ihm jetzt wohl auch als Knappe. Jedenfalls trug er ihm Schwert und Schild.

»Was haben die noch zu reden?« Lothar prüfte ein letztes Mal den Sitz von Brustharnisch und Helm. »Was jetzt noch nicht gesagt ist, wird nie mehr gesagt werden.«

»Er hat Angst. Sieh doch, wie er gestikuliert, sieh doch, wie er die Schultern hochzieht. Sogar in seinem Blick kann ich die Angst von hier aus lesen.«

»Ich hätte auch Angst an seiner Stelle.« Lothar trat zur Seite. »Ihr seid geübt, er dagegen hat sicher schon Monate in keiner Rüstung mehr gesteckt. Wenn nicht Jahre.«

»Schwachsinn! Er wird geübt haben.« Ansgar schloss seinen Schwanenhelm. »Er kennt meine Forderung ja schon seit mehr als zwei Wochen.« Dumpf tönte seine Stimme hinter der schnauzenartigen Ausstülpung vor Mund und Nase. »Los geht's! Ich will noch im letzten Tageslicht kämpfen.« Er verzichtete auf seinen Schild, wollte das lange Schwert mit beiden Händen führen.

»Gott segne und behüte Euch, Herr Ansgar.« Lothar bekreuzigte sich. Dann schritt der junge Knappe dem Herausgeforderten und seinem Diener entgegen. Er selbst trug weder Klinge noch Harnisch.

Auf halbem Weg zwischen Ansgar und Gotthart von Saint Leonard steckten zwei brennende Fackeln im Boden. Dort machte Lothar Halt und zog eine davon heraus. Und nun schloss auch Gotthart seinen Helm; eine große rote Lilie schmückte ihn. Anders als Ansgar wollte er mit Schild kämpfen. Sein Diener Hubertus machte sich auf den Weg zu Lothar und zur zweiten Fackel. Auch er trug keine Waffen.

Die Fackelflammen über die Schulter gestreckt, traten beide Knappen sieben Schritte zurück. Ansgar legte das Schwert gegen die Schulter und schritt seinem Schicksal entgegen. Sein letzter Kampf. Er hatte es sich geschworen. Morgen bei Sonnenaufgang würde er vor Helenas Hoftor stehen, sie um Verzeihung bitten und ihr aufs Neue seine Liebe erklären. Erhörte sie ihn nicht, würde er in ein Kloster gehen. Ansgars Entschluss stand fest.

Obwohl Gotthart später loslief, stand er früher als Ansgar zwischen den Knappen. Ansgar lächelte hinter seinem Visier. Auch das ein Zeichen von Gottharts Angst – der Franzose wollte es hinter sich bringen.

»Jetzt haben wir unsere ganz eigene Herrenmesse zu feiern, nicht wahr?«, rief Gotthart ihm zu.

Ansgar antwortete nicht, verzichtete auch auf jedes Vorgeplänkel, jede Körpertäuschung, jede Beschimpfung des Gegners – als nur noch fünf Schritte sie trennten, hob er seine Klinge und ging auf ihn los.

Gleich mit dem ersten Schwerthieb zerschlug er Gottharts Schild, der zweite traf seinen Brustharnisch mit solcher Wucht, dass der Franzose zur Seite torkelte, und mit dem dritten, kraftvoll gegen den Knieschutz geführt, fegte Ansgar seinen Gegner von den Beinen.

Sofort sprang er zu ihm und riss das Schwert hoch, um Gotthart den Kopf abzuschlagen oder wenigstens den Schädel zu spalten. Doch plötzlich traf ihn etwas hart am Rücken, sodass er über Gotthart hinweg stolperte. Das Gewicht seiner Klinge riss ihn zu Boden. Auf einmal erfüllte donnernder Hufschlag die große Erdkuhle vor dem Steinbruch. Lothar schrie eine Warnung, und Ansgar hob den behelmten Kopf.

Vier Schritte weiter stand breitbeinig der Hüne mit Gottharts Schwert in der Faust. Hubertus riss seinen Herrn auf die

Beine. Von der Waldseite her galoppierte ein Ritter mit gesenkter Lanze heran. Seine Rüstung war schwarz, und ein schwarzer Bullenkopf mit silbernem Gehörn saß auf seinem Helm.

Der Schrecken lähmte Ansgar drei Wimpernschläge lang die Glieder. Endlich gelang es ihm, sich an seinem Schwert hochzuziehen. Hinter seinem schwarzen Visier brüllte der Bullenschädel seinen Hass heraus. Er beugte sich tief über die Mähne seines schweren Schlachtrosses, seine Lanze zielte auf Ansgars Brust.

Ansgar riss sein Schwert nach oben, und sie prallten zusammen.

Der Himmel im Westen war blutrot. Über der Flusswiese hingen Nebelschwaden. Moritz rannte am Uferweg außerhalb der Stadtmauer entlang nach Norden, um das Gewühl der feiernden Menge zu umgehen. Tausende Festtagsgäste aus dem Umland hielten sich in Magdeburg auf.

Als er endlich auch die letzten Häuser von Sudenburg hinter sich ließ, wurde es bereits dunkel. Über die Schulter blickte Moritz zurück. Mechthild war schon um mehr als dreißig Ruten zurückgefallen.

Er nahm die Abzweigung zum Rabenstein, und dort, wenige Ruten vor der Richtstätte, den Weg in den Wald und zu den Steinbruchkuhlen. Von Zeit zu Zeit hielt er den schweren Schmiedehammer mit der anderen Hand. Ohne ihn hätte er noch schneller laufen können, doch ohne ihn wäre er gänzlich unbewaffnet gewesen.

Bald umfing ihn die Kühle des abendlichen Herbstwaldes. Rechts und links des Weges hingen Nebelschwaden über dem Unterholz. Zwischen herbstlichen Büschen und unter gelbem und rotem Laubrieseln kämpfte Moritz gegen den Drang an, langsamer zu laufen, die letzten Ruten zum Steinbruch zu gehen statt zu rennen. Seine Lunge stach, sein Atem flog keuchend.

Plötzlich hörte er Stimmen – und blieb nun doch stehen. Und lauschte. Die Stimmen drangen vom Steinbruch her an sein Ohr, genau wie Hufschlag und das Splittern von Zweigen und Laubrascheln. Beides hörte Moritz ganz genau.

All der Lärm kam aus dem Wald; Moritz lief vom Weg herunter, sprang ins Unterholz und rannte dorthin, wo es von Schritten, Stimmen und Hufschlag lärmte. Im dichten Gehölz war es schon bedeutend dunkler als auf dem Weg.

Ein schneeweißes Pferd galoppierte zwischen Baumstämmen und Büschen. Moritz hielt darauf zu. Trotz der einsetzenden Dunkelheit erkannte er schnell: Nicht Ansgar saß im Sattel seines Schimmels, sondern Lothar. Er wollte nach ihm rufen, da sprang auf einmal eine große Gestalt aus dem Buschwerk, griff nach dem Zaumzeug des Schimmels und schlug mit einer Klinge nach Lothar.

Moritz schrie und rannte so schnell er nur konnte. Lothar ließ sich vom Pferd fallen – entweder, um den Schwerthieben auszuweichen oder weil der Angreifer ihn getroffen hatte. Kaum zwanzig Schritte trennten Moritz noch von diesem. Das weiße Pferd trabte tiefer in den Wald hinein, und der hünenhafte Angreifer stand breitbeinig über Lothar und hob die Klinge zum Schlag.

Moritz blieb stehen, holte aus und schleuderte den Schmiedehammer nach ihm. Mit einem hässlichen Geräusch prallte der Hammerkopf gegen einen Schädel. Der Hüne kippte nach vorn und stürzte ins Unterholz.

Auf sehr weichen Knien schleppte Moritz sich zu ihm. Sein Atem flog rasselnd, das Herz trommelte ihm gegen das Brustbein. Nebel, Stämme, Unterholz und zwei Leiber verschwammen ihm vor den Augen.

Lothars Beine lagen unter Hubertus; Moritz zog ihn unter der schweren Last hervor. Gottharts Diener war tot. Lothar robbte zu einem Baumstamm und lehnte dagegen. Trotz der Dunkelheit konnte Moritz die tiefe Wunde auf seiner Stirn erkennen.

»Wo ist Ansgar?«, fragte er. Lothar deutete zum Steinbruch, seine Hand zitterte. Moritz nahm dem Toten das Schwert aus der Faust und ging in die Richtung, die der Knappe wies.

Im Steinbruch entdeckte er zunächst nur die Umrisse eines einzigen Menschen, eines Ritters. Auf sein Schwert gestützt saß der auf einem Stapel Steine. Erleichterung breitete sich in Moritz' Brust aus.

Als er näher kam, sah er, dass der Ritter das Visier seines Helmes hochgeklappt hatte. Wegen der Dunkelheit konnte er das Gesicht im Helm jedoch nicht erkennen.

Der Ritter stand auf und hinkte ihm entgegen. »Wo bleibt der Totengräber?«, rief er. »Warum hast du ihn nicht mitgebracht?«

Das war nicht Ansgars Stimme. Moritz stand still, als wäre er gegen eine unsichtbare Mauer gelaufen. Das war Gottharts Stimme.

Der blieb nach zwei Dutzend Schritten stehen und deutete mit seinem Schwert auf etwas, das nicht weit vor ihm auf dem Boden lag. »Er war der Herausforderer! Er wollte den Kampf! Nun ist es sein letzter gewesen.«

Langsam ging Moritz zu ihm, bis er erkennen konnte, was da vor Gotthart im Geröll lag: Ansgars Rumpf. Und daneben sein Schädel.

11

Diebstahl

Magdeburg, November 1228

Vor den Fenstern war es längst dunkel. Eine einsame Schneeflocke schwebte durch das kalte Licht des Vollmondes. In der Schlafkammer quengelte das Kind. An der Haustürschwelle erhob sich erneut der Wolfshund von seiner Decke und trottete winselnd zu seiner schwer atmenden Herrin. In der Herdstelle knisterte die Glut, aus dem tönernen Trog vor dem Gebärstuhl dampfte Wasser, ringsum an den Wänden flackerten Kienholzflämmchen.

Lupo stieß seine Schnauze in Monicas ausgestreckte Hand. Die Mutter des Gewandschneidermeisters verscheuchte ihn und wickelte die von Wehen erschöpfte Frau in warme Tücher.

Mechthild reichte Helena die gebrauchten Tücher. »Hänge sie vor die Herdstelle, damit sie trocknen und warm werden.« Die bleiche Helena nickte und gehorchte. Sie war dünn und hohlwangig geworden und bewegte sich so langsam und steif zur Herdstelle, als würde sie über einen gerade erst zugefrorenen See balancieren. »Und lege Holz nach«, sagte Mechthild. Sie setzte sich wieder auf den Hocker neben dem Gebärstuhl und fuhr fort, Monica Gebete ins Ohr zu murmeln.

»Tief atmen«, befahl die Mutter des Gewandschneidermeisters. »Ganz tief.« Monica gehorchte. »So ist's brav.« Die Weißhaarige kniete vor ihr nieder, beugte sich über den Tontrog und wusch sich die Hände im heißen Wasser. Dann griff sie unter die Tücher, die Monica einhüllten. Monica zuckte zusammen, und die Greisin rief: »Der Heiligen Jungfrau sei Dank! Das Köpfchen liegt gut jetzt.«

In der Stadt nannte man die Greisin »Die weise Magdalena«. Seine Mutter sei weit über die achtzig, hatte der Gewandschneidermeister Mechthild erzählt. Ihr genaues Alter kenne er nicht, auch nicht die genaue Anzahl seiner Geschwister. Die Frau eines uralten Kreuzfahrers aus Sudenburg jedoch hatte Mechthild versichert, dass die weise Magdalena zwischen ihrem sechzehnten und ihrem vierzigsten Lebensjahr achtzehn Kinder geboren habe.

Monica begann wieder laut zu stöhnen. Die nächsten Wehen setzten ein. »Atme wie der Hund!« Die Greisin machte es ihr vor. »Hecheln wie der Lupo musst du! So ist's brav.« Sie befühlte Monicas Bauch und tastete wieder unter die Tücher auf ihren Schenkeln. »Es kommt bald.« Sie nickte Mechthild zu; ihr Gesicht sah aus wie zerknautschtes Leder, das zu viele Jahre in der prallen Sonne gelegen hatte.

Lupo winselte, stand schon wieder von seiner Decke auf und schnüffelte zu seiner Herrin herüber. In der Kammer weinte das Kind. Mit herrischer Geste befahl Mechthild dem Wolfshund zu bleiben, wo er war.

»Nikolaus ist wach«, sagte sie zu Helena. »Geh hinein zu ihm, leg ihn trocken, sing ihm vor.« Helena gehorchte, zog einen brennenden Kienspan aus der Wandhalterung und verschwand damit hinter der Kammertür.

»Erbarme dich ihrer«, murmelte Mechthild. »Lass es wieder hell werden in ihrer Seele.«

Was man Helena sagte, das tat sie gewissenhaft. Sagte man ihr jedoch nichts, hockte sie zusammengesunken auf einem Hocker oder lag grübelnd auf einem Strohsack. Seit dem ersten Schnee, seit zwei Wochen also, lebte die Tochter des Baumeisters bei Monica und ging ihr zur Hand. Sie schlief wenig und starrte stundenlang zum Fenster hinaus.

»Das Unglück auf der Baustelle«, sagten die einen, »der Tod ihres Ritters«, die anderen.

Monicas Stöhnen ging in rhythmisches Geschrei über. Sie streckte sich nach hinten gegen die Lehne des Gebärstuhles und legte den Kopf in den Nacken. Große Schweißperlen standen ihr auf der Stirn. Die Tücher waren schon wieder feucht. Unter ihnen machte die weise Magdalena sich nun mit beiden Händen zu schaffen. »Nicht pressen«, krähte sie, »noch nicht pressen!«

»Wir stehen dir bei«, flüsterte Mechthild der Gebärenden ins Ohr. »Sieh nur den Engel hinter der Alten! Er steht dir bei, bald hast du's geschafft! Und dein Kind auch.« Monica nickte und hechelte.

Armes Kindchen. Erbarm dich seiner. Im Stillen betete Mechthild weiter. *Wird auf die Welt kommen, und kein Vater ist da. Du musst ihm Vater und Ernährer sein, hörst du? Und das arme Weib trösten. Und den Großvater bald von der Saale heraufbringen.*

Bennos Vater Nikolaus ließ nichts mehr von sich hören. Kam er nach Magdeburg? Kam er nicht? Niemand wusste es. Wenigstens war Ansgars Knappe Lothar im Haus, um der Hochschwangeren die Männerarbeiten zu erledigen. Hier, in der Schmiede, hielten sie ihn seit der Herrenmesse vor dem Bullenschädel versteckt.

Der hatte den Knappen bei seiner Magdeburger Verwandtschaft gesucht. Und danach im Kirchhof bei Meister Bohnsack, auf der Baustelle, in den Bauhütten und in den Wäldern rund um die Stadt. Warum er die Schmiede ausgelassen hatte? Immer, wenn Mechthild sich diese Frage stellte, bekreuzigte sie sich und dankte Gott und seinen Engeln.

Anfang Oktober waren der Bullenschädel und seine Knappen wieder nach Schwerin geritten. Auch nach Moritz hatten sie gesucht. Doch der hatte es mit großem Geschick verstanden, den Häschern aus dem Weg zu gehen und sich zu tarnen. Ein paar Tage lang hatte Mechthild ihn in der Domschule und im kleinen Gehöft der Beginen versteckt.

Seit die Schweriner die Stadt verlassen hatten, wagte Lothar sich wieder auf die Wege und Gassen. Er hatte der Schmiedin das Haus winterfest gemacht, ging für sie auf den Markt, schaffte Holz, Kohle oder frischen Fisch herbei. Auch mit dem Geld des toten Herrn Ansgar unterstützte er Monica. Und mit Moritz übte er täglich den Schwertkampf.

Seinen Ritter hatten sie auf dem Friedhof der Kirche Sankt Johannis begraben. Nur Ansgars Schädel nicht; niemand wusste, wo dieser geblieben war.

Natürlich hatten der Erzbischof und der Dompropst Gotthart von Saint Leonard getadelt. Doch kein Mensch in Magdeburg hatte den Franzosen wegen Ansgars Tod vor dem Schöffenstuhl verklagt. Auch Lothar nicht. Jeder wusste ja, dass der dänische Ritter den Bildhauer gefordert hatte. Manche allerdings zweifelten daran, dass er durch die Klinge des Franzosen gestorben war.

Monica stieß einen Schrei aus und noch einen, und dann wollte sie gar nicht mehr aufhören zu schreien. »Pressen, pressen!«, rief jetzt die weise Magdalena. Mechthild hielt sie fest und flüsterte ihr das Ave Maria ins Ohr. Etwas plätscherte auf den Boden, die Tücher über Monicas Schenkeln färbten sich rot. »Pressen, pressen!«

Ein paar Atemzüge lang verschwand die Greisin schier unter den blutigen Tüchern. Als sie wieder auftauchte, hielt sie das von Blut und Schleim nasse Neugeborene in den Händen. »Ein Mädchen!« Mit der Anmut und der Leichtfüßigkeit einer jungen Frau sprang sie auf und hob das Kindchen hoch. Und wie sie strahlte! »Es ist ein Mädchen!« Sie schlug dem Kind mit der flachen Hand auf den Rücken und legte es an Monicas Brust, als es zu schreien begann. Dann nahm sie eine Schere und trennte die Nabelschnur durch. Monica weinte laut. Lupo kläffte und winselte.

Mechthild ließ die Kindsmutter los und stand auf. Wehmütig lächelnd blickte sie auf das neugeborene Mädchen hinab. Gierig saugte es an der Mutterbrust. Mechthild dachte an seinen Vater. Und an den Ritter Ansgar. »Ein Kommen und Gehen«, murmelte sie. »So hast du's eingerichtet.« Sie bekreuzigte sich. »In deiner Hand der Lebensweg dieses Neuankömmlings, in deiner Hand die Seelen der Gegangenen.«

»Wie wird es heißen?«, wollte die weise Magdalena wissen.

»Maria.« Monica, das Kind an der Brust, lächelte so glücklich, dass es Mechthild ganz warm ums Herz wurde. »Ich will es auf den Namen meiner Mutter taufen lassen – auf Maria.«

»Es wird heißen wie die Gottesmutter!«, verkündete die weise Magdalena, als hätte es Mechthild nicht selbst gehört. Sie strahlte beinahe genauso selig wie Monica, und jetzt sah ihr Gesicht aus wie ein von tausend Falten zerfurchtes Mädchengesicht.

Aus der Schlafkammer kam Helena mit dem krähenden Nikolaus auf dem Arm. Die Frauen machten ihn mit seinem Schwesterchen bekannt, und die weise Magdalena zeigte Helena, wie man einen Säugling badete. Danach brachten sie Monica und die Kinder in die Schlafkammer; da war es schon lange nach Mitternacht.

Später putzten sie die Küche, wuschen die Tücher und räumten auf. »Armes Weib.« Die Greisin seufzte. »Was wird werden aus ihr und den Kindern?« Draußen schrie jemand, und Mechthild horchte auf. »Für zwei wird ihre Muttermilch nicht reichen«, sagte die Greisin. »Ich höre mich nach einer Amme um.«

Der Wolfshund stand knurrend und mit aufgerichteten Ohren vor der Tür. Mechthild und Helena gingen zum Fenster und lauschten. Gar nicht weit entfernt brüllte jemand, als wollte man ihm sein Leben rauben. »Das ist Moritz«, flüsterte Helena erschrocken.

Mechthild griff sich Mantel und Kopftuch vom Wandnagel, entriegelte die Tür und sprang in die kalte Nacht hinaus. Das Gebrüll kam von der benachbarten Bauhütte. Sie rannte auf den Klosterweg. Erst überholte Lupo sie, dann Lothar. Der Vollmond schien so hell, dass er die Schatten beider auf den von Neuschnee bestäubten Weg warf.

Vor der Bauhütte wichen drei Bauleute vor dem brüllenden Moritz zurück. Lothar schlug einen Bogen um sie, schlich von der Seite an Moritz heran. Die Bauleute wirkten verstört. Sie kehrten wohl vom Zechen zurück, denn sie wankten. Moritz fuchtelte mit einem Schwert herum – Ansgars Schwert – und hielt ein steinernes Kreuz in der Linken. »Verfluchtes Sachsenpack!«, schrie er.

»Wir sind es doch, Samson!«, rief einer der drei nächtlichen Heimkehrer. »Erkennst du uns denn nicht?«

»Nichts erkennt er«, sagte ein anderer, »er rast doch, merkt ihr's nicht? Er ist nicht bei Sinnen.«

»Moritz, ich bin's, der Jacques!«, schrie der Dritte ihn an. »Guck mir doch ins Gesicht!«

»Verfluchter Axtmann!« Moritz hieb mit dem Schwert nach ihm, Jacques wich erschrocken aus und schimpfte. »Verfluchter Bullenschädel!«, brüllte Moritz. »Elendes Mörderpack! Ich schlag euch alle tot!«

Lothar sprang Moritz von der Seite an, wollte ihm das Schwert entreißen, doch der schlug mit dem Steinkreuz nach ihm, und Lothar stürzte in den Neuschnee. Moritz stapfte zu ihm, hob seine Klinge, schlug zu. Im Liegen riss Lothar sein Schwert hoch – Eisen prallte gegen Eisen, und Mechthild sah Funken sprühen.

Sie sprang zu Moritz, der schon wieder ausholte, und legte ihm die Hände auf die Schultern. »Moritz.« Ihre Stimme war ganz ruhig. »Wir sind in Magdeburg, alles ist lange vorbei. Komm zu dir.«

Moritz hörte auf zu brüllen, ließ sein Schwert sinken und drehte sich nach ihr um. Aus weit aufgerissenen Augen stierte er sie an. »Du?« Sein Kopf flog nach allen Seiten. »Magdeburg?« Endlich ließ er Stein und Schwert fallen. »Mechthild?« Er fiel ihr um den Hals und weinte.

»Nimm sein armes Herz in deine gütigen Hände«, murmelte Mechthild. »Sieh doch, wie wund es ist.« Moritz war schweißnass und zitterte am ganzen Körper. Mechthild hielt ihn fest umschlungen.

»Er hat den Vater erschlagen«, schluchzte er in Mechthilds Schulter. »Der mit der Axt, ich werde ihn finden. Und den Bullenschädel auch. Der hat die Mutter erschlagen. Und jetzt auch den Ansgar.«

Magdeburg, Dezember 1228

Schalungsarbeiten in den Türmen versperrten die Zugänge zur Chorempore, also stiegen sie über eine Leiter hinauf. Jacques von Straßburg als Erster, danach Meister Bohnsack und die geistlichen Herren, danach die Meister unter den Bauleuten und schließlich die Bildhauer und einige Zimmerleute, Steinmetze und Maurer. Gotthart von Saint Leonard und der

Wende griffen gleichzeitig nach einer Sprosse. Zwei Wimpernschläge lang verharrten sie an der Leiter und sahen einander ins Gesicht. Bis der Wende Gotthart zur Seite drängte und hinaufkletterte.

Gotthart stand wie vom Donner gerührt. Er hatte natürlich erwartet, dass der zehn Jahre jüngere und so viel geringere Bildhauer Moritz ihm den Vortritt ließ. Und jetzt das! Was erlaubte sich der Galgenschwengel? Gotthart presste die Lippen zusammen und wandte sich nach den anderen um. Die Mienen der Maurer und Zimmerleute waren undurchdringlich.

Ein graubärtiger Maurer allerdings feixte in sich hinein. »Wir würden auch gern zur Empore hinaufsteigen, wenn Ihr nichts dagegen habt, Herr Bildhauer«, sagte er.

Gotthart spürte, wie ihm die Hitze ins Gesicht stieg. Abrupt wandte er sich ab und kletterte die Leiter hinauf. Er prägte sich das Gesicht des Graubartes ein. Und seinen Namen: Otto.

Auf der Empore wehte der ungewöhnlich milde Wind stärker als zwischen den Mauern des Neubaus. Sankt Nikolaus war lange vorüber, das Christfest nicht mehr weit, doch der Winter schien bereits vorbei zu sein: Nirgendwo lag mehr Schnee, kaum jemand trug noch einen Mantel. In den Linden vor der Ostmauer sangen die Vögel, und in den Elbauen schlugen die Weiden aus.

Seit Tagen hielt das warme und freundliche Wetter an, und Meister Bohnsack hatte alle Bauleute, die nach dem ersten Frost nicht zu ihren Familien in ihre Heimatstädte und -dörfer zurückgekehrt waren, auf die Dombaustelle rufen lassen.

Immerhin beinahe fünfzig Männer arbeiteten in diesen späten Dezembertagen auf der Baustelle. Sie nutzten die Schönwetterphase, um die Grabungen für das Langhausfundament abzuschließen, die Querhausmauern bis zur Ebene des geplanten Bischofsganges hochzuziehen und an dessen Fensterfassade zu arbeiten. Meister Bohnsack drängte außerdem darauf, bis zum nächsten Schneefall alle anstehenden Schalungsarbeiten zu erledigen.

Auf der gesamten Baustelle, bis zur Chorempore hinauf, stank es nach Mist. Vor dem Südturm dampften zwei Fuhrwerke voll davon. Auch eine Wagenladung Stroh hatte der Maurermeister auf die Baustelle karren lassen. Die Mauerkronen, an denen erst im nächsten Frühling weiter gemauert werden sollte, wurden mit Stroh und Mist abgedeckt, damit der Frost nicht den Mörtel aufsprengen konnte, bevor er vollständig getrocknet war.

Auf der Chorempore hatten die Maurer in den letzten Tagen den Gipsestrich gegossen. Obwohl der Boden inzwischen hart geworden war, hatte Meister Bohnsack breite Bohlen als Laufstege auslegen lassen. Er stand unter der Verschalung des ersten Gewölbes, deutete hinauf und gestikulierte. Erzbischof Albrecht, Dompropst Wilbrand und der Domherr Dietrich standen bei ihm, die anderen umringten sie. Moritz' kühler Blick traf Gotthart, als er sich unter sie mischte.

Seit er im Steinbruch vor der enthaupteten Leiche des dänischen Ritters gekniet hatte, hasste der Wende ihn, da machte Gotthart sich nichts vor. Manchmal sah er den Hass in seinen dunklen Augen glühen. Dass niemals eine Spur von Angst in den Zügen des jungen Wenden lag, wenn sie einander über den Weg liefen, verwirrte ihn ein wenig. Auch jetzt wieder – Gotthart wich seinem Blick aus.

»Ich will, dass die Schlusssteine der Kreuzrippengewölbe unterschiedlich gestaltet werden«, erklärte Meister Bohnsack, und der Erzbischof nickte zufrieden. »Diesen hier soll ein Doppelkranz mit Knospen und einem Kreuz in der Mitte schmücken.« Der Baumeister wies auf Gotthart und Jacques.

»Unsere Bildhauer arbeiten bereits daran und werden uns ihre Entwürfe nachher zeigen.« Gotthart zwang sich zu einem Lächeln und nickte.

Noch ganz andere Entwürfe würden Meister Bohnsack und der Erzbischof nachher zu sehen bekommen. Und mehr als nur Entwürfe – Gotthart hatte sich sorgfältig auf diesen Tag vorbereitet. Er musste die Herren überzeugen, um jeden Preis! Nur die Arbeit an den Jungfrauen konnte ihm den inneren Frieden verschaffen, nach dem er sich sehnte.

Schwere Wochen lagen hinter ihm. Nicht wenige Magdeburger nahmen ihm den Sieg über den beliebten dänischen Ritter und dessen Tod übel. Manche behaupteten sogar, er habe Ansgar von Lund in einen Hinterhalt gelockt und mit Waffenhilfe eines Fremden getötet.

Zwei Bauleute, die es mit dem Wenden hielten, hatte Gotthart wegen übler Nachrede vor dem Schöffenstuhl verklagt und eine Entschädigung erstritten. Seitdem wagte niemand mehr, ihn öffentlich anzuschuldigen.

Ein kleiner Sieg, dem Gotthart keine besondere Bedeutung zumaß. Schwerer, viel schwerer, wog ihm die Niederlage als Bildhauer, die er gegen den Wenden hatte einstecken müssen. Schlimm genug, dass Erzbischof und Baumeister dem Wenden erlaubten, sein Mutterbildnis als Skulptur der Heiligen Katharina zu gestalten. Geradezu unerträglich war jedoch, dass Albrecht ihm, Gotthart, den Auftrag für den Heiligen Mauritius entzogen und sogar die Erschaffung dieser wichtigen Statue dem Wenden anvertraut hatte.

Die Wut darüber kochte in seiner Brust jedes Mal, wenn er dem Alten mit dem Bischofshut und dem Krummstab gegenübertreten musste.

Moritz aber hasste er dafür.

Seit jener bösen Stunde nach der Dankmesse schlief Gotthart

schlecht. Und grübelte darüber nach, wie er seinen Rivalen vernichten konnte. Inzwischen nahmen seine Pläne langsam Gestalt an.

»Hinter Euch, Herr Erzbischof, seht Ihr eine Treppe entstehen«, sagte Meister Bohnsack. Die geistlichen Herren drehten sich um und betrachteten die eingeschalten Stufen, die am Nordeingang der Empore zwischen zwei Säulen zu einer Öffnung in der Außenfassade hinaufführten. »Von hier aus werden wir die gewölbte und überdachte Brücke zu Eurem Palast bauen, die Ihr Euch gewünscht habt.«

Erzbischof Albrecht lächelte wie ein glücklicher Knabe. Über die geplante Brücke würde er direkt von seinem Palast aus den Bischofsgang betreten können. Von hier aus wollte er in Zukunft die Messe verfolgen und an den vorgesehenen Stellen der Liturgie das Wort ergreifen. Er wirkte überaus zufrieden.

Gotthart hoffte, er würde genauso zufrieden sein, wenn er nachher in die Gesichter der ersten beiden Jungfrauen blickte; eigentlich zweifelte er nicht daran.

Meister Bohnsack schritt ein Stück in die künftige Chorempore hinein. Bis in jede Einzelheit beschrieb er, wie er sich den Bischofsgang vorstellte: die Fensterwand, den Scheitelaltar, die Simse, die Säulen und Arkaden zum Binnenchor, die Kreuzrippengewölbe und deren Schlusssteine. Er hatte keinen Plan mit auf die Empore gebracht, trug alles in seinem Kopf mit sich und schien es deutlich vor sich zu sehen. Gotthart bewunderte ihn.

»Was für die Schlusssteine gilt, soll erst recht für die Kapitelle gelten.« Meister Bohnsack ging zur halb vollendeten Doppelarkade, die sich gegenüber den eingeschalten Stufen zum Binnenchor hin öffnete. »Ich will einen Bischofsgang sehen, den viele prachtvolle Säulen mit unterschiedlichen

Kapitellen schmücken.« Er deutete zu den ersten drei fertigen Säulen hinauf. »Blütenornamente, Laub, Knospen, Stängel oder griechischer Stil – die Augen künftiger Generationen sollen sich niemals sattsehen können, wenn sie einst diese Säulen und Arkaden hier betrachten.«

»Sehr gut, Meister Bohnsack!« Die Augen des Erzbischofs leuchteten, der Domherr Dietrich nickte anerkennend, und der Dompropst rieb sich nachdenklich das Kinn, während er das Knospenkapitell betrachtete, das Gotthart selbst nach einer Schablone des Baumeisters aus dem Stein gehauen hatte. Wahrscheinlich überschlug Wilbrand in Gedanken die Kosten für so viel und derart verschwenderisch geplante Schönheit.

Meister Bohnsack schilderte, wie er sich die Fenster und die Säulen zwischen ihnen vorstellte. Er beschrieb die Teile der Scheitelarkade so ausführlich, als würde er schon ihren vollendeten Bogen und ihre vollendeten Säulen betrachten. Zum Schluss erklärte er jede Einzelheit des Scheitelaltars, der einst gegenüber an der Fensterwand stehen würde. Für ihn hatte der Erzbischof genaue Vorgaben gemacht, schließlich wollte er vor diesem Altar künftig beten und an der Messe teilnehmen.

Nur selten unterbrachen Erzbischof Albrecht oder Dietrich von Dobin den Baumeister, um eigene Vorschläge einzuwerfen oder Änderungen anzuweisen. »Dieser Bischofsgang wird der schönste zwischen Rhein und Elbe werden.« Erzbischof Albrecht schien ganz und gar überzeugt zu sein. »Was meinst du, Meister Bohnsack, wird er nach Unserer nächsten Italienreise fertig sein?«

»Wann plant Ihr denn, wieder nach Italien zu reisen, Euer Hochwürdigste Exzellenz?«, fragte der Baumeister.

»Sobald Wir die frechen Markgrafen von Brandenburg in ihre Schranken gewiesen haben. Spätestens im Frühjahr übernächsten Jahres.«

»Dann werdet Ihr frühestens im Sommer des darauffolgenden Jahres zurückkehren«, sagte der Domherr Dietrich. »Vielleicht auch erst in vier Jahren, denn Eure Pflichten in Italien sind vielfältig.« Mit fragend hochgezogenen Brauen wandte er sich an Meister Bohnsack. »Ist das zu schaffen?«

»Bis zum Jahr 1232?« Der Baumeister wiegte den großen Kopf hin und her. »Meine Bauleute und ich werden unser Bestes tun, Herr Erzbischof.« Seine zweifelnde Miene verriet mehr, als er zu sagen bereit war. Er ging zur Scheitelarkade und deutete zum Kaisergrab und zum Hochaltar hinunter. »Vielleicht schaffen wir es, Chor und Empore bis dahin so weit voranzutreiben, dass wir um diese Zeit dort unten die erste Messe feiern können.«

»Das möge Gott uns schenken!«, rief der Erzbischof aus. »Und nun zeige uns die Schablonen und Entwürfe für die Kapitelle und Schlusssteine.«

Sie stiegen aus der Chorempore, verließen die Baustelle durch den Nordturm und gingen an der Außenfassade des Chorumgangs und am Trommelkran vorbei zur ersten Bauhütte der Steinmetze. Und dort nach ganz hinten zum Arbeitsplatz des Straßburgers. »Zuerst wird Jakob uns seine Zeichnungen und Schablonen zeigen«, erklärte Meister Bohnsack.

Aufmerksam betrachteten die geistlichen Herren die Kapitellentwürfe des Straßburgers. Die Hälfte hatte Jacques selbst gezeichnet und auf Blechschablonen übertragen, die andere Hälfte zusammen mit dem Baumeister. Fast eine Stunde lang verweilten sie bei ihm, bewunderten seine Arbeiten, machten einander auf Ornamente aufmerksam, die sie besonders schön fanden, und trugen dem Bildhauer einige Änderungswünsche vor.

Gotthart konnte kaum noch stillstehen.

Besondere Freude machte den geistlichen Herren Jacques'

Marmormadonna. Sie konnten sich kaum genug ergötzen an der zärtlichen Weise, in der Gottesmutter und Jesuskind ihre Köpfe aneinanderschmiegten. Endlich segnete der Erzbischof den Straßburger und dankte ihm für seine Arbeit.

Danach folgten alle Meister Bohnsack zu Gottharts Arbeitsplatz. Dessen Herz schlug schneller. Mit einer Kopfbewegung bedeutete der Baumeister Gotthart, seine Arbeiten vorzustellen. Sein Blick hatte heute etwas Forschendes, seine Miene war abweisend und kühl.

Gotthart versuchte, nicht darauf zu achten. Seit den Tagen nach dem Duell zeigte sich Meister Bohnsack ihm gegenüber verschlossen. Wahrscheinlich, so vermutete Gotthart, gab er ihm die Schuld daran, dass seine Tochter nun schon so viele Wochen in Schwermut versunken war. Er ballte die Fäuste, seine Hände schwitzten.

»Sehr gern, Herr Baumeister.« Gotthart lächelte. Je distanzierter Bohnsack sich verhielt, desto freundlicher gebärdete Gotthart sich. In Wahrheit jedoch war er dem Älteren sehr böse. Hätte Bohnsack sich nicht dafür einsetzen können, dass man dem Wenden den Mauritiusauftrag wieder entzog und ihm zurückgab? Stattdessen unterstützte er Moritz, wo er nur konnte, und beriet ihn sogar bei der Gestaltung des Wachsmodells.

Gotthart wandte sich nach den Skulpturen seiner beiden Jungfrauen um. Zu ihren Füßen und rechts und links von ihnen hatte er seine Zeichnungen, Modelle und Schablonen sorgfältig angeordnet. Die Blicke des Baumeisters und der geistlichen Herren mussten einfach auf die Skulpturen fallen. Und die Blicke der anderen auch irgendwann. Wie würden sie reagieren? Besonders auf die Miene seines wendischen Rivalen war er gespannt.

Gotthart nahm die Schablone und die Zeichnung für den

ersten Schlussstein von der Werkbank. »Der dreifache Siegeskranz des Glaubens«, erklärte er. Erzbischof und Domherr versenkten sich in den Entwurf, nickten anerkennend und wollten den nächsten sehen. Gotthart nahm die nächste Schablone von der Werkbank. Seine Hand zitterte vor Aufregung.

Der Meister Bohnsack war es schließlich, dem die neuen Gesichter der Jungfrauen zuerst auffielen. Er schob Gotthart zur Seite, während der gerade seine Kapitellschablone aus Blütenornamenten vorstellte. »Das ist ja …« Vor den Skulpturen blieb er stehen und schüttelte den Kopf. »Das ist ja Helena!« Er wandte sich nach Gotthart um und lächelte. Es war seit vielen Wochen das erste Lächeln, das er ihm gönnte. »Ihr gebt den Zehn Jungfrauen tatsächlich das Gesicht meiner Tochter?«

»Ich entschied mich einfach für das schönste Gesicht, das ich kenne, und zeichnete es aus dem Gedächtnis«, log Gotthart. »Jeder der Zehn Jungfrauen dieselben Gesichtszüge zu geben war Jacques' Idee«, fügte er hinzu und gab sich bescheiden.

»Wunderschön!« Der Erzbischof klatschte in die Hände. Er drängte sich neben Meister Bohnsack und betrachtete die Frauengesichter ganz genau. Dabei entfuhren ihm immer wieder neue Worte der Bewunderung. Wilde Freude packte Gotthart. Wenn der Erzbischof sein Werk annahm, würde auch Gott selbst es annehmen. Und ihm vergeben und den Himmel öffnen.

»Ein einziges Gesicht für alle Zehn Jungfrauen?« Dietrich von Dobin nickte dem Straßburger anerkennend zu. »Ein hervorragender Gedanke, Meister Jakob!« Und Gotthart berührte er an der Schulter und flüsterte: »Das habt ihr sehr gut gemacht, Herr Gotthart.«

Der Gelobte genoss die Anerkennung und die Bewunderung von allen Seiten in vollen Zügen. Nur einer zeigte nicht die Spur von Bewunderung: der Wende. Aus schmalen Augen fixierte er Gotthart. Seine Kaumuskeln bebten, seine Miene war kantig, seine Lippen ein fahler Strich.

Gotthart kümmerte es nicht – er hatte die Originalzeichnung und das Originalmodell vernichtet. Wer wollte ihm etwas nachweisen? Mit triumphierendem Lächeln nickte er dem wendischen Bildhauer zu. Moritz fuhr herum und stürmte aus der Bauhütte.

Kein Steinmetz war in der Bauhütte. Moritz stürmte an leeren Werkbänken, Steinstapeln und Werkzeugkörben vorbei. Alle arbeiteten auf der Dombaustelle. Oder bestaunten den verlogenen Franzosen und die gestohlenen Gesichter seiner Jungfrauen. Moritz riss das Tuch von seiner Helenafigur. Mit einem leisen Lächeln auf den schönen Lippen schaute sie ihn an. Seine Helena. SEINE. Der elende Franzose hatte sie ihm geraubt.

»Hundsfott, verfluchter!« Er schleuderte das Tuch auf den Boden, stampfte darauf herum und beschimpfte Gotthart von Saint Leonard. »Du Tellerlecker! Du armseliger Köter!« Er riss ein Klopfholz vom Werktisch, holte aus und schmetterte es gegen die Hüttenwand. »Du Hurenknecht! Du verdammter Dieb!« Er schrie und warf sämtliche Klöpfel und Meißel, die er greifen konnte, gegen die Wände.

Schließlich packte er Bennos Schmiedehammer, stürmte aus der Bauhütte und schleuderte ihn nach einer Linde. Obwohl der Baum beinahe zehn Ruten entfernt von der Bauhütte vor der Stadtmauer aufragte, fuhr der Hammerkopf in den Stamm. Rinde spritzte nach allen Seiten davon.

Schreiend rannte Moritz zu dem Baum, hob den Hammer auf und schlug auf die Linde ein, wieder und wieder. Erschöpft von Wut, Trauer und Hammerschlägen ließ er den schweren Schmiedehammer schließlich sinken. Er betrachtete die tiefe Kerbe, die der Hammerkopf durch seinen Wurf in die Linde gerissen hatte. Sein Atem flog.

Er wischte sich die Augen aus, senkte den Blick und hob die zitternde Hand mit Bennos Hammer. Monica hatte ihm das Werkzeug als Andenken an den Freund geschenkt. Mit diesem Hammer hatte er Hubertus getötet. Seit jener Stunde trennte er sich nicht mehr von ihm. Moritz machte kehrt und trottete zurück in die Bauhütte.

Dort stand er lange und mit geballten Fäusten vor seiner Helena. Sein Unterkiefer bebte, Tränen strömten ihm übers Gesicht und versickerten im schwarzen Bart. Er zitterte am ganzen Körper. »Dafür bezahlst du«, flüsterte er.

Er dachte an den Tag im September zurück, als nach der Dankmesse so viele Menschen den Erzbischof hierher, in seine Bauhütte, begleitet hatten. Auch Gotthart war unter ihnen gewesen. Am Werktisch hatte er gestanden, dort, wo seine Helenazeichnung und sein Helenamodell lagen. Moritz erinnerte sich genau. Und war der Franzose nicht einer der Letzten gewesen, die im Gefolge des Erzbischofs die Hütte wieder verlassen hatten?

Was hatte er in den Tagen danach seine Helenazeichnung und sein Helenamodell gesucht! Sie waren einfach verschwunden. Niemand außer Benno hatte von ihnen gewusst. Und Benno war tot.

Mit den Fäusten stützte Moritz sich neben seiner Helenaskulptur gegen die Hüttenwand. »Dafür wirst du bezahlen«, flüsterte er.

12
Krieg

Magdeburg, Spätsommer 1229

Die Glocken von Sankt Sebastian läuteten zur Sonntagsmesse. Hin und her schwangen sie, und Helenas Blicke folgten ihren Bewegungen. Obwohl Mechthild ihr das Wachs tief in die Gehörgänge gesteckt hatte, hörte sie das Gebälk des Glockenstuhls knarren. Die letzte Dohle hüpfte ans kleine Turmfenster, breitete die Schwingen aus und flog davon.

Sie hatten wieder die alte Pferdedecke im Staub und im Vogelkot unter den Glocken ausgebreitet. Helena lag wieder auf dem Rücken und blickte zu den pendelnden Glocken hinauf, Mechthild saß wieder neben ihr, hielt ihre Hand und bewegte die Lippen. *Sie spricht öfter mit Gott, als ich mit Euch spreche, Frau Mutter,* dachte Helena, *ich hab ja nicht gewusst, dass es Menschen gibt, die unentwegt beten können.*

Natürlich dröhnte ihr jeder Glockenschlag trotz des Wachses in den Ohren und im Schädel. Doch keiner schmerzte mehr wie beim ersten Mal, als sie es ohne Wachs versucht hatten. Die tiefen, metallenen Klänge brandeten gegen ihren Körper wie Sturmböen oder wie Wellen einer Hochwasserflut. Doch riss diese klingende Brandung ihren Körper nicht um, bewegte ihn nicht einmal, sondern drang in ihn ein und schwang durch ihn hindurch – durch ihren Kopf, durch ihre Haut, durch ihr Blut, durch ihre Knochen. Überall spürte Helena dieses Schwingen und Brausen.

Die weise Magdalena hatte Mechthild den Rat gegeben, Helena dem Glockenklang auszusetzen. In jüngeren Jahren war die Heilerin selbst schon mit Verzweifelten, Trauernden und Schwermütigen zu Glockenstühlen hinaufgestiegen, um sie durch Glockenklang gesund zu machen.

Im August, kurz nachdem Erzbischof und Burggraf mit ihren Rittern und Waffenknechten in den Krieg gegen die Brandenburger gezogen waren, hatte Mechthild Helena zum ersten Mal zum Glockenstuhl von Sankt Sebastian hinaufgeführt. Der Herr Vater selbst hatte drauf gedrungen. Schon nach dem dritten Mal hatte die schwarze Mauer aus lähmender Trauer in ihrer Brust erste Risse bekommen. Heute waren sie bereits zum zwölften Mal hier.

Helena überließ sich den Schwingungen der Glockenklänge. Die Luft vibrierte, ihr Körper vibrierte, und der hölzerne Boden, auf dem sie lag, vibrierte auch. Ihr war, als würde von allen Seiten neue Lebenskraft in sie hereinpulsieren.

Sie dachte an den freundlichen Sommertag zurück, als der Erzbischof und der Burggraf mit ihrem Heer durch das Sudenburgtor aus der Stadt gezogen waren. Zu dieser Stunde hatten sämtliche Glocken Magdeburgs geläutet. Die Brandenburger Markgrafen waren mit ihrem Kriegsvolk die Havel heraufgezogen und hatten bereits einige Dörfer verwüstet, die zum Erzbistum Magdeburg gehörten. Auch Moritz, Lothar und Gotthart von Saint Leonard gehörten zum Heer, mit dem der Erzbischof aus der Stadt und seinen Feinden entgegengezogen war.

»Ich danke Gott, dass ich kein Mann bin, Frau Mutter«, murmelte Helena. »Dass ich keinem Fürsten in den Krieg folgen muss.« Glocken und Schlägel schwangen hin und her, hin und her, und Helena glaubte in Klangböen zu schweben und durch Wogen aus Tönen zu tauchen. »Hoffentlich kehren sie alle gesund zurück.«

Der junge Wende hatte noch in keinem Krieg gekämpft. Der

Herr Vater hielt ihn für unerfahren und hatte ihn bedrängt, doch in Magdeburg zu bleiben und an seinen Skulpturen zu arbeiten. Vergeblich. Um keinen Preis hatte Moritz seinen Freund Lothar allein in den Kampf ziehen lassen wollen.

»Warum hat er nur so auf die Schlacht gebrannt, Frau Mutter?«, murmelte Helena. »Ich verstehe ihn nicht.«

Helena machte sich Sorgen um Moritz. Seit er sie vor dem kippenden Trommelkran bewahrt hatte, fühlte sie ein inneres Band, das sie mit ihm verknüpfte. Seit Mechthild ihr erzählt hatte, wie er losgelaufen war, um Ansgar zu retten, war dieses Band noch stärker geworden. Der Gedanke, ihm könnte etwas zustoßen, versetzte ihr jedes Mal einen Stich ins Herz. Sie konnte es sich selbst nicht erklären, warum sie so empfand.

»Wäre Ansgar noch am Leben, wäre auch er mit Freuden in den Krieg gezogen, Frau Mutter.« Bald ein Jahr war es her, dass Ansgar sie in der Elbaue verführt und ihr die Jungfernschaft genommen hatte. »Heute denke ich daran und bin versöhnt, Frau Mutter.« Ein Jahr war es her, dass Gotthart ihren Ritter im Steinbruch getötet hatte. »Heute kann ich daran denken, ohne weinen zu müssen, Frau Mutter.«

Die Erinnerungen taten noch weh – an die Angst, schwanger zu sein; an die Enttäuschung, Ansgar von einem Augenblick auf den anderen als Weiberjäger sehen zu müssen; an seinen Tod. Ja, all das schmerzte noch, doch es lähmte ihre Seele nicht mehr.

Die Glocken schwangen aus, der Küster unter ihnen im Glockenturm zog nur noch an einem Seil – an dem für die Stundenglocke.

Als Helena sicher war, nicht schwanger zu sein – dem Henkersbeil zu entgehen, den guten Ruf des Vaters doch nicht zu ruinieren –, als sie dessen gewiss gewesen war, hatte sie manchmal bedauert, von Ansgar kein Kind empfangen zu haben. Sie konnte sich nicht vorstellen, sich jemals wieder einem Mann hinzugeben.

Die Glocke schlug neun Mal. Helena blieb ausgestreckt unter ihr liegen, bis sie sich nicht mehr bewegte und die letzte Klangwelle in ihrem Körper verebbte. Mechthild half ihr, die Wachspfropfen aus den Ohren zu ziehen. Von unten, vom Kirchenschiff her, drang der Gesang der Dominikanermönche.

Sie schüttelten die Pferdedecke aus, legten sie zusammen und steckten sie hinter einen Stapel Dachziegel. Hand in Hand stiegen sie dann den Glockenturm hinunter. Von der Empore aus nahmen sie an der Heiligen Messe teil.

Die vertrauten Gesänge und Gebete waren Balsam für Helenas Seele. Der Duft nach Weihrauch, der Anblick des Altars und der Gewänder von Priester und Messdienern und die Geborgenheit in der Menge der Gläubigen stärkten ihr Gefühl, wieder gesund zu sein.

An Mechthilds Seite stieg sie später ins Kirchenschiff hinab und ging zum Altar, um die Heilige Kommunion zu empfangen. Auch dafür, dass sie regelmäßig das Abendmahl feierte, sorgte Mechthild seit Wochen. *Der Leib des Herrn ist die wirksamste Medizin*, hatte die fromme Frau gesagt, und Helena glaubte ihr.

Nach der Messe standen sie vor der Kirche bei den Mönchen, Nonnen, Novizen und Pilgern und plauderten mit einigen Novizinnen des Zisterzienserklosters. Weit mehr als die Hälfte der Menschen auf dem Kirchplatz trug den Habit eines Mönches, eines Priesters oder eines Kanonikers. Die Mehrzahl der Magdeburger Bürger wohnte ja außerhalb der Domfreiheit und ging in die Sankt-Ulrich-Kirche oder in die Sankt-Johannis-Kirche zur Messe.

Die weltlich gekleideten Männer und Frauen auf dem Kirchplatz waren die als Wächter in der Stadt zurückgebliebenen Waffenknechte des Erzbischofs und ihre Familien, waren Knechte und Mägde der Domherren und Bauleute, die innerhalb der Mauern der Domfreiheit lebten. Überall in der Stadt wurde ja gebaut zu jener Zeit.

Der Herr Vater und Pater Rochus waren ins Gespräch mit dem Abt der Dominikaner vertieft. Als Meister Bohnsack Helena entdeckte, verabschiedete er sich und kam zu ihr und Mechthild. Lächelnd fasste er Helena bei den Schultern und schaute ihr ins Gesicht. Seit es ihr besser ging, waren die Sorgenfalten von seiner Stirn verschwunden, und er wirkte wieder so zufrieden und ausgeglichen wie eh und je.

»Du blühst von Tag zu Tag ein Stück mehr auf«, sagte er. »Komm mit mir, ich will dir etwas zeigen.« Helena hakte sich bei ihm unter, und gemeinsam mit Mechthild machten sie sich auf den Weg zur Dombaustelle.

Auf dem Klosterweg kamen ihnen viele Leute entgegen, die mit den Mönchen des Liebfrauenklosters die Messe in deren Kirche gefeiert hatten – viele Domschüler, einige Herren des Domkapitels und etliche Bauleute der Bauhütte von Meister Bohnsack. Unter ihnen war auch Jakob von Straßburg.

»Ich will Helena die Jungfrauen zeigen«, sagte der Vater zu ihm. Seit der Straßburger seine Madonna vollendet hatte, unterstützte er Gotthart bei der Arbeit an den Zehn Jungfrauen. Sie folgten ihm in die Baracke vor Chorumgang und neuem Trommelkran.

»Ich danke Gott, dass der Krieg im Kloster Berge den Krieg gegen die Brandenburger hinausgezögert hat«, sagte der Bildhauer, während er ihnen die Tür aufhielt. »So konnten Gotthart und ich den Jungfrauen Nummer drei und vier noch die letzten Gesichtszüge verpassen.«

Mit dem »Krieg im Kloster Berge« meinte Meister Jakob die blutigen Prügeleien, die dort zwischen den alten und jungen

Benediktinern ausgebrochen waren. Erzbischof Albrecht hatte mit Waffengewalt dazwischenfahren müssen. Viele Tage verbrachte er im Kloster Berge, um die Schuldigen zu bestrafen und den Frieden zwischen den Generationen wiederherzustellen. Deswegen konnte er den Feldzug gegen die Brandenburger erst zwei Wochen später als geplant beginnen.

»Hier sind sie.« Der Bildhauer zog staubige Tücher von vier Skulpturen. »In Farbe werden sie erst gefasst, wenn alle zehn fertig sind.« Voller Stolz wies er auf die steinernen Bildnisse.

»Na?« Der Herr Vater legte den Arm um ihre Schulter. Von der Seite lächelte er sie erwartungsvoll an. »Was sagst du?«

Helena sagte erst einmal gar nichts. Blinzelnd schaute sie auf die Skulpturen und traute ihren Augen nicht. Ihr Mund stand auf einmal weit offen, sogar zu atmen vergaß sie.

Eine der Jungfrauen hatte die linke Hand auf die Brust gelegt, die rechte mit der leeren Öllampe hing schlaff herab. Der Kopf war leicht nach unten geneigt, und ihre Gesichtszüge wirkten grübelnd und halb missmutig, halb überrascht.

Helena erkannte ihr eigenes Gesicht.

Die Skulptur daneben guckte ähnlich traurig und hoffnungslos, wie Helena sich viel zu viele Wochen lang gefühlt hatte. Diese Jungfrau hatte die linke Hand aufs Gesicht gelegt, und es sah aus, als hätte sie sich gerade eben erst aus Verzweiflung selbst gegen die Stirn geschlagen. Ihre Rechte mit der leeren Öllampe hing ebenfalls kraftlos herab, und auch diese Statue trug Helenas Züge.

Fassungslos schüttelte Helena den Kopf.

Ganz offensichtlich gehörten diese beiden Frauenbildnisse zu den Törichten Jungfrauen. Links von ihnen standen zwei Kluge Jungfrauen. Beide lächelten – die erste beinahe verblüfft, die zweite so, als würde sie gleich in lautes Gelächter ausbrechen. Beide hielten ihre noch vollen Öllampen auf

Brusthöhe, und im Lächeln beider erkannte Helena ihr eigenes Lächeln wieder.

»Gefallen sie dir etwa nicht?«, fragte der Herr Vater, und Jakob runzelte schon unwillig die Brauen. Helena suchte nach Worten, fand aber keine. Ihr Blick fiel auf einen Stapel staubiger Zeichnungen, die auf der Werkbank neben den Statuen lagen. Sie ging hin und nahm zwei der Pergamente hoch.

Die Zeichnungen darauf bildeten ihr Gesicht ab. Sie blätterte sämtliche Pergamente durch – und fand auf allen ihre eigenen Gesichtszüge. Mal traurig, mal glücklich, und immer in unterschiedlichen Graden der Trauer oder der Freude.

Mechthild nahm ihr die Pergamentblätter ab und betrachtete sie. »Und die hat alle der Herr Gotthart gezeichnet?« Ihr Blick war seltsam ernst.

»Die meisten«, sagte Jacques. »Die Letzten haben wir gemeinsam gemacht.« Und an Helena gewandt: »Sag bloß, sie gefallen dir nicht!«

»Doch«, entgegnete Helena, und jetzt strahlte der Bildhauer. Seit Ansgars Tod machte er sich wieder Hoffnung auf sie. »Doch, schon, aber ...« Helena wandte sich an ihren Vater. »... aber dann wird ja mein Gesicht für immer in der neuen Kathedrale zu sehen sein.«

»In fünf traurigen und in fünf glücklichen Variationen«, erklärte Jakob von Straßburg voller Inbrunst.

»Mich macht der Gedanke sehr glücklich.« Die Stimme des Vaters klang auf einmal belegt.

»Dein Beitrag zu unserem Werk«, sagte der Bildhauer. »Wir geben unsere Kraft, du dein Gesicht.«

Niemand hat mich gefragt, lag es Helena auf der Zunge, doch sie sprach es nicht aus.

Später schritt sie zwischen Mechthild und ihrem Vater über den Domplatz zum Breiten Weg. Noch immer erfüllte ein großes Staunen ihre Brust. Wie konnte denn jemand ihre Gesichtszüge so treffend in Stein hauen? Das konnte doch nur einem Mann gelingen, der sie ganz genau angeschaut hatte. Einem Mann, der sie schön fand, der sie womöglich liebte.

»Gotthart hatte die Idee, den Jungfrauen mein Gesicht zu geben?«

»Er hat die erste Zeichnung gemacht, das erste Modell und die erste Statue mit deinem Gesicht«, sagte der Herr Vater. »Allen Jungfrauen dein Gesicht zu geben, und das mit unterschiedlichem Mienenspiel, war die Idee von Meister Jakob.«

Wahrscheinlich finden mich beide schön, dachte Helena. *Wahrscheinlich lieben mich beide*. Sie war sich nicht sicher, was sie davon halten sollte.

Der Herr Vater beugte sich an ihr Ohr. »Es kann dir doch nicht entgangen sein, dass Gotthart von Saint Leonard ein Auge auf dich geworfen hat.« Er flüsterte. »Ich rechne damit, dass er irgendwann um deine Hand anhalten wird.« Meister Bohnsack zuckte mit den Schultern. »Leider, leider ist sein Ruf in der Stadt nicht der allerbeste.«

Helena dachte an Pater Rochus. Daran, was er im Sommer des Vorjahres nach Moritz' Kuss in den Sand des Kirchhofs geschrieben hatte: *Vergiss den Ritter. Ein anderer ist der Mann, den Gott für dich bestimmt hat.* Wohl zum hundertsten Mal fragte sie sich, was er nicht mehr in den Sand hatte schreiben können, weil der schimpfende Herr Vater auf den Hof gekommen war.

Havelufer, Spätsommer 1229

Etwas mehr als tausend Mann Kriegsvolk führten die beiden Brandenburger Markgrafen ins Erzbistum hinein. Sie hinterließen eine Spur der Verwüstung. Die weinenden Kinder und Frauen zwischen den Brandruinen und ihren toten Vätern, Männern und Brüdern erinnerten Moritz schmerzlich an den nächtlichen Überfall auf den heimatlichen Burgwall. Nachdem er das Elend gesehen hatte, tat er drei Nächte lang kaum ein Auge zu.

Sechs Tage später griffen sie das brandenburgische Heer an, als es über die Havel setzte. Noch bevor die feindlichen Ritter und Fußsoldaten ihre Schlachtordnung einnehmen konnten, preschten die gepanzerten Ritter und Knappen des Erzbischofs und des Burggrafen in gestrecktem Galopp auf sie los.

In dieser ersten Schlacht kämpfte Lothar wie ein Löwe. Moritz, zu Fuß und mit Ansgars Schwert und Bennos Hammer bewaffnet, hielt sich mit ein paar Magdeburger Bauern immer in seiner Nähe auf; Lothar war ja nicht zu übersehen auf Ansgars schneeweißem Pferd. Sie wehrten das feindliche Fußvolk ab, das die Reiter mit Keulen und Spießen angriff. Mit ungeheurer Wut schlug Moritz um sich und tötete wohl ein Dutzend Brandenburger.

Nicht weit entfernt entdeckte er Gotthart von Saint Leonard, der mit dem zweiten Sturm ritt. Neben ihm kämpften Botho von Schwerin und seine Knappen. Der Bullenschädel und die Seinen schlugen eine blutige Bresche in die gegnerischen Reihen.

Moritz war nicht überrascht gewesen, als er sie im Heer des Burggrafen Burchard entdeckt hatte. Im Heerlager und auf dem Marsch waren Lothar und er den Schwerinern aus dem Weg gegangen. Sie hatten sich die Begegnung mit ihnen für die Schlacht aufgespart. Die musste kommen. Und sie musste tödlich enden – für Lothar und Moritz oder für die Schweriner.

Als die Brandenburger Ritter erkannten, dass sie den Zusammenstoß verlieren würden, machten sie kehrt. Ihre Fußkämpfer stolperten hinter ihnen her. Lothar ritt etliche nieder und jagte den feindlichen Rittern nach. Moritz und seine bäuerlichen Waffenbrüder wollten die Fliehenden verfolgen, doch plötzlich erfüllte ein Sirren und Zischen die Luft, und ein Pfeilhagel ging auf sie nieder – die Brandenburger Bogen- und Armbrustschützen sicherten den Rückzug ihrer Kämpfer.

Etliche Magdeburger fielen getroffen ins Gras. Moritz sah, wie Gotthart die Arme hochriss und vom Pferd stürzte. Er rannte zu ihm. Ein Pfeil ragte dem Franzosen aus dem Hals, ein Armbrustbolzen aus der Brust. Das schwere Geschoss hatte einfach sein Kettenhemd durchschlagen.

Moritz hörte seine keuchenden Atemzüge hinter dem Visier und klappte es hoch. Gottharts Gesicht hatte die Farbe einer unreifen Pflaume. Seine Lippen zitterten, die Schweißperlen auf seiner Stirn waren groß wie Karpfenaugen.

»Ich will noch nicht sterben«, röchelte er. »Hilf mir, Moritz, ich hab solche Angst vor der Hölle …« Moritz richtete sich auf und spähte zum Flussufer: Lothar auf der Weißen stach einen Brandenburger Ritter aus dem Sattel, Magdeburger Fußvolk umgab ihn. »Hilf mir, Moritz, ich flehe dich an …«

Moritz blickte zur anderen Seite und entdeckte die Fahne der Grafen von Käfernburg im Getümmel. Erzbischof Albrecht führte eine Schar Ritter in den Kampf. Knapp hundert Ruten dahinter rollten die ersten Karren des Trosses. »Gott sei mir gnädig«, röchelte Gotthart, »Gott, verdamme mich nicht meiner vielen Sünden wegen …«

Moritz sah zu dem schwer atmenden und jammernden Mann hinunter. Er dachte an die Nacht im Steinbruch, er dachte an seine gestohlene Helena, und brennender Hass schnürte ihm die Eingeweide zusammen. Er sah sich um und hob den Schmiedehammer.

»Gott, erbarme sich über mich elenden Sünder.« Tränen liefen Gotthart über das bläuliche Gesicht und vermischten sich mit den Schweißperlen. »Jesus Christus, verschließ deine Tür nicht vor mir ...«

Moritz zögerte. Im Angesicht des Todes tat der Franzose ihm plötzlich leid, und er ließ den Hammer sinken.

Gotthart schien von alldem nichts mitzubekommen. »Schau nicht auf meine große Sünde, lieber Jesus, rette mich, dann will ich dir für immer dienen ...«

Moritz dachte an die Zehn Jungfrauen und daran, wie bedeutsam sie für die Magdeburger Kathedrale des Lichts sein würden. Nein, der Franzose würde nicht durch seine Hand sterben. Also rannte er los, um einen Wagen und einen Wundbader herbeizuschaffen.

Eine Stunde später war alles vorbei, und die Brandenburger waren zurück über die Havel oder flussaufwärts geflohen. Lothar hatte drei Ritter und sieben Knappen getötet und beinahe genauso viele gefangen genommen. Der Burggraf Burchard schlug ihn noch am selben Abend zum Ritter.

Das Schicksal hatte dem Bildhauer Moritz und dem Ritter Lothar das Zusammentreffen mit den Schwerinern noch einmal gestundet.

Am übernächsten Tag stellten sie die Brandenburger bei einem kleinen Dorf am Ufer der Havel. Und wieder ritt Lothar in der ersten Angriffswelle, und wieder kämpfte Moritz mit einer Schar Magdeburger Bauern und Handwerker zu Fuß an seiner Seite.

Diesmal waren Ritter und Fußvolk der Markgrafen gewarnt und empfingen die Erzbischöflichen in geordneten Reihen. Nicht wenige anstürmende Magdeburger Ritter gingen zu Boden, als die feindlichen Fußleute ihre langen Spieße hochrissen und die feindlichen Bogenschützen ihre Pfeile in den Himmel jagten.

Nicht so Lothar – die Pfeile prallten an seinem Schild und Harnisch ab, mit tollkühnem Sprung ließ er Fee über die erste Reihe der Spießträger hinwegsetzen, und sein Schwert fuhr mit tödlicher Gewalt links und rechts auf die Köpfe der Brandenburger nieder. Lothar focht mit dem Eifer und der Leidenschaft eines frisch gekürten Ritters. Mit Moritz und seinen Waffenbrüdern an der Seite drang er tief in die gegnerische Stellung ein.

Moritz hieb mit Schwert und Hammer um sich, ohne viel nachzudenken. So viel Wut brach wieder aus ihm heraus, so viel Hass. Er kannte sich selbst nicht mehr, vergaß sich ganz und gar, dachte nur ans Zuschlagen und Vernichten.

Offenbar hatte sich seine tollkühne und bedingungslose Art zu kämpfen nicht nur im Magdeburger Heer herumgesprochen, sondern auch unter den Gegnern. Drangen zu Beginn der Schlacht noch vier gepanzerte Brandenburger zu Pferd auf ihn ein, um ihn zu erschlagen, suchten am Ende, als die vier verwundet oder tot im Ufergras lagen, die meisten Brandenburger, die in seine Nähe gerieten, ihr Heil in der Flucht.

Keine drei Stunden später war die Schlacht so gut wie entschieden: Die Waffenknechte und Ritter des Erzbischofs und des Burggrafen trieben die Gegner in einer Flussschleife in die Enge, in der das Ufer steil und das Unterholz des Auwaldes nahezu undurchdringlich war. Viele ergaben sich, nur einzelne versprengte Rotten der Brandenburger leisteten noch Widerstand.

Durch einen Zufall stieß Moritz um die Mittagszeit auf die Spur des Bullenschädels.

Ein gepanzerter Reiter ritt aus dem Flusswald, das Schweriner Wappen wehte über ihm – der schwarze Bullenschädel. Der Reiter hing seltsam krumm in seinem Sattel, und als sein

Pferd ihn an Moritz vorbeitrug, erkannte dieser den Knappen, den er im vorigen Sommer vor Bennos Schmiede gesehen hatte. Eine abgebrochene Lanze ragte aus seinem Oberschenkel. Hinter ihm lag tot ein zweiter Knappe des Bullenschädels über seinem Pferd.

Moritz ließ ihn vorüberreiten und richtete seinen Blick auf den Weg, den er gekommen war. Der führte in den Flusswald hinein.

Ein Ritter auf einem schneeweißen Schimmel galoppierte zu ihm – Lothar auf Fee. »Hast du den Schweriner irgendwo gesehen?«, rief er, noch bevor er an den Zügeln riss und die Weiße neben Moritz stillstand. Aus Lothars offenem Visier und aus seinem blutverschmierten Harnisch stieg Dampf auf. »Hat sich davongemacht, der Hundsfott, ist wie vom Erdboden verschwunden!«

»Ich glaube, der hat ein paar Brandenburger bis in den Flusswald hinein verfolgt.« Moritz deutete den Weg hinunter und auf den Waldrand. »Da sind gerade zwei seiner Knappen hergekommen. Einer tot, einer verwundet.« Er hatte es kaum ausgesprochen, da riss Lothar auch schon die Weiße herum und galoppierte dem Waldrand entgegen. »Warte auf mich!« Moritz rannte hinterher. »Warte doch!«

Doch Lothar hörte ihn nicht – oder wollte er ihn nicht hören? – und preschte in den Wald hinein. Kurz darauf stapfte auch Moritz durch den Wald, aus dem der Schweriner Knappe gekommen war. Die Anstrengung der Schlacht steckte ihm in allen Knochen, und die Beine wurden ihm schwer.

Der Weg verengte sich zum Pfad, der Pfad verlor sich im Gestrüpp. Fee stand festgebunden zwischen drei Birken; Lothar war zu Fuß weiter in die Wildnis eingedrungen. Mit dem Schwert hieb Moritz sich den Weg durch das Unterholz frei. Bald hörte er Kampflärm.

Unter einer Hand voll Kämpfern auf einer kleinen Lichtung am Havelufer erkannte er Botho von Schwerin.

Zwischen zwei Weiden kämpfte der Bullenschädel gegen einen Brandenburger Ritter und drei bäuerlich gekleidete Fußsoldaten, die mit Keulen und Lanzen auf ihn eindrangen. Sein schwarzer Harnisch war mächtig verbeult und zerkratzt, und nur ein silbernes Bullenhorn krümmte sich noch aus seinem schwarzen Helm.

Mindestens sieben Tote und Verletzte lagen oder krümmten sich auf der Lichtung im blutigen Gras. Auch den dritten Knappen des Schweriners entdeckte Moritz unter den Gefallenen und neben ihm – Lothar.

Nein!

Moritz stand wie festgewachsen. Lothar rührte sich nicht. Ein Schlachtbeil ragte mit halber Klinge aus seinem gespaltenen Helm. Wie Wasser aus einer Quelle sickerte Blut aus dem klaffenden Helm. Hatte Lothar nicht eben noch mit ihm gesprochen? Obwohl Moritz schwitzte, fror er plötzlich.

Die vier Brandenburger hieben auf Botho ein, brüllten ihn an, sich endlich zu ergeben, und gebärdeten sich überaus siegesgewiss. Und tatsächlich verlor der Bullenschädel Fuß um Fuß an Boden und musste immer weiter ans Steilufer zurückweichen.

Moritz riss seinen Blick endgültig los von dem toten Lothar. Er fasste den Bullenschädel ins Auge. Er dachte an seine Mutter und wie sie den Krieger mit der gebrochenen Nase angespuckt hatte. Er dachte an Ansgars abgeschlagenen Schädel, den er noch in der Todesnacht des Ritters auf seine Werkbank gelegt hatte, um Ansgars Gesicht zu zeichnen.

Endlich gelang es ihm, die Schreckensstarre abzuschütteln. Moritz hob Hammer und Schwert. »Verfluchter Drecksack!«, brüllte er dann, brach aus dem Unterholz und stürzte sich in die Rücken der Brandenburger.

Der Schweriner nutzte deren Verblüffung aus und schlug erst den Ritter und dann einen der Bauern nieder. Dem dritten Feind spaltete Moritz durch einen Schwerthieb den Schädel. Der vierte rettete sich durch einen Sprung in die Havel.

Moritz rammte sein blutiges Schwert in den Boden, packte den Schmiedehammer und lehnte gegen den Weidenstamm. Die Erschöpfung von drei Stunden Schlacht steckte ihm in allen Knochen. Zwölf Schritte entfernt schlug der Bullenschädel sein Visier hoch und stützte sich schwer atmend auf sein Schwert. So standen sie einander eine Zeitlang gegenüber, und einer sah dem anderen in die Augen.

»Ansgar von Lund hat dich befreit, nicht wahr?«, brach der Schweriner irgendwann das Schweigen. Sein schmales Gesicht war noch hohlwangiger als damals, in jener bösen Nacht.

Moritz nickte. »Er, sein Knappe und der Schmied.«

Der Schweriner blickte zum toten Lothar hin und nickte langsam. »Der Schmied also auch?« Seine Miene verzog sich zu einem bitteren Lächeln. »Hätte ich mir denken können. Ist das sein Hammer, den du da festhältst?«

Moritz nickte und deutete auf die Klinge, die vor ihm aus dem Gras ragte. »Und das ist das Schwert des Ritters Ansgar von Lund.«

»Schmeiß es weg. Es bringt kein Glück.« Moritz entgegnete nichts. Botho zog die Nase hoch und spuckte blutigen Rotz aus. »Und jetzt sag mir, wer Slawomir von Rügen und seine Waffenbrüder und Knappen erschlagen hat.«

»Ansgar von Lund, Lothar von Magdeburg und Benno, der Schmied. Wer wen erschlagen hat, weiß ich nicht.«

»Du warst doch dabei! Du wirst doch wissen, wer Slawomir erschlagen hat.«

»Keiner hat den Rügener Ritter erschlagen.« Moritz mochte seinen Namen nicht in den Mund nehmen. »Erdrosselt habe ich ihn.«

»Du?!« Die drahtige Gestalt des Schweriners straffte sich. »Verfluchter Hund, du!« Er packte sein Schwert und machte Anstalten, sich auf Moritz zu stürzen.

Doch plötzlich besann er sich, blieb stehen und stützte sich wieder auf seine Waffe. »Na gut«, sagte er, »dann sind wir jetzt quitt.« Mit dem Handrücken wischte er sich Mund und Nase ab. »Du hast mir gerade die Haut gerettet, dafür schone ich dir deine.« Mit einer Kopfbewegung deutete er in den Waldpfad, über den Moritz gekommen war. »Und jetzt sieh zu, dass du verschwindest.« Er schulterte sein Schwert, drehte sich um und stapfte dem Waldrand entgegen.

»Kämpft der mit der Axt auch im Heer der Erzbischöflichen?«, rief Moritz ihm nach.

Der Ritter fuhr wieder herum. »Was?! Wer?«

»Der stämmige Graubart mit der Axt, bist du taub? An seiner Rechten fehlt der kleine Finger, du kennst ihn. Und die anderen, die damals mit dir den Burgwall im Küstenwald überfallen haben – sind sie noch deine Waffenbrüder? Kämpfen sie auch unter dem Schweriner Wappen?«

Bothos Augen wurden plötzlich sehr schmal. Drei Atemzüge lang stand er stocksteif und belauerte Moritz, wie man einen tot geglaubten Feind belauerte. »Woher weißt du davon, Bursche?«

»Der mit der Axt hat meinen Vater erschlagen, der Rügener hat die Mutter für sich beansprucht, und du wolltest sie ihm ergreifen. Da hat sie dich angespuckt.«

Dem Schweriner stand nun der Mund offen, die Narben auf seinem gebrochenen Nasenrücken waren bleicher als eben noch. Die Erinnerung überfiel ihn, Moritz sah es seiner erschlafften Miene an; mit kalter Genugtuung erkannte er es. »Wen aus meiner Familie hast *du* erschlagen?« Kein Wort kam über die Lippen des Bullenschädels, stumm starrte er Moritz an. »Den Rügener habe ich im vorletzten Winter erdrosselt, und jetzt stehst du vor mir, Botho von Schwerin. Sag mir noch, wo ich den grauen Axtmann und die anderen finde, bevor ich dich zur Hölle schicke.«

Doch der Schweriner sagte gar nichts. Er packte sein Schwert mit beiden Händen und stapfte auf Moritz zu. Der riss seine Klinge aus dem Gras, nahm Anlauf und schleuderte sie auf den Bullenschädel. Botho wich zur Seite aus und schlug das wirbelnde Schwert mit seiner eigenen Klinge zur Seite. Da holte Moritz schon mit dem Schmiedehammer aus und warf ihn auf den Schweriner.

Es knirschte hässlich, als der Hammerkopf in Bothos Stirn fuhr. Moritz sprang zu ihm, langte Ansgars Schwert aus dem Gras. Mit einem schnellen, kraftvollen Hieb schlug er dem Schweriner den Schädel ab.

Am nächsten Morgen schleppte man die beiden Brandenburger Markgrafen und ihre gefangenen Grafen und Ritter vor den Erzbischof. Die Markgrafen waren nur wenig älter als Moritz. Mit ihren Lehensmännern knieten sie vor Albrecht nieder und baten um Gnade.

Der Burggraf schäumte vor Wut, weil er mehr als zwanzig Männer verloren hatte. Vor allem, dass der junge Ritter Lothar gefallen war, schmerzte ihn über alle Maßen. Als Rache wollte er die Ritter und Grafen enthaupten und die jungen Markgrafen mit nach Magdeburg nehmen und dort ins Verlies seiner Burg werfen lassen, bis ihre Familien bereit waren, ein hohes Lösegeld zu zahlen. Doch der Erzbischof hinderte ihn daran.

»Es ist genug Blut geflossen«, sagte Albrecht. Dann befahl er den beiden Markgrafen, sich zu erheben. Als sie mit gesenkten Häuptern vor ihm standen, schrie er sie an und schimpfte mit ihnen, weil sie in seinen Erzstift eingefallen waren und so viel Leid und Zerstörung angerichtet hatten.

Er schimpfte lange, doch als er seinem Zorn genügend Luft gemacht hatte, sagte er leise: »Um eurer Jugend willen vergebe ich euch. Versprecht mir, nie wieder das Schwert gegen meinen Erzstift zu erheben.«

Die beiden Markgrafen schworen es dem Erzbischof bei Gott und der Heiligen Jungfrau. Danach versprachen sie und ihre Ritter feierlich, eine bestimmte Summe für den Dombau in Magdeburg zu zahlen. Anschließend ritten sie mit dem Erzbischof und dem Burggrafen zur nächsten Kirche und feierten eine Versöhnungsmesse.

13
Wachstum

Magdeburg, September 1229

Am dritten Tag der Herrenmesse kehrten der Erzbischof und der Burggraf nach Magdeburg zurück. Von allen Kirchtürmen läuteten die Glocken. Mechthild stand mit Monica, Jacques, Helena und Pater Rochus am Breiten Weg in der jubelnden Menge, als Albrecht und Burchard an der Spitze ihrer Ritter und Fußsoldaten durch das Sudenburgtor in die Stadt einzogen. Die Siegesbotschaft war schon vor Tagen bis nach Magdeburg vorgedrungen. Und dass Albrecht seinen Feinden verziehen hatte auch. Mechthild segnete ihn dafür.

Bald hörte man die ersten Freudenschreie den Jubel übertönen – Frauen erkannten ihre Männer, Söhne oder Brüder unter den Heimkehrenden. Und nur wenig später hörte man auch die ersten Schmerzensschreie. Nicht alle entdeckten ihre Lieben im Heer.

»Ein Kommen und Gehen ist das«, murmelte Mechthild. »Warum hast du es so eingerichtet, dass lieben und leben so entsetzlich wehtun kann?« Sie bekreuzigte sich. »Doch wer wollte dir Vorschriften machen …«

Plötzlich stieß auch Monica einen Schrei aus. Mechthild sah zu ihr hin, sah sie die Linke auf den Mund schlagen, sah ihre schreckensweiten Augen und sah, wie sie mit der Rechten zum Heerestross zeigte. Auf ein weißes Pferd. Auf einen, der mit hängenden Schultern darauf saß.

Nicht Lothar, sondern Moritz hockte auf der Weißen. Helena winkte ihm zu. Sie strahlte, wirkte erleichtert, hatte wohl noch nicht begriffen. Moritz' düstere Miene hellte sich kaum auf, als er zurückwinkte.

Mechthild beobachtete, wie Monica zum Tross drängte, einen Fußsoldaten festhielt und ihn ansprach, einen Bauern aus der Neustadt. Trauer verdüsterte dessen Miene, als er ihr antwortete, und Monica schlug nun beide Hände auf den Mund.

»Den Einen gibst du dem Tode preis«, murmelte Mechthild, »über den Anderen hältst du schützend deine Hand. Wer wollte dich dafür zur Rede stellen? Ich Winzling etwa?« Sie lächelte wehmütig und schaute Moritz hinterher. »Vor zwei Tagen ist er zwanzig Jahre alt geworden«, murmelte sie. »Was wird aus ihm werden? Du allein weißt es.«

Später begleitete sie die Zisterziensernonnen, den Bader und einen Magdeburger Wundarzt ins Heilig-Geist-Hospital. Dorthin hatte man die Verwundeten gebracht. Unter denen war auch der Herr Gotthart. Dieser hatte viel Blut verloren, seine Wunden hatten sich entzündet, und hohes Fieber trübte sein Bewusstsein.

Mechthild nahm einen Hocker und setzte sich ans Fußende seines Krankenlagers. »Gib ihm noch ein paar Jahre Lebenszeit«, murmelte sie, »gib ihm noch Zeit umzukehren.«

Im Fieber sprach Gotthart von Saint Leonard Französisch. Mechthild verstand dennoch, dass er Gott und die Heilige Jungfrau anrief. Manchmal rief er auch nach seinem Vater. Das wunderte Mechthild, denn die meisten Sterbenden riefen nach ihrer Mutter. Oft hielt er schützend die Arme vors Gesicht oder warf den Kopf hin und her und schlug schreiend um sich. Von Zeit zu Zeit flüsterte er mit Menschen, die wohl nur er selbst erblicken konnte. Manche der Unsichtbaren wollte er von seinem Lager vertreiben, andere bat er flehentlich um Vergebung; so viel begriff Mechthild. Wahrscheinlich wusste Gotthart nicht, was er redete.

Der Sekretär Conrad, sein letzter verbliebener Diener, hockte vor dem Strohsack des Fiebernden und schüttelte fassungslos den Kopf. Gotthart erkannte ihn nicht.

»Sieh nur, wie viele Dämonen an ihm zerren«, murmelte Mechthild. »Sieh doch, wie zerrissen seine Seele ist. Nimm sie in deine gnädige Hand und rette sie.«

Bald fanden sich auch Meister Bohnsack und Erzbischof Albrecht am Lager ihres Bildhauers ein. Gotthart erkannte weder den einen noch den anderen.

Der Wundarzt untersuchte ihn und versorgte seine eiternden Wunden. Danach stand er auf, schaute schweigend erst den Erzbischof und dann den Baumeister an. Schließlich zuckte er mit den Schultern und schüttelte den Kopf. Die Männer machten betretene Mienen und verließen das Hospital.

»Sorgen sie sich um ihn oder um ihre Zehn Jungfrauen?«, murmelte Mechthild. »Du allein siehst ihnen ins Herz.« Sie blieb die ganze Nacht und den ganzen folgenden Tag am Krankenlager des Herrn Gotthart sitzen und betete für ihn.

In den Wochen, die bis zum ersten Schnee folgten, wuchsen Steinschicht um Steinschicht die Türme, die Vierungspfeiler, die Mauern des Querhauses und auf der Chorempore die Wände und Arkaden des Bischofsgangs. Jeden Tag nach dem Unterricht an der Domschule machte Mechthild ihre Gebetswanderung durch die Baustelle und bestaunte die Fortschritte. Die Domschule lag ja nur wenige Schritte von der Baustelle entfernt in der Klausur des abgerissenen Doms.

Mittlerweile hatten die Zimmerleute bereits das zweite Gewölbe des Bischofsgangs verschalt. Mit dem Trommelkran hievten sie schon die bogenförmigen Verschalungen für das dritte Gewölbe auf die Chorempore, das Lehrgerüst, wie sie es nannten. Es hielt die Wölbsteine der einzelnen Rippen und den Schlussstein zusammen und wurde erst wieder abgenommen, wenn der Mörtel getrocknet war. Noch vor dem ersten Schnee sollte die Rohform des dritten Kreuzrippengewölbes fertig werden.

Jakob von Straßburg, Moritz und ein neuer Bildhauer, der aus Bamberg gekommen war, arbeiteten an den Schäften und Kapitellen der Arkadensäulen. Und Meister Bohnsack, unter seinem zerknautschten Hut, in seinem staubigen Kittel und seinem Lederschurz, flitzte durch die Baustelle wie ein Wiesel. Überall schien der Baumeister gegenwärtig zu sein, legte hier sein Winkeleisen und dort sein Lot an, und kein Maurer, kein Steinmetz und kein Zimmermann konnte vor seinem Messstab und seinem Bodenzirkel sicher sein. Mal lobte er, mal tadelte er, mal schimpfte er so laut, dass die ganze Baustelle von seiner tiefen Stimme widerhallte. Und immer trieb er zur Eile an.

»Erhalte uns den Meister Bohnsack«, murmelte Mechthild. »Er weiß genau, wie weit der Dombau gewachsen sein muss, bevor der Winter einbricht.«

Auch Monicas Kinder sah Mechthild wachsen. Im frühen Oktober war sie in der Schmiede, als Nikolaus seine ersten Schritte an der Hand seines Großvaters machte, des alten Nikolaus. Der war inzwischen mit seiner jungen Holsteiner Magd und einem Ochsenwagen voller Hab und Gut von der Saale heraufgezogen, um mit der Bauhüttenschmiede seine Schwiegertochter und seine Enkel zu ernähren.

Aus der Rudelsburg hatte er einen jungen Mann mitgebracht, den er die Schmiedekunst lehrte. Der hieß Bodo und hinkte stark.

Und Moritz wuchs auch. An Ehre, Rang und Besitz.

Er war grüblerisch geworden seit dem Feldzug gegen die Brandenburger. Und noch verschlossener als zuvor. Ein Steinmetz erzählte Mechthild, dass sein Modell des Heiligen Mauritius dem Ritter Ansgar ähnelte.

Am Sonntag nach dem Erntedankfest ritten der Erzbischof und der Dompropst mit ihm in die Neustadt. Mechthild und Dietrich begleiteten sie auf dem Wagen des Domherrn. Der Erzbischof besaß Wald und Ländereien rund um Magdeburg und etliche Häuser und so manchen Hof innerhalb der Stadtmauern. Auch ein kleines Gehöft an der gerade entstehenden Westmauer der Neustadt gehörte ihm.

Die letzten Bewohner, eine Bauernfamilie, waren in ein Dorf am Ostufer der Elbe gezogen, um das Sumpfland dort urbar zu machen. Der Erzbischof schenkte Moritz das Gehöft und dazu eines seiner Waldstücke westlich der Neustadt.

»Weil du Uns bei jenem Unglück im vorigen Jahr vor schlimmem Schaden bewahrt und im Krieg gegen die Brandenburger so tapfer gekämpft hast«, sagte er.

Moritz wusste nicht, wie ihm geschah, und fand kaum Worte, sich angemessen zu bedanken. Der Erzbischof lächelte nachsichtig und segnete ihn. Und Dietrich von Dobin erklärte dem wendischen Bildhauer, dass er von nun an in den Rat der Stadt Magdeburg gewählt, ja sogar auf einen Schöffenstuhl berufen werden könne.

»So viele haben tapfer gekämpft, nicht wahr?«, murmelte Mechthild. »Doch dem Wenden hat der Albrecht sein Herz zugeneigt. Dafür hast du gesorgt.«

Sie gönnte ihm die Zuneigung des Erzbischofs und das unverhoffte Geschenk von Herzen. Wenn es einer verdient hatte, so dachte sie, dann Moritz. Jeden Lohn, den Meister Bohnsack ihm bezahlte, teilte er mit der Witwe des Schmiedes und ihren

Kindern. Selbst jetzt noch, da doch Monicas Schwiegervater die Schmiede betrieb; aber der musste ja seinen Lehrling bezahlen.

In den letzten milden Herbsttagen ging Mechthild oft mit Moritz und Helena in den Elbauen spazieren. Meist war Monica mit ihren Kindern dabei, manchmal auch Pater Rochus und der Bildhauer aus Straßburg; der blonde Jakob hatte wohl ein Auge auf die Witwe geworfen. Und immer ließen Moritz und Helena sich ein wenig zurückfallen. Mechthild hätte gern gewusst, was sie sich zu erzählen hatten.

Gotthart entging nur knapp dem Tod; doch er entging ihm. Und im Laufe des Novembers wuchs ihm sogar die Zuversicht, dass ihm von seinen Kriegsverletzungen und seiner langen Krankheit kein Schaden zurückbleiben würde.

»Möge sein Leben fortan ein Dank dafür sein«, betete Mechthild, als der Franzose Ende November vom Heilig-Geist-Spital wieder in das Haus der Witwe am Breiten Weg umzog. Kurz darauf fiel der erste Schnee.

Nach dem Christfest erzählte ihr Helena, der Herr Gotthart würde mit Jakob von Straßburg an der sechsten der Zehn Jungfrauen arbeiten.

Das neue Jahr begann mit Schnee und Eis. In der letzten Januarwoche feierte Helena ihr zwanzigstes Wiegenfest. Meister Bohnsack ließ ein Schwein schlachten und Wein aus Thüringen ausschenken.

Unter vielen anderen kam auch Mechthild an jenem Tag in das Haus des Baumeisters am Kirchhof von Sankt Sebastian, um Helena zu beschenken. Auch Männer, die ihr den Hof machten, waren unter den Gästen: Moritz, der Bamberger und Gotthart von Saint Leonard. Moritz schenkte Helena einen flachen Handspiegel aus schwarzem Marmor und mit eingelegtem Glas.

Auch Magdeburg selbst wuchs in dieser Zeit zu einer Größe, die damals nur von Köln überboten wurde, der berühmten Stadt am Rhein.

Die Erweiterung der Stadtmauer nach Norden hin war im Herbst abgeschlossen. Erzbischof Albrecht verlieh der Siedlung Neustadt das Stadtrecht, sodass sie fortan zu Magdeburg gehörte.

Der Orden des Heiligen Franziskus – die sogenannten »Minderen Brüder« – siedelte von der Neustadt in die Altstadt um und machte Magdeburg zu seinem Hauptsitz im Heiligen Römischen Reich. Kaufleute gründeten Handelsniederlassungen in der Stadt, Klöster schickten Gelehrte, um Studien zu treiben und an der Domschule zu unterrichten.

Im Jahr des Herrn 1231 sandte der Pariser Abt der Minderen Brüder den berühmten Gelehrten Bartholomäus Anglicus nach Magdeburg. Der Engländer sollte ein Buch über alle Wesen und Dinge der Welt verfassen, die man kannte, und aufschreiben, was man zu jener Zeit über sie wusste. In Magdeburg gab es viele Bücher, Folianten und Handschriften, die der gelehrte Mönch für seine Enzyklopädie brauchte.

Mechthild gewann schnell sein Vertrauen. Sie half ihm bei seiner Arbeit und erbat sich als Lohn von ihm, dass er Moritz lesen und schreiben lehrte.

Bartholomäus Anglicus studierte und schrieb im Scriptorium der Minderen Brüder, und weil Mechthild dort ein und aus ging, erfuhr sie, dass er die geheime Botschaft eines Kardinals mit aus Paris gebracht hatte. Eine Botschaft für Gotthart von Saint Leonard.

Am italienischen Hof des Kaisers Friedrich war der Name und der Ruhm der Stadt an der Elbe in aller Munde, denn Erzbischof Albrecht von Magdeburg gehörte zu den Vertrauten des Kaisers. Der stattete ihn in Italien mit etlichen politischen Ämtern aus. Das war der Grund, warum Erzbischof Albrecht so häufig dort zu tun hatte.

Im Frühsommer Anno 1231 brach er erneut zu einer Reise nach Süden und über die Alpen auf. Es sollte seine letzte werden.

Frühsommer 1231

Am Morgen legte das Schiff des Erzbischofs ab und fuhr stromaufwärts nach Süden. Mit Hunderten Magdeburgern war Mechthild an den kleinen Hafen gekommen, um ihn zu verabschieden. Lange winkten die Menschen der kleinen Galeere hinterher.

Am Abend traf sie Moritz auf der Dombaustelle. Als sie in Erwartung der Dämmerung durch den Chorumgang schlenderte, sah sie ihn im Chor. Reglos hockte der Wende auf den Stufen des Hochaltars und betrachtete eine große dunkle Skulptur, die vor einer Arkadensäule stand. Ein Leuchter mit fünf Öllampen brannte auf der Werkbank neben der Skulptur.

Durch die Scheitelarkade betrat Mechthild den Chor und begrüßte Moritz. »Was tust du da?«, wollte sie wissen.

»Ich studiere dieses Bildnis des Heiligen Mauritius.«

»Dein Mauritius ist schon fertig?« Mechthild staunte.

»Ich habe gerade erst angefangen, den groben Steinklotz zu behauen. Der ist erst vor ein paar Tagen mit dem Schiff aus Dresden gekommen.« Mit einer Kopfbewegung deutete Moritz auf die große Skulptur. »Dieser Mauritius hier ist schon sechzig Jahre alt. Er stand bis zum Stadtbrand im alten Dom.«

»Ich kenne diese Figur gar nicht.« Mechthild blieb vor dem steinernen Bildnis stehen. Es stellte einen Ritter dar, doch einen aus uralten Zeiten: Sein Schild war lang und spitz, seine Rüstung altertümlich, das Schwert hielt er mit der Klinge nach oben, und sein Helm sah aus wie eine Krone. Am fremdartigsten jedoch erschien Mechthild sein Gesicht. »Wie seltsam er aussieht«, sagte sie, »wie ein Mann aus dem Morgenland.«

»Das ist ein Mann aus dem Morgenland«, sagte Moritz. »Der Heilige Mauritius und seine Thebäische Legion stammten aus Ägypten. Diesen Teil Afrikas rechnen viele noch dem Morgenland zu.«

»Woher weißt du das alles?«

»Von Pater Bartholomäus.«

»Den habe ich heute auf dem Markt gesehen. Er kam mir sehr traurig vor.«

»Das ist er auch«, sagte Moritz, »vor ein paar Tagen brachte ein Bote eine traurige Nachricht ins Kloster der Minderen Brüder – ihr Gründer ist gestorben.«

»Der Heilige Franziskus? Tot?« Davon hatte Mechthild noch nicht gehört.

»Ja. Er soll auch recht braune Haut gehabt haben – vom Leben im Freien und von der südlichen Sonne. Der Engländer sagt, die Leute in Ägypten haben sogar bronzefarbene Haut.« Moritz deutete auf die Skulptur. »So wie er.«

Jetzt erst entdeckte Mechthild das Wachsmodell, das vor Moritz auf einem Pergament stand. Sie beugte sich über die

Werkbank und sah genauer hin: Eine verblasste Kohlezeichnung bedeckte das Pergament – Ansgars Gesicht. Sie nahm das Modell in die Hand und betrachtete es aufmerksam. Es stellte einen Ritter mit Schwert und Lanze dar – Ansgar in voller Waffenrüstung.

»Der Erzbischof ist nicht recht zufrieden mit meinem Modell«, sagte Moritz mit mürrischer Miene. »Er will einen Mauritius, dem man ansieht, dass er von weither kommt. Er sagt: Die Leute sollen einst vor der neuen Mauritiusskulptur stehen und begreifen, dass Gottes Gnade und Ehre bis ans andere Ende der Welt reicht. Und nicht nur bis nach Dänemark.«

»Dann mach doch einen Ansgar mit dunkler Haut.«

»Hab ich mir auch schon überlegt.« Moritz nickte nachdenklich. »Als ich noch sehr klein war, habe ich einen Mann mit ganz schwarzer Haut gekannt.« Er dachte an den Mohren, der ihn vor dem Hungertod gerettet hatte. »Das war ein guter Mann. Vielleicht sollte ich den Heiligen Mauritius als Mohren darstellen.«

»Ein schwarzer Mann als Heiliger?!« Mechthild riss Augen und Mund auf. »Unmöglich! Kein Bildhauer hat jemals so etwas gemacht!«

»Dann wäre ich eben der erste.« Moritz zuckte mit den Schultern. »Ich glaube, Ansgar war dem Erzbischof zu laut und zu leichtsinnig. So einen will er nicht als Mauritius sehen. Dem Dompropst dagegen gefällt mein Mauritius.«

»Bruder Wilbrand gefällt alles, was Schwert und Lanze tragen kann.«

»Da magst du recht haben.« Ein Lächeln huschte über Moritz' kantige Züge, und Mechthild fiel auf, wie lange sie ihn schon nicht mehr lächeln gesehen hatte. »Diesen da mag Erzbischof Albrecht aber auch nicht.« Er deutete auf die alte

Mauritius-Figur, auf den Mann aus dem Morgenland. »Er sieht ihm nicht natürlich genug aus. Er sieht ihm zu sehr nach einem steinernen Bildnis und zu wenig nach einem wirklichen Menschen aus.«

»Dein Ansgar sieht wie ein wirklicher Mensch aus.« Mechthild stellte das Modell wieder auf die Werkbank. »Und jetzt?«

»Wenn Albrecht aus Italien zurück ist, will er ein neues Modell sehen. Und vorher soll ich die Figuren des alten Doms genauer studieren. Vor allem den da.« Mit dem Kinn deutete Moritz auf den Mann aus dem Morgenland. »Ich kann ihn schon nicht mehr sehen.«

»Heute geht wieder das Licht auf.«

Moritz runzelte die Stirn. »Welches Licht?« Die plötzliche Wendung des Gesprächs verblüffte ihn.

»Das schöne Licht Gottes.« Lächelnd schaute Mechthild nach allen Seiten. Vor den Fenstern des Chorumgangs dämmerte bereits die Nacht herauf. »Ich kann's schon spüren.«

»Kriegst du wieder deine sanfte Raserei?«

»Komm mit mir.« Mechthild kümmerte sich nicht um den leisen Spott in Moritz' Tonfall. »Vielleicht zeigt er sich diesmal auch dir, der Heilige Mauritius.« Sie ging zurück zur Scheitelarkade und winkte Moritz hinter sich her. »Vielleicht schenkt dir Gott diesmal einen Blick auf seine Gestalt oder gar sein Gesicht, damit dir ein besseres Modell gelingen kann.«

»Was du wieder redest.« Moritz erhob sich von seinem Hocker. »Manchmal frage ich mich, ob die Leute nicht recht haben.« Ein wenig unwillig folgte er ihr in die Scheitelkapelle. Dort setzten sie sich auf den Sarkophag der Königin Edgitha. Mechthild wollte nicht wissen, womit die Leute recht haben könnten.

Lange wechselten sie kein Wort, saßen nur still, während es vor den Chorfenstern nach und nach dunkel wurde. Moritz hing seinen Gedanken nach, und Mechthild bewegte die Lippen in stummem Gebet. Nirgendwo sah Moritz ein Licht aufgehen, nirgendwo den Heiligen Innocentius oder die Heilige Katharina oder gar den Heiligen Mauritius auftauchen. Er hatte es auch gar nicht erwartet.

»Der Franzose hat bei Meister Bohnsack um Helenas Hand angehalten«, sagte Moritz irgendwann. »Weißt du's schon?«

»Helena hat es mir erzählt.« Mechthild schloss die Augen. »Und du? Was tust du, um sie zu gewinnen?«

»Das weißt du doch. Ich mache ihr Geschenke, ich gehe mit ihr spazieren.«

»Sie denkt anders über dich als früher, nicht wahr?« Mechthild betete im Stillen.

»Ich glaube auch. Nein, ich fühle es.«

»Sie hat großen Respekt vor dir. Wie so viele.«

»Ich brauche keinen Respekt.«

»Jeder braucht das. Und du hast ihn dir wahrlich verdient.« Mechthild sprach sehr leise. »Doch Helena achtet dich nicht nur, sie hat dich gern.« Sie öffnete die Augen und schaute Moritz ins grüblerische Gesicht. »Weiß sie, was du für sie fühlst?«

»Glaubst du, ich sollte es ihr sagen?« Moritz seufzte und fuhr sich durch die längst wieder schulterlangen Locken. »Ich bin nicht besonders gut mit der Zunge. Wenn ich schon besser schreiben könnte, würde ich ihr einen Brief schreiben.«

»Versuche es doch einfach trotzdem.«

Moritz stierte vor sich hin, zerwühlte sich das Haar und kratzte sich nachdenklich im Bart. »Der Gotthart hat einen Brief aus Paris gekriegt. Es heißt, der König von Frankreich würde ihn bald in den Grafenstand erheben. Glaubst du das?« Mechthild antwortete nicht, und Moritz hing weiter seinen düsteren Gedanken nach.

Bald herrschte finstere Nacht im Chorumgang. »Wahrscheinlich wird Meister Bohnsack sie ihm zur Frau geben«, fuhr Moritz leiser fort, und es klang trübsinnig. Mechthild öffnete die Augen und richtete sich auf. »Einen Grafen wird er sich für seine Tochter nicht entgehen lassen.« Moritz sprach, als würde er laut denken. »Außerdem ist er schwer beeindruckt, weil Gotthart den Zehn Jungfrauen das Gesicht seiner Tochter gegeben hat. Dabei gehört es mir. Ich habe schon Wochen vor dem Unglück angefangen, Helena aus dem Stein zu hauen. Und lange davor habe ich sie schon gezeichnet.«

»Dacht' ich's mir«, flüsterte Mechthild. Moritz blinzelte Mechthilds Silhouette an. Sie saß da, als würde sie in die Dunkelheit des Chores hineinlauschen.

»Hörst du mir überhaupt zu? Der Franzose hat mir die Zeichnung und das Modell gestohlen. Ich wünschte, er wäre gestorben.«

»Psst.« Mechthild tastete nach seiner Hand und stand auf.

»Ganz ehrlich: Ich wünschte, ich hätte ihn nach der Schlacht an der Havel ...«

»Pssst!« Mechthild zog ihn hoch und hinter sich her zum Chor. »Sie kommen. Sieh genau hin. Das Licht, sie sind da.«

»Ja«, sagte Moritz. »Der Mond ist aufgegangen. Er scheint in den Chor.«

»Das Licht Gottes. Siehst du, wie sie darin wandeln?« Mechthild legte ihm den Arm um die Schulter, zog ihn an sich. »Da, beim Kaisergrab. Sieh doch hin. Sie erzählen einander von ihrem Martyrium. Hör gut zu ...«

Intermezzo II

Gallische Alpen, Sommer 285 n. Chr.

Um die Mittagszeit des folgenden Tages traten die ranghöchsten Offiziere aus dem Zelt des Ersten Centurios. Zu viert hatten sie den Brief an den Kaiser formuliert. Mauritius hatte ihn aufgesetzt.

Sie schritten zur Mitte des Lagers. Mauritius waren die Beine schwer. An Schlaf war nicht zu denken gewesen: Die halbe Nacht hatten sie mit den Legionären geredet, die andere Hälfte über dem Briefentwurf gebrütet. Was würde die nächste Stunde bringen? Der Centurio vermochte es nicht zu sagen.

Candidus rief nach dem Hornbläser, da erhoben sich schon die ersten Legionäre von den Feuern. Zwischen den Zelten tauchte der Bläser auf, sein Instrument in der Rechten lief er zu den Offizieren. Innocentius befahl ihm, in seinen Lituus zu blasen, damit die Kohorte sich versammelte. Der Legionär setzte das Instrument an die Lippen und stieß dreimal hinein. Blecherner Klang brach sich an den Steilwänden links und rechts der Talenge.

Auch die letzten Legionäre standen jetzt von den Lagerfeuern auf und kamen herbei. Die noch in Zelten waren, bückten sich heraus und eilten in die Mitte des Lagers. Die noch auf der Pferdekoppel zu tun hatten, liefen mit den Pferdesklaven herbei. Nach und nach versammelte sich die gesamte Kohorte um die vier Offiziere in der Mitte des Lagers. Zwischen den Zelten standen in kleinen Gruppen die Frauen beieinander. Einige entdeckte Mauritius auch inmitten seiner Legionäre.

»Ruhe!«, forderte Candidus. »Euer Centurio wird nun zu euch sprechen, Legionäre!«

Mauritius erhob seine Stimme. »Der Brief an den Kaiser, dessen Inhalt wir gestern Abend und heute Nacht gemeinsam besprochen haben, ist nun geschrieben! Bevor Innocentius ihn euch vorliest, erklärt euch unser Ausbildungsoffizier Exuperius noch einmal ganz genau, was ›Dezimierung‹ bedeutet.« Der Centurio blickte in die Runde. Seine Legionäre lauschten so still, dass man das Rauschen des Rhodanus hören konnte. »Hört ihm gut zu, Legionäre, denn ich will, dass jeder von euch genau weiß, wofür er sich entscheidet.« Mauritius wies auf den Ausbildungsoffizier. »Bitte, Exuperius.«

Exuperius stellte sich breitbeinig zwischen dem Centurio und der Kohorte auf und stemmte die Fäuste in die Hüften. »Also, noch einmal, Legionäre!«, rief er. »›Dezimierung‹ heißt, jeder Zehnte von euch verliert seinen Kopf! Kapiert?«

Er wandte sich nach allen Seiten und wiederholte den Satz dreimal. Dann beschrieb er, wie die Strafe laut römischem Militärrecht im Einzelnen vollzogen wurde.

»So geht das, Legionäre«, schloss er. »Und die unter euch, die nach der Dezimierung ziemlich kopflos im Gras liegen werden, die kriegen zum Glück nicht mehr mit, ob die anderen dann dem Befehl des Kaisers gehorchen oder nicht. Wenn die Übriggebliebenen nämlich immer noch nicht gehorchen, dann geht der ganze Tanz von vorn los: Jeder Zehnte verliert seinen Kopf! Kapiert? Und jetzt könnt ihr euren Grips zusammennehmen und selber ausrechnen, wie viele von uns nach der zweiten Runde noch übrig sein werden.«

Mauritius senkte den Blick. Eiskalt lief es ihm den Rücken herunter. Er hatte ganz bewusst den Ausbildungsoffizier ausgesucht, um die Strafe noch einmal zu erklären. Er kannte Exuperius und wusste, dass er die Sprache des einfachen

Legionärs sprach und es liebte, sich drastisch und derb auszudrücken. Gut so – auch der Dümmste unter seinen Legionären sollte begreifen, worauf er sich einließ.

»Und damit ist die Sache dann erledigt?«, fragte ein alter Legionär aus der letzten Reihe. Den Gesichtern der Männer sah Mauritius an, dass diese Frage allen unter den Nägeln brannte.

»Du hast dir gerade deine Chancen ausgerechnet, was?« Exuperius lachte laut und bitter; Mauritius zuckte zusammen. »Nach römischem Militärrecht ist's dann vorbei, sicher. Doch was wird geschehen, wenn die Übriggebliebenen unter uns noch immer den Befehl verweigern?« Der Ausbildungsoffizier blickte nach allen Seiten und zuckte mit den Schultern. »Bin ich ein Prophet? Doch ihr wisst alle, was man sich über unseren werten Cäsar erzählt. Oder etwa nicht?« Exuperius machte erneut eine Pause und blickte wieder in die Runde der Legionäre. »Dann sag ich's euch vorsichtshalber noch mal: Maximian ist ein Tier.«

Die Legionäre sahen einander an, manche flüsterten. Irgendjemand betete. Zwischen den Zelten fingen einige Frauen an, laut zu weinen. »Ruhe!«, forderte Candidus.

Mauritius wartete, bis Getuschel und Gejammer sich gelegt hatten, dann nickte er Innocentius zu. »Und jetzt hört euch den Wortlaut unseres Briefes an!«, rief er.

Innocentius hob das Pergament und las mit lauter Stimme.

»Der Centurio Mauritius, seine Offiziere Candidus, Exuperius und Innocentius und die Thebäische Kohorte dem ruhmreichen Feldherrn und Kaiser Maximianus. Wir wünschen dir Gesundheit und Heil. Wir sind deine Soldaten, Kaiser, wir sind aber auch Diener Gottes und seines Sohnes Jesus Christus. Dir schulden wir die Erfüllung unserer soldatischen Pflicht, Gott aber schulden wir ein Leben, das möglichst frei von Schuld ist.

Von dir erhalten wir den Sold für unseren militärischen Einsatz, von Gott aber haben wir überhaupt erst unser Leben empfangen. Niemals können wir einem Befehl folgen, der uns zwingt, Gott und Jesus Christus zu verleugnen. Es ist uns unmöglich, zu anderen Göttern oder gar zu einem Menschen zu beten und ihnen womöglich Opfer darzubringen. Statt unserer Gebete und Opfer bieten wir dir jedoch unsere Hände gegen jeden beliebigen Feind. Sie aber mit dem Blut Unschuldiger zu beflecken, betrachten wir als Frevel. Wir, deine Soldaten, bekennen uns als Christen und können daher keine Christen jagen und töten.«

Innocentius ließ den Briefbogen sinken und schloss mit der Grußformel, die er auswendig sprach.

Still war es nun, unheimlich still. Mauritius schluckte den Kloß im Hals hinunter und ging zu seinen Legionären. Schweigend schritt er ihren Kreis und ihre Reihen ab und sah ihnen in die Gesichter. »Ist irgendjemand unter euch, der ein Wort oder einen Satz dieses Briefes nicht verstanden hat?« Niemand antwortete. »Gibt es noch jemanden unter euch, dem nicht klar ist, was ›Dezimierung‹ bedeutet?« Er schritt weiter und wartete darauf, dass einer sich meldete. Doch niemand unter den Legionären ergriff das Wort.

Mauritius blieb stehen und nickte langsam. Dann kehrte er zurück zu den anderen Offizieren. Dort erhob er noch einmal seine Stimme. »Ist jemand unter euch, dem dieser Brief an den Kaiser nicht aus dem Herzen spricht, Legionäre?« Er wartete ab, ließ die Frage wirken. »Ist jemand unter euch, der lieber dem Kaiser und den römischen Göttern opfern und dem Befehl des Kaisers gehorchen will, als den Verlust seines Kopfes zu riskieren? Der soll jetzt vortreten, damit wir dem Kaiser seinen Rang und seinen Namen schreiben können und er von der Dezimierung verschont wird.«

Der Dritte Centurio trat aus den Reihen der Kohorte. Und nach ihm noch sieben weitere Legionäre. »Wir sind nicht getauft«, sagte der Dritte Centurio. »Wir haben dem Kaiser Gehorsam geschworen und keinem Christengott. Wir werden also nach Octodurus reiten und tun, was Maximian verlangt.« Er blickte hinter sich und nach links und rechts, doch außer den sieben fand sich kein weiterer Legionär, der sich ihm anschließen wollte.

Schließlich drehte er sich noch einmal nach der Kohorte um, und sein Blick suchte seine Frau. »Komm schon, Regula«, rief er, als er sie unter den wenigen Legionärsfrauen entdeckt hatte. »Wir brechen gleich auf.«

»Ich werde nicht nach Octodurus reiten«, erklärte Regula. »Ich werde meine Brüder und Schwestern hier nicht im Stich lassen, wenn die Stunde der Not anbricht.«

Zuerst stand der Dritte Centurio wie vom Donner gerührt. Dann winkte er mit herrischer Geste und rief: »Rede keinen Unsinn! Komm endlich!« Doch Regula weigerte sich.

Ein Streit entbrannte zwischen den Eheleuten, ein Wort gab das andere, und der Dritte Centurio geriet mächtig in Zorn. Keiner der ranghöheren Offiziere griff ein. Schließlich verfluchte der Dritte Centurio Mauritius und schimpfte ihn einen sturen Hund. Voller Wut und Bitterkeit stapfte er zur Pferdekoppel. Die anderen sieben Legionäre folgten ihm. Wenig später preschten sie aus dem Lager und galoppierten zum Rhodanus hinunter.

»Er wird versuchen, bei Maximian ein gutes Wort für Regula einzulegen«, sagte Exuperius.

»Wahrscheinlich«, entgegnete Candidus. »Fragt sich nur, ob es etwas nützen wird.«

Am nächsten Morgen schickte Mauritius einen Boten mit dem Brief an den Kaiser nach Octodurus. Am Tag darauf, gegen Mittag, marschierten Tausende Legionäre über den Uferweg heran. Mauritius und die Legionäre versammelten sich am Rande des kleinen Hochplateaus bei der Talenge, wo der Weg zum Rhodanus hinunterführte.

»Es ist so weit«, sagte Candidus.

»Ja.« Mauritius wandte sich nach den Legionären um. Er sah in lauter bleiche Gesichter. Viele bewegten die Lippen in stummem Gebet. »Macht euch bereit, Männer. Ich danke euch für eure Treue als meine Soldaten. Gott wird euch eure Treue ihm gegenüber auf seine Weise lohnen.«

Eine halbe Legion marschierte den Weg zum Lager herauf, dreitausend Soldaten. Sie umzingelten das Lager der Thebäischen Kohorte. Mit aufgepflanzten Schilden und gezückten Schwertern und Lanzen rückten sie gegen Mauritius und seine Männer vor.

Auf ein Zeichen des Centurios warfen die Legionäre der Thebäischen Kohorte ihre Waffen weg. Das Klirren der Klingen und das Klappern der Lanzen hallten von den Steilwänden wider. Ein Befehl gellte über das Lager – die heranrückenden Manipel standen still und senkten Schilde und Lanzen.

Wenig später öffnete sich eine Gasse im Ring von Maximians Legionären, der Kaiser und zwei seiner Offiziere ritten in den Kessel. Vor Mauritius hielt Maximian sein Pferd an. Mit harter, feindseliger Miene musterte er erst den Centurio, dann dessen Offiziere. Seine Lippen waren ein Strich.

»Treibt sie zu einer Reihe zusammen!«, rief Maximian dann. »Holt jeden Zehnten heraus! Und dann runter zum Fluss mit den Abgezählten! Noch heute soll rotes Wasser an Octodurus vorbeifließen.«

Legionäre mit blanken Klingen und drohend erhobenen

Lanzen zwangen die Thebäische Kohorte, sich in einer Reihe aufzustellen. Ein Offizier begann zu zählen. Mauritius rang um Atem, ein eiserner Ring schien seinen Brustkorb einzuschnüren.

Drittes Buch

Der Schwarze Ritter

I
Versuchung

Magdeburg, Herbst 1232

Ein warmer Tag, vielleicht der letzte im Jahr. Bis gestern hatte es geregnet, und nun drang die milde Oktobersonne durch die bunten und schon halb kahlen Baumkronen. »Wie lieblich sie im Unterholz flirrt, Frau Mutter.« Helena blieb stehen und beobachtete das Lichtspiel.

Sie suchten Pilze. Die weise Magdalena kannte die Stellen im Uferwald, wo um diese Zeit noch Steinpilz, Pfifferling, Maronenröhrling und Birkenpilz sprossen. Die Kinder wuselten zwischen Monica und der Greisin hin und her, zupften vergessene Blaubeeren aus den schon gilbenden Sträuchern oder sprangen kleinen Fröschen hinterher. Nikolaus fing einen, und Maria steckte ihn in den Mund und verschluckte ihn. Monica schimpfte, die Alte lachte kichernd.

Helena sah es orange und gelb aufleuchten in einem Hain junger Fichten und Eichenbüsche. Sie bückte sich hinein, bog Geäst beiseite, stieg über eine entwurzelte Birke – und kniete unversehens vor einem prachtvollen Pilzfeld. »Pfifferlinge!«, rief sie. Sie stellte den Korb ab, stieß das Messer in den feuchten Waldboden und erntete. »So viele auf einmal habe ich nicht einmal mit Euch jemals gefunden, Frau Mutter.«

Ihr Korb war bereits halb voll, da fand Mechthild sie zwischen den Jungfichten und Eichenbüschen. »Gut, dass du kommst«, sagte Helena. »Schau dir das an!« Strahlend vor Freude deutete sie nach allen Seiten. »Überall Pfifferlinge! Ein Korb allein reicht nicht für den ganzen Segen!«

»Gott sei Lob und Dank.« Mit dem Messer zog Mechthild auch einen versiegelten Brief aus dem Schurz. »Ich wollte ihn dir nicht vor Monica und Magdalena geben. Moritz sagt, es muss niemand wissen, dass er dir geschrieben hat.«

»Was?!« Sie riss Mechthild den Brief aus den Fingern. »Ein Brief von Moritz?!« Sie lachte, als sie in ungelenker Schrift ihren und seinen Namen auf dem Pergament geschrieben fand. »Er kann tatsächlich schreiben inzwischen?«

»Der Engländer ist ein guter Lehrer, Gott segne ihn. Und Moritz ist ein eifriger Schüler.«

Helena steckte den Brief in ihren Kleiderärmel, stach weiter Pfifferlinge aus dem Waldboden, als wäre nichts geschehen, und versuchte an nichts anderes zu denken als an Pfifferlinge. Sie wunderte sich, dass ihr Herz plötzlich schneller schlug.

Gemeinsam ernteten sie das Pilzfeld ab, plauderten über dies und das, nur nicht über Moritz. Als ringsum keine Pfifferlinge mehr zu finden waren, kroch Mechthild aus dem Gestrüpp zurück in den Laubwald. Helena aber zog den Brief aus ihrem Kleiderärmel.

Sie betrachtete das Siegel – ein Klopfholz, gekreuzt mit einem Meißel. »Er hat jetzt ein Siegel, Frau Mutter, er fühlt sich wie ein berühmter Bildhauer.« Helena brach das Siegel, entfaltete das Pergament und staunte, nur so wenige Sätze darauf zu finden. Sie las halblaut und stockend, denn viele Worte waren falsch geschrieben: »Es stimmt wirklich: Du bist die schönste Frau von ganz Magdeburg. Und ich habe dich lieb. Sagst du ›nein‹, werde ich bis ans Ende meiner Tage froh sein, dich wenigstens einmal geküsst zu haben.«

Helena runzelte die Stirn, starrte die ungelenke Schrift an, las noch einmal, las wieder und wieder. Und konnte es nicht glauben. »Dieser Kerl …« Sie presste den Brief an die Brust und lachte laut.

Die siebte Jungfrau lag vor ihm zwischen Werkbank und Südfenster, die Mittagssonne schien auf ihr Gesicht – auf das Gesicht der Tochter des Baumeisters. Ein kummervolles, ein enttäuschtes Gesicht. Geschah ihr recht!

Gotthart kniete nieder, klemmte die Skulptur zwischen zwei Kanthölzern ein und verkeilte diese im Boden. Wieder verharrte er einen Atemzug lang über Helenas Gesicht. Bald ein Jahr her, dass er um ihre Hand angehalten hatte, und noch immer keine Antwort. Vorwurfsvoll blickte er in die steinerne Leidensmiene. Geschah ihr ganz recht! Er stand auf, öffnete den Korb mit seinem Werkzeug und ordnete es am Rand der Werkbank in zwei Reihen an: Klöpfel zu Klöpfel, Meißel zu Meißel.

Wie oft war er im Haus des Baumeisters gewesen, um endlich eine Antwort zu hören! Viermal? Fünfmal? Immer hatte der Alte ihn vertröstet. Seine Tochter sei unpässlich, Gotthart müsse das verstehen. Sie sei so lange krank gewesen, da tue eine junge Frau sich schwer mit solchen Lebensentscheidungen, und er, ihr Vater, wolle nichts entscheiden, ohne vorher ihr Jawort gehört zu haben. Und Gotthart möge in zwei Monaten noch einmal kommen.

So ging das jedes Mal.

Gotthard war allein in der Bauhütte; Jacques und sein Bamberger Genosse brachten eine Karrenladung grob behauener Kapitelle zur Chorempore hinauf. Der neue Bildhauer war ein Freund Jacques' aus dessen Bamberger Zeiten. Jacques hatte ihm wohl geschrieben, dass man in Magdeburg besser bezahlt wurde als in Bamberg. Seinen neuen Diener hatte Gotthart den beiden Bildhauern als Hilfsarbeiter mit zur Empore geschickt.

Er wählte das leichteste Klopfholz und das kleinste Eisen aus, hockte sich auf den Bauch der Statue und setzte noch einmal in der Augenpartie an. Der Schmerz in den Zügen der Törichten Jungfrau gefiel ihm noch nicht. Behutsam bearbeitete er den Stein.

Wie konnte die Tochter des Baumeisters es wagen, einen wie ihn so lange zu vertrösten? War dieses elende Hinauszögern einer Antwort nicht schlimmer als ein klares Nein? Gotthart schlug fester zu. Einmal würde er in dieser Sache noch zum Baumeister gehen, ein einziges Mal, und sollte der Alte ihn wieder vertrösten, dann …

Die Gesichtszüge der Törichten Jungfrau – Helenas Gesichtszüge – verschwammen ihm vor den Augen, und die Züge einer anderen Frau schoben sich über die kummervolle Miene: die der Mätresse des Grafen von Lamotte.

Gotthart erschrak. Er richtete sich auf, fuchtelte mit dem Eisen in der Luft vor seinem Gesicht herum und blinzelte solange auf die Törichte Jungfrau hinunter, bis er wieder die Züge Helenas erkannte. Vorsichtig setzte er das Eisen erneut an.

Der Graf von Lamotte war tot. Das hatte im Brief aus Paris gestanden. Keine Klinge, keine Lanze und kein Pfeil hatten ihn getötet, sondern der Hauer eines Ebers. Nicht in der Schlacht war der Graf von Lamotte gefallen, sondern auf der Jagd.

Ein Engländer hatte Gotthart den Brief überbracht, ein gelehrter Mönch vom Orden der Minderen Brüder, der in den Scriptorien der Stadt forschte. Ein Brief des Kardinals. Der König wolle die Sache mit der Mätresse vergessen, schrieb er, Gotthart könne zurückkehren, wenn er wolle, und die Erhebung in den Grafenstand sei nur noch reine Formsache.

Gotthart hatte den Brief wohl zehnmal gelesen, bis er es glauben konnte.

Die Mätresse des Grafen von Lamotte – schön war sie gewesen, schön und wild. Gotthart musste oft an sie denken, viel zu oft.

Er sog scharf die Luft durch die Nase ein, hielt inne und blies den Staub aus den Augenhöhlen der Skulptur. Zufrieden betrachtete er die Augenpartie. Ja, so guckte jemand, der gerade eine schwere Enttäuschung erlebt hatte. Doch der Mund – in seiner Form lag noch lange nicht genügend Schmerz! Gotthart setzte das Eisen am rechten Mundwinkel an. Helenas Mundwinkel.

Es wühlte ihn auf, die Frau ständig vor Augen zu haben, die er begehrte. Und es hielt seine Kränkung wach. »Ein Jahr schon!«, zischte er im Rhythmus seiner Klöpfelschläge. »Ein ganzes Jahr, du stolzes Weib!« Die Kränkung schmerzte, Bitterkeit sickerte wie Gift in sein Blut, und der Zorn riss ihn zu kräftigeren Schlägen hin. »Was glaubst du denn, wer du bist?«

Unter den viel zu starken Hieben verschwammen die Gesichtszüge der Baumeistertochter erneut vor seinen Augen. Auf einmal bohrte sein Eisen sich in den Mund der toten Hure, und als er das Klopfholz zum nächsten Schlag hob, lag die Maurin unter ihm. »Mavra!«, zischte er und schlug so stark zu, dass ihm das Eisen verrutschte und er ein Stück der steinernen Unterlippe abschlug.

Gotthart ließ das Werkzeug fallen, beugte sich schwer atmend über die Statue und stemmte sich mit den Fäusten auf dem Boden auf. Nach und nach nur verblassten Mavras Züge, verwandelte sich das Gesicht der Törichten Jungfrau wieder in Helenas Gesicht. Ein entstelltes Gesicht war es nun. »Geschieht dir recht«, flüsterte er.

»Was ist los mit dir, Gotthart?« Jacques' Stimme riss ihn aus der Trance. Gotthart fuhr hoch – sein Diener und der Straßburger standen hinter ihm. Beide schauten ihn an, als hätten sie Blattern auf seiner Stirn entdeckt. »Was ist denn geschehen?« Jetzt entdeckte Jacques den Schaden. »Heiliger Johannes, hilf!« Er ging in die Hocke und machte eine traurige Miene. »Wie schade auch!«

»Abgerutscht.« Gotthart stand auf. »Verfluchtes Eisen!« Er schleuderte den Meißel gegen die Hüttenwand. »Ich gehe zum Schmied, er muss mir neue kleine Eisen machen.«

»Soll ich versuchen, das Gesicht zu retten?« Der Straßburger betastete den entstellten Mund der Törichten Jungfrau und suchte den Boden nach dem Lippenstück ab.

»Lass gut sein, Jacques, mach ich schon selbst.« Gotthart warf seinen Lederschurz auf die Werkbank. »Kümmere dich lieber um deinen Täufer.« Weil ihm Jacques' Madonna so gut gefallen hatte, wollte der Erzbischof nun auch eine Täuferfigur von ihm.

Gotthart stapfte aus der Bauhütte und winkte seinen neuen Diener hinter sich her. Unten an der Elbe wuschen sie sich. Mavra stand ihm vor Augen. Am Tag vor dem Feldzug war er das letzte Mal bei ihr gewesen, seitdem nicht mehr.

Auf seinem Krankenlager hatte er sich selbst und Gott geschworen, nie wieder zu ihr ins Hurenhaus zu gehen. Nach seiner Heilung hatte er sogar im Beichtstuhl ein Gelübde abgelegt: Nie wieder der bösen Lust folgen, nie! Doch nun stieg es ihm wie ein Fieber aus den Lenden herauf.

Gotthart lief zum Uferweg hinauf, unterhalb der Stadtmauer lief er mit schnellen Schritten nach Norden. Er wollte niemandem aus der Bauhütte begegnen. Das Missgeschick erbitterte ihn noch mehr. War es nicht Helenas Schuld gewesen? Sein hinkender Diener konnte ihm kaum folgen. Gotthart wandte sich nach ihm um.

Bodo war Knappe eines Meißener Ritters gewesen. Seit er bei einem Lanzenstechen vom Pferd gestürzt war und sich beide Beine gebrochen hatte, hinkte er. Die Ritterlaufbahn hatte er aufgeben müssen. Mit dem alten Schmied war er nach

Magdeburg gekommen, wollte selbst das Schmiedehandwerk lernen. Doch dann hatte es Streit mit dem alten Nikolaus gegeben, und nun lernte er, Gottharts Garderobe zu pflegen, seine Stiefel zu putzen und seine Wünsche zu erfüllen. Gotthart blieb stehen und wartete auf ihn.

Durch das Brückentor gelangten sie in die Altstadt und zum Markt. Bodo erzählte die ganze Zeit von seinem Heimatdorf an der Saale, von den Leuten in der Rudelsburg und von einer ruhmreichen Schlacht gegen die Dänen. Er redete gern und viel.

Gotthart hörte nur mit halbem Ohr zu. Am liebsten wäre er am Breiten Weg sofort nach Norden in die Neustadt abgebogen. Mit aller Macht zog ihn das Hurenhaus in der Fischergasse an. Doch er widerstand der Versuchung und bog nach Süden ab, zum Haus der Witwe.

Sie aßen Brot und kaltes Fleisch und tranken etwas Wein dazu. Danach zogen sie sich um. Gotthart hieß Bodo die Pferde satteln und befahl ihm, den Jagdbogen mitzunehmen. Durch das Sudenburgtor ritten sie nach Süden und dann in die Wälder des Domkapitels hinein. Im gestreckten Galopp jagte Gotthart dahin – nur weg von der Neustadt, nur möglichst weit weg von der Fischergasse! Bodo fiel weit zurück.

Viele hundert Ruten südlich von Buckau gelangten sie an eine Lichtung. Ein Flüsschen namens Sülze durchquerte sie, kurz bevor es in die Elbe mündete. Hier hatte Gotthart schon so manchen Hasen und so manches Reh erlegt. Der Dompropst Wilbrand selbst hatte ihm die Jagd in diesem Wald erlaubt.

Sie stiegen von den Pferden, spannten den Bogen und legten sich zehn Ruten vom Ufer entfernt zwischen alten Holunderbäumen auf die Lauer. Gras und Buschwerk waren noch feucht vom Regen der letzten Tage. Je länger sie auf Wild warteten, desto heftiger brannte das Fieber der Lust in Gottharts Gliedern.

Nur sie ist schuld, dachte er, *allein die Tochter des Baumeisters.* Hätte sie ihn erhört, geriete er jetzt nicht wieder in die alte, in die böse Versuchung. *Was treibst du für ein Spiel mit mir, stolzes Weib!* Die Wut auf sie steigerte sein Verlangen nach ihr.

Bei Sonnenuntergang trat ein Rehbock aus dem Wald. Er hob die Nase in den Wind, äugte nach allen Seiten. Gotthart spannte einen Pfeil in den Bogen. Der Bock lief zum Flussufer, stieg ins seichte Uferwasser und soff. Gotthart zielte.

Drüben, im Waldrand der anderen Uferseite, begann ein Eichelhäher zu zetern, flatterte krächzend aus den Wipfeln. Der Bock sprang los und quer über die Lichtung – der Pfeil verfehlte sein Ziel. Gotthart zischte vor Wut.

In der Abenddämmerung ritten sie zurück nach Magdeburg. Diesmal hatte Gotthart es nicht eilig. Je näher sie der Stadtmauer kamen, desto heißer brannte das Verlangen in ihm – nach Liebe, nach Helena, nach Rache, nach Mavra.

Bodo hielt sich dicht neben ihm und erzählte von den Leuten in der Rudelsburg. »Ihr wisst wohl, dass auch der Wende dort gelebt hat, dieser Moritz, nicht wahr?« Gotthart nickte. »Sein halbes Leben lang sogar. Ich wundere mich, dass er hier so ein angesehener Mann ist, es sogar zu Haus und Hof gebracht hat. Auf meiner Burg war er ein Sklave, musste Steine brechen. Einmal wäre er fast im Brunnen ersoffen. Im allerletzten Moment haben wir ihn noch rausziehen können.«

»Schade«, entfuhr es Gotthart. Er fragte sich, ob die Maurin überhaupt noch in der Stadt war.

Bodo staunte ihn mit offenem Mund an, und für einen Augenblick erschlafften seine Gesichtszüge. Dann klopfte er sich auf die Schenkel und lachte laut. »Ja, wirklich schade!

Wenn es nach mir gegangen wäre, würde er heute keine Figuren für den Magdeburger Dom hauen. Das könnt Ihr mir glauben, Herr Gotthart.«

Gotthart stellte sich vor, die Burgmannen hätten Moritz ersäuft. Dann hätte Albrecht ihn beauftragt, nach den Zehn Jungfrauen auch noch den Mauritius und die Katharina zu erschaffen. Er stellte sich vor, er würde die Tochter des Baumeisters erst vor den Altar und dann in die Schlafkammer führen. Er stellte sich vor, er würde sie küssen und bestrafen und beschlafen.

Was auch immer er sich vorstellte – es machte ihn nur noch missmutiger und trieb seine innere Anspannung auf die Spitze.

Sie unterquerten das Sudenburgtor, bald kam das Haus der Witwe in Sichtweite. »Reite weiter in die Neustadt«, befahl er Bodo. »An der Baustelle der Sankt-Katharinen-Kirche biegst du in die Fischergasse ein. Dort findest du ein Haus mit einem gusseisernen Hahn über der Türlaterne. Frag nach einer Maurin namens Mavra. Wenn sie im Haus ist, lass sie von mir grüßen.« Bodo nickte und trieb sein Pferd an.

Gotthart wollte nur wissen, ob Mavra noch in der Stadt war, mehr nicht. Das sollte doch gestattet sein, oder? Wo er sie doch schon so lange nicht mehr in der Messe gesehen hatte.

Im Hof wartete er mit klopfendem Herzen auf Bodos Rückkehr. Darüber wurde es nach und nach dunkel. Bodo kehrte zurück, und ja, Mavra wohnte noch in der Fischergasse.

Die halbe Nacht tat Gotthart kein Auge zu. Von Zeit zu Zeit stand er auf, kniete vor der Gottesmutter nieder, die in einer Wandnische seiner Schlafkammer stand, und betete gegen die Versuchung an, aus dem Haus zu stürzen und in die Neustadt zu eilen. Er widerstand ihr bis zum Morgengrauen. Dann gab er auf.

Er nahm das Pferd. Mavra erschrak, als sie ihn vor ihrer nur einen Spalt weit geöffneten Kammertür stehen sah. Sie wollte die Tür zustoßen, doch er setzte den Stiefel auf die Schwelle und bot ihr viel Geld. Endlich ließ Mavra ihn in die Kammer und in ihr Bett. Und unterwarf sich ihm dort so willig und vollkommen, wie Gotthart es von früher gewohnt war.

Später trabte er zwischen Marktständen und Wagen voller Obst, Gemüse und Federvieh hindurch dem Osttor zur Domfreiheit entgegen. Im Inneren seiner Brust gähnte eine schmutzige Geröllhalde.

Eine Menschentraube versperrte ihm den Weg, er hielt sein Pferd an. Die Leute umringten einen Eselswagen, auf dem ein alter Mönch in braunem Habit stand und predigte. »Ihr habt Arme in der Stadt und nährt sie nicht? Dann werdet ihr zur Hölle fahren!«, schrie er.

Der Mönch war von stämmiger Gestalt. Er schüttelte die Fäuste, sein Gesicht war rot vor Eifer, und die Tonsur in seinem Grauschopf glänzte von Schweiß. Ein Strick hielt seine Kutte zusammen. »Ihr habt Traurige in der Stadt und tröstet sie nicht? Dann werdet ihr zur Hölle fahren!« Gotthart erkannte, dass der Bußprediger zum gleichen Orden gehörte wie der Gelehrte, der ihm den Brief des Kardinals aus Paris mitgebracht hatte, zu den Minderen Brüdern. Die Leute lauschten ihm aufmerksam.

»Ihr habt Kranke in der Stadt und besucht sie nicht? Dann werdet ihr zur Hölle fahren!« Der Mönch ruderte mit den Armen, schüttelte die Fäuste, stampfte mit den Füßen auf. »Ihr gebt euch der Fleischeslust und sündigem Verlangen hin? Dann werdet ihr zur Hölle fahren!«

Wie ein Stich mit glühender Klinge fuhr es Gotthart durch

die Brust. »Ich sage euch: Zur Hölle fahren werdet ihr, wenn ihr nicht allesamt umkehrt von eurem sündigen Wege!« Der Mönch fuchtelte mit seinem fleischigen Zeigefinger. »Bald wird Christus zurückkehren und Gericht halten. Wie ein Dieb in der Nacht wird er kommen und zu einer Stunde, da ihr nicht damit rechnet, und wehe euch, wenn euch dann das Licht des Glaubens erloschen ist! Wehe euch, wenn der Herr euch bei seiner Wiederkunft nicht bei den Armen findet, bei den Witwen, Waisen und Kranken und im Kampf gegen Sünde und Fleischeslust!«

Schrecken und Gewissensangst packten Gotthart. Er riss am Zügel seines Pferdes, lenkte es herum und zum Breiten Weg hin. Er galoppierte am Haus der Witwe vorbei. Durch das Tor am Breiten Weg gelangte er in die Domfreiheit. Dort preschte er zu seiner Bauhütte.

Sein Diener war noch nicht da, doch der Straßburger arbeitete bereits an seinem Täufer. Jacques grüßte ihn munter und fröhlich wie immer, doch als er sich dabei nach Gotthart umschaute und ihm ins Gesicht sah, verschwand jeder Frohmut aus seiner Miene. »Was ist los mit dir? Bist du krank?«

»Ein wenig.« Gotthart versuchte, sich gleichmütig zu geben. Er schlüpfte in einen Arbeitskittel, band den Lederschurz um und blickte auf seine siebte Jungfrau herab. Das kummervolle Gesicht der Baumeistertochter klagte ihn an; es sah noch leidender aus durch den entstellten Mund.

Wie sollte er den Schaden reparieren? Die Figur war verloren, jedenfalls als eine der Zehn Jungfrauen. Vielleicht würde man sie noch für einen Engel brauchen können. Gotthart nahm das schwerste Klopfholz und das größte Zahneisen und ging nach draußen, wo am Weg zum Elbtor grob behauene Steinblöcke für Skulpturen zwischen den Baracken gestapelt lagen.

Er schob einen vom Stapel, wälzte ihn etwas abseits und maß ihn aus. Als er die Größe der Jungfrauen in den Stein gekerbt hatte, machte er sich über ihn her. Wie ein Besessener schlug er auf den länglichen Block ein.

Er hörte nicht, wie von Sankt Sebastian und von der Liebfrauenkirche die Stunden schlugen; er spürte nicht den Hunger in seinen Eingeweiden nagen, er fühlte nicht den Schmerz in seinen Handgelenken. Gotthart arbeitete so wild und verbissen, als müsste er sein Leben retten, seine Seele.

Irgendwann stutzte er, weil die Bauleute aus der Dombaustelle und den Hütten strömten. Aus der Domklausur liefen die Domschüler, aus dem Bischofspalast die Waffenknechte und Schreiber. Die Leute standen in kleinen Gruppen beieinander, palaverten und schauten sich um. Jetzt erst merkte Gotthart, dass die Glocken läuteten. An Sankt Sebastian, an der Klosterkirche, an Sankt Johannis, überall. Und sie wollten gar nicht mehr aufhören zu läuten.

Er stand auf und lauschte. Irgendetwas geschah.

Die Nachricht vom Tod des Erzbischofs erreichte Magdeburg Ende Oktober. Der Herr Vater war der Erste, dem der Dompropst Wilbrand davon erzählte, gleich nachdem ein berittener Bote ihm die Nachricht vom Tod seines Bruders überbracht hatte. Von ihrem Vater erfuhr Helena dann die traurige Neuigkeit. Noch während Meister Bohnsack ihr davon berichtete, begannen bereits sämtliche Glocken der Stadt zu läuten.

Albrecht war auf der Rückreise nach Magdeburg gestorben, noch bevor sein Tross die Alpen überqueren konnte. Man habe seinen Leichnam einbalsamiert, berichtete der Bote, und er sei bereits auf dem Weg an die Elbe, damit man ihn noch vor Wintereinbruch im neuen Dom bestatten könne.

Die Trauer über seinen Tod war groß in Magdeburg, jedenfalls unter den Bürgern, in Meister Bohnsacks Bauhütte und bei den Ordensleuten und jüngeren Kanonikern. Die älteren geistlichen Herren – vor allem die des Domkapitels – weinten ihm nicht allzu viele Tränen nach: Albrecht von Käfernburg war gegen ihren Willen zuerst Dompropst und später Erzbischof geworden. Außerdem warfen sie ihm vor, sich mehr in Italien als in Magdeburg aufzuhalten. Und was sie ihm am allerwenigsten verziehen: dass er die Brandruine des alten Kaiserdoms hatte abreißen lassen.

Während seiner Bestattung im Spätherbst war davon natürlich nicht die Rede. Selbst Albrechts ärgste Gegner machten an jenem Tag derart jämmerliche Gesichter, als wäre ihre eigene Mutter gestorben.

Die Totenmesse wurde in der Liebfrauenkirche gelesen, bestattet wurde Albrechts Leichnam im unvollendeten Dom. Das war sein letzter Wille gewesen. Sein Bruder Wilbrand leitete die Bestattung. Unter den Gesängen des Dominikanerchores eröffnete er die Feier.

Es wurde eine prachtvolle Zeremonie. Helena erlebte sie neben ihrem Vater und Pater Rochus in der ersten Reihe der Trauergemeinde mit. Mehrere Tausend Menschen drängten sich in der Baustelle zwischen Chorumgang, Lettner, Querhauswänden und den ersten nur wenige Fuß aus ihren Fundamenten ragenden Langhauspfeilern.

Habt Ihr jemals so viele Menschen versammelt gesehen? Im Stillen sprach sie mit ihrer Mutter. *Und Menschen aus so vielen Königreichen und Herzogtümern?*

Aus Süditalien war eine Gesandtschaft des Kaisers angereist, aus der Lombardei ein Herzog mit Gefolge, aus Polen und Böhmen Erzbischöfe, Äbte und Bischöfe, aus dem Königreich Frankreich Äbte und Gelehrte. Papst Gregor, der vierundzwanzig Jahre zuvor als Kardinal bei der Grundsteinlegung zum neuen Dom dabei gewesen war, schickte eine Gesandtschaft aus Rom. Neben dem Herzog von Sachsen waren viele Fürsten und Grafen aus den deutschen Herzogtümern zugegen, und von der Ostseeküste waren zwei wendische Fürsten nach Magdeburg geritten.

Vor der Baustelle und auf dem Domplatz drängte sich die halbe Stadt und viele Bewohner aus den Dörfern ringsum. Die meisten Bauleute verfolgten die Grablegung des berühmten Mannes von den Arkaden und noch offenen Zugängen der Chorempore aus. Auch Jacques entdeckte Helena dort oben. Und neben ihm Moritz.

Ihr Herz schlug höher, als ihr suchender Blick seine kräftige Gestalt und seinen schwarzen Lockenkopf endlich gefunden hatte. *Wie ist es nur gekommen, dass ich ihn auf einmal so gern habe, Frau Mutter? Dass ich plötzlich nicht nur den ungehobelten Wenden, sondern auch den Mann in ihm wahrnehme?*

Und wirklich: Wenn sie Moritz von weitem sah oder auch nur von ihm hörte, wurde ihr ganz weich zumute. Und wenn sie neben ihm durch die Elbauen lief, perlte ihr manchmal ein Hitzeschauer durch die Glieder. Was Helena niemals für möglich gehalten hätte, geschah nun doch mit ihr: Das wehe Sehnen tief in ihrem Körper und ihrer Seele richtete sich mehr und mehr auf ihn, den Samson, den wilden Wenden.

Es fühlte sich nicht so laut und drängend an wie vier Jahre zuvor bei Ansgar – noch nicht –, doch hundertmal gewisser als damals bei den Söhnen des Vogts von Maulbronn.

Moritz hatte sie längst unten in der Menge erkannt. Nun begegneten sich ihre Blicke. Eine Woche war es her, dass Mechthild ihr im Wald seinen Brief übergeben hatte. Erst hatte sie gelacht, danach zwei schlaflose Nächte verbracht, schließlich drei Antworten geschrieben und wieder zerrissen. Moritz' Liebeserklärung machte sie glücklich, stürzte sie zugleich aber auch in Verwirrung; das erstaunte und ängstigte sie. *Was ist nur los mit mir, Frau Mutter?*

Die Beisetzung dauerte viele Stunden. Unzählige Kerzen brannten, es duftete nach Weihrauch, der Dominikanerchor sang wieder und wieder, viele hohe Herren hielten feierliche Reden, und ein gerade erst ins Domkapitel aufgenommener Domherr, ein gewisser Ritter von Tuchheim, trug eine selbstgedichtete Lobeshymne auf den Verstorbenen vor.

Erzbischof Albrecht wurde in einer Gruft zwischen den Vierungspfeilern und neben dem noch nicht lange errichteten Kreuzaltar beigesetzt. Dieser Altar hatte schon im alten Dom gestanden. Von der Seite beobachtete Helena ihren Vater, und sie glaubte in seiner Miene lesen zu können, wie stolz er war, zum ersten Mal eine kirchliche Feier in seiner langsam wachsenden Kathedrale zu erleben.

Ob sie ihm von Moritz' Brief erzählen sollte? Ihr Blick suchte wieder den schwarzen Lockenkopf des Wenden auf der Chorempore. Sie musste endlich seinen Brief beantworten! Manchmal ertappte sie sich dabei, wie sie die Baustelle und die Schmiede mied, um ihm nicht zu begegnen. Ihre Verwirrung über seinen Heiratsantrag war zu groß. *Das ist es doch, ein Heiratsantrag, oder, Frau Mutter?*

Über dem vierten Versuch einer Antwort grübelte sie seit gestern Abend. Erst ein einziger Satz stand auf dem Pergament. *Ich hab dich auch lieb*, lautete der. Und weiter? *Eigentlich müsste der Moritz beim Herrn Vater um meine Hand anhalten. Irgendjemand sollte ihm das sagen, Frau Mutter.* Vielleicht Mechthild? Oder Monica? Beiden vertraute er ja.

Vom alten Kreuzaltar aus sprach Wilbrand das letzte Gebet und den Schlusssegen. Hinter ihm, am Lettner, hatte der Dompropst zur Bestattung Albrechts dessen Lieblingsfiguren aufstellen lassen: die ersten sechs der Zehn Jungfrauen. Drei Kluge Jungfrauen rechts des Kreuzaltars, drei Törichte Jungfrauen links davon. Und immer, wenn Helena dorthin schaute, sah sie ihr eigenes Gesicht. Das berührte sie seltsam, sodass sie jedes Mal den Kopf senkte und sich die Schultertücher ihrer Haube tiefer ins Gesicht zog.

Es dämmerte bereits, als die Zeremonie zu Ende ging. Ein französischer Abt des Zisterzienserordens sprach den Herrn Vater an; Helena kannte ihn nicht. Viele Menschen auf einmal versuchten, die Baustelle und den Domplatz zu verlassen. Das gelang nur sehr stockend, denn wegen der großen Menge war ein Vorankommen kaum möglich.

Ein Arm schob sich unter ihren Arm. Pater Rochus. Er zog sie zielstrebig zur alten Klausur. Der Weg war frei, denn dorthin wollten die wenigsten. Als Helena sich ein letztes Mal umwandte, sah sie Gotthart von Saint Leonard bei Meister Bohnsack und dem Abt aus Frankreich stehen. *Was hat der Bildhauer schon wieder mit dem Herrn Vater zu besprechen?* Eine beklemmende Ahnung beschlich Helena.

Auf dem Klosterweg begegneten sie Monica. Der Straßburger lief dicht an ihrer Seite, Maria hockte auf seiner Schulter, Klein-Nikolaus auf dem Wolfshund. Sie blieben beieinanderstehen, plauderten ein wenig. Lupo beschnupperte Helena und Rochus; er wollte gekrault werden.

Einer schilderte dem anderen seine Eindrücke von der Bestattung des Erzbischofs. Danach wünschte man einander einen gesegneten Tag, und jeder ging seines Weges. Helena beneidete Monica und Jakob – bei ihnen schien das, was von Anbeginn der Welt zwischen Mann und Frau zu geschehen pflegte, sehr unkompliziert zu geschehen.

Es brannten schon Öllampen im Arbeitszimmer ihres

Vaters, als Helena und Pater Rochus nach Hause kamen. Zum Abendessen waren Mönche aus der Nachbarschaft gekommen: zwei Dominikaner und einer aus dem Orden des Heiligen Franziskus. Der war neu in der Stadt, betete ein viel zu langes Tischgebet und hielt nach dem Essen eine feurige Predigt. Die machte Helena Angst und ein schlechtes Gewissen.

»Ich habe mit dir zu reden«, sagte der Herr Vater, als Pater Rochus und die anderen Mönche endlich gegangen waren. »Gotthart hat mich um ein Gespräch gebeten.«

»Was will er denn?«

»Er will wahrscheinlich wissen, ob ich ihm dich zur Frau gebe oder ob es nicht tue.« Helena verdrehte die Augen und dachte an Moritz' Brief. Sie trug ihn an ihrem Busen und staunte über sich selbst deswegen. »Als der Erzbischof nach Italien aufbrach, hat Gotthart schon um deine Hand angehalten. Ist es nicht verständlich, dass er endlich eine Antwort hören will?«

»Sicher. Doch ich mag ihn nicht zum Mann nehmen, Herr Vater.«

»Aber ich will, dass du ihn nimmst!« Helena schaute ihrem Vater erschrocken ins verärgerte Gesicht. So deutlich hatte er sich noch nie erklärt. »Ich habe ihm gesagt, dass er am Sonntag nach der Messe zu uns ins Haus kommen soll. Dann wird er eine Antwort hören.«

»Ich will ihn nicht, Herr Vater!«, sagte Helena. »Und ich wundere mich über Euch. Habt Ihr nicht selbst darauf hingewiesen, wie schlecht es in Magdeburg um Gottharts Ruf bestellt ist?«

»Er ist der Sohn eines Kardinals.«

Wieder gelang es ihrem Vater, sie zu verblüffen. »Woher wisst Ihr das?«

»Unser künftiger Erzbischof Wilbrand hat es mir unter dem

Siegel der Verschwiegenheit anvertraut. Und auch du, Helena, darfst niemandem davon erzählen.«

»Gotthart sei regelmäßig bei den Huren in der Fischergasse zu Gast, erzählt man sich.«

»Das ist schon drei Jahre her.« Der Herr Vater winkte ab. »Länger sogar.«

Helena fasste sich ein Herz. »Moritz hat mir einen Brief geschrieben. Er liebt mich. Er will mich heiraten.« Das hatte er zwar so nicht geschrieben, aber wie sollte Helena seine Worte anders verstehen?

»Was fällt denn dem ein?« Der Herr Vater brauste auf. »Bei mir hat er vorzusprechen, wenn er Absichten hegt! Einen Briefeschreiber hatten wir schon mal!«

»Wie könnt Ihr nur so gemein daherreden, Herr Vater!« Helena schlug mit der flachen Hand auf den Tisch. »Ansgar war ein ganz anderer Mann als Moritz!«

»So? Woher weißt du das denn so genau.«

»Ich hab ihn lieb.«

»Habe ich so etwas nicht schon einmal gehört? Schlag ihn dir aus dem Kopf! Der Wende kommt aus dem Nichts, er hat keine Familie, er hat nichts, und er ist nichts!«

»Er ist Euer bester Bildhauer!«

»Ich beschäftige etliche gute Bildhauer, doch von der Bildhauerei allein kann man auf die Dauer keine Familie ernähren. Von Gotthart dagegen weiß der Dompropst, dass er bald in den Grafenstand erhoben wird.«

»Bitte?« Helena glaubte, nicht recht zu hören. »Das ist doch sicher ein Gerücht.«

»Der Dompropst weiß es genau. Er hat Verbindungen nach Paris. Ländereien und ein kleines Schloss im französischen Saint Leonard gehören Gotthart.«

»Dann wäre er kein Bildhauer.«

»Erstaunlich, ja. Doch manch einer geht seltsame Wege.« Der Herr Vater zuckte mit den Schultern. »Ich habe mich erkundigt – Gottharts Vater, der Kardinal, ist ein Halbbruder des französischen Königs.«

Nun verschlug es Helena doch die Sprache. Sie senkte den Blick und dachte an ihre Mutter. Die stammte von Edelleuten ab, war die Tochter eines französischen Ritters gewesen. Und nun warb um sie, ihre Tochter, ein französischer Edelmann. Schloss sich hier vielleicht ein Lebenskreis? Sollte sie Gottharts Werbung nicht besser als Zeichen Gottes verstehen? Helena seufzte und machte eine bekümmerte Miene.

»Siehst du? Jetzt wirst du langsam vernünftig.« Der Herr Vater schien ihre Gedanken zu lesen, und die Erleichterung war ihm anzumerken.

Helena stellte sich vor, in einem Schloss zu wohnen. Würde man sie dann nicht eine Gräfin nennen? Wie schön würden die Kleider sein, die sie als Gräfin würde tragen können! Sie würde über eine Kammerzofe verfügen können. Dazu über Diener, Köche, Pferdeknechte, Gärtner. Was für eine wunderbare Vorstellung! Ihr wurde ganz schwindlig davon.

Sie hob den Blick, sah dem Herrn Vater in die hellwachen Augen. Die Versuchung, einfach ja zu sagen, wurde übermächtig.

Der Herr Vater beugte sich über den Tisch, griff nach ihrer Hand und drückte sie. »Dann werde ich dem Herrn Gotthart also erklären, dass er dich, Helena, als Gattin kriegt, wenn er am Sonntag zu uns kommt.«

Helena atmete tief und laut durch. »Ich will ihn nicht«, sagte sie, und dem Vater fiel das Lächeln der Erleichterung wieder aus dem Gesicht. »Er hat Ansgar in einen Hinterhalt gelockt.«

»Böse Gerüchte!« Meister Bohnsack brauste auf. »Wie kannst du so etwas glauben?«

»Moritz hat es mir erzählt. Gotthart hat den Schweriner Ritter in den Steinbruch bestellt, damit er Ansgar tötet.«

»Hat Moritz den Schweriner denn im Steinbruch gesehen?« Der Herr Vater sprang von seinem Stuhl auf; bald würde er die Geduld verlieren.

»Nein. Doch der Lothar hat ihn gesehen.«

»Von wem hast du das jetzt wieder gehört?« Meister Bohnsack lief vor dem Fenster hin und her. »Der Lothar ist doch tot!«

»Von Monica.«

»Gerüchte! Sag ich's nicht?«

»Ich will den Gotthart nicht haben.«

»Elender Trotzkopf!« Nun wurde der Herr Vater richtig böse. »Aber ich will es!« Er blieb stehen und klopfte sich auf die Brust. »Ich, dein Vater. Und du hast zu gehorchen!«

»Aber wenn ich ihn doch nicht lieb habe ...«

»Muss ich dich denn wirklich die Gebote Gottes ein zweites Mal lehren ...?

»Die Frau Mutter hat sie mich gelehrt!«

»Dann wirst du hoffentlich noch wissen, wie das vierte Gebot lautet: ›Du sollst Vater und Mutter ehren‹, und ›ehren‹ bedeutet auch ›gehorchen‹.«

»Aber wenn ich doch ...«

»Keine Widerrede mehr!« Er kam an den Tisch, stützte die Fäuste darauf und sah Helena streng ins Gesicht. »Man heiratet nur einmal im Leben!«, rief er. »Und die Entscheidung dazu trifft man nicht aufgrund von Gerüchten oder Gefühlen! Ich bin dein Vater! Ich bin für deine Zukunft verantwortlich, und ich will, dass du eine gute Heirat bekommst und einen Mann, der für dich sorgen kann. Ich will, dass du den Herrn Gotthart heiratest!« Er hämmerte die Faust auf den Tisch. »Hast du mich verstanden? Und jetzt kein Wort mehr darüber!«

Helena sprang auf. »Lieber werde ich eine Nonne, als dass ich den Gotthart heirate!«

»Ha!« Der Vater lachte gehässig. »Du und eine Nonne? Damit hast du schon beim Ansgar gedroht.«

»Diesmal meine ich's ernst!« Helena stampfte mit dem Fuß auf. »Diesmal gehe ich wirklich ins Kloster!« Heulend rannte sie aus dem Arbeitszimmer und hinauf in ihre Kammer.

2

Zu spät

Magdeburg, Vorweihnachtszeit 1232

Sie stellten die Mutterstatue an der Nordseite des Chors zwischen zwei Arkaden auf. Über ihr ragte die erste jener uralten Säulen auf, die dreihundert Jahre zuvor der Kaiser Otto für seinen alten Dom über die Alpen schaffen ließ. Auf dieser Marmorsäule sollte das große Bildnis des Apostels Paulus stehen, wenn einmal die Chorempore vollendet sein würde. Das hatte Erzbischof Albrecht noch vor seiner Abreise nach Italien verfügt.

Die Mutter hieß jetzt »Heilige Katharina«. Jacques hatte ihr eine Krone aufgesetzt und ihr ein Rad und ein Schwert in die Hände gegeben. Für Moritz blieb sie die Mutterstatue. Sorgfältig prüfte er die Befestigung auf dem Podest und an der schmalen Dienstsäule in ihrem Rücken. Danach trat er dann ein paar Schritte zurück zu den anderen. Von oben, aus der Chorempore, drangen Stimmen und Gehämmer einiger Steinmetze.

»Sie ist wirklich schön geworden«, sagte Moritz, und alle außer Gotthart nickten. Die Krone der Mutterstatue war in Goldfarbe gefasst und trug das Abbild eines Smaragds im Stirnreif. Ihr Gewand war türkisfarben, ihr Umhang innen goldfarben und außen rot und mit kleinen schwarzen Quadraten gemustert. »Und sie guckt direkt zum Kaisergrab hinüber.« Die Mutterstatue in der Nähe des großen Kaisers Otto zu wissen, gefiel Moritz besonders gut.

»Es wird wohl nicht der endgültige Standort der Heiligen

Katharina sein«, erklärte Dietrich von Dobin. Das Domkapitel hatte ihm nun offiziell die Bauleitung übertragen; bisher hatte er Meister Bohnsack und den Steinmetzen vor allem als eine Art Dolmetscher gedient, der ihnen Albrechts Ideen in einfache Worte übersetzte und ihnen die geistliche Bedeutung von Skulpturen, Friesen, Reliefs und Bauformen nahebrachte.

Dietrich wandte sich an Moritz. »Der neue Erzbischof wird entscheiden, wo sie stehen soll, sobald auch der zweite Domheilige fertig ist – dein Mauritius, Moritz.«

»Ich fiebere dem Tag entgegen, an dem ich ihn hier im Dom stehen sehen werde«, sagte Moritz. Gotthart musterte ihn von der Seite, und das nicht einmal neidisch oder gar feindselig. Irgendetwas stimmte nicht mit ihm.

»Die Katharina steht doch ganz famos hier«, sagte Meister Bohnsack. »Und wenn wir Moritz' Ritterskulptur ihr gegenüber auf der Südseite des Chors aufstellen, dann schauen sie beide zum Kaiser hinüber.«

»Dort soll doch nach dem Willen Albrechts auf einer Spolie der alte Mauritius stehen, wenn der Bischofsgang fertig ist«, gab Moritz zu bedenken. »Zweimal der Heilige Mauritius an beinahe derselben Stelle?«

»Eigentlich müssten die beiden Domheiligen später über dem Hauptportal aufgehängt werden«, sagte Gotthart. »So haben wir es mit den Heiligen in Paris gehalten. Und in Chartres haben sie es ähnlich gehalten.«

Meister Bohnsack wiegte nachdenklich den Kopf hin und her. »Das wäre wahrlich ein angemessener Platz. Doch den Bau des Westportals werden wir beide wohl nicht mehr erleben.« Der Baumeister und Gotthart schienen sich in letzter Zeit gut zu verstehen. Jedenfalls fand es Moritz auffallend, wie freundlich sie plötzlich miteinander redeten. Und vor allem, wie viel.

»Auch der Erzbischof hatte das Hauptportal als Standort für die Heiligen erwogen«, erinnerte sich Jacques.

»Das Westportal haben wir noch nicht einmal geplant.« Dietrich wollte die Diskussion beenden. »Wie gesagt – der neue Erzbischof wird entscheiden, wo die Heiligen letztlich stehen werden.« Er wandte sich den Arkaden zu und verließ den Chor. Alle folgten ihm.

Der neue Erzbischof hieß Burkhard von Waldenburg, bisher Dompropst zu Hildesheim und ein Verwandter Wilbrands und des verstorbenen Albrechts. Wilbrand habe ihm den Vortritt gelassen, um Streit im Domkapitel zu vermeiden, so munkelte man. Und weil Burkhard ein Greis war und sowieso bald sterben würde. Bis jetzt war er noch nicht einmal in Rom gewesen, um den Treueid abzulegen und vom Papst Segen und Pallium zu empfangen. Moritz hatte mit geistlichen Herren gesprochen, die daran zweifelten, dass der neue Erzbischof es jemals bis nach Magdeburg schaffen würde.

Aus dem Chorumgang traten sie hinaus in den Rohbau des Querschiffs. Scharfer Mistgeruch lag über der Baustelle. Von allen Mauern hing der Mist herab. Obwohl der erste Schnee noch immer auf sich warten ließ und niemand mehr mit einem weißen Christfest rechnete, arbeiteten doch nur wenige Bauleute auf der Baustelle, und ausschließlich Zimmermänner und Steinmetze. Fast alle Maurer waren über den Winter in ihre Heimatstädte und -dörfer zu ihren Familien gereist. Der meiste Arbeitslärm drang aus der Chorempore. Die hatte man inzwischen mit einem vorläufigen Dach aus Holzbohlen und geteerten Stoffbahnen bedeckt.

Jacques machte auf eine siebte Jungfrauenfigur aufmerksam, die er und Gotthart erst am Vortag auf der linken Seite des Lettners befestigt hatten. Alle versammelten sich um die neue Skulptur und alle bewunderten sie. Nur Moritz nicht.

»Wenn doch der selige Albrecht die noch hätte sehen können«, seufzte der Domherr Dietrich.

Es war eine Törichte Jungfrau, und sie guckte ganz besonders traurig und enttäuscht. Ihre Gesichtszüge – das erkannte im Stillen auch Moritz an – waren die einer Frau, die zu spät gekommen war und nun verzweifelt vor verschlossener Tür stand.

»Die hat Gotthart ganz allein gemacht«, erklärte der Straßburger und klopfte dem Franzosen auf die Schulter. »Und das in nicht einmal acht Wochen.« Alle, außer Moritz, beglückwünschten Gotthart zu seiner Arbeit. Meister Bohnsack bedachte Moritz mit einem tadelnden Blick. Vermutlich hielt er sein Benehmen Gotthart gegenüber für unhöflich. Moritz kümmerte es nicht.

Dietrich wandte sich dem Südturm und der Tonsur zu – der neuen Portalkapelle, die einmal in die Klausur und zum Kreuzgang des alten Doms führen sollte. Er schaute sich im Querschiff um und nickte Meister Bohnsack dann anerkennend zu. »Ich freue mich, dass die Arbeit so gut und schnell voranschreitet.« Meister Bohnsack antwortete nicht, lächelte nur zufrieden in sich hinein.

Moritz verabschiedete sich. So schnell wie möglich wollte er zu seinem Mauritius zurückkehren. Jacques begleitete ihn.

Auf dem Domplatz spielten Kinder und Hunde. Ein paar Mönche sahen ihnen zu. Der Wind blies böig und kühl, dunkle Wolken jagten über den Dezemberhimmel. Vielleicht würde es doch noch schneien. Moritz hätte nichts dagegen gehabt – das Dach seines Hauses in der Neustadt war endlich neu gedeckt; Nikolaus, Jacques und ein Nachbar hatten ihm geholfen.

Auf dem Klosterweg rannten ihm Domschüler entgegen, die zu spät dran waren. Moritz beneidete sie nicht – die Strenge der Domschullehrer war berüchtigt. An der Bauhütte verabschiedete sich der Straßburger von ihm. Sechzig Schritte weiter bog er in die Schmiede ab. Monica kochte regelmäßig für ihn mit. Moritz fragte sich, ob er hin und wieder auch schon bei ihr schlief.

Niemand hielt sich in der Bauhütte auf. Die wenigen Steinmetze, die in Magdeburg geblieben waren, arbeiteten am Bischofsgang auf der Chorempore. Die Kapitellblöcke, die sie heute auf die Säulen dort setzen würden, hatten sie gestern hier in der Bauhütte schon grob beschlagen. Die nächsten Tage gehörten dann der kunstvollen Feinarbeit. Moritz wollte erst wieder am Bischofsgang mitarbeiten, wenn im Sommer sein Mauritius vollendet war.

Er zog das Tuch von der Statue, griff zum leichtesten Klopfholz und zu einem kleinen, sehr spitzen Eisen, das er für das filigrane Muster des Kettenhemds benutzte. Der alte Nikolaus hatte ihm gleich ein Dutzend dieser feinen Meißel geschmiedet, denn sie zerbrachen schnell.

Moritz sah dem Steinritter ins Gesicht, lächelte und sagte: »Ich hoffe, es geht dir gut dort, wo du jetzt bist, alter Freund.« Dann setzte er das Eisen an und begann am linken Schulterstück des Kettenhemdes zu arbeiten. Eine elende Geduldsarbeit, so ein Kettenhemd mit seinen Abertausend Kettengliedern aus dem Stein zu hauen; dieses Kleidungsstück würde ihn mehr Zeit kosten als die ganze restliche Skulptur.

Da Erzbischof Albrecht nicht lebendig nach Magdeburg zurückgekehrt war, hatte er auch nach keinem neuen Entwurf für den Mauritius verlangen können. Anders als sein verstorbener Bruder hatte Wilbrand den Ritter Ansgar immer geschätzt und nie Einwände dagegen erhoben, dass der Heilige Mauritius dessen Rüstung, Gestalt und Gesichtszüge tragen würde. Also war Moritz kurzerhand bei seinem ursprünglichen Entwurf geblieben.

War Moritz anfangs noch jedes Mal, bevor er das Eisen ansetzte, ganz ergriffen vor seinem Ritter gestanden, so hatte er sich inzwischen an Ansgars Gesicht gewöhnt, redete manchmal sogar mit ihm.

Ein Schatten huschte am Bauhüttenfenster vorüber, kurz darauf klopfte jemand an die Tür. Das war ungewöhnlich, die meisten traten einfach ein. »Wer ist da?«

Die Tür öffnete sich, Helena kam herein. Moritz ließ Klopfholz und Eisen sinken. »Du?« Sie schloss die Tür und kam zu ihm. Sie sah bleich und elend aus. »Bist du krank?«

Helena schüttelte den Kopf. Zwei Atemzüge lang blieb sie vor ihm stehen und sah ihm in die Augen. Plötzlich schlug ihm das Herz in der Kehle. Sie war traurig, er las es in ihrem Blick. Auf der Baustelle erzählten sie, dass Helena Streit mit ihrem Vater hätte. Seit Wochen schon.

Sie berührte ihn am Arm, lächelte und ging dann an Moritz und seinem Mauritius vorbei zur Werkbank. Dort legte sie ihren Lederbeutel ab und setzte sich daneben in den Steinstaub.

Sie hatten sich selten gesehen, seit er ihr den Brief geschrieben hatte – meistens bei Monica oder bei Spaziergängen mit Mechthild und Jacques in der Elbaue. Jedes Mal hatte sie ihm versprochen, bald auf seinen Brief zu antworten. War es heute endlich so weit?

»Ich war auf dem Weg zu Monica«, sagte sie, »da sah ich dich durchs Fenster an deiner Werkbank.« Sie griff in ihren Beutel und holte zwei faustgroße bunte Bälle heraus. »Habe ich für Klein-Nikolaus und Maria gemacht. Die bekommen sie zum Christfest geschenkt. Sie sind mit Hirse gefüllt.«

Ohne Vorwarnung warf sie ihm einen zu. Moritz ließ sein Werkzeug fallen und fing den Ball. Helena lachte. Hatte er jemals ein schöneres Lachen gehört?

»Oh!« Ihr Blick fiel auf die Skulptur. »Das also ist der Heilige Mauritius, von dem der Herr Vater so oft spricht.«

»Das soll er werden.« Moritz warf den Ball zurück zu ihr.

Helena fing ihn auf. »Das Gesicht erkennt man schon deutlich – Ansgars Gesicht.«

»Macht es dich traurig, wenn du es siehst?« Moritz bückte sich nach seinem Klöpfel und seinem Meißel. Als er sich aufrichtete, warf sie ihm wieder den Ball zu. Und wieder musste er sein Werkzeug fallen lassen, um ihn fangen zu können.

»Nein.« Diesmal lachte Helena nicht. »Traurig macht mich, dass ich dich so selten sehe.«

»Ist das die Antwort auf meinen Brief?« Er warf den Ball zu ihr. »Dass du mich künftig öfter sehen willst?« Er fing den Ball auf und warf ihn zurück. »Dass du mich immer sehen willst? Dein ganzes Leben lang?« Er fing den Ball auf und warf ihn zurück. »Als meine Frau?«

Sie fing den Ball auf, jetzt mit einer Hand; schweigend warf sie ihn zurück. Auch Moritz fing ihn mit einer Hand und warf ihn zurück. So ging es eine Zeitlang hin und her, und aus ihrem Schweigen und ihren traurigen Zügen erspürte Moritz, dass ihre Antwort auf seinen Brief ihm wehtun würde.

Helena warf den Ball mit größerer Kraft, sodass er schneller flog und Moritz ihn aufmerksam beobachten musste, um ihn fangen zu können. Er warf ihn mit gleicher Kraft zurück. Tränen liefen Helena plötzlich über die Wangen, und sie schleuderte den Ball mit voller Wucht. Moritz fing ihn trotzdem, täuschte einen Wurf an und warf ihn, als Helena ins Leere griff, in sanftem Bogen in ihren Schoß. Mit einem Sprung war er bei ihr und setzte sich neben sie auf die Werkbank.

Helena lehnte den Kopf gegen seine Schulter und weinte leise. Moritz legte den Arm um sie und zog sie an sich. Er hielt sie so behutsam fest, wie man ein krankes Kind festhielt und wiegte sie hin und her, wie man ein krankes Kind wiegte. Weil er kein Tuch hatte, küsste er ihr die Tränen ab.

»Dein Brief ist so schön«, flüsterte sie, »so schlicht und schön. Doch du hättest zum Vater gehen und ihm sagen sollen, dass du mich willst.«

»Weiß schon, haben Monica und Mechthild mir auch gesagt. Doch der Benno hat erzählt, dass er die Monica einfach geküsst und niemanden groß gefragt hat. Und der Ritter Hugo hat seine Frau sogar aus einer Burg in Böhmen entführt und auch keinen Vater um Erlaubnis gefragt.«

»Ja, das würde zu dir passen. Doch gute Sitten gehen anders, weißt du das nicht?« Sie schluchzte und lächelte durch ihre Tränen hindurch zu ihm herauf. »Du wilder Waldwende, du.«

»Jetzt weiß ich's. Dann gehe ich eben noch heute zu Meister Bohnsack und sage ihm, dass ich dich heiraten will.«

Sie weinte laut, drückte sich heftiger an seine breite Brust und schien untröstlich. »Zu spät«, schluchzte sie, »zu spät.«

»Es ist nie zu spät.« Moritz hielt sie ganz fest, streichelte ihren Rücken und konnte sein Glück, sie so nahe bei sich zu haben, kaum fassen. Hätte er sich das jemals träumen lassen? Nie!

Helena weinte lange an seiner Brust. Irgendwann löste sie sich aus seinen Armen, richtete sich auf und wischte sich das Gesicht mit dem Saum ihres Wollmantels trocken. »Der Gotthart hat beim Herrn Vater schon lange um meine Hand angehalten, weißt du? Vor ein paar Wochen wollte er ihn nicht länger hinhalten und hat ihm gesagt, dass er mich haben soll. Seitdem streiten wir jeden Tag, der Herr Vater und ich. Denn ich will den Gotthart nicht heiraten. Doch der Vater befiehlt es mir. Ich muss.«

»Der Gotthart also.« Moritz seufzte bitter. Er hätte sich

auch gewundert, wenn sich alles so glücklich entwickelt hätte wie in seinen Träumen. Er rutschte von der Werkbank, ging zu seiner Helenastatue und zog das Tuch von ihr. »Der also, der mir dieses Gesicht hier gestohlen hat.«

»Was?« Helena staunte die Statue an. »Ist das eine der Zehn Jungfrauen?«

»Nein. Einfach nur die schöne Helena, die ich lieb habe. So lieb, dass ich sie in den Stein hauen musste. Da hat Benno noch gelebt. Nur er hat sie gesehen.« Moritz schleuderte das Tuch auf den Boden. »Und der Franzose hat sie mir gestohlen und für seine Jungfrauen verwendet!«

»Was sagst du da?« Helena stand von der Werkbank auf, kam zu ihm und trat dicht zu der Skulptur mit ihren Gesichtszügen. »Ist das wirklich wahr?«

»Am Tag nach dem Unglück hat er mir die Zeichnung mit deinem Gesicht weggenommen, gleich nach der Dankmesse. Als mit dem Erzbischof viel zu viele sich hier um die Werkbank drängten. Die Zeichnung und das Modell – beides fehlte am Tag danach.«

»Aber …« Kopfschüttelnd musterte sie ihn. »Aber warum hast du nie etwas gesagt? Du hättest Gotthart vor dem Schöffenstuhl verklagen müssen oder bei dem Erzbischof und meinem Vater.«

»Wie hätte ich es beweisen sollen? Benno war tot. Und Meister Bohnsack und der Erzbischof schwärmten nur noch von Gottharts Jungfrauen mit deinem Gesicht.«

»Das ist wahr.« Helena verbarg ihre Augen hinter den Händen. »Und jetzt?«, flüsterte sie. »Ich will den Gotthart nicht, doch der Herr Vater befiehlt mir mit aller Strenge, ihn zu heiraten. Neulich hätte er mich beinahe geschlagen, weil ich ihm nicht gehorchen will.« Sie schluchzte schon wieder. »Was mache ich nur?«

»Und wenn ich der Gotthart wäre? Wolltest du dann?«

Helena hob das verweinte Gesicht. »Ja.« Sie streichelte seine Wange, fuhr ihm mit der Fingerspitze über die Lippen. »O ja.«

Das war es gewesen, was Moritz hören wollte, so lange schon. Dieses Wort und sonst nichts. *Ja.* Er straffte seine Gestalt und sagte: »Dann raube ich dich.«

»Ach du ...« Helena lächelte wehmütig. »Du wilder wendischer Samson, du.« Sie griff in seine schwarzen Locken, zog sein Gesicht an ihres und küsste ihn.

In diesem Augenblick, als ihre Lippen sich berührten, war es Moritz, als stünde alles still: die Welt, sein Leben, das Geflatter seiner Gedanken, die Zeit. Helenas Kuss fühlte sich so weich und zart an, dass er glaubte darin einzubrechen und zu versinken. Draußen schien die Mittagssonne aus einem nur mäßig bewölkten Himmel, und dennoch wurde es plötzlich heller um ihn herum. Als würde gerade erst die Sonne aufgehen.

3
Todesangst

Magdeburg, März 1233

Die Witwe starb an einem Sonntag. Zu ihrer Beerdigung am Tag darauf legte Gotthart seinen edelsten Rock und seinen Waffengurt an und warf sich den Wappenmantel um. Nach dem Trauerschmaus bei ihrem ältesten Sohn kaufte Gotthart per Handschlag das Haus der Witwe; das hatte sie so verfügt. Noch am selben Abend schickte er seinen Sekretär Conrad in Begleitung seines bewaffneten Dieners Bodo mit der Anzahlung zu ihrem Sohn, einem Säckel voller Silberpfennige. Den Vertrag wollten sie in den nächsten Tagen aufsetzen.

Am Morgen darauf ritt ein Bote aus Paris in den Hof. Ein Brief des Kardinals: Gotthart möge sich bis zum Ende des Monats in Paris einfinden. In einer feierlichen Zeremonie wolle der König von Frankreich ihn in den Rang eines Grafen erheben. Anschließend plane er, der Herr Kardinal, mit ihm, Gotthart, nach Saint Leonard zu reiten, damit er seine Ländereien und den Zustand seines Schlosses besehen könne.

»Gott sei Lob und Dank«, flüsterte Gotthart. Er entlohnte den Boten und wies Bodo an, ihm eine Kammer zuzuweisen. Als er allein war, faltete er den Brief zusammen und schenkte sich Wein ein. »Gott sei Lob und Dank!«, rief er, prostete dem Brief zu und leerte den Weinbecher bis zur Neige.

Allerdings hätte er im Frühjahr lieber Hochzeit mit der Tochter des Baumeisters gefeiert, als nach Paris und Saint Leonard zu reiten. »Einerseits«, murmelte er und griff wieder zum Weinkrug.

Andererseits würde er die Urkunden, die er vom König und vom Herrn Kardinal erhalten sollte, nach seiner Rückkehr bei Meister Bohnsack vorlegen können.

»Zwei weitere gute Gründe, endlich die Hochzeit zu planen«, murmelte er, während er seinen Weinbecher füllte. Und vielleicht würden Urkunden mit dem Siegel eines Kardinals und eines Königs von Frankreich sogar Bohnsacks widerspenstige Tochter zur Vernunft bringen.

Davon abgesehen könnten sich während seiner Abwesenheit vielleicht die Wogen im Hause des Baumeisters glätten. Die Zeit heilte und glättete doch so vieles!

Gotthart stellte den Krug ab und nippte an seinem Wein. Er dachte an die stolze Frau, die er begehrte. In der ganzen Stadt schüttelte man schon den Kopf über Meister Bohnsacks Tochter und ihren Ungehorsam. In jeder Gasse zerriss man sich das Maul darüber, dass diese Jungfrau dem Willen ihres Vaters so frech widerstand und die Hochzeit mit einem so edlen Mann wie dem Herrn Gotthart von Saint Leonard verweigerte.

»Geschieht dir recht.« Die Meinung auf dem Markt und in den Gassen war ganz und gar auf Gottharts Seite. »Geschieht dir ganz recht!«

Mit dem Weinbecher in der Hand trat er ans Fenster. »Störrisches Weib!«, zischte er, und der Ärger zog ihm den Magen zusammen. Auf dem Hof beobachtete er Bodo. Der schnallte den Sattel vom Pferd des Boten und führte das Tier danach in den Stall. »Doch es wird dir nichts nützen!«, sagte Gotthart und trank einen Schluck. »Dein Sturkopf nicht, dein Trotz nicht, dein Widerwille nicht. Am Ende krieg ich dich doch!« Er leerte den Becher.

Gegen Abend, im Hurenhaus, tobte er sich an Mavra aus. Und vergaß für ein paar Stunden die stolze und widerspenstige Helena.

In den beiden folgenden Tagen ritt er mit dem Sohn der Witwe zu einem Rechtsgelehrten, der in einem Dorf außerhalb Magdeburgs lebte. Der Mann gehörte dem Schöffenstuhl an und genoss einen ausgezeichneten Ruf in der Stadt. Er setzte den Kaufvertrag auf und beglaubigte ihn.

Am Abend fiel Gotthart wieder über Mavra her.

Als am nächsten Tag das Haus bezahlt war, schrieb er dem Baumeister eine Nachricht und schickte Bodo zu ihm. »Wir reisen nach Frankreich«, eröffnete er seinem Sekretär am selben Abend. »Bodo soll die Pferde zum Schmied und den Einspänner zum Stellmacher bringen. Und du, Conrad, packst ein, was ich brauche und triffst alle nötigen Vorbereitungen. Bis zum Mai werden wir sicher unterwegs sein. In drei Tagen will ich aufbrechen.«

Bei Bodo erkundigte er sich nach dessen Rückkehr, wie der Baumeister auf seine Botschaft reagiert hatte.

»Er lässt dich grüßen und bedauert es sehr, dich ausgerechnet in den Frühlingswochen auf der Baustelle vermissen zu müssen. Und er wünscht eine gute Reise und Gottes Segen für alle deine Angelegenheiten.«

»Sonst hat er nichts gesagt?« Bodo verneinte. »Kein Wort wegen der Hochzeit?« Bodo schüttelte den Kopf. »Und seine Tochter? Hast du sie gesehen?« Wieder schüttelte Bodo den Kopf.

Misstrauen nagte an Gotthart. Sollte der Baumeister etwa seiner Tochter nachgegeben haben? Sollte er womöglich ganz froh sein, ihn, den Zankapfel, eine Zeitlang loszuwerden?

Bei Anbruch der Dunkelheit befahl er Bodo, sein Pferd zu satteln und ritt ins Hurenhaus. »Mavra ist nicht mehr hier«, eröffnete ihm die Weißblonde, die Isländerin. »Sie ist geflohen. Gleich, nachdem Ihr vorgestern bei Ihr gewesen seid.«

Gotthart tobte.

Seit Helenas Kuss war alles anders. Moritz war nicht mehr der Mann, der er zuvor gewesen war. Die Welt war nicht mehr die Welt, die sie zuvor gewesen war. Nichts war mehr, wie es zuvor gewesen war.

Die Welt war bunter geworden, die Gedanken an morgen aufregender, sein Schlaf unruhiger, und das Essen wollte ihm nicht mehr recht schmecken. Überall glaubte er, ihr geliebtes Gesicht zu erkennen – in der Maserung eines Steines, in der Silhouette einer knospenden Buchenkrone, in einer vorüberziehenden Wolke, manchmal sogar in der Struktur eines Hirsebreis.

Er ließ Klöpfel und Eisen sinken, lehnte die Stirn gegen den kalten Stein, schloss die Augen. Ihre weichen Lippen, ihr süßer Duft, ihr warmer Atem, ihre zarte Zunge – Helenas Kuss war so gegenwärtig, als würde es gerade eben wieder geschehen.

Wie verzaubert kam Moritz sich vor. Es fühlte sich an, als hätte Helena ihn ins Herz geküsst. Oder ins Hirn. Er war wie krank von ihrem Kuss, er war verrückt davon.

»Hey, Bruder! Du wirst doch nicht einschlafen?!« Moritz riss die Augen auf, schaute hinab – Jakob stand vor seiner Leiter und grinste zu ihm herauf. »Was ist los mit dir, Samson? Zu viel Wein gesoffen gestern Abend? Solltest du nicht bei deinem Mauritius sein?«

»Ich ...« Moritz suchte nach Worten. »Ich komme nicht recht weiter mit ihm. Lieber haue ich erst einmal ein paar Kapitelle.« Er deutete auf die grob vorgegebenen Linien und Flächen des Steinblocks, an dem er arbeitete. Meister Bohnsack, Jakob und der Bamberger hatten die Ausstülpung der Knospen und den Verlauf des Blattornamentes schon ins Kapitell eingearbeitet. »Da weiß ich wenigstens, was ich zu tun habe.«

»Kein Grund, schlampig zu arbeiten!« Aus der Südkurve

des Bischofsgangs tauchte Meister Bohnsack auf. In der Rechten das Winkeleisen, in der Linken das Lot. »Ich will, dass jedes Kapitell ein Kunstwerk wird. Verstanden? Jedes!«

Der Stiel eines Klöpfels ragte aus der Tasche seines Lederschurzes. Unwillig und streng blickte er zu Moritz herauf, und dann war er auch schon im Nordteil verschwunden. »Warum hat es der Baumeister denn immer so eilig, als sei er auf der Flucht?«, flüsterte Moritz.

»Miese Stimmung, der Alte«, flüsterte der Straßburger. »Seine Tochter macht ihm das Leben schwer.«

»Oder er ihr.« Moritz hob den Klöpfel, setzte das Eisen an der nächsten Knospe an. Wahrhaftig, die Arbeit fiel ihm nicht leicht zurzeit. Und zum Kettenhemd des Mauritius' fehlte ihm jede Geduld und Aufmerksamkeit. Helenas Kuss war schuld.

Nach der Arbeit lief er zum Elbtor und auf der ersten Brücke hinüber zum Werder. Die Luft roch nach Frühling, die letzten Eisränder hatte die Strömung schon Mitte Februar vom Ufer gerissen und nach Norden davongetragen.

Von den beiden jungen Frauen, die ihm auf der Brücke entgegenkamen, glaubte er in einer Helena zu erkennen. Doch als sie näher kam, sah er, dass sie nicht halb so schön war. Die Frauen schlugen die Augen nieder, als sie an ihm vorbeigingen. In ihren Körben trugen sie junges Gänsefingerkraut und die ersten Löwenzahnblätter in die Stadt.

Auf dem Werder verharrte er eine Zeitlang am Ufer. Von Süden her glitt ein Lastkahn heran. Die Abendsonne schien Moritz ins Gesicht. Die Linien und Flächen, die der Wind ins Gras blies, erinnerten ihn an Helenas Gesichtszüge. Und die Muster, die das Wasser in den Ufersand gespült hatte, auch. Moritz fühlte sich, als hätte er Fieber. Das Verlangen nach ihr tat weh.

Er zog sich aus und stieg in die Elbe. Das tat er oft in den Monaten nach der Schneeschmelze und vor dem ersten Frost. In den kühlen Jahreszeiten mindestens einmal in der Woche, in den milden täglich. Er bückte sich, bespritzte Bauch und Brust mit dem eiskalten Wasser, warf sich schließlich ganz hinein.

Der Kälteschock verschlug ihm erst einmal den Atem; er rang nach Luft. Das eisige Wasser trieb ihm schlagartig die Hitze aus Gliedern und Blut. Er schwamm auf den Elbarm hinaus; nach und nach tat ihm die Kälte gut, heute sogar besonders gut. Kühle Klarheit herrschte auf einmal in seinem fiebrigen Schädel, die Erinnerung an Helenas Kuss verblasste. Zug um Zug schwamm Moritz bis zur Mitte des Elbarms. Dort machte er kehrt, denn die eisige Kälte des Wassers drang ihm ins Blut.

Schon glitt der Lastkahn vorüber, höchstens zwanzig Fuß entfernt. An Bord holte man bereits die Segel ein. Moritz wusste, dass der Zweimaster den ersten Elbsandstein des Jahres aus Dresden brachte. Meister Bohnsack wartete bereits auf die Ladung, sie war für die Pfeiler des Mittelschiffs bestimmt. Matrosen lehnten über die Reling, machten einander auf den kühnen Schwimmer aufmerksam, riefen ihm Scherze und Grüße zu.

Die erste Bugwelle spülte über Moritz hinweg. Er schwamm schneller; er hatte nicht damit gerechnet, dem Kahn so nahe zu kommen. Die nächste Bugwelle erfasste ihn und gleich noch eine – mit aller Kraft schwamm er dem Ufer entgegen.

Plötzlich war es, als würde eine Stromschnelle ihn packen, er drehte sich um sich selbst, kam nicht mehr recht vom Fleck. Etwas zerrte an ihm, etwas, das stärker war als er; es saugte ihn regelrecht unter Wasser. Ein Strudel!

Von einem Augenblick auf den anderen packte ihn Todesangst. Moritz ruderte mit den Armen, strampelte mit den Beinen, versuchte wieder zur Wasseroberfläche zu gelangen. Panik und eisige Kälte lähmten ihn, er geriet völlig außer sich, schluckte Wasser, wusste nicht aus noch ein.

Und dann kam ein Moment, in dem er mit großer Klarheit erkannte, dass der Tod nach ihm griff. Es war vorbei mit ihm, kein Zweifel, es war aus. Moritz gab jede Schwimmbewegung auf, jedes Strampeln und Rudern, überließ sich einfach der tödlichen Kraft, die nun einmal stärker als er selbst war. Moritz verwandelte sich in ein Stück willenloses Treibholz.

Auf einmal, völlig unverhofft, gab der Strudel ihn wieder frei; einfach so, als hätte er keine Lust mehr, mit seinem Leib zu spielen, mit seinem Leben. Moritz trieb zur Wasseroberfläche hinauf, spuckte Wasser aus, hustete, rang nach Luft.

Er wusste nicht gleich, wo er war – erst als er den Lastkahn entdeckte, warf er sich herum und erkannte das Werderufer. Er schwamm los. Kaum spürte er seine Arme und Beine noch.

Das rettende Ufer rückte näher, die Panik gab ihn frei, der Tod hatte ihn ausgespien.

Endlich spürte er Steine unter sich; auf ihnen robbte er ans Ufer und ins Gras. Zitternd richtete er sich auf. Hunderte Fuß entfernt glitt der Lastkahn dem Hafen entgegen. Noch immer standen Matrosen an der Reling – Moritz konnte sie in die Hände klatschen hören. Sie applaudierten ihm. Hörte er recht?

Ja, die Matrosen applaudierten. Sie glaubten, er sei absichtlich getaucht. Sie glaubten, er habe sich aus eigener Kraft ans Ufer gerettet. Sie täuschten sich.

Helena öffnete die Augen, es war noch dunkel. Regen prasselte aufs Dach. Unten im Hof klopfte jemand gegen eine Tür. Sie stand auf, wankte schlaftrunken zum Fenster, sah hinunter.

Umrisse dunkler Gestalten drängten sich vor der Tür zum Gesindehaus. Eine hielt eine Öllampe in Augenhöhe, eine klopfte gegen die Tür. Helena musste ein paar Mal blinzeln, bis sie erkannte, dass dort unten Nonnen an Pater Rochus' Tür klopften.

So früh am Morgen? Helena spähte nach Osten, nur ein milchiger Streifen zeigte sich am Horizont. Es war höchstens fünf Uhr.

Unten im Hof zog Rochus die Tür seines Häuschens auf. Die Nonnen redeten auf ihn ein. Bis herauf zu ihrem Kammerfenster konnte Helena sie hören. Sie brachten schlechte Nachrichten – irgendwer lag im Sterben oder war zumindest schwer krank.

Helena machte kehrt, warf sich wieder auf ihren Strohsack. An Schlaf war nicht mehr zu denken. Sie hatte schlecht geträumt, und die Streitereien mit dem Vater zermürbten sie. Dreimal war Moritz im Laufe des Winters bei ihm gewesen, dreimal hatte der Baumeister ihm die Tür gewiesen. Helena sei Gotthart versprochen, Helena sei nicht mehr zu haben. Und sie drängte der Vater, sich endlich auf einen Hochzeitstermin festzulegen.

Helena hätte nie für möglich gehalten, dass der Herr Vater so stur sein würde. Machte das wirklich die Grafschaft, das Schloss und das Geld? Helena mochte es nicht glauben.

Schritte im Hof, Stimmen, die Haustür knarrte. Helena stand auf und zog sich an. Mit einer Kienspanflamme in der Rechten tastete sie sich die enge Treppe hinab. Hinter der Tür zum Arbeitszimmer des Vaters redete eine Frau. Helena klopfte, wartete keine Antwort ab, trat einfach ein. Mit dem Herrn Vater und Pater Rochus saßen drei Nonnen am runden Tisch, Zisterzienserinnen. Eine war die Äbtissin des Ordens.

Helena setzte sich dazu, erwiderte Pater Rochus' brennenden Blick mit einem Nicken, richtete ihre Aufmerksamkeit auf die Worte der Äbtissin. Was die zu sagen hatte, war nicht besonders kompliziert: Der Abt von Maulbronn war schwer erkrankt, rechnete damit zu sterben und wünschte, den Pater Rochus noch einmal zu sehen. Und ließ Meister Bohnsack und seiner Tochter seine Segenswünsche und die herzlichsten Grüße ausrichten. Und bedauerte, dass sie so weit entfernt von Maulbronn lebten.

Pater Rochus schrieb auf ein Stück altes Pergament, dass seines Wissens heute ein mit Wolle, Hopfen und Leinwand beladener Lastkahn gegen Mittag nach Süden ablegen und bis nach Dresden fahren würde. Den wollte er nehmen. Dann hob er den Blick und richtete ihn auf Helena.

Der Herr Vater stierte grübelnd vor sich hin. Hinter den Segensgrüßen des Maulbronner Abtes verbarg sich nichts anderes als der Wunsch, auch den Erbauer seines Klosters noch einmal zu sehen. Helena musterte ihren Vater; sie wusste genau, was er dachte. Nächstes Jahr sollte die erste Messe im Chor des neuen Doms gefeiert werden. Bis dahin musste wenigstens der Rohbau des Bischofsgangs stehen. Es war ausgeschlossen, im Frühling, während der günstigsten Bauzeit, nach Maulbronn zu reisen.

Helena dachte an den drohenden Hochzeitstag – und erkannte den Fluchtweg. »Ihr braucht Eure Baustelle nicht verlassen, Herr Vater. Ich gehe mit Pater Rochus nach Maulbronn.« Mehr als ein Aufschub würde es nicht sein, doch wer wusste denn, was alles geschah, bis sie zurückkehrte?«

»Kommt gar nicht in Frage.« Der Herr Vater knurrte wie ein großer, missmutiger Hund und hob nicht einmal den Kopf dabei.

»Ihr wisst, wie sehr der Herr Abt die Frau Mutter verehrt hat und wie sehr er mich liebte. Ich gehe und werde Eure

Botschaft ausrichten und Euch an seinem Sterbelager vertreten.«

»Kommt nicht in Frage.«

»Ich werde ihm sagen, wie gern Ihr gekommen wärt und wie unmöglich es Euch wegen des Dombaus war.«

»Nein.«

»Wollt Ihr denn wirklich selbst gehen? Das kostet Euch viele Wochen, Herr Vater!« Beschwörend sprach Helena auf ihren Vater ein. »Denkt doch an die Kathedrale! Und der Frühling fängt gerade erst an. Beste Arbeitszeit auf dem Bau. Die ersten Maurer kommen schon zurück aus ihrer Heimat.«

Meister Bohnsack schüttelte stumm den Kopf.

»Ihr macht Euch Sorgen um mich?« Es lag nun einmal nicht in Helenas Natur, allzu schnell aufzugeben. »Pater Rochus wird doch bei mir sein. Lasst mich gehen, Herr Vater, bitte. Endlich bekomme ich eine Gelegenheit, das Grab der Frau Mutter zu besuchen.«

Pater Rochus nickte zustimmend, zeigte auf Helena und stand auf. Er war der Meinung, sie, Helena, müsse ihn begleiten. Jeder am Tisch begriff es, und im Grunde sah der Herr Vater das genauso. Doch wahrscheinlich betrachtete er es als Niederlage, dem Franzosen schon wieder sagen zu müssen, dass doch noch kein Hochzeitstermin bestimmt werden konnte.

Was ihr Vater aus einer Botschaft Gottharts längst wusste, erfuhr Helena erst, als sie sechs Stunden später an Bord des Lastkahns ging.

4
Abschied

Noch vor Sonnenaufgang holte sie eines der Pferde aus dem Stall und sattelte es. Mit den Söhnen des Vogts hatte sie in Maulbronn schon als Kind reiten gelernt. Sie kletterte in den Sattel. Es war sehr kalt, und die Märzluft roch nach Frost.

Der Herr Vater beobachtete sie von der offenen Haustür aus. »Wohin willst du, Helena?«

»Zur Schmiede. Ich will mich von Monica und den Kindern verabschieden.« Sie log den Vater sonst nie an, aber diesmal musste es wenigstens eine halbe Lüge sein; und tatsächlich gab er sich damit zufrieden.

Helena ritt dann zwar zur Schmiede, aber sofort an ihr vorbei, denn sie sah kein Licht hinter den Fenstern. Monica und die Kinder schliefen noch. Sie würde sich später von ihnen verabschieden. Der Lastkahn nach Dresden legte ja erst in ein paar Stunden ab.

Sie lenkte das Pferd zu ihrem eigentlichen Ziel: über den Marktplatz, zurück zum Breiten Weg und dann nach Norden in die Neustadt. Kurz nach dem Krökentor raffte sie die Kapuze ihres Mantels über den Kopf.

Jenseits der Elbe schob sich bereits die Sonne hinter dem Horizont heraus, als Helena an Moritz' Hoftor klopfte. Ihre Finger waren rot von der Kälte. Sie blickte nach allen Seiten, nirgendwo ein Nachbar im Hof, im Garten oder an den Fenstern. Gut so. Helena wollte vermeiden, auf Moritz' Anwesen gesehen zu werden.

Endlich ging die Haustür, gefolgt von schlurfenden Schritten im Hof – Moritz öffnete. Seine Augen waren müde, sein Gesicht zerknautscht wie sein langes Hemd und so bleich, dass Helena erschrak. »Habe ich dich geweckt?« Sie drängte sich an ihm vorbei und zog das Pferd hinter sich her in den Hof.

»Du?« Von einem Augenblick auf den anderen wirkte Moritz hellwach. »Was ist passiert?«

»Gott gewährt mir Aufschub.«

»Was heißt das?« Sie reichte ihm die Zügel, damit er das Pferd in den Stall bringen konnte. »Was meinst du mit Aufschub?« Moritz riss den Riegel der Stalltür auf und schob Helenas Pferd in den Stall.

»Ich werde Pater Rochus nach Maulbronn begleiten.« Seite an Seite gingen sie ins Haus. »Sein Abt ist schwer krank und lässt ihn rufen.«

Moritz schloss die Tür. »Aber dann sehe ich dich ja wochenlang nicht mehr!« Erschrocken schaute er ihr ins Gesicht.

»Ja, das stimmt leider.« Helena schlang die Arme um seinen Nacken. Sie hatte Moritz' Haus zum ersten Mal betreten und war ein wenig aufgeregt. »Doch wer weiß, warum Gott es so gefügt hat? Vielleicht sorgt er in diesen Wochen dafür, dass ich den Gotthart nicht heiraten muss! Vielleicht stirbt er, vielleicht überlegt der Vater es sich anders.« Sie küsste ihn.

Lange standen sie so, einer versunken in den Armen des anderen und beide versunken in den Kuss. Bis ein Zittern Helenas Körper durchlief; sie fror. Moritz machte Feuer im Herd und stellte einen Topf mit Wasser darauf. »Ich mach uns einen Kräutertee.«

»Es ist kalt bei dir.« Helena rieb sich die kalten Hände.

»Warte.« Moritz verschwand in seiner Schlafkammer und kehrte mit einem hellen Pelzmantel zurück. »Ansgars Mantel.« Er half ihr hinein. »Er ist aus dem Fell eines Eisbären gemacht.« Seit Lothars Tod benutzte Moritz den Mantel. Bisher war noch kein Brief aus Dänemark gekommen, der danach gefragt hatte. Auch auf Fee, die jetzt in Moritz' Stall stand, hatte Ansgars Familie bisher keinen Anspruch erhoben.

Helena raffte den Pelz um ihren Körper. Dicht am Herdfeuer schmiegte sie sich an Moritz. Der küsste sie, und wieder vergaßen sie Zeit und Ort. Bis zwei Katzen um ihre Beine strichen.

»Nonnen aus dem Zisterzienserkloster sind vor Tagesanbruch gekommen und haben Rochus geweckt.« Sie erzählte, während Moritz den Kräutertee aufbrühte. »Der Vater hat erst nicht gewollt, dass ich mitgehe, doch ich habe solange geredet, bis er nichts mehr gesagt hat.« Sie zog die Schultern hoch, rieb sich die Oberarme. »Ich werde trotz des Pelzes nicht richtig warm.«

Moritz schloss sie fest in die Arme, küsste ihren Scheitel, ihre Stirn, ihre Wangen. Und wieder ihren Mund. Helena hörte sein Herz klopfen – oder war es ihres, das da so wild schlug? –, sie hörte, wie sein Atem immer schneller ging. Als sie die Augen öffnete, fiel ihr Blick auf die offene Tür zu seiner Schlafkammer.

»Deine Federdecke und dein Strohsack sind sicher noch warm«, sagte sie. »Lass uns hineinkriechen und ganz nah beieinanderliegen, bis mir nicht mehr kalt ist.« Sie zog den Pelz und ihren eigenen Mantel aus, und vor der Schlafkammer auch ihre Schuhe.

Moritz brachte einen Becher Kräutertee mit in die Kammer. Eingewickelt in das Federbett und zwei Decken hockten sie auf dem Strohsack und nippten abwechselnd am heißen Tee. Einer sah dem anderen dabei zu, sie kicherten ein wenig, und Helena merkte schnell, dass Moritz verlegen war und nicht recht wusste, was er tun sollte.

Sie stellte den Teebecher auf eine Kiste neben seinem

Nachtlager, streckte sich unter dem Federbett aus und zog ihn zu sich herunter. »Wir wollen uns ganz festhalten, ja?« Wieder umarmten sie einander. »So wollen wir Lebwohl sagen, ja? Dann kann ich immer daran denken, wenn ich unterwegs bin, und später in Maulbronn auch. Bis wir uns wiedersehen.«

»Ich bin traurig, wenn du fortgehst.« Moritz zog sie näher an sich. »Besser ich raube dich, und wir fliehen gemeinsam.«

»Wohin?«

»Ganz weit weg. Ins Königreich Dänemark. Oder ins Königreich Frankreich.«

»Nein, Moritz. Gott wird uns einen besseren Weg zeigen.« Sie kuschelte sich an ihn und drückte ihre Stirn in seine Kehle. »Ich habe zu ihm gebetet deswegen, und Mechthild betet auch für uns. Gott wird uns erhören, ich weiß es genau.«

Sie schloss die Augen, umarmte ihn fest und lauschte seinem Herzschlag. Bald spürte sie seinen warmen Atem und seine Lippen wieder auf ihrem Scheitel. Moritz nahm ihr Gesicht in seine großen Hände, küsste ihre Schläfen, ihre Augen, ihre Ohrläppchen. Helena hielt still. Er streichelte ihre Schultern und ihren Rücken.

Helena wusste genau, was nun geschehen würde, und sie wollte, dass es geschah. Aber wie? Womöglich war er ja noch unerfahrener als sie.

»Hast du schon einmal bei einer Frau gelegen, Moritz?« Sie nahm seine Hand und legte sie auf ihren Busen.

»Nein. Du bei einem Mann?« Sie nickte und schluckte. »Bei Ansgar?« Wieder nickte sie. Und drückte seine große Hand auf ihren Busen.

»Das hier tut gut«, flüsterte sie und bewegte seine kräftige Hand über ihren Brüsten. Solange, bis er endlich von allein anfing, sie dort zu streicheln. Ob er sich traute, die Bänder ihres Oberkleides zu lösen? Sie schnürte die Knoten lieber selbst auf, lächelte ihm ermutigend zu und schob seine Hand unter den Stoff von Kleid und Unterkleid. Endlich spürte sie ihn auf ihrer Haut.

Etwas linkisch fuhr Moritz ihr mit den Fingerspitzen über die Schultern und bis zu ihrem Nacken. Eine Gänsehaut perlte ihr über Rücken und Oberarme. Sie schloss die Augen und legte den Kopf in den Nacken – und Moritz tat, was sie erhofft hatte: Er küsste ihre Kehle.

Sie ließ ihn gewähren und genoss den warmen Schauer, der ihr durch die Glieder strömte. Seine Zunge kreiste zärtlich über die Haut ihres Halses, an der weichen Stelle unter ihrem Ohr und dann in ihrem Nacken. Das fühlte sich herrlich an, und der Herr Vater und die drohende Hochzeit mit dem Franzosen verblassten zu einem Gerücht.

Helena drückte sich so eng und fest an Moritz, als wollte sie sich in ihn verkriechen. Etwas unter seinem langen Hemd fühlte sich groß und hart an, sie spürte es durch die Stoffe ihrer Kleider hindurch an ihrem Unterbauch. Und es zu spüren, steigerte ihre Aufregung.

Sie seufzte tief und presste ihr Becken gegen die harte Schwellung, ihre Hüften entzogen sich ihrem Willen, ihr Becken begann zu kreisen und sich an ihm zu reiben. Moritz stöhnte auf, und dann brachen alle Dämme.

Er fuhr hoch, beugte sich über sie und raffte ihr die Kleider und Hemden über Hüften und Brüste. Ehe Helena recht begriff, was geschah, war sie nackt – und er auch.

Wie ein Sturmwind kam er über sie – wühlte sein Gesicht zwischen ihre Brüste, griff nach ihrer Taille, ihren Schenkeln und ihrem Gesäß. Auf einmal schienen seine starken Hände überall zugleich zu sein, und in Helenas Bauch kochte etwas über. Die Hitze schoss ihr durch die Beine in die Zehenspitzen hinunter, in die Brust und bis zu den Haarwurzeln hinauf. Sie glaubte, sich aufzulösen.

Die Knospen ihrer Brüste schwollen jäh und richteten sich unter seinen Küssen auf. Wie im Tanz begann ihr Körper sich zu wiegen und zu biegen. Das wunde Sehnen so vieler Jahre brach sich Bahn, flutete Helenas Leib, und in ihrem Schoß siedete es. Sie öffnete sich ihm ganz und gar, seiner Wildheit, seiner Kraft.

Halb betäubt und wie durch einen feuchten Schleier hindurch sah sie, wie Moritz sich über ihr aufrichtete und sich zwischen ihre Schenkel schob. Er packte ihre Hüften und stieß sich mit einem tiefen Seufzer in sie hinein. So kraftvoll kam er zu ihr und so tief, dass Helena erschrak, doch als sie sich seiner drängenden Kraft überließ und seine Bewegungen erwiderte, perlte ein Glück und eine Lust durch ihre Adern, die sie nicht kannte, die sie niemals für möglich gehalten hätte.

Fast drei Stunden lagen sie beieinander, flüsterten einander zärtliche Worte ins Ohr, konnten nicht aufhören zu küssen, zu streicheln, zu lieben.

Später halfen sie einander auf die Beine, Helena war ganz schwindlig. Sie halfen sich auch beim Waschen, beim Trocknen, beim Anziehen, und als sie an der Tür zum letzten Mal einander um den Hals fielen, weinten beide laut.

»Komm wieder, bitte, bitte«, schluchzte Moritz.

»Bitte warte auf mich«, flüsterte Helena. »Bitte!« Sie küsste ihm die Tränen ab und ließ sich ihre von ihm wegküssen. Moritz holte ihr das Pferd aus dem Stall, und Helena ritt davon, so schnell sie konnte und ohne sich noch einmal nach seinem Haus umzudrehen.

Gegen Mittag stelzte sie mit schweren Beinen zwischen dem Herrn Vater und Rochus an der Dombaustelle vorbei. Der Pater zog einen Leiterwagen mit Helenas Gepäck hinter sich her. Was Rochus mit auf die Reise nahm, passte in den kleinen Rucksack auf seinem Rücken. Die Reitpferde und das Lasttier hatte er an den Leiterwagen gebunden.

Die Mittagssonne warf ihre Schatten auf den Domplatz. Drei Schatten zählte Helena, der mittlere war ohne Zweifel ihr eigener. Also musste sie ja glauben, dass sie in diesen abschiedsschweren Augenblicken wirklich hier entlangging, hier, vor dem Domchor und zwischen diesen beiden Männern.

Was sie fühlte, war etwas ganz anderes: Weit weg fühlte sie sich. Nur ihr Körper lief hier zwischen zwei Männern, und nur ihr Körper würde gleich an Trommelkran und Bauhütten vorbei zum Hafentor hinab und zu den Anlegestellen gehen; ihre Seele lag noch in Moritz' Armen, schwelgte noch an seinem Herzen.

Die Bauleute sortierten die grob behauenen Steine, die der Lastkahn zwei Tage zuvor aus Dresden gebracht hatte. Etwas abseits, zwischen Stadtmauer und Klosterweg, bearbeiteten Steinmetze die Blöcke aus dem Elbsandsteingebirge. Der Maurermeister hatte einen Plan auf einer Werkbank ausgebreitet, schaute von Zeit zu Zeit darauf und ritzte jedem Stein ein Zeichen ein, damit seine Maurer ihn an vorgesehener Stelle einsetzten.

Zwischen dem Trommelkran und der ersten Bauhütte entdeckte Meister Bohnsack den Bildhauer Gotthart von Saint Leonard. Der schien verblüfft und blickte fragend zu ihnen herüber. Helena wich seinem Blick aus.

»Geht nur vor«, sagte der Herr Vater, »ich komme gleich zum Hafen hinab.« Er ging zu Gotthart und sprach mit ihm. Helena wollte nicht hinsehen.

Auf halbem Weg zum Hafentor kamen sie an einem leeren Karren vorbei, vor den ein Esel gespannt war. Nicht weit davon, zwischen zwei Bauhütten, umringten Dutzende Bauleute einen etwa vier Fuß hohen Stapel aus Steinblöcken, an den eine Leiter gelehnt war. Sie lauschten der Predigt eines alten Mönches, der auf dem Stapel stand und wild gestikulierte. Weil Rochus stehen blieb, hörte auch Helena zu.

»... und zu denen zu seiner Linken wird er sagen: ›Gehet weg von mir, ihr Verfluchten, in das ewige Feuer! Denn ich bin hungrig gewesen, und ihr habt mich nicht gespeist. Ich bin durstig gewesen, und ihr habt mich nicht getränkt ...!«

Der Mönch war stämmig, beinahe bullig, und hatte ein breites Gesicht. Helena hielt ihn für ein paar Jahre älter als den Herrn Vater. Seine braune Kutte wurde von einem Strick zusammengehalten. So waren die Mönche vom Orden des Heiligen Franziskus gekleidet, die Minderen Brüder.

»... ich bin ein Fremder gewesen, und ihr habt mir kein Nachtlager gegeben! Ich bin nackt gewesen, und ihr habt mir keine Kleider gegeben! Ich bin krank und gefangen gewesen, und ihr habt mich nicht besucht! Wahrhaftig, ich sage euch: ›Was ihr verweigert habt einem meiner geringsten Brüder, das habt ihr mir verweigert. Darum weg mit euch in die ewige Pein! Ihr Gerechten aber her zu mir ins ewige Leben‹!«

Die Worte des Mönchs gingen Helena durch und durch. Niemals hatte sie einen Priester derart leidenschaftlich rufen hören. Er sprach von Sünde und Schuld, von Vergebung und Buße, er warnte eindringlich vor Neid, Völlerei, Habgier, Unkeuschheit und Fleischeslust.

Spätestens bei diesen Worten kehrte Helenas Seele wieder ganz und gar in ihren Körper zurück. Die Rede des Mönchs drang ihr unter die Haut, tat ihr weh.

Sie schaute in die Runde der Zuhörer, fast ausschließlich

Männer. Viele standen gebeugt und mit gesenkten Köpfen, etliche konnten nicht mehr aufhören, sich zu bekreuzigen, und manche wischten sich verstohlen die Tränen aus den Augen.

»Gehen wir.« Der Herr Vater stieß wieder zu ihnen. »Ein Eiferer«, sagte er mit einem flüchtigen Blick auf den Prediger. »Nennt sich Bruder Gabriel. Er sorgt für Unruhe in den Klöstern und in der Stadt. Der Dompropst weiß nicht, wie er ihn loswerden soll.«

Helena und Rochus folgten ihm durch das Tor und zum Elbhafen hinab. Der Weg war von Wagenrädern zerfurcht und von Stiefelsohlen zertreten; Steinsplitter und Staub bedeckten ihn. Der Lastkahn lag an der mittleren Anlegestelle vor Anker. Fuhrleute trugen letzte Stoffballen an Bord, Matrosen hissten bereits die Segel. Rochus brachte die drei Pferde und das Gepäck an Bord.

»Gotthart wird morgen nach Frankreich abreisen«, sagte Meister Bohnsack. »Sein Vater ruft ihn, damit er den Grafentitel und seine Ländereien in Empfang nehmen kann.« Er stieß einen Seufzer der Erleichterung aus. »Insofern ist es gar nicht so schlimm, wenn du ein paar Wochen nicht in der Stadt bist, Helena. Der Hochzeitstag kann sowieso erst nach Gottharts Rückkehr festgelegt werden.«

Helena war sprachlos. Ganz umsonst trat sie also die lange Reise an? Ganz umsonst würde sie Moritz für viele Wochen nicht sehen können? Sie mochte es nicht glauben, aber nun gab es keinen Weg mehr zurück. Der Vater umarmte sie und murmelte einen Abschiedssegen, Helena küsste ihn flüchtig auf die Wange. Rasch wandte sie sich ab und ging über die Landungsbrücke an Bord des Lastkahns.

Eine halbe Stunde später ließ der Kapitän die Anker lichten; der Lastkahn legte ab. Die Ruderer im Unterdeck legten sich in die Riemen, das Schiff pflügte stromaufwärts durch die Wellen. Der Vater winkte; Helena winkte zurück, doch nur kurz.

Gotthart geht nach Frankreich. In Gedanken sprach sie mit ihrer Mutter. *Vielleicht trifft er dort eine Schönere und Reichere als mich. Hoffentlich. Vielleicht wird er auch krank und stirbt, vielleicht schlagen ihn Räuber tot.* Helena dachte an den feurigen Prediger namens Gabriel und schämte sich für ihre Gedanken. Sie würde sie Pater Rochus beichten müssen.

Der Wind stand noch günstig, Magdeburgs Türme, Dächer und Mauern schrumpften nach und nach und verschwammen schließlich mit der Flusslandschaft.

Sie fuhren die Elbe hinunter bis zur Mündung der Saale. Dort gingen sie am nächsten Tag von Bord des Lastkahns und stiegen am Tag darauf in ein kleineres Schiff, das sie die Saale hinauftrug.

Ein Unwetter mit Dauerregen hielt sie fast eine Woche in Halle fest. Ein Lastkahn, der Salz geladen hatte, brachte sie schließlich bis nach Dürrenberg. Weiter war die Saale nicht schiffbar, und Helena und Rochus mussten ihre Reise zu Pferd fortsetzen.

Das Wetter schlug um, es wurde milder und trockener, und bald schien die Sonne aus einem wolkenlosen Himmel. Helena dankte Gott dafür.

Anfang April schließlich erreichten sie jenes Dorf, in dem sie Jahre zuvor auf dem Weg nach Magdeburg schon übernachtet hatten – Jena. Der Duft des Frühlings lag in der milden Luft.

Die Mutter des Tuchschneiders erkannte sie sofort wieder. Sie zeigte sich erfreut, sie wiederzusehen, und hieß sie in ihrem

Haus am Marktplatz willkommen. Die Greisin gab ihnen dieselben Kammern zum Nachtlager wie damals schon.

Bei ihrem Aufbruch am nächsten Morgen wurden Helena und Pater Rochus Zeugen eines Menschenauflaufs auf dem Marktplatz. Sie hielten die Pferde an und beobachteten, wie zwei Männer eine junge Frau von einem Ochsenkarren zerrten und zu einem Podest mitten auf dem Marktplatz schleppten.

Helenas Blick fiel auf eine Weinschänke, und jäh erinnerte sie sich, wie Jahre zuvor Ansgar aus dieser Schänke auf den Marktplatz gekommen war, um ihr gegen den so unverschämt feilschenden Bauern beizustehen. Und einen Tag später dann der Gänsebraten und das gemeinsame Mahl.

Wie lange war das her! Und was war nicht alles geschehen seitdem! Helena wurde ganz wund ums Herz.

Aus den Gassen und den Höfen, Häusern und Schänken rund um den Marktplatz strömten die Dorfbewohner herbei und versammelten sich um das Podest. Ein Pfahl ragte aus ihm, zu dem führten die beiden Männer die junge Frau. Helena hörte sie weinen.

Sie begriff, dass sie dem Henker und seinem Knecht bei der Arbeit zusah – die junge Frau hatte sich wohl eines Verbrechens schuldig gemacht, und nun sollte an ihr die Strafe vollzogen werden, die der Richter oder der Burggraf über sie verhängt hatte.

Die beiden Männer auf dem Podest nahmen der Frau den Mantel weg und banden sie bäuchlings an den Pfahl. Einer riss ihr Kleider und Hemden über die Schultern und zerrte die Stoffe bis zur Hüfte herab; der andere hielt plötzlich einen Stecken in der Hand.

In der vorderen Reihe der Zuschauer gab ein Mann in guten Kleidern und mit teuren Federn am Hut ein Zeichen – der mit dem Stecken holte aus und schlug zu. Einmal, zweimal, wieder und wieder. Helena zuckte jedes Mal zusammen.

Auch die Mutter des Tuchschneiders, ihre Magd und einige ihrer Enkel waren inzwischen aus dem Haus gekommen. Nur wenige Schritte neben Pater Rochus und Helena blieben sie stehen und sahen dem grausigen Spektakel zu. Ihre Mienen verrieten Helena allerdings nicht die Spur von Schrecken oder Mitleid. Sie schienen sich sogar an der Bestrafung der jungen Frau zu ergötzen.

»Warum die Prügelstrafe?«, sprach Helena die Frauen an. »Was hat sie getan?«

»Unzucht getrieben.« Die alte Mutter des Tuchschneiders schnitt eine verächtliche Miene, und es fehlte nicht viel, und sie hätte ausgespuckt.

Helena spürte, wie sich etwas in ihrem Bauch verknotete. »Unzucht?«

»Ja, genau.« Die Greisin äugte kurz zu ihren teils halbwüchsigen, teils noch sehr kleinen Enkeln, rückte näher an Helenas Pferd und senkte die Stimme. »Die da hat ein Kind geboren, aber keinen Mann dazu.« Sie zeigte auf die jammernde Frau am Schandpfahl. »Will auch nicht damit rausrücken, wer der Vater ist.«

Helena brachte kein Wort heraus. Von der Seite spürte sie den brennenden Blick von Pater Rochus.

Auf dem Podest schrie die junge Frau inzwischen bei jedem Schlag auf, der sie traf. Ihre Haut platzte, und Helena sah es rot über ihren nackten Rücken fließen.

»Die hat noch Glück, dass sie's hier in Thüringen getrieben hat«, sagte die Mutter des Tuchschneiders. »Mit zwanzig Stockschlägen kriegt sie's ziemlich billig, möchte ich meinen. Da wo Ihr herkommt, Jungfer Helena, in Magdeburg oben, da gilt ein anderes Recht, da spricht man Recht nach dem Sachsenspiegel. Da schlägt man Unzüchtigen gleich den Kopf ab.«

Ein Kloß schwoll in Helenas Hals, und das Atmen fiel ihr schwer. Ohne weiter auf die Frau neben ihr zu achten, trieb sie ihr Pferd an und lenkte es weg vom Marktplatz, in die nächstbeste Gasse hinein, die zum Weg nach Süden führte. Die Schreie der geprügelten Frau begleiteten sie noch viele Dutzend Ruten weit. Hinter sich hörte sie Hufschlag – Pater Rochus folgte ihr.

Die Angst, schwanger zu sein, ließ Helena von nun an nicht mehr los.

5
Gelübde

Magdeburg, Sommer 1233

Die Tage wurden wieder länger. Spät brach die Abenddämmerung ein, spät hatte die Arbeit ein Ende. Doch nun konnten die Mörtelmischer endlich ihre Kübel, Schaufeln und Schubkarren waschen. Mehr als zwölf Stunden Schufterei lagen hinter ihnen. Was für ein langer Tag! Mechthild betete für sie.

Die Maurer stiegen von den Türmen und Gerüsten; die Zimmerleute schlugen schnell noch ein paar Nägel in das Lehrgerüst für das vorletzte Kreuzrippengewölbe des Bischofsgangs; die Steinmetze packten Klopfhölzer und Meißel zusammen und schüttelten den Steinstaub aus ihren Kitteln und Lederschurzen; gemeinsam mit drei jungen Schmieden suchte Nikolaus den Boden der Baustelle nach krumm geschlagenen Nägeln, Eisenfassungen und unbrauchbar gewordenem Werkzeug ab.

Klein-Nikolaus wuselte neben ihnen her, und jedes Mal, wenn er vor seinem Großvater das nächste einschmelzbare Eisenteilchen in einen Korb werfen konnte, lachte er lauthals. Mechthild lachte dann auch. Und betete für jeden Einzelnen.

Sie kauerte in der Fensteröffnung der neuen Mauer zwischen nördlichem Querschiff und Chorempore. Zwanzig Fuß unter ihr verließ einer nach dem anderen die Dombaustelle in Richtung Domplatz oder Bauhütte. Mittlerweile entdeckte Mechthild unter den Bauleuten nur noch selten einen, dessen Namen sie nicht kannte. Von vielen wusste sie auch die Namen der Frauen und Kinder, ja sogar der Eltern.

Wenn man für die Leute betete, lernte man sie gründlicher kennen. Täglich kamen drei oder vier zu Mechthild, erzählten von dieser Sorge und jenem Kummer und baten sie um Fürbitte.

Bald verklangen die letzten Hammerschläge, entfernten sich die letzten Stimmen und Schritte. Mechthild schwang sich aus der Fensteröffnung in die Empore und schritt betend unter den Kreuzrippengewölben hindurch. Bis auf die beiden letzten Gewölbe der Südseite waren alle gesetzt und gegossen. Und die Hälfte trug schon keine Schalung mehr.

Etliche Kapitelle warteten noch auf die Filigranbearbeitung; an der Fensterwand wurde noch gemauert; auf der Chorinnenseite mussten zwischen den Arkaden noch die steinernen Baldachine behauen werden, von denen aus einst die Fenstersäulen in den Obergaden streben sollten; und mit der Arbeit an der Brücke zum Bischofspalast hatte Meister Bohnsack noch nicht einmal beginnen lassen. Dennoch würde in wenigen Monaten der Rohbau des Bischofsgangs vollendet sein. Mechthild bestaunte jede Säule, jede Arkade, jedes Kapitell und murmelte einen Dankpsalm nach dem anderen.

Der unvollendete Bischofsgang kam ihr vor, als wäre er nicht von dieser Welt. Jetzt schon, noch ganz ohne Farben und Schmuck, atmete dieser hohe und weitläufige Bogengang eine Erhabenheit und Würde, die Mechthild das Gefühl gab, ein kleines Kind zu sein, das sich anschickte, die Vorhalle von Gottes Himmelspalast zu betreten. Sie tänzelte von Arkade zu Arkade, von Säule zu Säule, drehte sich um sich selbst und freute sich an der zunehmenden Dunkelheit. Die nämlich, und das kannte Mechthild aus so vielen Dämmerungsstunden im Dom, ließ Schatten wachsen, brachte die Ornamente der Kapitelle zum Schwingen, verschmolz Säulen mit Pfeilern und

Bögen und erfüllte den herrlichen Raum auf diese Weise mit geradezu überirdischem Leben.

Wenn das begann, wenn auf einmal alles von unsichtbarer Hand bewegt erschien, dann dauerte es meist nicht mehr lange, bis im Chor das göttliche Licht aufging und die Heiligen ihre nächtlichen Konferenzen begannen.

Vor der Scheitelarkade blieb Mechthild stehen und schaute in den Chor hinunter. Am Westhorizont, hinter dem Turm von Sankt Sebastian, glühte noch die letzte Tagesröte unter dem schon dunklen Abendhimmel.

Mechthild wartete.

Und wahrhaftig, da flackerte schon ein Lichtschein vor dem Lettner. Stimmen wurden laut, Schritte näherten sich. Anders als sonst, wenn das Gotteslicht und die Heiligen erschienen, sah Mechthild den Lichtschein unten im Chorumgang vorübergleiten. Bald geriet er für kurze Zeit aus ihrem Blickfeld – bis er direkt unter ihr in den Chor hineinleuchtete und auf die Rückseite des Hochaltars fiel. Drei Männer traten in den Chor, einer trug eine Fackel.

Nein, das war nicht das göttliche Licht, das waren auch keine Heiligen – Dietrich von Dobin, der Dompropst Wilbrand und der Baumeister schritten unter Mechthild durch den Chor, als würden sie etwas suchen.

»Hier liegt er ja!«, rief Dietrich, der die Fackel trug, und lief zum Hochaltar.

»Gott sei Dank«, rief Meister Bohnsack. »Mir geht zurzeit so vieles durch den Kopf, dass ich den Plan auf den Stufen vergessen habe.«

»Nun, du hast es auch nicht leicht, Baumeister«, sagte der Dompropst. »Der Bischofsgang nimmt immer mehr Gestalt an und braucht deine ganze Aufmerksamkeit. Die Maße der Mittelschiffpfeiler müssen stimmen, die Bildhauer kommen nicht immer gleich gut voran und dann der Kummer mit deiner Tochter. Tagtäglich schließen Wir dich in unsere Fürbitte ein, darauf verlass dich nur.«

»Ich weiß.« Ein tiefer Seufzer des Baumeisters hallte durch den Chor. »Dafür danke ich Euch auch, Herr Dompropst.«

Mechthild lehnte mit dem Rücken gegen den Pfeiler neben der Arkade und lauschte. Es ging um Helena? Da konnte sie nicht weghören.

»Ist deine Tochter denn nun endlich bereit, den edlen Herrn Gotthart zu ehelichen?« Das war Dietrichs Stimme.

»Ich weiß es nicht, Hochwürden.« Der Baumeister klang bedrückt. »Ich habe aus Maulbronn noch nicht einen einzigen Brief von ihr erhalten. Pater Rochus allerdings hat geschrieben. Helena hat sich seit vielen Wochen in ein Nonnenkloster im Schwarzwald zurückgezogen.« Mechthild horchte auf. »Rochus vermutet, dass sie eine Novizin werden will.« So traurig hatte sich der Baumeister noch nie angehört.

»In ein Kloster? So, so.« Der Dompropst räusperte sich. »Wenn sie den Habit nimmt und die Gelübde ablegt, dann sei ihr alles verziehen. Doch auch das sollte sie Gotthart von Saint Leonard so schnell wie möglich wissen lassen. Es ist eine Sünde, einen Mann wie ihn so lange hinzuhalten«, erklärte Wilbrand im Brustton empörter Überzeugung. »Zu Unserer Erleichterung hat es Gott in seiner großen Weisheit gefügt, dass er durch den Tod seines Vaters noch eine Weile im Königreich Frankreich weilen muss. Der Kardinal ist völlig überraschend gestorben, wie Gotthart schreibt.«

»Mir hat er auch geschrieben.« Erneut die sorgenvolle Stimme des Baumeisters. »Vor dem Wintereinbruch will er zurück in Magdeburg sein.«

»Mehr als ein Aufschub ist das nicht.« Wieder ergriff Dietrich das Wort. »Ich fürchte, wir werden Gotthart als Bildhauer verlieren, wenn deine Tochter seine Ehre weiterhin mit Füßen tritt.«

»Nicht auszudenken!« Mechthild hörte den Dompropst in die Hände klatschen. »Wer macht Uns dann die beiden noch fehlenden Jungfrauen!«

»Die Zehn Jungfrauen könnten auch Moritz und der Straßburger vollenden«, sagte Dietrich.

»Dennoch! Ich will den Gotthart behalten! Er ist ein guter Bildhauer, wie viel Leidenschaft und Lebendigkeit steckt in seinen Bildwerken! Sieh bloß zu, dass deine Tochter uns den Mann nicht vergrault, Meister Bohnsack!«

»Was soll ich denn tun, Hochwürden?« Die Stimme des Baumeisters klang düster und ratlos. »Sie will einfach nicht – will Gotthart nicht, will mir nicht gehorchen. Und des Menschen Wille ist sein Himmelreich.« Mechthild hörte es, dachte an Helena und lächelte still.

»Aber nein, Herr Baumeister, so nicht!« Dompropst Wilbrand schlug einen gebieterischen Ton an. »Sie hat dir zu gehorchen! Es sei denn, sie wird eine Nonne. Ansonsten ist der Vater der Herr einer Unverheirateten. Die Magdeburger zerreißen sich das Maul nicht nur über sie, sondern auch über dich, Bohnsack. Und sie haben recht: Welcher Vater lässt sich denn so viel Eigensinn gefallen!?«

Nun trat Stille ein unten im Chor, eine betretene Stille. Mechthild war gespannt, worauf diese nächtliche Altherrenklausur hinauslaufen würde.

»Der ehrwürdige Herr Dompropst hat vollkommen recht, Baumeister«, ergriff wieder Dietrich von Dobin das Wort. »Du musst handeln, denn Helenas Betragen und das Gerede der Leute fällt auf dich zurück. Und auf deine Arbeit.«

»Also auch auf Uns«, erklärte Wilbrand. »Wird Helena nicht schon dreiundzwanzig? Allerhöchste Zeit, dass du sie unter die Haube bringst! Oder willst du sie am Ende noch ins Büßerinnen-Kloster stecken?«

Der Dompropst sprach von dem Asyl für die unverheirateten Töchter der Magdeburger Bürger, das man bei der Grafenburg errichtet hatte. Sein Bruder Albrecht hatte es noch vor seinem Tod gestiftet.

»Natürlich nicht.« Der Baumeister hörte sich bedauernswert kleinlaut an. »Sobald sie zurückkehrt, werde ich den Hochzeitstermin festlegen.«

»Lege ihn vorher fest, Baumeister!« Wilbrands Rat klang wie ein Befehl. »Und stelle sie, sobald sie heimkehrt, vor vollendete Tatsachen. Und wähle einen kurzfristigen Termin. Je schneller sie unter der Haube ist, desto weniger Zeit bleibt ihr für die ganzen Flausen, die sie im Kopf hat.«

»Und was mache ich mit dem Wenden? Moritz hat doch ebenfalls um ihre Hand angehalten. Und Helena liebt ihn, das weiß ich.«

»Ach, ›Liebe‹!« Es klang, als würde Wilbrand die Backen aufblasen. »Der wendische Steinmetz ist doch kein Gatte für die Tochter eines ehrwürdigen Baumeisters! Kann er denn überhaupt lesen und schreiben? Besitzt er denn überhaupt irgendwas? Er hat doch nur dieses Häuslein, das mein Bruder ihm geschenkt hat. Übrigens ganz gegen meinen Willen.«

»Bartholomäus, der Engländer, unterrichtet ihn seit einiger Zeit.« Dietrich von Dobin klang nachdenklich. »Ich fürchte, der Moritz wird genauso hartnäckig an deiner Tochter festhalten wie sie an ihm. Ich kenne ihn ein wenig.«

»Umso wichtiger ist es, dass wir schnell handeln!«, rief Wilbrand. »Sobald du weißt, wann sie und Gotthart zurückkehren, musst du einen Hochzeitstermin festlegen, Baumeister. Es darf den jungen Leuten keine Zeit für Flausen bleiben. Notfalls sperre deine Tochter ein.«

Ein bitteres Lachen des Baumeisters hallte durch den Chor und zu Mechthild herauf. »Einsperren? Helena?«

»Und den Moritz kann sowieso keiner einsperren«, sagte Dietrich. »Du weißt doch, wie sie ihn nennen, Bruder Wilbrand – Samson.«

»Keine Sorge, um den kümmere ich mich.« Der Dompropst redete wie ein ganz und gar zuversichtlicher Mann. »Ich weiß schon, was ich mit dem Samson machen werde, vertraut mir nur. Gehen wir.«

Die Männer verließen den Chor, Fackelschein und Schritte entfernten sich. Bald tönten ihre Stimmen aus dem Chorumgang. »Heute kam ein Brief vom kaiserlichen Hof«, hörte Mechthild den Dompropst noch sagen, mehr verstand sie nicht, denn seine weiteren Worte verhallten mit dem Schrittlärm.

Mechthild betete für sie. Vor allem für den Dompropst. Kaum jemand unter den geistlichen Herren der Stadt zweifelte noch daran, dass in nicht allzu langer Zeit er der Erzbischof von Magdeburg sein würde. Und brauchte ein Erzbischof nicht ganz viel Weisheit und Erleuchtung? Bei Albrecht hatte Mechthild nie daran gezweifelt, dass er beides besaß.

Sie setzte sich auf den Sims der Scheitelarkade, blickte hinunter in den dunklen Chor und wartete weiter auf das göttliche Licht. Und betete für die drei Menschen, von denen eben noch dort unten die Rede gewesen war. »Maulbronn, Paris, Magdeburg«, murmelte sie. »Wie weit entfernt voneinander leben sie gerade! Und dennoch stürzen sie schon aufeinander zu. Doch halte du deine schützende Hand über sie.«

Maulbronn, Herbst 1233

Der Abt starb am Vorabend des Erntedankfestes. Tag und Nacht wachte Pater Rochus an seinem Sterbelager, bis zu seiner Todesstunde. Helena hatte nicht gewusst, dass der Abt und Rochus so eng befreundet gewesen waren.

Nun, da er tot war, gab es keinen Grund mehr, länger in Maulbronn zu bleiben. Gleich zu Beginn der neuen Woche wollte Pater Rochus zur Elbe aufbrechen. Helena spürte Angst und Freude zugleich, wenn sie an die Rückreise dachte.

Angst, der Vater könnte noch auf ihrer Vermählung mit Gotthart bestehen; Freude, Moritz wiederzusehen.

Nach der Erntedankmesse ging sie zum Friedhof hinauf, um Herbstblumen zum Grab der Mutter zu bringen. Seit ihrer Rückkehr aus dem Nonnenkloster Frauenalb sieben Tage zuvor war sie noch nicht am Grab gewesen.

Helena jätete das Unkraut und schmückte das Grab mit dem vorbereiteten Blumengebinde. »Wärt Ihr eine Frau fürs Kloster gewesen, Frau Mutter? Bestimmt nicht! Wo Ihr doch sogar einen Geliebten hattet.« Sie pflanzte Hortensien; die hatte die Frau Mutter ganz besonders geliebt. »Ich bin's auch nicht. Mein Leib und meine Seele sehnen sich zu sehr. Wahrscheinlich hat mich die Angst, schwanger zu sein, nach Frauenalb getrieben. Als ich wusste, ich bin's nicht, war's vorbei mit dem Novizeneifer.« Zum Schluss putzte sie den Grabstein.

Seit Helena Maulbronn vor sechs Jahren verlassen hatte, brauchte sie das Grab der Frau Mutter nicht mehr, um mit ihr sprechen zu können. Sie sprach überall mit ihr, wenn sie nur wollte: in der Messe, in der Einsamkeit ihrer Kammer, im Stillen bei der Arbeit in Küche, Stall oder Bauhütte. Die Mutter war ihr immer gegenwärtig seit jenem schmerzlichen Aufbruch aus dem Ort ihrer Kindheit und Jugend vor sechs Jahren.

Alles, was geschehen war und sie bewegte, hatte sie längst mit ihr besprochen: Dass die Gefährten und Orte ihrer Jugend und Kindheit ihr seltsam fremd vorkamen, warum sie mit dem Gedanken gespielt hatte, in ein Kloster einzutreten, dass der Pater Rochus in den Sand geschrieben hatte, es ja nicht zu tun, dass er ihr sogar einen Brief ins Kloster Frauenalb geschickt hatte, in dem er sie dringend bat, mit ihm nach Magdeburg zurückzukehren.

Und natürlich, dass sie den Wenden Moritz liebte. Und der Vater sie dem Gotthart geben wollte.

»Übermorgen werden wir diesen lieblichen Ort wieder verlassen, Frau Mutter. Gleich nach der Bestattung des Abtes. Ich muss Moritz wiedersehen. Durch die Trennung ist meine Sehnsucht nach ihm noch größer geworden. Versteht Ihr das, Frau Mutter?« Ein letztes Mal betrachtete sie das vertraute Grab. »Bestimmt versteht Ihr das. Ihr habt ja auch geliebt.«

Jede Einzelheit prägte sie sich ein – den Grabstein, den Namenszug, die Blumen. Auch die Friedhofsmauer und die geschwungene Linie der Weinbergkuppe unter dem Herbsthimmel. Aus irgendeinem Grund war sie gewiss, nie mehr zu diesem Grab zurückzukehren.

»Mir ist ein wenig bange, Frau Mutter. Wegen Gotthart. Doch der Allmächtige wird Moritz und mir einen Weg bahnen. Meint Ihr nicht auch?«

Sie schloss die Augen und beschwor das Bild des Grabes vor ihrem inneren Auge herauf. Solange, bis sie im Geist jede Einzelheit erkennen konnte. Dann erst ging sie.

Am Abend zog es sie in die Weinberge. Weil Sonntag war, ruhte die Arbeit dort. Sie suchte die Stelle auf, an der die Mutter vom Blitz erschlagen wurde. Fast zwölf Jahre war das jetzt her. Als Helena sich dem Kreuz näherte, sah sie einen Mönch neben dem steinernen Engel im Gras sitzen.

»Du? Erst, als sie vor dem Mönch stand, erkannte sie ihn. Er hatte seinen alten, schmutzig grauen Habit gegen einen neuen schneeweißen eingetauscht. »Hat es dich auch hierhergezogen, Pater Rochus?«

Er nickte, und Helena ließ sich neben ihm im Gras nieder. »Nach der Messe war ich auf dem Friedhof beim Grab der Frau Mutter.«

»Ich weiß.«

»Ich glaube, es wird mir nicht schwerfallen, übermorgen Maulbronn und das Grab der Frau Mutter wieder zu ...« Sie unterbrach sich und staunte Pater Rochus an. Jetzt erst wurde ihr bewusst, dass er gesprochen hatte.

»Ich wusste auch, dass du hierherkommen würdest, Helena«, sagte er mit großem Ernst. »Ich habe auf dich gewartet.«

»Du redest wieder?« Helena lächelte ungläubig. »Was ist geschehen?«

»Der Bruder Abt hat mich von meinem Gelübde entbunden.« Rochus schaute sie nicht an, blickte die ganze Zeit ins Tal und zu Dorf und Kloster hinunter. Es kam Helena vor, als weilte sein Geist woanders. Bei dem Verstorbenen, vermutete sie.

»Ihr müsst gute Freunde gewesen sein, dass er dich an sein Krankenlager gerufen hat und du so treu bei ihm gewacht hast.«

»Wir haben einander geliebt. Bis zu seiner Todesstunde.« Rochus sprach leise und mit heiserer Stimme. »Früher waren wir auch Freunde gewesen, ja. Früher.«

»Das verstehe ich nicht.« Helena musterte ihn mit gerunzelter Stirn. »Ihr habt euch geliebt, seid zuletzt aber keine Freunde mehr gewesen? Das klingt verwirrend, Pater Rochus.«

»Wir sind als Freunde in dieses Kloster eingetreten. Da waren wir kaum zwanzig Jahre alt. Als Freunde haben wir in diesen Mauern dort unten gelernt, gearbeitet, gebetet, gelehrt.« Er deutete zum Kloster hinunter. »Bis dein Vater kam. Danach waren wir nur noch Brüder.«

»Was?!« Helena starrte ihn an, versuchte zu begreifen. »Das ist nicht wahr, oder?«

Er wandte den Kopf, zum ersten Mal schaute er ihr in die Augen. »Du hast recht«, sagte er. »Das ist nicht wahr. Bis deine Mutter kam, muss es heißen. Als sie in unser Leben trat, zerbrach unsere Freundschaft. Wir haben sie geliebt, beide. Wir haben sie begehrt, beide. Doch nur mich hat sie erhört.«

Helena schloss die Augen, lauschte dem Klang seiner Worte nach. Die wogen zu schwer, die konnte sie nicht fassen. Sie riss die Augen auf, alles drehte sich – die Weinstöcke, das Kreuz, der Weinberg, der Engel, der Mönch in der schneeweißen Tunika. Sie schüttelte den Kopf, bewegte die Lippen; doch kein Wort wollte über sie kommen.

»Nach ihrem Tod hat mir der Bruder Abt ein Gelübde auferlegt – zu schweigen bis zu seinem Tod und niemals von deiner Seite zu weichen, bis du verheiratet bist und eine Familie hast.«

»Du also ...« Helena konnte nur flüstern. »Du bist der Mann ... « Pater Rochus nickte. »... mit dem sie weggehen wollte ...« Er nickte und nickte. »Deswegen hat der Herr Abt diesen Engel ...« Sie drehte sich nach der Statue um.

»Ist dir nie aufgefallen, dass er ihre schönen Züge trägt?« Sie nickte. »Er hat ihn aus seiner eigenen Schatulle bezahlt. Das Bronzekreuz habe ich gestiftet.«

Helena verbarg das Gesicht in den Händen und versuchte zu verstehen, was sie da gerade gehört hatte.

»Deine Mutter war eine kluge und schöne Frau, weißt du? Sie ist dir sehr ähnlich gewesen. Sie trug eine große Sehnsucht in sich und hat viel vom Leben erwartet. Vom Leben und von der Liebe. Dein Vater konnte ihren Hunger nicht stillen. Er war mehr mit dem Neubau als mit ihr verheiratet.«

»Und du hättest es gekonnt?«, flüsterte Helena.

»Vielleicht.«

»Wohin wolltet ihr gehen?«

»Ins Königreich Frankreich. In ihre Heimat.«

»Und mich wolltet ihr mitnehmen?«

»Natürlich.«

»Das hätte dem Herrn Vater das Herz gebrochen.«

»Das habe ich später auch oft gedacht. Wahrscheinlich hätte er dann keine derart herrlichen Gebäude wie unser Refektorium erschaffen können. Oder wie den Magdeburger Bischofsgang.«

Ein Gedanke wie ein Schrecken zuckte Helena durch den Kopf. »Sie hat sich doch nicht etwa das Leben genommen?«

»Nein. Daran hat sie nie gedacht.«

»Was hatte sie dann aber während eines Gewitters hier oben im Weinberg zu schaffen?«

»Das Gewitter hat uns alle überrascht«, erzählte Rochus. »Deine Mutter und ich waren hier oben verabredet. Um die Einzelheiten unserer Flucht zu besprechen. Damit man uns nicht zusammen sah, ist sie früher aus dem Kloster aufgebrochen und hier heraufgestiegen. Als ich dann auch losgelaufen bin, tobte das Gewitter bereits. Ich habe den Blitz einschlagen sehen ...« Er schluckte und atmete tief durch.

»Sie würde noch leben, wenn ihr nicht ...« Helena biss sich auf die Unterlippe.

»Ja. Sprich es ruhig aus. Wenn du so willst, war es meine Schuld, dass du deine Mutter verloren hast.«

»Dann war es also gar nicht der Vater, der sie hier gefunden hat?« Helenas Stimme zitterte.

»Nein. Ich habe den Vater gefunden. In der Baustelle des

Herrenrefektoriums. Bei der Arbeit. Man habe seine Frau in die Weinberge gehen sehen, habe ich ihm gesagt, und ob er sich keine Sorgen mache. Da lief er los. Er hat meine Tränen nicht einmal bemerkt.«

Stumm saßen sie nebeneinander. Helena, das Gesicht in den Händen verborgen, Pater Rochus, den Blick in irgendeine Ferne gerichtet. Die Sonne ging unter, der Abendstern erschien am Himmel. Irgendwann stand Helena auf.

»Ich bin froh, dass du es mir erzählt hast, Rochus«, sagte sie. »Danke. Jetzt, wo ich das alles von ihr weiß, fühle ich mich ihr noch viel näher.« Sie drehte sich nach dem Engel um und umarmte ihn. So verharrte sie lange, sehr lange.

Bis auch der Pater sich erhob. »Alles, was deine Mutter für dich getan hätte, werde ich für dich tun.« Rochus legte den Arm um sie. »Bis du eine Familie hast. Oder bis ich sterbe. Das habe ich nicht nur Gott, das hatte ich auch deiner Mutter versprochen. Schon, als sie noch lebte.«

6

Messe

Magdeburg, November 1233

Es war früher Nachmittag, und schönes Licht fiel auf die Werkbänke. Noch musste man weder Kienholz noch Talglampe anzünden. Hämmern erfüllte die Bauhütte. Hinter Moritz klopfte der Steinmetzmeister den letzten Schlussstein für die Kreuzrippengewölbe des Bischofsgangs zurecht. Neben ihm arbeitete der Bamberger an der großen Figur des Apostels Andreas. Und überall an den Werkbänken feilten sie an Schablonen oder klopften an Bogensteinen, Maßwerken oder Kapitellen herum.

Der Winter war die Zeit, um die Steine vorzufertigen, die dann ab dem Frühling zu Arkaden, Säulen und Kreuzrippen zusammengefügt wurden.

Moritz trat drei Schritte zurück und betrachtete seine Mauritius-Skulptur. Er sah einen Ritter in Kettenhemd und Wappenrock und mit Schwert, Schild und einem Dolch im Gurt – einen dänischen Ritter. Doch sah er den Heiligen Mauritius? »Wer bist du?«, murmelte er.

Die Gesichtszüge des Ritters waren ernst. So ernst, wie Ansgar nur selten geguckt hatte. Ungefähr so ernst etwa, wie er vor sechs Jahren geguckt hatte, als Moritz an ihm und Helena vorbei aus dem Innenhof der Rudelsburg gestolpert war – gefesselt und an das Pferd des Rügener Kriegsmannes gebunden. Die Erinnerung zog Moritz die Eingeweide zusammen.

Und fast so ernst wie am Tag darauf, als Ansgar zuschaute, wie Moritz auf den längst besiegten Rügener eindrosch.

Dennoch lag hinter diesem Ernst noch eine winzige Spur jenes spöttischen Schmunzelns, das Ansgars Züge geprägt hatte. Genau das war es, was Moritz an seiner Mauritius-Skulptur nicht behagte. Alles, was Moritz von Dietrich, Mechthild und seinem Lehrer Bartholomäus über den Heiligen Mauritius gehört hatte, passte nicht recht zu diesem hintergründigen, leicht spöttischen Lächeln eines Mannes, der vorgab, nichts wirklich ernst zu nehmen. Es würde auch dann nicht passen, wenn man die Haut des Ritters Ansgar in dunkle Farbe fasste.

Der Mauritius, den Mechthild ihm schilderte, wenn sie Moritz an ihren Lichtvisionen im Domchor teilnehmen ließ, dieser Mauritius schien eine tiefe Würde und Entschlossenheit auszustrahlen. Jedes Mal beschrieb sie Moritz einen römischen Offizier, der angesichts des Todes unbeugsam an seiner Treue zu Gott festhielt; einen Mann, dessen Haltung und Miene unmissverständlich klarmachte: *Hier stehe ich, ich kann nicht anders.* Da blieb kein Platz für ein noch so hintergründiges Schmunzeln, und schon gar nicht für Spott.

»Wer willst du werden?« Moritz setzte das Eisen an der Stelle neben dem rechten Auge an, wo Ansgars Schmunzeln am deutlichsten hervortrat. Vorsichtig schwang er das Klopfholz.

Sein Mauritius wurde und wurde nicht fertig. Die Skulptur widerstand Moritz seit Monaten. Zwischendurch hatte er die Arbeit an ihr sogar ganz aufgegeben und angefangen, seine Helenastatue umzuarbeiten. Er hatte sie dem Herrn Dietrich gezeigt. Der war so angetan davon, dass er sie im Dom sehen wollte; als den Engel, welcher der Jungfrau Maria die Geburt des Gottessohnes ankündigte.

Inzwischen ahnte Moritz, warum die Mauritius-Figur ihm widerstand. Das lag weder am aufwändigen Kettenhemd, noch an der Sorge um Helena, noch an der Arbeit im Bischofsgang, zu der Meister Bohnsack ihn häufiger hinzuzog, als ursprünglich geplant. Es lag tatsächlich an diesem hintergründigen Lächeln. Es lag also an seinem Modell, an Ansgar.

Hatte der selige Erzbischof Albrecht demnach recht gehabt, als er einen neuen Entwurf forderte? Die wachsende Einsicht tat Moritz weh. Doch noch wollte er nicht aufgeben, noch glaubte er an seinen dänischen Mauritius.

Die Tür zur Bauhütte wurde aufgestoßen, und Mechthild stürmte herein. Moritz hob erstaunt den Blick – es war nicht Mechthilds Art, eine Tür aufzustoßen und derart ungestüm einen Raum zu betreten. Auch alle anderen schauten verblüfft auf. Die fromme Frau war inzwischen in der ganzen Bauhütte bekannt.

Mechthild schien überrascht zu sein von den vielen Männern und ihren Blicken. Sie ging langsamer, schaute verlegen lächelnd nach allen Seiten und grüßte scheu. Oft kam sie nicht in diese Bauhütte und wenn, dann zu Zeiten, in denen nur wenige Steinmetze oder Moritz allein arbeiteten.

Bei Moritz angekommen beugte sie sich an sein Ohr und flüsterte: »Sie ist zurück.«

Augenblicklich warf Moritz Klöpfel und Eisen auf die Werkbank und breitete das Tuch über seinem widerspenstigen Mauritius aus. »Wo finde ich sie?« Mechthild flüsterte es ihm ins Ohr.

Moritz riss seinen weißgrauen Bärenpelzmantel vom Wandnagel, Seite an Seite verließen sie die Bauhütte. Mechthild grüßte wieder verlegen nach allen Seiten, Moritz ließen die Blicke der anderen gleichgültig. Helena war wieder in der Stadt, alles andere berührte ihn nicht.

»Der Straßburger hat sie auf dem Weg herauf vom Hafen getroffen«, sagte Mechthild, als sie draußen auf dem Klosterweg standen. »Ihm hat sie die Botschaft für dich ausgerichtet. Und der hat's Monica gesagt, und Monica hat's mir gesagt.«

Bis zur Domschule gingen sie gemeinsam den Klosterweg hinunter. Moritz bedankte sich für Mechthilds Botendienste und lief an der Baustelle vorbei über den Domplatz und den Breiten Weg bis zur Sankt-Sebastians-Kirche.

Im Kirchenschiff entdeckte er keine Menschenseele. Das war um diese Jahreszeit auch nicht anders zu erwarten gewesen; wohl deswegen hatte Helena diesen Ort gewählt.

Vor dem Altar kniete Moritz nieder, sprach stumm ein Vaterunser und blickte forschend nach allen Seiten. Erst, als er ganz sicher war, dass sich auch in den Beichtstühlen, den Seitenschiffen und der Sakristei niemand aufhielt, stand er auf und stieg die Treppen zur Empore hinauf und von dort weiter in den Glockenturm.

Helena stand schon oben an der Treppe, und Moritz nahm drei Stufen auf einmal. Sie fiel ihm um den Hals, und er schloss sie in die Arme, zog sie an sich und küsste sie.

Schon dieser erste Kuss nach so langer Zeit vertrieb jeden klaren Gedanken aus seinem Kopf. Seine Hände wühlten sich in ihr Haar und bogen ihren Kopf in den Nacken. Er küsste ihren Hals, den Ansatz ihrer Schultern, ihre Finger. Sie seufzte seinen Namen, hielt ihm ihre Hände hin, ihre Lippen, ihre Kehle.

Mit allen Sinnen musste Moritz sich vergewissern, dass sie zurückgekommen, dass sie wirklich da war. Er versank sein Gesicht in ihrer Halsbeuge, an ihrem Busen und sog tief ihren Duft ein. Über jede Wölbung ihres Körpers flogen seine großen Hände. Wie berauscht schwelgte er an ihrem sich biegenden Leib, an ihren weit geöffneten Lippen. Er fühlte sich seinem und ihrem Verlangen willenlos ausgeliefert – wie in einem Strudel, dessen Kraft er nichts entgegenzusetzen hatte.

Und wirklich – glichen diese Augenblicke nicht jenen, die er im Frühling in der Elbe erlebt hatte, als ein Strudel ihn unter Wasser riss und der Tod nach ihm griff?

»Du …« Helena machte sich von ihm los. »… ich hab dich so vermisst.« Sie rang nach Luft und musste kichern. »Stell dir vor – ich wollte eine Nonne werden.« Wieder schlang sie die Arme um ihn, lachte und saugte sich an seinem Mund fest.

»Der Vater weiß noch nicht, dass ich zurück bin«, flüsterte sie zwischen zwei Küssen. »Und Rochus ist zu den Zisterzienserinnen gegangen, um vom Tod des Abtes zu berichten.« Und wieder hing sie an seinen Lippen, ließ ihre Zunge um seine tanzen und schlang ihre Arme um seinen Nacken. Sie rieb sich an ihm und schien genauso fiebrig vor Verlangen zu sein wie er selbst.

»Warte«, flüsterte sie, huschte zur Turmwand und zog eine Pferdedecke zwischen einem Stapel Dachziegel und der Wand heraus. »Hilf mir.« Sie breiteten die Decke unter dem Glockenstuhl aus, warfen ihre Mäntel darüber und knieten darauf nieder. Helena raffte ihr Kleid und ihr Unterkleid über die Knie.

»Ich hab dich so lieb.« Moritz zog sie an sich. »Wir wollen uns nie wieder trennen.« Er küsste ihren Hals, schnürte ihr Kleid auf, küsste ihre Haut bis zu den Ansätzen ihrer Brüste.

»Ist Gotthart in der Stadt?«, flüsterte sie und drückte sein Gesicht an ihren Busen.

»Nein. Und gleich morgen gehe ich noch einmal zu deinem Vater und sage ihm …« Die Worte zerstieben ihm unter der Hitze ihrer Küsse.

Küssend sanken sie auf die Decke, küssend wanden und rieben sich ihre Leiber aneinander, und einer zerrte dem anderen Hemd und Kleider von der Haut. Helena entblößte ihre Brüste seinem küssenden Mund, und Moritz spürte seine

Hand plötzlich tief zwischen ihren sehnsüchtig reibenden Schenkeln.

Der Atem stockte ihm für einen Moment: Wie weich sich ihre Haut anfühlte! Wie sehr hatte er sich nach ihrer Weichheit gesehnt, nach ihren Schenkeln, ihren Hüften, ihrem Schoß!

Sie ließen sich keine Zeit, zu drängend riss das so lange aufgeschobene Verlangen sie zueinander hin. Moritz raffte ihr die Kleider und Hemden weit über die Taille hinauf, Helena verschränkte ihre Beine hinter seinem Kreuz und zog sein Gesicht zwischen ihre Brüste.

Moritz vergaß sich ganz und gar. Wunderbar, ihre Hitze und ihre Wildheit zu spüren, als sie sich unter ihm aufbäumte und ihr Becken seiner Kraft entgegenstemmte. Ihre Bewegungen verschmolzen mit seinen, und es war, als würden sie gemeinsam fliegen, höher und höher und ganz weit weg.

Später küsste er ihr die Freudentränen aus den Augen und die Seufzer von den Lippen. Helena drängte sich an ihn, als wollte sie ein für alle Mal in seinem kräftigen Körper verschwinden. »Ich geb dich nie wieder her«, flüsterte Moritz und deckte sie mit seinem Bärenfellmantel zu, damit ihr nicht kalt wurde. »Nie wieder.«

In den folgenden Wochen und Monaten waren ihre Liebesbriefe zahlreicher als die Stunden, in denen sie einander sahen und küssten. Wenn Helena schrieb, übergab sie ihren Brief Monica. Die reichte ihn an Jacques weiter, und der Straßburger steckte ihn Moritz zu, wenn der zu ihm in die Bauhütte kam, oder – so hielten sie es nach Gottharts Rückkehr – wenn er Moritz in dessen Bauhütte besuchte. Umgekehrt übergab Moritz seine Briefe dem Straßburger, und über Monica gelangten sie dann zu Helena.

Später, als es Frühling wurde und die Arbeiten auf der Baustelle weitergingen, pflegten Moritz und Jacques sich wie zufällig im Chorumgang über den Weg zu laufen, meistens gleich morgens. In der Scheitelkapelle, über dem Grab der Königin Edgitha, wechselten dann die Briefe von Hand zu Hand.

Nein, Helena und Moritz fanden nicht oft Gelegenheit, sich allein zu sehen; sie mussten ja vorsichtig sein. Helena hatte Moritz von jener armen Frau erzählt, die auf dem Marktplatz von Jena blutige Prügel erleiden musste, weil sie unverheiratet schwanger geworden war. Sie erzählte ihm auch, dass der Sachsenspiegel für ein solches Vergehen die Enthauptung der Schuldigen gebot. Und dass allein der Sachsenspiegel am Magdeburger Schöffenstuhl galt.

Mit Hilfe seines englischen Lehrers Bartholomäus forschte Moritz nach – und es stimmte: Überall, wo nach dem Sachsenspiegel Recht gesprochen wurde, verlor ein Unzüchtiger seinen Kopf.

Anfangs hielten die Angst vor Strafe und das Schuldgefühl gegenüber Gott sie manchmal davon ab, sich zu lieben. Doch nicht lange – ihre Liebe und der Hunger nacheinander waren einfach zu übermächtig.

Ungefähr ab dem Christfest liebten sie sich, wann immer es möglich war. Manchmal in Moritz' Haus; manchmal in einer verlassenen Jagdhütte, auf die Moritz drei Jahre zuvor während eines Jagdzugs gestoßen war; manchmal in Monicas Schlafkammer, wenn die Witwe an der Elbe große Wäsche hatte und Helena die Kinder hütete. Monica wusste, dass Moritz sich dann in die Schmiede schlich. Und sie hatte nichts dagegen einzuwenden.

Einige Male liebten sie sich auch in Helenas Schlafkammer. An diesen Tagen – es waren kaum mehr als vier – war Meister

Bohnsack mit Dietrich und dem Dompropst nach Wittenberg und Stendal gesegelt, um Schäden an den Kirchen dort zu begutachten. Sonst hätten sie es nicht gewagt.

Bei jeder Liebesbegegnung lernten sie Neues, entdeckten einander besser und drangen tiefer in die lustvollen Geheimnisse des Liebesspiels ein.

Von Monica lernte Helena, wie man eine Empfängnis zu vermeiden versuchte. Dennoch überfiel die Angst vor einer Schwangerschaft sie von Zeit zu Zeit mit solcher Heftigkeit, dass sie sich Moritz verweigerte, manchmal über Wochen. Doch irgendwann siegte wieder die Sehnsucht.

Im neuen Jahr, kurz vor dem Dreikönigsfest, kam Gotthart aus Frankreich zurück. Meister Bohnsack legte seine Vermählung mit Helena auf den Palmsonntag fest; der fiel in jenem Jahr in die Mitte des Monats April. Helenas Schrecken hielt sich in Grenzen – Moritz und sie schmiedeten längst Fluchtpläne. Und die nahmen Helenas Gedanken und Gefühle weit mehr in Anspruch als der unerbittlich näher rückende Hochzeitstag.

Ende Februar heirateten Monica und Jacques. Der Straßburger zog zu ihr, ihrem Schwiegervater und den Kindern und begann noch in derselben Woche damit, das Haus nach Süden hin zu erweitern. Moritz half ihm dabei.

Drei Wochen nach Monicas Hochzeit weihten Erzbischof und Dompropst den Chor, den Hochaltar und den Bischofsgang, obwohl Letzterer noch nicht in Farben gefasst war. Am selben Sonntag wurde in der unvollendeten Kathedrale die erste Messe gefeiert.

Magdeburg, Ende März 1234

Die Morgensonne leuchtete durch die farbigen Glasfenster des Chorumgangs, flutete den Chor mit bläulichem und rötlichem Licht und brach sich Bahn durch die Ornamentik des Lettners. Mechthild kniff geblendet die Lider zu.

Ganz in farbiges Morgenlicht getaucht, weihte der Erzbischof Burkhard den Hochaltar im Chor. Er schwang das Weihrauchfass und sprach die vorgesehenen liturgischen Gebete. Das Weihrauchfass schwingend und auf seinen Bischofsstab gestützt, trat er danach in den Nordturm und stieg zur Chorempore hinauf. Ein ganzes Heer geistlicher Herren drängte sich hinter ihm her in den Turm.

Mechthild schätzte, dass es weit über hundert waren: Bischöfe aus dem ganzen Erzstift, Äbte aus allen Klöstern Sachsens, Domherren aus allen Städten des Erzstifts, sämtliche Priestermönche Magdeburgs und viele aus der Umgebung. Sogar zwei Kardinäle waren von weit her gekommen. Und eine päpstliche Gesandtschaft aus Rom.

Alle trugen prachtvolle Messgewänder, alle zogen betend und singend hinter dem Erzbischof, dem Dompropst und dem Herrn Dietrich her durch den Bischofsgang und das Licht der Morgensonne. Hinter dem großen Mittelfenster schob die Sonne sich langsam in den Himmel hinein und dem oberen Fensterrand entgegen.

Mechthild schloss wieder die Augen und stellte sich vor, wie herrlich und farbenprächtig das Morgenlicht in die neue Kathedrale scheinen würde, wenn erst die Fenster mit den bunten Glasmalereien die Fensteröffnungen ausfüllten.

Über den Südturm stieg die Prozession der geistlichen Herren wieder hinunter ins unvollendete Querschiff. Aus den Arkaden der Chorempore quoll Weihrauch, über dem Lettner schwebten Weihrauchschwaden, und bald senkte sich eine

Wolke aus Weihrauch auch über die Tausende, die zur Weihe des neuen Domchors und zur ersten Messe in die unvollendete Kathedrale gekommen waren.

Mechthild war ganz ergriffen. Was für ein Tag! Unwillkürlich hielt sie Ausschau nach dem Heiligen Mauritius, dem Heiligen Innocentius, der Heiligen Katharina und all den anderen Heiligen, deren Reliquien schon im Chor ruhten und die für die meisten Menschen unsichtbar hier wohnten.

Ihr, Mechthild, zeigten sie sich zwar in besonderen Stunden, doch heute konnte sie keinen der Märtyrer in der Menge erkennen. »Schade«, murmelte sie. »Sie sind ja dennoch hier, und irgendwann wird es dir wieder gefallen, mich dein Licht und deine Heiligen sehen zu lassen.«

Die beiden Frauen rechts von ihr wandten die Köpfe und schauten sie an – die Maurin direkt neben ihr erschrocken und besorgt, die daneben, eine Weißblonde, spöttisch und mitleidig. Von dieser wusste Mechthild, dass sie eine Hure war. Die Bronzehäutige auch? Sie trug ein weißes Gewand, und ein Schleier bedeckte ihr Gesicht halb. Wie unendlich traurig ihre schwarzen Augen in die Welt schauten!

»Gott segne dich, Schwester.« Mechthild legte ihr die Hand auf den Scheitel. »Fürchte dich nicht, alles wird sich dir zum Guten wenden.« Jetzt guckte auch die Weißblonde erschrocken, und die Maurin senkte den Kopf und verhüllte ihr Gesicht nun ganz mit dem Schleier.

Die geistlichen Herren Magdeburgs folgten dem Erzbischof und dem Dompropst in den Chor, die anderen verteilten sich im Chorumgang. Hinter der durchbrochenen Wand des Lettners erkannte Mechthild undeutlich, wie der Erzbischof und einige andere zum Hochaltar hinaufstiegen. Und dann begann die erste Messe in der neuen Kathedrale.

Links, unter dem Nordturm, entdeckte Mechthild den Baumeister zwischen seiner Tochter und dem Pater Rochus. Der trug einen neuen Habit und sang die liturgischen Stücke mit. Meister Bohnsack machte ein mürrisches Gesicht, und Helena sah geistesabwesend zu Boden.

Nicht weit von ihnen stand der Herr Gotthart. »Wie zufrieden er guckt«, murmelte Mechthild. »Liegt's an den acht Jungfrauen, die inzwischen den Lettner zieren, oder liegt's daran, dass er die arme Helena nun endlich ganz sicher heiraten würde?« Ihr fiel auf, wie die Maurin von Zeit zu Zeit ihren Schleier ein wenig zur Seite schob und zu Gotthart hinüberspähte.

Moritz, im weißen Pelzmantel, stach aus der Menge hervor mit seinem schwarzen Bart und seinen rabenschwarzen Locken. Er stand bei den Steinmetzen und einigen Leuten aus Halberstadt. Mechthild versuchte, in seinem Gesicht zu lesen, doch das erschien ihr zu undurchdringlich heute.

Nicht weit von ihm, unter Mönchen und Ratsherren aus Quedlinburg, entdeckte Mechthild die Familie des alten Schmieds – seine Enkel, seine Schwiegertochter und natürlich deren neuen Mann, den Bildhauer Jakob. Monica war wieder schwanger.

Hinter dem Lettner unterstützte der Dominikanerchor den Erzbischof beim Kyrie-Eleison. Als der Chorgesang verklang, betete jemand hinter dem Lettner; Mechthild erkannte die Stimme Wilbrands. Durch die Lücken in den Ornamenten des Lettners hindurch sah sie Dietrich Wein in den Abendmahlskelch gießen. Der Erzbischof sprach die Einsetzungsworte. Domherren und Äbte strömten vor dem Hochaltar zusammen, um den Leib des Herrn zu empfangen. Eine feierliche Stille herrschte plötzlich auf der Dombaustelle, und Mechthild bekam eine Gänsehaut.

Während der Eucharistiefeier begann die Maurin neben ihr

plötzlich zu zucken und so schluchzen. Mechthild legte den Arm um sie, zog sie an sich und flüsterte ihr gute Worte ins Ohr. Nach und nach beruhigte sich die bronzehäutige Frau. Ihre weißblonde Gefährtin wich Mechthilds Blick aus und machte ein Gesicht, als würde sie sich vor ihr fürchten.

Viele Mindere Brüder Magdeburgs verfolgten die erste Messe von der Seitenkapelle beim neuen Südturm aus. Der Engländer Bartholomäus ragte aus der letzten Reihe der Mönche heraus, denn er war ein hochgewachsener, stattlicher Mann. Mechthild begegnete seinem Blick und nickte ihm zu.

Und in der ersten Reihe der Minderen Brüder entdeckte sie jenen stämmigen Mönch, der seit einiger Zeit auf allen Plätzen und in allen Gassen der Stadt predigte. Er hieß Gabriel, und obwohl die Leute seine Predigten fürchteten, liefen doch immer mehr zusammen, um sie zu hören. Bruder Gabriel sei ein Kriegsmann und Totschläger gewesen, erzählten sich die Magdeburger hinter vorgehaltener Hand; nach einer schrecklichen Erscheinung sei er ein Diener Gottes und ein Mönch geworden.

Die Messe neigte sich ihrem Ende zu, und Mechthilds Blicke wanderten noch einmal zu all denjenigen, denen seit Wochen ihre dringendsten Gebete galten: zu Moritz, Gotthart, Helena, Meister Bohnsack, Wilbrand und Gabriel.

Das Herz wurde ihr enger und enger, während sie all diese Menschen betrachtete, denn auf einmal schien ihr der Vorhang der Zeit aufzureißen, und die schreckliche Gewissheit ergriff sie, dass Gott sie prüfen würde – *alle* – und dass einer dem anderen bald zur Prüfung werden würde.

So schmerzlich war diese Gewissheit, dass ihr die Tränen kamen. »Mein Gott und mein Herr!« Sie zitterte auf einmal, und ihre Knie wurden weich. »Sei ihnen doch gnädig! Vernichte sie doch nicht! Halte doch deine schützende Hand über sie.«

Die Leute drehten sich nach ihr um, warfen ihr strenge Blicke zu oder legten den Finger auf die Lippen. Mechthild konnte sich nicht mehr auf den Beinen halten. Sie ging in die Knie und rief es noch lauter aus: »Mein Gott und mein Herr, vernichte sie doch nicht!«

Die Maurin ging neben ihr in die Hocke und hielt sie fest. So kauerten sie Seite an Seite, bis die Messe vorüber war. Die Maurin half ihr hoch, hakte sich bei ihr unter und führte sie weg vom Chor und aus der Baustelle heraus dem Breiten Weg zu.

Wilbrand und Moritz trieben nicht weit vor ihnen mit der Menge. Mechthild wunderte sich, den Dompropst in liturgischem Ornat hier unter dem Volk zu sehen. Hatte er nicht eben noch am Hochaltar gestanden? Jetzt legte er den Arm um Moritz' Schulter und führte den Lockenkopf zur Taufkirche Sankt Nicolai. Was hatte er denn so Dringendes mit dem Wenden zu reden? Und wieder erschrak Mechthild.

»Das Drama beginnt schon«, murmelte sie, »es nimmt schon seinen Lauf, und nur du kannst es noch aufhalten.«

Die Maurin zog sie an sich und versuchte sie mit guten Worten zu trösten. »Es ist doch gar nichts Schlimmes passiert«, behauptete sie. »Es wird doch alles gut werden«, behauptete sie.

Helena wartete den Einbruch der Dunkelheit ab. Sie wolle noch einmal zur Schmiede gehen, erklärte sie dem Herrn Vater, und noch einmal nach der schwangeren Monica schauen. Die habe so elend ausgesehen heute bei der ersten Messe im neuen Dom. »Grüße sie von mir«, sagte der Herr Vater. »Und den Jacques auch.« Helena nickte und huschte in die Dunkelheit hinaus.

Moritz wusste, dass sie kommen würde. Gleich nach der Messe hatte sie Jacques einen Brief für ihn zugesteckt.

Zu Fuß lief sie den Breiten Weg bis zum Krökentor hinunter; der Herr Vater wäre misstrauisch geworden, wenn sie das Pferd aus dem Stall geholt hätte. Nach dem Krökentor schlich sie an der neuen Westmauer der Neustadt entlang bis zu Moritz' Anwesen. Davor vergewisserte sie sich, dass kein Nachbar vor dem Haus oder an einem Fenster stand; dann erst huschte sie in den Hof und klopfte an der Hintertür.

Moritz öffnete, zog sie herein und küsste sie. »Was wollte der Dompropst von dir?« Arm in Arm gingen sie in die Küche und setzten sich auf zwei Hocker am Herdfeuer. Hier war es am wärmsten.

»Er hat mich zur Seite genommen und gesagt, dass er eine gute Nachricht für mich hätte.« Moritz reichte ihr einen Becher mit heißem Tee. »Weil ihm mein Mauritius so gut gefällt, will er mir eine Freude machen, hat er gesagt, und mich für meine Arbeit belohnen.«

»Wie schön!« Helena freute sich. »Ich bin stolz auf dich. Und wie will er dich belohnen?«

»Er will mich mit auf Reisen nehmen.« Moritz klang bedrückt. »Zuerst in einige Städte des Erzstifts und dann nach Mainz, wo der Kaiser bald Hof halten wird.«

»Nach Mainz? Wann?«

»Gleich übermorgen.«

»Das geht doch nicht!« Helena griff nach seiner Hand. Jäh stieg die alte Angst wieder in ihr hoch. »Am nächsten Sonntag wollten wir auf das Schiff nach Hamburg steigen.« Bei ihrem letzten Treffen hatten sie geplant, an Bord des Lastkahns zu gehen. Moritz kannte den Kapitän. Von Hamburg aus wollten sie mit einem anderen Schiff an die französische Küste segeln.

»Der Dompropst will unbedingt, dass ich den Kaiser und seinen Hof sehe. Ich könnte dort so viel lernen, hat er gesagt, und er würde alles für mich bezahlen. Hätte ich ihm ins

Gesicht sagen sollen, dass ich nicht will? Wilbrand hätte doch Verdacht geschöpft.« Moritz stand auf und kniete vor ihr nieder. »Mach dir keine Sorgen, mein Herz. Über Mainz ins Königreich Frankreich zu fliehen ist sogar noch günstiger als über Hamburg und die Nordsee. Und vor allem ungefährlicher.«

»Ich soll mit nach Mainz kommen?« Helena war wie vor den Kopf gestoßen. »Der Vater würde mich verfolgen oder gar nicht erst gehen lassen.«

»Natürlich können wir nicht zusammen nach Mainz gehen.« Beruhigend streichelte Moritz ihre Hände. »Du kommst einfach nach, Helena. Einen Sonntag später, als wir die Flucht geplant haben, brichst du auf. Eine Woche wirst du sicher brauchen, höchstens zwei. Sobald du in Mainz angekommen bist, gehst du in den Dom. Dort werde ich auf dich warten.« Moritz hielt ihre Hände fest und schaute ihr ins Gesicht. Er schien keinerlei Zweifel an seinem Plan zu hegen. »Gemeinsam fahren wir dann den Main hinunter und den Rhein hinauf bis nach Frankreich.«

»Ganz allein soll ich nach Mainz aufbrechen?« Helena war es nicht wohl bei diesem Gedanken.

»Nicht allein. Die Äbtissin der Zisterzienserinnen will mit einigen ihrer Nonnen zum Hoftag nach Mainz reisen. Allerdings erst am übernächsten Sonntag. Bitte Pater Rochus, sich ihnen anzuschließen und dich mitzunehmen. Natürlich heimlich. Meister Bohnsack oder gar der Franzose dürfen nichts davon erfahren.«

»Ob Pater Rochus das für mich tun wird?« Zweifelnd wiegte Helena den Kopf hin und her. »Er würde ja eine Sünde unterstützen.«

»Er wird es tun.« Moritz küsste sie zärtlich. »Er ist es dir schuldig.«

Ehe Helena noch etwas sagen konnte, nahm er sie auf die Arme und trug sie in seine Schlafkammer.

Gleich am nächsten Morgen eröffnete Helena dem Pater Rochus, dass sie in zwei Wochen unbedingt nach Mainz müsse, um wenigstens einmal im Leben den Kaiser und seinen Hof zu sehen. Und ob er sie mit den Zisterzienserinnen begleiten würde. »Der Vater allerdings soll nichts von diesem Plan erfahren.« Sie hielt den Atem an und zitterte innerlich seiner Antwort entgegen.

Pater Rochus musterte sie aufmerksam. In seinem Blick las Helena, dass er sie durchschaute. Der Mut sank ihr. Doch dann sagte er: »Erzähl mir weiter gar nichts. Nicht, dass du heimlich aufbrechen willst, nicht, was du wirklich planst. Ich will es nicht wissen. Nachher gehe ich zur Äbtissin und erkläre ihr, dass ich sie und ihre Nonnen nach Mainz begleiten werde. Und dass eine Fremde mit uns aufs Schiff gehen wird.«

»Danke!« Helena fiel ihm um den Hals.

»Ich tue das um deiner Mutter willen«, flüsterte Rochus. »Marie-Magdalene hätte es so gewollt.«

7
Hoftag

Am ersten Tag fuhren sie mit einem Lastkahn die Elbe hinauf bis zu einer Stadt namens Pechau. Der Dompropst reiste mit drei Domherren, fünf Chorknaben, einer Schar von ungefähr dreißig Waffenknechten, zehn Pferdeknechten und etwa fünfzig Pferden.

»Chorknaben« hießen die halbwüchsigen Domschüler – sie stammten durchweg aus adligen Familien –, die als Kandidaten für einen Sitz im Domkapitel galten. Schnell merkte Moritz, dass Wilbrand und die Domherren sie als Diener mitgenommen hatten. Er hielt sich an die jüngeren unter den Rittern, Knappen und Pferdeknechten.

Sie übernachteten in einem Wirtshaus an der Elbe und stiegen am nächsten Morgen auf die Pferde um. Über Land ging es dann nach Loburg und Zerbst. Mit den Burgherren und Priestern dort hatte der Dompropst allerhand zu besprechen. Über Barby zog der Tross schließlich zur Saale. Da war bereits eine Woche vergangen, und an Moritz nagten erste Zweifel, dass er Mainz vor Helena erreichen würde.

Auf der Saale ging es dann zu Schiff ein wenig schneller voran. Doch auch hier legten sie in etlichen Städten mit Klöstern oder Bischofssitzen an. Unter den Waffenknechten munkelte man, dass Wilbrand überall Verhandlungen mit geistlichen Herren führe, von denen er sich nach Erzbischof Burkharts Tod Beistand für die Berufung zu dessen Nachfolger erhoffte.

In Halle etwa traf er einen Gesandten des Herzogs von

Sachsen, in Merseburg einen Kurienkardinal, der zu den Vertrauten von Papst Gregor gehörte; jenem Papst also, der als Kardinal der Grundsteinlegung des neuen Domes beigewohnt hatte. Der hatte das letzte Wort, wenn es um die Besetzung eines erzbischöflichen Stuhls ging.

An dem Sonntag, an dem Helena in Magdeburg aufbrechen würde, war Wilbrands Tross noch gut zehn Reisetage von Mainz entfernt unterwegs. Zum ersten Mal fragte sich Moritz, ob der Dompropst mit seinem Geschenk womöglich ganz andere Ziele verfolgte, als ihn zu belohnen.

Nach fünfundzwanzig Tagen trafen die Magdeburger endlich in Mainz ein. Da errichtete man auf der Ebene vor der Stadt gerade ein gewaltiges Zeltlager für die Teilnehmer des Hoftages. Im Vorüberreiten bestaunten sie die prachtvollen und fremdartig aussehenden Zelte. Hunderte waren es, wenn nicht Tausende. Ein mächtiger Sultan habe dem Kaiser Friedrich die Prachtzelte geschenkt, wusste Wilbrand zu erzählen.

Die Magdeburger bezogen nicht in der Zeltstadt Quartier, sondern in einem Haus des Mainzer Domkapitels. Moritz nahm all die großen Häuser, Türme, Kirchen und die uralten Gemäuer nur beiläufig wahr. Seine Gedanken kreisten um Helena. Ob sie schon in der Stadt war? Statt nach Skulpturen und Steinmetzarbeiten an den Mainzer Hausfassaden hielt er nach ihr und dem weiß-schwarzen Habit von Zisterziensernonnen Ausschau.

Im Haus des Domkapitels erfuhren sie, dass Kaiser Friedrich und sein Hofstaat während der nächsten drei Tage nach und nach in Mainz eintreffen würden. Moritz brachte sein Gepäck in eine Kammer, die er mit einem Chorknaben namens Sebastian teilte: eine Korbkiste, eine Satteltasche und einen Rucksack.

Im Rucksack steckte ein Lederbeutel mit zwanzig Silberpfennigen und doppelt so vielen Hellern. Das Geld hatte er sich in den letzten vier Jahren zusammengespart, und er wollte damit die Reise nach Frankreich und dort den Neubeginn mit Helena bezahlen. »Mit meiner Frau«, murmelte er, als er daran dachte, und es wurde ihm sehr warm ums Herz.

In der Korbkiste lag in Öltücher gewickelt sein wichtigstes Werkzeug. Darunter auch der Satz Eisen, den Benno ihm einst auf der Rudelsburg geschmiedet hatte. So brauchte er sich nicht gleich Werkzeug zu kaufen, wenn er sich einer französischen Bauhütte anschloss, die einen Steinmetz und Bildhauer gebrauchen konnte. Daran, dass er eine finden würde, zweifelte Moritz nicht, denn in vielen Städten des Königreichs Frankreich wurden in jenen Jahren Kathedralen gebaut.

Da ihn keine Verpflichtungen in der Nähe des Dompropstes festhielten, machte er sich auf den Weg zum Dom. Er wolle die Skulpturen und Reliefs dort studieren, solange es noch hell sei, erklärte er Wilbrand. In Wahrheit trieb ihn die Sehnsucht nach Helena in den Dom und die Sorge, sie könnten einander verpassen.

Viele Menschen hielten sich im Mainzer Dom auf, beteten still in den Seitenkapellen, standen Schlange vor den Beichtstühlen, wandelten andächtig durch die Seitenschiffe. Helena war nicht unter ihnen. Auch Pater Rochus und die Zisterzienserinnen nicht.

Moritz wartete in der Nähe des Hauptportals, bis es dunkel wurde. Als weder Helena noch die Nonnen auftauchten, kehrte er einigermaßen beruhigt ins Quartier zurück. Wäre Helena schon in Mainz, hätte sie im Dom auf ihn gewartet.

Am Tag darauf fielen mit der Vorhut des kaiserlichen Trosses Heerscharen von Menschen in die Zeltstadt und Tausende in die Gassen von Mainz ein. Moritz sah viele kleine braungebrannte Männer, als er am Vormittag zum Dom ging. Ritter aus Apulien und Sizilien, erklärte ihm Sebastian, der ihn gemeinsam mit einem älteren Pferdeknecht namens Otto begleitete.

Den graubärtigen Pferdeknecht kannte Moritz von der Baustelle; Otto war früher Maurer gewesen – bis ihm ein herabstürzender Steinblock die linke Hand zerschmettert hatte. Weil einem Pferdeknecht zur Arbeit eine Hand genügte, hatte Erzbischof Albrecht ihn noch kurz vor seinem Tod in seine Dienste genommen.

Weitaus mehr Menschen als am Vortag bevölkerten den Dom. Elegant gekleidete Herren schritten in Begleitung von Domherren die gewaltige Basilika ab, zeigten nach rechts, zeigten nach links. Als sie in Moritz' Nähe kamen, schnappte er einige Sätze ihrer Unterhaltung auf: Sie bereiteten eine Messe mit dem Kaiser und seinem Hofstaat vor. Edle Damen begleiteten einige dieser kaiserlichen Gesandten, schwarzhaarige Schönheiten mit samtbrauner Haut, dunklen Augen und scharf geschnittenen Gesichtszügen.

Den weiß-schwarzen Habit der Zisterzienser entdeckte Moritz nirgendwo.

Sebastian stellte sich in die Warteschlange vor einem Beichtstuhl, Otto ließ sich in einer Seitenkapelle nieder, tat, als bete er, beobachtete aber in Wirklichkeit die vorübergehenden Schönheiten aus dem Süden. Moritz kniete in der Nähe des Hauptportals im Schatten einer schönen Apostelfigur nieder und achtete auf jeden, der in den Dom trat.

Er hatte altes Pergament und Holzkohle im Rucksack. Während er auf Helena wartete, breitete er das Pergament auf den Sandsteinfliesen aus und skizzierte das Gesicht einer edlen Dame, die mit ihrem Ritter nicht weit von ihm bei einem Priester stand. Noch nie hatte Moritz derart schöne Frauen gesehen wie diese Edeldamen aus Italien.

Der Nachmittag brach an, Sebastian und Otto hatten den Dom längst wieder verlassen, und Moritz knurrte der Magen. Helena kam noch immer nicht. Am Abend machte auch er sich auf den Heimweg. Die Wege, Gassen und Plätze von Mainz waren voller Menschen. Laut war es in der Stadt und in den Gassen, und an den Straßenrändern häufte sich der Schmutz.

Moritz schlief nicht gut in dieser Nacht. Er träumte, Helenas Schiff sei von Flusspiraten gekapert worden.

Am dritten Tag begleiteten ihn neben Sebastian auch zwei junge Waffenknechte zum Dom; sie stammten aus Hamburg. Moritz' Zeichnung und was er über die schönen Italienerinnen erzählte, hatten sie neugierig gemacht. Und wahrhaftig, sie bekamen zahlreiche schöne Menschen zu sehen, und nicht nur Italienerinnen – der Kaiser selbst zog in die Stadt ein.

Sie hörten die Nachricht gleich in der Gasse vor dem Gästehaus. Mit vielen anderen liefen sie zum Stadttor am Rhein hinunter, um Kaiser Friedrich und seinen Tross zu sehen. Fanfarenklänge tönten schon von fern.

Stumm vor Staunen standen sie in der Menschenmenge ganz in der Nähe des Tores, als der Kaiser und sein Tross durch das Tor zogen. Moritz kletterte auf eine Hofmauer, um ja nichts zu verpassen. Und gleich die Fanfarenbläser an der Spitze des Trosses versetzten ihn in helle Aufregung – es waren Mohren!

Ihnen folgte die Leibgarde des Kaisers, lauter schwarzhaarige, bronzehäutige Männer, groß und mit Turbanen auf den Köpfen und Säbeln an den Brustgurten. Sie erinnerten ihn sofort an die alte Mauritius-Figur, die im Chor von Magdeburg bald auf einer der Spoliensäulen stehen sollte.

Den Leibgardisten folgten Sänftenträger. Aus einer der Sänften winkte der Kaiser den Menschen am Straßenrand zu, in anderen saßen wiederum Männer mit schwarzer Haut und krausem Haar – zwei Kanzler des Kaisers, wie Moritz später erfuhr. In Weiß und Gold gekleidete Pagen trugen auf einem roten Samtkissen eine Krone vorüber.

»Das ist sie!«, rief ein alter Mann in der Menge unter der Hofmauer und zeigte auf die Krone. »Das ist die Krone des Königreichs Jerusalem! Ich war dabei, als der Kaiser sie gewonnen hat! Das ist sie!« Die Leute um ihn herum machten große Augen und staunten abwechselnd die Krone und den alten Kreuzfahrer an.

Es folgten ein Zug Ritter zu Pferde, Kriegsleute zu Fuß – schwarze Männer, die drei riesige gelb-braune Tiere an Stricken hinter sich herführten, deren Hälse sämtliche Häuser links und rechts überragten; man nannte sie »Giraffen«, wie Moritz später von Sebastian erfuhr. Geschmückte Wagen voller Edelfrauen und Edelmänner rollten vorbei. Deren Zugpferde waren mit Federbüschen und bunt bestickten Decken geschmückt.

Ein Raunen ging durch die Menge, als ein Wagen vorüberfuhr, auf dem in zwei großen Käfigen Löwen und Leoparden saßen. Die Nachhut bildeten wieder Fanfarenbläser und Ritter zu Pferde.

Die jubelnde Menge lief dem Tross hinterher. Moritz stieg von der Mauer und sah ihnen nach. Das Herz klopfte ihm in der Kehle vor Aufregung, doch weit mehr als hinter dem kaiserlichen Tross her, zog es ihn zu Helena, zum Dom. Mit Sebastian und den beiden Waffenknechten lief er den Domhügel hinauf.

Ritter aus dem Morgenland besuchten an diesem Tag den Dom, hochgewachsene Menschen mit blauschwarzem Haar und edlen Zügen. »Sarazenen«, flüsterte ihm einer der Hamburger zu. »Sie gehören zur Leibgarde des Kaisers. Du hast sie doch vorhin im kaiserlichen Tross gesehen.« Moritz zeichnete sie.

Ein Mainzer Priester forderte die Morgenländer auf, ihre Turbane abzunehmen. Als sie sich weigerten, entbrannte ein heftiges Wortgefecht. Ein sizilianischer Höfling des Kaisers griff ein und wies den Priester zurecht. Der trollte sich beleidigt und verschwand in einem Beichtstuhl.

Moritz' Enttäuschung wuchs mit jeder Stunde, die er vergeblich nach Helena Ausschau hielt. Im Stillen flehte er zu Gott und hoffte, dass dem Tross der Zisterzienserinnen nicht irgendein Unglück zugestoßen war. Die Straßen im Reich waren keineswegs alle sicher, auch die Flüsse nicht. Er dachte an seinen Traum, und Angst schlich sich in seine Brust.

Als vor den prachtvollen Glasfenstern gerade das Tageslicht zu erlöschen begann und Moritz gehen wollte, tänzelte eine Gruppe scherzender Männer in den Dom: ein paar Südländer, einige Sarazenen und – zwei Mohren. Moritz hielt den Atem an.

Unter dem Eindruck der erhabenen Basilika verstummte ihr Gelächter und Palaver nach und nach. Als sie durchs gewaltige Mittelschiff dem Hauptchor entgegenschritten und sich staunend umblickten, schwiegen sie bereits andächtig, und in ihren Gesichtern spiegelte sich Ehrfurcht.

Die Italiener trugen mehrfarbige Beinkleider, grellfarbene Röcke und Wamse, die Sarazenen lange Waffenmäntel und Turbane; Säbel lugten unter den goldbestickten Säumen ihrer Mäntel hervor. Die Afrikaner – es mussten ja Afrikaner sein! – trugen weiße Tuniken und weinrote Umhänge darüber. Sie waren mit Schwertern bewaffnet.

Moritz konnte sich nicht sattsehen. Er packte Kohle und Pergament aus und begann zu zeichnen. Nicht lange, denn es fiel kaum noch Tageslicht durch die Kirchenfenster. Doch als sie an ihm vorbeigingen, um den Dom wieder zu verlassen, konnte Moritz einem der Mohren ins Gesicht sehen – es war ein breites Gesicht mit wulstigen Lippen, großer knolliger Nase und hoher Stirn.

Jäh blitzte ihm das Bild jenes schwarzen Gesichts durch den Kopf, das sich vor den Mauern Havelbergs über ihn, den verhungernden Waisenjungen, gebeugt hatte. Neunzehn Jahre war das her. Hätte der schwarze Gaukler sich damals nicht über ihn erbarmt, säße er jetzt nicht hier.

Der Mohr nickte ihm freundlich zu, bevor er inmitten seiner Gefährten durch das Portal in den Abend entschwand.

Moritz sprang hoch, stopfte Pergament und Holzkohle in den Rucksack und eilte den fremdartigen Männern hinterher. Ob einer der beiden Mohren ihm eine halbe Stunde stillhalten würde, damit er ihn zeichnen konnte?

In der Menge auf dem Domplatz entdeckte er ihre roten Umhänge und die Turbane der Sarazenen. Er folgte den Fremden, kam ihnen der vielen Menschen wegen aber nur langsam näher. Irgendwann, mitten in der Altstadt, überquerten sie einen kleinen Platz und bogen in eine Gasse ein. Moritz drängte sich durch die Menge und lief in dieselbe Gasse – von Mohren und Sarazenen keine Spur mehr.

Enttäuscht machte er kehrt. Weil er die Orientierung verloren hatte, musste er sich nach dem Gästehaus des Domkapitels durchfragen. Bald kreisten seine sorgenschweren Gedanken wieder um Helena, Pater Rochus und die Zisterzienserinnen. Müssten sie nicht längst in Mainz angekommen sein?

In dieser Nacht lag er im Traum wieder vor dem Stadttor von Havelberg. Fliegen summten über seinem Gesicht, sein Bauch war ein großes Loch. Eine Pforte öffnete sich, die Himmelspforte, seine Mutter erschien und streckte ihm die Hand entgegen. Er fasste sie und ließ sich zur Schwelle der schönen Pforte ziehen.

Als er schon halb darauf lag, schob sich ein schwarzes Gesicht zwischen ihn und die Mutter. Lächelnd entblößte es große weiße Zähne. Wie schwarze Sonnen leuchteten zwei freundliche Augen über ihm. Ein Mohr umarmte ihn, hob ihn hoch und trug ihn davon.

Auch am vierten Tag im Dom – dem ersten des kaiserlichen Hoftages – wartete Moritz wieder vergeblich. Aufgewühlt und in quälender Angst arbeitete er sich durch die Menge auf den Gassen und Plätzen zurück zum Gästehaus des Domkapitels. Beim abendlichen Mahl mit den Domherren erzählte einer, er habe Reisende aus Sachsen von Unwettern an der Saale reden hören.

Das erleichterte Moritz ein wenig. Wahrscheinlich musste Helenas Reisetross in Halle oder Jena einfach nur auf freundlicheres Wetter warten.

Am Abend zog es den Dompropst in die Gassen von Mainz. Er tauschte Chorhemd, schwarzen Mantel und Pileolus gegen Wams, buntes Beinkleid, grünen Mantel und rotes Samtbirett mit weißer Feder. Vier Waffenknechte und Moritz bestimmte er zu seinen Begleitern.

Eine Stunde schlenderten sie durch die Gassen, guckten nach fremdländischen Männern und Frauen und bewunderten fremdländische Garderobe und Schmuck. Wilbrand, so kam es Moritz vor, war vor allem von den Frauen angetan. Hin und wieder jedenfalls beobachtete er den Dompropst dabei, wie er verstohlen einer Edeldame hinterherspähte. Auch Moritz hielt Ausschau. Nach Zisterzienserinnen und Mohren.

Auf einem Platz vor einer Kirche umringten die Menschen zwei gewaltige graue Tiere, Kolosse geradezu und mit Nasen so lang wie ihre Beine. Ihr Anblick überwältigte Moritz und die Waffenknechte. Noch nie hatte einer von ihnen ein solches Tier gesehen.

»Elefanten«, erklärte Wilbrand ungerührt; wahrscheinlich kannte er diese Kreaturen aus den Erzählungen seines vielgereisten Bruders. Männer aus dem Morgenland führten die Elefanten in die nächste Gasse davon. Der Dompropst rümpfte die Nase, denn die Kolosse verbreiteten einen scharfen Gestank. Moritz aber bedauerte, ohne Kohle und Pergament aus dem Gästehaus gegangen zu sein.

Wilbrand deutete zum Eingang einer Schänke. Zwei Waffenknechte gingen hinein, um sich nach Magdeburger Domherren umzuschauen. Als sie keine erkennen konnten, gaben sie Wilbrand ein Zeichen, und er stieg die Treppe hinauf und trat ein. Moritz und die anderen beiden Waffenknechte winkte er hinter sich her.

Laut war es in der Schänke, Moritz dröhnten die Ohren von Gelächter und Geschrei. Als er den zweiten Becher Wein getrunken hatte, gewöhnte er sich daran.

Der Dompropst trank schnell und viel; seine Zunge lockerte sich. Er erzählte von schlechten Nachrichten aus Magdeburg – zwei Waffenknechte des Erzbischofs hätten einen Kaufmann überfallen und ausgeraubt. Weil Wilbrands Stellvertreter, der Domdekan, die Schuldigen nicht angemessen bestrafte, sei es in der Domfreiheit zu Plünderungen durch Magdeburger Bürger gekommen.

Der Bericht verstärkte Moritz' Sorge um Helena noch. Hatten die Plünderungen, von denen der Dompropst erzählte, womöglich ihre Abreise verhindert? Der Dompropst ließ einen zweiten Krug Wein kommen, dazu Brot und geräuchertes Fleisch. Und bald darauf noch einen dritten Krug Wein. Nach seinem vierten Becher Wein verblassten Moritz' Sorgen. Helena würde schon noch kommen.

Irgendwann flüsterte der Dompropst dem ältesten der vier Waffenknechte ins Ohr. Der nickte und verließ die Schänke. Als er später zurückkehrte, wartete er an der Tür, bis Wilbrand gezahlt hatte. Danach wankten sie in die kühle Nacht hinaus. Auch Moritz hatte einen Rausch.

Sie folgten dem älteren Waffenknecht durch verwinkelte Gassen und zu einem zweistöckigen Haus, hinter dessen winzigen und mit gelbem Tuch verhängten Fensteröffnungen buntes Licht flackerte. Moritz erkannte Schattenrisse von Frauen.

»Und jetzt gebt Acht, Herr Bildhauer.« Schwer stützte sich der Dompropst auf Moritz; er sprach mit schwerer Zunge. »Jetzt schenke ich Euch noch etwas ganz Besonderes.«

Zwei Waffenknechte hieß er, auf der Treppe zu warten. Die anderen beiden gingen ihnen voraus in das alte und so schummrig beleuchtete Haus. Moritz ahnte bereits, worauf dieses neuerliche Geschenk hinauslief. Mit schwerem Kopf wankte er hinter dem Dompropst her.

Die ausgestopften Hähne auf den gedrechselten Pfosten links und rechts der Innentür bestätigten seine Ahnung – der Dompropst führte ihn in ein Hurenhaus. Und jetzt verstand er auch, warum Wilbrand seine frommen Kleider gegen weltliche eingetauscht hatte.

»Ich will das nicht«, sagte Moritz, und er schämte sich, weil seine Sprache verwaschen klang. »Ich liebe doch Helena.«

»Das vergeht.« Wilbrand schob ihn einem schwarzhaarigen Mädchen entgegen, das schon mit Kussmund auf sie zukam. »Und je öfter du eine andere im Arm hältst, umso schneller.« Eine Hure in gelbem Kleid führte den Dompropst eine Treppe hinauf, und ehe Moritz sich's versah, hing das schwarzhaarige Mädchen an ihm. Es öffnete eine Kammertür und zog ihn hinein.

»Ich will dich nicht.« Er sank aufs Bett. »Ich will Helena.«

»Du bist ja mächtig berauscht.« Das Mädchen kicherte und machte Anstalten, sich auszuziehen.

»Sie ist nicht gekommen«, erzählte Moritz mit schwerer Zunge. »Ich warte schon den vierten Tag auf sie, doch Helena kommt einfach nicht.«

Halbnackt setzte das Mädchen sich neben ihn, streichelte ihm tröstend die Wange, fragte dieses, fragte jenes. Und Moritz erzählte; dass Helena ihm aus Magdeburg folgen wollte, dass sie im Dom verabredet waren, dass sie ins Königreich Frankreich fliehen wollten. Und während er erzählte, kam die Angst um Helena zurück, und er wurde furchtbar traurig.

»Du Ärmster.« Das Mädchen zog sich wieder an und schob ihn aus der Kammer.

Der Dompropst wartete schon. Erwartungsvoll und feixend blickte er ihn an. Moritz ging an ihm und den Hähnen vorüber und stieg die Treppe hinab. Wilbrand überholte ihn. »Hat sie's gut gemacht?«

»Ich hab sie nicht gewollt.« Moritz stützte sich am Geländer ab, die Gasse drehte sich, die Häuser, der Sternenhimmel.

Der Dompropst schickte einen jungen Waffenknecht zurück ins Haus, damit der den Hurenlohn zurückforderte. »Verstehe ich nicht«, sagte der Dompropst mit schwerer Zunge. »Die war doch hübsch.«

Der junge Waffenknecht kam mit dem Hurenlohn zurück, Wilbrand steckte ihn ein und nuschelte unverständliches Zeug. Sie wankten hinter dem älteren Waffenknecht her. Der kannte sich aus.

Zehn Ruten weiter bogen sie in eine enge Gasse ein. Finster war die, und Teile ihrer Finsternis begannen plötzlich, sich zu bewegen. Schatten sprangen den Waffenknecht an, der sie führte, Schatten fielen über Moritz und den Dompropst her.

Etwas Hartes traf Moritz schmerzhaft an der Schläfe. Er stürzte in den Gassendreck, ganz schwindlig wurde ihm. Jemand trat ihn in die Nieren, und ein Schrei entfuhr ihm.

Andere schrien auch – der Dompropst, die Waffenknechte und fremde Männer. Moritz hörte es wie von fern, denn der Schwindel drohte, seinen Geist in eine dunkle Gruft zu reißen. Wie von fern hörte er auch, wie Leiber gegen eine Hauswand prallten und auf dem Boden aufschlugen.

Er blinzelte hinter sich – die Waffenknechte krümmten sich am Boden, und der Dompropst sowieso; zur Hälfte hatte wohl ihr Rausch sie gefällt, zur anderen Hälfte eine Horde Strauchdiebe, sieben oder acht Mann. Moritz schämte sich.

Die Räuber durchsuchten jeden Waffenknecht und den Dompropst und steckten ein, was sie fanden. Der, der seine Hand nach Moritz' Gurt und Mantel ausstreckte, fand nichts, konnte nichts finden – Moritz packte ihn bei den Ohren und rammte ihm die Stirn gegen seine. Die Scham hatte seine Kräfte geweckt, und der Räuber erschlaffte und machte keinen Mucks mehr.

Plötzlich ertönte hinter ihm, am Eingang der Gasse, eine Fanfare. Eine dunkle Männerstimme brüllte einen Befehl, und die kräftige Gestalt eines fremden Ritters fuhr unter die Räuber und schlug mit der Fanfare auf sie ein.

Die Wegelagerer sprangen rechts und links an Moritz vorbei in die Finsternis der Gasse hinein. Einer setzte über ihn hinweg – und lag einen Wimpernschlag später im Dreck, weil Moritz seine Wade erwischt hatte.

Moritz richtete sich auf, blinzelte hinter sich ins Halbdunkle – ein Mann stand breitbeinig über zwei niedergeschlagenen Räubern. Ein Mohr! Er streckte dem Dompropst die Rechte hin und half ihm auf die Beine.

Ungeheure Wut kochte Moritz aus den Abgründen seiner

Brust herauf. Er hielt die strampelnde Räuberwade fest, riss einem der gefällten Waffenknechte das Schwert aus der Scheide und schlug dem Räuber die flache Klingenseite über den Kopf. Brüllend vor Wut stürzte er dann den anderen hinterher. Noch konnte er den Lärm ihrer Schritte hören.

Der verstummte jäh. Dafür wurden Schreie laut und ein Lärm wie von Schlägen. Lichtschein flackerte plötzlich am Ende der Gasse. Moritz rannte weiter, immer weiter, und auf einmal hörte er den Schrittlärm wieder, nur entfernte er sich nicht, sondern kam rasch näher. Die Umrisse von vier Gestalten schälten sich aus der Dunkelheit, vier Wegelagerer rannten auf ihn zu. Als sie das Schwert in seiner Hand sahen, standen sie still.

Moritz nicht. Mit einem Wutschrei stürzte er sich auf sie und schlug sie alle nieder.

Schwer atmend lehnte er sich danach gegen eine Hauswand. Lichtschein rückte näher, dazu Stimmen und Schritte. Moritz blinzelte ins Halbdunkle: Vier Männer, zwei trugen Fackeln, zwei zerrten je einen blutenden Wegelagerer hinter sich her. Moritz erkannte einen Sarazenen.

Einer der Männer kam mit federndem Gang auf ihn zu, klopfte ihm auf die Schulter, lachte und sagte etwas in einer fremden Sprache zu ihm. Moritz hob den Blick und schaute in ein schwarzes Gesicht.

Zwei Waffenknechte mussten sie ins Hospital bringen, so übel hatten die Räuber ihnen zugesetzt. Moritz war eine Beule an der rechten Schläfe geschwollen, und ebenfalls auf der rechten Seite hatte ihm ein Fußtritt mindestens eine Rippe gebrochen. Alle anderen kamen mit blutigen Nasen und blau geschwollenen Augen davon.

Am meisten Glück hatte der Dompropst – den hatte der schwarze Ritter aus der Gewalt von gleich zwei Räubern herausgehauen. Beim Sturz auf die Gasse zuvor hatte er sich nur das Knie aufgeschürft.

Gleich am nächsten Vormittag kamen die fünf Ritter aus dem Gefolge des Kaisers ins Gästehaus – der dankbare Wilbrand hatte sie bestellt. Alle fünf belohnte er überaus großzügig dafür, dass sie die Räuber aufgehalten und ihnen die Beute wieder abgenommen hatten. Am großzügigsten den schwarzen Fanfarenbläser, der ihm so tapfer zu Hilfe geeilt war.

Um diese Zeit hingen die Wegelagerer schon vor der Stadt an einem Baum. Jedenfalls die fünf, die noch lebten. Drei hatte Moritz in seinem Rausch totgeschlagen.

Der Fanfarenbläser und sein schwarzer Gefährte hatten es dem Dompropst besonders angetan. Mit Händen und Füßen versuchte er eine Unterhaltung mit ihnen zu führen. Das gelang nicht gut, doch es gelang, denn beide Mohren sprachen ein wenig Lateinisch und ein wenig Italienisch.

Da hatte Moritz längst Pergamentblätter auf dem Tisch ausgebreitet und zur Holzkohle gegriffen. Die ganze Zeit, während sie mit Wilbrand palaverten, zeichnete er sie. Als sie sich verabschieden wollten, stellte er sich ihnen in den Weg. »Wartet noch! Bitte.«

Einen forderte er mit Hilfe von Wilbrands Dolmetscherkünsten auf, ein Gesicht zu schneiden, als würde er gerade einem übermächtigen Feind gegenüberstehen. Dem anderen ließ er durch den Dompropst sagen, er möge ihn, Moritz anschauen, wie man einen feindlichen Ritter anschaut, vor dem man um keinen Preis auch nur eine Fußbreite zurückweichen wolle. Beide Posen und beide Gesichter zeichnete er.

Auch an diesem Tag fand Moritz weder Helena noch Pater Rochus im Mainzer Dom. Nonnen entdeckte er viele vor den Beichtstühlen und in den Seitenkapellen, doch keine aus Magdeburg. So ging es auch die nächsten vier Tage.

Und dann brach der letzte Tag des Mainzer Hoftages an. Gleich am Morgen lief Moritz zum Dom. Man ließ ihn nicht hinein. Kaiser Friedrich, so erklärte ihm ein Priester, würde bald mit den Großen des Reichs durch die Straßen von Mainz zum Dom heraufziehen, um dort eine Messe zu feiern.

Wieder säumten Menschenmassen die Mainzer Straßen, jeder wollte einen Blick auf den Kaiser und seine Edelleute werfen. Moritz mischte sich unter die Schaulustigen. Was blieb ihm anderes übrig? Nach der Kaisermesse würde der Dom gewiss wieder zugänglich sein. Eingezwängt zwischen unzähligen Menschen hielt er unentwegt Ausschau nach Helena.

Bald zog der kaiserliche Tross den Domhügel herauf, und Jubel wurde laut. Wie alle reckte auch Moritz den Hals – schaukelnde Sänften näherten sich, Ritter in teuren Turnierrüstungen auf reich geschmückten Pferden und vorweg wieder die Leibgarde des Kaisers, lauter hochgewachsene Sarazenen.

Plötzlich fiel Moritz' Blick auf eine Frau in weißer Tunika mit schwarzem Überwurf. Er stutzte, blinzelte, schützte seine Augen vor der Morgensonne, sah ganz genau hin – und erkannte die Äbtissin der Magdeburger Zisterzienserinnen.

Mit Ellenbogen und Fausthieben bahnte er sich den Weg zu ihr. Erschrocken fuhr sie herum, als er sie am Arm packte. »Schwester, Mutter ...« Er war so erregt, dass er vergaß, wie er sie anzusprechen hatte. »Wo finde ich Helena?« Sie schüttelte seinen Arm ab und zischte verärgert. Moritz merkte es gar nicht. »Die Tochter von Meister Bohnsack – wo finde ich sie?

Helena und den Pater Rochus, wo? Bitte, sagt es mir, Frau Äbtissin!«

»Was habe ich mit der Tochter des Baumeisters zu schaffen, Wende!« Eine Zornesfalte drohte zwischen den Brauen der Äbtissin. »Der Pater Rochus ist nicht an Bord gegangen. Und die Frau, die er mitbringen wollte, auch nicht.«

8
Schwarzer Flaum

Magdeburg, Frühsommer 1234

Der Zweimaster legte an einem frühen Juniabend an, es nieselte. Moritz' Blicke suchten die Reihen der knapp dreißig Männer und Frauen ab, die zum Hafen gekommen waren, um ihren Dompropst willkommen zu heißen. Helena entdeckte er nirgends. Auch Rochus nicht.

Wilbrand und die Domherren gingen von Bord, die Chorknaben und die Waffenknechte trugen ihnen das Gepäck hinterher. Oben am Uferweg begrüßten der Domdekan und Dietrich von Dobin die Heimkehrer. Sie nahmen Wilbrand in ihre Mitte, und noch während sie zum Hafentor hinaufstiegen, begannen sie auf ihn einzureden. Vermutlich ging es um die Unruhen Anfang Mai.

Moritz ging als einer der Letzten von Bord. Er fürchtete sich. Als er das Hafentor hinter sich ließ und die Bauhütten in sein Blickfeld gerieten, sah er keinen einzigen Steinmetz bei der Arbeit. Wahrscheinlich wegen des schlechten Wetters.

Er ging zum Klosterweg, lauschte bei jedem Schritt zur Dombaustelle hin und hörte Hämmern und Rufe hinter den Gemäuern des Chores und der Türme. Dort arbeiteten sie also.

Moritz blieb stehen, blickte sich um. Irgendetwas hatte sich verändert in Magdeburg, er spürte es. Oder lag es an seiner Furcht, dass ihm das so vorkam? Ein Blick zum Domplatz – Wilbrand und die geistlichen Herren vom Domkapitel stiegen bereits die Treppe zum Palast des Erzbischofs hinauf.

Moritz ging weiter, lief den Klosterweg Richtung Liebfrauenkirche hinunter. Warum war Helena nicht an den Hafen gekommen? Nach der ersten Sichtung des Zweimasters hatte es sich doch bestimmt schnell herumgesprochen, dass der Dompropst zurückkehrte.

Moritz fürchtete sich.

In der Bauhütte klopften sie Stein, das hörte er schon von Weitem. Als er die Tür aufstieß und eintrat, sahen alle auf. Die Blicke von gut zwölf Augenpaaren richteten sich auf ihn. Zwei Wimpernschläge lang, dann hämmerten sie wieder auf ihre Steine ein. Eifriger als zuvor, so wollte es Moritz scheinen.

Er warf die Tür hinter sich zu und rief einen Gruß. Einige antworteten halblaut, andere gar nicht. Der Steinmetzmeister wenigstens begrüßte ihn anständig, kam sogar mit ausgestreckter Hand auf ihn zu. Allerdings wirkte seine Miene alles andere als entspannt.

»Schlechte Nachrichten, Moritz.« Er schüttelte ihm die Hand. »Der Magdeburger Pöbel ist Anfang Mai in unsere Hütte eingebrochen.« Er winkte Moritz hinter sich her. »Während wir im Dom gearbeitet haben. Die Galgenstricke haben uns jede Menge Werkzeug gestohlen und ein paar Steine zerschlagen.« Vor der Werkbank, an der Moritz gewöhnlich arbeitete, blieb er stehen. »Leider auch ihn.« Mit einer Kopfbewegung deutete er auf den Boden unter der Werkbank.

Zuerst sah Moritz nur ein paar große Steinbrocken. Als er dann beim Meister vor der Werkbank stand, erkannte er Ansgars Gesichtszüge auf einem der Trümmerteile. Er stand wie festgenagelt. Eine große Leere kroch ihm durch die Brust.

»Es tut mir wirklich leid, Moritz«, sagte der Steinmetzmeister. »Wir waren nicht hier, wie gesagt, wir konnten es nicht verhindern.« Er wurde immer lauter, weil auch das Hämmern in der Hütte immer lauter wurde. So jedenfalls kam es Moritz vor.

Er ging in die Hocke und betrachtete die Trümmer seines Mauritius. Die Arme waren in mindestens sieben Teile zerbrochen, die Finger in doppelt zu so. Ein Bein war gespalten, das andere in zahllose Splitter zerschlagen. Aus dem Oberkörper hatte jemand große Flächen des Kettenhemds herausgeschlagen.

»Wer war das?«, fragte Moritz. Er sprach leise und gepresst, und wahrscheinlich antwortete ihm deswegen niemand.

Moritz langte nach dem Mauritiuskopf, nahm ihn in beide Hände und betrachtete das Gesicht. Die Nase war abgeschlagen, und an der Stelle des linken Auges gähnte ein Krater im Stein.

Moritz sprang auf. »Wer war das?!«, brüllte er. Schlagartig verstummte das Hämmern. Alle schauten sie zu ihm.

»Wir wissen es doch nicht, Moritz.« Der Meister hob beschwichtigend die Arme. »Der Pöbel konnte fast zwei Stunden lang durch die Domfreiheit toben, bevor die Männer des Burggrafen eingriffen.« Er zuckte mit den Schultern. »Die Leute waren kaum zu bändigen.«

»Der Domdekan ist schuld!«, rief einer der Steinmetze. »Er hätte sofort hart durchgreifen müssen gegen die Räuber unter den Waffenknechten. Es ist doch bewiesen, dass sie die Kaufleute überfallen haben!«

Viele blickten auf einmal zur Tür hin, und Moritz fuhr herum – Monica stand auf der Schwelle. *Komm mit*, sagte ihr Blick. Moritz ging zu ihr und folgte ihr in die Schmiede.

Erst als sie die Werkstatttür hinter sich zugedrückt hatte, umarmte sie ihn. »Es tut mir so leid«, flüsterte sie. Jetzt erst merkte Moritz, dass er noch immer den Kopf seines Mauritius in der Hand hielt. »Es tut mir so unendlich leid …« Monicas

Stimme brach; sie drückte ihr Gesicht in seine Brust und schluchzte.

»Ich finde raus, wer es war«, sagte Moritz leise, »und dann gnade ihm Gott.«

Monica schob ihn ein Stück von sich weg, betrachtete erst den steinernen Ritterkopf und dann prüfend Moritz' Gesicht. Sie schaute ihn an wie einen, der nicht richtig zugehört hatte. »Ja, das mit dem Mauritius ist schlimm, doch das meine ich nicht.«

»Was?« Moritz begriff nicht.

»Du weißt es noch nicht?«

»Was denn?«

»Das mit Helena.«

Heißer Schrecken durchzuckte Moritz vom Scheitel bis zur Sohle. »Was ist mit ihr?!« Monica schluckte und war sehr bleich auf einmal. »Sie ist doch nicht etwa …« Moritz ballte die Faust, presste sie an die Schläfe. »… tot?«

Monica schüttelte den Kopf, als sei er ihr zu schwer. Ihre Lippen bewegten sich stumm, und Moritz glaubte das Wort *schlimmer* von ihnen ablesen zu können.

»Sag's mir!« Er griff in ihren Nacken und riss sie zu sich. »Ist sie tot?«

»Nein. Sie hat Gotthart geheiratet.«

Die Drehspindel am Südturm quietschte – ein Kübel Mörtel schwebte nach oben, eine leere Palette nach unten. Mechthild, auf ihrer täglichen Gebetstour durch die Baustelle, beobachtete das immer gleiche Schauspiel. »So geht's auch im Leben«, murmelte sie, »auf und ab und hinauf und herunter und nichts Neues unter der Sonne.«

Betend schlenderte sie zu den beiden Gerüsten in der Mitte

der Baustelle, in deren Innerem die beiden neuen Vierungspfeiler in die Höhe wuchsen. Gewaltige Säulen waren das, dreißig Fuß hoch ragten sie schon vom Boden auf. Bald würden sie das Mittelgewölbe des Querschiffs tragen. Betend schlenderte Mechthild zum Lettner – alle Zehn Jungfrauen konnte man dort jetzt betrachten, die Törichten links, die Klugen rechts.

Vor zwei Tagen erst hatten der Straßburger und der Herr Gotthart die letzten beiden Jungfrauen am Lettner angebracht. Hinterher kamen alle Bauleute herbei, um sie anzuschauen. Viele bekreuzigten sich, viele bewegten die Lippen in stummem Gebet. In nicht wenigen Gesichtern hatte Mechthild die Angst gelesen, einmal vor verschlossener Tür stehen zu müssen. Und Dietrich von Dobin hatte geweint, so bewegt war er gewesen.

»Was können Menschen doch schaffen, wenn dein Geist es ihnen schenkt!«, murmelte Mechthild. Sie segnete Gotthart und den Straßburger.

Betend ging sie weiter. Sie trat in den Chorumgang, wandelte von Kapelle zu Kapelle und dankte Gott für die wachsende Kathedrale. Vor der Scheitelkapelle stutzte sie, denn irgendwo in Magdeburg brüllte ein Tier so laut, wie sie es noch nie gehört hatte. Sie lauschte. Es klang gequält, es klang, als müsste die arme Kreatur unter großen Schmerzen einen langsamen Tod erleiden.

Schlachtete auf dem Marktplatz ein Fleischer, der nichts von seinem Handwerk verstand, einen Bullen? Plötzlich war ihr, als wehte eisiger Lufthauch sie an – kein Tier schrie da draußen in der Stadt. Da schrie ein Mensch!

Sie lief aus dem Chorumgang und aus der Baustelle, sie rannte in die Richtung, aus der die gequälten Schreie kamen. Zur Schmiede. Es regnete.

Eine Frau lief ihr mit flatterndem Blondhaar und wehenden Kleidern entgegen. Monica. »Schnell, Mechthild! Er hat's eben erst erfahren!« Ihr Gesicht sah aus, als hätte gerade der Gottseibeiuns sie zu küssen versucht. »Erst hat er's nicht geglaubt, jetzt rast er. Vielleicht kannst du ihn bändigen!«

Gemeinsam rannten sie zur Schmiede. Moritz war nicht mehr dort, doch brüllen hörten sie ihn noch immer.

Die Frauen folgten dem Geschrei, rannten durch das Klostertor aus der Domfreiheit und an Sankt Johannis vorbei zum Marktplatz. Neugierige oder erschrockene Magdeburger jeden Alters schlossen sich ihnen an.

Sie eilten zum Breiten Weg und dann nach Süden bis zu Gottharts Haus. Dort stand Moritz und brüllte, dass Mechthild die Ohren gellten. Viele hielten ihn fest, versuchten ihn zu Boden zu reißen. Er schlug um sich, holte aus und schleuderte den steinernen Schädel seines zerstörten Mauritius auf Gottharts Haus. Fensterglas, das der Franzose sich aus Italien hatte kommen lassen, zerbrach klirrend.

Waffenknechte des Erzbischofs liefen herbei, gingen mit bloßen Fäusten auf ihn los, um ihn zu Boden zu zwingen. Er schlug sie alle nieder. Da rissen die Männer ihre Schwerter aus den Scheiden, und in ihren Mienen las Mechthild die Entschlossenheit, Moritz zu töten.

Sie sprang zwischen die Waffenknechte und Moritz, sie warf sich an seine Brust und umklammerte ihn. »Moritz, Moritz!«, rief sie und hielt ihn so fest sie nur konnte. »Moritz, Moritz, du von Gott Geliebter, wirf dein Leben nicht weg!«

Er brach in den Knien ein und schrie, dass es Mechthild durch und durch ging. Mechthild umklammerte ihn fester, versuchte, ihn zu halten. Doch er wand sich aus ihrer Umarmung und schlug mit dem Kopf im feuchten Dreck auf. Er weinte bitterlich. Mechthild beugte sich über ihn, hob seinen Kopf und nahm ihn wieder in die Arme. Er bohrte sein Gesicht in ihre Halsbeuge und schluchzte jämmerlich.

Später brachten sie ihn ins Heilig-Geist-Hospital. Der Medikus der Dominikaner betete über ihm und flößte ihm Extrakte ein, die Moritz tief in das Reich des Schlafes versenkten. Mechthild holte sich einen Hocker an das Fußende seines Strohsacks und wachte bei ihm. Viele Nächte lang.

Das tat sie in den folgenden Monaten oft, weit bis ins nächste Jahr hinein. Denn Moritz' Tobsuchtsanfälle nahmen zu, und er verletzte sich häufig, wenn er auf eine Werkbank, eine Hauswand oder gar einen Baum einschlug. Und er trank Wein bis zur Besinnungslosigkeit. Immer wenn man Moritz verletzt und so betrunken fand, dass man fürchtete, er würde nie mehr zu sich kommen – in seiner Schlafkammer, in der Bauhütte, am Elbufer, auf dem Glockenturm von Sankt Sebastian –, immer dann brachten sie ihn ins Heilig-Geist-Hospital und schickten nach Mechthild.

»Einen Weinsäufer und Tobsüchtigen kann ich nicht brauchen«, erklärte Meister Bohnsack eines Tages und wollte ihn aus der Bauhütte werfen. Doch der Dompropst verbot es ihm – wegen Moritz' neuer Mauritius-Skulptur.

Sechs Monate nach Moritz' Rückkehr aus Mainz, am Vorabend des Christfestes, gebar Helena einen Sohn. Das Kind sei über und über mit schwarzem Flaum bedeckt gewesen, erzählte die weise Magdalena. Eine schwere Geburt. Und einen Monat zu früh.

9
Der Schwarze Ritter

Magdeburg, Herbst 1235

Er setzte das Eisen an der Mundpartie an, klopfte, setzte neu an, klopfte wieder. Kleinste Splitter spritzten nach allen Seiten, der Wind trug den Steinstaub davon. Moritz setzte an und klopfte, bis die wulstige Oberlippe genau den Schwung hatte, den er vor sich sah. Das war keine Arbeit, das war ein Rausch.

Längst achtete er nicht mehr auf die Zeichnungen, die er neben der Mauritiusskulptur und sich an den Stamm der Linde genagelt hatte. Nur selten noch erinnerte er sich an das Wachsmodell, das hinter ihm auf der Werkbank stand. Etwa, wenn er den Abstand zwischen Mundwinkel und Kettenhaube mit dem Zirkel abmaß, um zum hundertsten Mal die Genauigkeit seiner Arbeit am steinernen Gesicht zu überprüfen. Oder, um sich zum hundertsten Mal zu vergewissern, ob das Größenverhältnis zwischen Ritterkopf und Ritterhänden stimmte. Meist aber musste er kaum nachdenken, wusste kaum, was seine Hände taten. Alles, was er brauchte, floss ihm von irgendwoher zu.

Vom Heiligen Geist, sagte Dietrich, der Domherr. Aus meiner Brust, sagte er selbst. Denn dort, in seiner Brust, trug er die Bilder der Mohren mit sich – die Bilder der beiden schwarzen Ritter aus Mainz, das Bild des schwarzen Gauklers aus Havelberg.

Und das Bild, das er selbst nie gesehen hatte, das er nur aus Mechthilds Schilderungen kannte: der Heilige Mauritius, unbeugsam noch angesichts des drohenden Todes und entschlossen, nicht eine Fußbreite zurückzuweichen.

Das alles – diese vier – waren in seiner Brust zu einem einzigen Bild verschmolzen. Er musste nicht mehr nachdenken, musste nichts mehr wollen und planen – er musste nur noch diesem lebendigen Bild in seiner Brust treu bleiben. Aus ihm floss es Moritz zu, floss in seine Arme, Hände und Finger und nahm Gestalt an im Stein.

Er ließ das Werkzeug sinken, drehte sich zur Werkbank um, steckte das Eisen in die Bauchtasche seines Lederschurzes und griff zum Weinkrug. Er füllte seinen Bronzekelch – ein Geschenk des Domherrn Dietrich von Dobin – und leerte ihn.

Auf der Stadtmauer und in den Linden sammelten sich die Stare. Moritz stellte den Becher ab und lauschte dem gleichmäßigen Rauschen der Elbe; es machte ihn ruhiger. Aus den Auen am Ostufer des Stroms drang der durchdringende Schrei eines Kranichs herüber. Unter blauem Himmel trieb der Herbstwind eine Herde kleiner weißer Wolken vorbei. Moritz langte das Eisen aus dem Schurz, drehte sich um, und weiter ging es: ansetzen, klopfen, neu ansetzen und wieder klopfen.

Wenn er das Bild aus seiner Brust in den Stein schlug, dachte er nichts mehr. Er vergaß Helena, er vergaß ihr Kind, er vergaß sogar den verfluchten Franzosen. Alles vergaß er, seine Sehnsucht, seinen Schmerz, sich selbst. Gründlicher als beim Saufen. Also arbeitete er so oft er konnte, und an jedem Tag, so lange er konnte.

Sie hatten ihn aus der Bauhütte verbannt. Erst hatten die Steinmetze hinter seinem Rücken beraten, dann ihren Entschluss dem Steinmetzmeister mitgeteilt, und der Meister musste es Moritz beibringen.

»Sie können dich nicht mehr ertragen«, hatte er gesagt.

»Deine Arbeitswut, deine Flüche, dein wildes Hämmern, dein Geschrei. Und sie haben Angst vor dir. Weiß man denn, wann du das nächste Mal in Raserei verfällst? Du musst raus.«

Seit dem Frühsommer schlug er also den Stein neben der Linde. Wenn es regnete, richtete er den Unterstand auf, der bei trockenem Wetter auf der anderen Seite des Lindenstamms lehnte. So wie jetzt. Es hatte seit Wochen nicht mehr geregnet.

Auf dem Klosterweg näherten sich schnelle Schritte von der Baustelle her. Moritz ließ Klopfholz und Eisen sinken und trat zurück. Er wollte gar nicht wissen, wer da herbeilief; aufmerksam betrachtete er seinen Mauritius.

Im Saum des Unterkleides hatte Moritz noch nicht alle Falten ausgearbeitet. Auf der linken Seite hatte er von der Schulter abwärts bis zum Ansatz des Kettenhandschuhs noch viel unbehauenen Stein stehen lassen. Und der Gesichtsausdruck entsprach noch nicht ganz und gar dem Bild des Heiligen Mauritius, wie es in seiner Brust lebte. Doch sonst war alles fertig: Lederschurz, Schwertgurt, Dolch, das lange Kettenhemd und die gepanzerte Hand, die einst die Lanze halten würde. Und es war perfekt.

»Und das soll ich gemacht haben?« Moritz staunte. Und konnte es kaum glauben.

Jemand bog vom Klosterweg ab, lief übers Gras zur Linde und zu ihm. Jemand, der es eilig hatte. Moritz hob den Blick: Jakob von Straßburg, Monicas Mann.

»Du musst kommen.« Etwas außer Atem, blieb er neben Moritz stehen. Beinahe ehrfürchtig schaute er zum Mauritius. »Der Erzbischof ruft nach dir.«

»Ich will nicht.« Moritz wandte sich zur Werkbank um, schenkte Wein ein. Gestern erst war der Erzbischof aus Italien zurückgekommen – der neue Erzbischof Wilbrand von

Käfernburg; der alte, Burkhart, war im letzten Winter gestorben. In Konstantinopel, während einer Wallfahrt ins Heilige Land. Moritz trank.

»Du musst. Er hat alle Bildhauer zusammenkommen lassen, will uns seine Idee für eine Großskulptur vorstellen.«

»Ich hab hier Arbeit.« Moritz reichte Jakob den noch halb vollen Becher.

»Die rennt dir nicht weg.« Jakob nippte am Weinbecher, stellte ihn dann auf die Werkbank und nahm Moritz Eisen und Klopfholz aus den Händen. »Komm schon.« Er zog ihn hinter sich her zum Klosterweg. »Dauert sicher nicht lange.«

Einer nach dem anderen stieg den Nordturm hinauf: Erzbischof Wilbrand, Meister Bohnsack, Gotthart von Saint Leonard, der Steinmetzmeister, der Bamberger, einige Steinmetze und ganz zum Schluss Dietrich. Wo aber blieben Moritz und der Straßburger? Mechthild stand unschlüssig am Turmeingang. Dietrich jedoch drehte sich nach ihr um, zog die Brauen hoch und winkte. »Komm doch.«

Mechthild gab sich einen Ruck und folgte den Männern. Im Stillen segnete sie den Herrn Dietrich. Hatte er nicht recht, wenn er sie einlud, dem Erzbischof und den Bauleuten auf die Empore zu folgen? Wo sie doch Tag für Tag für jeden einzelnen dieser Männer betete. Wo sie doch seit sieben Jahren mit an dieser Kathedrale baute – durch ihre Gebete.

Wäre der Bischofsgang etwa schon so weit fortgeschritten, wenn sie nicht beinahe täglich betend und segnend über ihn gewandelt wäre? Einige Kapitelle mussten noch behauen, die Glasfenster noch eingesetzt werden. Schon bald würde man ihm ein Außendach geben und mit den Farbarbeiten beginnen. Und noch während der Malerarbeiten würde man anfangen, über seiner Innenseite den Obergaden zu errichten, die hohe Ostwand mit den wichtigsten Lichtquellen der Kathedrale, den hohen Spitzbogenfenstern.

Auf der ersten Ebene des Turms traten die Männer einer nach dem anderen durch die Emporenpforte auf den Bischofsgang hinaus. »Wunderbar!«, hörte Mechthild den Erzbischof Wilbrand ausrufen. »Gott sei Lob und Dank!« Seit dem letzten Winter hatte er die Empore nicht mehr gesehen. Er war lange auf Reisen gewesen, hatte sich in Italien beim Papst den Segen und die Insignien eines Erzbischofs abgeholt. »Wie schön! Gott segne euch alle!«

Statt nach links abzubiegen, lief Mechthild geradeaus weiter auf einen schmalen Gang hinaus, der durch eine Brüstung vom Querschiff getrennt an dessen Innenwand entlangführte. Ursprünglich sollte er in eine Empore münden, die entlang der Seitenschiffe geplant war. Doch Meister Bohnsack gefiel dieser Plan nicht. »Die Kathedrale muss breiter werden«, hatte sie ihn sagen hören. »Was brauchen wir da eine Empore?«

Unterhalb von Mechthild hasteten Schritte zum Turm hin. Sie beugte sich über die Brüstung – Jakob und Moritz. Endlich! Die beiden Bildhauer traten in den Turm. Mechthild nickte Moritz zu, als er die schmale Turmtreppe heraufkam und zur Empore abbog. Er war dünn geworden und sah krank aus mit seiner fahlen Gesichtsfarbe, seinen entzündeten Schürfwunden an Kinn und Schläfe und seinen eingefallenen Wangen.

Es war erst zwei Wochen her, dass sie im Heilig-Geist-Hospital wieder an seinem Krankenlager hatte wachen müssen. Er hatte sich mit den Maurern von der Sankt-Katharinen-Baustelle geprügelt. Und danach Wein getrunken, bis er umfiel.

»Was soll aus ihm werden?«, murmelte Mechthild, während sie den beiden Bildhauern auf die Empore folgte. »Wenn du ihn nicht endlich wieder aufrichtest, wird er zugrunde gehen.«

Erzbischof Wilbrand musterte Moritz ein wenig erstaunt. Mechthild merkte, wie sehr Moritz' elendes Aussehen ihn erschreckte. Dennoch begrüßte er ihn ausgesucht herzlich und mit Handschlag. Jeder wusste, dass er unter allen Bildhauern den Wenden am meisten schätzte. Und nicht jedem gefiel das.

»Auf dem Rückweg vom päpstlichen Hof haben Wir Mailand besucht«, erzählte der Erzbischof. »Und dort haben Wir das Standbild eines Reiters gesehen, das Uns ungemein entzückt hat und nicht mehr aus dem Kopf gehen will.« In aller Ausführlichkeit beschrieb er die Großskulptur. »So ein Reiterbildnis wollen Wir auch für Magdeburg haben«, schloss er. »Es soll uns auf ewige Zeiten den großen Kaiser Otto vor Augen halten.«

Einige Atemzüge lang schwiegen alle. Niemand unter den Steinmetzen und Bildhauern hatte jemals eine Statue gesehen, die so monumental war, wie der Erzbischof sie gerade beschrieben hatte.

Meister Bohnsack brach schließlich das Schweigen. »Und wo gedenkt Ihr, so ein Reiterbildnis vom Kaiser Otto aufzustellen, hochwürdigster Erzbischof?«, fragte er.

»Vor dem Portal der Kathedrale natürlich! Jeder, der zur Heiligen Messe will, soll sich, bevor er die Kirche betritt, daran erinnern, wer das Erzbistum Magdeburg gegründet und wer den ersten Dom errichtet hat.«

»Ein großes Werk, was Euch da vorschwebt«, sagte Dietrich. »Doch ob wir es ausführen können? Es kostet zusätzliches Geld, und es braucht Bildhauer, die sich so etwas zutrauen.«

»Hier stehen doch Meister Bohnsacks Bildhauer!« Wie segnend breitete Wilbrand die Arme zu den Bildhauern hin aus. »Ich sehe doch, welch herrliche Werke sie zustande bringen! Traut ihr euch so ein gewaltiges Reiterbildnis zu oder nicht?«

Moritz reagierte nicht, Jakob von Straßburg nickte bescheiden, der Bamberger wiegte den Kopf, und Gotthart von Saint Leonard rief: »Selbstverständlich, Euer Hochwürdigste Exzellenz!«

»Dann wollen Wir, dass du uns in den nächsten Wochen eine Zeichnung und vielleicht sogar schon ein Modell machst. Moritz und Jacques werden dich unterstützen, nicht wahr?« Jakob nickte, Moritz dagegen zeigte keinerlei Regung. »Und nun wollen Wir sehen, welche Fortschritte Unser Schwarzer Ritter gemacht hat.«

Die Männer verließen die Chorempore und stiegen die Turmtreppe hinab, Wilbrand und Meister Bohnsack vorweg, Moritz ganz am Ende. Seine verschlossene Miene wirkte finster und zornig. »Zusammen mit Gotthart will der Moritz keine Statue machen«, murmelte Mechthild, »er will es nicht tun, und er wird es nicht tun.« Sie schloss sich der kleinen Gruppe um Moritz und dem Erzbischof an.

Unter der Linde versammelten sie sich um die neue Statue des Heiligen Mauritius. Zunächst sagte niemand etwas, doch in den Zügen aller las Mechthild Erstaunen und Bewunderung. Selbst Meister Bohnsack, der für Moritz so ganz und gar nichts mehr übrighatte, nickte ihm anerkennend zu. Dietrich schüttelte fassungslos den Kopf und schlug die Hände vor dem Gesicht zusammen. Und Erzbischof Wilbrand zeigte sich regelrecht ergriffen.

»Was für ein herrliches Werk entsteht hier!«, rief er aus. »Seht euch nur dieses Gesicht an, dieser Gleichmut, diese zu allem entschlossene Ruhe!« Es hätte nicht viel gefehlt, und Wilbrand wäre vor der Statue auf die Knie gesunken. »Schaut euch diese angespannte Haltung an, wie er sich vorbeugt, wie er bereit ist, dem Martyrium entgegenzugehen. Spürt ihr sie nicht auch, diese Unbeugsamkeit?« Die meisten nickten, alle fanden ein Wort der Bewunderung. Gotthart war nicht mitgekommen. »Und nun stellt euch diesen Kettenrock in Goldfarbe vor«, schwärmte der Erzbischof.

Moritz stand die ganze Zeit neben der Werkbank. Mit halb gesenktem Kopf und als würde es ihn nichts angehen, was hier geschah. Der Erzbischof forderte ihn auf, zu erklären, wo er gedachte, Schwert, Schild und Lanze an der Figur zu befestigen, wenn sie fertig war. Moritz antwortete mit kargen Gesten und knappen Worten.

Mechthild segnete ihn im Stillen und betrachtete sein Werk voller Dankbarkeit. *Das könnte Mauritius gewesen sein*, betete sie stumm, *so könnte er dagestanden haben, als der heidnische Kaiser ihn mit dem Tod bedrohte, wenn er nicht seine Glaubensbrüder tötete.*

»Wir wollen nicht, dass diese Heiligenfigur noch länger im Freien steht. Sie könnte Schaden leiden, vom Pöbel zerstört oder gar gestohlen werden.« Der Erzbischof wandte sich an Dietrich und Meister Bohnsack. »Sorgt dafür, dass sie in einen hellen Raum Unseres Palastes gebracht wird.« Und an Moritz gewandt: »Dort sollst du sie vollenden.«

Auf dem Heimweg überquerte Moritz gegen Abend den Marktplatz. Sein Kopf war heiß und schwer, sein Gang unsicher. Er hatte wieder viel zu viel Wein getrunken. Ein tiefer Groll brodelte in seiner Brust. Auf den Erzbischof, auf Meister Bohnsack und auf den verdammten Franzosen sowieso.

Und auf Helena? Er versuchte zu vermeiden, an sie zu denken. Wenn ihm das nicht gelang – und es gelang ihm viel zu selten –, dann fühlte er mehr als nur Groll; dann fühlte er eine tiefe Wunde im Inneren seiner Brust. Als hätte Helena ihm das Herz aufgeschnitten. Und jeder Gedanke an sie brannte wie Salz in dieser Wunde.

Nur wenn er den Stein schlug, spürte er keinen Schmerz. Oder wenn er genug Wein in sich hineingoss.

Auf der Rathausseite des Marktplatzes umringten Menschen einen Eselskarren. Viele Menschen. Auf dem Karren schüttelte ein Mönch Zeigefinger und Faust und schrie die Menge an. Moritz war noch zu weit weg, um zu verstehen, was der Mann da zu schreien hatte.

Für seinen Schwarzen Ritter hatte der Erzbischof Moritz noch in höchsten Tönen gelobt und ihn danach scharf zurechtgewiesen, weil Moritz ihm erklärt hatte, dass er um keinen Preis mit dem Franzosen zusammenarbeiten würde.

Mehr als hundert Zuhörer hatten sich beim Rathaus um den Prediger auf dem Eselskarren versammelt. Es war kaum ein Durchkommen. »Täuscht euch nicht, ihr Habgierigen!«, rief der Mönch. »Ihr werdet zur Hölle fahren, wenn ihr nicht Buße tut und mit den Armen teilt!« Immer mehr Zuhörer strömten herbei und versperrten Moritz den Weg. Er zischte nach links und rechts.

Mach dem Meister Bohnsack ein Bildnis, hatte der Erzbischof ihm noch befohlen, bevor er sein Werkzeug zusammenpackte. *Wir und das Domkapitel haben beschlossen, ihn mit einer kleinen Skulptur im Dom zu ehren. Als Zeichen Unseres Dankes.*

Moritz hatte nichts darauf geantwortet, doch es widerstrebte ihm, den Mann mit einer Skulptur zu ehren, der ihm seine Tochter verweigert hatte. Sollte doch Gotthart ihm ein Denkmal setzen!

Ein Reiter trieb sein Pferd an den äußeren Rand der Menschenmenge, um dem Prediger zuzuhören. Moritz konnte ihm nicht ausweichen, weil von Sankt Johannis her immer mehr Menschen herandrängten. »Täuscht euch nicht, ihr Wollüstigen! Ihr werdet zur Hölle fahren, wenn ihr nicht ablasst von eurem verwerflichen Tun!« Mit Schimpfworten und Ellbogenstößen bahnte Moritz sich einen Weg durch die Menge. »Dann wartet die ewige Verdammnis auf euch!« Notgedrungen musste er hören, was der Mönch zu schreien hatte.

»Ihr werdet zur Hölle fahren, ihr Fresser und Weinsäufer!« Die Stimme des Predigers überschlug sich schier. Moritz blieb stehen und sah zu ihm hin. Er war nicht besonders groß, von stämmiger Gestalt und sicher fünfzig Jahre alt. Sein breites Gesicht glänzte hochrot. »Die ewige Verdammnis wird euer Teil sein, wenn ihr euch nicht mäßigt!«

Schwankend stand Moritz zwischen all den Menschen und beobachtete den Prediger. Er schrie und fuchtelte nach allen Seiten. Im Winter hatte Moritz ihn schon manches Mal in der Stadt gesehen und gehört, seit der Schneeschmelze nicht mehr. Hatten die Leute sich nicht erzählt, er sei mit Wilbrand nach Italien gereist? Natürlich, jetzt erinnerte Moritz sich! Das Grab seines Ordensgründers hatte er besucht, das Grab des Heiligen Franziskus.

»Ihr werdet zur Hölle fahren, ihr Jähzornigen und von Hass Zerfressenen. Die ewige Verdammnis wartet auf euch, wenn ihr nicht um ein sanftmütiges und liebevolles Herz ringt!«

Moritz ärgerte sich. »Schimpft auf die Zornigen und tobt auf seinem Karren herum, als würde der Zorn der ganzen Welt in ihm brennen«, sagte er böse und so laut, dass alle Umstehenden es hören konnten. Tadelnde Blicke trafen ihn, doch wenigstens machten die Leute ihm jetzt Platz. Sie tuschelten hinter ihm her; natürlich kannte man ihn, den Säufer und Tobsüchtigen, in ganz Magdeburg. Endlich erreichte er die Gasse, die zum Breiten Weg führte.

Dort drehte er sich noch einmal um und schaute zurück auf den Prediger, der sich so wild und unerbittlich gebärdete. »Dann fahre ich eben zur Hölle«, sagte er. »Kommt es darauf noch an?« Finster vor sich hin stierend wankte er in die Neustadt zu seinem Haus. Dort warf er sich auf den zerwühlten Strohsack und schlief sofort ein.

Im Traum stand er vor einer breiten und tiefen Schlucht. Flammen schlugen aus der Tiefe herauf, doch bis zu ihm reichten sie nicht. Dennoch war es sehr heiß.

Drüben, auf der anderen Seite der Schlucht, stand auf Schild und Lanze gestützt sein Mauritius, der Schwarze Ritter. Leicht vorgebeugt, in entschlossener Haltung und mit gleichmütiger Miene schaute er in die brennende Schlucht hinunter. Auch bis zu ihm herauf reichten die Flammen nicht.

Was blickte der Schwarze Ritter da so gleichmütig in die Feuerschlucht? Laut stellte sich Moritz im Traum diese Frage. Er schaute ebenfalls ins Flammenmeer hinab, versuchte der Blickrichtung des anderen zu folgen, schaute genauer hin und erkannte schließlich Menschen in den Flammen.

Moritz begriff, dass er in die Hölle schaute. Die Einsicht ließ ihn kalt; nur darüber wunderte er sich im Traum, über seine Gleichgültigkeit, nicht über die Menschen in der Hölle und den Schwarzen Ritter an ihrem gegenüberliegenden Rand.

Die Menschen in der Feuerschlucht kletterten die Felswand herauf und versuchten so, den Flammen zu entkommen. Dutzende sah Moritz auf einmal hinter der Flammenwand in der Felswand hängen, Hunderte sogar. Erreichten sie endlich die Spitzen der züngelnden Flammen, glitten sie ab und stürzten wieder in die feurige Tiefe.

Einer fiel ihm auf, der kletterte in vollem Harnisch die Felswand herauf. Seine Rüstung glühte, und das Gehörn an seinem Helm glühte auch. Moritz sah genauer hin und erkannte schließlich Botho von Schwerin. Der glitt ab und stürzte zurück ins Feuer.

Im Traum freute sich Moritz und lachte. Er spähte hinüber zum Schwarzen Ritter – der lachte nicht, sondern blickte genauso gleichmütig in die Höllenschlucht wie zuvor.

Moritz' Blick durchdrang wieder das Flammenmeer und glitt suchend über die Leute, die dort unten der Hölle zu entkommen versuchten. Vielleicht kannte er ja noch mehr. Und tatsächlich: Der Hagere dort, der schneller als alle anderen kletterte, das war doch Slawomir, der Kriegsmann aus Rügen. Sein Kettenhemd war schwarz von Ruß, der Schild mit dem Bullenschädel auf seinem Rücken brannte, und als er abglitt, zeigte er mit seinem glühenden Eisenfinger zu Moritz herauf und stieß einen Schrei aus. Der klang, als würde ein Ziegenbock meckern.

Moritz lachte laut und freute sich. Der Schwarze Ritter sah zu ihm herüber und zog die Brauen hoch.

Und dann entdeckte Moritz den Axtmann. Der schlug seine Kriegsaxt tief ins Gestein, zog sich an ihr hoch, zerrte die Klinge aus dem Fels, schlug sie wieder ein, zog sich weiter hoch, schlug die Axt ein Stück höher ein. Sein graues Haar brannte lichterloh, seine braune Kutte brannte auch, und je länger Moritz ihn beobachtete, desto banger wurde ihm, denn der Axtmann kletterte gut und schnell.

Wie Trommelschlag dröhnte Moritz' Herzschlag im Traum, die Angst schnürte ihm die Kehle zu, denn auf einmal ließ der Axtmann die Flammen hinter sich. Das Feuer in seinem Haar und in seiner Kutte erlosch, er drehte sich nach Moritz um und schrie: »Du wirst zur Hölle fahren!«

In diesem Augenblick ging auf der anderen Seite der Schlucht der Schwarze Ritter auf die Knie, beugte sich über den Abgrund und streckte dem Axtmann seine Lanze entgegen, damit er sich daran festhalten konnte. »Nein!«, rief Moritz. »Nein!«

Schreiend fuhr er aus dem Schlaf hoch. Er war in Schweiß gebadet, sein rasender Herzschlag trommelte ihm von innen gegen die Brust. Jemand klopfte an der Hoftür.

Er lauschte, sein Herzschlag dröhnte ihm in den Ohren. Dennoch hörte er das Klopfen. Vor dem Kammerfenster herrschte dunkle Nacht, doch beim Nachbarn flackerte Licht in der Hoflaterne. War es spät am Abend oder früh am Morgen?

Er stand auf, schlich zur Tür. »Wer ist da?«

»Ich bin es, Rochus.«

Moritz riss den Riegel aus dem Bügel und zog die Tür auf. »Du? Was willst du?«

»Diesen Brief überbringen.« Der Mönch reichte ihm ein Kuvert.

Moritz starrte es an. Die Farbe war ihm vertraut, Schrift und Siegel erst recht. Ein Zittern durchlief seine Brust, Tränen stiegen ihm in die Augen. Er riss dem Mönch das Kuvert aus der Hand, brach das Siegel, entfaltete das Pergament. Stumm las er die Zeilen.

Es ist vorbei, Geliebter. Ich bekomme meine gerechte Strafe. Drei Dinge aber sollst du noch wissen: Ich habe dich immer geliebt und werde dich lieben bis zur Stunde meines Todes. Und: Es ist dein Kind. Und das Dritte: Ich werde dich nicht verraten. Deine Helena.

10

Axtmann

Magdeburg, April 1236

Sie kamen kurz vor Ostern, um sie zu holen. Vom vergitterten Fenster zum Hof aus sah sie Henker und Büttel vom Wagen steigen. »Sogar zwei Waffenknechte des Burggrafen haben sie mitgebracht, Frau Mutter.« Helena war nicht überrascht; eher wunderte sie sich, dass sie nicht früher gekommen waren.

Sie band ihr Haar zusammen, schlüpfte in ihre besten Schuhe und warf den warmen Umhang über die Schulter, den mit der Kapuze. Vor der verschlossenen Kammertür wartete sie.

Der Gerichtsbote hatte die böse Nachricht schon vor Silvester gebracht. Da hatte Gotthart sie längst hier oben eingesperrt und am Schöffenstuhl verklagt. Nur dem Ansehen des Herrn Vaters hatte Helena es zu verdanken, dass sie noch nicht im Kerker des Burggrafen darbte.

Schritte stapften die Treppe herauf. Helena hob den Kopf, reckte das Kinn, straffte ihre Gestalt. Vor der Tür verstummten die Schritte, ein Schlüsselbund rasselte, jemand schloss auf und öffnete die Tür. Bodo. Ein dummer und grausamer Mensch. Er liebte es, Schmetterlinge in Kerzenflammen zu halten und Kühe in den Euter zu treten. Seit Gotthart sie hier oben eingesperrt hatte, brachte er ihr das Essen, leerte ihr Nachtgeschirr und versorgte sie mit frischen Kleidern. Und bewachte sie.

Der Büttel trat vor sie, verlas noch einmal den Grund für

ihre Gefangennahme – Anklage wegen Unzuchts – und nickte dann dem Henker zu. Der packte sie grob am Arm und riss sie aus dem Zimmer, das so viele Wochen ihr Kerker gewesen war, und fesselte ihr die Hände auf den Rücken.

Bodo feixte. Und der Büttel mahnte den Henker, unnötige Härte zu vermeiden. Der brummte mürrisch in seinen Zottelbart und führte Helena die Treppe hinunter.

Am Tag vor der geplanten Flucht hatte die Äbtissin ihre Fluchtpläne dem Vater verraten. Der hatte sie eingesperrt. Da wusste Helena schon, dass sie schwanger war. Sie musste Ja sagen zu Gotthart. Der einzige Ausweg wäre der Henker gewesen. Und genau der drohte ihr nun doch.

Dietrich von Dobin und der Vater hatten alles Menschenmögliche versucht, um Gotthart zur Rücknahme seiner Anklage zu bewegen. Das wusste Helena aus den Briefen, die Rochus beinahe wöchentlich in den Hof gebracht hatte. Meistens während der Dunkelheit, wenn Gotthart und seine Diener im Hurenhaus waren. An einem Faden, den sie aus einer Wolldecke gelöst hatte, pflegte Helena die Briefe heraufzuziehen und ihre eigenen hinabzulassen.

Der Henker schob sie in den Pferdewagen, er selbst und der Büttel nahmen auf dem Bock Platz. Helena blickte zu den Fenstern, doch Gotthart zeigte sich nirgends. Natürlich nicht. Die Waffenknechte setzten sich neben sie, der Wagen rollte an und fuhr auf den Breiten Weg hinaus. Helena senkte den Kopf, schämte sich ihrer Gesellschaft und ihrer Fesseln. »Bitte zieht mir die Kapuze über.«

Der Büttel drehte sich um und nickte den Waffenknechten zu, und einer tat ihr schließlich den Gefallen.

Rochus hatte beim Abt der Dominikaner vorgesprochen, der hatte sich beim Erzbischof für Helena verwendet, und Wilbrand kannte den Richter am Magdeburger Schöffenstuhl gut. Ende März hatte es dann eine Zeitlang so ausgesehen, als wäre der Richter bereit, die Anklage fallen zu lassen, falls Gotthart das wünschte. Doch Gotthart blieb hart: »Das Kind ist nicht von mir. Sie hat Unzucht getrieben.«

Johannes – so hieß Helenas Sohn – hatte schwarzbraune Augen, Gottharts waren wässrigblau. Johannes hatte pechschwarzes Haar, Gottharts Haar war sandfarben und hell. Johannes' Gesichtchen war schmal und wurde mit schwindendem Babyspeck jeden Monat schmaler. Gottharts Gesicht war rund und breit.

Und Johannes hatte ein Muttermal zwischen den Schulterblättern. An der gleichen Stelle, an der auf Moritz' Rücken ein Muttermal prangte. Jeder, der Moritz schon einmal beim Baden in der Elbe beobachtet hatte, kannte es. Und Gotthart hatte ihn oft beobachtet.

Der Wagen rollte den Breiten Weg entlang nach Norden. Aus den Augenwinkeln spähte Helena nach links und rechts. Leute blieben stehen, zeigten auf sie. Der Wagen rollte durchs Krökentor und dann nach rechts der Grafenburg entgegen.

In der Hochzeitsnacht hatte zuerst gar nichts geklappt. Das hatte nicht an ihr gelegen. Für sie war es ja überlebenswichtig, einen Vater für ihr Kind zu bekommen. Seit drei Wochen wusste sie in jener schrecklichen Nacht schon, dass sie schwanger war. Alle Anzeichen, die Monica von sich selbst geschildert hatte, nahm sie an ihrem eigenen Körper wahr.

Der Wagen des Henkers rollte in den Burghof. Die Waffenknechte halfen ihr herunter und brachten sie in die Burg und hinab in das Kellergewölbe, in dem der Kerker lag.

Gotthart hatte sie geschlagen. Zuerst glaubte sie, er täte das, weil es nicht gleich geklappt hatte. Doch schnell merkte sie, dass er Freude daran hatte, ihr weh zu tun. Dann war er über sie hergefallen. Sie hielt still, brauchte ja einen Vater für ihr

Kind. Irgendwann jedoch überwältigten Ekel und Zorn sie, und sie hatte ihn von sich gestoßen. Sie war aus der Schlafkammer gerannt und hatte ein Messer gefunden. Als er sie wieder schlagen wollte, bedrohte sie ihn damit.

Seitdem hatte sie sich nie mehr von ihm anfassen lassen.

Gotthart behauptete, es sei nie zum Vollzug der Ehe gekommen, schon deswegen könne das Kind nicht von ihm sein.

Der Büttel entzündete eine Fackel. Ihr Schein riss feuchte Mauern aus dem Halbdunkeln. An vielen eisernen Türen führte der Henker sie vorbei. Eine Maus huschte über den Gang.

Helena dachte an Moritz und lächelte in sich hinein. Auch zwischen ihr und ihm waren Briefe hin und her gegangen. Sie würde als Versöhnte sterben. Gestern hatte sie ihm einen Abschiedsbrief geschrieben. Briefe in den Burgkerker zu schmuggeln, würde Rochus kaum gelingen.

Der Büttel schloss die schwere Kerkertür auf, der Henker schob Helena hinein; die Tür fiel zu, Riegel und Schlüssel rasselten. Es war fast völlig dunkel, kaum Licht fiel durch das Fenster unter der Decke herein. Und es stank. Nach Mäusedreck, nach Verwesung, nach Moder.

Helena lief eine Weile zwischen den feuchten Wänden hin und her. Ihre Gedanken kreisten um ihr Söhnchen, um Johannes. Die weise Magdalena hatte ihn zu einer ihrer Enkelinnen gegeben. Die war gerade Mutter geworden und hatte Milch für zwei Kinder.

»Ich habe Gotthart geheiratet, um dem Henker zu entgehen, Frau Mutter.« Sie legte den Kopf in den Nacken und stieß einen lang gezogenen Seufzer aus. »Und um Moritz zu schützen. Einen Vater für mein Kind brauchte ich. Und jetzt ist es der Mann, den ich geheiratet habe, der mich dem Henker ausliefert. Ist das nicht bitter?« Sie setzte sich auf den kalten Boden und weinte.

Später ging die Tür auf, und Fackelschein fiel in ihren Kerker. Ein Priestermönch und der Henker traten ein. Der Mönch hob die Fackel. »Ich bin dein geistlicher Beistand, Weib«, sagte er. Helena erkannte ihn an der stämmigen Gestalt und der heiseren Stimme – es war jener Gabriel, der Bußprediger der Minderen Brüder.

Der Henker trat vor Helena. »Aufstehen!« Sie gehorchte; und jetzt erst sah sie den Stock in seiner Rechten. Er musterte sie mürrisch und klopfte damit in die Handfläche seiner Linken. »Wer ist der Vater deines Kindes?«

Es regnete, wie meist an Karfreitagen. In allen Kirchtürmen Magdeburgs läuteten die Glocken. Moritz war nicht in der Messe gewesen. Eine Sünde, schon möglich, doch kam es darauf noch an? Er hatte dem Erzbischof durch Sebastian eine Botschaft überbringen lassen: Wilbrand möge gleich nach der Karfreitagsmesse zu ihm in die Werkstatt kommen; um Punkt zwölf würde er andernfalls den Mauritius in Stücke schlagen.

Unruhig wanderte er zwischen den Fenstern seiner Werkstatt hin und her. Zu warten fiel ihm nicht leicht in diesen Tagen. Knapp dreihundert Ruten Vogelflug weiter nördlich bereitete Helena sich auf die Begegnung mit Richter und Henker vor.

An der Werkbank blieb er stehen, schenkte sich Wein nach und trank. Verkeilt zwischen Kanthölzern lag sein Mauritius auf der Werkbank. Bennos Schmiedehammer lehnte gegen die Stiefel des Schwarzen Ritters.

Moritz knallte den Becher hin, fuhr fort, von Fenster zu Fenster zu wandern. Im Südostflügel seines Palastes hatte

Wilbrand einen kleinen Gästeschlafsaal ausräumen lassen. Hier arbeitete Moritz an seiner Skulptur. Noch ein paar Falten am Lederschurz, einige Linien um Nase und Augen, das Schwert, die Lanze, der Schild – dann würde der Schwarze Ritter fertig sein. Bis auf die Farbgebung natürlich. Doch die ließ Moritz gleichgültig. Alles ließ ihn gleichgültig in diesen Tagen. Nur der Gedanke an Helena nicht.

Am Nordfenster blieb er stehen. Viele Schwarzmäntel hasteten durch den Regen, dazwischen Bauleute und ihre Frauen und Kinder – die Messe war vorüber. Er lief hinüber zum Südfenster. Der Trommelkran stand verlassen, die Bauhütten wie ausgestorben, die Steinstapel dunkel von Nässe. Ein trauriger Anblick.

Endlich Stimmen unten im Treppenhaus, eine Tür fiel ins Schloss. Moritz lief zur Werkbank, leerte den Weinbecher. Hastige Schritte näherten sich; Wilbrand nahm seine Drohung also ernst. Gut so.

Und dann erschien in schwarzem Leibrock über dem Chorhemd, doch ohne Krummstab die massige Gestalt des Erzbischofs im Rahmen der offenen Tür. Ein roter Pileolus bedeckte seinen Kopf. Dietrich von Dobin und vier Waffenknechte drängten sich hinter ihm. Mit grimmiger Genugtuung registrierte Moritz, dass man ihn gleich vier Bewaffneter würdigte.

»Vermessener!« Der Erzbischof trat in die Werkstatt. »Wie kannst du es wagen, Uns zu drohen?«

»Ich drohe nicht Euch, Hochwürdigster Herr, ich drohe meinem Werk. Ich will Euch allein sprechen.«

»Du stellst Forderungen?« Wilbrand stemmte die Fäuste in die Hüften. Sein breites Gesicht lief rot an. »Der Hochmut reißt dich zum Äußersten! Oder der Suff?«

»Beides falsch, Hochwürdigster Herr Erzbischof. Die

Angst.« *Um die Frau, die ich liebe*, wollte er hinzufügen, doch das mussten die anderen fünf nicht wissen. Moritz fuhr zur Werkbank herum, packte Bennos Hammer, holte aus und machte Anstalten, seinem Mauritius ins Gesicht zu schlagen.

»Warte!« Der Erzbischof schrie. Dann raunte er ein paar Sätze über die Schulter hinweg nach hinten, und Dietrich schloss die Tür von außen.

Moritz wartete, bis er Schritte auf der Treppe und unten dann die Tür hörte. »Ihr müsst sie retten.« Er legte den Schmiedehammer auf der Brust des Schwarzen Ritters ab.

»Das kann ich nicht.« Wilbrand kam näher.

»Wenn einer das kann, dann Ihr.«

»In der Stadt sprechen sie Recht nach dem Sachsenspiegel, in der Domfreiheit richten wir uns nach kanonischem Recht.« Wilbrand ließ sich auf einem Hocker nieder, musterte ihn forschend. »Du liebst sie also noch immer.« Er guckte ganz ungläubig und schüttelte den Kopf.

»Ich bin der Vater des Kindes.«

»Nein!« Wilbrand schlug sich auf den Kopf. »Ich weiß es doch, aber warum musst du es aussprechen?! Begreifst du nicht, in welche Lage du mich bringst? Dummkopf!«

»Es ist zum Glück nicht das einzige Geheimnis, das wir gemeinsam haben, nicht wahr, Hochwürdigster Herr?« Wilbrand musterte Moritz stumm und rieb sich die Hände. Er wusste genau, worauf Moritz anspielte. »Oder wiegt Unzucht in Mainz leichter als in Magdeburg, Herr Erzbischof?«

Wilbrand senkte den Kopf, beugte sich über die Knie. »Ich habe für Helena getan, was ich konnte. Habe sogar versucht, den Richter zu bestechen. Doch Gotthart ist hart geblieben. Zur Hölle soll er fahren!« Der Erzbischof sprang auf und begann zwischen Tür und Hocker hin und her zu laufen. »Das wäre vielleicht eine Lösung – wenn er zur Hölle führe, genau!

Dann könnte man noch einmal versuchen, den Gerichtstag zu verhindern.«

»Das würdet Ihr tun?«

»Schon um Bohnsacks willen. Der arme Mann ist ganz krank vor Kummer.« Abrupt blieb er stehen, aus schmalen Augen lauerte er zu Moritz herüber. »Du willst Gotthart doch nicht töten? Bloß nicht! Dann würde ich gleich zwei Bildhauer verlieren!«

»Am Dienstag tagt der Schöffenstuhl und wird das Todesurteil sprechen, Hochwürdigster Herr. Ihr habt vier Tage Zeit, den Gerichtstag zu verhindern. Tut Ihr's nicht, dann ...« Er packte den Hammer und holte über dem Mauritius aus.

»Nicht!« Der Erzbischof sprang zu ihm. Zwei Schritte vor ihm streckte er flehend die Arme aus. »Ist dir nicht klar, dass du dafür vor Gott Rechenschaft ablegen musst? Vermessener!«

»Für eine zerstörte Ritterfigur oder für die vergebliche Rettung eines Mutterlebens?« Moritz lachte bitter. »Beides ginge vor Gott auf Eure Rechnung, Hochwürdigster Herr Erzbischof.«

Wilbrand ließ entmutigt die Arme sinken, wandte sich ab und schaukelte wieder zur Tür. »Ich kann's doch wirklich nicht.« Er seufzte tief. »Ich hab doch alles versucht.«

Moritz packte den Hammer, holte aus und schlug auf den Stein, den er neben den Kopf des Mauritius gelegt hatte. Der Erzbischof fuhr herum und stieß einen Schrei aus. »Das nächste Mal treffe ich. Also: Was wollt Ihr für uns tun, Hochwürdigster Herr?«

Der Erzbischof seufzte wieder. »Das Einzige, was ich bewirken könnte, ist, dass du sie im Kerker besuchen kannst.«

»Wann?«

»Am Vormittag des Gerichtstages.«

»Zu spät.«

»Dann Ostermontag.« Wilbrand schnitt eine Jammermiene.

»Zu spät.«

Das Gesicht des Erzbischofs glühte rötlich. »Dann Ostersonntag, du störrischer Esel!« Er stampfte auf dem Boden auf. »Mein letztes Wort!«

Der Henker nahm die Fackel aus der Wandhalterung und stieg zum Kellergewölbe hinab. Der stämmige Priestermönch – er hatte sich als Helenas geistlicher Beistand vorgestellt – folgte ihm und winkte sie hinter sich her. Moritz trug den Habit eines Zisterziensermönches – eine weiße Tunika mit einem schwarzen Überwurf. Neben ihm stieg ein echter Zisterzienser die Treppe hinab. Rochus. Auch er zog eine Fackel aus der Wandhalterung.

Moritz wunderte sich über Helenas »geistlichen Beistand«. Bisher kannte er den Priestermönch nur als Schreihals, der den Magdeburgern die Hölle heißmachte. Er mochte ihn nicht. Der Mönch nannte sich Bruder Gabriel und hatte Helena auf den Besuch vorbereitet.

Zahllose Kerkertüren glitten an ihnen vorüber. Endlich blieb der Henker vor einer stehen und fummelte einen großen Schlüssel in ihr Loch. Moritz klopfte das Herz bis zum Hals.

Der Henker stieß die Tür auf und schlurfte hinein. Bruder Gabriel folgte ihm, dann Rochus mit der zweiten Fackel, dann Moritz. Er blinzelte ins Halbdunkle. Rochus hob die Fackel – ihr Schein fiel auf Helena. Bleich und gebeugt stand sie mitten im Kerker. Ihre Unterlippe war von Blut verkrustet, ihr rechtes Auge geschwollen.

»Mein Gott …!« Moritz wollte zu ihr stürzen und sie in die

Arme schließen, doch Pater Rochus griff energisch zu und hielt ihn fest. Moritz duckte sich wie zum Sprung und lauerte zum Henker hinüber. Rochus griff noch fester zu.

Helena wankte zu ihm. »Dass ich dich noch einmal sehen darf ...« Moritz ergriff ihre Hand, küsste ihre kalten, schmutzigen Finger. Es kostete ihn alle Überwindung, sie nicht zu umarmen. Doch Pater Rochus hatte ihm eingeschärft, sich zu beherrschen.

Ein paar Atemzüge lang standen sie so – Auge in Auge, und er hielt ihre Hand. Tränen liefen ihr über die Wangen. In ihrem zärtlichen Blick lag alles, was Moritz wissen musste. Er ließ ihre Hand los, nickte ihr zu, bewegte stumm die Lippen. *Bevor du stirbst, sterbe ich*, sollte das sagen. Ob sie es verstand? Gleichgültig, es galt.

Helena wandte sich an Pater Rochus, begrüßte ihn mit einer Berührung am Arm. »Wie geht es meinem Sohn, Pater?«

»Er gedeiht und ist wohlauf. Die weise Magdalena lässt dich grüßen.«

Helena nickte langsam, Tränen rannen ihr wieder übers Gesicht. Moritz schnürte es das Herz zusammen. »Und wie geht es dem Herrn Vater?«

»Meister Bohnsack ist krank. Seit Wochen geht er nicht mehr zur Baustelle. Liegt nur noch im Bett.« Rochus machte eine knappe Geste des Bedauerns. »Der Kummer.« Rochus zog ein gefaltetes Kuvert aus dem Ärmel seiner Tunika. »Meister Bohnsack lässt dich grüßen. Er hat dir ein paar Zeilen geschrieben.«

Helena langte nach dem Brief, und durch den Henker ging ein Ruck, als wollte er sich auf sie stürzen. Doch der Büttel streckte den Arm aus und hielt ihn zurück. Dankbar dachte Moritz an Wilbrand – der Erzbischof hatte den Büttel dafür bezahlt, dass man Helena einen Brief überreichen durfte.

Helena nahm Rochus das Kuvert ab und schloss die Faust darum. »Grüß mir den Herrn Vater«, sagte sie mit brechender Stimme. Rochus nickte.

»Geht es denn voran auf der Dombaustelle?«, wandte Helena sich wieder an Moritz. Und er erzählte. Vom vollendeten Bischofsgang, von den letzten Arbeiten am Querschiff, von den wachsenden Pfeilern, vom Schwarzen Ritter. Er achtete darauf, vor den Ohren von Henker, Büttel und Mönchspriester nicht allzu viel von sich selbst preiszugeben. Pater Rochus hatte ihm eingeschärft, mit keiner Silbe anzudeuten, wie nahe er Helena stand, geschweige denn, dass er der Vater ihres Kindes war.

Sie fragte nach Monica, nach den Kindern, nach Mechthild und einzelnen Männern unter den Bauleuten. Moritz und Rochus erzählten, was sie wussten. Es ging darum, ihr die qualvolle Gefangenschaft ein wenig zu erleichtern; es ging darum, sie ein wenig teilhaben zu lassen am Leben draußen.

Und natürlich ging es um den Brief.

»Genug jetzt«, raunzte der Henker irgendwann.

Sie verabschiedeten sich. Helena versuchte tapfer zu sein, konnte aber ihre Tränen nicht zurückhalten. Moritz' Brust fühlte sich an wie von einem Pflug zerfurcht, als der Henker die Kerkertür zuwarf und abschloss.

Moritz wollte ihn packen und ihn davor warnen, Helena jemals wieder ein Haar zu krümmen. Rochus spürte wohl, was in ihm vorging, denn er hielt ihn am Arm fest. »Ihr habt sie geschlagen?«, wandte er sich an den Henker.

»Was denkst du denn!«, zischte der Zottelbart, und der Büttel senkte betreten den Blick.

»Ihr kennt die Wünsche des Erzbischofs?« Diesmal sprach Rochus den Priestermönch an, Gabriel. »Er will diese Frau vollkommen unversehrt sehen, wenn sie am Dienstag vor Richter und Schöffen tritt.«

Der Bußprediger und Priestermönch drehten sich nach Henker und Büttel um. »Ihr habt's gehört.«

Sie stiegen die Treppe hinauf, verließen die Burg. Henker und Büttel blieben zurück. Moritz hörte sie streiten.

Sie überquerten die Zugbrücke und gelangten in die Außenburg. Hier hatte der Bußprediger seinen Esel und seinen Karren zurückgelassen.

Moritz fühlte sich leichter. Der Brief für Helena war von ihm, nicht von Meister Bohnsack. Dem armen Baumeister ging es ja so miserabel, dass er nicht einmal mehr einen Brief zustande brachte.

In seinen wenigen Zeilen an Helena hatte Moritz ihr versprochen, alles zu tun, um sie zu retten. Wie er das schaffen wollte, hatte er nicht geschrieben. Er wusste es selber noch nicht.

Am Eselskarren verabschiedeten Rochus und Moritz sich von Bruder Gabriel. Der griff nach dem Seitenverschlag des Karrens, um hineinzusteigen. Die Ärmel seiner braunen Kutte rutschten über Hände und Handgelenke. An seiner rechten Hand fehlte der kleine Finger.

Moritz blinzelte, Moritz fuhr sich mit der Hand über die Augen, doch es blieb dabei: An seiner rechten Hand fehlte der kleine Finger!

Gabriel fasste die Zügel seines Esels und trieb ihn an. Sein Karren setzte sich in Bewegung und rollte dem äußeren Burgtor zu. Und Moritz glaubte zu stürzen. In alte Zeiten, in alte Schmerzen. Er schaute dem Mönch auf dem Eselskarren hinterher und schaute doch zugleich auf die aufgestoßene Tür einer nächtlichen Hütte. Ein hagerer Ritter in Kettenhemd und mit Fackel und Schwert stürzte herein. Hinter ihm ein stämmiger Graubart, der sein Schlachtbeil dicht hinter der Klinge hielt. Auf der Axtklinge glänzte Blut, auf der Faust des Axtmanns glänzte Blut, und an seiner blutigen Faust fehlte der kleine Finger.

Er war es. Auch seine Gestik, seine Haltung, sein Gesicht – Bruder Gabriel war der Axtmann!

»Was ist los mit dir?«, fragte Pater Rochus. »Warum stehst du starr wie eine Skulptur deiner selbst?«

Moritz ließ ihn stehen und rannte los. »Bruder Gabriel!« Unter seinem schwarzen Überwurf tastete er nach seinem Dolch. »Warte noch, Bruder Gabriel!« Der Mönch sah zurück und hielt an. Moritz kletterte auf den Karren. Unter dem schwarzen Tuch schlossen seine Finger sich um den Dolchgriff.

»Was gibt's denn noch?« Der Mönch runzelte die Stirn und musterte ihn unwillig.

»Ich ...« Moritz schluckte. »Kann ich bei dir beichten?«

»Jetzt gleich?«

Moritz nickte. »Mein Herz geht mir über.«

»So viele Priester in der Stadt. Warum grad bei mir?«

»Ich habe dich predigen hören, und da ...«

»Na gut.« Bruder Gabriel trieb den Esel an, der Karren rollte weiter. »Fahren wir zu Sankt Petri, die Kirche liegt am nächsten.«

Statt zum Krökentor lenkte er seinen Esel tiefer in die Neustadt hinein. Moritz beobachtete ihn von der Seite – den Axtmann, den Mörder seines Vaters, den Mörder seines Bruders. Vor der Kirche stiegen sie aus dem Karren, gingen hinein, bückten sich in den nächstbesten Beichtstuhl.

Sie waren allein im Gotteshaus. Moritz kniete in die Gebetsbank, bekreuzigte sich, griff wieder nach dem Dolch und sprach das übliche Gebet: »Im Namen des Vaters und des Sohnes und des Heiligen Geistes. Amen.«

Hinter dem Sprechgitter bekreuzigte sich Bruder Gabriel und sprach die Eingangsformel. »Gott, der unser Herz erleuchtet, schenke dir wahre Erkenntnis deiner Sünden und Seiner Barmherzigkeit. Amen.«

»Ich kannte einen Ritter, der ist nachts mit einer Horde Sachsen in die Hütte einer wendischen Familie eingedrungen«, begann Moritz. »Er hat auf die Mutter der Familie gedeutet und gesagt ›die gehört mir‹. Er hat Slawomir von Rügen geheißen. Gott sei mir gnädig: Ich habe ihn getötet.«

Moritz hob den Blick und spähte durchs Sprechgitter. Bruder Gabriel saß steif und still und mit geschlossenen Augen.

»Ich habe einen zweiten Ritter gekannt«, fuhr Moritz fort. »Der ist damals dabei gewesen. Der hat sich auf meine Mutter gestürzt, der hat meinen Hund erschlagen und meine Schwester in die Mondnacht gezerrt. Ich hab sie schreien hören. Er hieß Botho von Schwerin. Gott weiß, wen aus meiner Familie er noch erschlagen hat. Gott sei mir gnädig: Ich habe ihn getötet.«

Moritz lugte durchs Sprachgitter. Bruder Gabriel hockte vornübergebeugt und hielt die Hände vor dem Gesicht.

»Und einen dritten kenne ich«, fuhr Moritz fort, »der ist auch dabei gewesen damals, der hat eine blutige Axt in der Rechten gehalten. Mein Vater hat ihm unser Kreuz entgegengestreckt und gerufen, dass wir auch getauft seien. Der Axtmann hat ihn trotzdem erschlagen und nach ihm meinen Bruder. Ich weiß nicht, wie er sich damals genannt hat, ich weiß nur, dass ihm an der rechten Hand der kleine Finger fehlt und wie er sich heute nennt.« Moritz zog den Dolch aus seinem Habit. »Und Gott sei mir gnädig – ich werde ihn töten.«

Er sprang aus dem Beichtstuhl und riss die Luke zur Kammer des Beichtvaters auf. Der Mönch hockte vornübergebeugt mit der Brust auf den Schenkeln und dem Kopf über die Knie gesenkt. Er zitterte so heftig, dass der Beichtstuhl bebte.

Mit der Linken packte Moritz sein Ohr und riss ihn hoch, mit der Rechten setzte er ihm die Klinge an die Kehle. Und stutzte – das Gesicht des Axtmanns war nass von Tränen. »Ich kann's nie wiedergutmachen«, flüsterte der Axtmann. »Töte mich. Ich kann's nie wiedergutmachen.«

Moritz starrte den heulenden Mann an und mochte es nicht glauben. »Es tut mir so leid«, schluchzte der Axtmann, der Mönch. »Es tut mir so unendlich leid.« Moritz sank die Hand mit der Klinge. »Ich bin froh, dass du mich gefunden hast. Töte mich.«

Moritz ließ ihn los. Mit hängenden Schultern stand er da und blickte auf den zitternden und händeringenden Mann hinunter. Aus irgendeinem Grund stand ihm plötzlich sein Mauritius vor Augen. Er ließ den Dolch fallen und ging vor dem Beichtstuhl in die Knie. Die Tränen stürzten ihm aus den Augen, er konnte nichts dagegen tun.

So verharrten sie einander gegenüber – Moritz kniend und weinend, der andere händeringend, schluchzend und sich im Beichtstuhl windend. Und ständig flüsterte er: »Ich kann's nie wiedergutmachen. Töte mich. Ich kann's nie wiedergutmachen.«

Irgendwann hob Moritz den Kopf. »Vielleicht doch«, sagte er.

Vier Pferde standen im Hof an der Pferdestange. Wie hätten sie Gottharts Misstrauen erregen sollen? An Feiertagen machten die Huren in der Regel die besten Geschäfte. Er und Bodo banden ihre eigenen Tiere neben die vier.

Bodo hinkte zur Hintertür und klopfte.

Während sie warteten, tobte in Gottharts Brust ein Sturm: Triumph und Schuld, Angst und Lust, Wut und Sehnsucht.

Im Haus waren keine Schritte zu hören. »Klopfe lauter«, forderte er seinen Diener auf. Bodo hämmerte mit der Faust gegen die Tür.

Das Triumphgefühl, die stolze und prüde Baumeistertochter in die Knie gezwungen zu haben, verschaffte ihm tiefe Befriedigung. Was hatte dieses Weib ihn gedemütigt! Morgen würde man sie vor den Schöffenstuhl zerren. Und gleich danach vor den Henker.

Zugleich jedoch quälten ihn Schuldgefühle, und er hasste sich selbst für das, was er getan hatte.

Endlich Schritte drinnen auf der Treppe. Die Tür wurde geöffnet. Die Weißblonde winkte sie mit größter Selbstverständlichkeit herein; ganz so, als hätte sie auf Gotthart gewartet. Bei Bodo hakte sie sich unter und zog ihn zur Treppe, Gotthart wies sie zu Mavras Tür. »Sie freut sich, dich zu sehen.«

»Wirklich?« Gotthart feixte. »Das hätte ich nun wirklich nicht erwartet.« Das letzte Mal hatte er die Maurin blutend und weinend zurückgelassen.

Die Isländerin zog den hinkenden Bodo die Treppe hinauf, Gotthart ging zu Mavras Tür. Er klopfte.

Tief musste er durchatmen, denn Angst schnürte ihm die Kehle zu. Angst vor der Strafe Gottes. Weit lieber hätte er heute den Reiter ein Stück weiter aus dem Stein gehauen, doch es war Ostermontag und Arbeit verboten. Das Verlangen aber zog ihn stärker, als die Angst ihn aufhielt. Verlangen und Wut hatten ihn wieder hierher getrieben; die Wut, die so tief in seiner Brust brodelte, und von der er nicht wusste, woher sie kam und gegen wen er sie richten sollte. Er klopfte erneut.

Ein Rascheln und Scharren hinter der Tür, die Klinke wurde heruntergedrückt, die Tür einen Spalt weit geöffnet. »Schon wieder du?« Mavras schönes bronzefarbenes Gesicht kam ihm ängstlich vor. Ängstlicher als sonst.

»Ich dachte, du freust dich auf mich?« Er drückte die Tür weiter auf. Himmel, wie es ihn nach ihr verlangte! Er griff Mavra ins schwarze Haar und stieß sie in die Kammer hinein. »Ich glaub, ich bin süchtig nach dir!« Er stieß die Tür hinter sich zu und holte zum Schlag aus – hinter ihm murmelte jemand.

Gotthart wirbelte herum – die Wahnsinnige stand neben der Tür an der Wand, die fromme strohblonde Frau in dem hellen Leinen. Betete Sie? Neben ihr griff jemand zu seinem Schwert.

Gotthart wich das Blut aus dem Gesicht, er fuhr wieder herum. Hinter Mavras Bett standen auf einmal zwei Männer auf – Dietrich von Dobin und ein zweiter Waffenknecht des Erzbischofs. Gotthart wünschte, der Boden würde sich unter ihm öffnen und ihn verschlingen.

»Schon wieder der Mann, der seine Frau wegen Unzuchts dem Henker ausliefert und dabei doch selbst Unzucht der schamlosesten Sorte treibt«, sagte Mavra. »Schaut ihn euch an.«

Gotthart fuhr wieder herum, riss die Tür auf und rannte aus dem Haus.

Runde um Runde schritt der Erzbischof um den Schwarzen Ritter herum. Er drückte die gefalteten Hände gegen die Lippen, schüttelte wieder und wieder staunend den Kopf und konnte sich nicht sattsehen. »Wunderbar«, sagte er ständig. »Ganz wunderbar.« Und: »Dafür wird Gott dich segnen.«

Moritz hatte seinen Mauritius in einem Gestell aufgerichtet und im Rücken mit einem Kantholz abgestützt. Dadurch konnte der Erzbischof ihn als Standbild betrachten, so, wie er bald auch in der Kathedrale zu sehen sein würde. Tag und Nacht hatte Moritz an ihm gearbeitet, auch heute, am Ostermontag. Bis eben, bis zum Sonnenuntergang. Jetzt zitterten ihm die Hände, seine Knie fühlten sich an wie warmer Brei, und in seinem Kopf schwirrte ein Mückenschwarm.

»Schade, dass du die Farbgebung nicht persönlich leiten wirst.« Traurig sah der Erzbischof ihn an.

»Ich gehe.« An der Werkbank packte Moritz sein Werkzeug zusammen.

»Komm zurück, ich bitte dich.« Sie waren unter sich, und unter dem Eindruck des Schwarzen Ritters schien Wilbrand jede Förmlichkeit fahren zu lassen. »Ich will dich nicht verlieren.«

»Zurück? Und vor den Schöffenstuhl?«

»Lass ein wenig Zeit vergehen, schreib mir, wohin ich Briefe senden kann. Wenn ich hier die Wogen geglättet habe, kommst du zurück.«

»Und Helena?«

»Die Zeit heilt Wunden. Ich werde sehen, was ich tun kann.«

Moritz griff in seinen Rucksack, holte ein in Tücher gewickeltes Bündel heraus und legte es auf die Werkbank. »Für Euch, Hochwürdigster Herr Erzbischof. Und für Meister Bohnsack. Grüßt ihn von mir.« Er steckte sein Werkzeug in den Rucksack, warf ihn über die Schulter und eilte zur Tür.

Hinter ihm stieß der Erzbischof einen Freudenschrei aus. Moritz sah noch einmal zurück. Wilbrand hatte die kleine Skulptur aus den Tüchern gewickelt. »Das ist ja unser Baumeister!« Er drehte sie in den Händen. »Das ist ja

Meister Bohnsack! Du hast meinen Auftrag also doch erfüllt?«

»Nur sein Modell. Der Jacques mag es in Stein hauen, wenn es Euch gefällt.« Moritz drückte die Tür hinter sich zu, sprang die Treppe hinunter und lief aus dem Bischofspalast. Im Stall sattelte er Fee, schwang sich auf sie und ritt in die Neustadt. Es wurde schon dunkel.

Zuhause packte er ein, was nötig war, in zwei Körbe und den Rucksack. Danach schlüpfte er in die weiße Tunika und legte sich den schwarzen Überwurf um Schultern und Kopf. Im Hof befestigte er die Gepäckkörbe und den Rucksack auf der Weißen, stieg in den Sattel und ritt aus dem Hof. Auf der Gasse drehte er sich noch einmal nach seinem Haus um. Er hatte es verkauft.

Später trabte er am Krökentor vorbei zur Grafenburg. Menschen, die trotz der Dunkelheit noch unterwegs waren, drehten sich nach ihm um. Einen Zisterzienser zu Pferd sah man nicht alle Tage.

Bruder Gabriel wartete in der Vorburg auf seinem Eselskarren. Hatte er also Wort gehalten.

Sie begrüßten einander wortlos und schritten Seite an Seite zur Burg. Gabriel hatte sich einen kleinen Ledersack über die Schulter geworfen. In der Eingangshalle sprach ein Wächter sie an; Henker und Büttel waren zuhause bei ihren Familien.

»Ich will der Frau des Bildhauers die Beichte abnehmen«, erklärte der Mönch.

»Mitten in der Nacht?«

»Sie muss morgen vor Richter und Henker treten. Und dann vor Gott. Sollten wir nicht wenigstens versuchen, ihre Seele zu retten?«

Der Wächter nickte, er kannte Bruder Gabriel, und die

Geschichte der Unzüchtigen kannte er inzwischen auch. »Und wer ist der?« Er deutete auf Moritz.

»Das ist unser Bruder Exorzist«, sagte Gabriel. »Leider hat der Gottseibeiuns das Weib des Bildhauers am Schlafittchen.« Der Wächter zuckte zusammen und wich zurück. »Wir müssen ihr ein paar Dämonen austreiben.«

Der Wächter nickte hastig und hatte es plötzlich sehr eilig. Er führte sie zu Helenas Kerker und schloss auf. »Ich warte dort.« Mit der Fackel deutete er zu einem Tisch und einem Stuhl am Ende des Kellergangs.

»Danke.« Gabriel zog einen Schlauch Wein aus seinem Gewand und drückte ihn dem Wächter in die Hand. »Für dich.«

Sie traten in die Zelle, Moritz steckte die Fackel in eine Wandhalterung. Helena lag zusammengekauert in einer Kerkerecke. Sie hob den Kopf und erkannte Moritz sofort. Sie unterdrückte einen Freudenschrei. Moritz ging vor ihr in die Hocke und schloss sie in die Arme. Diesmal brauchten sie sich nicht zurückzuhalten, Gabriel wusste Bescheid. Sie küssten einander, und einer flüsterte dem anderen ins Ohr, was auf keinen der letzten Briefe gepasst hatte.

Gabriel zog Tücher und eine braune Kutte aus seinem Ledersack. Sie wickelten Helena in die Tücher, damit ihre Gestalt ein wenig stämmiger wirkte, und halfen ihr, den braunen Habit anzuziehen. Gabriel band ihr den Strick um die Hüften.

Zitternd vor Angst und Aufregung stand Helena schließlich als Minderer Bruder vor der Kerkertür. Gabriel ergriff Moritz' Hand. »Kannst du mir vergeben?«, flüsterte er.

Moritz nickte langsam. »Ja. Das tue ich. Leb wohl.«

Er öffnete die Kerkertür und schob Helena Richtung Treppe. Bruder Gabriel blieb in der Zelle zurück. Moritz hob die Fackel und ging ein paar Schritte auf den Tisch des Wächters zu. Der hatte gedöst und schreckte nun hoch. »Wir sind so weit«, sagte Moritz.

»Habt ihr die Dämonen verjagen können?« Die Stimme des Wächters klang ängstlich.

»Nein. Gehe lieber nicht zu ihr hinein, solange die Sonne nicht aufgegangen ist.« Moritz wandte sich ab und lief Helena hinterher zur Treppe. Er hörte die hastigen Schritte des Wächters und das Rasseln seines Schlüsselbundes. Dem Mann konnte es nicht schnell genug gehen, die Kerkertür zu verschließen.

Unbehelligt gelangten sie aus der Burg. Moritz half Helena auf die Weiße; sie war stark geschwächt. Durch das Burgtor ritten sie hinaus auf den Uferweg und auf ihm zum Elbhafen. Auf dem Lastkahn pendelten Öllaternen im Nachtwind. Helena ging zuerst an Bord, eine Frau fiel ihr um den Hals. Moritz führte die Weiße über die Landungsbrücke. Ein Kleinkind begann zu plärren.

Für das Schiff hatte der Erzbischof gesorgt, Pater Rochus für Proviant, Monica für frische Frauenkleider und eine Amme; Helena hatte längst keine Milch mehr. »Sie wird euch bis Hamburg begleiten.« Monica wies auf die Amme. Dann umarmte und küsste sie Helena und Moritz noch einmal. Weinend lief sie über die Landungsbrücke.

Pater Rochus segnete Helena und das Kind, warf Moritz einen mahnenden Blick zu und ging ebenfalls an Land.

Matrosen zogen die Brücke ein, der Kapitän ließ den Anker lichten, der Kahn bewegte sich weg von der Anlegestelle. Monica und Rochus winkten.

»Denke an die Zeit auf der Rudelsburg, Monica!«, rief Moritz. »Ich war ein Sklave, ich war ein Nichts! Ohne dich und Benno hätte ich es nicht geschafft bis hierher! Nie werde ich dir das vergessen!«

Der Hafen blieb zurück. Unter der Schiffslaterne drückte Helena ihm seinen Sohn in die Hand. Moritz schaute ihm ins Gesichtchen. Hinter dem Schleier seiner Tränen sah er das Kind lächeln. Er küsste es. Dann schaute er noch einmal zurück. Die Konturen der Stadt verschwammen mit der Nacht. Moritz hob das Kind hoch und rief: »Wir kommen wieder, Magdeburg! Irgendwann kehren wir zurück!«

Epilog

Magdeburg, 22. September 1275

Es war der erste Tag der Herrenmesse. Die Prozessionen waren vorüber, und der Erzbischof hatte Markt und Mauritiusfest eröffnet. Tausende strömten in die Gassen und auf die Plätze Magdeburgs. Viele auch zur Dombaustelle. Die meisten, um die neue Kathedrale zum ersten Mal zu sehen.

Mechthild war gekommen, um sie zum letzten Mal zu sehen.

Kinder umringten sie, bestürmten sie mit Fragen – wer den Dom gebaut habe, wann er endlich fertig sei und ob es stimme, dass die Heilige Katharina eine Königin und der Heilige Mauritius ein Mohr gewesen sei. Irgendwer hatte die Kinder mit all ihren Fragen zur alten Mechthild geschickt; jeder in der Stadt wusste ja, dass sie eine Schwäche für Kinder hatte und dass sie seit fünfzig Jahren in Magdeburg lebte und sich auskannte. Dass der heutige Tag ihr letzter in Magdeburg sein würde, hatte sich wohl noch nicht herumgesprochen. Eigentlich war sie gekommen, um sich von der Kathedrale zu verabschieden, doch nun beantwortete sie erst einmal geduldig die Kinderfragen.

»Ja, der Heilige Mauritius war ein Afrikaner und hatte schwarze Haut. Und sein Gefährte, der Heilige Innocentius, auch.« Vor den Fundamenten der Westtürme stand sie still und schloss die Augen. »Sie wollten keine Christen jagen und töten, denn sie waren selber welche.« Vor ihrem inneren Auge erstrahlte das Westportal im Abendlicht – das bronzene

Doppelportal, die prunkvolle Säule dazwischen, darüber das dreifache Maßwerk und über allem ein Bildnis des Heiligen Mauritius.

Die Kinder schauten fasziniert zu ihr hoch. Sie bekamen selten einen Erwachsenen zu sehen, der am helllichten Tag mit geschlossenen Augen dastand, den Kopf in den Nacken legte und vor sich hinmurmelte.

»Der Kaiser hat's aber gewollt, dass sie gläubige Leute töten, oder?«, fragte ein kleiner Junge.

»Der hat's gewollt, richtig, und der Heilige Mauritius und seine Ritter haben's ihm glatt verweigert.« Mechthild redete, ohne die Augen zu öffnen. »Da hat er ihnen den Kopf abschlagen lassen.«

Wie aus einer Kehle seufzten die Kinder auf. Einige schlugen erschrocken die Hand auf den Mund. »Wirklich allen?«

»Allen.« Mechthild betrachtete noch immer das herrliche Portal, das es bisher nur auf einem Plan gab. Aus dem kannte sie jede Einzelheit. Zahlreiche untereinandergeschichtete Bögen verengten es nach innen, sodass man glaubte, gleich in eine andere Welt zu treten.

»Das tut ganz schön weh, wann man den Kopf abgeschlagen kriegt, stimmt's?«, rief ein vorlauter Knabe.

»Das tut elend weh, wenn auch nur kurz«, sagte Mechthild. »Doch manchmal führt der Weg zum Leben durch Schmerzen und der Weg zum Himmel durch eine enge Pforte.« Das Westportal löste sich auf, und Mechthild öffnete die Augen.

»Das verstehe ich nicht«, sagte der vorlaute Knabe.

»Das wirst du schon noch lernen zu verstehen.« Mechthild schritt zwischen die Turmfundamente und ging in die Baustelle hinein. Die Kinder folgten ihr. »Viel schmerzhafter ist es, den Weg zum Leben und zu Gott zu verfehlen«, erklärte Mechthild.

»Wie viele Ritter hatte der Mauritius denn gehabt?«, wollte ein kleiner Junge wissen.

»Mehr als tausend.«

»Höchstens sechshundert, sagt mein Vater.« Schon wieder der vorlaute Knabe.

»Aber mindestens!« Mechthild strich ihm über den dunklen Scheitel und segnete ihn. Begleitet von der Kinderschar und ihren Fragen ging sie zwischen den Fundamenten des Mittelschiffs hindurch auf das Querschiff zu. Das war bereits ganz und gar eingedeckt, und viele Türmchen ragten von seinem Dach auf. Einige eingerüstete Joche des südlichen Seitenschiffes standen bereits, und das nördliche Seitenschiff war schon zur Hälfte fertig.

Die Kinder bestaunten den Lettner, die Zehn Jungfrauen, die herrlichen Gewölbe des Mittelschiffs und die wuchtigen Pfeiler, die sie trugen.

»Das da ist mein Urgroßvater«, sagte ein kleines Mädchen und deutete zu einer Skulptur am Vierungspfeiler hinauf. Mechthild strich ihm lächelnd über den Kopf und segnete es. Die Figur, die es für ihren Urgroßvater hielt, schien aus dem Pfeiler herausgewachsen zu sein und sah aus, als würde sie die Dienstsäule auf dem Rücken tragen, die entlang des Pfeilers in schwindelnde Höhe strebte, wo sie sich mit dem Bogen eines Kreuzrippengewölbes vereinigte.

»Das ist der Meister Bohnsack«, erklärte Mechthild. »Er hat viele Jahre an dieser Kathedrale gebaut.« Sie deutete zur Empore hinauf. »Der Bischofsgang ist sein Werk.«

»Ich weiß«, sagte der vorlaute Knabe, und das kleine Mädchen, offenbar seine Schwester, nickte eifrig. Beide kamen Mechthild ein wenig altklug vor, doch es waren liebenswerte Kinder, alle. Sie fragte nach ihren Namen und betete für sie.

Von Kindern umgeben trat die Greisin in den Chorumgang

ein. Wehmütig dachte sie an ihre jungen Jahre zurück und die herrlichen Stunden, in denen sich ihr hier das göttliche Licht und die Heiligen gezeigt hatten. Seit ihre Feinde im Domkapitel sie als Ketzerin brandmarkten, war es vorbei damit. Mechthild fürchtete, Gott könnte seine Gnade von der Stadt abziehen.

Sie kamen zur zweiten Kapelle des Chorkranzes. »Das ist meine Urgroßmutter.« Ein etwas größeres Mädchen deutete auf die Statue der Heiligen Katharina. Vor zwanzig Jahren hatte der Erzbischof sie und den Schwarzen Ritter probehalber im Chorumgang aufstellen lassen. Und jetzt standen beide Skulpturen immer noch hier.

Ein Paar mittleren Alters verharrte vor der Statue der Heiligen Katharina. Die Eheleute redeten leise miteinander, und die Frau lehnte ihren Kopf gegen die Schulter des Mannes. Drei der Kinder umarmten Beine oder Hüften der Frau oder des Mannes. Auch das kleine Mädchen, das die Skulptur von Meister Bohnsack entdeckt hatte.

»Mein Großvater hat die Urgroßmutter gemacht«, erklärte der vorlaute Knabe in aller Ernsthaftigkeit.

»So, so.« Allmählich fragte Mechthild sich, warum die Kinder so viel Spaß daran hatten, sie auf den Arm zu nehmen. An der Scheitelkapelle und Edgithas Grab vorbei ging sie zur nächsten Seitenkapelle. Vermutlich hatte irgendein Domherr, Steinmetz oder Mönch sie aufgestachelt. *Das ist die Verrückte*, wird einer den Kindern zugeflüstert haben, *geht nur und ärgert sie ein bisschen.*

Nur wenige in der Stadt nahmen sie noch ernst, seit der Domdekan Dietrich von Dobin vor zwei Jahren gestorben war. Inzwischen wollte das Domkapitel sie loswerden. Sie würde freiwillig gehen, gleich morgen. Der Gedanke an den Abschied machte sie traurig.

Sie blieb vor der nächsten Kranzkapelle stehen. Hier hatten Bildhauer der letzten Generation den Schwarzen Ritter auf einem Steinsockel und an der Wand befestigt. »Den hat auch mein Großvater gemacht«, erklärte der vorlaute Knabe voller Stolz.

Mechthild betrachtete den herrlichen Mauritius. Eine goldglänzende Kettenhaube rahmte sein tiefschwarzes Gesicht ein. Auch der lange Kettenharnisch unter dem dunkelgrünen Rock glänzte goldfarben. Der wulstige Mund stach rot aus dem pechschwarzen Gesicht des Afrikaners heraus. Aus großen Augen blickte er unter schweren Lidern hervor und auf den Betrachter herab. Ganz so, als wollte er sagen: *Mach dir keine Sorgen, alles geht vorbei. Und selbst die schlimmste Prüfung kann dir nichts anhaben, wenn du dem allmächtigen Gott die Treue hältst.*

Wie oft hatte Mechthild in den letzten Jahren weinend vor dieser Skulptur gestanden, und wie oft war sie getröstet wieder nach Hause gegangen. Heute nun stand sie zum letzten Mal vor ihr.

Ein Mann trat an ihre Seite, betrachtete ebenfalls den Schwarzen Ritter. Mechthild hörte ihn seufzen. Aus dem Augenwinkel sah sie ihn den grauen Lockenschopf schütteln.

»Das ist er«, sagte der vorlaute Knabe.

Mechthild runzelte die Stirn. »Bitte?« Sie verstand nicht, was er meinte. Eine weißhaarige Frau hakte sich bei dem grauen Lockenkopf unter.

»Na, der die Urgroßmutter und den Schwarzen da gemacht hat, mein Großvater.« Stolz blickte der Knabe zu dem grauen Lockenkopf hinauf und strahlte über das ganze Gesicht. Mechthild hob den Blick und schaute in dunkelbraune Augen.

»Mechthild«, flüsterte plötzlich die Weißhaarige neben dem Mann. »Mechthild!«, entfuhr es ihr wie ein Schrei, und im nächsten Moment fiel ihr die Fremde um den Hals. »Oh Mechthild, du lebst!«

Nein, es war keine Fremde, es war Helena, die Tochter des Baumeisters Bohnsack. Sie herzten und küssten sich. Und eine weinte an der Schulter der anderen. Der graue Lockenkopf schob seine Frau zur Seite und schloss Mechthild in die Arme. Mechthild bekam schier keine Luft, so fest drückte Moritz sie an sich. Die Kinder und zwei Paare mittleren Alters umringten sie und sahen staunend zu.

Als sie genug geküsst, umarmt, geweint und gelacht hatten, stellten Moritz und Helena ihre Kinder, Schwiegerkinder und Enkelkinder vor. Denen erzählte Moritz, wie er Mechthild kennenlernte, was sie miteinander erlebt hatten und dass er ohne sie nicht der Mann geworden wäre, der er heute war. Alle begrüßten Mechthild artig, drückten ihr die Hand und verneigten sich. Mechthild konnte kaum fassen, dass sie noch einmal eine derart glückliche Stunde in Magdeburg erleben durfte.

Sie schritten durch den Chorumgang und erzählten einander, wie Gott ihre Lebenswege inzwischen geführt hatte. Moritz und Helena lebten mit ihrer großen Familie in Reims, einer reichen Stadt des Königreichs Frankreich. Moritz gehörte als Bildhauer der Bauhütte an, die in Reims die neue Kathedrale errichtete. Zur Herrenmesse waren sie nach Magdeburg gereist, wollten das Grab von Helenas Vater besuchen und auf den Spuren von Moritz' Eltern an die Ostseeküste weiterreisen.

»Habt ihr je wieder etwas von Gotthart gehört?«, erkundigte Mechthild sich. »Er ist aus Magdeburg geflohen, am selben Tag wie ihr.«

Ein Schatten flog über Helenas Gesicht, und Moritz sagte: »Der Graf von Saint Leonard ist schon vor vielen Jahren gestorben. Ein englischer Bildhauer hat ihn bei einem Duell erschlagen.«

Gemeinsam schritten sie an der Außenfassade des Querschiffs entlang, an den Osttürmen, an den Kranzkapellen des Chores. Die Außenmauern der neuen Kathedrale strahlten in reinstem Weiß. Moritz und Mechthild zeigten hierhin und dorthin und erinnerten sich, welche Hütte und welcher Trommelkran wo gestanden hatte.

Kaum konnten sie sich trennen – voneinander nicht und nicht von der Kathedrale. Mechthild wurde das Herz schwer, als sie zwischen den Vierungspfeilern Abschied nahmen.

»Dort habe ich gesessen und gebetet.« Sie deutete dahin, wo jetzt der Kreuzaltar stand. »Für Meister Bohnsack, für die Bauleute, für die Kathedrale. Der Baumeister starb, ein anderer kam und baute weiter. Die Bauleute gingen, und neue kamen und bauten weiter. Ich werde morgen zu einem Kloster in Thüringen aufbrechen und nicht mehr zurückkehren. Eine andere wird weiterbeten für Bauleute und Dom. Ist es nicht ein einziges Kommen und Gehen?« Sie schüttelte den Kopf, als könnte sie es trotz ihres hohen Alters noch immer nicht begreifen.

»Wir alle kommen und gehen«, sagte Moritz. »So ist das Leben.« Er deutete hinüber zum Chorumgang, wo in einer Kranzkapelle sein Schwarzer Ritter stand. Dann blickte er zu den Gewölben des Mittelschiffs hinauf, deutete auf die bunten Fenster des Hochchors und schlug schließlich mit der Faust gegen den wuchtigen Vierungspfeiler, neben dem er stand.

»Wie gut, dass es auch Dinge gibt, die uns überleben und bleiben«, sagte er und lächelte.

Nachwort und Dank

Den Anstoß zu dieser Erzählung, seine Initialzündung sozusagen, kann man im Magdeburger Dom besichtigen. Betritt man nämlich dort vom südlichen Teil des Chorumgangs aus den Hochchor, sieht man gleich links die Skulptur eines Ritters, oder besser: eines Rittertorsos – Beine und Stiefel fehlen. Das Bildnis trägt alle Merkmale eines mittelalterlichen Ritters: Kettenhemd, Kettenhaube, Waffenrock, Waffengurt, Dolch und Schwert. Schaut man jedoch dem Ritter ins Gesicht, schaut man in ein schwarzes Gesicht mit großen Augen, wulstigen Lippen und negroider Nase.

Etwa zweihundert Jahre, bevor die Darstellung schwarzer Menschen in die europäische Kunst Einzug hielt, hat hier ein mittelalterlicher Bildhauer den Heiligen Mauritius als Schwarzafrikaner gestaltet.

Diese Ritterskulptur hat mich auf Anhieb fasziniert und inspiriert. Lag es an den vielen afrikanischen Flüchtlingen, die damals auf den Straßen und in den Medien auftauchten? Oder an der Dauerpräsenz des damaligen afroamerikanischen US-Präsidenten? Oder an den schwarzen Autofahrern in den USA, die in jenen Monaten durch Kugeln weißer Polizisten starben? Ich weiß es nicht. Jedenfalls wollte ich herausfinden, was einen Bildhauer des frühen 13. Jahrhunderts veranlasst hatte, einen Heiligen als Schwarzen darzustellen. So entstand die Geschichte von Moritz, Helena und Gotthart.

Viel habe ich nicht über den Schöpfer des Schwarzen Ritters herausgefunden. Nur, dass er zu der so genannten »jüngeren

Werkstatt« gehörte, die in den Dreißiger Jahren des 13. Jahrhunderts den gotischen Bischofsgang des Magdeburger Doms schuf. Ihr werden auch die dem Schwarzen Ritter gegenüberstehende Heilige Katharina, die Zehn Jungfrauen, der Magdeburger Reiter und das sogenannte Herrscherpaar zugeschrieben. Namen, Herkunft, Alter und Lebensläufe dieser Künstler liegen im Dunkeln. Auch über die ursprünglichen Standorte ihrer Skulpturen kann man nur spekulieren. Das habe ich auf den vorangehenden Seiten reichlich und mit großem Vergnügen getan.

Natürlich gibt es Anhaltspunkte. Von Erzbischof Albrecht etwa, dem Grafen von Käfernburg, weiß man, dass er ein Kosmopolit war, wie man heute sagen würde. Er hat in Paris und Bologna studiert, bekleidete politische Ämter in Italien und fühlte sich am weltläufigen Hof des Kaisers Friedrich II. womöglich mehr zuhause als in Magdeburg. Ihn, Albrecht, muss man sich als eigentlichen Auftraggeber Meister Bohnsacks und seiner Künstler vorstellen, und dass er am kaiserlichen Hof Schwarzafrikaner kennengelernt hat, ist mehr als wahrscheinlich.

Allerdings war Albrecht vermutlich schon tot, als der Schwarze Ritter entstand. Und von Albrechts Auftrag einmal abgesehen: Ein Bildhauer, der ein afrikanisches Gesicht derart realistisch darstellen konnte, wie das der Unbekannte in Magdeburg getan hat, muss einen Afrikaner mit eigenen Augen gesehen, ihn sogar porträtiert haben. Die Gelegenheit hierzu kann sich eigentlich nur auf dem Mainzer Hoftag ergeben haben.

Doch hier beginnt schon die Spekulation, und die Fantasie betritt ihren Spielplatz. Ein erfreulich großer Spielplatz für einen Erzähler, denn über die Bildhauer ist nicht viel bekannt, wie gesagt, und selbst über Meister Bohnsack nur, dass er vermutlich für die Zisterzienser in Maulbronn gebaut hat und von jenem neuen französischen Stil geprägt war, den vor allem der französische Zisterzienser-Abt Suger kreierte und den man seit dem 19. Jahrhundert *Gotik* nennt.

Über die kirchlichen Protagonisten, die mittelalterliche Bautechnik und die sich bis 1520 hinziehende Bauzeit des Magdeburger Doms dagegen weiß man ganz gut Bescheid, kann sogar die einzelnen Bauphasen unterscheiden und Änderungen im Bauplan rekonstruieren. Der Fantasie des Erzählers sind also Grenzen gesetzt – oder besser: Geländer vorgegeben, an denen sie sich entlangtasten kann und muss.

An einigen Stellen allerdings habe ich dieses Geländer ein wenig zurechtgebogen, um der Dramaturgie meiner Geschichte doch noch mehr Spielraum zu geben. Ich gestehe also erstens, dass Dietrich von Dobin (in manchen Quellen auch Theodericus von Thobin genannt) erst 1228 ins Magdeburger Domkapitel eintrat. Ob er tatsächlich derjenige war, der Meister Bohnsack und seinen Bildhauern die theologischen Gedankengänge ihrer Auftraggeber vermittelte, ist nicht bekannt.

Zweitens räume ich ein, Änderungen im Bauplan des Domes, die erst nach Meister Bohnsacks Zeit vorgenommen wurden, in seine Wirkungsphase vorgezogen zu haben. Die Fundamente des erweiterten Langhauses wurden, anders als in meiner Geschichte, zu seiner Zeit vermutlich noch nicht gegraben.

Die Überfälle auf Magdeburger Bürger durch erzbischöfliche Soldaten und die folgenden Unruhen und Plünderungen in der Stadt ereigneten sich nicht 1234, sondern vermutlich erst um das Jahr 1236 oder noch später.

Und schließlich gestehe ich, den Mainzer Hoftag vorverlegt zu haben, und zwar gleich um ein ganzes Jahr. Tatsächlich fand er nicht im Frühjahr 1234 statt, sondern erst im Sommer 1235. Frau Pudewell, die unvergessene und verehrte Geschichtslehrerin meiner Karlsruher Schulzeit, hätte mir das niemals durchgehen lassen. Die GeschichtslehrerInnen unter meinen Lesern werden hoffentlich nachsichtiger sein.

Zu historischen Fakten und Fiktionen vielleicht noch dies: Meister Bohnsack wurde zwar um 1230 zum ersten Mal urkundlich erwähnt, seine Tochter Helena nie.

Meine Version der Mechthild-Figur habe ich aus nur sparsam vorliegenden Fakten gestaltet: Sie lebte wohl in der Nähe Magdeburgs auf einer Burg, kam als junge Frau zu einem Verwandten in die Stadt, hat dort etwa fünfzig Jahre lang als Begine gelebt und ihr berühmtes Buch geschrieben, pflegte ein Vertrauensverhältnis zum Domherrn und späteren Dekan Dietrich von Dobin, hatte seit dem zwölften Lebensjahr Visionen, litt unter Anfeindungen einiger Kleriker in der Stadt, verließ Magdeburg in den siebziger Jahren des 13. Jahrhunderts und starb etwa 1282 im Kloster Helfta bei Eisleben.

Für den Brief des Mauritius und seiner Legionäre an Kaiser Maximian habe ich einige Passagen aus dem Bericht des Bischofs Eucherius von Lyon (Ende 4. Jh. bis etwa 450) zitiert, und das nach der Version, die ich bei Wolfgang Urban gefunden habe (»Auf den Spuren des Heiligen Mauritius«, Rottenburg, 2009).

Die überlieferten Daten der frühen Baugeschichte des Doms bleiben vage. Im Allgemeinen wird die Wirkungszeit des Meisters Bohnsack und die Entstehung des Bischofsganges ab 1230 datiert, weil der Baumeister in diesem Jahr die erste urkundliche Erwähnung findet. Ich bin davon ausgegangen, dass ein Mensch schon eine gewisse Zeit an einem Ort verbracht haben muss, bis sein Name sich in Urkunden niederschlägt.

Die Entstehungszeit des »Schwarzen Ritters« – meiner heimlichen Hauptfigur – wird allgemein mit »um 1240« angegeben. Das schien mir genügend Spielraum für die in meiner Geschichte erfolgte Datierung zu lassen. Darüber, ob diese unglaubliche Skulptur vom selben Künstler stammt wie die der Heiligen Katharina, besteht keine Einigkeit in der Literatur. Michael Sußmann (»Der Dom zu Magdeburg«, Passau 2002) sieht hier denselben Bildhauer am Werk, der auch den berühmten Magdeburger Reiter und das Herrscherpaar Otto und Edgitha in der Kapelle unter der Kanzel geschaffen hat.

Die atemberaubende Skulpturengruppe der Zehn Jungfrauen übrigens findet man heute im Nordportal des Doms, dem sogenannten Paradies. Das Reiterdenkmal – die erste freistehende Reiterskulptur nördlich der Alpen – steht heute als Bronzekopie auf dem Alten Markt von Magdeburg. Eine kleine Skulptur des Chefs jener unbekannten Bildhauer, des Meisters Bohnsack – eine Quelle schreibt ihn *Bonsac* –, entdeckt man knapp zwei Meter über sich, wenn man vor dem nordwestlichen Vierungspfeiler steht und den Kopf in den Nacken legt.

In Magdeburg bin ich einem modernen Nachfolger Meister Bohnsacks begegnet, der mir einen Blick in Räume ermöglichte, die man sonst nicht so ohne Weiteres zu sehen bekommt. Und damit meine ich keineswegs nur bauliche, sondern vor allem die geistigen und theologischen Räume, die eine gotische Kathedrale und ihre Architektur eröffnen. Von diesen unschätzbaren Einsichten profitiert meine Erzählung an vielen Stellen. Dazu verholfen hat mir der »Baumeister« Michael Sußmann, Vorsitzender und Sprecher der Magdeburger Dombaukommission, der als Architekt und Kirchenoberbaurat i. R. die Pflege und Restaurierung des Magdeburger Doms mit verantwortet. Durch seine Führungen hat er mir einige so erleuchtende wie bewegende Stunden in der Magdeburger

»Kathedrale des Lichts« geschenkt. Dafür kann ich ihm nicht genug danken.

Sehr dankbar bin ich meiner Lektorin Judith Mandt, die dieses Buch mit großer Geduld und Sorgfalt betreut und mich während seiner Entstehung mit ihrer Zuversicht angesteckt hat, wenn mir eher nach Aufgeben zumute war.

Und schließlich möchte ich an dieser Stelle meinem langjährigen Begleiter Norbert Mierswa danken, ohne den auch die Geschichte von Moritz, Helena und Gotthart keinen Weg aus der Schublade gefunden hätte.

Ruben Laurin, Wismar, Oktober 2017

Glossar

Acaunum – auch *Acaunus*; Saint-Maurice im Kanton Wallis; lt. Überlieferung der Ort am Eingang des Rhônetals, an dem der Heilige Mauritius und seine Thebäische Legion den Märtyrertod fanden

Albe – weiße Tunika; das knöchellange, helle Leinengewand katholischer Geistlicher

Architrav – waagrechter Balken über Säulen oder Pfeilern

Atrium – zentraler Raum einer römischen Villa, meist ohne Decke und einem Innenhof ähnlich

Basilika – im römischen Reich eine lange Halle, die für Märkte und Gerichtsverhandlungen genutzt wurde; später, eine mehrschiffige Kirche mit Säulen und Pfeilern und einem Mittelschiff, das höher ist als die Seitenschiffe; heute: Ehrentitel einer Kirche, den der Papst besonders bedeutungsvollen Kirchen verleiht (vergl. *Dom* und *Kathedrale*)

Baptisterium – Taufkapelle o. -kirche

Bauhütte – Bezeichnung sowohl für das Gesamtteam aus Handwerkern, Künstlern und Baumeister, das an einer Kathedrale arbeitete, als auch für die einzelnen Baracken

Beginen – fromme Frauen, die seit dem 12. Jh. ohne Ordensgelübde, jedoch ehelos in christlichen Gemeinschaften lebten

Bergfried – Hauptturm einer mittelalterlichen Burg

Burgwall – ringförmige slawische Befestigungsanlagen aus mit Erde bedeckten Holzgerüsten

Büttel – Gerichtsdiener, Henkersknecht

Cellerar – in einem Kloster: der für die wirtschaftlichen Belange zuständige Mönch

Chor – der für den Gesang und das Gebet der Geistlichen bestimmte, meist im Osten gelegene Bereich einer Kirche

Chorumgang – zwischen eigentlichem Chor und Kapellenkranz gelegener Bogengang; häufig mündet das Seitenschiff einer Kirche in den Ch.

Dienstsäule – *auch Dienst, m.*; einer Wand oder einem Pfeiler vorgelegter Rundstab zur Stützung der Rippen, Gurte und Schildbogen eines Kreuzrippengewölbes; dünne Rundstäbe heißen *alte*, stärkere *junge Dienste*

Dirne – abfällig für ein Mädchen niederen Standes

Dom – ursprünglich: Haus des Bischofs oder Erzbischofs; später eine Bischofs- oder Erzbischofskirche; allgemein auch Bezeichnung für eine Kirche mit herausragender Architektur und künstlerisch besonders wertvoller Ausstattung (vergl. *Basilika* und *Kathedrale*)

Domkapitel – Gemeinschaft – wörtlich: Versammlung – der Domherren

Erzstift – *neutr.*, das Gebiet eines Erzbistums

Gottseibeiuns – Synonym für Teufel, das man benutzte, um nicht ihn selbst erwähnen zu müssen

Herrenmesse – auch *Mauritiusfest*; seit dem frühen 11. Jh. vom 22. bis 28. 9. gefeierte Magdeburger Messe bzw. Jahrmarkt; heute ein Volksfest im Frühjahr und Herbst

Kämpfer – in der Architektur die abschließende Platte über einer Säule, einem Pfeiler o. einer Dienstsäule, die als Basis für einen Arkadenbogen oder eine Gewölberippe dient

Kanoniker – Kirchenmänner aller Weihestufen, die in einer Kathedrale an der Liturgie teilnehmen; auch *Stifts-* oder *Chorherren* genannt

Kapitell – in der Architektur der obere, meist kunstvoll gestaltete Abschluss einer Säule oder eines Pfeilers

Kathedrale – lat. *cathedra = Thron, Sitz*; Bezeichnung für eine Kirche an einem Bischofs- bzw., Erzbischofssitz

Kemenate – das große Untergeschoss des Hauptgebäudes einer Burg, des Palas (s. u.); benannt nach dem Kamin, mit dem man von hier aus das ganze Gebäude beheizte

Klöpfel – *m.*, auch *Klopfholz o. Schlägel*; Holzhammer, der in der Stein- und Holzbearbeitung verwendet wird

Kotze – im Mittelalter abfällig für *Hure*

Kranzkapelle – Kapelle eines Kapellenkranzes, der den Chorumgang eines Doms umgibt; auch Radialkapelle o. einfach Chorkapelle genannt

Kreuzrippengewölbe – in der Architektur ein Gewölbe aus vier dreieckigen, von Bogensteinrippen getragenen Graten; die Rippenbogen kreuzen sich im Zenit des Gewölbes, wo sie von einem Schlussstein zusammengehalten werden

Lehrgerüst – bogenförmige Verschalung aus Brettern, Bohlen, Balken und Stämmen, mit denen man im Gewölbebau Rippen, deren Bogen- und Schlusssteine und die Zwischen- bzw. Kappenflächen abstützte, bis der Mörtel getrocknet war.

Lettner – *mask.*; hölzerne, steinerne oder gusseiserne Prachtschranke zwischen Chorraum bzw. Hochaltar und dem Kirchenschiff, die Geistliche und Laien trennte

Lituus – *mask.*; hornartiges Blechblasinstrument, im röm. Militär bis ins 4. Jh. verwendet

Lugdulum – im römischen Reich das heutige Lyon

Maßwerk – mit dem Zirkel konstruierte (»gemessene«) steinerne Ornamente aus Kreisen und Kreissegmenten, die in der Gotik vor allem die Bogenfelder der Fenster schmückten

Manipel – im römischen Heer eine Kampfeinheit, bzw. ein Schlachtverband aus 60 bis 160 Mann

Maure – bzw. **Maurin**; als Mauren bezeichneten die Spanier des Frühmittelalters Angehörige der nordafrikanischen Stämme, die bei der Islamisierung und Eroberung der iberischen Halbinsel für die arabischen Invasoren kämpften

Mauritius – römischer Offizier, Kommandeur der sog. »Thebäischen Legion«; stammte vermutlich aus Oberägypten; um 385 n. Chr. in der Nähe des heutigen St. Moritz hingerichtet

Mindere Brüder – Selbstbezeichnung der Franziskanermönche

Obergaden – die obere Wandfläche des Mittelschiffs einer Kathedrale; da der Obergaden weitgehend aus Fenstern besteht, ermöglicht er die natürliche Beleuchtung des Mittelschiffs

Octodurus – im römischen Reich das heutige schweizerische Martigny

Palas – *mask.*; repräsentatives Hauptgebäude einer Burg

Pallium – *neutr.*; eine Art Stola aus Lammwolle und mit Kreuzen bestickt, die der Papst einem Erzbischof nach dessen Treueid und Weihe als Insignie seines Amtes verleiht

Pileolus – *mask.*; Scheitelkappe eines Geistlichen

Podaga – slawische Göttin

Rhodanus – im römischen Reich die Rhône

Römische Meile – 1 Millarium = 1,48 Kilometer

Rute – altes Längenmaß; für die Längenangaben in diesem Roman liegt die *Waldrute* zugrunde: ihre Länge beträgt 16 Fuß = 4,80 m

Sachsenspiegel – eine Sammlung von Rechtssprechungen und Rechtstraditionen, die der Gelehrte Eike von Repgow in der Umgebung von Magdeburg kurz vor jener Zeit zusammenstellte und niederschrieb, in der auch der vorliegende Roman spielt

Scheitelkapelle – die im Osten vorspringende, auf der Mittelachse eines Chores gelegene mittlere Kapelle eines Kapellenkranzes

Schöffenstuhl – als erstes deutsches Gericht sprach der Magdeburger Schöffenstuhl Recht nach dem berühmten Sachsenspiegel und war weithin bekannt

Seitenkapelle – Kapelle im Seitenschiff einer Kirche

Skapulier – *neutr.*, ein Überwurf über die Tunika einer Ordenstracht

Spolien – Bauteile, Skulpturen, Reliefs etc., die aus alten Bauwerken stammen und in neuen wiederverwendet werden

Steinzange – scherenartige Zange zum Transport großer Steine in die Höhe; die Spitzen setzte man in kleine, quadratische Löcher an der Sichtfläche und Rückseite eines Steinblocks, durch Seilzug entstand eine Hebelkraft, durch die sich die S. fest in die Steinlöcher bohrte

Swarog – slawische Gottheit des himmlischen Lichts und des Feuers; S. war einer der mächtigsten Götter der Westslawen

Trommelkran – seit dem 13. Jh. für den Kirchenbau nachgewiesene Holzkonstruktion für den Transport schwerer Lasten in große Höhen; bestehend aus Mastbalken, Schwenkarm, Flaschenzug und einem großen trommelartigen Laufrad, dem der Kran seinen Namen verdankt

Truchsess – auch Seneschall; ursprünglich der Küchenmeister, dem die Aufsicht über die fürstliche Tafel zustand; schon in fränkischer Zeit stieg er zum Leiter der Hofverwaltung auf

Tjost – *fem.*; eine Turnierform, in der zwei Ritter mit Lanzen und zu Pferd aufeinander losgingen

Vierungspfeiler – die Pfeiler an den Ecken des Raumquadrates, das in einem Dom durch die Durchdringung bzw. Kreuzung von Langhaus und Querhaus entsteht

Waldrute – s. o. *Rute*

Wenden – slawischer Volksstamm östlich der Elbe; manche Historiker bezeichnen die Gesamtheit der ostelbischen Slawenstämme als W; heute leben die W. fast nur noch in der Niederlausitz; in einigen Regionen bezeichnen sie sich als *Sorben*

Werder – *mask.*, auch *neutr.*, Insel zwischen Flussarmen; durch Deich oder Trockenlegung gewonnenes Land zwischen Gewässern; *Großer* und *Kleiner Werder* von Magdeburg liegen zwischen zwei Elbarmen

Wolfswurz – alte Bezeichnung für Eisenhut

Zingulum – ein kordelartiger Gürtel, mit dem katholische Geistliche ihre Albe zusammenbinden

Zwinger – Teil einer Burg; der ummauerte Bereich vor der eigentlichen Wehrmauer der Burg; hatten Angreifer die meist niedrigere Mauer des Z. überwunden, wurden sie, weil ein Rückzug jetzt schwierig war, zum leichten Ziel der Verteidiger auf den Wehrmauern